Melissa Foster

Erobert von der Liebe

DIE AUTORIN

Mit mehr als zehn Millionen verkauften Büchern ist Melissa Foster eine preisgekrönte *New-York-Times-*, *Wall-Street-Journal-* und *USA-Today-*Bestsellerautorin. Ihre Bücher werden vom *USA-Today-*Bücherblog, vom *Hagerstown Magazine*, von *The Patriot* und vielen anderen Printmedien empfohlen. Melissas Bücher sind als Taschenbuch, digital oder als Hörbuch bei den meisten Online-Buchhandlungen erhältlich.

Besuche Melissa auf ihrer Website oder chatte mit ihr auf Social Media. Sie diskutiert gern mit Buchclubs und Lesegruppen über ihre Romane und freut sich über Einladungen.

MelissaFoster.com

Melissa Foster

Erobert von der Liebe

Die Steeles auf Silver Island

LOVE IN BLOOM – HERZEN IM AUFBRUCH

Aus dem Amerikanischen von Kristie Schneider

Seit ich Archer Steele vor ein paar Jahren das erste Mal begegnet bin, juckte es mich in den Fingern, seine Geschichte zu erzählen. Er ist so ein starker, unverwüstlicher, sexy Held, doch seine Schuldgefühle wegen der zurückliegenden Ereignisse reichen so tief, dass er die Liebe direkt vor seiner Nase nicht sehen kann. Mir war klar, dass er eine ebenbürtige, starke Heldin braucht, die seinen emotionalen Schmerz nachvollziehen kann, und Indi Oliver ist zweifellos diese Frau. Genau wie Archer packt sie die Dinge voller Leidenschaft an, und sie schlagen sich genauso oft die Köpfe ein, wie sie sich miteinander in den Laken wälzen. Beim Schreiben ihrer Geschichte habe ich gelacht und geweint, und manchmal wollte ich sie einfach nur schütteln, doch dadurch sind sie mir nur stärker ans Herz gewachsen. Ich hoffe, dass ihr genauso viel Spaß an Archer und Indi habt wie ich.

Wer über Neuerscheinungen und exklusive Angebote auf dem Laufenden bleiben möchte, tritt am besten meinem Fanclub auf Facebook bei und abonniert meinen Newsletter:
MelissaFoster.com/Newsletter_German
Facebook.com/groups/MelissaFosterFans

Die Reihe »Love in Bloom – Herzen im Aufbruch«

Die Steeles sind nur eine der vielen Serien-Familien aus der weitverzweigten Sammlung von Liebesromanen »Love in Bloom – Herzen im Aufbruch«. Jedes Buch kann für sich oder als Teil der jeweiligen Serie gelesen werden. Du wirst allen Figuren in späteren Geschichten immer wieder begegnen, sodass du keine Verlobung, Hochzeit oder Geburt verpasst. Eine vollständige Liste aller Serientitel sowie eine Vorschau auf kommende Veröffentlichungen findet sich am Ende dieses Buches und unter:
MelissaFoster.com/Herzen-im-Aufbruch

Eins

Ich kann nicht glauben, dass ich schon wieder mit ihm geschlafen habe. Das neue Jahr ist gerade mal acht Stunden alt und ich habe bereits mit meinem wichtigsten Vorsatz gebrochen. Indi Oliver neigte das Gesicht dem warmen Duschstrahl auf Archer Steeles Boot entgegen und versuchte reumütig, sich die erregenden Erinnerungen an die letzte Nacht abzuwaschen. Archers starke Hände auf ihrer Haut, seine schroffen Anweisungen, die in ihrem Kopf nachhallten, der Rausch der Lust, der sie allein beim Gedanken an ihn erneut durchströmte.

Das muss aufhören.

Die Tür zur Duschkabine wurde geöffnet, und sie zwang sich, sich nicht nach dem teuflisch heißen Prachtexemplar von Mann umzudrehen, das hinter sie trat. Als er seinen harten Körper an ihren Rücken schmiegte, versuchte sie, das lustvolle Kribbeln, das ihre Wirbelsäule entlangschoss, zu ignorieren. Mit hungrigen Händen fuhr er über ihren Bauch, umfasste ihre Brüste, als würden sie allein ihm gehören, und neckte ihre Brustwarzen so gekonnt, dass ihr ein Stöhnen entkam. Verfluchter Kerl.

Er knabberte an ihrem Nacken und knurrte. »Wo willst du hin? Ich bin noch nicht mal annähernd fertig mit dir.«

»*Archer* …« Sie verabscheute den sehnsüchtigen Klang ihrer Stimme, aber in seiner Nähe hatte sie keine Kontrolle über sich.

»Genau so, Baby. Sag meinen Namen noch mal. Du weißt, was das mit mir macht.«

Und ob. Er war so arrogant, dass er jedes Mal von ihr hören wollte, wer ihr so ein Vergnügen bereitete. Als wäre irgendjemand außer ihm je in der Lage gewesen, derartige Empfindungen in ihr hervorzurufen.

Er drängte seine Hüften gegen sie, glitt mit einer Hand zwischen ihre Beine und spielte mit ihr, bevor er sich meisterhaft auf diesen magischen Punkt konzentrierte, bei dem ihr die Augen zufielen und ihr Kopf nach hinten an seine breite, muskulöse Brust sank. Sie genoss es wirklich sehr, mit ihm zusammen zu sein. Mit ihm fühlte sich alles so gut, so sicher und so echt an. Aber sie wusste es besser. Archer mochte zwar ganz er selbst sein, keine Mogelpackung voller Täuschungen wie die New Yorker Models und Schauspieler, denen sie Haare und Make-up machte, doch mit ihm war definitiv nichts *sicher*. Der ältere Bruder ihrer besten Freundin Leni war der Playboy von Silver Island, ein weltberühmter Winzer, der sich kompromisslos nahm, was er wollte. Ihm fehlte der Charme seiner Geschwister, aber das machte er durch pure sexuelle Anziehungskraft mehr als wett. Er war ruppig und begierig, größer als alle seine Brüder und der reinste Sex auf zwei Beinen mit militärisch kurz geschnittenem Haar und Bart. Beides ließ ihn gefährlich wirken und verstärkte den Eindruck eines Bad Boy. Alles an Archer war überdurchschnittlich groß, angefangen bei seinen kräftigen Oberschenkeln und der breiten Brust bis hin zu seinen beachtlichen Muskeln und seiner beeindruckenden Ausstattung. Insgeheim bezeichnete Indi ihn als *Hurricane Archer*, weil sie andauernd das Gefühl hatte, in ihm würde sich ein Sturm zusammenbrauen. Manchmal war es aufgestautes Verlangen, das ihn umwehte wie eine Sturmböe. Hin und wieder schien sich jedoch noch etwas anderes in ihm anzusammeln und in der Luft um ihn herum zu pulsieren. Sie hatte keine Ahnung, was das war, doch es zog sie genauso heftig an wie das Testosteron, das er wie ein Aftershave trug und das ihr auf die beste und schlimmste Weise unter die Haut ging.

»Ich muss gehen«, sagte sie halbherzig und kämpfte gegen ihr Verlangen nach ihm an.

»Ich glaube, du meinst, du musst *kommen*.«

Mit einer Hand zwickte er sie in die Brustwarze, während er sie mit der anderen weiterhin zwischen ihren Beinen neckte, und ihr verräterischer Körper wäre beinahe in Flammen aufgegangen. »Das neue Jahr ist weniger als zehn Stunden alt, und ich habe meinen Vorsatz, nicht mit dir zu schlafen, schon gebrochen.«

»Gut zu wissen, dass ich es in deine Vorsätze geschafft habe.«

Seine Großspurigkeit war genauso frustrierend wie anziehend. Er lachte leise an ihrem Nacken und steigerte seine Bemühungen zwischen ihren Beinen, wodurch er lustvolle Schauer durch ihren Körper schickte. Sie stellte sich auf die Zehenspitzen und er drang mit den Fingern in sie ein. Mit dem Daumen rieb er unnachgiebig über ihre empfindlichste Stelle, was ihrem Verstand erheblichen Schaden zufügte. Sie konnte nichts anderes mehr spüren als den herannahenden Orgasmus, der pochend in ihr anstieg und ihr ganzes Wesen verschlang. *»Mehr … hör nicht auf … oh Gott, ja!«*

Sein Daumen verharrte und ihr entfuhr ein Wimmern. »Sag meinen Namen, Indi.« Er unterstrich seine Forderung, indem er ihr in die Schulter biss und seine Finger zurückzog.

Sie packte sein Handgelenk und hielt ihn an sich gedrückt fest, wo sie ihn am meisten brauchte. »Archer, *bitte* –«

Fluchend wirbelte er sie herum, drückte sie mit dem Rücken gegen die kalten, feuchten Fliesen, hielt ihre Handgelenke gepackt und presste seinen Mund auf ihren. Verheißungsvoll stieß seine harte Länge gegen ihren Bauch. Schon als sie das erste Mal miteinander im Bett gewesen waren, war ihre Verbindung so intensiv und stürmisch gewesen, dass sie sich früh darauf geeinigt hatten, auf Kondome zu verzichten. Dann hatten sie dafür gesorgt, dass das gefahrlos möglich war.

Sie labten sich aneinander, als hätten sie sich nicht erst letzte Nacht auf jede nur erdenkliche Weise verschlungen. Das hier war genau das, wonach sie sich sehnte. Die unerbittliche, alles verzehrende Begierde, die ihnen praktisch aus jeder Pore strömte, wann immer sie sich im selben Raum befanden. Sie wusste, dass Archer ganz und gar nicht gut für sie war. Wusste, dass sie diesen Wahnsinn unterbinden musste, weil sie darüber nachdachte, auf die Insel zu ziehen und ihr eigenes Geschäft zu eröffnen. Das Letzte, was sie brauchte, war, dass man sie mit einem Mann in Verbindung brachte, der den Ruf hatte, niemals sesshaft zu werden. Doch als er ihren Kuss unterbrach und den Kopf neigte, um an ihrer Brustwarze zu saugen, lösten sich diese Gedanken in Luft auf. Sie schrie auf, überwältigt von der Lust, die sie durchzuckte. Er ließ sich auf die Knie sinken, spreizte ihre Beine und vergrub das Gesicht dazwischen. Sein Bart rieb über ihre Schenkel, und alles außer den heftigen Schauern der Erregung, die seine Zunge in ihr freisetzte, während sie sich Stück für Stück auflöste, wurde ausgelöscht. Sie grub die Fingernägel in seine Schultern und stieß seinen Namen aus wie einen Fluch, bis sie sich schließlich bebend aufbäumte, bevor sie erschöpft gegen die Wand sank.

Archer stand auf, hob sie hoch und senkte sie auf seinen harten Schaft herab. Neu erwachte Lust kribbelte durch ihre Adern, als er in sie stieß. Warum musste er sich so verdammt gut anfühlen? Er sah ihr die ganze Zeit in die Augen, während sie ihn ritt wie ein wildes Pferd. Als könnte er ihre Gedanken lesen, grinste er siegessicher. Sie drückte ihre Lippen auf seine, um seine Arroganz wegzuküssen, und schwor sich dabei, dass dies das letzte Mal war, dass sie Sex mit Archer Steele hatte.

Keine Frau durfte je die Nacht auf seinem Boot verbringen, doch bei Indi war Archer unersättlich. Und gab es einen besseren Start in den Tag, als sich zwanzig Zentimeter tief in die hinreißende, zierliche Blondine zu versenken? Vor Indi war ihm noch keine Frau begegnet, die in sexueller Hinsicht genauso hemmungslos war wie er. Im Bett war sie eine Tigerin, eine Eigenschaft, die er an ihr vergötterte. Er brannte darauf, seine Hände wieder in ihr weiches Haar zu wühlen, während er sie von hinten nahm, zu sehen, wie ihre Locken ihre nackten Brüste streiften, wenn sie sich ihm schamlos entgegendrängte, und schließlich ausgebreitet auf dem Kissen lagen, wenn er tief in sie stieß, bis sie leidenschaftlich seinen Namen schrie.

Bei der Erinnerung daran pochte es in seinen Lenden.

Verdammt.

Er zog seine Jeans an, belustigt darüber, wie sie durch die Kajüte hastete, in ihre Absatzschuhe schlüpfte und sich gleichzeitig mit den Fingern die feuchten Haare kämmte. Dabei schimpfte sie darüber, dass sie Leni anrufen musste und sich zu ihrem Treffen mit Charmaine verspäten würde. Charmaine

Luxe war eine örtliche Immobilienmaklerin, die Indi Verkaufsräume für ihr Haar- und Make-up-Geschäft zeigte. Indi war so
verflucht süß, dass er versucht war, dafür zu sorgen, dass sie sich
noch mehr verspätete.

»Ich kann nicht glauben, dass ich im Kleid von gestern
Abend auftauchen werde.«

Gestern Abend hatte Archers Zwilling Jack, der von allen
nur »Jock« genannt wurde, Daphne Zablonski geheiratet, die
Liebe seines Lebens. Nach der Hochzeit hätte Indi eigentlich
mit Leni im Haus ihrer Eltern übernachten sollen, aber es war
nicht das erste Mal gewesen, dass sie stattdessen in Archers Bett
gelandet war, und es würde ganz sicher nicht das letzte Mal sein.
»Willst du dir eine Jogginghose von mir ausleihen?«

»Ganz sicher nicht«, blaffte sie. »Das hat mir gerade noch
gefehlt, dass ich in deinen Klamotten dort aufkreuze. Wo ist
mein Handy? Ich muss Leni Bescheid geben, dass wir uns bei
der ersten Adresse treffen. Sie wird mich umbringen.«

»Entspann dich. Sie weiß, dass du bei mir bist.«

Sie warf ihm einen vielsagenden Blick zu. »Das ist ja das
Problem. Ich habe sie gebeten, auf mich aufzupassen, damit ich
nicht wieder hier lande. Das muss der Tequila gewesen sein.«

»Sicher, der Tequila.« Seine Worte trieften vor Sarkasmus.
Indi war gestern nicht betrunken gewesen und er ebenso wenig.
Daphnes Schwester Renee hatte mit ihm geflirtet, woraufhin ein
Feuer in Indis hellblauen Augen aufloderte, und sie zur reinen,
unverfälschten *Sexgöttin* wurde. Archer hatte keine Ahnung, ob
die immer gut organisierte und äußerst selbstbewusste Blondine
dem Konkurrenzdenken erlegen oder einfach eifersüchtig
gewesen war, und es kümmerte ihn auch nicht. Sie war genau
dort gelandet, wo er sie hatte haben wollen.

»Ich habe den schlimmsten Männergeschmack der Welt.

Nichts für ungut, aber als Ehemann taugst du nichts.«

»Da hast du recht.«

»Genau, was bedeutet, dass alle wissen, dass wir nur Sex miteinander haben, und das wird sich nicht gerade gut auf meinen Ruf oder mein Geschäft auswirken, wenn ich hierherziehe.«

Unverschämt grinste er sie an. »Und doch kommst du immer wieder zu mir zurück.« Er hob ihr Handy vom Boden neben dem Bett auf und ging auf sie zu. Schnaubend griff sie nach dem Telefon, doch er schloss eine Hand um ihre. »Mach dich nicht fertig, nur weil du mehr vom Besten auf dieser Insel willst.«

Sie schnaubte. »Du bist so arrogant.«

Er zog sie an sich und, verdammt, sie fühlte sich gut an. »Das magst du doch so an mir.«

»Vielleicht im Dunkeln.« Sie befreite sich aus seiner Umarmung und entriss ihm ihr Handy. »Bei Tageslicht betrachtet macht dich das zu einem Arsch.«

Er lachte leise und zog sich ein langärmliges Shirt mit Knopfleiste über. »Wenn das wahr wäre, wärst du wohl nicht hier.«

Sie verdrehte die Augen. »Ich muss los.« Auf dem Weg aus der Kajüte tippte sie bereits eine Textnachricht und stapfte dabei an ihrem Mantel auf der Couch vorbei.

Er stieg in seine Stiefel, schnappte sich ihren Mantel und hielt sie an der Taille fest, als sie gerade die Treppe hoch aufs Deck steigen wollte.

»Archer, ich muss –« Sie wirbelte herum und entdeckte ihren Mantel. »Oh. Entschuldige. Danke.«

»Sei nicht so hart zu dir, Darling. Die Frauen stehen Schlange, um mit mir ins Bett zu gehen.«

»Ich nicht.« Sie nahm ihren Mantel und zog ihn sich wütend über. »Nicht mehr. Es hat Spaß gemacht, aber ich bin fertig mit dir.«

»Hast du das beim letzten Mal nicht auch gesagt?« Er grinste.

»Dieses Mal meine ich es ernst. Ich muss mich auf mein Studio konzentrieren. Ich habe keine Zeit für« – sie gestikulierte in seine Richtung – »dich, deine ganzen Muskeln und Orgasmustricks.«

»Wenn ich mich recht erinnere, bist du letzte Nacht mehrmals in den Genuss meiner Orgasmustricks gekommen.« Wieder zog er sie an sich und umfasste ihren Hintern. Dank der Stufen befanden sie sich fast auf Augenhöhe. »Vor allem bei der Sache, bei der du dich am Kopfteil festgehalten hast.«

In ihren Augen flammte es auf und sie errötete.

»Du magst meinen Mund, meine Hände, meinen –«

»Hör auf!«, sagte sie schnell.

Er drückte seine Wange an ihre, damit er ihr mit rauer Stimme ins Ohr flüstern konnte. »Was ist denn los, meine Schöne? Wirst du schon wieder feucht für mich?« Mit einer Hand fuhr er hinten unter ihr Kleid und in das Spitzenhöschen, das er ihr gestern Nacht mit den Zähnen ausgezogen hatte, und erntete ein begieriges Seufzen, als er mit den Fingern durch ihre Feuchtigkeit glitt. Ein tiefes Knurren entkam ihm. »Lass mich dich noch mal nehmen, gleich hier auf den Stufen.«

Sie schluckte schwer. Der Ausdruck in ihren Augen schrie eindeutig *Ja!*, auch wenn sie sich von ihm wegdrückte. »Mach's gut, Archer.« Sie drehte sich um und eilte die Stufen hoch.

Er war direkt hinter ihr, als sie die Tür aufstieß und ihnen frostige Luft entgegenströmte. Silver Island lag vor der Küste von Cape Cod und im Winter konnte es hier eisig werden. »Ich fahre dich zu Leni. Du kannst mit diesen Absätzen nicht den ganzen Weg zu Fuß laufen.«

»Ich bin ein City Girl, schon vergessen?« Sie winkte, ohne sich umzudrehen, und ging die Rampe zum Anlegesteg hinunter.

Er folgte ihr. »Komm schon, Darling. Ich werde dich nicht frieren lassen.«

»Mich frieren *lassen*?« Sie lachte ungläubig und schaute über die Schulter, just in dem Moment, als er sie auf die Arme hob und sich über die Schulter warf. Ihre Beine strampelten in der Luft. »Archer!«, rief sie. »Lass mich runter! Ich bin nicht dein Eigentum …«

Sie war so ein verfluchter Sturschädel, dass sie auf dem ganzen Weg zu seinem Pick-up wie ein Rohrspatz schimpfte. Er setzte sie auf den Beifahrersitz und hob die Stimme über ihr verärgertes Gezeter. »Ich bin einfach ein Gentleman.«

»Eher ein Arsch«, schnappte sie und ihre hinreißenden blauen Augen schossen Laserstrahlen auf ihn ab.

»Soweit ich mich erinnere, waren deine sexy kleinen Hände letzte Nacht ständig an meinem Arsch – und auf meinem restlichen Körper –, also hör auf zu meckern und schnall dich an, Süße, oder du verspätest dich noch mehr.« Er ignorierte ihren stechenden Blick, warf die Tür zu und ging zur Fahrerseite. Finster starrte sie vor sich hin, als er den Motor startete und vom Parkplatz des Hafens fuhr. »Main Street?«

Kochend vor Wut tippte sie eine Textnachricht. »*Ja.*« Das Wort glich einem Peitschenknall.

»Ich muss vorher nur einen Zwischenstopp machen.« Archer griff über die Mittelkonsole und drückte ihren Oberschenkel.

»Einen Quickie in deinem Auto kannst du vergessen.«

Er lachte leise, denn er liebte es, wie scharfzüngig sie war.

»Das steht für heute Morgen nicht auf meiner To-do-Liste, aber jetzt, da du es erwähnst ...« Er wackelte mit den Augenbrauen und erhielt ein Augenrollen zur Antwort.

Auf der Fahrt durch die leeren Straßen zum Sweet Barista tippte Indi wutentbrannt auf ihrem Handy herum. Das Café wurde von Keira Silver betrieben, einer der jüngeren Schwestern seines guten Freundes Grant. So gerne Archer das Getümmel im Sommer auf Silver Island auch mochte, so sehr genoss er die Ruhe des Winters, wenn die Einheimischen zu einem entspannteren Rhythmus wechselten. Es gab keine Schlangen vor Restaurants und Cafés, und die Frauen warfen sich ihm nicht ständig an den Hals, wenn er einen Fuß vor die Tür setzte. Wer hätte gedacht, dass ihn das je langweilen würde?

Als er vor dem Sweet Barista parkte, sah Indi ihn fassungslos an. »Ernsthaft? Du hältst an, weil du frühstücken willst? Kannst du mich bitte zuerst absetzen?«

»Das dauert bloß eine Sekunde.« Er stieß seine Tür auf. »Willst du mit?«

Sie sah an ihrem Kleid hinunter und zog sich den Mantel enger um den Oberkörper. »Eindeutig *nein*.«

Er stieg aus und betrat das Café. Hinter dem Tresen blickte ihm Keira entgegen, deren hellbraune Haare ihr Gesicht einrahmten. Sie kassierte gerade einen Gast ab, und als dieser davonging, trat Archer an den Tresen. »Hey, Keira.«

»Mit dir habe ich heute Morgen nicht gerechnet. Gestern Abend habt Indi und du so ausgesehen, als würdet ihr euch die Kleider vom Leib reißen, noch bevor ihr zur Tür hinaus seid. Sie hat sich wohl wieder aus dem Staub gemacht?« Sämtliche Mitglieder der Familie Silver waren gestern bei der Hochzeit gewesen.

»Wohl kaum«, brummte er, doch die Wahrheit war, dass

Indi nicht wie andere Frauen war. Sie versuchte nie, ihn dazu zu bringen, länger zu bleiben oder sie länger bei sich bleiben zu lassen. Indi verschwand immer früh, was anfangs völlig in Ordnung für ihn gewesen war. Neuerdings konnte er jedoch nicht genug von ihr bekommen, und es ärgerte ihn, dass sie ihm so leicht den Rücken kehren konnte. »Mach mir zwei von diesen ausgefallenen Lattes, von denen meine Schwestern so schwärmen, und pack zwei Muffins dazu. Oder anderes Gebäck, irgendwas, das die Frauen mögen.«

Keira hob eine Augenbraue. »Hat Renee euch beiden letzte Nacht Gesellschaft geleistet?«

»Konzentrier dich, Keira. Kaffee. Ich hab's eilig.«

»Okay, okay, Mr. Geheimnisvoll.«

Ein paar Minuten später kehrte er zum Pick-up zurück und reichte Indi einen Kaffee und die Tüte mit den Muffins. »Sorry, dass du meinetwegen zu spät kommst.«

»Ich komme *unseretwegen* zu spät.« Sie trank einen Schluck von ihrem Kaffee und schloss seufzend die Augen. »Aber dieser Entschuldigungslatte schmeckt köstlich. Uns sei verziehen.«

Sie lächelte, was ein Zwicken in seiner Brust zur Folge hatte. Sie spähte in die Tüte und ihr Gesicht hellte sich auf. »Sind das die Zitronen-Blaubeermuffins mit Thymian? Woher wusstest du, dass das meine Lieblingsmuffins sind?«

Die Dankbarkeit in ihren Augen ging ihm zu sehr unter die Haut, um ihr die Wahrheit zu sagen, doch sie platzte trotzdem aus ihm heraus. »Wusste ich nicht. Das war Keira.«

Sie trank noch einen Schluck Kaffee. Das sanfte Lächeln auf ihren Lippen blieb. »Andere Männer hätten deswegen gelogen.«

»Andere Männer sind scheiße.« Er fuhr zur Main Street und entdeckte Leni vor einem leeren Geschäft, in dem früher der Silver Island Salon untergebracht gewesen war. Sie hatte die

Arme verschränkt und sah in der Jeans, der Wildlederjacke und den Stiefeln umwerfend aus. Als er am Bordstein hielt, nahm sie ihn scharf ins Visier, bevor sie an sein Fenster trat. Ihr rotbraunes Haar schwang bei jedem entschlossenen Schritt mit. Innerlich wappnete er sich für eine Gardinenpredigt, während Indi aus dem Wagen stieg, wie immer ohne jegliche Abschiedsworte.

»Musstest du sie aufhalten?«, fragte Leni barsch, aber leise. »Drinnen wartet Charmaine seit zehn Minuten.«

Er reichte ihr den zweiten Latte. »Tut mir leid.«

Ihre Stirn glättete sich, als sie den Becher entgegennahm und einen Schluck trank. Ihre Miene wurde weicher. »Oh, du bist *gut*.«

»Was du nicht sagst. Warum, denkst du, sind wir zu spät?« Schmunzelnd fuhr er davon und spielte mit dem Gedanken, dass Indi, wenn sie erst hergezogen war, sein Bett öfter wärmen würde – und seinen Pick-up, sein Boot und mehr oder weniger jeden Ort, an dem es sie überkam. Mit diesem *Das war das letzte Mal*-Quatsch machte sie sich selbst etwas vor.

Das neue Jahr begann verdammt vielversprechend.

Zwei

Indi brauchte ihre gesamte Selbstbeherrschung, um Archer beim Wegfahren nicht hinterherzusehen, auch wenn sie unbedingt wissen wollte, ob er ihr einen letzten Blick zuwarf. Er war unglaublich heiß und stur, aber ebendiese Sturheit hatte sie davor bewahrt, sich den Hintern abzufrieren, und das war, zusammen mit dem Frühstück, irgendwie süß.

In dem Versuch, sich auf den eigentlichen Grund ihres Besuchs auf der Insel zu konzentrieren, schob sie die Gedanken an den verführerischen Playboy beiseite. Von Beruf war Indi Haar- und Make-up-Stylistin. Vor ein paar Jahren hatte sie »Indira« entwickelt, ihre eigene Produktserie für Hautpflege und Kosmetik, die sie derzeit online und in Kaufhäusern verkaufte. Jetzt war sie endlich bereit, den Sprung zu wagen und ihr eigenes Studio zu eröffnen. Sie betrachtete das Schild, das Lenis jüngste Schwester Jules an die Tür zu dem leeren Geschäft gehängt hatte. *Schon bald finden Sie hier ein ganz besonderes Geschäft.* Jules war Eigentümerin des Geschenkeladens Happy End am Ende des Blocks und galt als Silver Islands inoffizielle Entertainment-Koordinatorin, Kupplerin und Motivationstrainerin gebündelt in einer Person. Ihren Laden zierten rot umrahmte Fenster und zwei eiserne Giraffen vor dem Eingang, die sie jeden Tag neu einkleidete. Heute trugen sie rote Hüte und violette Schals. Als Kind hatte Jules eine Krebserkrankung überstanden, und wo sie auch hinging, versprühte sie eine positive Lebenseinstellung, Liebe und Hilfsbereitschaft wie Konfetti. Seit Ewigkeiten versuchte sie, Indi davon zu überzeugen, auf die Insel zu ziehen und hier ihr Studio zu eröffnen. Sämtliche Steeles befürworteten diese Idee. Nicht zum ersten Mal ertappte sie sich bei dem Gedanken, dass die Eltern ihrer Freunde herzlicher waren als ihre eigenen Eltern und sie bei allem unterstützten, was einer der Gründe war, aus denen sie auf die Insel ziehen wollte.

»Indi …«

Lenis Stimme riss sie aus ihren Gedanken. Sie schüttelte den Kopf und bedachte Indi mit einem Blick, den nur beste Freundinnen beherrschten. Ein Blick, der besagte: *Ich kann nicht glauben, dass du es schon wieder getan hast* und *Natürlich hast du es schon wieder getan. Aber keine Sorge. Ich bin auf deiner Seite.* Sie hatte Leni vor knapp sieben Jahren bei einer Fashion Show kennengelernt, bei der sich Indi um Haare und Make-up gekümmert hatte und Leni um die PR. Vom ersten Moment an hatte Leni Indi ermutigt, ihre Träume zu verfolgen, und ihr im Alleingang geholfen, sich einen Namen in der Branche zu machen, indem sie ihre prominenten Kunden dazu gebracht hatte, Indira-Produkte zu verwenden und zu promoten. Sie war eine schonungslos ehrliche Freundin. Eine von der Sorte, die ihr sagen würde, wenn sie in einem Outfit altmodisch aussah, Toilettenpapier am Absatz kleben hatte oder dass sie aufhören musste, mit ihrem Bruder zu schlafen. Letzteres lag ihr, ihrem Gesichtsausdruck nach zu urteilen, gerade auf der Zunge.

Indi hob eine Hand. »Ich weiß, und wir sind fertig miteinander. Das war das letzte Mal.«

»Das hast du beim vorletzten Mal auch gesagt.« Leni senkte die Stimme. »Wir haben keine Zeit, um über die Wirkung meines Bruders auf dich zu reden. Ich habe Charmaine gesagt, dass du nachschauen wolltest, ob du dein Gepäck auf der Fähre vergessen hast, weil du erst heute Morgen gemerkt hast, dass es nicht da ist. Alles klar?«

»Ja, aber wie bin ich dann an mein Kleid für die Hochzeit gekommen? Hatte ich es schon an, als ich angereist bin? Und wie konnte ich ohne mein Equipment allen vor der Hochzeit Haare und Make-up machen?«

»Lächle einfach und denk nicht zu viel darüber nach.« Leni zog sie ins Gebäude.

»Sie war auf der Hochzeit«, flüsterte Indi. »Sie hat mich in diesem Kleid gesehen.« Doch diese Gedanken rückten in den Hintergrund, als sie ihre Umgebung wahrnahm. Unverputzte Backsteinwände und dunkle Parkettböden verliehen den Räumen eine einzigartige Atmosphäre, und die freiliegenden Metallträger an den hohen Holzdecken waren ein attraktiver Kontrast. Im hinteren Bereich gab es zwei Waschbecken und an zwei Wänden reihten sich jeweils drei Friseurstühle mit Spiegeln davor auf. Hier und da wären ein paar Veränderungen nötig, doch der Laden übte einen gewissen Reiz auf sie aus, dem sie sich nicht entziehen konnte. Ihr war nicht bewusst gewesen, dass Verkaufsräume zu so etwas fähig waren. Vergleichbar damit, wie Silver Island sie in ihren Bann geschlagen hatte, als sie vor mehreren Jahren zum ersten Mal mit Leni zusammen einen Fuß auf diese sandige Oase gesetzt hatte. Sie würde nie vergessen, wie sie zum ersten Mal die Main Street mit den pittoresken Geschäften und bunten Markisen entlanggeschlendert war. Überall üppig bepflanzte Blumenkästen, an jeder Tür ein Willkommensschild und auf farbenfroh gestrichenen

Bänken hatten Menschen gesessen und Eis gegessen. Fast jeder hatte gelächelt oder sie gegrüßt, ganz anders als in der Großstadt. Die Anspannung von ihren Bemühungen, ihre Eltern zufriedenzustellen, und davon, in einer geschäftigen Stadt zu arbeiten, in einer Branche, in der Authentizität Mangelware war, war von ihr abgefallen. In den folgenden Jahren hatte sie auf Silver Island eine warmherzige Gemeinde vorgefunden und mehr Freundschaften geschlossen, als sie je zu hoffen gewagt hätte. Inzwischen waren diese Freunde wie zu einer Familie für sie geworden. Wichtiger noch, die Steeles hatten ihr gezeigt, wie eine Familie sein sollte. Über die Jahre hatten sie mit Jules' Krebserkrankung und dem ein Jahrzehnt andauernden Zerwürfnis zwischen Archer und seinem Zwilling Jock ihre eigenen Irrungen und Wirrungen durchlebt, aber sie hatten diese schwierigen Zeiten gemeistert, indem sie einander unterstützt hatten, wie es eine Familie tun sollte.

Jetzt hatte sie die Chance, Teil dieser besonderen Insel und Gemeinschaft zu werden, die ihr Hoffnung auf all die Dinge gegeben hatte, die sie in der Großstadt nie gefunden hatte. Sie träumte schon so lange davon, ihr eigenes Studio zu eröffnen, dass sie eine Gänsehaut bekam. Gestern Abend bei der Hochzeit hatte Indi Charmaine beiseite genommen, um über einige Immobilien zu sprechen, und Charmaine hatte ihr dieses Objekt als perfekt angepriesen. Damit hatte sie recht gehabt.

Mit einem wissenden Lächeln auf den Lippen näherte sich Charmaine ihnen aus einem der Hinterzimmer. »Wenn ich so ein sexy Kleid besitzen würde, würde ich es auch jeden Tag anziehen.«

Es war nett von ihr, dass sie diskret sein wollte, doch wenn Indi Erfolg haben wollte, würde sie keinen Hehl aus ihren Entscheidungen machen, sondern in Zukunft einfach bessere

Entscheidungen treffen. »Es tut mir leid, dass ich zu spät bin, und danke für den Versuch, aber wir wissen alle, dass ich die Hochzeit mit Archer verlassen habe. Das war eine einmalige Sache.«

Charmaine und Leni tauschten einen ungläubigen Blick.

»Okay, vielleicht war es auch mehr als einmal, aber das ist vorbei. Ich werde mich darauf konzentrieren, meine Träume zu verwirklichen und den Indira-Produkten die Verkaufsfläche zu geben, die sie verdient haben.«

»Verdammt richtig, genau das machst du.« Bekräftigend nickte Leni. »Du betreibst dieses Geschäft schon viel zu lange aus deiner Wohnung heraus.«

»Ich verstehe nicht, warum du nicht beides haben kannst, Archer *und* das Geschäft«, wandte Charmaine hilfsbereit ein. »Ich meine, immerhin ist er so ziemlich das Heißeste, was diese Insel zu bieten hat, und ein Studio zu eröffnen, kann stressig sein. Ich würde alles für eine Ablenkung wie ihn geben, die am Ende meiner langen Tage auf mich wartet.«

»Wenn du auf Männer stehst, die dir nie mehr als ein bisschen Spaß versprechen, nur zu«, sagte Leni.

Entgeistert sah Indi sie an.

»*Aha.* Du bist also noch nicht mit ihm fertig, dachte ich's mir doch.« Leni grinste.

Indi verdrehte die Augen und gab sich ungerührt, doch das war das Problem mit besten Freundinnen. Leni kannte all ihre Geheimnisse. Indi hatte nicht vor, noch mal mit Archer zu schlafen, aber die Vergangenheit hatte bewiesen, dass ihre Entschlossenheit jedes Mal ins Wanken geriet, wenn er ihr eine sexy Textnachricht schrieb oder ihr mit seiner rauen Stimme am Telefon all die unanständigen Dinge versprach, die er so meisterhaft beherrschte, oder ihr verführerisch von der anderen

Seite des Zimmers zuzwinkerte. Sie ermahnte sich, dieses Mal standhaft zu bleiben, und wollte es, verdammt noch mal, auch durchziehen. Das bedeutete jedoch nicht, dass sie es gut fand, wenn Leni ihm die hinreißende Charmaine mit den endlos langen Beinen vor die Füße warf.

Leni trank einen Schluck Kaffee. »Hör zu, ich liebe meinen Bruder. Er ist ein toller Kerl und für Joey und Hadley obendrein ein fantastischer Onkel und ohne ihn wäre das Weingut niemals so erfolgreich geworden.« Joey war die Tochter von Lenis Zwillingsbruder Levi und Hadley die kleine Tochter von Jock und Daphne. »Aber du weißt, wie arrogant er ist, und ja, fairerweise muss man ihm zugestehen, als Winzer mehrere Preise gewonnen zu haben. Und wie Charmaine schon sagte, ist er auf der Insel heiß begehrt, also verhält er sich vielleicht nicht ganz grundlos so. Er wird niemals sesshaft werden, und ich will nicht, dass du verletzt wirst.«

»Werde ich nicht. Wir haben nur Sex miteinander. Oder *hatten*. Können wir bitte aufhören, über Archer zu reden?«

»Klar«, sagte Leni. »Schätze, du hättest es schlimmer treffen können. Du hättest dich auf Wells einlassen können.«

»Ich würde mich niemals auf einen Mann einlassen, der dich betrogen hat«, rief Indi aus. In der Highschool war Leni mit Wells Silver zusammen gewesen. Er hatte sie mit Abby de Messiéres, einer ihrer besten Freundinnen, betrogen, und Leni hatte ihn – oder sonst jemanden – das nie vergessen lassen. Inzwischen lebte Abby in New York, und wenn sich die drei trafen, kam irgendwann immer die Sprache auf Wells.

»Manchmal wünschte ich, ich wäre hier aufgewachsen, damit ich mit dem allgemein bekannten Klatsch vertraut bin«, sagte Charmaine. »Aber dann wird mir klar, dass ich damit wahrscheinlich Teil dieses Klatsches wäre, und bin froh, dass ich eine Zugezogene bin.«

»Ich wäre auch lieber kein Bestandteil der Gerüchteküche«, stimmte Indi zu. »Wie wäre es also, wenn wir uns auf diese unglaubliche Immobilie konzentrieren und nicht auf die diversen Aufreißer in der Umgebung?«

»Ja, legen wir los.« Charmaine spulte ein gekonnt einstudiertes Verkaufsgespräch über die Nutzung der Räumlichkeiten und die mögliche Einrichtung eines Geschäfts wie Indis ab. Dabei ging sie auch auf die Nebenkosten und die saisonal schwankende Laufkundschaft ein.

Als Charmaine begann, sie auf die Vorzüge der Insel hinzuweisen, unterbrach Indi sie. »Eine Aufzählung der Veranstaltungen, der Flottille oder anderer Feste und Märkte brauche ich nicht. Ich komme schon jahrelang hierher, und wie ich gestern Abend bereits sagte, ist dies genau der Ort, an dem ich mein Studio eröffnen möchte. Und diese *Räume*. Sie sind unglaublich. Dürfte ich ein paar der Friseurstühle und Tresen rauswerfen und vielleicht die Ziegelwand weiß streichen? Das Ganze etwas modernisieren?«

»Wegen der Backsteine muss ich mit dem Eigentümer sprechen, aber Stühle und Tresen darfst du natürlich entfernen, solange du danach den Boden und die Wand ausbesserst.«

»Sicher, dass du sie rausschmeißen willst?«, fragte Leni. »In diesem Teil der Insel war das hier der einzige Salon. Du würdest dir eine wertvolle Einnahmequelle entgehen lassen, für die du nicht mal hart arbeiten müsstest.«

»Ich weiß, aber ich möchte keinen großen Friseursalon führen. Haareschneiden macht mir zwar Spaß, aber darauf will ich nicht mein Hauptaugenmerk legen. Mein Herz schlägt für die Hautpflege und Kosmetik und dafür, den Leuten zu besonderen Gelegenheiten Haare und Make-up zu machen. Ich halte drei Stühle für ausreichend für Kunden, die sich für eine Veranstaltung zurechtmachen lassen wollen, und auf der anderen Seite möchte ich eine größere Verkaufsfläche schaffen.«

»Was, wenn sich eine größere Gruppe wie eine Hochzeitsgesellschaft ankündigt? Reichen dann drei Stühle?«, gab Charmaine zu bedenken.

»Größere Gruppen frisiere ich normalerweise direkt vor Ort, damit die Frisur auf dem Weg dorthin nicht leidet. Ich denke, drei sind genug. Ich träume schon so lange von einem eigenen Geschäft, dass ich mir dort drüben direkt beleuchtete Schränke mit Glasregalen vorstellen kann.« Sie zeigte zur anderen Seite des Raums. »Eine hübsche Präsentationsfläche für die Haarpflegeprodukte auf dieser Seite und auf der anderen und im hinteren Bereich Make-up und Hautpflegeprodukte oder vielleicht auch andersherum. Ich sehe Mutter-Tochter-Umstylings vor mir und Mädchen, die sich für ihren Abschlussball oder andere Schulveranstaltungen stylen lassen wollen. Ich kann's kaum erwarten, jungen Mädchen zu zeigen, wie man sich schminkt, und Frauen zu erklären, warum die richtigen Haarpflegeprodukte aus krausen Haaren Locken machen oder aus plattgedrücktem Haar volles. Ich weiß, dass du dir wegen meiner Einnahmen Sorgen machst, Leni, aber mit meinen Produkten verdiene ich mehr, als ich es mit Haareschneiden je könnte. Und das wird mich viel glücklicher machen, weil ich dann *endlich* die Frauen kennenlernen kann, deren Leben ich mit meinen Produkten bereichere. Ich sprudle förmlich über vor Ideen. Ich könnte Geschenkkörbe für besondere Gelegenheiten anbieten oder mir Angebote und Veranstaltungen je nach Saison ausdenken. Die Möglichkeiten sind grenzenlos.«

Charmaine seufzte. »Jetzt will ich auch so ein Studio wie du eröffnen.«

»Sie redet wirklich schon seit Ewigkeiten davon«, sagte Leni. »Ich kann nur nicht glauben, dass sie ausgerechnet an den Ort ziehen will, den ich nicht schnell genug hinter mir lassen konnte.«

»Das stimmt doch gar nicht. Du liebst die Insel und das weißt du auch.« Indi war klar, dass Leni ihr Leben in der Großstadt in vollen Zügen genoss, trotzdem redete sie die ganze Zeit von Silver Island.

»Pst«, sagte Leni verschwörerisch. »Verrat das doch nicht jedem.«

Charmaine schmunzelte. »Kommt, ich zeige euch noch den Rest der Immobilie.«

Sie führte sie zum Büro im hinteren Bereich, zu einem riesigen Lagerraum und einem separaten Wandschrank. Dank der Fenster gab es überall Tageslicht.

»Hier gibt es so viel Platz«, sagte Indi. »Es ist wirklich perfekt.«

»Wie wär's mit einem Blick in die Wohnung oben drüber?«, schlug Charmaine vor und ging zu einer Tür an der Rückseite.

»Ich bin so voller Vorfreude, dass ich ganz vergessen habe, dass in der Miete auch eine Wohnung enthalten ist.«

»Alle Gebäude an dieser Straße haben entweder Wohnungen oder Verkaufsräume im oberen Stockwerk. Aber freu dich nicht zu früh«, warnte Charmaine, als sie ihnen voran die Stufen hochstieg. »Die Wohnung ist nicht sehr groß.«

Sie betraten einen geräumigen Wohnbereich mit den gleichen unverputzten Backsteinwänden und der gleichen Holzdecke wie unten. Durch große Panoramafenster fiel Tageslicht in die Küche und den Essbereich. Wohnzimmer und Küche wurden durch eine Frühstückstheke voneinander getrennt und im Essbereich stand an einer Wand ein deckenhohes Regal. Ein bogenförmiger Durchgang führte in die Küche hinüber. Indi konnte nicht fassen, dass Charmaine die Wohnung klein fand. Offensichtlich hatte sie noch nie in New York City gelebt. »Die Wohnung ist doppelt so groß wie mein derzeitiges Apartment.«

»Und doppelt so schön für ein Drittel der Miete«, fügte Leni hinzu.

Charmaine öffnete die Tür zum Schlafzimmer. »Unter uns, die Miete für diese Immobilie ist ein Schnäppchen für Silver Island. Der Eigentümer will sie unbedingt vermieten.«

Sie besichtigten das Schlafzimmer und das Badezimmer. Indi stellte sich ihr Bett am Fenster, ihre Kommode neben dem Schrank und ihre hübschen Handtücher an den Haken im Bad vor. Zurück im Wohnzimmer platzierte sie vor ihrem geistigen Auge ihr kleines Zweiersofa und andere Möbel und malte sich an jedem Fenster Topfpflanzen mit großen Blättern aus, die sich der Sonne entgegenreckten. Im Gegensatz zu ihrer Wohnung in der Stadt, wo sie immer noch das Gefühl hatte, bei jemand anderem eingezogen zu sein, fühlte sie sich hier bereits wie zu Hause.

»Ich gehe mal nach unten und telefoniere mit dem Eigentümer wegen der Wandfarbe. In der Zwischenzeit könnt ihr beide in Ruhe miteinander reden.«

Charmaine ließ die beiden allein, und Indi musste sehr an sich halten, um nicht in Jubel auszubrechen. Sie wippte auf den Zehenspitzen auf und ab. »Leni! Das hier fühlt sich perfekt an. Was meinst du? Was entgeht mir?«

»Dass du deinen bevorzugten Tacoladen oder deinen Lieblingscoffeeshop nicht mehr direkt um die Ecke hast.«

»Dann suche ich mir eben ein neues Lieblingsessen. Trista's Café befindet sich nur ein paar Häuser weiter und Sweet Barista ist auch nicht weit weg. Was noch?«

»Es ist ein großer Schritt. Du hast dein ganzes Leben in der Stadt, die niemals schläft, verbracht. Du wirst dich erst an Silver Island gewöhnen müssen. Hier zu leben ist etwas anderes, als ein paar Tage hier zu verbringen.«

»Ich weiß. Statt Broadway Shows und Food Trucks gibt es hier Filmabende und süße, kleine Restaurants. Mir ist klar, dass ich die Archer-Sache regeln muss, doch in der Nähe deiner Familie und all der Freunde zu sein, die ich über die Jahre gefunden habe, hört sich für mich einfach nur gut an.«

»Hör schon auf, mich mit diesem Hundeblick anzusehen.« Leni lächelte. »Du weißt, dass ich hinter jeder deiner Entscheidungen stehe, auch wenn du nicht mehr in meiner Nähe sein wirst, wenn du herziehst.«

»Tut mir leid, aber danke!« Indi umarmte sie. »Jetzt lass uns über die Einrichtung für den Laden sprechen.«

Beim Brainstormen wurde ihr Studio Stück für Stück lebendiger, je mehr Ideen sie durchsprachen, und genauso stetig wuchs Indis Begeisterung. Ihr Handy klingelte. Als sie den Namen ihrer Mutter auf dem Display las, wurde die Begeisterung durch das unvermeidliche Gefühl ersetzt, in den Augen ihrer Eltern nicht gut genug zu sein.

Das musste sich auf ihrem Gesicht widergespiegelt haben, denn Leni fragte: »Deine Mutter?«

Indi nickte.

»Lass die Mailbox drangehen.«

»Dann wird sie es nur wieder versuchen. Gib mir einen Moment.« Sie trat zur Seite, um den Anruf anzunehmen. »Hi, Mom.«

»Indira, Liebes, wir haben dich gestern Abend bei der Silvesterfeier im Club vermisst. James hat nach dir gefragt. Ich hoffe doch, du rufst ihn mal an.«

Mir geht's gut, Mom. Wie geht's dir? Die Hochzeit meiner Freunde war fantastisch. Danke der Nachfrage. Solche nicht-existenten Gespräche spielten sich jedes Mal in Indis Kopf ab, wenn ihre Mutter anrief. »Wir sind seit fünf Monaten getrennt. Er muss darüber hinwegkommen, und du solltest aufhören, ihn zu ermutigen.« James Rutherford war ein Freund der Familie, mit dem sie seit der Highschool eine On-/Off-Beziehung geführt hatte, die zwar voller guter Absichten, jedoch ohne einen Funken Leidenschaft war. Vor etwa einem Jahr waren sie mal wieder zusammengekommen, bevor Indi ihre Beziehung ein für allemal beendet hatte. Ungefähr zur selben Zeit hatte sie die Entscheidung getroffen, nicht länger etwas vorzugeben, das sie nicht war, und New York City den Rücken zu kehren, um das Leben zu leben, das *sie* wollte, und zwar dort, wo *sie* es wollte.

Stumm formte Leni mit den Lippen: *James?* Indi nickte und Leni schüttelte den Kopf.

»Ach, Liebes«, sagte ihre Mutter in diesem abschätzigen Tonfall, den Indi verabscheute. »Er ist nicht der Typ Mann, der über eine Frau hinwegkommt, und das willst du sicher auch gar nicht. Ihr zwei kommt prima miteinander aus.«

»Wir sind Freunde. Natürlich kommen wir gut miteinander aus. Wir kennen uns seit einer Ewigkeit, aber wie ich dir schon vor fünf Monaten gesagt habe und seitdem weitere hundert Mal: Ich brauche mehr, als er mir geben kann.«

»Was brauchst du denn sonst noch? Er ist finanziell abgesichert und betet dich an.«

Oh, keine Ahnung. Liebe, Lachen und prickelnde Leidenschaft. »Ich brauche keinen Mann, um mich finanziell abzusichern, und eigentlich bin ich gerade ziemlich beschäftigt, Mom. Ich habe keine Zeit, um über James zu plaudern.«

»Bist du schon wieder in der Stadt? James ist gerade hier und redet mit deinem Vater. Wir könnten abends alle zusammen etwas essen gehen.«

Indi hatte die Nase voll von den Spielchen ihrer Mutter. »Ich will nicht mit James essen gehen, Mutter, und ich bin immer noch auf Silver Island und suche nach Räumlichkeiten für mein Studio.«

Stille breitete sich zwischen ihnen aus, dann fuhr ihre Mutter strenger fort: »Ich dachte, du hättest dich von dieser albernen Idee verabschiedet.«

»Keine Ahnung, wie du darauf kommst, da ich meine Absicht nie angezweifelt habe, und es ist keine …« Sie unterbrach sich, bevor sie anfing, ihre Träume zu rechtfertigen. Warum ruderte sie bei ihren Eltern immer zurück? Zum x-ten Mal rief sie sich in Erinnerung, dass sie die Zustimmung ihrer Eltern nicht mehr brauchte. »Wolltest du etwas Bestimmtes, Mom? Ich habe wirklich zu tun.«

»Ja. Ich wollte mich vergewissern, dass du am Sonntag zum Brunch kommst.«

Indis Magen krampfte sich zusammen, als Unbehagen ihre Wirbelsäule hochkroch. Einmal im Monat versammelte sich ihre Familie ohne Ausnahme zum Brunch, natürlich im The Grand. Das war der älteste und exklusivste Club der Stadt, dessen Aufnahmegebühr sich auf achtzigtausend Dollar bezifferte und dessen Jahresbeitrag bei dreißigtausend Dollar lag. Ihre Familie und mehrere andere Familien aus dem elitären Kreis ihrer Eltern brunchten dort schon seit Generationen.

Dabei ging es nur ums Sehen und Gesehen werden und Indi hasste alles daran. Doch sie vermisste ihre Schwester, ihre Nichte und ihren Neffen und auch ihren Bruder – trotz seiner Vorzeigeehefrau, seines überzogenen Egos und allem drum und dran. Ob Indi es sich nun eingestehen wollte oder nicht, in Wahrheit hegte ein Teil von ihr noch immer die Hoffnung, dass ihre Eltern irgendwann Einsicht zeigten und ihren beruflichen Erfolg anerkannten. Was sie ebenfalls hasste. »Ich werde da sein, aber ich muss jetzt wirklich auflegen.«

Als Indi das Telefonat beendete, legte Leni einen Arm um sie. »Möchtest du ein Glas eiskaltes Wasser für die lodernde Wut in dir?«

Indi drückte den Rücken durch und nahm die Schultern zurück. »Was ich möchte, ist, den Mietvertrag unterzeichnen. Wo ist Charmaine?«

»Du willst das also durchziehen? Du willst wirklich herziehen und dein Studio hier eröffnen?«

»Verdammt richtig, und ich will sofort loslegen, vorausgesetzt, ich bekomme den Zuschlag. Je früher ich anfangen kann, desto besser.«

Leni quietschte vor Freude und umarmte sie. »Ich freue mich total für dich!« Ihr Gesichtsausdruck wurde ernst. »Aber was ist mit der Fashion Week? Die ist schon in sechs Wochen. Sicher, dass du unter diesen Umständen dieser großen Veränderung gewachsen bist?«

»Absolut. Ich arbeite schon seit Jahren bei der Fashion Week. Ich weiß, wie ich mich vorbereiten muss und was ich dafür brauche.«

»Wir reden hier von einem gigantischen Schritt, Indi. Ein eigenes Geschäft zu eröffnen, ist keine Kleinigkeit. Wir müssen uns ein Marketingkonzept überlegen, um dich bei den Leuten bekannt zu machen, und du musst jemanden für die Renovierung engagieren. Wahrscheinlich kann Levi dir jemanden empfehlen.« Levi gehörte Husbands for Hire, ein Handwerksbetrieb für Reparaturen aller Art, doch er hatte die Insel schon vor

Jahren verlassen und lebte mit seiner Tochter Joey in Harborside, einem kleinen Ort an der Küste von Massachusetts.

»Es wird ein ziemlicher Kraftakt, das ist mir bewusst, aber ich bin bereit dafür. Mental habe ich New York schon vor langer Zeit hinter mir gelassen. Mir fällt nur gerade ein, dass ich meine Möbel bis nach der Fashion Week in der Stadt lassen muss, damit ich irgendwo schlafen kann, während ich meine letzten Verträge erfülle. Denkst du, Charmaine könnte mir ein möbliertes Apartment zur Zwischenmiete suchen? Oder vielleicht lassen mich deine Eltern bei sich übernachten, bis ich umziehen kann.«

»Du wirst es nicht glauben«, sagte Leni, »aber Jules *wusste*, dass du dich für dieses Objekt entscheiden würdest. Sie hat mir einen Schlüssel für ihre Wohnung dagelassen, bevor sie und Grant nach Spanien gefahren sind, und gesagt, dass du bei ihr wohnen kannst, bis du dich hier eingerichtet hast.« Jules' Verlobter Grant Silver hatte sie mit einer Reise nach Spanien überrascht und sie waren heute Morgen aufgebrochen.

»Du machst Witze. Siehst du? Es ist vorherbestimmt.«

»Das denke ich auch. Aber du hast nach der Fashion Week noch ein paar Events. Was hast du langfristig mit deiner Wohnung in New York City vor? Ich weiß, dass du vor einigen Monaten deinen Mietvertrag auf monatlich kündbar umgestellt hast, aber willst du die Wohnung behalten?«

»Sie ist zu teuer. Ich habe eine Kündigungsfrist von zwei Monaten, danach werde ich ausziehen müssen. Schätze, ich übernachte bei Meredith, während ich die restlichen Aufträge erledige, für die ich mich bereits verpflichtet habe.« Ihre Schwester lebte ebenfalls in Manhattan.

»Oder viel besser: Du übernachtest bei *mir*.«

»Das würde dir nichts ausmachen? Ich liebe meine Nichte

und meinen Neffen, trotzdem würde ich lieber bei dir bleiben, als mich Meredith und ihrem Mann aufzudrängen.«

»Hm«, machte Leni sarkastisch. »Es wird eine echte Last für mich sein, Zeit mit einer meiner besten Freundinnen zu verbringen.«

»Du bist die Beste.« Euphorie stieg in ihr auf. Nichts hatte sich je so richtig angefühlt. Archer drängelte sich in ihre Gedanken und weckte Sehnsüchte in ihr, die ihren Herzschlag beschleunigten. Wie machte er das? Sie versuchte, dieses Verlangen zu verdrängen, und schwor sich, ihren Kurs beizubehalten. Von diesem Moment an galt ihr einziger Fokus dem Aufbau des Lebens, das sie sich schon immer gewünscht hatte. Kein Sex mehr mit Mr. Arrogant, keine Verspätungen mehr wegen heißer Zwischenfälle unter der Dusche oder verlorener Höschen auf dem Weg zwischen Strand und seinem Boot. Dies war ihre Chance, die Frau zu werden, die sie schon immer hatte sein wollen, und ihren Eltern und der Welt zu zeigen, wer das eigentlich genau war.

»Gehen wir's an.« Sie nahm Lenis Hand und ging zur Treppe.

Drei

Früh am Mittwochmorgen durchquerte Archer den Weinkeller auf dem Weingut seiner Familie. Westlich seines Elternhauses erstreckte sich der Top of the Island Vineyard, der sich seit Generationen im Besitz der Familie seiner Mutter befand, über sechzig Hektar. Archer hatte sich nie etwas anderes gewünscht, als Winzer zu werden. Schon als kleiner Junge hatten ihn der Anblick und die Gerüche der Kellerei und des Weinbergs fasziniert. Er war seinem Großvater und seinem Vater auf dem Weingut überallhin gefolgt, hatte Werkzeuge mit sich herumgetragen und ihre Lektionen über Familie, Arbeitsmoral, darüber, wie man ein anständiger Mann war, und Wissen über Weine und Reben in sich aufgesogen. Damals alles noch viel zu kompliziert für einen kleinen Jungen. Aber die Leidenschaft, mit der sie all das vorgetragen hatten, hatte in ihm nicht nur den Wunsch geweckt, diese Lektionen zu verstehen, sondern ihn auch darin bestärkt, Teil des Familienunternehmens zu werden. Während die meisten seiner Geschwister die Insel fürs College oder aus anderen Gründen verlassen hatten, waren er und Jules ihrer Heimat, in der sie aufgewachsen waren, treu geblieben. Bis heute gab es keinen anderen Ort, an dem er lieber gewesen wäre.

Normalerweise zog er aus den Wintermonaten, wenn die Uhren auf der Insel langsamer tickten, und aus den ruhigen Momenten ohne den Lärm des Abstichs, Filterns und Abfüllens Trost. Heute jedoch war es zu still. Er hätte lieber gehört, wie der Wein von einem Fass ins nächste umgefüllt wurde, wodurch er sein geschmackliches Gleichgewicht entwickelte, und dem Geplauder der Angestellten gelauscht, um sich von Indi abzulenken. In letzter Zeit drängte sie sich immer öfter in seine Gedanken. Seit Monaten hatte er nicht mal Lust gehabt, sich mit einer anderen Frau zu treffen. Gut, dass er sein Boot dieses Wochenende für den restlichen Winter einlagern würde, denn er konnte das verdammte Ding nicht anschauen, ohne ihren fantastischen Körper dort zu sehen, bereit für ihn, und ihre großen, hellblauen Augen, die ihn um mehr anflehten. Er hätte schwören können, dass ihr weiblicher Duft in die Matratze eingedrungen war. Doch es nagte noch mehr an ihm als nur ihre Schönheit und ihr aufregender Sex. Sie sah ihn nicht mit dem gleichen Blick an wie andere Frauen – so als könnten sie nicht glauben, dass er mit ihnen zusammen war. Indi sah ihn an, als wüsste sie, dass sie es wert war, als wäre er der Glückspilz, und verdammt, das traf den Nagel genau auf den Kopf. Ihr freches Mundwerk und ihr angeborenes Selbstbewusstsein gefielen ihm. Sie war außerordentlich clever, was er bewunderte, denn eine schöne Frau mit Spatzenhirn war nur ungefähr fünf Minuten lang interessant.

Warum zum Teufel denke ich überhaupt über diesen Mist nach?

Verdammt.

Sie brachte ihn auf eine Art und Weise durcheinander, wie es noch keine Frau zuvor geschafft hatte, was ihn genauso sehr faszinierte wie ärgerte. Es war Zeit, sie wieder in die Nur-Sex-

Zone zu verbannen. Nur Sex, keine weiteren Gedanken, dann konnte er auch keine Gefühle für sie entwickeln. Er umrundete ein Regal voller Fässer, zog sein Handy hervor und schrieb ihr eine Nachricht, die sie auf ihren Platz verweisen würde. *Was hast du an?*

Wie immer traf ihre Antwort kurz darauf ein. *Ich gehe gerade unter die Dusche. Warum?*

Ein träges Grinsen breitete sich auf seinem Gesicht aus. *Ich brauche ein Beweisfoto. Ich überlege gerade, dich bei deinem nächsten Besuch auf der Insel über eins dieser Fässer zu beugen.*

Im Chat erschien ein augenrollendes Emoji, gefolgt von: *Ich habe gesagt, dass wir fertig miteinander sind, und das habe ich auch so gemeint.*

»Nein, hast du nicht.« Er tippte zurück: *Spürst du, wie ich deine Hüfte von hinten packe? Wie sich meine Hand in dein Haar krallt und gerade so fest daran zieht, dass es leicht schmerzt, während ich tief in dich stoße?* Er schickte die Nachricht ab. Allein der Gedanke, wieder in ihr zu sein, erregte ihn. Voller Vorfreude auf ihre aufreizende Erwiderung starrte er sein Handy an. Sie gab ihm immer Kontra und, Mann, wie sehr ihm das gefiel. Stumme Sekunden wurden zu Minuten ohne eine Antwort und er biss die Zähne zusammen.

Sie spielte mit ihm.

Er war versucht, eine zweite Nachricht hinterherzuschicken, aber Archer Steele rannte keiner Frau hinterher. Er steckte sein Handy zurück in die Hosentasche und verließ gerade den Raum mit den Fässern, als eine weitere Nachricht eintraf. Sein Puls schoss in die Höhe und er holte das Handy wieder hervor. Als er Jocks Namen auf dem Display las, fluchte er. Nicht, weil Jock ihm schrieb, sondern weil es nicht Indi war.

Kommst du zu Moms Frühstück? Ich will deine hässliche Visage sehen, bevor wir uns in die Flitterwochen verabschieden.

Archer antwortete: *Bin unterwegs.* Gleichzeitig ploppte eine Nachricht von Indi auf: *Träum weiter, Casanova. Es ist vorbei.*

»Einen Scheiß ist es.« Mit zusammengebissenen Zähnen ging er nach draußen.

Mit einem der Golfwagen, die sie auf dem Weingut benutzten, fuhr er zum weitläufigen, zweistöckigen Haus seiner Eltern mit der Fassade aus Zedernschindeln. An einer Seite der geräumigen Veranda schloss sich ein Pavillon an. Er verband viele Erinnerungen mit seinem Elternhaus. Sein Großvater war schon vor Jahren gestorben, doch Lenore, seine Großmutter, lebte im Kutschenhaus weiter hinten auf dem Grundstück. Zum millionsten Mal während der letzten sechs Monate durchströmte ihn Erleichterung. Erleichterung, weil er sich nach einem Jahrzehnt endlich mit Jock versöhnt und eine Kluft überbrückt hatte, die gar nicht erst zwischen ihnen hätte entstehen dürfen. Ein Jahrzehnt voller Wut und Schmerz, von denen er nicht sicher war, ob er sie je ganz hinter sich lassen konnte. Deswegen trug er noch immer eine Menge Schuldgefühle mit sich herum, doch hier war er nun, parkte den Golfwagen neben Jocks Auto und freute sich darauf, seinen Zwillingsbruder wiederzusehen, von dem er sich viel zu lange entfremdet hatte.

Jock und er waren die ältesten der Geschwister, drei Jahre später folgte ihre Schwester Sutton. Weitere zwei Jahre später waren Levi und Leni geboren worden, ehe drei Jahre später Jules auf die Welt gekommen war. *Jules.* Das Nesthäkchen, das er nicht vor dieser schrecklichen Krankheit hatte beschützen können. Sie hatte sehr gelitten, ihren Schmerz jedoch nie ihre Liebenswürdigkeit oder ihre positive Sicht auf die Welt trüben lassen. Er liebte all seine Geschwister, aber Jules hatte einen besonderen Platz in seinem Herzen, genau wie Jock. Sein Zwilling und er waren beste Freunde gewesen und hatten bis in ihre frühen Zwanziger überall gemeinsam Unheil gestiftet. Dann machte Jock in New York City seinen Collegeabschluss und kam mit Kayla, Archers bester Freundin, zusammen, die wegen der Arbeit in die Stadt gezogen war. Für Archer war Kayla wie ein Familienmitglied. Er vertraute ihr und freute sich sehr für die beiden, besonders, als er Monate später erfuhr, dass Kayla schwanger war. Was könnte schöner sein, als dass sich seine beiden besten Freunde ein gemeinsames Leben miteinander aufbauten? Kayla schrieb und telefonierte weiterhin rund um die Uhr mit ihm und seine Beziehung zu Jock war stärker als je zuvor. Jock hatte in der Collegezeit ein Buch geschrieben, und als es zum Bestseller wurde, gratulierte Archer ihm noch vor allen anderen. Eines schrecklichen Abends, als Jock und Kayla auswärts Jocks Erfolg feierten, ereignete sich eine Tragödie. In einer grauenvollen Sekunde überfuhr ein Lastwagen eine rote Ampel und tötete Kayla. Ein paar Stunden später verlor Jock auch ihr Baby.

Der Schmerz darüber, dass Kayla aus seinem Leben gerissen worden war, Jocks Qual wegen des Verlusts seiner Freundin und seines Kindes, außerdem der Schock und die Angst, beinahe auch noch seinen Zwillingsbruder verloren zu haben, hatten Archer geblendet. Er wusste nicht, wie er mit seiner Wut umgehen sollte, die sich zu Stacheln der Schuld verdichtet hatte, die er wie Pistolenkugeln auf Jock abschoss. Er sagte und fühlte unvorstellbare Dinge, die all seine Gedanken beherrschten und ihn an die Vergangenheit ketteten. Bis zehn lange Jahre später Daphne in Jocks Leben trat, und sein Bruder, der Mann, den er für all ihren Schmerz verantwortlich machte, der Mann, der daran gescheitert war, Archers einziger Bitte nachzukommen, nämlich sich um Kayla zu kümmern, die Kraft fand, sich seinen Dämonen von Angesicht zu Angesicht zu stellen. Etwas, das Archer nicht gekonnt hatte. Fäuste und Vorwürfe flogen, doch mit jedem Schlag, mit jedem bösen Wort hatten sie ihren Schmerz und ihre Wut überwunden und einen Weg gefunden, ihre gebrochenen Herzen zu heilen. In den letzten Monaten hatten sie zusammengearbeitet, anstatt die Kluft zwischen ihnen noch zu vergrößern, und wieder einen Platz im Leben des anderen gefunden.

Gott sei verdammt noch mal Dank.

Die Eingangstür wurde geöffnet, als Archer aus dem Golfwagen stieg, und die dreijährige Hadley tapste heraus. »Onke Atcha!« Mit einer Hand hielt sie ihr Lieblingsstofftier, eine Eule, fest. Ihre honigblonden Zöpfe wippten um ihr niedliches Gesichtchen. Jock war ihr dicht auf den Fersen und versuchte vergeblich, seiner kleinen Tochter eine Jacke anzuziehen, während sie die Stufen nach unten ging. »*Nein*, Daddy Dock.«

Bei dieser Bezeichnung ging Archer das Herz auf. Sie hatte Probleme mit dem J-Laut. Archer fragte sich, ob sie ihn irgendwann Daddy Jock oder nur Daddy nennen würde. Es hatte seinem Bruder eine Menge abverlangt, seine Trauer zu überwinden und sein Herz einer anderen Frau und einem anderen Kind zu öffnen, und auch dafür fühlte Archer sich schuldig. Jock war ein verdammt guter Vater und Ehemann, und er hatte die Liebe, die Daphne und Hadley ihm zu geben hatten, mehr als verdient. Daphne war auf dem Weingut für die Eventplanung zuständig, und es gab keinen Zweifel daran, wie sehr sie seinen Bruder liebte.

Archer joggte zu ihnen und hob seine entzückende Nichte hoch. »Na, na, Zwerg. Du hörst besser auf deinen Papa. Er liebt dich und passt gut auf dich auf.«

Jock nickte dankbar, doch sein Gesicht wirkte angespannt, ein unmissverständliches Anzeichen dafür, dass er gestresst war. Er war das komplette Gegenteil zu Archer. Sie waren beide groß und hatten dunkle Haare und Augen, aber Archer hatte die Statur eines Kämpfers, mit schwieligen Händen von der Arbeit im Weinberg und vom Boxen, wohingegen Jock zwar ebenfalls fit, aber viel schmaler gebaut war, und seine Hände waren weich wie sein Herz. Er hatte die Hände eines Schriftstellers und strahlte eine Würde aus, wie es Archer niemals gelungen wäre, selbst wenn er gewollt hätte. Sein Bruder war umsichtig und wählte seine Worte mit Bedacht, genau wie ihr Vater. Selbst sein Tonfall war gemäßigt, während Archer keinerlei Filter besaß, der ihn bremste, bevor er laut aussprach, was auch immer ihm durch den Kopf ging. Er war schroff und schonungslos ehrlich.

Er betrachtete seine missmutige Nichte, die schmollend die Brauen zusammengezogen hatte. Sie war ganz anders als Levis Tochter in dem Alter. Joey war jetzt acht. Als Baby hatte sie unter Koliken gelitten, war dem jedoch schnell entwachsen. Archer hätte schwören können, dass sie seitdem ein Dauerlächeln im Gesicht trug. Doch wie seine Mutter zu sagen pflegte: *Das Leben wäre langweilig, wenn wir alle gleich wären.*

Hadley hatte einen Arm um Archers Hals gelegt und grub ihre kleinen Fingerchen in seine Haut. Sie mochte zwar keine Grinsebacke sein, lächelte inzwischen jedoch deutlich öfter als bei ihrer ersten Begegnung.

»Na los«, sagte Archer bestimmt. »Lass dir von deinem Daddy die Jacke anziehen.«

Hadleys Blick zuckte zu Jock, bevor sie einen Arm ausstreckte und ihm erlaubte, sie anzuziehen.

»Braves Mädchen.« Archer gab ihr einen Kuss auf die Schläfe.

Sie hielt ihm die Eule vor die Nase. »Owly küssen.«

Jock lachte leise.

Archer schnitt eine Grimasse und gab dem verdammten Stofftier einen Kuss, woraufhin er ein breites Grinsen von Hadley erntete.

Sie zappelte auf seinem Arm. »Runter.«

Er setzte sie im Gras ab, und sie ließ sich auf ihren Hintern plumpsen, um mit ihrem Stofftier zu spielen. Archer musterte Jock. »Harter Morgen?«

»Kann man wohl sagen.« Jock senkte die Stimme. »Daph hat damit zu kämpfen, sie eine Woche allein zu lassen, und ich muss zugeben, dass mir die Vorstellung auch nicht gefällt. Anfangs fanden wir es für unsere Flitterwochen in Ordnung, aber jetzt bin ich hin- und hergerissen.«

»Mann, sie ist drei. Du solltest hin- und hergerissen sein. Trotzdem, es wird ihr gutgehen. Besser als gut. Du weißt, dass Mom und Dad sie in der Zwischenzeit von vorne bis hinten verwöhnen werden, und hoffentlich macht ihr beide dasselbe miteinander, wenn du verstehst, was ich meine. Verschwinde mit deiner bezaubernden Frau in die Flitterwochen und erinnere sie daran, warum sie den besten Ehemann der Welt hat. Schlaf mit ihr, bis sie nicht mehr weiß, welcher Tag eigentlich ist, und dann verführe sie noch ein paar Mal, denn sobald ihr wieder zu Hause seid« – er nickte zu Hadley – »gibt es nur klebrige Finger, Gute-Nacht-Geschichten und geflüsterte Versprechen in der Dunkelheit, damit ihr die Kleine nicht weckt.« Archer schlug Jock auf die Schulter. »Ihr habt es euch verdient.«

»Danke, Mann.«

»Ist doch klar. Außerdem bleibt mehr Speck für mich übrig, wenn du weg bist. Jetzt hör auf zu jammern wie ein Hosenscheißer und lass uns reingehen.« Er blickte zu Hadley und zuckte zusammen, während er sich insgeheim für seine ungehobelte Wortwahl verfluchte. »Hosenmatz! Hör auf zu jammern wie ein Hosenmatz.« Er streckte Hadley eine Hand entgegen. »Gehen wir was essen, Zwerg.«

Im Haus roch es wie immer nach Essen, das mit ebenso viel Liebe zubereitet wurde, wie die Umarmungen, mit denen ihre Eltern sie überschütteten, enthielten. Er hatte keinen Schimmer, wie seine Familie in all den Jahren, in denen Wut jeden seiner Schritte beherrscht hatte, mit ihm zurechtgekommen war, aber er war verdammt dankbar dafür.

Sie hängten ihre Jacken in den Schrank neben der Tür und folgten den gedämpften Stimmen und dem Kichern in die Küche. Die Arbeitsflächen waren mit Platten voller Rührei, Speck und Würstchen übersät. Frisch gebackene Muffins kühlten auf einem Gitter beim Ofen ab und ihr Vater hatte die Arme von hinten um ihre Mutter geschlungen und das Gesicht an ihrem Nacken vergraben. Wegen seiner grau-schwarzen Haare, dem gestutzten Bart und seiner sportlichen Figur bezeichneten die Frauen auf der Insel Steve Steele als Silberfuchs, er hatte jedoch nur Augen für seine Frau. Shelley, ihre Mutter, war eine große, wunderschöne Frau mit langen kastanienbraunen Haaren, einem Pony, der sie jünger aussehen ließ, und einem Herzen so groß wie ihre Persönlichkeit. Ihre Eltern waren nie vor öffentlichen Zuneigungsbekundungen zurückgeschreckt, und Archer konnte an einer Hand abzählen, wie oft er seine Eltern streiten gehört hatte. Keins dieser Streitgespräche hatte dabei länger als fünf Minuten gedauert. Das waren nur einige der Gründe, warum Archer niemals in den Hafen der Ehe einziehen würde. Für eine derartige Beziehung war er nicht geschaffen. Er war nicht so warmherzig wie seine Eltern oder Geschwister oder gar der Typ für romantische Gesten oder Liebesgeflüster. Er war einfach anders gepolt als seine restliche Familie. Wo die anderen geschmeidig und weich waren, war er stachelig und hart.

Hadley tapste zu Steve und streckte die Arme in die Luft. »Hoch, Gampa! Hoch!«

»Hey, mein kleiner Sonnenschein.« Ihr Vater hob sie hoch und gab ihr einen Kuss auf die Wange.

Shelley beugte sich zu ihnen, um Hadley ebenfalls zu küssen und ihren Bauch zu kitzeln, was ihr ein Kichern einbrachte. »Wie geht's Grandmas großem Mädchen?«

Die Tür zur Küche wurde geöffnet und Archers Großmutter trat ein, elegant wie immer mit ihrer hellen Pixie-Frisur, der schwarzen Strickjacke über einer schwarzen Bluse und schwarzer Hose. Der schwarz-goldene Schal mit Leopardenmuster passte zu ihren goldenen Ohrringen und ihrer Halskette. Grandma Lenore war Ende siebzig, hatte einen schelmischen, rebellischen Zug an sich, den Archer bewunderte, sowie mehr Energie als jemand, der nur halb so alt war wie sie. »Gerade rechtzeitig.« Sie zwinkerte Archer zu, während sie sich eine Scheibe Speck von der Platte stibitzte.

»Guten Morgen, Mom«, sagte seine Mutter.

»Es ist *wirklich* ein guter Morgen.« Seine Großmutter griff nach einem Muffin, wobei Archer der verblasste Stempel vom Pythons auf ihrer Hand auffiel. Seine Großmutter und ihre Freundinnen nannten sich selbst die BH-Brigade, weil sie sich seit ihrer Teenagerzeit davonstahlen, um sich in ihrer Unterwäsche zu sonnen. Außerdem glaubten sie, dass niemand wusste, dass sie eigentlich gar nicht zum Bingo-Abend auf Cape Cod gingen, wie sie immer behaupteten, sondern zu einem Stripclub namens Pythons.

Shelley klapste ihr auf die Hand. »Wir essen in einer Minute.«

Seine Großmutter verdrehte die Augen und Jock meinte: »Du musst dir einen schnappen, wenn sie nicht hinsieht, Gram.«

»Tut mir leid, ich bin zu spät.« Mit wehendem blonden Haar rauschte Daphne in die Küche. Ihre Jeans und ihr Pullover betonten ihre weiblichen Kurven. »Hey, Archer.«

»Hi, Daph.« Er beugte sich zu ihr hinunter und gab ihr einen Kuss auf die Wange. Sie war perfekt für Jock und viel zu lieb für Archers Geschmack, doch er konnte es nicht lassen, seinen Bruder zu ärgern. »Bereit, die Ehe zu annullieren und mit dem besseren Zwilling für ein Wochenende voller Ausschweifungen durchzubrennen?«

Jock schoss einen vernichtenden Blick auf ihn ab.

»Himmel, nein. Ich habe den besten Steele von allen geheiratet. Nichts für ungut, Steve«, fügte Daphne schnell hinzu.

Ihr Vater schmunzelte. »Schon gut, Liebes.«

»Verdammt richtig, du hast den besten geheiratet.« Jock zog sie in seine Arme und stahl sich einen Kuss.

Daphne errötete. »Du hast Archer doch nicht in die Nähe unseres Gepäcks gelassen, oder? Ich will keine Schlangen in meinem Koffer finden.«

Archer lachte leise. Sein Bruder und er hatten den Ruf, sowohl einander als auch ihren Eltern und Freunden Streiche zu spielen. Als Daphne zum ersten Mal die Insel besucht hatte, hatte er eine Schlange aus Gummi in ihr Schlafzimmer gelegt, und Daphne hatte geschrien, als sie sie gefunden hatte. Schlangen im Koffer waren jedoch Kinkerlitzchen im Vergleich zu dem Chaos, das sie in der Vergangenheit gestiftet hatten.

»Mach dir keine Sorgen, Babe. Ich habe es mit meinem

Leben beschützt.« Jock zog sie für einen weiteren Kuss zu sich.

»Das solltest du auch.« Ihre Mutter warf Archer einen warnenden Blick zu, bevor sie ihn umarmte. »Du siehst müde aus, Liebling. Hast du gut geschlafen?«

Nein. Ich war damit beschäftigt, an Indi zu denken. »Mir geht's gut.«

»Mhm.« Sie tätschelte seine Wange. »Wenn du das sagst.«

Sein Vater ließ Hadley in seinen Armen auf und ab hüpfen. »Wahrscheinlich erholt er sich noch von dem langen Wochenende.«

»Oder besser gesagt: von der Nacht mit einer gewissen Haar- und Make-up-Stylistin«, ergänzte seine Großmutter.

Er war daran gewöhnt, dass sie ihn wegen Indi aufzogen, doch heute wollte er nichts davon hören. Er hatte schon genug Probleme damit, sie aus seinen Gedanken zu vertreiben.

»Du musst irgendetwas richtig gemacht haben, da Indi den Laden an der Main Street gemietet hat.« Daphne nahm sich eine Scheibe Speck und biss ab. »Ich freue mich, dass sie auf die Insel zieht. Ich habe ein paar großartige Ideen, um die Neuigkeiten zu verbreiten, und es ist toll, noch eine Freundin in der Nähe zu haben.«

Was zum Teufel? Warum hatte Indi ihm nichts von dem Mietvertrag und dem bevorstehenden Umzug erzählt, als sie sich vorhin geschrieben hatten? Er bemühte sich, diese neue Information zu verarbeiten, während seine Mutter und Daphne schon darüber nachdachten, Kunden, die Hochzeiten oder andere Veranstaltungen auf dem Weingut gebucht hatten, Indi zu empfehlen, und Jock und ihre Großmutter das Essen zum Tisch trugen.

Sein Vater setzte Hadley ab, die Jock hinterherstapfte und auf ihren Kinderstuhl kletterte. »Ich will Gamas Muffins!«

Verführerisch sah Jock Daphne an. »Daddy will Mommys *Muffins*.«

»Darauf wette ich.« Seine Großmutter lachte leise.

Daphne stieg die Röte ins Gesicht, und sie begann, Hadleys Teller zu füllen. Dabei erwähnte sie, dass sie das Gefühl hatte, beim Packen etwas vergessen zu haben.

Während sie ihre Packliste durchsprachen, wanderten Archers Gedanken wieder zu Indi, was ihn von Sekunde zu Sekunde mehr ärgerte.

Sein Vater stieß ihn am Arm an. »Du wirkst abwesend.«

Archer biss die Zähne zusammen.

»Willst du darüber reden?«

»Nein.« Sein Vater war so stabil und robust wie ein guter Cabernet Sauvignon. Er hatte Archer einige wichtige Lektionen im Leben beigebracht, von denen Archer viele auf die eine oder andere Art missachtet hatte. Zum Beispiel, was es bedeutete, bedingungslos zu lieben, und dass man seinen Frust im Boxring rauslassen sollte, und nicht dadurch, anderen Menschen ins Gesicht zu schlagen. Wahrscheinlich hatte sein Vater auch zu seiner derzeitigen Situation einen weisen Ratschlag parat, doch im Moment gab es nur eine einzige Person, mit der er reden wollte, und sie befand sich auf der anderen Seite des verdammten Ozeans.

»Dann setzen wir uns hin und essen was«, schlug sein Vater vor. »Probleme lassen sich mit vollem Magen leichter lösen.«

»Ich muss erst etwas erledigen.« Er wandte sich der Seitentür zu, doch sein Vater packte ihn am Arm. Sein Blick war genauso eisern wie sein Griff.

»Zähl erst bis zehn, bevor du etwas tust, das du später vielleicht bereust.«

Für diesen uralten Tipp – *Dadurch zügelst du die Wut und*

kannst nachdenken, bevor du etwas sagst – hatte Archer nur ein spöttisches Schnauben übrig, bevor er zur Tür hinausmarschierte.

Als Archer nach dem Unfall aufgehört hatte, mit Jock zu reden, hatte sein Vater versucht, ihn wieder zur Vernunft zu bringen. Verdammt, alle hatten das versucht, doch Archer war zu wütend gewesen, um ihnen zuzuhören. Daran hatte er die letzten Monate gearbeitet, und manchmal probierte er es sogar mit der Zehn-Sekunden-Regel, auch wenn er es selten über fünf hinausschaffte.

Er zog sein Handy hervor, wählte Indis Nummer und lief im Garten auf und ab. Es klingelte ein zweites und ein drittes Mal.

»Hey«, sagte sie, als sie endlich abhob. »Ich treffe mich gleich mit einem Freund auf einen Kaffee.«

»Nur eine Frage. Warum zum Teufel erfahre ich von meiner Familie, dass du auf die Insel ziehst, und nicht von dir?«

Sie schwieg einen Moment. »Mir war nicht bewusst, dass du über all meine Angelegenheiten informiert sein willst oder gar musst.«

Wieder biss er die Zähne zusammen. »Ich bin seit Monaten dauernd *in* deinen Angelegenheiten, Darling.«

»Du weißt, was ich meine. Wir hatten Spaß miteinander, aber das ist jetzt vorbei. Warum kümmert es dich, ob ich auf die Insel ziehe oder nicht?«

Er hatte keine Ahnung, warum, aber so war es nun mal, verdammt. »Weil ich gerne weiß, was auf meiner Insel passiert.«

»*Deine* Insel? Wow, deine Arroganz kennt keine Grenzen. Ich sage es dir wirklich nur ungern, aber die Insel gehört nicht dir, und du hast kein Recht, mich zu bedrängen.«

»Gott, Indi. Ich bedränge dich nicht. Ich will nur wissen,

was los ist.«

»Ich treffe mich gleich mit meinem Freund James auf einen Kaffee, das ist los.«

Ein eifersüchtiger Stich traf ihn in die Brust und er verfluchte diese unerwünschte Emotion.

»Ich habe keine Zeit, mich mit dir zu streiten. Bis dann, Archer.« Sie legte auf.

Er starrte sein Handy an. In ihm schwelte Wut und noch etwas anderes. *Zum Teufel mit ihr.* Es war ihm scheißegal, was sie tat.

<h1 style="text-align:center">Vier</h1>

Indi schlüpfte in die High Heels und überprüfte gestresst ihr Equipment für die Hochzeitsgesellschaft, die zur Feier des Tages aufgehübscht werden wollte. Es war Samstagnachmittag und sie hätte eigentlich erst in anderthalb Stunden beim Hotel sein müssen. Die Mutter der Braut hatte jedoch angerufen und gefragt, ob sie drei weitere Frauen stylen könnte. Indi sollte die Braut frisieren und schminken, für die restliche Gesellschaft war nur das Make-up vereinbart. Sie plante immer etwas mehr Zeit ein, damit sie *ein* zusätzliches Make-up unterbringen konnte, wenn die hilfsbereiten Brautjungfern ihr nicht zu sehr in die Quere kamen. Aber die Frau hatte voller Verzweiflung erklärt, dass heute Morgen drei Cousinen der Braut aufgetaucht waren, die wegen eines Streits mit der Braut eigentlich nicht mehr an der Hochzeitsfeier hatten teilnehmen wollen, sich nun jedoch tränenreich entschuldigt und die Wogen geglättet hatten.

Natürlich eilte Indi zur Rettung.

Oder zumindest hoffte sie das.

Sie warf ihren Mantel über, schulterte ihre Tasche und griff nach dem Rollkoffer mit ihren Utensilien, als ihr das Handy auf dem Sofa ins Auge fiel. *Meine Güte.* Sie war so durch den Wind, dass sie beinahe ihr Handy vergessen hätte. Sie hob es auf und etwas zupfte an ihrem Herzen, als sie eine weitere ungelesene Nachricht von Archer auf dem Display entdeckte. Seit sie am Mittwochmorgen einfach aufgelegt hatte, hatte er ihr ein paar Mal geschrieben, und es war Folter, seine Nachrichten nicht zu lesen. Ein kalter Entzug war jedoch der einzige Weg, um über ihn hinwegzukommen. Ihr war nicht bewusst gewesen, wie sehr sie sich bereits in die Sache mit ihm verstrickt hatte, bis sie ihn gefragt hatte, warum es ihn kümmerte, dass sie auf die Insel zog. In dem Sekundenbruchteil, bevor er geantwortet hatte, hatte sie die vage Hoffnung gehegt, dass sie der Grund dafür war. Dass sie ihm wichtig war und dass er ihr das sagen würde. Da hatte sie erkannt, dass sie den Verstand verloren und sich zu sehr auf den einen Mann eingelassen hatte, der ihr niemals das geben konnte, was sie brauchte.

Seine Insel. Sie schnaubte höhnisch. Das Einzige, was ihn interessierte, war, wo sie sich aufhielt, damit sie ihm nicht in die Parade fahren konnte.

Tja, zum Kuckuck mit ihm. Sie hatten ihren Spaß miteinander gehabt – und sie hatte *wirklich* Spaß gehabt. Alles mit ihm war unvergleichlich aufregend und leidenschaftlich gewesen. Im Schlafzimmer verkörperte Archer alles, wonach sie sich in der Zeit mit James gesehnt und wovon sie fantasiert hatte. Allerdings hatte sie sich nicht von James getrennt oder einen Mietvertrag unterschrieben, der ihr komplettes Leben auf den Kopf stellte und sie womöglich noch weiter von ihrer Familie entfremdete, um jemandes Betthäschen zu werden. Sie übernahm die Verantwortung für jeden Aspekt ihres Lebens und widmete sich ihrem Unternehmen mit klarem Verstand und höchster Konzentration.

Sie schob ihr Handy in die Tasche, packte den Griff ihres Rollkoffers und trat zur Tür hinaus – wobei sie beinahe mit einem muskulösen, arroganten Winzer zusammengestoßen wäre, der in einer pelzgefütterten braunen Lederbomberjacke, Jeans und Arbeitsstiefeln direkt davor stand. »*Archer?* Was machst du …?« Das erregende Glühen in ihrer Brust wurde schnell von der Realität erstickt. Sie hatten schon Sex in ihrer Wohnung gehabt, wenn er wie aus dem Nichts bei ihr aufgekreuzt war. Anfangs war er tatsächlich nur deswegen hergekommen, aber irgendwann hatte er angefangen, sie erst zum Essen und dann noch in eine Bar auszuführen. Das würde sie nicht noch mal zulassen, und er brauchte ihr auch keine Gardinenpredigt zu halten, weil sie ihm nichts von ihrem Umzug erzählt hatte. »Wenn du hier bist, um mich anzuschreien, dann habe ich gerade keine Zeit dafür.«

Sein Gesichtsausdruck blieb unnachgiebig und sein Kiefer zuckte vor Anspannung. Sein Blick glitt über ihre roten Lippen und die schlichten, baumelnden Diamantohrringe und wanderte langsam zu dem tiefen Ausschnitt ihres kurzen schwarzen Kleides unter dem offenen Mantel hinunter. »Wo willst du denn so aufgetakelt hin?«

»Zur Arbeit und ich bin spät dran.« Sie drängte sich an ihm vorbei und zerrte den Rollkoffer hinter sich die Stufen hinunter. »Wie bist du ins Gebäude gekommen?«

»Ich habe einer netten alten Dame weisgemacht, ich wäre dein Freund. Gib mir den.«

Er legte seine große, raue Hand auf ihre, und Hitze durchströmte ihren verräterischen Körper auf eine Art, wie nur Archer es bewirken konnte. »Ich komme schon klar. Danke.« Sie versuchte, den Koffer die Stufen hinunterzuziehen, doch er verstärkte seinen Griff und hielt ihn wie eine Geisel auf der dritten Stufe fest. Sie begegnete seinem stählernen Blick. »Ich habe das schon eine Million Mal gemacht. Ich schaffe das.«

»Das weiß ich, aber nur ein Arschloch würde eine Frau dieses Ding durch ein ganzes Treppenhaus schleppen lassen.«

»Unserer letzten Unterhaltung nach würde ich sagen, dass du damit auf der richtigen Spur bist. Darf ich jetzt bitte gehen? Warum bist du überhaupt hier?«

Seine Augen wurden schmal. »Du beantwortest weder meine Nachrichten noch meine Anrufe. Was zum Teufel dachtest du denn, was ich hier mache?«

»Was du immer machst. Dir eine andere Frau für zwischendurch suchen und darauf hoffen, wieder mit mir im Bett zu landen, wenn ich mal wieder auf der Insel bin, und danach geht's wieder von vorne los.«

Seine Nasenflügel bebten. »Du hast keine Ahnung, wovon du da sprichst.«

Ein Dutzend stummer Konter gingen ihr durch den Kopf, aber warum sich die Mühe machen? Sie waren nicht zusammen und er war auch nicht länger ihr Liebhaber. Sie musste sich um wichtigere Dinge Gedanken machen als darum, ob sie sein Ego verletzt hatte, indem sie einfach aufgelegt hatte. »Ich habe keine Zeit, um über deine sexuellen Neigungen zu diskutieren. Ich muss drei unangekündigte Brautjungfern in meinem Zeitplan unterbringen und die Angehörigen der Braut sind emotionale Nervenbündel. Ich habe sowieso schon nicht genug Zeit für diesen Job, aber wenn ich *jetzt* nicht loskomme, werden alle mit geschwollenen Augen und fleckiger Haut zum Altar schreiten.«

»Ich bin mit dem Pick-up da. Ich fahre dich.«

»Na gut. Das geht schneller, als mir ein Taxi zu rufen.« Sie nannte ihm den Namen des Hotels und versuchte, den Koffer die Stufe hinunterzuziehen. Er lockerte seinen Griff gerade weit genug, damit er ihre Hand vom Koffer lösen konnte.

»Den trage ich. Ich bin kein kompletter Arsch.«

»Wenn du das sagst.« Es war eine beißende Erwiderung, die sie gar nicht so meinte, doch sie war aufgebracht, spät dran und immer noch unsicher, warum er hier war.

Jeder, der Archer kannte, wusste, dass er zu hundert Prozent ein erstklassiger Winzer und ein lächerlich attraktiver, nervtötender Mann war. Davon abgesehen war er ihrer Meinung nach zu ungefähr sechzig Prozent ein arrogantes Arschloch ohne Filter und zu vierzig Prozent Beschützer seiner Freunde und Familie, der ohne Rücksicht auf die Konsequenzen das Richtige tat. Sie hatte nicht die geringste Ahnung, warum dieser Gegensatz so anziehend war.

Offensichtlich stimmte etwas mit ihr nicht.

Im Bett sagte er Dinge, die sogar eine Sexarbeiterin zum Erröten hätten bringen können, nur um dann zum Beispiel jemandem, der seiner Schwester Unrecht getan hatte, einen Besuch abzustatten und dafür zu sorgen, dass sich das nicht wiederholen würde. Davon hatte sich Indi vor ein paar Jahren selbst überzeugen können, als sie mit Leni für ein langes Wochenende zu Besuch gewesen war. Am Abend zuvor waren sie unterwegs gewesen, wobei Leni einen Mann kennengelernt hatte, und sie war gerade von einem Date mit ihm zurückgekehrt. Zufällig hatte Archer mitbekommen, wie Leni erzählte, dass der Mann, ein Tourist aus Connecticut, ihr gegenüber aufdringlich geworden war. Archer hatte keine Zeit verschwendet, ihn aufgespürt und ihn sich vorgeknöpft. Er war sogar so weit gegangen, den Kerl von der Insel zu eskortieren und ihm zu drohen, dass er sich die Radieschen von unten ansehen konnte, sollte er jemals wieder einen Fuß auf die Insel setzen. Indi duldete keine Gewalt, aber es hatte etwas für sich, so innig geliebt und beschützt zu werden.

»Brauchst du Hilfe bei der Sache?«, fragte er und verstaute

ihren Rollkoffer auf dem Rücksitz.

»Ich komme klar.« Davon war sie alles andere als überzeugt, doch sie wollte nicht, dass er oder irgendjemand sonst etwas davon mitbekam. Während der Fahrt ertappte sie ihn dabei, wie er ihr immer wieder Seitenblicke zuwarf. Die Muskeln in seinem Gesicht zuckten, als würde ihm etwas auf der Zunge liegen, das er jedoch nicht aussprechen wollte.

Er reckte das Kinn. »Warum siehst du mich so an?«

»Keine Ahnung. Schätze, ich versuche, zu ergründen, warum du wirklich hier bist.«

»Weil ich mich am Telefon wie ein Mistkerl verhalten habe und mich dafür entschuldigen wollte. Das hattest du nicht verdient.«

Ihre Gedanken überschlugen sich. Sie wusste, dass dem Mann, der jahrelang einen Groll seinem Bruder gegenüber gehegt hatte, Entschuldigungen nicht leichtfielen, was diese umso wertvoller machte. »Danke. Tut mir leid, dass ich einfach aufgelegt habe, aber du hast mich an einem schlechten Tag erwischt. Ich war auf dem Weg zu einem Treffen mit meinem Ex, um ein paar Dinge klarzustellen, weil meine Mutter mich seinetwegen nicht in Ruhe lässt, und ich war – ich *bin* – es leid, dass andauernd Menschen versuchen, mich zu kontrollieren.«

Seine Brust hob sich unter einem tiefen Atemzug und seine Hände umfassten das Lenkrad fester. »Soll ich mich um deinen Ex kümmern?«

»Was? *Nein.* Hast du beim Rest abgeschaltet?«

»Ja, weil das Quatsch ist. Ich habe nie versucht, dich zu kontrollieren«, sagte er scharf.

Sie konnte nicht widerstehen, ihm das Gegenteil zu beweisen, auch wenn das, worauf sie sich gleich beziehen würde, keineswegs etwas Schlechtes war. Sie senkte die Stimme. *»Sag* *meinen Namen, Indi. Reib mich fester. Auf die Knie.«*

Er schnaubte spöttisch. »Das gefällt dir und das weißt du auch.«

»Ja, im Schlafzimmer. Aber wir sind kein Paar, Archer. Ich muss mich weder vor dir noch vor sonst irgendjemandem rechtfertigen. Wenn ich auf die Insel ziehe und dort mein Studio eröffne, kann ich keins deiner Betthäschen mehr sein. Ich muss meinen Ruf schützen.«

Er verstärkte nochmals seinen Griff um das Lenkrad, als er vor dem Hotel an den Bordstein fuhr. »Indi –«

»Lass mich ausreden. Das ist mir wichtig und das heutige Event stresst mich sowieso schon. Lass mich das also einfach loswerden, damit ich reingehen kann. Du bist der Bruder meiner besten Freundin, und ich liebe deine Familie wahrscheinlich mehr als meine eigene, was traurig, aber wahr ist. Ich will es mir nicht mit euch verscherzen.« Der Muskel in seiner Wange trat jetzt immer öfter hervor, doch sie ließ sich davon nicht beirren. »Ich mag dich sehr, Archer, auch wenn du mich manchmal in den Wahnsinn treibst. Aber wir sind diese Sache zwischen uns beide mit offenen Augen angegangen. Uns war klar, dass es irgendwann enden würde, und ich muss wissen, dass wir immer noch miteinander befreundet sein können, ohne dass es komisch zwischen uns ist. Okay? Ist alles in Ordnung zwischen uns?« Sie schulterte ihre Tasche, als sich der Portier näherte, um ihr aus dem Pick-up zu helfen.

»Ja, alles in Ordnung.« Sein Tonfall klang barsch.

Er stieß seine Tür auf und holte ihren Rollkoffer von der Rückbank. Als er wie ein Berg von einem Mann über ihr aufragte, nickte er dem Portier zu, der diskret beiseitetrat.

»Danke, dass du gekommen bist, um dich zu entschuldigen, und für die Fahrt hierher.«

Seine Gesichtszüge wirkten angespannt. »Du weißt, dass wir noch nicht fertig miteinander sind, Indi.«

»Oh Gott. Als hättest du nichts von dem gehört, was ich gerade gesagt habe.«

»Ich habe jedes Wort gehört. Aber wir wissen beide, dass dich niemand so befriedigen kann wie ich.«

»Du bist der mit Abstand dickköpfigste Mann, den ich kenne.« Es spielte keine Rolle, dass er recht hatte. Sie wollte das nicht hören.

Ein träges Grinsen umspielte seine Mundwinkel. »Das leugne ich nicht, also tu nicht so, als würdest du das nicht an mir lieben.«

Ihr klappte die Kinnlade herunter. Fieberhaft suchte sie nach einer Erwiderung, doch bevor ihr etwas einfiel, mit dem sie ihn in die Schranken weisen konnte, fuhr er schon fort.

»Jetzt geh da rein und zeig ihnen, wie fantastisch du bist, bevor ich dich ins Auto werfe und in einer dunklen Gasse über dich herfalle.«

Hitze stieg über ihre Brust und ihren Hals hoch, was sie zu verbergen versuchte, indem sie ihm den Griff ihres Rollkoffers aus der Hand schnappte und ins Hotel stapfte. Ihr Herz raste und ihr Körper vibrierte, während Bilder von ihr und Archer nackt in seinem Wagen auf sie einstürzten.

Archer würde nicht zulassen, dass dies das Ende ihrer Unterhaltung war. Auch wenn Indi heruntergespielt hatte, wie nervös sie wegen des Jobs war, hatte er die Anzeichen erkannt. Sie hatte mit dem goldenen Ring an ihrer rechten Hand gespielt und während der ganzen Fahrt unruhig mit einem Bein gewippt, was nicht an ihrer Nähe zueinander gelegen hatte. Diese Anzeichen ihrer inneren Unruhe waren weicher. Dann flatterten ihre Lider, ihr Atem stockte. In der Sekunde, als sie ihre Wohnungstür geöffnet hatte, hatte er diese Anzeichen gesehen. Doch während sich Indi zwischen den Laken in eine leidenschaftliche Sexgöttin verwandelte, blieb sie außerhalb des Schlafzimmers ruhig und bewahrte einen kühlen Kopf. Daher hatte sie ihr Bestes gegeben, um ihn abzuwimmeln.

Viel Glück dabei, Darling.

Und jetzt, um dich im bestmöglichen Licht erstrahlen zu lassen …

Er gab dem Parkservice ein Trinkgeld, holte ein paar Flaschen Wein aus der Kiste auf der Rückbank und betrat das Hotel. Nach einem kurzen Stopp an der Rezeption wusste er, wo er Indi finden würde, und kurz darauf klopfte er an die Tür. Eine hübsche Brünette in einem roten Morgenmantel mit einem eingestickten *Brautjungfer* über der rechten Brust öffnete ihm. Sie musterte ihn mit leuchtenden Augen, doch Archers Aufmerksamkeit richtete sich auf das Chaos hinter ihr. Eine Schar von Frauen in roten Seidenmänteln umringten eine Blondine in einem weißen Gewand – die Braut, wie er annahm –, deren Haare Indi gerade stylte. Die Frauen redeten alle gleichzeitig. »Ich weiß, dass sie eine Hochsteckfrisur will, aber mit offenen Haaren sieht sie besser aus.« »Eine Hochsteckfrisur mit Strähnen, die ihr Gesicht umspielen, ist perfekt.« »Wenn ihre Haare offen sind, sehen ihre Wangen füllig aus.« Kollektives Luftschnappen folgte, und im Spiegel sah er die Braut das Gesicht verziehen, als würde sie gleich zu weinen anfangen. Die anderen Frauen straften die Brünette, die die letzte Bemerkung über ihre Wangen gemacht hatte, mit bösen Blicken und noch böseren Worten. Die Brünette brach in Tränen aus, woraufhin zwei Frauen die Arme um sie legten und sie trösteten. »Ich wollte damit nicht sagen, dass ihre Wangen dick aussehen«, entschuldigte sich die Brünette. »Wenn ihre Haare hochgesteckt sind, kommen ihre Wangenknochen einfach besser zur Geltung.«

Heilige Scheiße. Frauen waren grausam.

Während sich die Frauen abwechselnd stritten und gegenseitig Trost spendeten, redete Indi der Braut gut zu. Im Spiegel erkannte Archer jedoch die Anspannung um Indis Augen und Mundwinkel. Verdammt, sie war gut.

»Ich wusste nicht, dass zu diesem Zimmer ein Weinboy gehört.«

Der flirtende Tonfall der Brautjungfer riss ihn aus seinen Gedanken. Er wandte sich ihr wieder zu und drehte seinen Charme auf. »Du darfst mich gerne Weinboy nennen, aber ich bevorzuge Archer.« Er zwinkerte ihr zu und erntete dafür ein breites Lächeln. »Archer Steele, Assistent extraordinaire eurer hervorragenden Haar- und Make-up-Stylistin. Und wie heißt du, meine Schöne?«

»Du darfst mich nennen, wie du willst. Komm rein.« Sie zog die Tür weiter auf und verkündete: »Ladys, darf ich vorstellen: Archer, Indis Assistent.«

Alle Blicke richteten sich auf ihn und bewunderndes Geflüster erklang, als er den Raum betrat. Indi hatte nicht gelogen, als sie von geschwollenen Augen und fleckiger Haut gesprochen hatte. Ein paar der Frauen sahen mit den dunklen Ringen unter müden Augen aus, als hätten sie die Nacht durchgemacht. Indi würde Wunder bewirken müssen, um das zu kaschieren.

Die Frauen strömten auf ihn zu, begrüßten ihn und stellten sich vor, genau wie er gehofft hatte, damit Indi in Ruhe ihre

Arbeit erledigen konnte. Auch wenn sie ihn mit einem vernichtenden Ausdruck in den Augen ansah. Er zwinkerte ihr trotzdem zu, allerdings offenbar ohne ihre Wut dadurch zu besänftigen.

»Lass mich dir den Wein abnehmen.« Eine Blondine erleichterte ihn um zwei Flaschen und ihre Freundin schnappte sich die dritte.

»Danke«, sagte er, den Blick noch immer auf Indi gerichtet, die ihn eindeutig nicht hier haben wollte.

»Du machst Haare und Make-up?«, fragte eine andere Frau.

»Es gibt nicht viel, was ich nicht mache.« Seine Mundwinkel hoben sich, als Indi die Augen verdrehte. *Du weißt, dass es stimmt.*

»Er darf jederzeit die Hände in meinen Haaren vergraben«, sagte jemand und löste damit schallendes Gelächter aus.

»Aber, aber, Ladys. Euretwegen werde ich noch gefeuert, bevor ich überhaupt angefangen habe. Wie wär's, wenn ihr euch etwas von dem Wein einschenkt, während ich kurz mit der Chefin spreche? Danach können wir uns besser kennenlernen.« Er ignorierte die koketten Erwiderungen und ging zu Indi hinüber.

»Was *machst* du denn?«, flüsterte sie.

»Dir die Frauen vom Hals halten, damit du deinen Job machen kannst.«

Überraschung und verhaltene Dankbarkeit schimmerten in ihren Augen. »Du fährst zufällig Wein in deinem Pick-up spazieren?«

Er blickte zur Braut, die vorgab, nicht zu lauschen. »Ich dachte, falls dich eine Entschuldigung wegen meiner Verspätung nicht milde stimmt, besteche ich dich einfach mit deinem Lieblingswein.« An die Braut gewandt fuhr er fort: »Sie ist eine tolle Chefin, aber empfindlich, wenn es um Pünktlichkeit geht.«

Die Braut lachte leise.

»Du hast wirklich Glück. Indi ist eine wahre Meisterin auf ihrem Gebiet. Ihre Hände sollten patentiert werden.« Er grinste. »Was soll ich tun, Boss? Hast du die Gesichter dieser wunderschönen Frauen schon eingecremt und fürs Make-up vorbereitet?«

»Habe ich …?« Verwirrt runzelte Indi die Stirn. Sie packte seinen Arm und drehte sich mit ihm so, dass sie mit dem Rücken zur Braut standen, bevor sie flüsterte: »Vermassle mir das hier nicht.«

»Ich würde dir niemals in deine Arbeit reingrätschen.«

Sie zog ein finsteres Gesicht.

»Entspann dich. Ich mach das schon. Wie, denkst du, hat Jules gelernt, sich zu schminken? Wenn deine kleine Schwester an dir üben will, wie man mit Make-up umgeht, dann lässt du sie machen oder du musst dir das die ganze Nacht lang vorhalten lassen.«

Sie kniff die Augen zusammen. »Im Ernst?«

»Ich schwöre.« Er zeichnete ein Kreuz über seinem Herzen.

»Du steckst voller Überraschungen, aber wenn du mich anlügst …«

»Kein Grund, mir zu drohen.« Er beugte sich zu ihr, um ihr etwas zuzuflüstern, das nur für ihre Ohren bestimmt war. »Warte nur ab, was für Überraschungen ich später noch für uns auf Lager habe.« Hitze stieg in ihren Augen auf. Sie trat einen Schritt zurück und warf ihm einen warnenden Blick zu. Er verbuchte das als kleinen Sieg und wandte sich wieder den eifrigen Weintrinkerinnen zu. »Okay, Ladys, wer möchte zuerst Bekanntschaft mit der Gesichtscreme und der Grundierung machen?« Ein mehrstimmiges Echo lauter Freiwilliger antwortete ihm.

Lebhafte Gespräche, versteckte Anspielungen der ungebundenen Brautjungfern und Lobeshymnen auf Indis Professionalität und Fachwissen erfüllten die nächsten Stunden. In den letzten Jahren hatte sie öfter seine Mutter und Schwestern frisiert und geschminkt, doch die gehörten zur Familie, waren also keine Frauen, deren Aussehen er besondere Beachtung schenkte. Außerdem hatte er Indi, die ihr Handwerk wie ein absoluter Profi ausübte, noch nie in Aktion gesehen. Sie schenkte jeder Frau ihre volle Aufmerksamkeit und beurteilte Hauttyp, Haarstruktur und Augenfarbe, bevor sie die entsprechenden Produkte auswählte. Sie ließ ihre Arbeit mühelos wirken, doch er konnte praktisch vor sich sehen, wie sich die Rädchen in ihrem Kopf drehten, während sie mit Pinsel und Haarbürste hantierte und jede Frau in ein Laufstegmodel verwandelte. Weit und breit keine geschwollenen Augen mehr zu sehen. Selbst die Brautmutter sah nach dem Styling zehn Jahre jünger aus. In letzter Sekunde war Indi tatsächlich mit allen fertig geworden.

Die Frauen überschütteten sich gegenseitig mit Komplimenten und bedankten sich bei Indi und Archer, obwohl er nicht viel mehr getan hatte, als ihre Gesichter einzucremen und sie zu unterhalten, während Indi ihre Magie gewirkt hatte. Lächelnd brachte Indi die Gesellschaft zur Tür und achtete darauf, dass niemand etwas vergaß.

Als die letzte Frau gegangen war, lehnte sich Indi mit dem Rücken gegen die geschlossene Tür und seufzte. »Ich kann kaum glauben, dass wir es rechtzeitig geschafft haben.«

»Haben *wir* auch nicht. Das warst du und, verdammt, Indi, du bist fantastisch.«

Sie stieß sich von der Tür ab und begann, ihre Sachen zusammenzupacken. »Danke. Ohne dich wäre ich nicht rechtzeitig fertig geworden.«

»Vermutlich doch, aber ich habe gerne geholfen. So konnte ich dich mal in Aktion sehen.« Er konnte nicht widerstehen, hinzuzufügen: »Zur Abwechslung mal angezogen.«

Sie stemmte eine Hand in die Hüfte. Trotz des breiten Grinsens auf ihrem Gesicht sah sie in dem kurzen, schwarzen, gerippten Kleid, das ihre Figur betonte, umwerfend sexy aus. »Denk nicht, dass ich, nur weil du mir geholfen hast, mit dir –«

Er zog sie an sich und verschloss ihren Mund mit einem harten, hungrigen Kuss. Sie erwiderte den Kuss augenblicklich, als hätte sie – genau wie er – den ganzen Tag lang darüber nachgedacht, ihn zu küssen. Aber dann drückte sie sich mit erhitzten Wangen von ihm weg. »Archer …«

Es war nur eine halbherzige Drohung, also zog er sie wieder dicht an sich. »Keine Sorge. Ich werde dir nicht die Klamotten vom Leib reißen und dich über den Tisch da beugen, obwohl ich kurz daran gedacht habe.«

Sie verengte die Augen, doch die lodernden Flammen darin konnte sie nicht verbergen.

»Ich musste nur etwas Druck ablassen.«

»Du stehst immer unter Druck«, konterte sie.

»Was dich zu einer glücklichen Frau macht. Na komm, ich lade dich zum Essen ein.«

Skeptisch sah sie ihn an. »Wirklich?«

»Klar. Danach kannst du mich mit nach Hause nehmen und mich dir zunutze machen.«

Sie schnaubte. »Wir wollen mal nichts überstürzen.«

»Ich stürze mein Essen nie hinunter, Darling. Vor allem nicht das *Dessert*.« Er gab ihr einen Klaps auf den Hintern.

Mit einem überraschten Aufschrei sprang sie aus seinen Armen. »Warten wir das Abendessen ab.«

»Guter Plan.« Er half ihr beim Zusammenpacken. »Vielleicht überlege ich es mir noch mal anders, wenn die Rechnung kommt.«

»Ja, *das* wird bestimmt passieren.«

»Mal sehen, wie hübsch die Kellnerin ist.«

»Gott, du hörst auch nie damit auf, oder?«

»Ich denke, du kennst die Antwort darauf.« Abermals zog er sie in seine Arme und gab ihr einen tiefen, innigen Kuss, bis ihr Körper gegen seinen sank, und dann küsste er sie noch etwas länger, denn sie hatte recht. Statt sein Verlangen nach ihr zu zügeln, hätte er genauso gut versuchen können, einen aufziehenden Sturm aufzuhalten.

Fünf

In einen leidenschaftlichen Kuss vertieft stolperten sie in Indis Wohnung und rissen sich Mantel und Jacke vom Leib. Archer zerrte sich sein Shirt über den Kopf und zog an ihrem Kleid.

»Reißverschluss!«, sagte sie schnell.

»Fuck.« Knurrend wirbelte er sie herum, öffnete hastig ihr Kleid und schob es zu Boden. Er versenkte die Zähne in ihrer Halsbeuge, schabte damit über ihre Haut und saugte an ihr. Schauer der Erregung durchzuckten ihren Körper, während er den Vorderverschluss ihres BHs löste und ihn ihr ebenfalls auszog. Gerade wollte sie aus ihren High Heels steigen, doch er sagte: »Lass sie an.« Oh, wie sehr sie das liebte!

Er schob eine Hand zwischen ihre Beine und spielte durch ihren Tanga mit ihr, während er mit der anderen ihre Brustwarze fand. Auf dem Weg zum Sofa wusste er ganz genau, wie er sie berühren musste, um sie in den Wahnsinn zu treiben. Beim Gedanken daran, dass er sie von hinten nehmen würde, stieg Vorfreude in ihr auf. Beim Sex liebte sie seine entschiedene Art, seine instinktive Sexualität und sein Selbstbewusstsein.

Mit festem Griff packte sie die Rückenlehne, atemlos und voller Verlangen nach dem Mann, dem sie erst vor ein paar Stunden abgeschworen hatte. Doch beim Abendessen waren sie wieder in alte Muster verfallen, indem sie mit Zweideutigkeiten um sich geworfen und sich mit spöttischem Geplänkel gegenseitig aufgezogen hatten. Noch etwas, wonach sie sich sehnte. Seine Spontaneität und seine uneingeschränkte Aufmerksamkeit, wenn sie zusammen waren. Unter dem Tisch hatte er sie so lange zwischen ihren Beinen gestreichelt, bis sie so feucht gewesen war, dass sie befürchtet hatte, zu kommen, noch während der Kellner neben ihrem Tisch stand. Mit einem triumphierenden Lächeln hatte Archer seine talentierten Finger zurückgezogen. Sie hatte es ihm mit gleicher Münze heimgezahlt, indem sie ihn durch die Jeans gereizt hatte, während er ihre Getränkebestellung aufgegeben hatte. Dann hatte sie es noch ein bisschen weitergetrieben und ihm ins Ohr geflüstert, dass sie gerne unter dem Tisch verschwinden und ihn in den Mund nehmen würde. So fest, wie er die Zähne zusammengebissen hatte, musste es wehgetan haben.

Jetzt wollte sie ihn dringender in sich spüren, als ihrem eigenen Schwur treu zu bleiben, und sie würde jede einzelne Sekunde genießen.

Als er ihr den Tanga auszog und seine Jeans öffnete, ermahnte sie sich, dass dies *definitiv* das letzte Mal sein würde. Er schob seine Hose hinunter und stieß sich mit einer einzigen, fließenden Bewegung in sie. Sie stöhnte auf. Lust explodierte überall in ihrem Körper, von den Haarspitzen bis in die Zehenspitzen und an jeder erregenden Stelle dazwischen. Er bewegte sich härter in ihr und nahm sie mit tiefen Stößen, bis sie vor lauter Empfindungen kaum noch atmen konnte. Hungriges Verlangen pochte wie wild in ihr und steigerte sich mit jeder Bewegung seiner Hüften.

»Du fühlst dich so unglaublich gut an.« Er krallte eine Hand in ihre Haare, und als er ihren Kopf hochzog, grub sie die

Finger in die Couch. Mit der anderen Hand hielt er ihre Hüfte fest. Er verringerte sein Tempo, bis er nur noch quälend langsam, aber mit zermürbender Präzision über den geheimen Punkt in ihr rieb. Er verstand es meisterhaft, sie an den Rand des Abgrunds zu treiben und dort zappeln zu lassen. Sie stöhnte und rang nach Atem, auf der Jagd nach ihrem Höhepunkt, der sich ganz knapp außerhalb ihrer Reichweite befand.

»*Schneller*«, flehte sie.

»Nein, verdammt.« Er bewegte sich noch langsamer. »Du gibst hier nicht den Ton an, nachdem du mich wegen deines Umzugs im Dunkeln gelassen hast.«

Sie sah über ihre Schulter und blickte geradewegs in seine dunklen, arroganten und hungrigen Augen. »Wenn ich es dir gesagt hätte, wärst du jetzt nicht hier und wir würden nicht *das hier* tun.«

Er schob seine Hand von ihrer Hüfte zwischen ihre Beine und reizte die Stelle, bei der sich ihr vor Wonne die Zehen einrollten. Lust sammelte sich tief in ihrem Bauch. Ihre Nippel pulsierten. Alles in ihr zog sich zusammen. »Vielleicht nicht *hier* und *jetzt*, aber mach dir nichts vor. Das hier wäre auf jeden Fall irgendwann passiert.«

Er zog sich bis auf die Spitze aus ihr zurück, verweilte an diesem empfindlichen Punkt in ihr und spielte mit ihr wie mit einem Musikinstrument. *Archer, bitte*, lag ihr auf der Zunge, doch sie verkniff es sich, weil sie seinen Namen nicht aussprechen wollte. Sie erhob sich auf die Zehenspitzen, weil sie wusste, dass sie so die Empfindungen verstärken konnte, und hielt zusätzlich seine Hand mit ihrer eigenen zwischen ihren Beinen fest. Sie versuchte, ihre Finger an seinen vorbeizuschieben, um sich selbst die Erleichterung zu verschaffen, die sie so dringend brauchte, aber er packte ihr Handgelenk.

»Du darfst kommen, wenn ich es sage.«

Sie warf ihm einen bösen Blick zu. »Ich hasse dich gerade sehr.«

»Das ist mir scheißegal.« Er ließ ihre Haare und ihre Hand los, schlang einen Arm um ihre Brust und beugte sich über ihren Rücken, ohne in seinem langsamen Rhythmus innezuhalten. Mit der anderen Hand fand er ihre Perle und raubte ihr schier den Verstand. »Dein Körper hasst mich gerade ganz sicher nicht.«

»Halt die Klappe.«

Er lachte leise und versenkte erneut die Zähne in ihrer Haut, bevor er sich schneller bewegte und eine Flut an Emotionen über sie hereinrollen ließ, als sie kam. Bebend und zitternd stieß sie seinen Namen aus, dann schwebte sie, umfangen von seinen muskulösen Armen und seinem starken Körper. Seine Lippen glitten über ihre erhitzte Haut. Nachbeben des Orgasmus erschütterten sie noch und sein Atem strich über ihr Ohr. »Ich liebe es, wie du mich hasst.«

Ihr entkam ein Lachen, bevor sie aufkeuchte, als er sich aus ihr zurückzog und sie in seinen Armen umdrehte. Seine harte Länge presste sich an ihren Bauch, doch er beherrschte sich, und sie entdeckte etwas wie Achtung und Bewunderung in seinen Augen. Bevor er etwas sagen konnte, sah sie ihn herausfordernd an. »Ich bin dran. Zieh die Stiefel und die Klamotten aus und leg dich aufs Bett.«

Indi stieg aus ihren High Heels und stolzierte aufreizend um das offene Würfelregal herum, das ihr Bett vom Rest der Wohnung trennte. Nichts erregte ihn mehr als eine Frau, die wusste, was sie wollte, und es sich auch holte. Vor allem, wenn diese Frau Indi Oliver war, die in der Öffentlichkeit gerade konservativ genug auftrat, um allen weiszumachen, sie wäre ein braves Mädchen. Doch er hatte schon vor Jahren hinter diese Fassade geblickt. Es war schwer zu übersehen gewesen, wie hungrig sie ihn mit ihren hellblauen Augen angeschaut hatte, als wäre er ein Teller voller Rippchen vor der Nase einer Löwin, obwohl er die meiste Zeit über ein wütendes Arschloch war. Sie hatte sich allerdings geweigert, sich mit ihm abzugeben. Vor vier Monaten hatte sich etwas verändert. Auf der Geburtstagsparty seiner Großmutter hatte er gespürt, dass sich etwas zwischen ihnen verschoben hatte. Seine Schwester Jules hatte sie dazu gebracht, zusammen zu tanzen, und obwohl Indi nie auf seine Annäherungsversuche eingegangen war, hatte sie an jenem Abend zurückgeflirtet und ihn gleichermaßen verspottet wie ihm eingeheizt. Nach der Party war sie mit Wells und ein paar anderen Freunden auf einen Drink verschwunden, aber als er dazugestoßen war, hatten sie wieder miteinander geflirtet. Er wusste nicht, was genau sich verändert hatte, und es war ihm auch egal. Die sexuelle Spannung zwischen ihnen war unglaublich heiß, und er hatte sich davon treiben lassen, als er sie gefragt hatte, ob sie mit ihm von dort verschwinden wollte. Er konnte ihre freche Antwort noch immer in seinem Kopf hören. *Ich dachte schon, du würdest nie fragen.* In jener Nacht hatte sie ihm gezeigt, was für eine Sexgöttin sie war, und seitdem hatte sie ihn nur immer wieder verblüfft.

Er zog sich aus und ging zu seiner heißen Verführerin. Die Arme unter ihren Brüsten verschränkt, stand sie neben dem Bett und ließ ihren Blick an seinem nackten Körper hinuntergleiten. Er wollte sie auf so viele verschiedene Arten nehmen. Sie war durch und durch zierlich, mit einer süßen Taille, schmalen Hüften und Brüsten, die kaum seine Hände füllten. Nichts im Vergleich zu den kurvigen Frauen, mit denen er vorher im Bett gewesen war, aber er hatte sich noch nie zu jemandem so stark hingezogen gefühlt.

Sie reckte das Kinn und blickte zum Bett. »Leg dich auf den Rücken.«

Er würde ihr die Führung überlassen, für den Moment …

Er zog die Tagesdecke bis zum Fußende des Bettes herunter und legte sich auf den Rücken. Sie setzte sich rittlings auf ihn, und er packte ihre Hüften, begierig darauf, von ihr vernascht zu werden. Mit einer Hand glitt sie zwischen ihre Beine und spielte mit sich, bis ihre Finger feucht waren und sie sich in seinem Griff wand. Er hob sie hoch, um sie auf seine harte Länge zu senken. »Du bringst mich besser zu deinem Mund hoch«, sagte sie.

Fuuck. Sie war seine wahrgewordene Fantasie.

Nur zu gerne befolgte er ihre Anweisung. Zwischen ihren Beinen würde er als glücklicher Mann sterben.

Er verwöhnte sie mit seinen Händen und seinem Mund, neckte und berührte sie, bis sich ihre Beine anspannten und sie aufstöhnte. Ihr Geschlecht pulsierte, als sie unter seiner Zunge kam. Bevor sie ganz von ihrem Hoch heruntergestiegen war, hob er sie an und ließ sie in einer einzigen Bewegung auf sich sinken. Stöhnend hielten sie sich aneinander fest, während sie ihn hemmungslos ritt. Er biss die Zähne zusammen, als der Druck in ihm weiter und weiter anstieg, und brannte sich ihren atemberaubenden Anblick ins Gedächtnis: die sich wiegenden Hüften, die wippenden Brüste, die feuchten, leicht geöffneten Lippen, die geschlossenen Augen. Er hatte noch nie etwas Schöneres gesehen. Aber es war nicht genug. Er brauchte *alles* von ihr. Er zog sie zu sich herunter, labte sich an ihrem Mund und stieß die Hüften nach oben. Die Hände in ihrem Haar vergraben, drückte er sie fest an sich, während sie sich ihrer alles verzehrenden Leidenschaft hingaben. In seinen Adern brannten Feuer und Eis und in ihm startete ein verdammtes Feuerwerk. Farben explodierten auf spektakuläre Art und Weise hinter seinen geschlossenen Lidern und schienen durch ihn zu pulsieren. Sie war die einzige Frau, die je solche Empfindungen in ihm hervorgerufen hatte. Noch eine Sache im Zusammenhang mit ihr, die er nicht verstand, nach der er jedoch süchtig war.

Stöhnend bewegte er die Hüften weiter und küsste das leise Seufzen von ihren Lippen. Sie kosteten ihr sinnliches Hoch voll aus, bis keiner von ihnen mehr etwas zu geben hatten. Er schlang die Arme um sie und rollte sie auf die Seite, immer noch miteinander verbunden. Sie vergrub das Gesicht an seinem Hals. Ihre Weichheit fühlte sich unerträglich perfekt an ihm an. Dies waren die einzigen Momente, in denen er vollkommenen Frieden empfand, ohne dass ihn die Schuldgefühle der Vergangenheit niederdrückten. Er hatte jedoch nur etwa sechzig Sekunden, um in dieser Ruhe zu schwelgen, die er nicht verdient hatte. Dann würde Indi ins Badezimmer verschwinden und bei ihrer Rückkehr wären sie wieder bei scharfzüngigen Bemerkungen und sexy Geplänkel angekommen.

Nicht, dass er etwas dagegen hätte.

Mehr als sechzig Sekunden dieser Ruhe und er würde wahrscheinlich den Verstand verlieren.

Wie ein Uhrwerk löste sie sich schließlich von ihm. Dabei wirkte sie genauso trunken von ihm wie er von ihr, aber wie gewöhnlich wischte sie sich diesen unglaublich niedlichen Ausdruck aus dem Gesicht und stieg aus dem Bett. Auf dem

Weg ins Badezimmer sah er ihr nach und richtete sich mit einem Kissen im Rücken auf. Irgendwie hatte es etwas für sich, dass er wusste, was sie als Nächstes tun würde. Bei einem wahllosen One-Night-Stand wurde es an dieser Stelle meistens peinlich und unangenehm, was er verabscheute.

Sein Blick schweifte durch den beengten Raum, der Indi als Schlafzimmer diente. Der cremefarbene Schrank mit handgemalten Blumen darauf passte zu einer hohen, schmalen Kommode. Das Blumenmuster fand sich in den Vorhängen und der flauschigen Tagesdecke am Fußende des Bettes wieder. Wie die Wohnzimmermöbel wirkten auch die im Schlafbereich schlicht, aber gut verarbeitet, und er würde wetten, dass die Schubladen genauso gründlich sortiert waren wie das offene Würfelregal, das als Raumteiler fungierte. Ordentlich aufgereiht standen darin Bücher, farbenfrohe Ordner, Körbe und Plastikbehälter, in denen alles Mögliche drin sein konnte. Genau wie sie selbst war ihre Wohnung unaufdringlich. Sie hätte sich mit übertriebenem Make-up und auffälligen Klamotten auftakeln können, doch das tat sie nicht. Sie kleidete sich sexy und elegant und genau damit stach sie unter den anderen heraus. An den Wänden hingen ein paar Bilder und Plaketten mit positiven Sprüchen, und bei seinem letzten Besuch waren ihm Fotos von Indi mit Freunden aufgefallen, viele davon mit seinen Schwestern, aber auch mit Models bei diversen Veranstaltungen. Über Letztere hatte er sich gewundert, denn sie war niemand, der gerne im Rampenlicht stand. Noch interessanter war jedoch, dass es kein einziges Foto von ihrer Familie gab.

In ihrer ganzen Pracht kehrte Indi aus dem Badezimmer zurück. Ihre rosigen Brustwarzen zogen sich zu harten Kieselsteinen zusammen, als ihr Blick an seiner gesamten Länge entlangglitt. »Du bist noch nicht angezogen.«

»Dir entgeht auch gar nichts, oder?« Er legte sich einen Arm hinter den Kopf und genoss ihren Anblick, als sie eine Schublade an der Kommode aufzog und ihm dabei eine großartige Aussicht auf ihren herzförmigen Hintern bot. Es juckte ihn in den Fingern, sie erneut zu berühren.

»Musst du nicht zurück auf die Insel?« Sie holte ein T-Shirt aus der Schublade und zog es an, ohne damit ihren Hintern zu bedecken.

In seinem Unterleib prickelte es gierig. »Nein. Der einzige Punkt auf meiner To-do-Liste ist, morgen Mittag mein Boot aus dem Wasser zu holen. Wir haben die ganze Nacht.« Er zog sie neben sich auf die Matratze.

»Ich habe gehört, dass ein Sturm aufzieht. Musst du nicht ein paar Latten an Luken festnageln oder dergleichen?«

»Der Sturm wird nicht vor Montagabend erwartet. Das Einzige, was ich mit einer Latte festnageln will –«

»Archer«, beschwerte sie sich halbherzig wie immer.

»Was?« Er rollte sich über sie und drückte sie unter sich in die Matratze. »Hast du noch eine späte Verabredung mit *James*?« Wieder verspürte er beim Gedanken an sie zusammen mit einem anderen Mann diesen verdammten Stich in der Brust. Noch etwas, das ihn an ihr wahnsinnig machte. Vor Indi hatte er nie groß über die Frauen in seinem Bett nachgedacht. Aber mit ihr war alles anders. Sie war die einzige Frau, der er genug vertraute, um ohne Kondom mit ihr zu schlafen, und, *verdammt*, sie hatte ihn wirklich auf Herz und Nieren geprüft. Er hatte sich auf jede Krankheit auf diesem Planeten testen lassen müssen, und sie hatten sich beide geschworen, während ihrer Affäre mit niemandem sonst ohne Kondom zu schlafen.

Sie grinste ihn an. »Eifersüchtig?«

»Scheiße, nein.«

»Warum fragst du dann?« Sie hob eine Augenbraue.

Weil ich von dir hören will, dass er nur ein Kerl ist, mit dem du zusammenarbeitest … und obendrein schwul. Kochend vor Wut biss er die Zähne zusammen. »Ich will bloß wissen, mit wem du vögelst.«

Etwas huschte über ihr Gesicht – Schmerz? Enttäuschung? Wut? – und weckte sein schlechtes Gewissen. In der nächsten Sekunde war der Ausdruck verschwunden, und sie wand sich unter ihm hervor, um sich mit dem Rücken gegen das Kopfteil zu lehnen.

»James ist mein Ex-Freund und ich schlafe *nicht* mit ihm.«

Jetzt fiel ihm ein, dass so der Kerl hieß, den sie an dem Morgen, als sie ihn am Telefon abgewürgt hatte, auf einen Kaffee hatte treffen wollen. Sie hatte etwas mit ihm klären müssen. Archers Beschützerinstinkt regte sich.

»Aber du und ich, wir übernachten nicht beieinander, also kannst du gehen.« Sie machte Anstalten, aufzustehen, doch er hielt sie zurück.

»Kommst du aus einem Paralleluniversum? Jedes Mal, wenn du auf der Insel bist, verbringst du die Nacht auf meinem Boot.«

Sie verdrehte die Augen. »Okay, aber *hier* machen wir das nicht.«

»Hm.« Er schüttelte ein Kissen auf und schob es sich in den Rücken, um es sich neben ihr bequem zu machen. »Ich mag dein Bett und ich mag dich, also machen wir heute Nacht eine Ausnahme.« Er drückte ihren Oberschenkel. »Und jetzt sag mir, was du mit dem Typen klären musstest.«

»Tu nicht so, als würde dich das interessieren.«

»Ich tue nicht nur so. Man trifft sich bloß aus zwei Gründen mit seinem Ex. Weil man mit ihm schläft oder weil er einem ans

Bein gepisst hat. Du hast gesagt, dass du nicht mit ihm schläfst, also muss ich wissen, ob ich ihm mal einen Besuch abstatten sollte.«

Mit einem leisen Lachen schüttelte sie den Kopf. »Du bist so ein Neandertaler. Viele Leute bleiben mit ihren Ex-Partnern befreundet. James ist ein Freund der Familie und ich komme bestens mit ihm zurecht.«

»Worum ging es?«

Einen langen Moment betrachtete sie ihn, als wollte sie abschätzen, wie interessiert er tatsächlich an der Antwort war.

»Indi, ich liege in deinem Bett. Du bist mir offensichtlich wichtig.«

»Du hast gesagt, dass du niemals Gefühle für die Frauen entwickelst, mit denen du schläfst.«

Erinnerte sie sich an jede verdammte Einzelheit, die er je gesagt hatte? »Das mache ich auch nicht, aber dich kenne ich seit Jahren, und du bist Lenis beste Freundin. Das ist was anderes. Erzähl's mir oder ich werde es selbst herausfinden.«

»Gott, du bist eine Nervensäge.«

»Ach was. Jetzt gib mir die Fakten zu diesem Kerl.«

Augenrollend schob sie die Decke in seine Richtung. »Bedeck dich vorher wenigstens.«

»Bin ich eine zu große Ablenkung für dich?« Er zog die Decke über seinen Schoß.

»Warum gebe ich mich überhaupt mit dir ab?«

»Weil ich dich sechsmal zum Kommen bringen kann, bevor ich selbst komme. Hör auf, Zeit zu schinden, und erzähl mir von dem Problem mit deinem Ex.«

»Es ist weniger ein Problem mit ihm als mit meiner Familie. Sie ist nicht wie deine Familie. Meinen Eltern geht es allein darum, den Schein zu wahren, und sie sind altmodisch. Sie glauben, Männer sollten für die Frauen sorgen, und Frauen sollten hübsch aussehen, Babys bekommen, für ihre Ehemänner da sein, zu Wohltätigkeitsveranstaltungen gehen und sich mit anderen Ehefrauen zum Lunch treffen.«

»Ich verstehe den Teil, bei dem sie für ihre Ehemänner da sein sollen, aber willst du damit sagen, dass Frauen ihrer Meinung nach nicht arbeiten gehen sollten? Sind sie stinkreich oder was?«

»Könnte man so sagen.«

Er hob eine Augenbraue, als ihm bewusst wurde, dass er nur sehr wenig von Indis Leben außerhalb des Schlafzimmers wusste. »Raus damit, Oliver.«

»Ich kann nicht glauben, dass Leni dir nie davon erzählt hat. Mein Urgroßvater war der Gründer von Oliver Aviation Enterprises, OAE. Mein Vater ist der Vorsitzende des Unternehmens.«

»Willst du mich verarschen?« OAE war eins der weltgrößten Unternehmen in der Luft- und Raumfahrt. Seine Familie stand finanziell ganz gut da, aber im Vergleich zu dem Geld in ihrem Rücken waren das Peanuts.

»Ich wünschte, es wäre so. Nicht, dass ich meiner Familie das Geschäft nicht gönnen würde, aber meine Eltern halten meine Karriere für niedlich und belanglos. Sie können es gar nicht erwarten, dass ich endlich heirate und Enkelkinder in die Welt setze wie meine Schwester und die neuerdings schwangere Frau meines Bruders.«

»Wo leben wir denn, in den Fünfzigern?« Er schnaubte verächtlich. »Ich kapiere es nicht. Manche Frauen und Mütter finden es super, zu Hause zu bleiben, aber doch nicht du. Du bist wie ich. In uns brennt ein Feuer. Wir brauchen eine andere Art von Problemen, die wir lösen können, Herausforderungen, die wir bewältigen können. Beides bekommst du in deinem Beruf mit jeder neuen Kundin. Menschen wie uns in Ketten zu legen, weckt lediglich unseren Kampfgeist und macht uns umso entschlossener, uns zu befreien. Wie können sie das nicht in dir sehen?« Dieses Feuer, ihr Widerwillen dagegen, sich aufhalten zu lassen oder der Masse zu folgen, hatte zu den ersten Dingen gehört, die ihm an ihr aufgefallen waren. Sie sagte ihre Meinung, ungeachtet dessen, was andere davon hielten.

»Keine Ahnung. Ehrlich gesagt bin ich überrascht, dass du es siehst.«

»Machst du Witze? Bei einem Mundwerk wie deinem konnte mir das wohl kaum entgehen.«

»Oh mein Gott.« Sie stieß ihn mit der Schulter an.

»Außerdem bist du unglaublich talentiert, wovon ich mich heute überzeugen durfte. Ich kann nicht glauben, dass sie wollen, dass du das aufgibst, um einen Haufen Kinder in die Welt zu setzen.«

»Ich mache mehr als nur Haare und Make-up. Ich habe eine eigene Hautpflege- und Kosmetiklinie.«

»Was meinst du damit, deine eigene Linie?«

»Damit meine ich, dass ich den Bedarf an besseren Produkten gesehen und ihn gedeckt habe. Wie in jeder Branche gibt es erstklassige Produkte und alles darunter. Naturkosmetik aus dem mittleren Preissegment war mittelmäßig oder überteuert. Ich habe eine Linie hochwertiger und erschwinglicher Bio-Kosmetik kreiert, die für jeden geeignet ist, vom Teenager bis zur Großmutter, und verkaufe die Produkte über meine Firma, Indira.«

Heilige Scheiße. Er hatte gewusst, dass sie klug und fantastisch im Bett war und dass man mit ihr immer eine Menge Spaß hatte, jedoch nicht die geringste Ahnung gehabt, dass sie zudem so ehrgeizig war. Das machte sie nur noch attraktiver. »Das ist unglaublich. Wieso wusste ich nichts von deiner Firma?«

»Du hast nie gefragt. Ist ja nicht so, als hätten wir die Art Beziehung miteinander, in der wir uns von unserem Leben erzählen.«

»Stimmt, aber die meisten Leute prahlen mit ihren Erfolgen.«

»Du nicht«, betonte sie. »Du warst sauer, als ich dein Boot als Jacht bezeichnet habe, was es eindeutig ist.«

»Gutes Argument. Ich hasse es, wenn Leute ihre Besitztümer und Jobs benutzen, um Anerkennung zu bekommen, aber ich möchte mehr über *dich* erfahren.« Bis er es ausgesprochen hatte, war ihm das gar nicht bewusst gewesen, doch so ungewöhnlich es auch für ihn war, er wollte sich nicht zurückhalten. »Warum bist du Stylistin geworden?«

»Der Grund dafür liegt weit zurück in meiner Kindheit. Diesen Kram willst du nicht über mich wissen.«

»Doch, will ich.«

Sie sah ihn mit einem merkwürdigen Blick an, als wüsste sie nicht, warum ihn das interessierte.

»Komm schon, du kennst den ganzen Mist, den ich durchgemacht habe.«

Sie seufzte. »Okay, es ist eigentlich eine ziemlich langweilige Geschichte. Als Kinder sind wir mit unseren Eltern bei vielen prominenten Veranstaltungen gewesen, die im Fokus der Öffentlichkeit standen. Davor brachte meine Mutter meine ältere Schwester Meredith und mich immer zu jemandem, der uns Haare und Make-up machte. Meredith ist wunderschön. Sie hat dicke Locken in der Farbe von dunkler Zartbitterschokolade. Nicht so kraus wie meine, sondern natürliche Korkenzieherlocken, für die Frauen eine Menge Geld zahlen.

Sie ist ein heller Hauttyp wie ich, aber mit Sommersprossen, mit denen sie auf besondere Art heraussticht, und sie hat tolle, riesige blaugrüne Augen. Ich war immer neidisch auf ihre natürliche Schönheit.«

»Du verkaufst dich unter Wert. Du bist heiß, Babe.«

»Danke, aber sie ist umwerfend. Leider haben die Stylisten unsere Haare immer geglättet, ihre Sommersprossen überdeckt und versucht, ihre Augen weniger hervorzuheben. Wohingegen sie meine Augen und Wangenknochen betont haben, was ich gehasst habe, weil ich ein ovales Gesicht habe, das eigentlich weicher aussehen sollte.«

Es gefiel ihm, zu hören, was sie von sich dachte. Ihre Gesichtsform war ihm nie besonders aufgefallen, doch er hatte ihre ganze Erscheinung schon immer als weich und feminin wahrgenommen.

»Nach jeder Veranstaltung hatten wir zwei Wochen lang Pickel, und ich fand immer, dass die Stylisten uns nicht authentisch haben aussehen lassen. Meredith ist fünf Jahre älter als ich. Hin und wieder haben wir das Make-up meiner Mutter in unser Badezimmer geschmuggelt und uns gegenseitig geschminkt. Dafür haben wir eine Menge Ärger bekommen.« Lächelnd schüttelte sie den Kopf. »Aber wir hatten Spaß dabei. Als Teenager hatte ich mir bereits eine Million YouTube-Videos angeschaut und alles über Haare und Make-up gelernt, was im Internet an Wissen verfügbar war. Ich wollte Merediths natürliche Schönheit betonen, nicht verstecken, und ich wollte leichte Produkte, die die Haut atmen lassen und keine Pickel machen.« Sie zuckte die Schultern. »So hat das Ganze angefangen und ich bin sehr stolz auf meine Indira-Produkte.«

Er schätzte es sehr, dass alles mit der Liebe für ihre Schwester begonnen hatte. »Darauf solltest du auch stolz sein. Wie bist du auf den Namen Indira gekommen? Er springt ins Auge und bleibt im Gedächtnis.« *Genau wie du.*

»So heiße ich eigentlich, aber ich benutze ihn kaum. Er klingt so hochtrabend.«

Er betrachtete die Schönheit vor sich, den sanften Ausdruck in ihren Augen, ihr aufgeschlossenes Herz, ganz anders als die leidenschaftliche Liebhaberin, die er kannte. »Du hast recht. Du bist definitiv eher eine freigeistige Indi, aber Indira ist ein hervorragender Firmenname.«

»Danke. Das habe ich auch gedacht. Willst du ein cooles Geheimnis wissen?«

»Immer.«

»Das Logo für Indira besteht nur aus diesem Wort in goldener Handschrift, die tatsächlich meine ist. Das war Lenis Idee.«

»Das ist wirklich cool.«

»Ja, oder? Ich finde es großartig.«

»Und wie hast du mit Indira angefangen?«

»Mit viel Hoffnung und Optimismus.« Sie lachte leise. »Vor fünf Jahren habe ich genau hier in dieser Wohnung angefangen, und lange Zeit habe ich zwischen Kisten voller Produkte gelebt, die sich überall gestapelt haben, und jede Bestellung selbst verpackt. Jetzt habe ich einen Dienstleister, der das für mich übernimmt. Allerdings verkaufe ich die Produkte nur online und über Salons und andere Geschäfte. Deshalb möchte ich auf die Insel ziehen und dort mein eigenes Geschäft eröffnen.«

»Warum eröffnest du es nicht hier? Hier hast du erheblich mehr Laufkundschaft als auf der Insel.«

»Und würde fünfmal so viel für die Miete bezahlen und fünfmal so viel arbeiten. Ich liebe meine Arbeit, aber ich möchte auch noch ein Leben haben, und das will ich nicht in dieser schnelllebigen Stadt führen, wo mir ständig meine Familie im

Nacken sitzt. Ich habe ihnen noch nicht mal erzählt, dass ich den Mietvertrag unterschrieben habe und umziehen werde.«

»Es ergibt für mich keinen Sinn, dass deine Familie dich zur Aufgabe deines Geschäfts drängt, das du jahrelang aufgebaut hast, um das Vorzeigeweibchen am Arm irgendeiner Dumpfbacke zu werden.« In ihm stieg der Wunsch auf, ein ernstes Wörtchen mit ihren Eltern zu reden und ihnen den Kopf geradezurücken.

»Du verstehst das nicht. Lass es mich anders versuchen. Ich mache Haare und Make-up für Fashion Shows, für Fotoshootings für Werbeanzeigen und andere Medien. Die meisten wohlhabenden Promis sitzen bei Modenschauen in der ersten Reihe. Sie würden niemals hinter den Kulissen arbeiten. Nun, meine Eltern würden nicht mal einen Fuß in die Nähe einer Modenschau setzen, weil sie so was für albern und unter ihrer Würde halten. Außerdem bin ich nicht gerade Estée Lauder und verdiene Milliarden.«

»Wen kümmert es, wie viel du verdienst? Du hast eine Firma aufgebaut. Das erfordert Intelligenz und harte Arbeit. Das ist nicht niedlich oder belanglos. Es ist bewundernswert, und sie sollten so stolz auf dich sein, dass sie es überall zum Gesprächsthema Nummer eins machen.«

»Danke, aber das würde *deine* Familie machen. Was glaubst du, warum ich Fotos von Veranstaltungen aufgehängt habe, auf denen ich gearbeitet habe? Meine erste Fashion Week, mein erstes Cover für die *Cosmo* und die anderen? Normalerweise stellen Eltern die Errungenschaften ihrer Kinder zur Schau, doch meine würden so etwas niemals machen. Das Konzept der bedingungslosen Liebe und Unterstützung ist ihnen fremd. Sie lieben mich, aber das Ausmaß ihrer Liebe ist definitiv an Bedingungen geknüpft.«

Mit was für Eltern war sie aufgewachsen, zum Teufel? »Was soll *das* wieder heißen?«

»Das heißt, dass sie mich mehr lieben würden, wenn ich mein Leben nach ihren Regeln leben würde wie mein Bruder und meine Schwester. Simon, mein Bruder, arbeitet für meinen Vater und hat letztes Jahr ein bezauberndes Model geheiratet, das nichts lieber tut, als ihm den Hintern zu küssen, sein Geld auszugeben und seine Babys zu bekommen, und Meredith hat einen tollen Mann geheiratet, der ebenfalls für meinen Vater arbeitet. Sie haben bereits zwei wundervolle Kinder. Meredith scheint glücklich zu sein, aber sie ist aufs College gegangen, weil sie Jura studieren wollte, hat das jedoch aufgegeben, um ihr Leben entsprechend den Wünschen unserer Eltern auszurichten. Und mein Bruder wird ein toller Vater sein und seine Frau, Anika, wird wahrscheinlich eine gute Mutter abgeben. Aber alles, was meine Eltern tun, machen sie mit Hintergedanken, das kann ich dir versichern. Als Meredith in ihrem letzten Jahr am College war, haben sie ihr an Weihnachten ihren jetzigen Ehemann Bruce vorgestellt und danach immer wieder Gründe gefunden, um die beiden zusammenzubringen. Nach ihrem Abschluss haben sie sie zur Verlobung gedrängt und Simon haben sie, kurz nachdem er Anika kennengelernt hat, unter Druck gesetzt, ihr einen Antrag zu machen, damit sie *ihm nicht durch die Lappen geht.* Dann haben sie eine riesige Verlobungs-party veranstaltet, über die alle High-Society-Medien berichtet haben. Wie ich schon sagte, es dreht sich alles um den Schein. Familientreffen zählen nur, wenn uns andere Leute dabei zusehen.«

»Das ist ganz schön daneben.« Mit angespannten Muskeln setzte er sich aufrechter hin. Wenn es jemand verdient hatte, nur unter gewissen Voraussetzungen geliebt zu werden, dann war er das, nicht die freundliche, großzügige Indi.

»Es ist verkorkst, aber es ist nicht alles schlecht daran. Meine Schwester ermutigt mich dazu, mir selbst treu zu bleiben, was ich zu schätzen weiß. Wenn es um meine Eltern geht, kann sie nur nicht viel ausrichten. Sie wäre eine fantastische Anwältin geworden. Sie ist ausgeglichen und bestärkt ihre Kinder darin, sie selbst zu sein. Die Kinder sind toll, was eine Menge über ihre und Bruces Fähigkeiten als Eltern aussagt. Chantal ist sieben und meinem vierjährigen Neffen Terrence die weltbeste große Schwester, obwohl er ein echter Rabauke ist.«

»Ich bin froh, dass Meredith auf deiner Seite steht.« Er war neugierig, wie sie zu ihrem Bruder stand, wollte sich jedoch nicht zu weit von dem Thema entfernen, das diese Unterhaltung eingeleitet hatte. »Aber wie hängt das alles damit zusammen, dass du irgendwas mit deinem Ex klären musstest?«

»Weil meine Eltern James für einen geeigneten Ehemann halten. Er arbeitet für meinen Vater, was ihnen eine gewisse Kontrolle über ihn verleiht, und er ist attraktiv, wohlhabend und alles in allem ein netter, beständiger Kerl.«

»Wenn er so toll ist, warum hast du mit ihm Schluss gemacht?«

Sie senkte den Blick und spielte mit ihrem goldenen Ring. »Weil ich mehr wollte, als er mir geben kann.«

»Heißt?«

»Das heißt so einiges«, sagte sie etwas schroff.

»Das ist keine Antwort. Wie lange warst du mit ihm zusammen?«

»Zuletzt ungefähr sechs Monate, aber wir haben eine lange gemeinsame Vergangenheit, und meine Familie weigert sich, zu akzeptieren, dass es vorbei ist.«

»Sechs *Monate?* Das ist eine lange Zeit.« James musste ihr

etwas bedeutet haben, was erneut die Eifersucht in ihm anstachelte. »Er kann das doch mit ihnen klären, oder?«

Schulterzuckend sah sie ihm wieder in die Augen. »Irgendwie hängt er noch an mir.«

Natürlich tut er das. Indi war keine Frau, nach der ein Mann einfach weiterzog. Verdammt, er selbst war das beste Beispiel dafür. Als sie seinen Annäherungsversuchen noch widerstanden hatte, hatte er jahrelang – erfolglos – versucht, sie sich aus dem Kopf zu schlagen. Ihm kam ein unangenehmer Gedanke. »Sicher, dass du nicht noch an ihm hängst?«

»Oh Gott, ja. Wir sind Freunde, und er wird mir immer wichtig sein, aber nicht auf diese Art. Ich habe es versucht, habe mich bemüht, wenigstens zum Teil diejenige zu sein, die sich meine Eltern wünschen. Aber ich konnte es nicht.«

»Warum nicht? Du meintest, dass ihr eine lange gemeinsame Vergangenheit habt. Hat er dir wehgetan?« Archer brauchte Antworten.

»Nein, er hat mir nie wehgetan. Wir sind zusammen aufgewachsen, und nachdem die Leute jahrelang versucht haben, uns zu verkuppeln, habe ich schließlich nachgegeben. Im letzten Jahr der Highschool sind wir zusammengekommen und waren dann ein paar Jahre immer mal wieder zusammen und getrennt, während ich meine Ausbildung als Stylistin gemacht habe und er am College war.«

»Verflucht noch mal, Indi. Ein paar *Jahre?*«

»Mhm. Ich weiß, wie das klingt, aber wir waren nicht bis über beide Ohren verliebt oder so. Solche Gefühle hatte ich ihm gegenüber nicht. Irgendwann habe ich meine Karriere begonnen und er hat für meinen Vater gearbeitet, und nach einer Weile fühlte es sich an, als würde ich mit einem guten Freund ausgehen. Ich habe mich wohlgefühlt und er war gut zu mir, aber selbst wenn wir zusammen waren, habe ich mich ein wenig einsam gefühlt. Abgesehen von unseren Familien und allem, was damit zusammenhängt, hatten wir nicht viel gemeinsam, was, wie du jetzt weißt, keine glückliche Verbindung ist. Es fehlten die Funken und die Chemie, von denen meine Freunde immer reden, also habe ich es beendet. Er hatte seine Schwierigkeiten mit der Trennung und ist in die Außenstelle nach Colorado gewechselt, sodass wir uns nur noch gelegentlich gesehen haben. Letztes Jahr ist er allerdings wieder hergezogen, und meine Eltern haben mich belagert, mein albernes kleines Geschäft aufzugeben und mein Leben voranzubringen.«

Archer biss die Zähne zusammen. *Albern – zum Teufel noch mal.*

»Sie haben James in meine Richtung geschubst, und die Männer, mit denen ich mich damals getroffen habe, konnte man nicht gerade als Sechser im Lotto bezeichnen. Ich dachte, dass sich die Dinge zwischen uns vielleicht geändert hätten, und habe es ein letztes Mal versucht. Aber nach ein paar Monaten wurde mir klar, dass sich rein gar nichts geändert hatte, außer dass James anfing, über eine Zukunft mit mir zu sprechen, die ich gar nicht will. Daraufhin habe ich die Sache zwischen uns endgültig beendet und stattdessen angefangen, Pläne zu schmieden, um die Stadt zu verlassen und mein Leben auf meine Art zu leben.«

»Und das war das Richtige. Dank dir weiß ich, wie sich wahre Leidenschaft anfühlt, und ich werde mich mit nichts weniger zufriedengeben als dem Gesamtpaket. Aber um ehrlich zu sein macht mir Dating Angst. Ich meine, woher weiß man, wem man vertrauen kann? Ich weiß, dass ich James vertrauen kann, aber sein Freund Todd zum Beispiel ist seit Ewigkeiten mit Jordan verlobt, einer fabelhaften Frau, die in Maryland lebt.

Ich habe sie ein paar Mal getroffen, und trotzdem hat Todd mich bei jeder Gelegenheit angebaggert, ob James nun dabei war oder nicht.«

Verfluchter Mistkerl. »Du solltest ihr davon erzählen und James hätte ihm in den Hintern treten sollen.«

»James ist kein Kämpfer. Er hat es als Scherz abgetan, aber es war keiner. Wenn ich darauf eingegangen wäre, hätte Todd es bis zum Ende durchgezogen. Ich wollte es Jordan sagen, doch James wurde wütend und meinte, dass ich mich nicht einmischen soll, weil ich damit nur ihr Leben ruinieren würde.«

»Was zum Teufel soll das bedeuten?« Bis jetzt hatte James einen netten Eindruck auf ihn gemacht.

»Sie hat keine Familie. Ihre Schwester ist vor Jahren verschwunden und ihre Eltern sind bei einem Autounfall ums Leben gekommen. Ich glaube allerdings, sie vermutet irgendwas, denn sie hat die Hochzeit schon mehrmals verschoben. Ich fühle mich schlecht, weil ich ihr nichts sage, und weißt du was? Ich werde nie wieder für einen Mann die Klappe halten, weil ich selbst nie in der Situation sein will, zu spät herauszufinden, dass der Mann an meiner Seite alles bespringt, was bei drei nicht auf den Bäumen ist.« Lächelnd berührte sie seine Hand. »Ich glaube, deshalb fällt es mir so leicht, mit dir zusammen zu sein. Ich vertraue dir. Mir ist klar, dass sich das angesichts deines Rufs komisch anhört, aber du hast nie einen Hehl daraus gemacht, wer du bist und was du willst. Es spielt keine Rolle, dass du nicht im Geringsten zum Ehemann taugst, weil du gar nicht heiraten willst, und damit komme ich gut klar. Tatsächlich ist Sex mit dir deutlich leichter, als zu daten. Wenn ich nicht auf die Insel ziehen würde, würde ich dich wahrscheinlich weiterhin mein Spielzeug sein lassen.«

Was zum Teufel? Er wollte zwar nicht in einer Ehe angekettet sein, dennoch gefiel es ihm auch nicht, dass sie ihn so leicht abschrieb. In ihm verwoben sich Gefühle miteinander, die er nicht kannte. Sie mussten dringend mit diesem emotionalen Gerede aufhören und auf etwas zusteuern, mit dem er umgehen konnte. Er warf die Decke beiseite, schob sich über ihre Beine und küsste ihren Bauch. »Du weißt genau, dass ich dich für alle anderen Männer verdorben habe.« Er packte ihre Hüften, verteilte Küsse auf die Innenseite ihrer Schenkel und atmete tief den Duft nach Seife und der süßen, sexy Indi ein.

»Du bist gut«, gab sie frech zurück. »Aber so weit würde ich nicht gehen.«

»Nein?« Er leckte über ihre Mitte und saugte ihre Klit zwischen seine Zähne.

Ihre Hüften schossen von der Matratze hoch und sie umklammerte seine Schultern. »Oh Gott.«

»Du darfst mich gerne Gott nennen, aber ich will trotzdem hören, wie du meinen Namen sagst.«

»Hör nur nicht auf, Archer, Archer, *Archer*.« Sie drückte seinen Kopf zwischen ihre Beine.

Er bewegte seine Zunge, bis sie sich unter ihm wand, die Fingernägel in seine Haut grub und nach mehr verlangte. Ihr Kopf fiel nach hinten und sie drückte den Rücken durch. *So wunderschön.* »Sieh zu, wie ich dich zum Orgasmus bringe.«

Die faszinierendsten Augen, die er je gesehen hatte, schauten ihn mit der Intensität von tausend Sonnen an. Wieder versuchten die unangenehmen Gefühle, sich an die Oberfläche zu kämpfen, doch er bezwang sie auf die bestmögliche Art, die er kannte. Wie im Rausch stürzte er sich auf Indi und schwelgte in jedem einzelnen Tropfen ihrer Lust, während sie so heftig an seinen Haaren zog, als wollte sie sie ihm ausreißen. Anschließend versenkte er sich tief in ihr und hörte erst auf, als keiner von ihnen mehr Energie zum Nachdenken übrighatte.

<h1 style="text-align:center">Sechs</h1>

Indi lag in Archers Armen, spürte seinen warmen Körper an ihrem und dachte an ihr erstes Mal am Abend der Geburtstagsparty seiner Großmutter zurück. Weil Jock mit Daphne und Hadley auf die Insel zurückgekehrt war, hatte Archer vor Wut gekocht, und jede Kleinigkeit hatte ihn sichtbar an den Rand einer Explosion gebracht. Indi war mit ihrem eigenen Gefühlschaos beschäftigt gewesen, weil sie sich gerade erst von James getrennt und ernsthaft überlegt hatte, sich von ihrer übergriffigen Familie abzuwenden und aus der Stadt wegzuziehen. Ihre sexuell aufgeladenen Wortgefechte würden ihr für immer im Gedächtnis bleiben. Bevor sie auf seinem Boot miteinander im Bett gelandet waren, hatte er gesagt: *Du bist dir besser ganz sicher, dass du mit mir schlafen willst, denn wenn wir miteinander fertig sind, gehst du zur Tür hinaus und ich ziehe zu meiner nächsten Eroberung weiter.* Insgeheim hatte sie ihn schon seit Jahren begehrt, sodass ihr Verlangen sie geblendet hatte, als sie geantwortet hatte: *Keine Sorge. Ich habe meine nächste Eroberung bereits im Visier.* Eine unverschämte Lüge, auf die er jedoch mit der Heftigkeit eines Höhlenmenschen reagiert hatte, was sie extrem erregt hatte. *Dabei handelt es sich besser nicht um Wells Arschloch Silver.* Er und Wells waren zwar gute Freunde, aber

Archer Steele betrachtete alles als Wettkampf und er verlor niemals. In jener Nacht hatte er sie genauso wie jetzt gehalten, als würde er sie nie wieder gehen lassen wollen. Doch sie hatte die Kontrolle übernommen und war verschwunden, während er noch geschlafen hatte, und zurück zum Haus seiner Eltern gegangen, wo Leni und sie übernachtet hatten.

Am nächsten Morgen hatte sich vor ihrer Abreise seine ganze Familie zum Frühstück in seinem Elternhaus eingefunden und im Garten waren Archer und Jock aneinandergeraten. Noch nie hatte sie zwei erwachsene Männer derart miteinander kämpfen sehen. Es war erschreckend gewesen, aber irgendwie hatte sie gewusst, dass die beiden das gebraucht hatten. Fünf Tage später war Archer auf der Türschwelle ihrer Stadtwohnung aufgekreuzt und hatte wieder so gewirkt, als stünde er kurz davor zu explodieren. Sie hatte ihn besänftigen, ihm Trost spenden wollen, obwohl er eigentlich nicht der Typ war, der sich von anderen trösten ließ. Zumindest nicht so, wie es die meisten Menschen tun würden, mit liebevollen Worten und einfühlsamen Umarmungen. *Ich dachte, du wärst auf dem Weg zu deiner nächsten Eroberung,* hatte sie stattdessen gesagt, woraufhin er erwidert hatte: *Was, glaubst du, mache ich hier? Zeit für eine Zugabe, Darling. Ausziehen. Gehen wir's an.* Dann hatte er ihr zum zweiten Mal eine Nacht mit dem besten Sex ihres Lebens beschert. Genau wie jetzt war sie in seinen Armen eingeschlafen, war jedoch aufgewacht, als er eine Stunde später mit einem lapidaren *Wir sehen uns* gegangen war.

Die Anziehung zwischen ihnen war so stark, dass sie ein paar Tage später wieder auf seinem Boot gelandet war, nachdem sie sich ein paar heiße Nachrichten geschickt hatten. Selbst Leni hatte nicht gewusst, dass sie zu ihm gefahren war. Als sie wieder versucht hatte, sich mitten in der Nacht hinauszuschleichen, hatte er sie knurrend fester in seine Arme gezogen. *Wir sind noch nicht fertig. Ich muss nur kurz auftanken.* Er hatte wie ein Baby geschlafen und am nächsten Morgen waren seine Batterien wieder voll aufgeladen gewesen. *Wow.* Allein der Gedanke an ihre Treffen erregte sie erneut. Sie kuschelte sich enger an ihn. Er verstärkte den Griff seines Arms um ihre Mitte.

»Verdammt, du riechst gut morgens.« Er drückte ihr einen Kuss auf den Scheitel.

Du auch. Er roch männlich und vertraut und …

Sie riss die Augen auf. Was zum Kuckuck machte sie denn da? Das hier gehörte nicht in die Kategorie *Ups, es ist schon wieder passiert.* Gestern Abend war sie stocknüchtern gewesen. Sie befreite sich aus seiner Umarmung, stieg aus dem Bett und zog sich ein T-Shirt über. »Du musst gehen.«

»Warum?« Die Arme links und rechts ausgebreitet, streckte er sich träge. Sein Bizeps spannte sich an, als er die Arme zurückzog und seine Brust dehnte.

Sie ertappte sich beim Starren und warf seine Jeans aufs Bett. »Es ist schon halb zehn. Du musst dein Boot aus dem Wasser holen, und ich muss mich fertig machen, um meine Familie zum Brunch zu treffen.« Die Vorstellung brannte in ihrem Magen wie Säure.

Plötzlich hellwach setzte er sich auf. Seine Kiefermuskeln traten hervor. »Wie wär's, wenn ich dich begleite?«

»Auf gar keinen Fall.« Er würde absolut alles am The Grand *und* an ihren Eltern hassen. Und ihre Eltern würden auf einen Mann in Jeans und Arbeitsstiefeln, der das chinesische Schriftzeichen für *Wolf* am Hals eintätowiert hatte, wie ein Seeräuber fluchte und alles aussprach, was ihm gerade durch den Kopf ging, nur herabsehen, auch wenn er ein guter Mann war. Sie warf Archer sein Shirt zu. »Beeil dich und zieh dich an. Ich muss um elf beim Grand sein.«

»The Grand?« Er schnaubte. »Darf ich erst unter die Dusche? Oder soll ich hier rausspazieren und nach Sex riechen?« Er kam auf die Füße. Sein Glied hing verführerisch zwischen seinen kräftigen Oberschenkeln.

Ihr lief das Wasser im Mund zusammen. *Ernsthaft? Was ist denn heute los mit mir?* Während sie sich im Stillen rügte, marschierte sie ins Badezimmer, schnappte sich ein frisches Handtuch aus dem Wäscheschrank und drückte es ihm in die Arme. »Beeilung.«

»Allein?« Sein Tonfall klang, als wäre die bloße Vorstellung entsetzlich.

»Das geht schneller und ich darf nicht zu spät kommen.«

Unvermittelt trat ein sorgenvoller Ausdruck in seine Augen und er zog sie an sich. »Warum spielst du ihr Spielchen mit?«

»Wovon redest du?«

»Du weißt, wovon ich rede. Du bist keine Frau fürs *Grand*. Du magst Rippchen oder Tacos und Mojitos, leckst dir nach dem Essen gerne die Finger ab und ziehst unter dem Tisch deine High Heels aus, wenn du denkst, dass es niemand sieht.«

Sie war schockiert, weil ihm das aufgefallen war, aber auch gerührt, obwohl sie das nicht sein sollte. Oder zumindest durfte sie dieser Empfindung nicht nachhängen, weil sie ihm dadurch nur noch schwerer widerstehen konnte. Sie musste sich darauf konzentrieren, den Brunch mit ihrer Familie zu überstehen, und dann auf ihren Umzug und die Eröffnung ihres Studios. Nicht darauf, was für ein gutes Gefühl er ihr gab, weil er sie wirklich *sah*. Das zwischen ihnen konnte niemals zu etwas Ernsthaftem werden.

»Du schweigst ganz schön lange, Darling. Brauchst du jemanden, der dir sagt, dass es okay ist, ihr Spiel *nicht* mitzuspielen? Denn dann sage ich dir das. Du musst es niemandem außer dir selbst recht machen und niemand sonst sollte über dein Leben bestimmen.«

Wenn es doch nur so einfach wäre. Sie wagte nicht, ihm von ihrer Hoffnung zu erzählen, dass sich ihre Eltern eines Tages ändern würden und einfach nur deshalb Zeit mit ihr verbringen wollten, weil sie sie liebten.

Archers Blick lag unverwandt auf ihr. »Vor allem niemand, der deine Träume abwertet.«

Ihr war nicht bewusst gewesen, dass er ihr immer so aufmerksam zugehört hatte. Die schmerzhafte Wahrheit in seinen Worten traf sie hart, und sie wusste nicht, wie sie darauf reagieren sollte. Sie verspürte den seltsamen Drang, ihre Eltern in Schutz zu nehmen. Sie hatte das Recht, so etwas zu sagen, doch von ihm fühlte es sich beinahe wie Verrat an, was ziemlich verkorkst war. Und es war zu viel. Sie hatte jetzt nicht die Zeit, darüber nachzudenken oder alles bis ins kleinste Detail zu analysieren, also befreite sie sich aus seinem Griff und ignorierte einfach komplett, was er gesagt hatte.

»Mach dich fertig, oder du kommst zu spät, um dich um dein Boot zu kümmern.« Sein Boot bedeutete ihm alles, das wusste sie. Sie zählte auf die Tatsache, dass er es nicht im Wasser liegen lassen würde, um dort zum Spielball von Mutter Natur zu werden.

»Scheiß drauf«, brummte er kaum hörbar, warf sie sich über die Schulter und steuerte das Badezimmer an.

»Archer! Ich habe keine Zeit für so was!«

»Auf die eine oder andere Art wirst du deine Wohnung heute mit einem Lächeln verlassen.«

Sie konnte nicht anders und musste lachen. Dieser Kerl. Alles war ein Wettstreit für ihn.

Und ganz egal, was er tat, sie wollte nur immer mehr von ihm.

Zu behaupten, das The Grand sei opulent, wäre angesichts der Wände aus Mahagoniholz, den teuren Kronleuchtern und dem Vier-Gänge-Menü zum Brunch eine Untertreibung. Das Essen wurde stets perfekt zubereitet, die Kellner verstanden sich auf ihren Job und die kaum wahrnehmbare klassische Musik im Hintergrund unterstrich die Eleganz der Gäste des exklusiven Clubs. Indi und ihre Familie hatten an ihrem üblichen Tisch beim gemauerten Kamin an den kunstvoll mit Vorhängen drapierten Fenstern Platz genommen. Sie saß ihren Eltern gegenüber und zwischen ihren beiden Geschwistern. Meredith fügte sich anmutig und formvollendet in diese Umgebung ein, wohingegen Indi sich unbehaglich und fehl am Platz fühlte. Simon war das Ebenbild ihres Vaters und sein Protegé, der zwar das Spiel ihrer Eltern mitspielte, früher jedoch für jeden Spaß zu haben gewesen war. Nachts hatte er sich heimlich mit Indi hinausgeschlichen, um mit ihr durch die Nachbarschaft zu tollen. Sie vermisste diese Zeit.

Anika, Simons Frau, ein selbstbewusstes, ehemaliges Model mit endlos langen Beinen, saß zu seiner Linken. Merediths Kinder waren zwischen ihr und ihrem liebevollen Ehemann Bruce platziert. Mit sieben war Chantal ein zuckersüßes Mädchen mit dem glänzenden dunklen Haar und den blaugrünen Augen ihrer Mutter und Terrence ein Frechdachs mit unbezwingbarem hellbraunem Lockenkopf. Sein Kichern wärmte Indi das Herz.

»Wir finden Juni perfekt für die Reise …« Ihre Mutter erzählte von einem Trip nach Griechenland, den sie mit James' Eltern planten.

Indi hatte die Haarfarbe ihrer Mutter geerbt, obwohl ihre Haare glatt waren und nur bis kurz über die Ohren reichten. Ihre sanften blauen Augen sahen Indi nie so an, wie die meisten Mütter ihre Töchter ansahen. Sie war seit jeher eine Schönheit und gab sich stets, als stünde sie unter Beobachtung, sogar zu Hause im Kreis der Familie. Ihr Vater war im klassischen Sinne attraktiv, mit scharf geschnittenen Wangenknochen, einer prominenten Nase und zunehmend ergrauendem Haar. Er strahlte etwas Aristokratisches aus und zog überall Blicke auf sich, hatte jedoch nur Augen für ihre Mutter. Auch jetzt betrachtete er sie liebevoll, während sie in Erinnerungen an ihre letzte Reise nach Griechenland schwelgte. Indi fragte sich, wohin diese Wärme verschwand, wenn er sie mit diesen Augen anschaute.

Es hatte mal eine Zeit gegeben, als Indi ihre Eltern vergöttert hatte und genau wie ihre Mutter sein wollte. Aber damals war sie noch ein Kind gewesen, das ausstaffiert und bei Veranstaltungen und Abendessen herumgezeigt worden war, und hatte die Aufmerksamkeit mit Liebe verwechselt. Mit sechs oder sieben hatte sie die unbequeme Wahrheit erkannt. Da war ihr allmählich aufgefallen, wie anders sie auf diesen Veranstaltungen behandelt wurde im Gegensatz dazu, wenn sie spätabends nach Hause kamen oder wie man zwischen den Feierlichkeiten mit ihr umging. Ihr und ihren Geschwistern war beigebracht worden, den Erwachsenen gegenüber Respekt zu zeigen, und zwar gesehen, aber nicht gehört zu werden, bis ihnen ihr Vater mit einem Nicken die Erlaubnis zum Sprechen erteilte. Als jüngstes und einziges Kind mit blonden Haaren hatte Indi immer die meiste Aufmerksamkeit bekommen. Die Leute hatten von ihren großen, blauen Augen und ihren wunderschönen, blonden Haaren geschwärmt, ihr Komplimente gemacht, wie entzückend sie in ihrem Kleid aussah, und ihre Eltern gewarnt, dass sie sich schon in jungen Jahren auf eine lange Reihe von Verehrern einstellen sollten. Damals war sie schon alt genug gewesen, um zu begreifen, was damit gemeint war. Ihre Eltern und anscheinend auch alle anderen in ihrem Umfeld hatten bereits ihre Zukunft mit James geplant.

Indi spielte mit ihrem Ring. Unter dem Tisch wippte sie nervös mit einem Bein in ihrer schicken, schwarzen Hose auf und ab. Als sie sich die High Heels von den Füßen streifte, erklang Archers Stimme in ihrem Kopf. *Du magst Rippchen oder Tacos und Mojitos, leckst dir nach dem Essen gerne die Finger ab und ziehst unter dem Tisch deine High Heels aus, wenn du denkst, dass es niemand sieht.* Sie erschauerte wohlig. Ihr war nicht bewusst gewesen, dass ihm ihre Eigenarten aufgefallen waren. In den letzten vierundzwanzig Stunden hatte er sie oft überrascht. Gestern bei der Hochzeit hatte er sich ziemlich ins Zeug gelegt, um ihr zu helfen. Beim Gedanken daran, wie Archer Feuchtigkeitscreme auf die Gesichter der Frauen aufgetragen hatte, musste sie lächeln. Die Frauen waren ganz von ihm eingenommen gewesen, und er hatte sich charmant und zuvorkommend gegeben, keine Spur von seinem üblichen dreisten, vorlauten Selbst. So hatte sie ihn noch nie erlebt. Wenn sie ihn sonst schon anziehend fand, dann … tja, dann verstärkte diese Seite von ihm die Anziehung, die er auf sie ausübte, nur noch. Sie fragte sich, welche Talente er noch hinter seiner harten Schale verbarg. Sie musste an seine Worte denken, dass sie sich ähnlich waren. Dass in ihnen beiden ein Feuer brannte und der Drang, etwas zu erschaffen. Irgendwie lustig. Sie hatte gedacht, dass sie abseits des Schlafzimmers keine Gemeinsamkeiten hatten. Langsam wurde ihr klar, wie falsch sie damit lag.

»Indira, deine Mutter hat dir eine Frage gestellt.«

Die Stimme ihres Vaters riss sie aus ihren Gedanken. Alle schauten sie erwartungsvoll an. Vielleicht hätte sie sich doch von Archer zum Brunch begleiten lassen sollen. Dann hätte wenigstens einer auf ihrer Seite gestanden. »Entschuldigung. Ich habe nicht zugehört.«

»Schon in Ordnung, Liebes«, sagte ihre Mutter. »Wir haben uns gefragt, ob du uns in Griechenland vielleicht Gesellschaft leisten willst.«

Vorsichtige Hoffnung regte sich in ihr. »Ihr wollt mich dabeihaben?«

Meredith warf ihr einen warnenden Blick zu, als wüsste sie etwas, das Indi bisher entgangen war.

»Ja«, sagte ihre Mutter. »Zufällig weiß ich, dass auch James für mindestens zwei Wochen dort sein wird, und er fragt sehr oft nach dir.«

Ich hätte es wissen müssen. Als sie sich auf einen Kaffee getroffen hatten, hatte James nichts dergleichen erwähnt, allerdings hatte sie ihm auch nicht gerade die Gelegenheit dazu gegeben. Sobald sie saßen, hatte sie ihm geradeheraus gesagt, dass er immer einen wichtigen Platz in ihrem Herzen einnehmen würde, dass sie ansonsten jedoch kein Interesse an ihm hatte. Er war enttäuscht gewesen, hatte sich aber anscheinend damit abgefunden. Jetzt bemühte sie sich, ihre Verärgerung im Zaum zu halten, doch sie konnte sich nicht beherrschen. »Soll mich das dazu bringen, dass ich mich euch anschließen *will*? Ich habe dir schon hundert Mal gesagt, dass wir nicht wieder zusammenkommen werden.«

»Ich weiß, Indira, aber ich begreife einfach nicht, warum.«

Ihre Mutter blieb beharrlich. »Ihr passt so gut zusammen.«

»Wir sind gute *Freunde*, das ist alles. Ich will *mehr* als das. Warum kannst du das nicht verstehen?« *Muss ich es wirklich aussprechen? Ich möchte mit jemandem wie Archer zusammen sein, der mich überrascht und herausfordert, im Schlafzimmer und darüber hinaus.*

»Wir wollen nur dein Bestes«, sagte ihr Vater.

»Wenn das so wäre, würdet ihr mir James nicht aufdrängen. Ihr würdet meine Karriere und Träume unterstützen.«

»Mom, Dad, ich glaube, Indi weiß selbst, was das Beste für sie ist«, sagte Meredith behutsam, aber auch bestimmt. Indi wusste, dass es ihr nicht leichtfiel, sich ihren Eltern gegenüber zu behaupten.

»Dem stimme ich zu.« Bestärkend lächelte Simon Indi an. »Wenn sie nichts für James empfindet, kann ich sie mit einem meiner Single-Freunde bekannt machen. Ich kenne viele geeignete Männer.«

»Oh mein Gott«, murmelte Indi. »Ich *brauche* keinen Mann. Was ich brauche, ist –«

»Mama, wer ist das?«, fragte Chantal.

Sie sahen allesamt in dieselbe Richtung und Indis Hirn stellte abrupt das Denken ein. Mit steinernem Gesichtsausdruck, den Blick unverwandt auf Indi gerichtet, marschierte Archer auf ihren Tisch zu. Er trug nach wie vor seine lederne Bomberjacke, Jeans und Arbeitsstiefel. Ihr Puls schnellte in die Höhe. Was zum Henker machte er hier? Alle starrten ihn an und fragten sich vermutlich, wie er es angesichts des strengen Dresscodes bestehend aus Jackett und Krawatte an der Security vorbeigeschafft hatte.

Als er sich ihrem Tisch näherte, wechselte der Ausdruck auf den Gesichtern ihrer Eltern von verwirrt zu entsetzt. Ihre

Geschwister sahen neugierig zwischen ihnen hin und her, Anika beäugte Archer bewundernd und Terrence rief durch den ganzen Raum: »Er ist so groß wie Hulk!«

Indi schluckte. Was hatte sie getan, um in diesem Kreis der Hölle zu landen?

Archer war sich vollauf bewusst, dass alle in diesem überkandidelten Club ihn prüfend taxierten, aber die Einzige, die ihn kümmerte, war Indi. Als er hereingekommen war, war sie in eine Unterhaltung mit ihren Eltern vertieft gewesen und hatte gewirkt, als würde sie Gift und Galle spucken. Jetzt sah sie aus, als würde sie lieber *ihn* angiften.

»Entschuldige, dass ich zu spät bin, Darling. Ich musste noch was erledigen.« Ein Anruf bei Leni hatte ihm eine Menge über Indis Eltern verraten und die Munition geliefert, die er brauchte, um sie in ihre Schranken zu weisen. Er hatte sich nicht nur über Indis Geschäft informiert, sondern auch erfahren, dass der Sturm über Nacht zugenommen und bereits einen Namen bekommen hatte. Der Wintersturm Agador zog an der Küste entlang und würde die Insel bei Einbruch der Nacht erreichen. Er hätte nach Hause fahren und sein Boot aus dem Wasser holen sollen, doch stattdessen hatte er seinen Kumpel, den Bootsbauer Brant Remington gebeten, sein Boot bis zu seiner Rückkehr zu sichern. Dessen Vater Roddy gehörte der Jachthafen. Sein Boot war bei ihm in guten Händen. Er beugte sich hinunter und gab Indi einen Kuss auf die Wange. »Du hast doch nicht geglaubt, dass ich dich allein vors Erschießungskommando schicke, oder?«, flüsterte er.

»Ich dachte, ich hätte gesagt, dass du nicht mitkommen musst«, sagte sie und setzte ein gezwungenes Lächeln auf. »Weil du andere Pläne hast.«

»Du kommst immer an erster Stelle, Babe.« Wenn Blicke töten könnten, läge er längst am Boden, doch das interessierte ihn nicht.

»Willst du uns deinen Freund nicht vorstellen, Indi?«, fragte die gut aussehende, sommersprossige Brünette mit den Locken, die nur Meredith sein konnte.

»Warum muss *er* keine Krawatte tragen?«, wollte der kleine Junge mit dem krausen Lockenkopf wissen, woraufhin Meredith ihn mit einem *Schhh!* eilig zum Schweigen brachte.

»Ich bin Archer, Indis gelegentlicher Assistent.« Er ignorierte Indis düsteren Blick und lächelte ihre Schwester an. »Du musst Meredith sein. Ich habe schon viel von dir gehört. Zu schade, dass du dein Jurastudium nicht weiterverfolgen konntest. Laut Indi wärst du eine fantastische Anwältin geworden, aber es sieht so aus, als wärst du mit etwas viel Besserem als juristischen Schriftsätzen gesegnet worden.« Er schaute zu ihrer bezaubernden Tochter, die ein hübsches rosafarbenes Kleid trug. »Du musst Chantal sein, die beste große Schwester der Welt.«

»Ja, Sir.« Chantal strahlte ihn an.

»Du darfst *Archer* zu mir sagen, kleine Lady. *Sir* wäre mein Vater.« Archer ging zu dem Jungen hinüber, der sich in der dunklen Anzughose, dem Frackhemd und der Fliege sehr unwohl zu fühlen schien, und streckte ihm seine Faust entgegen. »Stoß deine Faust gegen meine, Kumpel. Das nennt sich Fistbump. So was machen coole Jungs.«

Grinsend ballte Terrence die Hand zur Faust und blickte zu seinem Vater, der zustimmend nickte. Der Lockenkopf berührte mit seiner winzigen Faust Archers. »So ist es richtig, Terrence«, sagte Archer.

Mit strahlenden Augen und einem Lächeln hob auch Chantal ihre Faust. Schmunzelnd stieß Archer seine Faust gegen ihre. »Super.« Der anerkennende Blick, den Meredith mit Indi tauschte, entging ihm nicht. »Sie haben eine wundervolle Familie, Bruce.« Archer schüttelte die Hand von Merediths Mann und genoss den Schock auf den Gesichtern von Indis Eltern genauso sehr wie die zunehmende Wärme in Indis wunderschönen blauen Augen, als er um den Tisch herumging und ihren Bruder und ihre Schwägerin begrüßte, wobei er ihnen die Hände auf die Schultern legte. »Simon, Anika, herzlichen Glückwunsch zur Schwangerschaft. Familie kann ein unglaublicher Segen sein.«

»Danke.« Simon drückte die Hand seiner Frau.

Erst dann wandte sich Archer an Indis Eltern, womit er ihnen zeigte, dass sie für ihn nicht wichtiger waren als die anderen und er auch nicht versuchen würde, sie zu beeindrucken.

Indis Vater stand auf und strahlte dabei ziemlich deutlich so etwas wie *Warum stört dieser Mann aus der Arbeiterklasse unseren Brunch?* aus. Er war etwas kleiner als Archer, mit schmalen Schultern, einem herablassenden Ausdruck in den Augen und in einem Anzug, der wahrscheinlich ein paar Tausender gekostet hatte. In dem Bewusstsein, dass die Blicke aller Gäste noch immer auf ihnen lagen, streckte ihr Vater eine Hand aus. »Sy Oliver.«

Beeindruckt von dem festen Handschlag des alten Mannes schüttelte Archer sie und nickte Monica, Indis Mutter, zu, schwieg jedoch. Er würde nicht lügen und heucheln, wie schön es war, die Bekanntschaft der Leute zu machen, die Indi das

Gefühl gaben, nicht gut genug zu sein. »Sie haben eine sehr talentierte und liebenswürdige Tochter, und es ist eine Ehre, sie in Aktion zu sehen.« Er bedachte Indi mit einem verwegenen Grinsen, woraufhin sich ihre Augen weiteten. *Ganz recht, Babe. Es ist mir eine Ehre, ob mit oder ohne Klamotten am Leib.*

»Sie sind Indiras *Assistent*?« Neugierig sah Sy zu Indi, als ein Kellner einen zusätzlichen Stuhl an den Tisch stellte und den Platz neben ihr eindeckte.

»Das ist richtig, unter anderem.« Archer konnte praktisch spüren, wie der Boden bebte, weil Indi so heftig mit dem Bein auf- und abwippte.

»Darf ich Ihnen die Jacke abnehmen, Sir?«, fragte der Kellner. »Und Ihnen die Speisekarte bringen?«

Archer zog sich die Jacke aus und reichte sie ihm. »Keine Karte, danke.« Er setzte sich, den Blick auf Indi geheftet. »Ich werde mir das Essen mit diesem Schatz teilen.«

»Sie sagten *unter anderem*? Sind Sie beide …?«

»Ja«, sagte Archer, während Indi gleichzeitig meinte: »Nein.«

Ihre Schwester unterdrückte ein Lachen, ihr Bruder wirkte besorgt und ihre Eltern machten sich nicht die Mühe, ihre Abneigung und Verwirrung zu verbergen.

Archer legte eine Hand auf Indis und drückte sie ermutigend. »Wir wollen nicht, dass die Leute erfahren, dass wir Berufliches hin und wieder mit dem Angenehmen vermischen.«

Indis Augen wurden schmal, doch sie wandte sich mit einem überzeugenden Lächeln an ihre Eltern. »Was er damit sagen will, ist, dass wir ein- oder zweimal miteinander aus waren.«

»Ich verstehe«, sagte ihre Mutter missbilligend. »Willst du seinetwegen nicht mit nach Griechenland?«

»Griechenland?« Archer hielt dem unangenehmen Blick

ihrer Mutter stand.

»Ja. Ein guter Freund von Indi begleitet uns diesen Sommer eventuell nach Griechenland, und wir würden uns wünschen, dass sie sich uns anschließt.«

Auf der Suche nach einer Erklärung sah er Indi an.

»Sie redet von James.« Die Verärgerung in ihrer Stimme war fast greifbar.

»Ah, natürlich. Der Kerl, der einen passablen Ehemann abgibt.«

»Oh mein Gott.« Einen Moment lang schloss Indi die Augen und griff nach ihrem Wasserglas.

Sy räusperte sich. »Indira und James waren sehr lange zusammen.«

»Ja, das hat sie mir erzählt.« Archer legte einen Arm auf Indis Rückenlehne. »Aber sie ist fertig mit ihm. Warum sich mit einem Lexus zufriedengeben, wenn man eine Spritztour in einem Bentley machen kann. Stimmt's, Darling?«

Beinahe hätte Indi ihr Wasser wieder ausgespuckt. Mit einer Hand bedeckte sie ihren Mund, während sie um ihre Fassung rang. »Ich habe ihnen schon gesagt, dass James und ich nicht auf lange Sicht zusammenpassen.«

»So kann man es auch ausdrücken.« Archer wandte sich wieder ihrem Vater zu. »Aber selbst wenn sie nach Griechenland fahren wollte, kann sie das angesichts ihrer neuen Aufgabe wahrscheinlich nicht mehr unterbringen.« Warnend funkelte Indi ihn an, doch er ließ sich nicht beirren. Es war Zeit, dass sie ihren Eltern die Kontrolle abnahm, er war nur derjenige, der sie in die richtige Richtung stieß. »Hast du ihnen schon die aufregenden Neuigkeiten erzählt?«

»Noch nicht«, sagte sie zwischen zusammengebissenen Zähnen.

Ihre Geschwister beugten sich vor. Ihre Blicke wanderten zwischen Indi und Archer hin und her, als würden die Neuigkeiten sie betreffen. Mit besorgt gerunzelter Stirn wippte Indi unter dem Tisch schneller mit dem Bein.

Archer legte eine Hand auf ihren Oberschenkel und hielt ihn fest, wobei er ihr tief in die Augen sah. »Das ist die beste Nachricht des Jahres. Erzähl es ihnen, Darling.«

Der sorgenvolle Blick ihrer wunderschönen Augen glitt zu ihrer Schwester und deren Ehemann, die begierig auf ihre Neuigkeiten wirkten, und weiter zu Simon und Anika. Simon schien beunruhigt, während Anika beinahe interessiert aussah. Nervös sah Indi zu Archer, der ihr ermutigend zunickte. Sie straffte die Schultern, als sie sich den prüfenden Gesichtern ihrer Eltern zuwandte. Archer drückte aufmunternd ihren Oberschenkel, überzeugt davon, dass sie sich behaupten konnte. Andererseits wusste er aus eigener Erfahrung, wie es sich anfühlte, sich gegen die eigenen Eltern zu stellen.

»Ich habe einen Mietvertrag für Geschäftsräume und eine Wohnung auf Silver Island unterschrieben. Ich werde mein eigenes Studio eröffnen und Ende Februar auf die Insel ziehen.«

Ihr selbstbewusster Tonfall verlangte nach Beifall, aber Archer war zu beschäftigt damit, ihre Eltern zu beobachten, die einen Blick austauschten, der zweifellos besagte: *Nicht schon wieder.* Seine Muskeln verkrampften sich, und er ermahnte sich, dass zehn Sekunden Indi Kummer ersparen konnten.

»Das ist sicher ein Scherz«, sagte ihr Vater.

Eins ... zwei ...

»Warum sollte sie über so etwas Witze machen?«, gab Meredith zurück, bemüht, ihrer Schwester Rückhalt zu geben.

Drei ...

»Indira«, sagte ihr Vater scharf. »Ich werde diesen rebellischen Zug an dir nie verstehen, doch das beweist nur, dass ich schon immer recht hatte. Du bist nicht dazu geeignet, ein Unternehmen zu führen. Niemand mit Geschäftssinn und bei klarem Verstand würde aus der profitabelsten Stadt der USA auf eine *Insel* ziehen, um dort ein Geschäft zu eröffnen, außer man verkauft Surfbretter, und selbst dann ist dieses Unterfangen fraglich.«

Bastard. Archer ballte die Hände zu Fäusten. *Vier …*

Indi wirkte den Tränen nahe, doch sie hob selbstbewusst das Kinn. »Tut mir leid, dass du mich für unfähig hältst und meine Entscheidungen als Rebellion ansiehst.«

»Ich sehe das wie Dad, Schwesterherz«, sagte Simon. »Silver Island ist hübsch, wird dir jedoch nicht ganzjährig das Einkommen einbringen, das du in der Stadt verdienen könntest. Hast du das Ganze mal durchgerechnet?«

Sechs … sieben …

»Außerdem wird sie auf einer Insel niemals einen angemessenen Ehemann finden«, ergänzte ihre Mutter herablassend.

Zum Teufel damit. Als ihr Vater den Mund öffnete, schnitt Archer ihm das Wort ab, wobei er den lächerlichen Kommentar ihrer Mutter fürs Erste ignorierte. »Sie sind ein erfolgreicher Geschäftsmann. Es fällt mir schwer, zu glauben, dass Sie den Unterschied zwischen Rebellion und Entschlossenheit nicht kennen. Es verrät mir jedoch, dass Sie Ihrer Tochter gegenüber schon sehr lange blind sind. Wussten Sie, dass Indi bereits in ihrem ersten Geschäftsjahr Verträge mit den Kaufhäusern Bergdorf's, Nordstrom und Neiman Marcus schließen konnte? Oder dass sie außerordentliche Konditionen mit ihrem Distributor und ihrem Hersteller ausgehandelt hat?«

»Archer.« Indi berührte seinen Arm. »Lass gut sein.«

»Nein. Sie müssen das hören.« Er richtete seine Aufmerksamkeit wieder auf ihre Eltern. »*Kennen* Sie Ihre Tochter eigentlich? Haben Sie sie mal gefragt, *warum* ihre Leidenschaft der Hautpflege und Kosmetik gilt? Sie ist mehr als nur ein hübsches Gesicht. Sie ist eine brillante, fähige Frau. Ist es Ihnen auch nur eine Sekunde lang in den Sinn gekommen, dass Ihre Tochter derzeit überhaupt kein Interesse daran hat, sich einen Ehemann zu suchen?«

Ihr Vater kochte vor Wut. »Wie können Sie es wagen, in dieses Familientreffen zu platzen und so mit uns zu reden?«

»Mir ist klar, dass Sie die unverblümte Wahrheit nicht gewohnt sind, aber irgendjemand muss Ihnen die Augen öffnen, bevor Sie Ihre Tochter ganz verlieren. Sie ist achtundzwanzig Jahre alt —«

»Neunundzwanzig«, warf Indi ein.

Scheiße. »Sie ist erwachsen. Sie braucht Ihre Erlaubnis nicht, um ihr Studio zu eröffnen, aus der Stadt zu ziehen oder für sonst irgendwas. Aber sie würde sich verdammt sicher über etwas Unterstützung freuen.«

Ihr Vater zeigte über den Tisch. »Sie wissen rein gar nichts über diese Familie.«

»Ich habe alles gesehen, was ich wissen muss.« Archer stand auf und mäßigte seinen Tonfall den verängstigt wirkenden Kindern zuliebe. Noch etwas, das sich zu der ohnehin schon schweren Last der Schuldgefühle auf seinen Schultern gesellte. »Tut mir leid, Kinder, aber das Leben ist nicht immer schön. Manchmal muss man für Freunde einstehen und die Wahrheit laut aussprechen, damit sie gehört wird.« Er wandte sich an Indi. »Lass uns von hier verschwinden, Darling, es sei denn, du willst weiterhin verbalen Geschossen ausweichen und deine Träume vor tauben Ohren rechtfertigen.«

Nervös schaute Indi von einem zum anderen am Tisch,

doch er konnte sehen, wie sie Kraft aus Merediths bestärkendem Nicken zog und sich schließlich mit gerecktem Kinn erhob.

Ihr Vater verengte die Augen. »*Setz dich*, Indira. Dieses Gespräch ist noch nicht beendet.«

Grimmig starrte Archer ihn an. »Dieses Gespräch hat noch überhaupt nicht angefangen. Sie haben lediglich *zu* ihr gesprochen wie ein Tyrann.« Er legte eine Hand auf Indis Rücken, als sie aus dem Restaurant eilte, nahm ihre Jacken entgegen und steuerte auf die Tür zu. Wolken hatten sich zusammengebraut, die Windböen und Sprühregen mit sich brachten. Er konnte den bevorstehenden Sturm spüren.

»Ich kann nicht glauben, dass du das gemacht hast.« Indi entfernte sich vom Eingang und lief unruhig auf und ab, den Mantel eng um sich gezogen. »Ich hätte nicht gehen sollen. Niemand lässt meinen Vater einfach so stehen.«

»Deshalb tyrannisiert er andere. Er wird dich mehr respektieren, weil du für dich eingestanden und gegangen bist, als er es getan hätte, wenn du geblieben wärst und dich von ihnen hättest einschüchtern lassen.«

»Du kennst meinen Vater nicht. Was, wenn du dich irrst?« Tränen traten in ihre Augen. »Du bist nicht gerade ein Beziehungsexperte.«

Er biss die Zähne zusammen gegen den Schmerz, der bei ihren Tränen in ihm aufstieg. »Du hast recht. Ich bin beschissen in Beziehungen, aber ich kenne Leute wie ihn, die andere drangsalieren. Die einzige Möglichkeit, wie man sie aufhalten kann, ist, sich gegen sie zur Wehr zu setzen.«

Sie lief weiter auf und ab. »Du hast mich womöglich gerade um meine Familie gebracht.«

»Verflucht noch mal, Indi. Niemand hat dich gezwungen zu gehen. Du hättest auch dableiben können.« Er wollte sie nicht anschnauzen, war jedoch sauer auf sich selbst, weil er die Kontrolle verloren und sich auf ihre Eltern gestürzt hatte, weil sie Indi so abwertend behandelten. Donner grollte und sie sah zum dunkler werdenden Himmel hoch. Er trat an die Bordsteinkante, um ein Taxi heranzuwinken. »Ich bin nicht James oder einer der Kumpane deines Vaters. Wenn du glaubst, ich würde mich zurücklehnen und zusehen, wie sie dich beschimpfen, kennst du mich kein bisschen.«

»Ich habe dich nicht darum gebeten, herzukommen.«

»Ach was.« *Nur weil du nicht um Hilfe bittest, bedeutet das nicht, dass du keine brauchst.* Das verkniff er sich, als ein Taxi neben ihnen anhielt. »Es tut mir leid, wie sich das Ganze entwickelt hat, aber es musste mal gesagt werden.« Gerade als der Himmel seine Schleusen öffnete, riss er die Tür des Taxis auf und half ihr ins Auto. »Der Wintersturm Agador soll bei Einbruch der Nacht auf die Küste treffen. Fahr nach Hause und bleib dort.«

»Wie kommst du zurück zur Insel?« Ihre Augen weiteten sich. »Oh, Himmel. Dein Boot. Archer, du hättest nicht herkommen sollen.«

Er biss die Zähne zusammen. Noch nie hatte er sein Boot jemand anderem anvertraut. Doch wenn er nach Silver Island zurückgekehrt wäre, hätte er nur den einzigen materiellen Besitz, der ihm je wichtig gewesen war, vor einem Sturm beschützt. Stattdessen hatte er sich lieber mit jeder Faser seines Seins einem anderen Sturm entgegengestellt, um die Frau zu beschützen, die ihm langsam sogar mehr als sein Boot bedeutete.

»Ich wollte, dass du weißt, dass jemand auf deiner Seite steht.« Er schloss die Tür, und als das Taxi losfuhr, starrte Indi ihn mit einer bezaubernden Mischung widersprüchlicher Gefühle an.

Sieben

»Du hättest die Gesichter unserer Eltern sehen sollen, als Archer ins Restaurant gestürmt ist und Indi einen Kuss auf die Wange gedrückt hat, als wären sie seit Ewigkeiten ein Paar. Bestimmt habe ich genauso verblüfft ausgesehen. Ich meine, sie hätte wenigstens mich einweihen können.« Meredith lehnte sich in ihrer schicken Wollhose und der makellosen Bluse zurück und lächelte Indi an. Es war spät am Mittwochnachmittag, und sie saßen in Lenis Büro zusammen, um ihr von dem Brunch zu erzählen und ein Marketingkonzept für Indis Studio zu entwickeln.

Indi hatte nichts von ihren Eltern gehört, aber Meredith hatte sie am Sonntagabend angerufen, um zu hören, ob es ihr gut ging, und sie hatten lange geredet. Indi wäre beinahe in Tränen ausgebrochen, als Meredith gesagt hatte, dass sie sie auf jede ihr mögliche Weise unterstützen würde.

»Aber wie er für Indi eingetreten ist …« Seufzend legte sich Meredith eine Hand auf die Brust. »So was habe ich noch nie gesehen. Ich liebe meinen Ehemann, und er ist sehr maskulin, aber dein Bruder ist durch und durch *Mann*.«

Beim Gedanken an Archer zog sich Indis Brust zusammen. Auch von ihm hatte sie nichts gehört, seit er sie in das Taxi gesetzt hatte. Sie wusste, dass er zur Insel zurück und sich um sein Boot hatte kümmern müssen, doch seitdem hatte er ihr keine einzige zweideutige Nachricht geschickt. Bisher hatte er ihr spätestens alle zwei Tage geschrieben. Sie hatte angenommen, dass er die Vorstellung nicht ertragen konnte, dass sie mal *nicht* an ihn dachte – aus purer Arroganz heraus, natürlich. Jetzt war sie sich allerdings nicht mehr so sicher, was sie denken sollte.

»Ich dachte, unser Vater bekommt einen Tobsuchtsanfall, als Archer ihn als Tyrann bezeichnet hat«, fügte Indi hinzu.

»So eine Szene würde er nie machen«, bemerkte ihre Schwester. »Aber wie ich dir schon erzählt habe: Nachdem ihr das Restaurant verlassen habt, hat er sich beim Manager darüber beschwert, dass Archer ins Gebäude gelassen wurde, und dabei herausgefunden, wer er ist. Du hast zwar gesagt, dass er Winzer ist, aber ich hatte ja keine Ahnung, dass er für seine Weine weltberühmt ist. Dad hat diese Information sichtlich umgehauen. Er hat die ganze Angelegenheit unter den Teppich gekehrt und Essen bestellt, als wäre nichts passiert.«

»Archer mag nicht so aussehen, aber er ist der beste Winzer, den es gibt. Haben sich deine Eltern noch mal bei dir gemeldet, Indi?«, fragte Leni.

»Nein, du weißt ja, wie sie sind. Sie warten darauf, dass ich mich entschuldige oder meine Meinung ändere oder etwas dergleichen. Bloß wird das nicht passieren.«

Mitgefühl erschien auf Lenis Gesicht. »Es tut mir leid, dass du es immer so schwer mit ihnen hast. Sie meinen es gut, denke ich, auch wenn ihre Überzeugungen so abwegig sind, dass ich sie nicht mal ansatzweise verstehe. Um ehrlich zu sein, hätte ich ihnen schon vor Jahren meine Meinung gesagt, wenn du mich gelassen hättest.«

»Jahrelang habe ich mir eingeredet, dass sie die Dinge einfach nur anders sehen als wir«, sagte Meredith. »Ich habe Gründe für ihr Verhalten gesucht, aber es ist schlimmer geworden, vor allem Indi gegenüber.«

Leni sah Indi an. »Was auch immer du Archer über sie erzählt hast, muss ihn wirklich auf die Palme gebracht haben.«

»Ehrlich gesagt habe ich nicht damit gerechnet, dass er mir so gut zuhört. Ich kann immer noch nicht fassen, dass er sich als mein Assistent vorgestellt hat. Ich habe mich schon gefragt, ob unsere Eltern herausbekommen, wer er wirklich ist, denn er hat kein einziges Mal seinen Nachnamen erwähnt.«

»Natürlich nicht«, sagte Leni. »Mein Bruder hält nichts davon, sich durch seinen Erfolg Vorteile zu verschaffen. Doch der Jobtitel Assistent hat mich, zugegeben, aus dem Konzept gebracht. Vermutlich hat er das in sexueller Hinsicht gemeint. Dass er zum Beispiel dein Orgasmus-Assistent ist.«

Indi lachte. »Normalerweise würde ich dir sofort recht geben. Aber ein kleines bisschen stimmt es sogar. Als er am Samstag aufgekreuzt ist, um sich zu entschuldigen, war ich auf dem Weg zu einer Veranstaltung. Kurzfristig sind drei Kundinnen dazugekommen, also war ich nervös, dass ich nicht alle rechtzeitig schaffen würde. Archer hat mich dort abgesetzt und ist eine Viertelstunde später mit drei Flaschen Wein aufgetaucht. Dabei war er so charmant, als würde er schon jahrelang als mein Assistent arbeiten. Tatsächlich war es beeindruckend, ihn mal so zu erleben statt als arroganten Playboy. Und er hat tatsächlich die Gesichter der Frauen für mich vorbereitet. Du hast nie erwähnt, dass er sich mit Feuchtigkeitscremes und Make-up auskennt.«

Leni lachte leise. »Dafür kannst du Jules danken. Seit sie ein kleines Mädchen war, hat sie ihn um den Finger gewickelt. Es gibt nichts, das er nicht für sie tun würde. Und dass er bei deinem Vater für dich eingetreten ist: Wenn jemand weiß, wie man mit solchen Menschen umgeht, dann Archer. Nach dem Unfall hat er sich jahrelang wie ein Arsch verhalten. Versuch mal, die Feiertage zu organisieren, wenn deine Brüder nicht miteinander reden. Wir haben dir davon erzählt, oder, Meredith?«

»Mhm.« Meredith nickte.

Indi dachte oft über das Zerwürfnis zwischen Jock und Archer nach und überlegte, ob es einfacher wäre, gar nicht mehr mit ihren Eltern zu sprechen. Doch für Leni und den Rest der Familie war das anhaltende Schweigen sehr hart gewesen und das wollte sie weder ihren Geschwistern noch ihrer Nichte und ihrem Neffen antun.

»Gott sei Dank hatte Jock endlich die Nase voll davon und hat den Stier bei den Hörnern gepackt. Jetzt meidet Archer die Familientreffen nicht mehr, und auch wenn er immer ruppig sein wird, strahlt er die Wut nicht mehr in Wellen aus.« Leni lehnte sich zurück und überschlug die Beine. In ihrem schwarzen Rock und der hellblauen Bluse wirkte sie sehr professionell. »Viel wichtiger jedoch, seit wann übernachtet mein Bruder in deinem Apartment?«

»Das tut er *nicht*«, betonte Indi. »Das war eine einmalige Sache. Er kam her, um sich für sein Verhalten zu entschuldigen, als er herausgefunden hat, dass ich den Mietvertrag unterschrieben habe, und eins führte zum anderen. Du weißt doch, wie er ist.«

Leni grinste. »Ich weiß, wie ihr beide zusammen seid. Himmel noch mal, jeder im Umkreis von zehn Meilen kann die Funken zwischen euch sprühen sehen.«

»Das kann ich bestätigen«, warf Meredith ein. »So wie Archer vor meinen Eltern einen auf Johnny Castle gemacht hat, von wegen ›Mein Baby gehört zu mir‹, ist da wohl mehr zwischen ihnen, als Indi zugeben will.«

»Das hat nichts zu bedeuten«, sagten Indi und Leni gleichzeitig.

»Vertrau mir, mein Bruder wird niemals sesshaft werden. Aber er ist ein Kämpfer. Er steht für das ein, woran er glaubt, und er beschützt die Menschen, die ihm wichtig sind.« Leni runzelte die Stirn. »Obwohl er seine geliebte Insel noch nie für eine Frau verlassen hat, soweit ich weiß, und trotzdem hat er den ganzen Weg auf sich genommen, nur um sich bei dir zu entschuldigen.« Sie verschränkte die Arme und trommelte mit den Fingern auf ihren Arm.

»Wir reden von *Archer*. Er wollte Sex.« Selbst ausgesprochen kamen Indi ihre Worte nicht zu einhundert Prozent glaubhaft vor.

»Er zieht die Frauen an wie das Licht die Motten«, erinnerte Leni sie. »Glaubst du wirklich, er musste hierherkommen, um flachgelegt zu werden? Archer verlässt die Insel niemals.«

»Das stimmt nicht. Du hast erzählt, dass er dir die Stadt gezeigt hat, als du mit deinem Studium hier am College angefangen hast. Damit du dich auskennst und nicht nervös wirst oder dich verirrst.« Leni war so stolz gewesen, als sie Indi davon erzählt hatte. Das war, kurz nachdem Indi Archer zum ersten Mal begegnet war und sie eine Bemerkung darüber gemacht hatte, dass er etwas von einem Mistkerl hatte. Leni hatte ihr zugestimmt, dann jedoch von all den wundervollen Dingen geschwärmt, die er schon für sie und ihre Geschwister getan hatte.

»Das hat er in der Tat«, sagte Leni. »Aber wann hat er mich oder Sutton oder Levi zuletzt besucht?« Ihre ältere Schwester

Sutton war Reporterin und lebte in Port Hudson, New York.

»Ich bin zwar schon lange kein Single mehr«, sagte Meredith, »doch selbst ich weiß, dass Verabredungen zum Sex nicht beinhalten, dass man sich gegenseitig bei der Arbeit oder einer Auseinandersetzung mit der Familie unterstützt. Offensichtlich war er nicht nur wegen Sex hier.«

»Tja, in Anbetracht der Tatsache, dass ich nichts mehr von ihm gehört habe, bin ich ziemlich sicher, dass er nicht zurückkommen wird.« Das hätte ihr wahrscheinlich nicht so viel ausmachen sollen, doch das tat es. Sogar mehr noch als das Verhalten ihrer Eltern. Für sie war so was normal, für Archer jedoch untypisch. War er wütend, weil sie gesagt hatte, dass er nicht zum Brunch hätte kommen sollen, oder weil er überhaupt hingegangen war, anstatt sich um sein Boot zu kümmern? Hoffentlich war es bei dem Sturm nicht beschädigt worden. »Agador« war zwar nicht so heftig gewesen, wie der Wetterbericht prophezeit hatte, trotzdem hatte es entlang der Küste einige Überschwemmungen gegeben. Vielleicht war Archer mit dem Boot oder dem Weingut beschäftigt. Oder vielleicht war es endgültig aus zwischen ihnen.

Ihr Magen verkrampfte sich.

Hatte sie nicht genau das gewollt? Um ihren Ruf zu schützen, wenn sie auf die Insel zog? Das war notwendig, doch es passte ihr nicht, wie sie auseinandergegangen waren. »Ich sollte mich bei ihm bedanken.«

»Weil er nicht zu dir zurückkommt?«, hakte Leni nach.

Indi blinzelte mehrmals, als ihr klar wurde, dass sie die Worte laut ausgesprochen hatte. »Weil er meiner Familie die Stirn geboten hat. Ich stand unter Schock, als wir gegangen sind, und habe mich nicht gerade dankbar gezeigt.«

»Na ja, in zwei Tagen bist du eh auf der Insel. Dann siehst

du ihn bestimmt.« Leni schob einen Ordner über den Tisch. »Aber jetzt, da ich über die Katastrophe am Sonntag informiert bin: Es ist fast sechs. Um halb acht bin ich zum Abendessen mit einem Kunden verabredet, also lasst uns meine Marketingideen für dein Studio durchgehen und Zeitpläne ausarbeiten.«

Sie besprachen Entwürfe für die Überarbeitung von Indis Webseite, Online-Werbeanzeigen, Flyer und Broschüren, die an andere Geschäfte auf der Insel verteilt werden sollten. »Ich habe mir auch Gedanken über deine Posts auf Social Media gemacht. Du erstellst jetzt schon wirklich wertvollen Content, aber mit deinem Studio sollten wir noch einen draufsetzen. Bellamy hat mehr als eine Million Follower und arbeitet mit mehreren meiner Kunden zusammen, um deren Kleidung, Schuhe und andere Produkte zu vermarkten, doch sie hat noch keinen Sponsor aus dem Bereich Hautpflege oder Kosmetik.«

»Wer ist Bellamy?«, wollte Meredith wissen.

»Bellamy Silver. Ich habe dir von ihr erzählt«, meinte Indi. »Sie ist Lifestyle-Influencerin und Jules' beste Freundin. Die niedliche Brünette, die in Teilzeit für Jules arbeitet und bei einer Reality-Show mitmachen will.«

»Ah, ja.« Meredith schüttelte den Kopf. »Ich werde alt. Warum jemand freiwillig in eine Reality-Show will, ist mir ein absolutes Rätsel.«

»Für manche Menschen ist das eine super Möglichkeit, entdeckt zu werden«, erklärte Leni. »Bellamy ist allerdings sehr behütet aufgewachsen. Ich glaube nicht, dass so was das Richtige für sie ist.«

»Ihre Brüder würden das sowieso niemals zulassen«, sagte Indi. »Ich sehe schon vor mir, wie Grant, Wells und Fitz sie auf dem Dachboden einsperren wie Rapunzel. Ich glaube, nicht mal Keira würde sie unterstützen. Als große Schwester greift sie ihr immer unter die Arme, aber sie hat den Männern abgeschworen. Auf gar keinen Fall würde sie zulassen, dass sich Bellamy derart der Öffentlichkeit präsentiert.«

»Genau. Grant hat die Flucht nach vorne angetreten und sie zu mir geschickt. Ich habe ihr Sponsoring in eine neue Richtung gelenkt.« In Lenis Augen leuchtete etwas auf. »Sie steht an der Schwelle zu etwas Großem. Das kann ich fühlen. Ich denke, sie wäre perfekt als Gesicht für Indira. Sie ist wunderschön, hat ein einnehmendes Wesen, ist wortgewandt und ihre Haut ist makellos.«

»Weil sie seit drei Jahren meine Produkte benutzt«, sagte Indi stolz.

»Und das macht es nur glaubwürdiger, wenn sie über deine Produkte spricht«, erläuterte Leni.

Indis Gedanken rasten. »Falls sie einverstanden ist, das Gesicht von Indira zu werden, können wir dann Nahaufnahmen von ihr an die Wände des Studios hängen und ihre Fotos in den Broschüren verwenden? Anfang nächster Woche sollte ich die Proben meiner Frühlingskollektion bekommen. Das Timing ist perfekt.«

»*Falls* sie einverstanden ist? Du bietest ihr an, sich einen Namen in der Kosmetikbranche zu machen. Sie wird begeistert sein.« Leni kritzelte etwas in ihr Notizbuch. »Wir können sie kurz anrufen, um ihr Interesse abzuschätzen, wenn du willst.«

»Ja! Wenn du Zeit dafür hast.«

Leni zog ihr Handy hervor. »Es ist immer Zeit, einen Deal auf den Weg zu bringen.« Das Handy am Ohr, hob sie den Zeigefinger. »Hi, Bellamy. Ich sitze hier mit Indi und ihrer Schwester Meredith.« Leni hielt inne und sagte dann: »Bellamy lässt euch grüßen.«

»Grüße zurück«, sagten Indi und Meredith gleichzeitig.

Leni sprach wieder ins Handy. »Indi wird ein paar Häuser von Jules' Geschäft entfernt ein eigenes Studio eröffnen.« Schweigend hörte sie einen Moment zu. »Natürlich weißt du Bescheid. Ich wette, inzwischen sind alle auf der Insel informiert. Indi möchte dir ein spannendes Angebot machen. Wie fändest du es, das Gesicht von Indira zu werden?«

Bellamys Freudenschrei war so laut, dass Leni das Handy vom Ohr weghalten musste, und alle brachen in Gelächter aus. Indi vollführte einen kleinen Freudentanz und umarmte Meredith.

»Super«, sagte Leni. »Wegen der vertraglichen Details melde ich mich noch mal bei dir. Indi kommt am Freitag wieder auf die Insel, um die Dinge ins Rollen zu bringen. Wir würden gerne einen Termin für ein Fotoshooting für Werbematerial mit dir ausmachen. Hast du dafür in den nächsten Wochen Zeit?« Beim Zuhören machte sie sich Notizen.

Nachdem Leni aufgelegt hatte, rannte Indi um den Schreibtisch herum, um sie zu umarmen. »Vielen Dank! Es freut mich so sehr, dass wir mit jemandem zusammenarbeiten, den wir kennen.« Sie kehrte zu ihrem Stuhl zurück. »Oh, oh. Gerade ist mir etwas eingefallen. Kann ich mir Bellamy überhaupt leisten? Das hätte ich fragen sollen, bevor du sie angerufen hast.«

»Ich hätte sie nicht vorgeschlagen, wenn du sie nicht bezahlen könntest«, sagte Leni. »Wir müssen einen wasserdichten Deal ausarbeiten, denn sobald die Presse verkündet, dass sie das Gesicht von Indira ist, wird sie ihren Sponsoren das Zehnfache wert sein.«

»Wow, im Ernst?«, fragte Meredith.

»Ja. Sponsorings aus der Kosmetikbranche sind die lukrativsten. Aber keine Sorge, Indira wird ihr Sprungbrett sein, also sollte es dich nicht zu viel kosten. Der *nächste* Vertrag wird ihr einen Haufen Geld einbringen – sobald ihr Publikum weiter gewachsen ist. Ihre Promotion ist ziemlich teuer, aber für die meisten meiner Kunden hat sich die Investition mehr als gelohnt. Außerdem passt die Demografie ihrer Follower perfekt zu Indiras Kunden. Sponsorings werden normalerweise nicht rabattiert, weil jeder Post auf dem vorherigen aufbaut, aber ich glaube, dass wir einen Rabatt herausschlagen können, da sie nach Jules' und Grants Verlobung praktisch zur Familie gehört.«

»Derartige Gefallen will ich eigentlich nicht einfordern. Wenn du sagst, dass sie es wert ist, zahle ich den üblichen Preis.«

»Wir reden hier von Silver Island«, gab Leni trocken zurück. »Sie wird beleidigt sein, wenn du keinen Gefallen einforderst, sobald sich die Gelegenheit bietet.«

Meredith hob eine Braue. »Die Insel scheint deutlich freundlicher gesinnt zu sein als New York.«

»Erzähle ich dir das nicht schon seit Jahren?« Indi liebte so einiges an der Insel, doch die Menschen dort standen ganz oben auf der Liste.

»Davon wirst du dich bei Indis Eröffnungsfeier selbst überzeugen können. Ich plane etwas mit unvergleichlicher Extravaganz.«

»Ach ja?« Das hätte Indi nicht überraschen sollen. Leni war ihr immer zwei Schritte voraus. »Ich weiß noch gar nicht, wann ich eröffnen werde. Hoffentlich im April, aber das kann ich erst genauer abschätzen, wenn ich mir einen Überblick über die Renovierungsarbeiten verschafft habe. Ich habe Levi eine Nachricht hinterlassen, ob er demnächst eine Begehung mit mir machen kann, um die notwendigen Arbeiten zu besprechen. Ich will seine Meinung hören, was mich erwartet, ehe ich jemanden vor Ort beauftrage.«

»Das ist schlau von dir. Er wird dich ganz oben auf seine Prioritätenliste setzen«, sagte Leni. »Bei der Innengestaltung ist er hervorragend und er wird dir einen soliden Kostenvoranschlag machen. Zu schade, dass du nicht schon beim Winter Walk am Samstag in zwei Wochen dabei sein kannst.«

»Was ist der Winter Walk?«, hakte Meredith nach.

»Eine Veranstaltung, die die Einzelhändler in Silver Haven vor ein paar Jahren ins Leben gerufen haben, um den Tourismus nach den Feiertagen anzukurbeln«, erklärte Leni. »Eine Art aufgemotzter Straßenverkauf, der sich zu einem richtigen Event weiterentwickelt hat, mit Livemusik, besonderen Spielen und einem Kinderprogramm. Alle Insulaner gehen hin. Jules stellt für das Wochenende drei zusätzliche Leute ein, weil sie doppelt so viel Umsatz wie sonst macht. Dieses Jahr hat sie sich erst Sorgen gemacht, weil sie zu der Zeit noch mit Grant unterwegs ist, aber sie kommt am Samstagabend spät nach Hause und wird dann am Sonntag dabei sein.«

Meredith sah Indi an. »Das klingt nach einer zu guten Gelegenheit, um sie sich durch die Lappen gehen zu lassen.«

»Finde ich auch. Ich habe gar nicht mehr daran gedacht. Die Eröffnung schaffe ich bis dahin nicht, aber ich kann einen Verkaufstisch aufstellen und Proben und Visitenkarten mit meiner Webseite drauf verteilen, dann können die Leute online bestellen. Und ich kann meine Startersets verkaufen. Für so eine Veranstaltung eignen sie sich perfekt. Ich gebe noch heute Nachschub in Auftrag.« Indi zückte ihr Handy und ergänzte den Punkt auf ihrer To-do-Liste.

»Das ist eine großartige Idee. Jedes Jahr kommen dieselben Leute zu solchen Veranstaltungen auf die Insel. Ein guter Zeitpunkt, um einige von ihnen kennenzulernen.« Leni sah ihre

Notizen durch. »Tara macht normalerweise die Fotos für die Webseite der Insel und die örtliche Zeitung. Ich werde dafür sorgen, dass sie auch welche von dir macht, damit wir sie für Marketingmaterial verwenden können. Apropos Tara, sie hat sämtliche von Bellamys Fotoshootings vor Ort gemacht. Sie ist fantastisch. Ist es okay, wenn wir sie für die Promofotos von Bellamy engagieren? Sie arbeiten sehr gut zusammen.«

»Na klar.« Indi wandte sich an ihre Schwester. »Tara ist die Tochter des Bürgermeisters. Ich habe dir von ihr erzählt. Sie ist mit Jules und Bellamy befreundet.«

»Erzähl mir mehr.« Meredith wackelte mit den Fingern.

»Die süße, blonde, freischaffende Fotografin, die auf Levi, Lenis Zwilling, steht, glaube ich.«

»Sie steht definitiv auf meinen Bruder, obwohl sie das niemals zugeben würde«, stimmte Leni zu. »Wo wir gerade noch von Reality-Shows gesprochen haben: Tara und Levi bieten Stoff für eine. Aber das ist eine andere Geschichte.«

»Halt.« Meredith hob eine Hand. »So was kannst du nicht sagen, ohne es zu erklären. Das klingt pikant und ich bekomme nie pikanten Klatsch zu hören.«

»Es ist kompliziert, also hör gut zu, weil uns allmählich die Zeit davonläuft«, warnte Leni. »Levi hat eine Tochter, Joey, mit Taras älterer Schwester, Amelia, aber Amelia wollte ihre Karriere als Reisejournalistin nicht aufgeben, um Mutter zu sein, obwohl sie Joey abgöttisch liebt. Tara war schon immer ein großer Teil von Joeys und Levis Leben, auch wenn sie in Harborside wohnen und nicht auf der Insel.«

»Im Prinzip geht es darum, dass Levi alleinerziehender Vater ist, und wir alle glauben, dass Tara das gerne ändern würde«, ergänzte Indi.

Verwirrt runzelte Meredith die Stirn. »Okay, aber warum

sollte ihre Schwester ihre Karriere aufgeben müssen, nur weil sie ein Kind hat? Viele Mütter arbeiten.«

»Sie waren sehr jung. Es ist kompliziert.« Lenis Tonfall wurde sanfter. »Ich will uns nicht hetzen, aber wir müssen vor meinem nächsten Termin das Marketingkonzept und die Werbeanzeigen festlegen.«

»Entschuldige«, sagte Meredith.

»Kein Problem. Glaub mir, wenn ich mehr Zeit hätte, würde ich eine Flasche Wein holen, unseren Familienstammbaum aufzeichnen und dich in sämtlichen Klatsch und Tratsch von der Insel einweihen. Aber wir haben eine Deadline. Also muss das warten.« Leni schaute zu Indi. »Reden wir über Trends. Frauen sind gerade ganz verrückt nach Videoanleitungen. Ich dachte, wir könnten eine Serie kurzer Videos produzieren, in denen du mit Bellamy ihre Hautpflegeroutine oder das Make-up für diverse Gelegenheiten durchgehst und dem Zuschauer alles Schritt für Schritt erklärst. Außerdem habe ich überlegt, zusätzlich ein Model Mitte vierzig oder fünfzig zu engagieren, um ein breiteres Publikum anzusprechen.«

Indi war Feuer und Flamme. »Das ist perfekt. Das Alter und der Lebensstil haben großen Einfluss auf unsere Haut und die Pflege muss sich daran anpassen.«

»Ich kenne mich nicht wirklich mit Marketing aus«, sagte Meredith. »Aber als vierunddreißigjährige Mutter von zwei Kindern kann ich von Glück sagen, wenn ich es morgens unter die Dusche schaffe, und am Ende eines langen Tages ist das Letzte, womit ich mich beschäftigen will, eine halbstündige Gesichtspflege. Wenn Indi mir nicht gezeigt hätte, wie ich das in fünf Minuten oder sogar weniger hinbekomme, sähe ich furchtbar aus. Könntet ihr nicht spezielle Videos für Mütter machen und dafür vielleicht mit normalen Frauen anstatt mit makellosen Models arbeiten?«

»Mir gefällt die Idee einer Serie extra für Mütter richtig gut. Allerdings bringt es noch andere Vorteile mit sich, Influencer dafür zu benutzen, als nur ihr Aussehen. Schauspieler, Models und andere Influencer haben typischerweise zig Follower, und all diese Leute sind ein riesiger Absatzmarkt für Indi, den sie sonst nur schwer erreichen würde.«

»Warum können wir nicht beides machen?«, fragte Indi. »Mit Profis arbeiten, wie du vorgeschlagen hast, und mit der Frau von nebenan. Dadurch würde uns keine Marketingmöglichkeit entgehen, und wir könnten womöglich sogar die Bekanntheit durch Mundpropaganda bei Leuten steigern, die keine Influencer abonniert haben. Vielleicht können wir Frauen von Silver Island einbeziehen, wie etwa deine Mutter und ihre Freundinnen oder deine Großmutter. Glaubst du, sie würden bei so was mitmachen?«

»Ich glaube, dass sie alles für dich tun würden.« Leni machte sich Notizen. »Dadurch können wir zusätzlich einige der Geschäfte vor Ort promoten, wenn wir Frauen filmen, die dort arbeiten. Vielleicht können wir uns die Kosten für das Marketing sogar teilen. Ich wette, Margot Silver wäre interessiert an so einer Zusammenarbeit. Nicht, dass Silver House noch groß beworben werden müsste, aber Margot unterstützt gerne örtliche Geschäfte, und Jules und Keira würden auch sofort mitmachen.«

»Das hört sich doch nach einem Plan an.« Indi wandte sich ihrer Schwester zu. Ihre Aufregung wuchs von Sekunde zu Sekunde. »Könntest du dir vorstellen, die Serie für Mütter mit mir zu machen, Meredith?«

»Ich?« Meredith zuckte in ihrem Stuhl zurück.

»Ja! Es war deine Idee. *Bitte?* Außer, du hast Angst, dass

Mom und Dad dir deswegen die Hölle heißmachen werden.«

»Das werden sie sowieso, das weißt du doch«, sagte Meredith leise. »Aber ich mache es. Wenn Archer für meine kleine Schwester einstehen kann, dann sollte ich mich wohl auch mehr für dich einsetzen.«

Tränen stiegen Indi in die Augen. »Wirklich?«

»Absolut. Ich will, dass du glücklich bist.«

Indi umarmte sie, während ihr das Herz aufging. »Danke dir.«

»Warum müssen Frauen *immer* weinen?«, witzelte Leni und sie lachten. »Gut, nachdem das geklärt ist, was hältst du davon, Anfang Frühling ein Fotoshooting mit Bellamy auf einer Jacht zu machen, um Besucher des Jachtclubs anzulocken? Sie in einem kuscheligen Pulli, der die Frauen davon träumen lässt, sich an einen Mann zu schmiegen.« Ihr Blick zuckte zu Indi. »Ich kenne da einen Mann, den du wahrscheinlich davon überzeugen könntest, uns seine Jacht zur Verfügung zu stellen.«

Da ich nichts mehr von Archer gehört habe, glaube ich nicht, dass er mir in Zukunft noch irgendetwas zur Verfügung stellt. Das behielt sie allerdings für sich. »Du hast noch nie danebengelegen, also tun wir, was immer du für finanziell machbar hältst. Weißt du, ob Archers Boot den Sturm überstanden hat?«

»Keine Ahnung, aber wenn nicht, würden wir ihn wahrscheinlich noch hier toben hören.« Leni lachte leise.

Während Leni weiter über Ideen, Budgets und Zeitpläne sprach, verweilten Indis Gedanken bei Archer. Schuldgefühle und Sehnsucht verbanden sich zu einem schmerzhaften Knoten. Er hatte sie mehr als einmal an erste Stelle gesetzt, ohne sich um sein Boot, seinen Ruf oder sonst etwas zu kümmern. Sie war noch nicht bereit, ihn gehen zu lassen.

Sie nahm ihr Handy und schickte ihm eine kurze Nachricht. *Hey, Fremder.*

Er schrieb sofort zurück. *Was gibt's?*

Die knappe Antwort brachte ihre Nerven zum Flattern. *Bist du beschäftigt?*

Sie warf einen schnellen Blick auf den Ausdruck einer Werbeanzeige, die Leni ihr vorlegte, konnte sich jedoch nicht konzentrieren, da die nächste Nachricht eintraf. *Ich denke bloß an all die Dinge, die ich mit dir anstellen will,* gefolgt von dem Teufel-Emoji.

Erleichterung und Erregung erfassten sie. *Tut mir leid, dass ich so aufgebracht war. Danke, dass du dich bei meiner Familie für mich eingesetzt hast. Als du dich nicht gemeldet hast, dachte ich, dass du sauer auf mich bist.*

Ich wollte dir Zeit geben, um runterzukommen, bevor ich auf deiner Türschwelle aufkreuze.

Ihr Lächeln verwandelte sich in ein Grinsen. *Was hast du denn vor, wenn du dort angekommen bist?*

»Wem schreibst du?«, wollte Leni wissen.

Indi riss sich von ihrem Handy los und sah Leni und Meredith an. »Entschuldigung. Ich habe nur« – *mit deinem Bruder geflirtet* – »einem Kunden geantwortet.« Ihr Handy vibrierte wieder. *Ich bin um acht da, um es dir zu zeigen.* Hitze loderte in ihr auf, als noch eine Nachricht erschien. *Du wirst nackt und auf Knien sein. Sei vorbereitet.*

So viel zu nur noch ein letztes Mal …

Acht

Am Freitagabend schloss Archer die Kellerei ab, stieg in seinen Pick-up und startete den Motor. Die Scheinwerfer beleuchteten die Weinberge, die schon immer etwas Besonderes für ihn gewesen waren, doch im Moment dachte er an nichts anderes als an Indi. Während des jährlichen Halloween-Fests mit dem »Feld der Schreie« waren sie zusammen zwischen den Weinreben verschwunden, um dem restlichen Partyvolk zu entkommen. Das war die Nacht gewesen, in der er herausgefunden hatte, wie gerne Indi Grenzen austestete. Er hatte mit ihr zum Boot gehen wollen, aber sie hatte ihn für ein kleines Abenteuer in den Weinberg gelockt. Und im Schutz der Nacht, umgeben von den fernen Stimmen anderer Paare, die sich in das Feld der Schreie gewagt hatten, hatten sie hemmungslosen, leidenschaftlichen Sex gehabt.

Das war *heiß* gewesen.

Fast so heiß wie am Mittwochabend, als er bei ihr zu Hause aufgeschlagen war und sie ihm nur mit einem Bademantel bekleidet die Tür geöffnet hatte. Als sie den Bademantel und ihre Hemmungen hatte fallen lassen, hatte sie nackt vor ihm gestanden, abgesehen von den pinken Knieschonern. In jener Nacht hatten sie genauso viel miteinander gelacht wie gevögelt.

Tatsächlich lachte er verdammt viel, wenn sie beide zusammen waren. Er zog sein Handy hervor, um nachzusehen, ob sie schon auf die Nachricht geantwortet hatte, die er ihr vor einer halben Stunde geschickt hatte. Er machte sich Sorgen um sie. Hatte sie schon von ihrer Familie gehört? Ihre Eltern gingen ihm gewaltig auf den Zeiger. Wenn er geglaubt hätte, dass es etwas bringen würde, hätte er ihnen längst einen weiteren Besuch abgestattet, um ihnen ein wenig Vernunft beizubringen, aber er hatte so eine Ahnung, dass nur Geld und Macht zu ihnen durchdrang.

Immer noch keine Antwort.

Verdammt.

Während er ausparkte und zum Haus seiner Eltern fuhr, um nachzusehen, was vom Abendessen übriggeblieben war, fragte er sich, warum seine kleine Sexgöttin an einem Freitagabend seine Nachrichten nicht beantwortete. Sie hatte ihm wieder diese Predigt gehalten von wegen: *Das ist das letzte Mal; ich muss auf meinen Ruf achten,* doch sie wussten beide, dass sie sich nicht daran halten würde. Er hatte keine Ahnung, warum sie sich überhaupt die Mühe machte, das ständig zu wiederholen. Bei drei Schwestern hatte er es jedoch längst aufgegeben, die Frauen verstehen zu wollen.

Er fuhr die Auffahrt seiner Eltern entlang und war überrascht, Tara und ihre Nichte Joey zu sehen, die offenbar gerade angekommen waren. Tara war eine spindeldürre Blondine, eine echte Seele von Mensch, die sich so rührend um Levi und Joey kümmerte, dass es unübersehbar war, wie viel ihr die beiden bedeuteten. Sie winkte ihm zu.

Als er aus dem Truck stieg, rannte Joey in ihrer violetten Daunenjacke und schwarzen Leggings auf ihn zu, wobei ihre zimtbraunen Haare um ihr hübsches Gesicht mit den Sommersprossen hüpften. Einst ein Baby mit Koliken, das Levi aus dem Krankenhaus mit nach Hause gebracht hatte, hatte sie sich inzwischen gut gemacht. Damals war Levi erst zwanzig Jahre alt gewesen, hatte noch im Haus ihrer Eltern gewohnt und war Tag und Nacht erschöpft gewesen. Archer hatte sein Boot zurückgelassen und war für einige Wochen in sein altes Kinderzimmer zurückgezogen, um seinem Bruder unter die Arme zu greifen. Wenn Joey nachts aufgewacht war, hatte er Levi schlafen lassen und war mit dem Baby auf der Schulter den Flur auf und ab gelaufen. Auch als sie wieder eingeschlafen war, hatte er stundenlang weiter seine Runden gedreht, Nacht für Nacht, denn jedes Mal, wenn er sie abgelegt hatte, hatte sie ein markerschütterndes Schreien ausgestoßen.

»Onkel Archer! Wir machen einen Mädelsabend.« Joey warf sich in seine Arme. »Wir waren Skateboardfahren und haben bei Monster Burger zu Abend gegessen.« Sie war durch und durch ein Wildfang. Wenn sie nicht gerade Bikerstiefel und eine pelzgefütterte Fliegerjacke trug, sah man sie in Jeans und Sneakers oder Sporttrikots und Baseballcaps. Irgendwie ergab das Sinn, schließlich war Levi Mitglied des Motorradclubs Dark Knights in Harborside, und Joey war zwischen großen, kräftigen Bikern aufgewachsen, die sie allesamt wie ihre eigene Tochter behandelten.

Archer zerstrubbelte ihr die Haare und hob sie mit einem Arm hoch. »Hoffentlich hattest du einen Helm auf.«

»Tante Tara erlaubt nicht, dass ich ohne auf ein Board steige.«

»Ganz genau.« Tara lächelte. »Hi, Archer.«

»Hey, Tara. Wo ist Levi? Ich wusste gar nicht, dass er vorbeischauen wollte.«

Bevor Tara zu einer Antwort ansetzen konnte, übernahm

Joey. »Dad ist mit Indi unterwegs und sieht sich ihren neuen Laden an. Ich übernachte heute bei Tante Tara, aber zuerst essen wir mit Grandma und Grandpa Nachtisch. Willst du auch einen Nachtisch?«

»Ich kann nicht, Sportsfreundin.« Die Tatsache, dass Indi ihm nicht mal gesagt hatte, dass sie auf die Insel kam, wurmte ihn. Er gab Joey einen Kuss auf die Wange, setzte sie ab und ging zu seinem Pick-up zurück.

»Du fährst schon wieder?«, rief Joey ihm nach.

»Ich muss noch was erledigen. Sorry.«

Auf dem Weg zur Main Street steigerte sich Archers Ärger von Minute zu Minute. Er hatte gedacht, dass sie Mittwochabend eine fantastische Zeit miteinander verbracht hatten. Vielleicht sogar die beste, seit sie sich kannten, und jetzt zog sie so einen Mist ab? Levi mochte der richtige Mann sein, um sich in ihrem neuen Laden umzusehen, aber ernsthaft? *Er* war derjenige, der vor zwei Nächten jeden Zentimeter ihrer Haut gekostet hatte, und sie konnte ihm nicht mal eine Nachricht schicken, um zu sagen, dass sie wieder auf der Insel sein würde? Was zum Teufel?

Als er am Bordstein parkte, zählte er von zehn rückwärts, um sich wieder zu beruhigen, stürmte aber noch währenddessen los und stand plötzlich in Indis neuem Geschäft.

Sieben, sechs, fünf …

Drei Augenpaare wandten sich ihm zu und Eifersucht löschte jeden anderen Gedanken aus. Indi trug ein kurvenumschmeichelndes Sweatshirt, enge Jeans und kniehohe Lederstiefel. Sie stand zwischen dem hochgewachsenen, dunkelhaarigen, verflucht großspurigen Wells Silver, Besitzer des Rock Bottom Bar and Grill und Archers Freund – obwohl Archer ihn auf der Highschool dafür verprügelt hatte, dass er seine Schwester betrogen hatte –, und Ryan Lacroux, dem begehrtesten Polizisten von Silver Island. Ryan wohnte neben Jock und Daphne. Mit den kurzen braunen Haaren und den wie gemeißelten Gesichtszügen sah er aus wie ein Filmstar, und er zog Ritchie, den kleinen Sohn seines drogensüchtigen Bruders, groß. Archer hätte schwören können, dass dieser Umstand auf alleinstehende Frauen wie ein Aphrodisiakum wirkte, aber er würde auf gar keinen Fall zulassen, dass Indi eine dieser Frauen wurde.

»Was zum Teufel ist hier los?« Er trat zu Indi und ignorierte dabei das Feixen, das Wells und Ryan miteinander austauschten.

»Alter …?« Levi kam von der anderen Seite des Raumes herüber. »Wie wär's erst mal mit einem Hallo?«

Archer blendete die anderen aus, den Blick unverwandt auf Indi gerichtet. »Meine Einladung zu dieser Party ist wohl verloren gegangen.«

»Entschuldigt uns für einen Moment.« Indi packte ihn am Arm und zerrte ihn ein Stück weg. »Was soll das hier?«, flüsterte sie barsch.

Es war unmöglich, seine Gefühle im Zaum zu halten. »Vor zwei Nächten habe ich mich bis zum Anschlag in dir versenkt, und du denkst nicht mal daran, mir zu sagen, dass du wieder herkommst? Ich musste es von meiner Nichte erfahren und dann *in das hier* reinplatzen?«

Sie schnappte nach Luft. Wells hustete, um ein Lachen zu kaschieren, und Levi murmelte: »Oh Scheiße. Na kommt, Leute. Wir vermessen mal den Gehweg.«

Indi kochte sichtbar vor Wut. »Was zum Teufel denkst du dir dabei, hier einzufallen und so mit mir zu reden?«

»Ich habe nichts gesagt, das nicht der Wahrheit entspricht.

Warum hast du mir nicht Bescheid gesagt?«

Sie stemmte eine Hand in die Hüfte und erdolchte ihn förmlich mit Blicken. »Warum *sollte* ich? Bist du plötzlich Experte für Renovierungen?«

»Es gibt *nichts*, das ich nicht kann.« Die Eifersucht hatte ihn fest im Griff und befeuerte seine Wut. »Ich verstehe, warum Levi hier ist, aber brauchst du wirklich einen ganzen Harem voller Männer?«

»Einen ganzen –«

»Warum hast du Wells angerufen? Du *weißt*, dass er alles dafür geben würde, dich quer über den Fußboden zu vögeln. Und Ryan? *Ernsthaft?* Du magst solche Schönlinge nicht mal.«

»Du bist so ein Hornochse.« Sie ballte die Hände zu Fäusten. »Wells war auf dem Weg zum Rock Bottom, um sich mit Keira und Fitz zu treffen, und hat kurz reingeschaut, um mich dazu einzuladen. Und zu deiner Information: Ryan ist gerade mit seiner Schicht fertig und hat mich auf der Insel willkommen geheißen. So etwas machen nette Menschen nämlich. Nicht jeder Mann denkt mit seinem Schwanz.«

Er biss die Zähne zusammen. »Wenn du denkst, dass Wells nicht scharf auf dich ist, bist du blind.«

Ein herausforderndes Grinsen stahl sich auf ihr Gesicht. »Wenn ich mich auf Wells einlassen will, ist das meine Angelegenheit, nicht deine. Tatsächlich könntest du nicht das Geringste dagegen unternehmen, wenn ich mit jedem Mann in dieser Stadt ins Bett steigen würde.«

Er baute sich vor ihr auf und lehnte sich so dicht zu ihr, dass sich ihr Atem vermischte. »Das wäre sicher förderlich für deinen wertvollen Ruf.«

»Das könnte nicht einmal halb so viel Schaden anrichten wie du.«

Archers Brust fühlte sich an, als würde sie gleich explodieren. Er verabscheute die gemeinen Dinge, die er ihr an den Kopf warf, verabscheute es, überhaupt mit ihr zu streiten, aber er hatte sich noch nie so gefühlt, und er hatte keine Ahnung, wie er damit umgehen sollte.

Levi öffnete die Tür und spähte hinein. »Kann ich gefahrlos reinkommen oder verstecken wir eine Leiche?«

Mit einem Mal wurde es Archer zu viel. »Sie gehört ganz dir. Ich hau ab«, presste er hervor und verschwand, bevor er weiteres Unheil stiften konnte.

Indi war stocksauer, als sich Archer davonmachte. Sie wollte schreien und irgendetwas kaputt machen, doch Levi näherte sich ihr vorsichtig. Dabei sah er sie an, als wäre sie eine Landmine, die bei der ersten falschen Bewegung hochgehen würde. Als Archers Bruder musste er an so etwas gewöhnt sein.

»Alles okay?«

»*Nein.* Was stimmt nicht mit deinem Bruder?« In dem Versuch, sich zu beruhigen, tigerte sie auf und ab. Warum musste sie sich zu dem rüpelhaften Bruder hingezogen fühlen? Levi war ein großer, gut aussehender Mann, der vorsichtig und achtsam mit den Gefühlen anderer Menschen umging, und er war ein wundervoller Vater. Wenn sie klug wäre, würde sie ihn statt seines explosiven Bruders anziehend finden.

»Was er vor uns gesagt hat und wie er es gesagt hat, war falsch. Aber er ist ein guter Mann, Indi, und du kommst mir nicht wie jemand vor, der was mit ihm angefangen hätte, wenn du das nicht wüsstest.«

»Gerade weiß ich nicht mal, warum ich überhaupt was mit ihm angefangen habe.«

»Das verstehe ich. Doch du kennst ihn seit Jahren. Du weißt ziemlich gut, wie er ist. Was du vielleicht nicht weißt, ist, dass er nicht immer so war. Er ist einem Kampf nie aus dem Weg gegangen, aber er hat ihn nicht immer angezettelt.«

Indi verschränkte die Arme und kämpfte gegen die Tränen der Frustration an, als sie seinem mitfühlenden Blick begegnete. »Warum also jetzt? Warum bei mir?«

»Ich habe nicht mit ihm geredet, daher habe ich keine Ahnung, warum er sich von mir und zwei Männern, die er seit Ewigkeiten kennt, bedroht fühlt.«

Sie schnaubte. »Archer lässt sich von nichts und niemandem bedrohen.«

Levi setzte zu einer Antwort an, klappte den Mund jedoch, ohne ein Wort zu sagen, wieder zu. Seine Kiefermuskeln traten hervor, als er die Zähne zusammenbiss, ungefähr so wie bei seinem Bruder, jedoch nicht aufgrund von Verärgerung. Das hier war Zurückhaltung. Als würde er seine Gedanken für sich behalten. »Alles, was ich dir sagen kann, ist, dass du ihm wirklich wichtig sein musst, wenn er derart die Fassung verliert.«

»Erzähl keinen Mist. Das war peinlich.«

»Für ihn auch«, stellte Levi klar. »Alle denken, Archer wäre aus Stein. Aber wenn du mich fragst, hat er uns gerade bewiesen, dass er doch ein Mensch ist. Zwischen euch beiden läuft offensichtlich was, und nach dem zu urteilen, was er beim Reinkommen gesagt hat, hast du ihn abblitzen lassen. Das ist meines Wissens das erste Mal, dass jemand bei ihm die Oberhand hat.«

»Mir kommt es nicht so vor, als hätte ich die Oberhand,

und ich will sie auch gar nicht haben. Er hat ein paar wirklich abscheuliche Sachen zu mir gesagt.«

»Das tut mir leid. Er ist ein leidenschaftlicher Mann, der zweifellos lernen muss, erst nachzudenken, bevor er den Mund aufmacht. Allerdings hatte er nicht gerade viele Beziehungen, in denen er diese Fertigkeiten üben konnte.«

»Wir haben keine Beziehung.«

»Tja, keine Ahnung, wer von euch beiden diesbezüglich verwirrt ist. Für mich sah es gerade definitiv so aus, als wäre da mehr zwischen euch.«

Sie durfte diesen Gedanken nicht zulassen, denn seit Archer neulich Abend vorbeigekommen war und sie so viel Spaß miteinander gehabt hatten, kam es ihr ebenfalls vor, als wäre da mehr zwischen ihnen. Sie hatten gelacht, miteinander geschlafen, sich Abendessen liefern lassen und anschließend noch mehr rumgemacht. Er war nicht über Nacht geblieben, dennoch war der Abend einfach perfekt gewesen. »Es tut mir leid. Ich kann gerade nicht darüber reden. Ich weiß, dass du es gut meinst, und das weiß ich zu schätzen. Es ist nur … Ich habe momentan einfach so viel zu tun, mir schwirrt der Kopf und ich muss mit meinem Studio vorwärtskommen.«

»Natürlich. Ich denke, ich habe alles, um einen Kostenvoranschlag zu erstellen. Du meintest, dass du selbst streichen willst?«

»Ja. So was liebe ich, und ich möchte auch bei der Renovierung gerne selbst etwas beigetragen haben, anstatt nur jemanden dafür zu bezahlen.«

»Das finde ich großartig. Ich wünschte, es gäbe mehr Menschen mit deiner Einstellung. Dann haben wir ja alles. Ich lasse dir den Kostenvoranschlag bis morgen früh zukommen. Was hältst du davon, uns ins Rock Bottom aufzumachen und auf die

Drinks zurückzukommen, die Wells uns versprochen hat?«

»Hoffentlich steht für mich eine Karaffe voll Mojito bereit. Den brauche ich nämlich dringend.«

Neun

Das Rock Bottom Bar and Grill befand sich am Hafen und bot eine zwanglose, rustikale Atmosphäre mit Sitzplätzen im Freien im Frühling und Sommer. Bootsfahrer konnten direkt am Dock bestellen. Für abends war es eins der angesagtesten Lokale der Insel und auch jetzt gut besucht. Indi saß zwischen Keira und Ryan an der Bar, Levi und Fitz standen neben ihnen. Bellamy hatte kurz vorbeigeschaut, und sie hatten auf ihre neue Kooperation angestoßen, bevor sie sich verabschiedet hatte, um Zeit mit Tara und Joey zu verbringen. Wells lehnte am anderen Ende der Bar und flirtete mit zwei sehr attraktiven Frauen. Indi war froh, dass die Männer Archers Ausbruch nicht noch mal angesprochen hatten. Es mussten nicht alle darüber Bescheid wissen, was passiert war.

Indi hatte gehofft, dass ein Besuch der Bar sie von ihren Gedanken ablenken würde, doch so viel Glück hatte sie nicht. Sie hätte wissen müssen, dass ihr ein katastrophaler Tag bevorstand, da er bereits holprig angefangen hatte. Simon hatte angerufen, um ihren Mietvertrag, ihre Finanzen und ihre Pläne mit ihr durchzusprechen. Gerne wollte sie glauben, dass er nachgehakt hatte, weil sie ihm wichtig war, aber dank ihrer Eltern fühlte sie sich ständig wie auf dem Prüfstand und kritisiert, daher war das Telefonat anstrengend gewesen. Von ihren Eltern hatte sie noch immer nichts gehört, und als sie Simon davon erzählt hatte, hatte er gefragt, warum sie das überraschte. Womit er durchaus recht hatte. Ihre Eltern würden einfach weiterhin so tun, als wäre letzten Sonntag nichts Besonderes vorgefallen, doch damit konnte sie nicht umgehen. Sie musste die Angelegenheit mit ihnen direkt klären, wofür sie jedoch genauso wenig bereit war wie für Hurricane Archer, der vor ihren Freunden eine Schneise der Verwüstung hinterlassen hatte.

Wann war ihre lockere Affäre ohne Verpflichtungen so kompliziert geworden?

Immer wieder gingen ihr Levis Worte durch den Kopf. Archer *war* ein guter Mann, doch sagten gute Männer gemeine Dinge zu Frauen? Sie kannte die Antwort, denn auch gute Frauen sagten gemeine Dinge. Warum konnte sie ihn nicht einfach gehen lassen und weiterziehen? Tief in ihrem Magen rumorte es. Auf der Insel gab es ausreichend geeignete Junggesellen. Zwar ließen die ihr Herz nicht auf die Art höher schlagen, wie er es tat, aber …

Sie stöhnte innerlich auf. *Was mache ich denn da?*

Wells war wieder in ihre Richtung unterwegs, blieb jedoch stehen, um mit einer hübschen Brünetten zu flirten. *Männer.* Waren sie denn immer auf der Suche nach etwas Besserem?

Aufreizend berührte Wells die Hand der Brünetten, ehe er sich von ihr löste und zu Indi und den anderen trat. »Hey, Leute. Wer hat Lust, auf Silver Islands neueste Bewohnerin und Geschäftsinhaberin anzustoßen?« Er legte Indi eine Hand auf die Schulter und hob sein Glas. »Auf Indis neues Projekt.«

Indi stieß mit den anderen an und nahm ihre Glückwünsche entgegen.

»Danke, aber ich habe noch einen langen Weg vor mir.« Sie trank von ihrem Mojito.

Fitz, einer dieser besagten gut aussehenden Junggesellen, hob sein Glas. Er und Keira hatten hellere Haare als ihre Geschwister, und während sich seine anderen Geschwister ebenfalls selbstständig gemacht hatten, half Fitz seinen Eltern im Silver House. »Auf eine weitere bezaubernde Frau in unserem Dating-Pool.«

Die Männer prosteten sich zu, während Keira und Indi ein Augenrollen tauschten.

»Freu dich nicht zu früh«, warnte Indi. »In absehbarer Zukunft bleibe ich auf dem Trockenen.« Zwar hoffte sie, eines Tages selbst eine Familie zu gründen, doch nicht für den Preis eines Mannes, der ihr sagte, was sie zu tun und wie sie zu leben hatte. Für den Moment hatte sie ein Geschäft zu eröffnen, eine Wohnung zu streichen und einen Umzug über die Bühne zu bringen und – irgendwann – die Brücke zu ihrer Familie zu schlagen. Sofern das überhaupt möglich war.

Keira stieß sie mit der Schulter an. »Kluger Schachzug, Schwester.«

Indi sah zur anderen Seite der Bar, just in dem Moment, als sich Archer einen Weg durch die Menge bahnte, die breiten Schultern eingehüllt in Leder. Beinahe jede Frau im Raum drehte sich nach ihm um, als er den Blick umherschweifen ließ, bis sich seine dunklen Augen schließlich auf sie richteten. Indis Puls beschleunigte sich. *Bitte komm her und entschuldige dich, damit diese schrecklichen Gefühle verschwinden.* Sein Kiefer spannte sich an, Wut und etwas, das verdächtig nach Bedauern aussah, schimmerte in seinen Augen. Aber diese Augen, die sie so gut kannte, die Augen, die sie spätnachts, wenn sie allein mit ihren Gedanken war, in ihrem Schlafzimmer sah, wandten sich von ihr ab. Dann steuerte er das andere Ende der Bar an und gesellte sich zu den beiden Frauen, mit denen Wells zuvor geflirtet hatte.

In ihr rangen Schmerz und Wut miteinander, als die Frauen ihn lüstern betrachteten. Archer hob das Kinn und sagte etwas, das sie zum Lächeln brachte. Die beiden tauschten einen Blick miteinander, der besagte: *Er gehört mir.* Archer rief den Barkeeper zu sich und seine dunklen Augen schossen Blitze in Indis Richtung ab, als er mit drei erhobenen Fingern Drinks bestellte. Ihre Brust schnürte sich zusammen, doch statt ihres verwundeten Herzens übernahm ausgewachsener Ärger die Führung.

»Sag nicht, dass Archer dich für alle anderen Männern verdorben hat.« Wells beugte sich zu ihr und senkte die Stimme. »Eine Nacht mit mir und morgen früh sieht alles schon viel besser aus.«

Sie wollte erwidern, dass Archer keine solche Macht über sie hatte, aber sie war zu sauer, um auch nur ein Wort herauszubringen.

»Oh *bitte*.« Keira strich sich eine hellbraune Haarsträhne aus dem Gesicht. »Eine Nacht mit dir und sie wird ans andere Ende der Welt flüchten.«

»Falls ja, dann weil ich so heiß bin, dass nur die Antarktis sie wieder abkühlen kann.« Wells schlug mit Fitz ein.

Indi beobachtete, wie Archer mit den beiden Frauen einen Shot trank, wobei er ihr immer wieder verstohlene Blicke zuwarf. *Ja, ich sehe dich, du Riesenarschloch.* Sie sollte auf Wells Angebot eingehen und Archer zeigen, dass er sie nicht in der Hand hatte, allerdings versuchte ihr dämliches Herz weiterhin, den Schmerz und die Wut hinter sich zu lassen, was sie davon abhielt, irgendetwas zu unternehmen. Er war der *einzige* Mann, dessen Worte die Macht hatten, sie derart anzustacheln, was sie nur noch wütender machte.

Ryan stupste sie an und lenkte dadurch ihre Aufmerksamkeit auf sich. »Nicht alle Männer sind so. Manche von uns wünschen sich tatsächlich eine Beziehung und haben keine Angst, ihre Gefühle auf friedliche, rationale Art zu zeigen.«

Sie brachte es nicht übers Herz, ihm zu erzählen, dass sie schon mit so einem Mann zusammen gewesen war und dabei genauso unglücklich gewesen war wie heute Abend, wenn auch aus anderen Gründen. Sie bemühte sich, nicht in Archers Richtung zu schauen, und redete sich ein, dass es sie nicht kümmerte, was er machte. Allerdings war sie noch nie eine gute Lügnerin gewesen, und wenn es um Archer ging, verfügte sie nur über wenig Selbstkontrolle. Er bestellte jetzt eine zweite Runde, wobei sich sein durchdringender Blick in ihren bohrte. Sie schluckte schwer und wollte den Blickkontakt abbrechen, konnte sich der Anziehung zwischen ihnen jedoch nicht entziehen.

»Männer sind alle auf die eine oder andere Art gestört.« Keiras Stimme durchbrach Indis Unbehagen. »Ich würde einen Cupcake jederzeit einem Mann vorziehen.«

Ryan lehnte sich vor, um an Indi vorbeizusehen. »Was hast *du* gegen Männer?«

»Wo soll ich anfangen?« Keira seufzte. »Sie sind entweder zu einfach gestrickt oder widerlich aggressiv, sie halten sich alle für besser im Bett, als sie wirklich sind, und …«

Während sich Wells, Fitz und Levi der Debatte der Vor- und Nachteile des männlichen Geschlechts anschlossen, hatte Indi selbst einen inneren Kampf auszufechten, bei dem sie versuchte, ihre Gefühle für Archer von sich zu schieben, doch sie flatterten wie ein Schwarm Vögel um sie herum und schlugen unbeirrbar mit ihren Flügeln nach ihr. Sie konnte den Blick nicht abwenden, als Archer den Frauen wieder Shotgläser reichte und seins zum Toast erhob, wofür er mit albernem Gekicher und aufreizendem Lächeln belohnt wurde. Mit einem hungrigen Ausdruck in den Augen verfolgten sie, wie er seinen Shot hinunterkippte – woraufhin sein Blick wieder den von Indi fand. Sie konnte nicht einfach hier sitzen und ihm zuschauen, und ganz sicher würde sie sich nicht auf sein Niveau herablassen und mit seinen Freunden flirten, nur um es ihm heimzuzahlen.

Sie stand auf. »Ich gehe zur Toilette.«

Archer sah Indi hinterher, als sie sich durch die anderen Gäste schob wie eine Frau auf einer Mission, wobei sie von allen anwesenden Männern abgecheckt wurde. Feuer brannte in seiner Brust und er ballte die Hände zu Fäusten.

Eine der Brünetten, für die er Shots gekauft hatte, berührte ihn an der Schulter. »Wie wär's, wenn wir diese Party in unser Hotelzimmer verlegen?«

»Nein danke. Ich bin raus.« Er warf ein paar Geldscheine auf den Tresen, pflügte durch die Menge und holte Indi ein, die gerade um die Ecke gebogen war und den schmalen Flur entlangging, der zu den Toiletten und Wells' Büro führte. »Hey.« Er hatte sie nicht anschnauzen wollen, seine Emotionen waren jedoch außer Rand und Band.

Indi wirbelte herum. Aus ihren Augen sprühte pures Gift. »Lass mich in Ruhe.«

»Glaubst du nicht, das würde ich, wenn ich könnte?« Er trat auf sie zu, sein Körper berührte ihren, sein Puls raste, sein Herz hämmerte trotz seiner Wut. »Glaubst du, ich fühle mich gerne so? Bin dir gegenüber gerne ein Arsch, noch dazu vor meinem Bruder und meinen Freunden? Du machst mich so verflucht verrückt, dass ich nicht mehr klar denken kann.«

»*Ich* mache *dich* verrückt? Du treibst mich in den Wahnsinn, und wie du mich heute behandelt hast, war —«

»Absolut falsch. Es war beschissen und unangebracht, und ich bin überrascht, dass du mir keine verpasst hast.«

»Glaub mir, das wollte ich.«

»Sollte ich so was noch mal machen, schnapp dir den nächstbesten Schlagstock und verprügle mich damit. Ich hätte niemals so respektlos sein dürfen. Ich bin ein Arschloch, Indi, und es tut mir so verdammt leid.«

»Du bist in der Tat ein Arschloch. Hast du auch nur die geringste Ahnung, wie ich mich gefühlt habe, als du allen erzählt hast, dass wir Sex haben?« Ihre Unterlippe bebte, aber sie hob trotzig das Kinn. »Du hast mir das Gefühl gegeben, billig zu sein.«

Das traf ihn mit der Wucht eines Trucks. Ohne nachzudenken, riss er sie mit hämmerndem Herzen in seine Arme. »Es tut mir so leid. Ich würde niemals wollen, dass du dich billig fühlst.«

»Warum hast du dann all diese Sachen gesagt?« Der gequälte Ausdruck in ihren Augen bohrte sich wie ein Messer in ihn.

»Ich weiß es nicht. Ich habe versucht, eine Antwort darauf zu finden, aber zwischen uns ist alles so verwirrend. Wir sind so verdammt heiß, so *gut* zusammen, und ich weiß, dass du das ebenfalls so siehst. Trotzdem willst du es jedes Mal beenden. Das habe ich dir kein einziges Mal geglaubt, und es ist unmöglich, dass *du* das wirklich geglaubt hast. Aber dann ist mir zu Ohren gekommen, dass du auf der Insel bist, und du hast mir nicht Bescheid gesagt. Als ich dich mit den Jungs gesehen habe, ist mir die Sicherung durchgebrannt. Ich dachte, dass ich es vielleicht vermasselt habe und du es diesmal womöglich ernst meinst.«

»Ich *habe* es ernst gemeint. Jedes einzelne Mal. Aber dann hast du geschrieben oder angerufen und –«

Eine Frau trat aus der Damentoilette, und er drückte Indi fester an sich, nicht gewillt, ihr die Möglichkeit zur Flucht zu geben. Er zog sie in Wells' Büro, sperrte die Tür ab und zog sein Handy hervor, um eine Nachricht zu tippen, was sie mit finsterer Miene beobachtete.

»Wenn ich deinen vollen Terminkalender durcheinanderbringe, gehe ich besser.« Sie griff nach der Türklinke, doch er packte ihr Handgelenk.

»Auf gar keinen Fall. Ich habe nur Wells geschrieben, dass wir hier drinnen reden, weil wir dieses Zimmer nicht verlassen werden, bis wir diesen Scheiß geklärt haben.« Er steckte sein Handy weg.

»Gott, Archer. Wie sind wir hier gelandet?« Sie verströmte pure Frustration und lief unruhig auf und ab. »Wir wollten doch nur ein bisschen Spaß miteinander haben. Dann haben wir uns andauernd geschrieben, ich habe mich zurück auf die Insel geschlichen und du bist ständig in New York aufgekreuzt, um mich zum Essen auszuführen und über Nacht zu bleiben. Ich konnte gar nicht anders, als tiefere Gefühle für dich zu entwickeln, obwohl ich das nicht wollte. Und letztes Wochenende bist du nicht einfach nur auf meiner Seite gewesen – du hast die ganze Welt in Schach gehalten. Das hat noch nie jemand für mich gemacht und deshalb mochte ich dich nur noch mehr. Also habe ich mich zurückgezogen, damit meine Gefühle nicht noch schlimmer werden und ich am Ende verletzt werde.«

»Du hast das Richtige getan. Vom Kopf her weiß ich das. Ich will weder heiraten noch Kinder haben. Verdammt, ich will ja nicht mal eine feste Beziehung, aber mir ist klar, dass du all das irgendwann haben willst.« Er trat vor sie und hielt sie davon ab, weiter hin- und herzulaufen. Beim Anblick der widersprüchlichen Gefühle in ihren Augen brach ihm das Herz. Die Last auf seinen Schultern war zu groß, um der Mann zu sein, den sie verdient hatte. Eigentlich hätte er sie ziehen lassen müssen, doch das würde er nicht tun. Das *konnte* er nicht tun. »Aber manchmal ist das Richtige nicht das Beste. Zumindest nicht für uns in diesem Moment. Ich habe keine Ahnung, was das zwischen uns ist, doch es war nie nur Sex, und das macht mich verrückt, weil ich nicht weiß, wie ich damit umgehen soll. Ich weiß nur eins. Ich ertrage es nicht, der Letzte zu sein, der erfährt, dass du auf der Insel bist. Wenn es um dich geht, bin ich ein eifersüchtiger Mistkerl. Allein der Gedanke, dass du mit einem anderen Mann zusammen sein könntest, weckt in mir den Wunsch, jemanden umzubringen.«

»Glaubst du, mir gefällt die Vorstellung, dass du mit anderen Frauen zusammen bist?«, schnappte sie. »Deshalb wollte ich das Ganze beenden, als der Umzug auf die Insel näher rückte. Du hast recht, im Moment bin ich nicht auf der Suche nach einer festen Beziehung oder gar einem Ehemann – vor allem würde ich dabei nicht an dich denken. Trotzdem will ich nicht als dein Betthäschen abgestempelt und von allen mitleidig angesehen werden, weil du durch die Betten hüpfst.«

»Warum zum Teufel streiten wir dann? Seit unserem ersten Mal war ich mit keiner anderen zusammen.«

Ihre Augen wurden schmal.

»Warum, denkst du, bin ich in die Stadt gekommen? Weil ich so gerne mit der beschissenen Fähre fahre?«

»Du warst wirklich mit keiner anderen zusammen?«, hakte sie nach.

»Das habe ich doch gerade gesagt, und du weißt, dass ich nicht lüge. Können wir jetzt aufhören, uns zu streiten, und zum Versöhnungssex übergehen?«

Lächelnd schüttelte sie den Kopf. »Du bist unglaublich.«

»Das hast du schon ein paar Mal erwähnt.« Er grinste. »Ich find's besser, wenn du dabei nackt bist, aber okay.«

Sie verdrehte die Augen. »Es ist mir ernst, Archer. Jetzt, da ich weiß, dass du nicht mit anderen schläfst, können wir unsere Affäre fortsetzen, aber nicht, wenn du mir gegenüber noch mal so respektlos bist wie vorhin.«

»Ich habe genug Leid angerichtet, dass es für eine Million Leben reicht, Darling. Das Letzte, was ich will, ist, noch mehr zu verursachen, besonders dir nicht.« Die Wahrheit tat weh, doch sie musste sie hören und er musste sie aussprechen. »Ich werde alles in meiner Macht Stehende tun, um diesen Fehler nicht zu wiederholen. Aber du weißt, dass ich verkorkst bin, Indi. Alle auf der Insel wissen das. Ich habe es mir zur Aufgabe gemacht, dafür zu sorgen, dass sich keine Frau in mich verliebt, und ich habe sicher auch nie Gefühle für irgendeine entwickelt. Ich habe keine Ahnung, wie ich mit dem Chaos zwischen uns umgehen soll. In meinem ganzen Leben war ich kein einziges Mal eifersüchtig. Aber als Wells eben seine Hand auf deine Schulter gelegt hat, war ich drauf und dran, ihm den Arm abzureißen, und das ist verdammt noch mal falsch.«

Ihr entkam ein Lachen.

»Findest du das etwa witzig?«

»Nicht die Vorstellung, dass du Wells wehtust. Nur dass es klingt, als würdest du mich tatsächlich mögen.«

»Was zum Teufel soll das heißen? Hast du etwa mit mir

geschlafen und gedacht, ich mag dich nicht? Ich bin ein Arschloch, aber so ein Arschloch auch wieder nicht. Und ehrlich gesagt bist du zu gut für so einen Mist.«

Sie trat auf ihn zu. »Nein, ich meine damit, dass du mich wirklich magst.«

Eine Welle der Erleichterung brachte eine Flut an Emotionen mit sich, die ihn beinahe von den Füßen gefegt hätte. In dem Versuch, das unwegsame Gelände hinter sich zu lassen und wieder einen Fuß auf vertrautes Terrain zu setzen, umfasste er ihren Hintern und zog sie an sich. »Ich mag den hier.« Er knabberte an ihrem Hals. »Und das.«

Sie legte die Arme um seinen Hals und stellte sich auf die Zehenspitzen, um ihm etwas zuzuflüstern. »Gib's zu. Dir gefällt, wer ich bin, und das macht dir ein bisschen Angst.«

Er biss die Zähne zusammen. »Nichts macht mir Angst. Vieles nervt mich, und ich sage Dinge, die ich augenblicklich bereue, aber niemals, weil ich Angst habe. Ich möchte lernen, das bei dir nicht zu machen. Abgesehen von einem Maulkorb habe ich allerdings nicht die leiseste Ahnung, wo ich anfangen soll.«

Sie lachte. »Da ich dein Mundwerk im Bett durchaus mag, hört sich das an, als bräuchten wir ein Safeword.«

»Wovon zum Teufel redest du da?«

Mit den Fingern strich sie hauchzart über seinen Nacken und glättete damit das gesträubte Nackenfell der um sich beißenden Bestie in ihm. »Wir brauchen etwas, um dich auf der Stelle zurückzupfeifen«, sagte sie mit liebevoller Stimme, die er nicht verdient hatte. »Weil ich mich nicht zum Schlachtfeld deiner Verkorkstheit machen lassen werde. Ich werde jedoch versuchen, dir zu helfen, sie unter Kontrolle zu bringen.«

Heftige Erleichterung, dass sie ihn nicht in die Wüste

schickte, erfasste ihn. Er verabscheute es, dass er überhaupt bei irgendwas Hilfe brauchte, aber sie hatte es nicht verdient, dass er noch mal ausfallend wurde. Für sie würde er sich sogar knebeln, wenn das nötig war. »Na gut.«

Ihr Gesicht hellte sich auf und, verdammt, das wirbelte alles in ihm durcheinander. »Okay. Wie wäre es damit? Wenn du ausrastest, sage ich *Banane*, und du musst sofort aufhören, ganz egal, wie wütend du bist.«

Er hob eine Braue. »Banane?«

»Ja. Passt doch perfekt, wenn du dich wie ein Affe aufführst.«

»Ich geb dir gleich eine Banane«, sagte er und lachte. Er zog sie für einen Kuss an sich, doch sie legte ihm eine Hand auf die Brust.

»Abgemacht?«

»Ja. Jetzt sei still und küss mich.«

Sie lachte leise und er verschloss ihren Mund mit seinem. Seit Beginn ihres Streits hatte er zum ersten Mal das Gefühl, wieder atmen zu können. Er küsste sie leidenschaftlich und entlockte ihr damit ein lustvolles Stöhnen, während sich ihr heißer, kleiner Körper an ihn schmiegte. Als er den Kuss vertiefte, öffnete sie den Mund weiter und gestattete ihm, sich noch mehr von ihr zu nehmen. Er rieb sich an ihr und sie kam jeder Bewegung in ihrem eigenen sinnlichen Rhythmus entgegen, fließend wie Ebbe und Flut.

»Du raubst mir den Verstand.« Knurrend drängte er sie gegen die Wand zurück.

»Du mir auch.«

Er presste seinen Mund auf ihren und spürte ihr Lächeln an seinen Lippen. Ihr Verlangen nach ihm glich einem Brandbeschleuniger für das Feuer zwischen ihnen. Sie war lebensnotwendig für ihn, das Einzige, das ihn je ins Gleichgewicht gebracht hatte, und er brauchte mehr davon. Brauchte eine innigere Verbindung genauso sehr wie die Luft zum Atmen. Er küsste sie fordernder, zog ihr die Arme über den Kopf und hielt beide Handgelenke mit einer Hand gegen die Wand gedrückt fest. »*Ja.*« Sie trieb ihn an, als er ihren Pullover hochschob, ihren BH herunterzog und seinen Mund auf ihre Brust senkte.

Sie drückte den Rücken durch. »Archer.«

Ihre flehende Stimme klang dringlich, begierig und so verflucht erregend, dass er fester an ihr saugte und dafür ein langgezogenes, dunkles Stöhnen zur Belohnung erhielt, das seine Lenden zum Pulsieren brachte. Er knöpfte ihre Jeans auf, schob seine Hand in ihren Slip und rieb über den empfindlichen Nervenknoten, der sie in Ekstase versetzte.

Keuchend wiegte sie die Hüften. »*Schneller* ... saug fester ... *omeingo*—«

Besitzergreifend küsste er ihren Aufschrei von ihren Lippen, weil er *alles* von ihr haben wollte. Jeden Laut, jeden Kratzer mit ihren Fingernägeln und jedes lüsterne Flehen. Als sie nicht mehr am ganzen Körper bebte, trieb er sie ein weiteres Mal zum Höhepunkt und drang dabei mit den Fingern in sie ein, um das Pochen ihres Orgasmus zu spüren. Er liebte ihre Lust und ihren Geschmack, die Art, wie sie sich hingab und nach Befriedigung verlangte. Als sie von ihrem Hoch herunterkam, gab er ihre Handgelenke frei und vergrub die Hände in ihren Haaren, um ihr Gesicht zu sich zu drehen. Nur eine Sekunde lang begegnete er ihrem benommenen Blick, dann raubte er ihr mit einem Kuss den Atem. Diese wunderschönen Augen sahen etwas in ihm, das andere nicht sahen, und gaben ihr dadurch die Macht, Dinge mit ihm zu tun, die er ihr nicht erlauben konnte.

Er verlor sich in dem Kuss, in ihrer Bereitschaft, ihm zu helfen. Als sie sich von ihm löste und voller Vertrauen, voller Begierde seinen Namen flüsterte, rührte sie damit an etwas tief in seiner Brust, und er musste sie einfach wieder ansehen. In diesem Moment hätte sie ihn um absolut alles bitten können und er hätte keine Sekunde gezögert. Doch sie bat um nichts. Sie drehte sie beide einfach herum, sodass nun er mit dem Rücken an der Wand stand, öffnete seine Jeans und ließ sich auf die Knie sinken. »Schau mir zu.«

Sie leckte über seine Länge und neckte die breite Spitze. Während sie mit einer Hand seine Hoden liebkoste und ihn mit der anderen pumpte, wandte sie kein einziges Mal den Blick von seinem ab. Sie wusste ganz genau, wie sie ihn seiner Selbstbeherrschung berauben konnte. Ihre Augen brannten sich in seine, während sie ihn tiefer in sich aufnahm, als würde sie jede Sekunde davon genauso sehr genießen wie er.

»Gott, Indi.« Er sackte schwer gegen die Wand, sodass sie ihn noch weiter in ihren Mund saugen konnte.

Was für einen herrlichen Anblick sie bot, kühn und wunderschön. Ihre zierliche Hand folgte ihren Lippen, ihre hinreißenden Augen sahen ihn unverwandt an. Er ballte die Hände in ihrem Haar zu Fäusten und hielt sie fest, als er die Hüften vorstieß. Bei ihrem ersten Blowjob hatte er sich zurückgehalten, und unverschämterweise hatte sie danach gesagt, dass sie ihm nie wieder einen blasen würde, wenn er das noch mal machte. Sie umfasste seinen Hintern und sah ihn herausfordernd an. Ein Grollen stieg in seiner Brust auf und er bewegte die Hüften schneller.

Befriedigung ließ ihre Wangen erröten. Sie passte sich seinem Rhythmus an, verstärkte ihren Griff und saugte fester an ihm, entschlossen, ihm die Kontrolle zu nehmen. Er liebte alles daran. Feuer brannte in seinen Adern und seine Muskeln spannten sich an, als er gegen den Orgasmus ankämpfte, weil er jede Sekunde auskosten wollte. Dies waren nur einige der Bilder, die er spätnachts aus seinem Gedächtnis abrief, wenn sie in der Stadt war und er auf der Insel festsaß. Hinzu kamen die Geräusche, die sie mit ihrem Mund machte, die Laute, die ihr entkamen, ihr Stöhnen und Seufzen. *Fuck*, er würde nicht mehr lange durchhalten. Sie umfasste seine Hoden und zog gerade fest genug daran, dass sich seine Selbstbeherrschung in Luft auflöste. Als er seine Erlösung fand, stieß er ihren Namen wie einen Fluch aus und krallte sich in ihre Haare, während sie alles nahm, was er zu geben hatte.

In ihren Augen schimmerte es siegessicher, als sie mit einem Finger über ihre feuchte Unterlippe strich und ihn dann ableckte. *Mann*, er gehörte ganz ihr. Er zog sie auf die Füße und eroberte ihren Mund mit einem harten Kuss, versuchte erfolglos, die in ihm tobenden Gefühle zu bekämpfen. Mit einer Hand brachte er sie erneut zum Kommen, um zu hören, wie sie ergeben seinen Namen aussprach, aber auch das verdrängte die Gefühle nicht – es verstärkte sie, machte die beinahe schmerzhafte Sehnsucht nach ihr noch intensiver.

Sie ließ sich gegen ihn fallen, er fing sie auf und sog tief ihren Duft ein. Mit Indi zusammen zu sein, entfachte in ihm einen qualvollen Kampf zwischen seinen Gefühlen und Sehnsüchten und dem, was er verdient hatte. Die Vorstellung, ohne sie zu sein, war dagegen noch quälender. Er musste seine außer Kontrolle geratenen Gefühle wieder einfangen, musste das zwischen ihnen wieder zu einer reinen Sexbeziehung machen und die Oberhand zurückgewinnen.

Er legte seine feuchten Finger an ihre Lippen, verteilte ihre Erregung darauf und schwelgte in dem provokanten Blitzen in ihren Augen, als sie mit der Zunge darüber leckte. Er presste seinen Mund auf ihren, spürte, wie sie lächelte, als hätte sie genau das bekommen, was sie wollte. Sie forderte ihn auf jeder Ebene heraus und, verdammt, er liebte es.

Er hielt ihren Blick fest, als er seine Jeans zuknöpfte und ihren BH richtete. »Du kommst mit zu mir.«

»Darauf war ich aus.«

Zehn

Indi wusch sich das Shampoo aus den Haaren, während Archer schon mal aus der Dusche stieg und sich abtrocknete. Heute befand sie sich zum ersten Mal in seinem Cottage mit den drei Zimmern, das eine ganz andere Atmosphäre verströmte als sein Boot. Es fühlte sich nicht nach ihm an. Sie sah zu, wie er sich Brust und Schultern abtrocknete und dann mit dem Handtuch über seinen Bauch zu der beeindruckenden Ausstattung zwischen seinen Beinen fuhr. Sie hatten bereits Sex gehabt, trotzdem verlangte es sie nach mehr. Nicht nur der Gedanke daran erregte sie, sondern die Art und Weise, wie er sie beobachtete. So hatte er sie auch gestern Abend angeschaut und heute Morgen im Bett wieder, als wäre er auf der Suche nach einer Antwort, die nur sie kannte.

Oder vielleicht bedeutete der Ausdruck auch, dass er gestern den größten Fehler seines Lebens gemacht hatte, indem er vor ihr seine Eifersucht zugegeben hatte, und nun überlegte, es zurückzunehmen. Diese Möglichkeit bereitete ihr Unbehagen, obwohl es vermutlich die wahrscheinlichere war, also klammerte sie sich lieber an ihre erste Interpretation.

Mit einem trägen Grinsen schlang er sich das Handtuch um die Hüften. »Wenn du mich weiterhin so ansiehst, komme ich noch zu spät zur Arbeit.«

»Keine Ahnung, was du meinst. Ich habe die Auswahl deiner Handtücher bewundert.« Ein letztes Mal hielt sie den Kopf unter den Wasserstrahl, während er ihr einen Klaps auf den Po gab. Sie warf ihm einen bösen Blick zu.

Schmunzelnd spazierte er aus dem Badezimmer.

Sie grinste bis über beide Ohren, als sie die Dusche abdrehte und nebenbei hörte, wie er sich anzog. Nachdem sie gestern einige schmerzhafte Hürden genommen und neue Grenzen abgesteckt hatten, die sie zwar nicht plötzlich zum Paar machten, ihre Gedanken jedoch trotzdem etwas zur Ruhe kommen ließen, fiel es ihr schwer, sich daran zu erinnern, dass sich aus dieser Affäre nicht mehr entwickeln würde. Das hatte er laut und deutlich kundgetan und für den Moment war das in Ordnung für sie. Sie hatte ohnehin zu viel zu tun, um sich um eine Beziehung zu kümmern. Warum sollte sie auch, wenn ihre Treffen mit Archer ihr so viel Vergnügen bereiteten?

Sie trocknete sich ab, wickelte sich in ein Handtuch ein und bewunderte das Badezimmer. Mit dem gefliesten Boden, den beiden Waschbecken und der riesigen Dusche war es hübsch anzusehen. Die Wände waren weiß, die Handtücher beigefarben mit Seesternen drauf und die Wasserhähne und Schränke elfenbeinfarben mit Akzenten aus Eiche. Sie wusste, dass er das Cottage im Frühling und Sommer vermietete und draußen auf seinem Boot wohnte, bis es dafür zu stürmisch und kalt wurde. Genauso unpersönlich fühlte es sich jedoch auch an, ganz anders als sein Boot. Das wartete zwar auch nicht mit viel Deko auf, außer mit ein paar Familienfotos und blau-weißen Accessoires, doch genau das verlieh ihm eine raue, nautische Atmosphäre, die perfekt zu Archer passte. Obwohl er Winzer war, erinnerte er sie stets an einen Schiffskapitän, der das

Kommando übernahm.

Mit dem Finger putzte sie sich die Zähne und öffnete auf der Suche nach Haarpflegeprodukten oder zumindest einem Fön den Schrank unter dem Waschbecken. Natürlich fand sie weder das eine noch das andere. Warum auch? Archer war durch und durch ein Mann. Sie würde sich die Haare machen müssen, wenn sie in Jules' Wohnung war. Sie beugte sich vor, ließ den Kopf hängen und fasste sich die Haare so gut es ging zusammen, ehe sie ins Schlafzimmer ging. Der Raum war verlassen, das Bett ordentlich gemacht und nichts verriet, dass überhaupt jemand hier gewesen war, abgesehen von ihrem Handy, das oben auf ihren akkurat gefalteten Klamotten auf dem Stuhl neben dem Schrank lag – Archers Werk, nicht ihres.

Plötzlich wurde ihr einiges klar. Archer war nicht im klassischen Sinn ein Kontrollfreak, zumindest nicht, soweit sie wusste. Sie mochte ihn zwar verletzt haben, weil sie ihm nichts von ihrer Rückkehr auf die Insel gesagt hatte, auch wenn er es nicht so deutlich ausgedrückt hatte, und Eifersucht hatte seine schlimmste Seite zutage gefördert, aber sie glaubte nicht, dass er versuchte, sie zu kontrollieren. Sie hatte so eine Ahnung, dass in seinem Wortschatz *ängstlich* durch *angefressen* ersetzt worden war, und zweifellos hatte er nicht gerne das Gefühl, keine Kontrolle zu haben. Oder dass sein Leben ohne seine Zustimmung über den Haufen geworfen wurde, wie als er gedacht hatte, sie hätte die Sache zwischen ihnen endgültig beendet und es ihm nur nicht deutlich genug gesagt. Womöglich hatte das etwas mit dem Verlust von Kayla zu tun. Oder war er schon vor dem Unfall so gewesen? Er hatte nicht viel darüber gesagt, wie Kayla und er zueinander gestanden hatten, doch laut Leni waren sie beste Freunde gewesen, und Archer hatte komplett den Halt verloren, als sie gestorben war.

Sie schlüpfte in die Sachen von gestern Abend und zog sich damit auch die Unbehaglichkeit über, die damit einherging. Auch wenn Archers Geständnis, nicht mit anderen Frauen zu schlafen, sie tröstete, verabscheute sie es dennoch sehr, in den Klamotten vom Vortag vor die Tür zu gehen wie ein x-beliebiger One-Night-Stand.

Ihr Magen knurrte, als sie sich das Handy vom Stuhl schnappte und das Schlafzimmer verließ. Sie folgte dem köstlichen Duft nach Frühstück durchs Wohnzimmer, das ebenfalls in Beige- und Weißtönen gehalten war und nichts Nautisches vorzuweisen hatte oder sonst etwas, das nach Archer schrie. Die Küche mit dem Esstisch für sechs Personen und den Eichenschränken war genauso unscheinbar. Allerdings stand am Herd ein vorzüglicher Mann in einem weißen T-Shirt, dessen Stoff sich über der breiten Brust und dem muskulösen Bizeps spannte.

Er musterte sie von oben bis unten und seine Mundwinkel bogen sich nach oben. »Du bist ein herrlicher Anblick für meine müden Augen. Setz dich. Ich habe Frühstück gemacht.«

Sie brauchte einen Moment, um diese Kehrtwende zu verarbeiten. Normalerweise setzten sie sich nicht hin und frühstückten zusammen und er hatte ganz sicher auch noch nie für sie gekocht. »Äh … okay. Ich wusste nicht mal, dass du kochen kannst.«

Er schenkte ihr ein schiefes Lächeln und verteilte das Rührei aus der Pfanne auf zwei Tellern, auf denen schon Toast- und Speckscheiben lagen. »Hab dir doch gesagt, es gibt nichts, das ich nicht kann.«

Wie überheblich er sich gab. Nur dass sie es inzwischen besser wusste. Er mochte gut mit den Händen sein, Gefühle standen jedoch auf einem anderen Blatt. Sie setzte sich an den

Tisch, auf dem bereits zwei Tassen mit dampfendem Kaffee warteten. »Was habe ich getan, um mir ein Frühstück verdient zu haben?«

»Ein alter Freund hat mir verraten, dass du dann vielleicht länger bleibst, und ich möchte mit dir über deine Pläne reden.« Er brachte die Teller an den Tisch und setzte sich ihr gegenüber.

»Mit welchem Freund hast du über mich geredet?«

»Mit niemandem.« Er schaufelte sich Rührei auf die Gabel. »Was sind deine Pläne für dein Studio? Wie lange bleibst du auf der Insel und wo wohnst du in der Zeit?«

»Ganz ruhig, Cowboy.« Sie verschränkte die Arme und wartete darauf, dass er hinuntergeschluckt hatte. »Du musst meine Frage beantworten, wenn ich deine beantworten soll.«

Er wirkte genervt, als er einen Schluck Kaffee trank. »Ich habe mit niemandem über dich geredet. Roddy hat eines Morgens mitbekommen, wie du mein Boot verlassen hast, und eine Bemerkung deswegen gemacht.«

Als Indi Leni zum ersten Mal nach Hause begleitet hatte, um ihre Familie kennenzulernen, waren ihr auch Roddy, seine Frau Gail und drei ihrer Kinder vorgestellt worden, die auf der Insel lebten. Mittlerweile hatte sie auch die beiden anderen getroffen, die nicht hier lebten. Ungefähr zur selben Zeit hatte sie die Bekanntschaft der Silvers gemacht, denn die drei Familien standen sich unglaublich nahe. Roddy und Gail waren sehr bodenständig und unbekümmert und erinnerten sie an Hippies. Sie mochte die Familie sehr und hatte Roddy öfter als einmal gesehen, wenn sie in aller Frühe Archers Boot verlassen hatte. Er hatte sie immer freundlich gegrüßt, obwohl er sie bei mehr als nur einem Walk of Shame ertappt hatte. Sie wusste nicht, was sie davon halten sollte, dass er Archer gegenüber etwas erwähnt hatte, aber daran konnte sie jetzt sowieso nichts mehr ändern.

»Zieh nicht so ein besorgtes Gesicht«, sagte Archer. »Das ist schon eine Weile her, gleich nach Halloween, und er hat mir mehr oder weniger den Kopf gewaschen, weil ich wie ein Arschloch abgehauen bin und dich allein gelassen habe.«

Passend dazu wanderten ihre Gedanken zu dem einzigen Tag zurück, an dem Archer vor ihr das Boot verlassen hatte. Er war förmlich aus dem Bett gesprungen, um nach dem Fest mit dem Feld der Schreie nach seinen Weinreben zu sehen. Sie erinnerte sich lebhaft daran, weil er ihr eine Nachricht geschickt hatte, als er zu einem leeren Boot zurückgekehrt war. Er hatte geschrieben, dass ihr eine zweite Runde großartiger Sex entgangen war, und gleich darauf angerufen, um ihr in allen Einzelheiten darzulegen, was er gerne noch mit ihr angestellt hätte.

»Ich weiß, dass du wegen deines Rufs besorgt bist.« Archers Worte holten sie in die Gegenwart zurück. »Aber wenn überhaupt, dann hat er dich beschützt. Bausch es nicht zu etwas auf, das es nicht ist.«

»Das mache ich nicht.«

»Gut. Also. Wie sieht dein Plan aus?«

»Na ja, momentan schlafe ich in Jules' Wohnung, und ich bleibe ein paar Wochen, um das Studio fertig zu machen. Das ging jetzt alles so schnell, aber ich hab's im Griff. Das Marketing mache ich mit Leni zusammen, Bellamy habe ich als Gesicht von Indira engagiert und Tara wird die Fotos machen …« Er hörte ihr so aufmerksam zu, dass sie ganz aufgeregt wurde. »Levi und ich haben die Innenausstattung besprochen, also kann ich jetzt Schränke, Verkaufstresen und Stühle für die Waschbecken bestellen. Außerdem brauche ich für den

Lagerraum noch Regale, Möbel fürs Büro und Spiegel. Es gibt so viel zu tun. Morgen will ich mit Streichen anfangen. Ich weiß, normalerweise streicht man die Wände erst *nach* den Renovierungsarbeiten, aber ich will nicht länger warten und Levi hat sein Einverständnis gegeben.«

»Du bist wahnsinnig mutig, weißt du das? Dass du mit einem Umzug alles, was dir vertraut ist, und jeden, den du kennst, hinter dir lässt, um dein Studio zu eröffnen.«

Sie war so beschäftigt damit gewesen, nicht an die erniedrigenden Sachen zu denken, die ihre Eltern über ihre Karriere gesagt hatten, dass sie gar keine Zeit gehabt hatte, über andere Dinge nachzudenken. So von Archer gelobt zu werden, gab ihr jedoch ein tolles Gefühl. »So fühle ich mich auch, danke. Auch wenn es gleichzeitig etwas beängstigend ist.«

»Das sind die meisten Dinge, die deine Zeit wert sind, oder du denkst nicht groß genug.«

Meinte er damit auch sich selbst? Sie nahm noch eine Gabel voll und schob diesen Gedanken beiseite.

»Was ist mit deiner Arbeit in der Stadt?«

»Diesen Monat muss ich noch mal für ein paar kleinere Events zurück nach New York und dann wieder zur Fashion Week, die am Valentinstag beginnt. Das wird hart werden. Hoffentlich ist das Studio bis dahin so gut wie fertig, damit ich mich ganz auf die Show konzentrieren kann.«

»Das sollte bis dahin zu schaffen sein. Was genau ist an der Fashion Week hart?«

Sie zuckte die Schultern und beobachtete ihn beim Essen, was er genauso entschlossen tat wie alles andere. »Oh, du weißt schon, sehr viel zu tun und alles versinkt im Chaos. Nichts, womit ich nicht klarkäme.«

»Wie oft musst du in die Stadt zurück, sobald dein Studio

geöffnet ist?«

»Nicht oft. Ich muss noch bis März die Verträge erfüllen, für die ich mich bereits verpflichtet habe, aber sonst werde ich die ganze Zeit hier sein.« Verwundert, wie interessiert er war, biss sie von einer Speckscheibe ab.

»Behältst du dein Apartment in der Stadt?«

»Nein. Ich habe schon gekündigt. Bis Ende März muss ich ausgezogen sein, hoffe aber, schon Ende Februar mit dem Umzug durch zu sein, damit ich vor der Eröffnungsfeier Zeit habe, hier anzukommen. Ich freue mich schon auf mein Leben hier, wo die Leute nicht ständig in Eile sind und ich mit Kunden zu tun habe anstatt mit Models und Fashion-Ikonen.« Sie aß noch mehr Rührei. »Mmh, das schmeckt wirklich gut. Danke.«

»Gerne. Wann findet die große Eröffnung statt?«

»Ich peile den ersten April an. Levi vermutet, dass die Arbeit im Studio Mitte Februar erledigt ist, aber Leni braucht Zeit, um sich um mein Online-Marketing zu kümmern, und bis April sollte sich die Neueröffnung herumgesprochen haben. Ich werde die Eröffnungsfeier auf der Webseite von Silver Island ankündigen und Werbung in der Zeitung schalten – gedruckt und online.«

»Denk an Flyer für die Geschäfte vor Ort. So hat jeder Laden hier angefangen.«

»Das steht schon auf meiner To-do-Liste. Zunächst muss ich jedoch eine Baufirma engagieren. Levi hat Freunde in Seaport, die die Renovierung übernehmen können. Ich werde sie anrufen, sobald ich den Kostenvoranschlag von ihm habe. Um diese Jahreszeit sind sie wohl extrem beschäftigt, aber er sagte, um ihm einen Gefallen zu tun, würden sie mich wahrscheinlich dazwischenschieben.« Sie biss in ihren Toast.

»Er meint die Battle-Brüder, aber die brauchst du nicht. Während ich Frühstück gemacht habe, habe ich mit Levi über deine Vorstellungen gesprochen. Die Jungs und ich können das übernehmen.«

»Die *Jungs*?«

»Brant, Grant, Jock, mein Vater. Wer auch immer Zeit hat.« Er schlang seinen Toast hinunter, schlürfte seinen Kaffee und lehnte sich zurück.

»Ihr Jungs könnt Fußboden verlegen und Beleuchtung und Friseurstühle installieren? Es gibt viel zu tun und du hast schon einen Vollzeitjob.«

»Wir sind in der Wintersaison, da ist nicht viel los. Ich hätte es nicht vorgeschlagen, wenn ich keine Zeit dafür hätte.«

Sie legte ihre Gabel weg und musterte ihn. Hatte sie sich hinsichtlich seiner kontrollierenden Art getäuscht? »Was soll das, Archer? Geht es darum, dass ich einen Bauunternehmer beauftrage? Willst du jetzt auf jeden Mann, mit dem ich Kontakt habe, eifersüchtig sein, denn –«

»Nein«, sagte er bestimmt und verengte die Augen. »Was zum Teufel, Indi? Du ziehst auf *meine* Insel. So was machen wir hier eben. Wir kümmern uns umeinander. Dasselbe würde ich für jeden Freund und jede Freundin meiner Geschwister machen.« Er erhob sich und spülte seinen Teller ab, dann lehnte er sich gegen die Anrichte und verschränkte die Arme. Die Muskeln an seinem Kiefer traten hervor. »Ich wusste, dass ich den ganzen Scheiß gestern Abend nicht hätte sagen sollen.«

»Doch, hättest du.« Sie fühlte sich schrecklich, weil sie vom Schlimmsten ausgegangen war, und trat zu ihm. »Es tut mir leid. Ich bin nur nicht dran gewöhnt, dass du ein derartiges Interesse an meinem Leben hast, und der Vorfall gestern hat mich wohl überempfindlich gemacht.«

»Gestern war ein beschissener Tag, und es tut mir leid, dass ich so ein Arsch war, aber ich habe gesagt, dass ich versuche, mich zu bessern, und das habe ich auch so gemeint. Denk nach, Indi. Du lebst in einem anderen Bundesstaat. Du hast ein komplettes Leben, von dem ich nichts weiß. Hältst du mich wirklich für so eifersüchtig, dass ich kontrollieren will, wer in deinem Leben kommt und geht? Oder glaubst du, ich wurde eifersüchtig, weil Wells dich schon anbaggert, seit du zum ersten Mal einen Fuß auf diese Insel gesetzt hast?«

Wells baggerte jede an, doch sie konnte verstehen, wieso Archer das aus der Bahn warf, denn wenn eine Frau so mit ihm flirten würde, wie Wells für gewöhnlich mit ihr flirtete, würde sie auch rot sehen. »Du hast recht. Entschuldige, dass ich voreilige Schlüsse gezogen habe. Du bist wohl nicht der Einzige, der zuerst nachdenken sollte, bevor er was sagt.«

Ein arrogantes Grinsen erhellte sein attraktives Gesicht. »Mir fallen da ein paar Möglichkeiten ein, wie du es wiedergutmachen kannst.«

»Nur ein paar? Vielleicht sollte ich anfangen, Bewerbungen für einen einfallsreicheren Freund mit gewissen Vorzügen anzunehmen.«

»Von wegen.« Er hob sie hoch und setzte sie auf die Küchenanrichte, bevor er sich zwischen ihre Beine drängte.

»Ich dachte, du bist nicht eifersüchtig«, stichelte sie, weil sie es liebte, wenn er auf *diese* Art die Kontrolle an sich riss.

»Bin ich auch nicht. Allerdings würde ich nur ungern irgendeinem Armleuchter dabei zusehen, wie er seine Zeit mit dem Versuch verschwendet, an mich heranzukommen.« Als er seinen Mund auf ihren senkte, klingelte ihr Handy. Leise fluchend ließ er von ihr ab.

Sie zog ihr Handy aus der Tasche und las Merediths Namen

auf dem Display. »Meine Schwester.«

»Geh dran. Ich räume auf.« Er hob sie von der Anrichte herunter und stellte sie wieder auf die Füße.

Sie nahm den Anruf entgegen, während er den Tisch abräumte. »Hi, Meredith.«

»Hi. Ich gehe gerade meinen Terminkalender durch. Ich würde wirklich gerne auf die Insel fahren und mir dein Studio und die Wohnung anschauen. Ich dachte, ich könnte zum Winter Walk kommen, um dir zu helfen, es sei denn, das wäre dir nicht recht.«

»Machst du Witze?« Pure Freude stieg in ihr hoch wie Blubberblasen. Neugierig sah Archer zu ihr herüber. »Es wäre großartig, wenn du herkommst! Noch gibt es allerdings nicht viel zu sehen. Ich werde später die Einrichtung bestellen, und morgen fange ich mit Streichen an, aber ich habe keine Ahnung, wann die Sachen geliefert werden oder in welchem Zustand sich die Räume befinden, wenn du hier bist.«

»Das ist mir egal. Ich möchte mir einfach ansehen, wo du leben wirst, und mir das Studio, von dem du so begeistert bist, mit eigenen Augen anschauen. Soll ich dir irgendwas aus deinem Apartment mitbringen?«

»Nein danke. Ich habe tonnenweise Zeug mitgenommen. Ich freue mich unglaublich, dass du herkommst! Ich kann's nicht erwarten, dir die Insel zu zeigen.« Indi senkte die Stimme. »Haben Mom oder Dad etwas über mich gesagt?«

Mit sorgenvoller Miene schaute Archer vom Geschirrspülen auf. Wieder traten seine Kiefermuskeln deutlich hervor.

»Nein, und ich bezweifle, dass sie etwas sagen werden. Konflikte in der Familie haben sie schon immer unter den Teppich gekehrt. Das wird sich so bald wohl nicht ändern.«

»Und dann verpassen sie dir den Todesstoß, wenn du ihnen

am Tisch gegenübersitzt und nicht abhauen kannst.«

Archers Gesicht wirkte angespannt.

»Es tut mir leid, dass sie es dir so schwer machen«, sagte Meredith bedächtig. »Soll ich mit ihnen reden?«

»Nein, definitiv nein. Trotzdem danke. Mir fällt schon etwas ein.«

»Okay. Ich bin da, falls du drüber reden willst. Wie läuft's mit Johnny Castle?«

Indi spähte zu Archer und ihr Herz schlug ein wenig schneller. »Patrick Swayze kann ihm nicht das Wasser reichen.«

Sie unterhielten sich noch kurz miteinander, und als sie auflegte, trocknete sich Archer mit ernstem Gesichtsausdruck die Hände ab. »Alles okay?«

»Ja. Meredith kommt in zwei Wochen her, um sich meine Wohnung und das Studio anzusehen und mir beim Winter Walk zu helfen. Ich habe ganz vergessen, dir zu erzählen, dass ich dabei Tische aufstellen, Gratisproben verteilen und meine Startersets verkaufen werde.«

»Das ist eine fantastische Idee. Freut mich, dass Meredith herkommt. Was ist mit deiner Familie? Hast du mit deinen Eltern gesprochen?«

»Nein. Sie haben nicht angerufen.«

»Und dein Bruder? Hat er den Kontakt zu dir gesucht?«

»Ja, allerdings ist er manchmal schwer zu durchschauen. Ich kann nicht sagen, ob er mich unterstützen wollte und besorgt war oder ob er meine Pläne für einen riesigen Fehler hält.«

»Es ist nie ein Fehler, sich seine Träume zu erfüllen.« Archer umfasste ihr Handgelenk und zog sie näher zu sich. Sein Gesichtsausdruck war jetzt sanfter. »Du musst mit deinen Eltern reden und versuchen, euer Verhältnis zu kitten.«

»Du hast gesehen, wie sie mich behandelt haben«, sagte sie

scharf. »Wie kannst du so was sagen?«

»Ich hab's gesehen und gehasst. Aber ich habe viele Jahre mit meinem Bruder verloren und es meiner Familie schwer gemacht. Diesen Schaden kann ich nie wiedergutmachen und die verlorenen Jahre bekomme ich auch nicht zurück. Ich will nicht, dass dir das Gleiche passiert.«

»Sie sollten auf mich zukommen. Ich bin ihre Tochter. Deine Familie hat dir und Jock nicht den Rücken gekehrt.«

»Ich weiß, und ich habe auf die Tatsache gesetzt, dass deine Eltern inzwischen Vernunft angenommen hätten und zu dir zurückgekrochen wären. Hoffentlich habe ich euer Verhältnis nicht unwiederbringlich zerstört.«

»Das hast du nicht. Du kennst sie nicht. Sie tun einfach so, als wären Konflikte nie passiert. Sie bemühen sich nicht, sie zu verstehen oder zu lösen.«

»Dann musst du einen Schritt auf sie zu machen. Damit meine ich nicht, dass du vor ihnen katzbuckeln oder dein Leben nach ihren Wünschen gestalten sollst. Sag ihnen, dass du deine Pläne nicht ändern wirst und wie wichtig es dir ist, dass du als der Mensch akzeptiert wirst, der du bist. Vielleicht wäre es besser, sich dazu im Privaten mit ihnen zusammenzusetzen, nicht in einem Restaurant oder bei einer Veranstaltung, wo sie ihren gesellschaftlichen Status schützen wollen.«

»Das habe ich schon eine Million Mal gemacht und du beim Brunch praktisch auch. So funktioniert meine Familie nicht.«

»Dann sorg dafür, dass es so funktioniert. Lass deine Sturheit nicht dein Untergang sein.«

»Das sagt der Richtige.« Ihr ging auf, wie sarkastisch das klang, und sie schlug einen weicheren Tonfall an. »Tut mir leid. Das hätte ich nicht sagen sollen.«

Er zuckte die Schultern. »Warum nicht? Es stimmt.«

»Ich hätte es trotzdem nicht sagen sollen. Ich kann mir nicht vorstellen, wie schwer die ganze Angelegenheit mit Jock für dich gewesen sein muss. Falls du mal darüber reden willst, ich bin eine sehr gute Zuhörerin. Ich würde gerne verstehen, was damals passiert ist.«

»Da gibt es nichts zu erzählen. Ich muss zur Arbeit.«

Er wandte sich zum Gehen, doch sie packte seine Hand. »Archer, du kannst mir vertrauen. Ich würde dich niemals verurteilen oder hintergehen.«

Er nickte knapp und marschierte aus dem Raum. Sie sah ihm auf dem Weg zur Eingangstür nach und wünschte, sie wäre nicht mit dem Mietwagen zu seinem Cottage gefahren. Dann hätte er sie jetzt mitnehmen und bei Jules' Wohnung rauslassen können, und sie hätte ihn unterwegs dazu bringen können, sich ihr weiter zu öffnen.

Aber Wünsche waren etwas für Märchen und Traumtänzer.

Er schnappte sich seinen Schlüsselbund vom Tisch neben der Tür und winkte über die Schulter. »Bis später.«

Das hier war ganz sicher kein Märchen.

Archer war geliefert. Das Weingut war immer seine Möglichkeit zur Flucht gewesen, der Ort, an dem er einen klaren Kopf bekam und wo er sich in der Welt der Weine und in der Weinherstellung verlieren konnte. Jetzt versuchte er jedoch schon seit Stunden, sich auf Terminpläne und Budgets zu konzentrieren, aber alles, was er vor sich sah, alles, woran er denken konnte, war Indi. Sie war ihm so tief unter die Haut gegangen, dass es sich anfühlte, als wäre sie bereits ein Teil von ihm. Zum ersten Mal in seinem Leben hatte er tatsächlich in Erwägung gezogen, sich zu öffnen und über die Angelegenheit mit Jock und den Kummer und die Schuldgefühle zu sprechen, die er wegen Kayla empfand. Aber es war noch kein Tag vergangen, an dem er nicht gegen diese Dämonen der Vergangenheit gekämpft hatte, und keine Frau, besonders nicht Indi, wollte an zweiter Stelle nach diesem Alptraum in seinem verkorksten Hirn kommen. Er verabscheute es, wie er heute Morgen das Cottage verlassen hatte, doch er konnte nicht über die Dinge sprechen, die sie hatte wissen wollen, und genauso wenig konnte er es ertragen, die Enttäuschung darüber in ihren Augen zu sehen.

Er zwang sich, nicht an den Unfall zu denken. Zwar mochte er weder zum festen Freund noch zum Ehemann taugen, aber er konnte ihr verdammt noch mal dabei helfen, dass sich ihre Träume erfüllten. Er rief die Notizen und den Zeitplan auf seinem Computer auf, die er vorhin für Indis Renovierungsarbeiten angefertigt hatte, und schaute sie noch mal durch.

Sein Vater steckte den Kopf ins Büro. »Hast du einen Moment?«

»Sicher.« Archer schloss die Dateien auf seinem Bildschirm. Er hatte bereits mit seinem Vater über die Renovierung gesprochen und dieser hatte zugestimmt, mitanzupacken.

Schalk tanzte in den Augen seines Vaters. »Muss ich dich der Personalabteilung melden, weil du dir unanständige Videos anschaust?«

Archer schnaubte. »Ich brauche keine Pornos, Dad.«

»Das habe ich auch gehört.« Er setzte sich auf den Stuhl auf der anderen Seite des Schreibtischs.

»Verdammter Levi«, brummte Archer.

»Levi hat gar nichts gesagt. Tara meinte, dass du losgestürmt bist, als Joey erzählt hat, dass Indi mit Levi unterwegs ist, und heute Morgen haben wir dich beim Frühstück vermisst. Da war es nicht schwer, eins und eins zusammenzuzählen. Dann wird es mit Indi wohl ernst?«

Archer antwortete nicht. Er liebte seinen Vater, der immer für ihn da gewesen war, selbst als Archer es nicht verdient hatte. Allerdings war ihm gerade nicht danach, über das zu sprechen, was zwischen ihm und Indi lief – was auch immer es war.

»Heißt dieses lange Schweigen, dass es Sturm in Rocky Ridge gibt?«, fragte sein Vater.

»Die meisten Menschen würden es Ärger im Paradies nennen.«

»Niemand, der *dich* kennt.« Sein Vater lächelte. »Willst du drüber reden?«

»Es gibt nichts zu bereden.«

»Das kaufe ich dir nicht ab. Dies ist eine kleine Insel, mein Sohn, und in den letzten Monaten hast du sie öfter mal verlassen. Und glaub nicht, dass es unbemerkt geblieben ist, wie deine gute Freundin spätnachts und frühmorgens die Fähre genommen hat.«

»Scheiße. Wen muss ich davon abhalten, irgendwelche Gerüchte zu verbreiten?«

»Niemanden. Darum habe ich mich schon vor Monaten gekümmert.«

Das überraschte Archer. »Das weiß ich zu schätzen.«

»Du kannst deiner Großmutter dafür danken. Sie hat die Anweisung dazu gegeben. Ich habe sie nur ausgeführt.« Er grinste. »Sie wollte nicht zulassen, dass Klatsch diese Verbindung zum Scheitern bringt, die ihrer Meinung nach ein sehr sturköpfiges Schicksal beschlossen haben muss.«

Archer lachte bellend. »Sie hat den Verstand verloren.«

»Da bin ich mir nicht so sicher. Nicht viele Frauen sind für den rauen Seegang und das ungemütliche Wetter in deinen Gewässern gewappnet. Aber Indi behauptet sich tapfer, und ich habe gesehen, wie sie dich anschaut. Es erinnert mich an die Blicke deiner Mutter, als wir zusammengekommen sind.«

»Dann hast du ebenfalls den Verstand verloren, alter Mann. Wir wissen beide, dass ich nicht für eine echte Beziehung geschaffen bin.«

»Also, davon weiß ich nichts. Du magst vielleicht die stürmischen, sturen Eigenschaften deiner Mutter geerbt haben, aber auch ihre Warmherzigkeit. Du zeigst es nur anders als sie.«

Da hast du recht. Ich stoße die Menschen von mir, damit ich ihnen nicht wehtue.

»Du zeigst deine Liebe, indem du für die Menschen kämpfst, die du liebst.«

»Für Jock habe ich nicht gekämpft.« Bei diesem Eingeständnis legte sich ein schweres Gewicht auf Archers Brust.

Sein Vater beugte sich vor und hielt seinen Blick fest. »Du hast bei dem Unfall zu viel verloren, um für irgendetwas anderes als dein eigenes Überleben kämpfen zu können.«

Aufsteigende Gefühle schnürten Archer die Kehle zu. Seine Familie hatte Verständnis für ihn, hatte ihm trotz seiner Schwächen und der tragischen Fehler, die er gemacht hatte, verziehen. Doch Archer kannte die Wahrheit, und es war unmöglich, dass er sich je selbst verzeihen würde.

Er versuchte, diese Dunkelheit tief in sich einzusperren, doch dafür brauchte er einen verdammten Vorschlaghammer. Mit dem Gefühl, nicht atmen zu können, sprang er auf die Füße. »Wolltest du etwas Bestimmtes von mir?«

»Ja. Vielleicht solltest du dir nächsten Monat den Termin

für die *Wine Aficionado*-Gala freihalten.« Er erhob sich ebenfalls, zog einen Umschlag aus seiner Gesäßtasche und reichte ihn Archer. »Öffne ihn und sieh dir an, wer zum Winzer des Jahres nominiert wurde.«

»Du weißt, dass mir so was nicht wichtig ist.« Er warf den Brief auf den Schreibtisch und griff nach seiner Jacke.

»Dein Name steht auf dieser Liste, Archer. Das ist eine große Ehre. Deine Mutter und ich werden zu der Gala gehen. Wir würden uns sehr freuen, wenn du uns begleitest und den Award entgegennimmst, den du zweifellos gewinnen wirst.«

»Nein danke.« Er zog seine Jacke an. »Ich mache keine guten Weine, um Auszeichnungen zu gewinnen. Ich mache das, weil es mir Spaß macht. Es liegt mir im Blut und ich mache Grandpa damit stolz.«

Sein Vater legte ihm eine Hand auf die Schulter. »Du machst uns alle stolz, aber nicht wegen deiner Weine. Sondern weil du zu dem Mann geworden bist, der du heute bist.«

Archer lag auf der Zunge, dass er sich diese Lobrede für die Söhne aufsparen sollte, die sie verdient hatten, doch er war nicht in der Stimmung für einen Streit. Das Einzige, was er gerade wollte, war, nach draußen in die Weinberge zu flüchten und frische Luft zu atmen, um hoffentlich seine inneren Dämonen zu bezwingen.

Zusammen verließen sie das Büro. »Jock und Daphne kommen morgen nach Hause«, sagte sein Vater. »Er wird sicher auch bei Indis Studio helfen.«

»Ja, bestimmt. Ich rede mit Jock, sobald er zurück ist. Die anderen habe ich schon angerufen, um ihnen Bescheid zu sagen. Wells und Fitz sind dabei, wenn ihre Arbeit es zulässt, und Brant hilft auf jeden Fall. Er fragt noch Roddy, ob er Zeit hat.«

»Ihr seid schon sehr lange miteinander befreundet.«

Praktisch von Geburt an. »Worauf willst du hinaus?« Er wollte immer auf irgendwas hinaus.

»Für mich klingt das nach echten Beziehungen und sie halten schon dein ganzes Leben lang.«

Archer schüttelte den Kopf.

»Wo gehst du hin? In den Weinberg?«

Sein Vater kannte ihn zu gut. »Jepp.«

»Dein Großvater hat immer gesagt, dass es keine stärkere Beziehung gibt als die zwischen einem Winzer und seinen Weinreben.«

Die tiefe Stimme seines Großvaters hallte in seinem Kopf wider. *Sorge gut für das Land, damit es deine Rebstöcke ernähren kann, und dann kümmere dich um sie wie um ein Neugeborenes. Und ernte um Himmels willen von Hand, um den besten Wein zu machen, zu dem du fähig bist, denn alles andere ist deine Zeit nicht wert.*

»Du hegst und pflegst diese Beziehung, seit du ungefähr so groß warst.« Sein Vater hielt die Hand etwa auf Höhe seiner Taille. »Anscheinend bist du doch für die verschiedensten Arten von Beziehungen geschaffen. Hoffentlich findest du da draußen, wonach du suchst.«

Archer stieß die Hintertür auf und hieß die beißende, frische Winterluft willkommen. Er stapfte über den Hof und ging auf die Weinstöcke zu, die kahl wie Skelette in Reih und Glied standen. Doch der Schein trog. Die Reben waren sehr lebendig, speicherten Kohlenhydrate in ihren Stämmen, erweiterten ihr Wurzelsystem und saugten Nährstoffe aus dem Boden auf.

Auf seinem Weg durch die Weinberge stiegen schöne Erinnerungen in ihm auf. Erinnerungen daran, wie er hier mit seinen Brüdern und Freunden entlanggerannt war und wie ihre Eltern sie verscheucht hatten. Erinnerungen an seinen Großvater, ein großer, schlanker Mann mit wettergegerbter Haut und den größten Händen, die Archer je gesehen hatte, der ihm auf seine schroffe Art Lektionen erteilt hatte. Und dann folgten die schmerzhaften Erinnerungen. Wie er sich nachts mit Kayla davongestohlen und in den Weinbergen versteckt hatte, um Geistergeschichten zu erzählen und kindische Pläne zur Eroberung der Weltherrschaft zu schmieden. Wie er mit ihr mit dem Fahrrad die ganze Insel erkundet hatte, während Jules noch klein gewesen war und sich einer Krebsbehandlung hatte unterziehen müssen. Jedes Mal waren Kayla und er wieder zwischen den Reben gelandet. Sein Rückzugsort. Er schloss die Augen gegen die Traurigkeit, die ihn überschwemmte. Sein Magen verkrampfte sich schmerzhaft, als seine Gedanken zu heute Morgen zurückwanderten, dazu, wie er Indi einfach stehen gelassen hatte.

Er war so ein Arsch.

Er rieb sich die Knöchel, die schwielig davon waren, dass er seinen Frust jahrelang ohne Handschuhe an dem schweren Boxsack ausgelassen hatte. Er überlegte, einen Freund anzurufen, um sich ein paar Runden im Boxring in der Garage seiner Eltern zu liefern, wusste jedoch, dass das nicht helfen würde. Es gab nur eine Sache, eine Person, die seine Stimmung aufheitern konnte.

Er nahm sein Handy und schrieb seiner sexy, sturen Indi eine versaute Textnachricht. Sein Daumen schwebte über dem Button zum Absenden, als Indis flüsternde Stimme in seinem Kopf erklang, honigsüß und ganz real – *Archer, du kannst mir vertrauen. Ich würde dich niemals verurteilen oder hintergehen* –, und sein Verlangen nach Sex übertönte.

Was zum Teufel passierte mit ihm?

Er steckte das Handy wieder ein und ging zu seinem Pickup.

Mit dem Laptop auf dem Schoß saß Indi auf einem der Friseurstühle in ihren frisch angemieteten Verkaufsräumen und bestellte die letzten Regale. Nachdem sie die Bestellung abgeschickt hatte, sah sie in den Spiegel und fühlte sich großartig, weil sie schon so viel erreicht hatte. Ihr Blick glitt über ihr krauses, blondes Haar und den blauen Pulli, den sie sich in Jules' Wohnung angezogen hatte. Sie sah noch genauso aus wie vor einem Monat, doch so Vieles hatte sich verändert. Sie zog es *wirklich* durch. Sie begann ein neues Leben auf der Insel, weit weg von ihren Eltern und der Hektik der Großstadt. In ein paar Wochen würde sie die Türen zum Studio ihrer Träume öffnen. Wenigstens setzte sie *einen* Vorsatz fürs neue Jahr um, auch wenn ihr restliches Leben ein einziges Chaos war. Vorhin hatte sie mit Leni gesprochen, die genauso verblüfft darüber gewesen war, dass Archer Indi Frühstück gemacht hatte und bei den Renovierungen helfen wollte, wie Indi. Davon, wie ihr dickköpfiger Bruder dichtgemacht und die Flucht ergriffen hatte, als sie seine Vergangenheit angesprochen hatte, hatte sie Leni nichts erzählt. Nachdem sie den ganzen Morgen darüber nachgedacht hatte, war sie nicht sicher, ob sie das Recht hatte, zu erwarten, dass er sich ihr öffnete. Nur weil sie sich nach einer tieferen Verbindung sehnte, hieß das nicht, dass er sie mit ihr eingehen musste, vor allem, da er seine Grenzen klar abgesteckt hatte.

Die Eingangstür wurde geöffnet und überrascht sah sie ihr grüblerisches Muskelpaket mit einem Coffee-to-go-Becher in der Hand hereinspazieren. Mit kraftvollen Schritten kam er auf sie zu, und ihr Puls beschleunigte sich bei dem hinreißenden

Ausdruck, mit dem er sie ansah. Beinahe, als würde er sie brauchen. Aber Archer brauchte niemanden, also war das wohl nur Wunschdenken.

Sie stand auf und stellte den Laptop auf den Stuhl. »Hi.«

»Hey, Darling.« Er neigte sich zu ihr und küsste sie.

In ihrer Brust flatterte es. Normalerweise sagte er den Kosenamen nicht auf diese raue, zärtliche Art, sondern manchmal sogar eher etwas angespannt.

Er reichte ihr den Becher. »Tut mir leid, dass ich mich heute Morgen wie ein Arsch verhalten habe und einfach gegangen bin. Das war nicht okay.«

Großer Gott. Wer war dieser fürsorgliche Mann? »Ist das wieder ein Entschuldigungslatte?«

Mit einem bezaubernden Lächeln zuckte er die Schultern.

»Danke.« Sie sah auf den dampfenden Becher in ihrer Hand hinunter und ihr Herz erwärmte sich. »Wenn du so weitermachst, sollte ich mir wohl Aktien vom Sweet Barista kaufen.«

Er zog seine Jacke aus und warf sie auf einen Stuhl, dann setzte er sich, griff nach ihrer Hand und zog sie auf seinen Schoß. »Erzähl mir etwas Gutes. Erzähl mir von deinem Tag.«

Dieser Riss in seinem Panzer gefiel ihr, und sie war versucht, nachzuhaken, was sich geändert hatte, wollte jedoch nicht riskieren, dass er sich wieder vor ihr verschloss. Außerdem war sie ganz begierig darauf, ihre Neuigkeiten mitzuteilen. »Mein Tag war perfekt. Bei einem Händler habe ich wunderschöne Spiegel mit gewelltem Rand gefunden und unglaublich hübsche Schränke und Verkaufsregale im Sale. Dazu habe ich eine supersüße Büroeinrichtung bestellt. Die war zwar nicht im Angebot, aber zu passend, um sie mir entgehen zu lassen. Ich warte noch auf die Bestätigung des Liefertermins, aber mir wurde versichert, dass alles innerhalb von zwei Wochen hier ist.

Warte, ich zeig's dir.«

Sie wollte nach ihrem Laptop greifen, doch er schnappte ihn sich vor ihr und stellte ihn auf ihren Schoß. Während sie ihm ihre Einkäufe zeigte und erklärte, was sie damit vorhatte und warum jedes Stück perfekt geeignet war, hörte er ihr aufmerksam zu, stellte Nachfragen und lobte ihre Auswahl. Ihr fiel auf, dass er sie anstatt des Bildschirms betrachtete, und mit einem Mal fühlte sich alles anders an. Selbst die Art, wie er sie festhielt. Nicht besitzergreifend, sondern vielmehr, als würde er sie *brauchen*. »Was ist los mit dir? Ist irgendwas passiert?«

Einen Moment lang blieb er still. Sein Kiefer spannte sich an und seine Brauen zogen sich zusammen, als würde er gegen etwas in seinem Inneren ankämpfen oder darum ringen, die Worte über die Lippen zu bekommen. »Ich höre einfach gerne deine Stimme.«

Eine derart liebevolle Bemerkung war untypisch für ihn. Auch seine Stimme klang ganz sanft, seine Finger hingegen lagen fest um ihr Bein und verrieten ihr, dass es ihm nicht leichtgefallen war, das zu sagen. Behutsam griff sie nach ihnen. »Ich höre deine Stimme auch gerne.«

Daraufhin gab er ihr einen tiefen, innigen Kuss und schob seine Hand zu ihrer Hüfte hoch, die er verheißungsvoll drückte. »Verschwinden wir von hier.«

Und schon war ihr Verführer zurück.

Sie stellte den Laptop beiseite.

»Ich will noch Farbe kaufen, damit wir morgen mit dem Streichen anfangen können. Danach könnten wir im Rock Bottom was essen und den Zeitplan durchgehen, den ich für die Renovierungsarbeiten aufgestellt habe.«

Sie war perplex. Er verschob den Sex auf später *und* lud sie zum Essen ein? War das seine Art, sie auszuführen? In New

York waren sie zwar auch zusammen essen gewesen, aber dort kannte sie niemand, und auf der Insel waren sie niemals nur zu zweit aus gewesen. Hatten sich seine Grenzen verschoben? Sie hatte Schwierigkeiten, die aufkeimende Hoffnung in sich zu zügeln, gab sich jedoch gelassen. »Klingt super.«

Sie verließen das Studio, und als sie sich umdrehte, um die Tür abzuschließen, legte er von hinten die Arme um sie und brachte seinen Mund dicht an ihr Ohr heran. »Das *Dessert* gibt's bei mir zu Hause.«

Ihr Körper kribbelte vor Lust. Sie steuerte ihren Mietwagen an, doch er zog sie an seine Seite. »Hier lang, Darling. Du fährst bei mir mit.«

Das hier fühlte sich zweifellos wie der Beginn eines Dates an.

Er öffnete die Beifahrertür und half ihr ins Auto. »Nach heute Abend sollte ich der einzige Arsch auf dieser Insel sein, der mit dir flirtet.«

Ihr Verführer hatte Gesellschaft vom überheblichen Wettkämpfer bekommen. Das Gesamtpaket stolzierte um den Pickup herum zur Fahrerseite wie ein Gorilla, der sich auf die Brust trommelte.

War es falsch, dass ihr das gefiel?

Elf

Bewundernd verfolgte Archer, wie sich Indis Hintern in ihrem mit Farbe beklecksten Overall von links nach rechts wiegte, während sie beim nächsten nervtötenden Popsong mitsang. Seit er beim Münzwurf um die Entscheidungsgewalt über die Playlist verloren hatte, war er gezwungen, sich einen nach dem anderen davon anzuhören. Es war Sonntag und sie strichen schon seit heute Morgen. Ihre Haare waren zu einem unordentlichen Knoten auf ihrem Kopf aufgetürmt, sie war barfuß und trug unter dem Overall lediglich einen Sport-BH. Sie mochte zierlich und auch ein bisschen ein Glamour-Girl sein, aber sie scheute nicht davor zurück, sich die Hände schmutzig zu machen. Sie hatte genauso hart gearbeitet wie er, und als er vorgeschlagen hatte, eine Mittagspause einzulegen, hatte sie ihn einen Faulpelz genannt und Pizza bestellt, damit sie beim Essen weiterarbeiten konnten. Sie war die coolste Frau, die er kannte, und bloß in ihrer Nähe zu sein, ließ das Chaos in seinem Kopf verstummen. Das schaffte sonst niemand.

Außerdem war sie unglaublich witzig. Gestern Abend beim Einkaufen hatte sie gescherzt, dass sie den Lagerraum rot streichen könnte, dann hätte sie wie Christian Grey aus »Fifty Shades of Grey« einen Roten Raum des Schmerzes. Das hatte zu

Dirty Talk geführt, der ihnen beiden ordentlich eingeheizt hatte. Als sie schließlich zum Abendessen gegangen waren, waren die schlechten Erinnerungen, die ihn den ganzen Nachmittag über gequält hatten, von Gelächter und anregenden Gesprächen übertönt worden. Zurück in seinem Cottage hatten seine einzigen Gedanken der wunderschönen Frau in seinen Armen gegolten und wie dankbar er war, dass sie sich mit ihm abgab. Er freute sich darauf, ihr die nächsten Tage beim Streichen zu helfen.

Indi riss ihn aus seinen Gedanken, als sie herumwirbelte und dabei ihren Pinsel als Mikrofon zweckentfremdete. Sie war bezaubernd, wie sie mit den Schultern wackelte, während sie in diesen verdammten Pinsel schmetterte. Ihre wunderschönen Augen blitzten verwegen, als die Tonlage anstieg und sie davon sang, dass sie seine Freundin sein wollte und eine *motherfucking princess* war. Zum Glück war es nur ein Lied, denn er wäre der schlimmste Kandidat auf diesem Planeten für eine Beziehung. Zu viele Dämonen verfolgten ihn. Aber was auch immer das zwischen ihnen war, es war ziemlich cool. Wenn er nur aufhören könnte, sich bei jedem Treffen mit ihr weiter in sie zu verknallen.

»Was ist los, du harter Bursche? Magst du Avril Lavigne nicht?«

Nein, ich mag dich viel zu sehr, verdammt. Er ging wieder dazu über, Farbe an der Wand zu verteilen, und behielt seine Gedanken für sich.

Sie zeigte mit ihrem Pinsel auf ihn. »Du musst wissen, dass das einer von Jules' Lieblingssongs ist, und ich liebe Jules, also gehört er jetzt auch zu meinen Favoriten. Womöglich muss ich den Song in den nächsten Tagen extrem oft abspielen, damit ich mich an ihn gewöhne.«

Musste sie die Sprache auf Jules bringen? Bis jetzt hatte er es prima geschafft, nicht daran zu denken, dass sie sich am anderen Ende der Welt befand. »Wenigstens kennst du den Text.« Jules sang für ihr Leben gerne, war jedoch dafür bekannt, sich Songtexte auszudenken.

»Ich *liebe* es, wie sie singt, und du lachst über ihre Eigenkreationen, also müssen sie dir auch gefallen.«

Er tauchte den Farbroller in die Farbe und konzentrierte sich auf die vor ihm liegende Aufgabe, um sich von der heißen Verführung abzulenken, die ihren Pinsel in seine Richtung schwenkte und weiter über Jules plauderte. In ihm türmte sich das Unbehagen, weil seine kleine Schwester erwachsen wurde, weiter auf.

Beim Streichen summte Indi die Melodie des nächsten Songs mit. »Gib's zu, Archer. Du magst es, wie sie singt.«

»Ich liebe meine Schwester, also ja, ich kann mit ihrem Gesang und ihren anderen Macken umgehen.« Jules hatte Eigenarten, die weit über ihre Unfähigkeit, sich Songtexte zu merken, hinausgingen. Sie war zu vertrauensselig, sah in jedem Menschen das Gute und war die ganze Zeit glücklich. Und als wäre es nicht genug, dass sie glücklich war, hatte sie es sich zur Lebensaufgabe gemacht, ihr Licht auf all diejenigen strahlen zu lassen, die es brauchten. Unnötig zu erwähnen, dass sie unzählige Stunden mit dem Versuch verbracht hatte, Archer aus der Dunkelheit zu ziehen, in die er nach dem Unfall gestürzt war. In seltenen, kurzen Momenten hatte das sogar funktioniert.

»Sie hat definitiv so ihre Macken, aber das macht sie für mich nur liebenswerter.« Indi schwang ihre Hüften zum nächsten Song. »Leni hat immer gesagt, dass es einen besonderen Mann braucht, um sich in sie zu verlieben. Ich habe nie wirklich an das Schicksal geglaubt, doch nachdem Daphne mit Jock und Jules mit Grant zusammengekommen sind, fällt es mir schwer zu glauben, dass das Schicksal dabei nicht seine Finger im Spiel hatte. Ich bin froh, dass Jules Grant hat. Hoffentlich haben sie viel Spaß in Spanien.«

»Er passt besser gut auf sie auf«, brummte er, konzentrierte sich jedoch aufs Streichen, um sie nicht anzuschnauzen.

»Vertraust du ihm nicht? Ich dachte, er wäre einer deiner besten Freunde.«

»Ist er auch, und ich vertraue ihm, aber sie sind einfach zu weit weg.«

»Warum? Sie bleiben ja nicht für immer weg. Sie kommen übernächstes Wochenende zurück und sie ist eine erwachsene Frau. Glaub es oder nicht, Jules kann auf sich selbst aufpassen.«

Er hielt den Blick starr auf den Farbroller an der Wand vor sich gerichtet. »Was du nicht sagst. Trotzdem ist sie meine kleine Schwester.«

Indi schob ihr Gesicht in sein Sichtfeld, sodass er keine andere Wahl hatte, als sie anzuschauen. »Ooh, hast du Schwierigkeiten damit, dass deine kleine Schwester flügge wird?«

Er biss die Zähne zusammen. »Könnte man so sagen.«

»Warum geht es dir bei ihr so nahe? War das auch bei Sutton und Leni so?«

Als er nicht antwortete, trat sie zwischen ihn und die Wand. Jeder andere hätte den Wink verstanden und aufgehört, ins Wespennest zu stechen, aber nicht Indi. Sie versuchte immer, ihn zu verstehen.

»Rede mit mir«, sagte sie fröhlich. »Vielleicht kann ich helfen.«

Sie würde das Thema nicht eher ruhen lassen, bis er ihr

einen Brocken hinwarf. »Bei Sutton und Leni war es nicht so.«

»Warum nicht?«

»Weil Jules anders ist und ich mich seit Jahren um sie kümmere.«

»Sie ist anders. Sutton und Leni wirken robust und tough genug, um mit allem zurechtzukommen, doch auch Jules ist stark. Sie strahlt bloß eine andere Energie aus. Inwiefern hast du dich um sie gekümmert?« Seine Kiefermuskeln traten hervor, doch sie ließ nicht locker. »Ich meine, in welcher Hinsicht?«

»In *jeder* Hinsicht. Ich bin der Einzige von uns, der auf der Insel geblieben ist. Ich bin derjenige, zu dem sie kommt, wenn jemand ihre Gefühle verletzt oder sie sauer, verängstigt oder einsam ist. *Ich* bin derjenige, auf dessen Boot sie sich versteckt, seit sie fünfzehn war, der ihr bei der Eröffnung ihres Geschäfts geholfen und sie in den Arm genommen hat, wenn sie dachte, all das nicht zu schaffen. Und jetzt soll ich mich einfach zurückziehen und hoffen, dass Grant sie genug liebt, um für ihre Sicherheit und ihr Glück zu sorgen?« *Fuck.* Er warf den Farbroller auf die Abdeckplane und schritt unruhig auf und ab. »Das habe ich nicht so gemeint. Ich weiß, dass er sie vergöttert, aber manchmal ist es schwer, loszulassen, und im Moment ist sie so weit weg, dass ich mich verflucht anstrengen muss, ihr nicht dauernd mit Nachrichten auf den Geist zu gehen, um mich zu vergewissern, dass es ihr gut geht.«

Indi legte ihren Pinsel ab und stellte sich ihm mit sanftem Gesichtsausdruck in den Weg.

»*Was?* Macht mich das zu einem Schwächling?«

»Nein«, sagte sie liebevoll. »Es macht dich ein klein wenig unwiderstehlich, was beunruhigend ist, aber ich komme schon damit klar.«

Er schnaubte. »Keine Bange. Ich bin immer noch ein Arschloch.«

»Das weiß ich.« Sie wackelte mit ihrem Finger vor seinem Gesicht. »Tatsächlich zähle ich sogar darauf, trotzdem gefällt es mir, dass du zu Jules kein Arsch bist.«

»Du weißt, was sie durchgemacht hat. Ich würde jeden umbringen, der arschig zu ihr ist.«

»Das glaube ich sofort. Es muss sehr schwer für dich gewesen sein, als sie krank war.«

»Ja.« Er verschränkte die Arme. »Ich konnte damals kaum bei ihr sein.«

»Warum nicht?«

Seine Brust fühlte sich an wie in einem Schraubstock gefangen. Er war drauf und dran, die Unterhaltung wie üblich in eine andere Richtung zu lenken, doch in ihren Augen schien pures Wahrheitsserum zu schwimmen, mit dem sie all seine schmerzhaften Geheimnisse an die Oberfläche zerrte. »Weil ich ein Versager bin.«

»Komm schon, Archer. Wir wissen beide, dass das nicht stimmt.«

»In diesem Fall schon. Früher hatte Jules Angst vor Monstern. Das geht vermutlich vielen Kindern so, aber selbst als winzige Zweijährige ist sie aus ihrem Gitterbett geklettert und hat nach mir gesucht, wenn sie Angst hatte. Dann habe ich eine große Show in ihrem Kinderzimmer abgezogen und so getan, als würde ich nach Monstern Ausschau halten und sie verscheuchen. Ich habe sie in ihr Bettchen zurückgelegt und mich neben sie gelegt, bis sie eingeschlafen war. Als bei ihr Krebs diagnostiziert wurde, hat sie mich immer wieder gebeten, die beschissenen Krebsmonster zu verjagen.« In seiner Kehle bildete sich ein Kloß. »Sie war so klein und so vertrauensvoll, und ich konnte rein gar nichts tun, um sie zu beschützen.« Mit geballten Fäusten schloss er die Augen und hob das Kinn Richtung

Decke. Er versuchte, bis zehn zu zählen, seine Emotionen in Schach zu halten, aber selbst jetzt, Jahre später, war der Schmerz immer noch zu groß, die Schuldgefühle zu überwältigend. Die nächsten Worte brachen sich wie eine Flut an Flüchen Bahn. »Ich war zu verdammt schwach, um nur dazustehen und zuzusehen, was sie durchmacht, und das werde ich mir *niemals* verzeihen.« *Neben so vielen anderen Dingen.*

Indi schloss ihn in ihre Arme und drückte ihre Wange an seine Brust. Er versuchte, sich von ihr loszumachen, doch sie verstärkte ihren Griff. Jahre voller Selbsthass und Schuld stiegen an die Oberfläche und ließen ihn sich in seiner Haut unwohl fühlen. *»Indi«*, warnte er.

»Halt den Mund. Diese Umarmung ist nicht für dich. Sie ist für den elfjährigen Jungen, der geglaubt hat, er sollte in der Lage sein, seine kleine Schwester vor allem und jedem zu beschützen.«

Fuuck. Er kniff die Augen zusammen und bezwang die brennenden Tränen, während sich sein ganzer Körper anspannte und gegen die Freundlichkeit ankämpfte, die er nicht verdient hatte.

Indi gab ihm einen Kuss auf die Brust und drückte ihn noch fester an sich. »Diese Umarmung ist für dich. Weil du eine Last mit dir herumträgst, die du dir gar nicht erst hättest aufladen sollen.«

Er ließ den Kopf nach vorne fallen und umfing sie mit seinen Armen.

»Und weil du die Art von Bruder bist, die ich mir wünschen würde.«

Angesichts dessen, wie sie das sagte, wallte sein Beschützerinstinkt in ihm auf. »Verdammt, Indi. Was zum Teufel?«

Indi litt mit Archer. Bisher hatte sie nur flüchtige Blicke auf diese weiche Seite von ihm bekommen und hätte nie gedacht, dass er so viele Schuldgefühle und so viel Kummer mit sich herumschleppte. Alle glaubten, dass er wegen des Unfalls und der anschließenden schrecklichen Jahre so verschlossen und wütend war. Jetzt musste sie sich allerdings fragen, was an ihm sonst noch übersehen wurde. Er klang so zornig, dass sie befürchtete, sein Ego würde einen zu großen Knacks bekommen, also versuchte sie, seinen Schmerz zu lindern. »Keine Sorge, ich werde niemandem erzählen, dass du ein Mensch bist.«

»Darum geht's doch gar nicht.« Er machte sich von ihr los und lief wieder auf und ab. Seine Nasenflügel bebten. »Ich habe mich schon gewundert, was mit deinem Bruder los ist. Neulich beim Brunch konnte ich ihn nicht wirklich einschätzen, habe aber gehofft, dass er nur vorsichtig ist und dich trotzdem unterstützt. Ist er je für dich eingetreten oder hat dich beschützt?«

Sie brauchte eine Sekunde, um ihm zu folgen. »Nicht auf die Art, wie du Jules beschützt hast, aber er war in anderer Hinsicht für mich da. Archer …« Sie griff nach seiner Hand, doch er tigerte weiter auf und ab, die Schultern vorgeneigt, die Hände zu Fäusten geballt. Er hatte Ähnlichkeit mit einem Knäuel Gummibänder, die so fest umeinandergewickelt waren, dass es Jahre dauern würde, sie zu entwirren.

Er betrachtete sie, ohne langsamer zu werden. Seine Lippen bewegten sich, ohne dass sie hören konnte, was er zu sich selbst sagte.

»Du musst das Thema nicht wechseln. Wir können darüber reden, wie du dich damals gefühlt hast oder wie du dich jetzt fühlst.«

»Darüber brauchen wir nicht zu reden. Wenn ich eins gelernt habe, dann, dass man die Vergangenheit nicht ändern kann.« Er blieb stehen. Die Anspannung in seinem Gesicht ließ ein wenig nach. »Bitte lass es gut sein, Darling. In diese Abgründe willst du nicht eintauchen.«

»Was, wenn doch?«

»Das werde ich nicht zulassen.« Er nahm ihre Hand und zog sie an sich. »Du bist eine wunderschöne Frau an der Schwelle zu einer fantastischen Zukunft. Vermassle dir das nicht, indem du versuchst, aus uns etwas zu machen, das wir nicht sind. Ich werde nie der Typ sein, der sein Innerstes nach außen kehrt, wie du es brauchst. Ich bin der Mistkerl, der den Pokerabend nicht für eine Frau sausen lässt und sich deswegen nicht mal schlecht fühlt.« Er umfasste ihren Hintern und drückte zu, was trotz der Ernsthaftigkeit ihrer Unterhaltung Hitze durch sie hindurchschickte. »Aber ich kann der Typ sein, der dir dabei hilft, deinem Studio Leben einzuhauchen, und der dir die ganze Nacht lang ein gutes Gefühl beschert.«

Er küsste sie, gab ihr einen Klaps auf den Hintern und griff nach dem Farbroller, um sich wieder der Wand zu widmen. Sie wollte ihm sagen, dass er nicht so ein verdammter Macho sein und sie seine Mauern überwinden lassen sollte, verdammt noch mal. Dass der großherzige Mann unter all diesen verknoteten Gummibändern den Kampf wert war. Doch sie wusste, dass seine Verteidigungsmechanismen dadurch nur noch stärker greifen würden, also ließ sie das Thema fallen in der Hoffnung, dass er eines Tages erkennen würde, dass sie nicht so leicht abzuschrecken war.

Sie beobachtete ihn in seinem ärmellosen Shirt, beobachtete, wie sein Bizeps arbeitete und seine Brust sich hob und senkte, während er den Blick starr auf den Farbroller gerichtet hielt. Vor ihrem geistigen Auge sah sie, wie er weitere Gummibänder um sich wickelte, um den Riss zu überdecken, den er ihr offenbart hatte, und damit seine Verletzlichkeit noch tiefer in sich einsperrte. Er war ihr jedoch zu wichtig, als dass sie ihn in seiner selbst gewählten Hölle schmoren lassen würde.

Sie tauchte ihren Pinsel in den Farbeimer. »Hey, Archer«, rief sie verspielt.

Als er zu ihr herübersah, schleuderte sie ihm mit einem kleinen Schwung ihres Handgelenks Farbe ins Gesicht und auf die Brust. Mit hämmerndem Herzen hielt sie den Atem an, sah, wie sich seine Augen weiteten, ehe er sie verengte. Er wischte sich über die Wange und betrachtete die Farbe auf seiner Hand. Sie presste die Lippen zusammen, um angesichts seiner ungläubigen Miene nicht zu kichern.

»Oh, jetzt steckst du in großen Schwierigkeiten. Das bedeutet Krieg.«

Er ließ den Farbroller fallen und stürzte sich auf sie. Mit einem Aufschrei flitzte sie durch den Raum und schoss durch die geöffnete Tür, die nach oben zur Wohnung führte. Sie schaffte vier Stufen, bevor er sie hinten am Overall packte und in seine Arme riss. Sie brachen in Gelächter aus, als er ihr den Pinsel abnahm. Lachend wand sie sich hin und her und versuchte, sich zu befreien, als er mit dem Pinsel ihren Nacken bemalte.

»Archer! Hör auf!«

»Das hättest du dir vorher überlegen sollen.« Mit einem Bein zog er ihr die Beine weg und ließ sie behutsam auf die Stufen sinken. Dort ließ er sich rittlings auf ihr nieder, platzierte die Beine links und rechts von ihr und hielt damit ihre Arme an ihren Körper gedrückt fest, ohne sich jedoch mit seinem ganzen Gewicht auf sie zu setzen. Ihre Blicke zogen sich wie magnetisch an. Sein triumphierendes Grinsen entzündete ein Feuer in seinen Augen.

»Jetzt gehörst du mir, Oliver.«

Funken stoben unter ihrer Haut auf, weil seine Worte auf verdrehte Art exakt zutrafen.

Er öffnete das Oberteil ihres Overalls und zog es herunter. Sein Blick glitt über ihre Brust. Er leckte sich die Lippen und fuhr mit den Fingern über ihren Sport-BH, sodass sich ihre Brustwarzen zusammenzogen und ein Kribbeln sie durchzuckte.

»Hm.« Er ließ den Pinsel über ihrer Wange baumeln. »Wo soll ich nur anfangen?«

»Wag es nicht.«

Lachend warf er den Pinsel über seine Schulter. Gott sei Dank hatten sie den Boden mit Abdeckplanen ausgelegt. Er erhob sich auf die Knie, wobei er noch immer ihre Arme an ihre Seiten pinnte, öffnete seine Jeans und rieb ein paar Mal fest über seinen Schaft.

Himmel. Der Anblick, wie er unter seiner kräftigen Hand zu voller Größe wuchs, steckte ihren ganzen Körper in Brand. »Hast du die Tür abgesperrt?«

»Ich dachte, du gehst gerne bis an die Grenzen.«

»Ja! Aber, Archer, ich kann nicht —«

»Keine Sorge, Darling. Sie ist abgeschlossen.« Während er seine Hand schneller bewegte, ergänzte er flüsternd: *»Dieses Mal.«*

Mit ihr musste irgendwas nicht stimmen, denn das heizte ihr nur noch mehr ein. Sie konnte den Blick nicht von seinen starken Fingern um seine Länge abwenden. Lust pulsierte durch ihren Unterleib und sie sehnte sich nach einer Kostprobe von ihm. »Archer.«

»Willst du das hier?« Er drückte die Hüften vor und berührte mit der Spitze ihren Mund. Sie ließ die Zunge hervorschnellen, doch er zog sich zurück. »Es gefällt mir, wenn du so erregt bist.« Er legte eine Hand an ihre Wange und schob den Daumen zwischen ihre Lippen, wo sie ihn sofort willkommen hieß und an ihm saugte, wie sie es eigentlich bei einem anderen Körperteil machen wollte.

»So ist's gut, Baby.« Er ersetzte seinen Daumen durch zwei Finger. »Tu so, als wäre es mein Schwanz. Lass mich spüren, wie sehr du mich willst.«

Sie saugte und leckte an ihm und hob den Kopf, um seine Finger bis zu den Knöcheln in sich aufzunehmen. Dabei stöhnte sie, weil sie wusste, wie sehr ihn das anmachte.

»Gott, du bist so sexy.« Wieder umfasste er seine Länge und rieb sich, als er sich auf die Knie aufrichtete. »Zieh den Overall und dein Höschen runter.«

Darum musste er sie nicht zweimal bitten. Vor Verlangen konnte sie kaum atmen, als sie seiner Anweisung folgte.

Mit den Ellbogen stützte sie sich auf der Stufe hinter sich ab. Als er sich über sie erhob und mit einer Hand an der Wand festhielt, führte sie ihn an ihren Mund, ohne den Blickkontakt zu unterbrechen, wie es ihnen am liebsten war.

»Du bist so verflucht heiß.« Mit einer Hand griff er hinter sich und streichelte sie zwischen den Beinen. »Verdammt, Baby, du bist so feucht für mich.«

Gott. Seine Worte steigerten ihre Lust ins Unermessliche.

Sein Gesicht spannte sich an, als er mit den Fingern tief in sie eindrang und gleichzeitig die Hüften vorstieß. Sie rieb ihn mit einer Hand und hielt mit der anderen seine Hüfte fest, während er sie so gekonnt verwöhnte, dass sie am ganzen Körper vibrierte. Flatternd schlossen sich ihre Lider, doch er stieß ein Knurren aus. »Ich will es in deinen Augen sehen.« In der Sekunde, als der Orgasmus sie überrollte, riss sie die Lider wieder auf. Er zog sich aus ihrem Mund zurück, die dunklen Augen unverwandt auf sie geheftet, schob einen Arm unter ihr hindurch, hob sie an und positionierte ihre Körper perfekt aneinander, um tief in sie zu gleiten. In ihr explodierten die Empfindungen und sie schrie auf. Ohne auch nur eine Sekunde lang den Blick von ihr abzuwenden, erhöhte er das Tempo, während ihr Orgasmus in ihr tobte. Fluchend und knurrend brachte er das Gesicht dicht neben ihres, jeder Laut begleitet von Lust, als er seine eigene Erlösung fand und sie erneut zum Höhepunkt katapultierte. Sie erschauerten und bebten, während sie ungeahnte Höhen erreichten.

Die Arme um sie geschlungen, drehte er sich mit ihr so, dass er auf einer Stufe saß und sie rittlings auf ihm, immer noch miteinander verbunden. Das Gesicht an ihrer Brust vergraben, drückte er sie fest an sich. Sein warmer Atem strich stoßweise über ihre Haut und löste eine Gänsehaut aus. Nach dem Sex wirkte er immer ganz anders, als hätte er endlich Frieden gefunden. In jenen Momenten spielte ihr Hirn ihr gerne Streiche und kreierte unerreichbare Fantasien von einer Zukunft mit Archer voller heißer Sexkapaden, Doppeldates und vielleicht eines Tages sogar einer eigenen Familie.

Sie strich durch seine Haare und dachte über sein Geständnis über Jules und seine anschließenden Worte nach. *Vermassle dir das nicht, indem du versuchst, aus uns etwas zu machen, das wir nicht sind. Ich werde nie der Typ sein, der sein Innerstes nach außen kehrt, wie du es brauchst.*

Das war sie. Die kalte, harte Realität.

Wie immer, wenn sie zusammen waren, zwang sie sich, sich von ihm zu lösen, sperrte diese Gefühle tief in sich ein und stand auf. »Ich bin gleich zurück.«

Sie eilte nach oben ins Badezimmer der Wohnung und versuchte, ihr albernes Herz unter Kontrolle zu bekommen.

Zwölf

Am Mittwochabend tat Indi alles weh, sogar Muskeln, von denen sie gar nicht wusste, dass sie sie hatte. Wer hätte gedacht, dass man sich nach drei Tagen Streichen so kraftlos wie eine Gummipuppe fühlte? Okay, nach vier Tagen Streichen, einer Menge Orga für nächste Woche und drei superheißen Nächten mit Archer. Das war das Ganze absolut wert gewesen. Archer half ihr weiterhin beim Streichen, was wegen der Ziegelsteine länger dauerte als geplant. Sie hatten herausgefunden, wie sie den Ziegelsteinen einen kühlen, künstlich gealterten Anstrich verleihen konnten, in den sie sich sofort verliebt hatte. Das Schwierigste an allem war jedoch, was es mit ihr anstellte, so viel Zeit mit Archer zu verbringen. Sie waren ein großartiges Team. Tagsüber hatten sie so viel Spaß zusammen und nachts ergänzten sie sich perfekt. Das machte es viel zu leicht, sich mehr mit ihm vorzustellen. Deshalb hatte sie heute Abend nach einem anstrengenden Tag voller Streicharbeiten vor, in Jules' Wohnung zu duschen und allein ins Bett zu gehen.

Archer hatte allerdings andere Pläne.

Mit dem Versprechen auf einen gemütlichen Filmabend mit Popcorn hatte er sie dazu überredet, ihre Sachen zu packen und mit ihm in seinem Cottage zu duschen. Es war nach acht, als sie unter der Dusche standen. Sie hatte ihn davon überzeugt, sich von ihr das Gesicht waschen zu lassen. Sie massierte ihren Gesichtsreiniger in seine Haut ein und er rümpfte die Nase. »Versuch, stillzuhalten.«

»Das Zeug ist grobkörnig und riecht nach Blumen«, beschwerte er sich.

»Und?«

»Ich bin ein Mann.«

Sie lachte leise. »Ach, *deshalb* hast du im Gegensatz zu mir dieses Ding zwischen deinen Beinen?«

Verschmitzt lächelte er, als sie seine Nase und das Kinn einrieb. »Vorsicht, vielleicht beißt es.«

»Wenn dem Teil Zähne wachsen, kommt es nie wieder in meine Nähe.« Sie stellte sich auf die Zehenspitzen und küsste ihn. »Schließ die Augen.«

»Ah, diese Richtung gefällt mir schon besser.« Archer schloss die Augen.

Sie cremte seine Stirn und seinen Nasenrücken ein und strich dann unter den Augen entlang. Sie liebte diese neue, entspannte Verspieltheit zwischen ihnen. »Okay, du kannst dir jetzt das Gesicht abwaschen.«

»Moment. Kein Happy End?«

»Mein Körper braucht eine Pause. Mir tut alles weh, und ich dachte, wir wollen uns einen Film anschauen.«

Er spülte sich das Gesicht ab, ehe er sie an sich zog und küsste. »Das machen wir auch. Du bist dran.« Er drehte sie herum, sodass sie mit dem Rücken zu ihm stand, und streichelte ihren Hintern.

»Archer, ich habe doch gerade gesagt, dass ich eine Pause brauche.« Sie war froh, dass sie entschieden hatten, sich ein, zwei Tage Ruhe vom Streichen zu gönnen, bevor sie die

Wohnung in Angriff nehmen würden, die sie ebenfalls verschönern wollte. Doch das war nicht gleichbedeutend mit einer Auszeit für ihren geschundenen Körper. Morgen stand ihr ein geschäftiger Tag bevor.

»Du durftest gerade irgendein blumiges Zeug in mein Gesicht schmieren. Entspann dich und vertrau mir.«

Sie hob ihr Gesicht dem Wasserstrahl entgegen, während er Duschgel in die Hände gab und ihre Schultern damit einrieb. Seine Hände waren kräftig, aber irgendwie auch zärtlich, als er ihre verspannten Muskeln massierte. Seufzend ließ sie den Kopf nach vorne fallen, als er sich weiter nach unten und an ihren Seiten entlangarbeitete. Er knetete ihren Hintern, und sie war sicher, dass er weitergehen würde, doch er startete keinen einzigen Versuch. Er massierte nur weiterhin die Verspannungen aus jedem einzelnen Muskel bis hin zu ihren Fingerspitzen.

Sie hatte gedacht, dass die Momente nach dem Sex besonders waren, doch dass ihr sexsüchtiger Mann keinen einzigen Annäherungsversuch machte und sich einfach nur um sie kümmerte … Das war extrem gefährliches Terrain.

Nach der Dusche trocknete sie sich ab und kämmte sich die Haare, während er sich eine Jogginghose und ein T-Shirt anzog. Sie schlüpfte in ihre Yogahose und ein Sweatshirt und legte gerade Feuchtigkeitscreme auf, als er ins Badezimmer spähte.

Er musterte sie von oben bis unten. »Mmh. An dir würde selbst ein Schneeanzug heiß aussehen. Lust, den Film auszulassen und herauszufinden, wie sich diese Hose auf dem Boden macht?«

Ja. Es war schlicht lächerlich, wie sehr sie ihn die ganze Zeit über begehrte. Sie waren sich in so kurzer Zeit so nahegekommen, dass es viel zu leicht war, sich wieder in seine Arme fallen zu lassen und sich darin zu verlieren. Sie sollte wenigstens *versuchen*, ihr Herz zu schützen.

Sie hasste es, sich selbst das Vergnügen zu verwehren, das er ihr bereiten würde, das Gefühl, in seinen Armen zu liegen, ihre nackten Körper warm aneinandergeschmiegt und ineinander verschlungen. Doch sie stemmte eine Hand in die Hüfte und bedachte ihn mit dem desinteressiertesten Blick, zu dem sie fähig war. Wahrscheinlich sah er genauso aufgesetzt aus, wie er sich anfühlte. »Du hast mir einen gemütlichen Fernsehabend versprochen, keine weitere Nacht voller heißem Sex, und ich *weiß*, dass du ein Mann bist, der zu seinem Wort steht.«

»Ja, ja«, lenkte er ein und stahl sich einen schnellen Kuss. »Wenn ich doch nur ein Arsch *und* ein Lügner sein könnte.«

Lachend schob sie ihre Sachen in ihren Kulturbeutel. »Deine Mama wäre sehr stolz auf dich.«

Sein Gesichtsausdruck wurde wieder ernst. »Was willst du schauen? Dann rufe ich den Film schon mal auf.«

»Egal. Such du was aus. Was ist dein Lieblingsfilm?«

»*A Nightmare on Elm Street*, aber ich bin ziemlich sicher, dass er dir Angst machen wird.«

»Ha! Das zeigt bloß, wie wenig du mich kennst.« Sie hatte den Film zwar noch nie gesehen, aber so schnell bekam sie keine Angst. Tatsächlich mochte sie gruselige Filme, also war sie recht überzeugt davon, dass sie auch mit diesem klarkommen würde. »Du kannst ihn schon mal auswählen. Ich bin sofort fertig und mache noch Popcorn.«

Eine halbe Stunde später saßen sie auf der Couch im Wohnzimmer, aßen Popcorn und schauten sich den Film an. Archer legte einen Arm um sie und zog sie dichter an sich heran. »Hast du schon Angst?«

»Wohl kaum. Der Film ist vielleicht etwas unheimlich, aber ich fürchte mich nicht. Ich meine, komm schon. Der Typ trägt einen Handschuh mit Messerklingen als Hand. Glaubst du wirklich, dass das irgendjemand im echten Leben machen würde? Aber mir gefällt die Geschichte und ich liebe die Frisuren und Klamotten der Achtziger.«

Leise lachend gab er ihr einen Kuss auf die Schläfe und drückte sie an sich. »Du bist echt cool.«

Sie zog die Beine auf das Sofa hoch und lehnte ihren Kopf an seine Schulter. Noch nie hatten sie sich zusammen einen Film angeschaut, und mit ihm auf der Couch zu kuscheln, war schön. Er stellte die Schüssel mit Popcorn auf den Couchtisch und küsste sie auf den Schopf. »Legen wir uns hin.«

Er ließ sich zur Seite sinken und schob einen Arm unter ihren Kopf, den anderen über ihren Bauch. Er war so warm und groß und wirkte so entspannend auf sie, dass ihre Augenlider schwer wurden. Sie bemühte sich, wachzubleiben, und dann lief auf einmal der Abspann.

»Oh nein. Bin ich eingeschlafen?«

»Du warst erschöpft.« Er küsste ihre Wange. »Wir sehen ihn uns ein anderes Mal an.«

»Tut mir leid. Ich bin gerade ein echt heißes Date, hm? Ich mache mich besser mal auf den Weg.« Sie versuchte, sich aufzusetzen, doch er hielt sie fest.

»Du gehst nirgendwohin.«

»Archer, ich bin wirklich zu müde, um rumzumachen.«

»Bleib.« Er rieb die Nase an ihrem Nacken. »Wir gehen einfach schlafen. Versprochen.« Er nahm sie in die Arme und hob sie hoch.

»Archer …?«

»Genieß es, Oliver. Dies ist der einzige Ritt, den du heute Nacht bekommen wirst.« Er küsste sie auf den Mund und trug sie ins Schlafzimmer.

So viel zu gefährlichem Terrain. Wahrscheinlich hätte sie darauf bestehen sollen, zu Jules' Wohnung zu fahren, weil sie schon viel zu tief in dieser Sache drinsteckte, aber wie viel Schaden konnte eine weitere Nacht schon anrichten?

Früh am Donnerstagmorgen putzte Archer sich die Zähne und wusch sich das Gesicht, während er zu begreifen versuchte, was in ihm vorging. Er trocknete sich ab und legte das Handtuch neben dem Waschbecken ab, wobei ihm Indis Kulturtasche auf dem Waschtisch und ihre Zahnbürste neben seiner ins Auge fiel. Sein Magen krampfte sich zusammen. Die letzten Tage hatten Indi und er praktisch wie zusammengewachsen verbracht. Wenn er nicht auf dem Weingut gearbeitet hatte, war er mit ihr zusammen gewesen, und sie strichen Wände, organisierten sich was zu essen und schliefen nachts in den Armen des anderen ein. Jeden Morgen wachten sie wie zwei lange getrennte Liebhaber ineinander verschlungen auf, umgeben von ihrem berauschenden Duft. Er war überall – an ihm, in den Laken, in der verdammten Luft – und er mochte ihn viel zu sehr. Er hatte keine Ahnung, was er sich dabei dachte, dass er sie jeden Abend bat, zu bleiben, obwohl er wusste, dass er ihr nie das geben konnte, was sie verdient hatte. Weil er eben *nicht* nachdachte. Das war das Problem. In ihrer Nähe war es einfach, nicht nachzudenken und sich stattdessen von seinen Gefühlen leiten zu lassen. Er war so von ihr eingenommen, dass er die Vorstellung, *nicht* mit ihr zusammen zu sein, nicht ertragen konnte.

Das war mindestens so verdreht wie das Gefühl, das er gerade empfand, den Drang, sich etwas Raum zurückzuerobern, seine Unabhängigkeit, seinen verfluchten Verstand.

Er stützte sich am Waschbecken ab, starrte in den Spiegel und biss angesichts des Dummkopfs, der ihm entgegenstarrte, die Zähne zusammen. *Du konntest ja den Hals nicht voll genug bekommen. Jetzt sieh, wohin dich das gebracht hat.*

Er war Archer Steele, kein armseliger Wicht, der es keine einzige Nacht ohne diese Frau aushielt. Die ganze Woche über hatte er nicht mal trainiert. Er musste diese Situation unter Kontrolle bekommen, bevor sie verletzt wurde.

Er richtete sich zu seiner vollen Größe auf und atmete tief durch, um die Stärke aufzubringen, zu tun, was getan werden musste. Entschlossen und mit dem Gefühl, wieder Herr der Lage zu sein, marschierte er ins Schlafzimmer und versuchte, das Ziehen in seiner Brust zu ignorieren, als er ihren Anblick in sich aufsaugte. Mit ihren feingeschnittenen Gesichtszügen sah sie aus wie ein Engel und war wunderschön ohne jegliches Make-up. Sie lag auf der Seite zusammengerollt da, ihre Haare fächerten sich auf seinem Kissen auf wie gesponnenes Gold, das sich in einer Maschine verfangen hatte, ganz kraus und sexy. Mann, er liebte ihre Haare.

Schuldgefühle legten sich um ihn wie eine Schlinge. Er wandte sich ab und redete sich abermals ein, dass er das Richtige tat, während er Jogginghose und T-Shirt anzog. Sie hatten sich auf Exklusivität geeinigt, nicht darauf, mehr oder weniger zusammenzuziehen. Sie würde es verstehen. Sie musste es verstehen.

Er setzte sich neben sie und strich über ihre Hüfte. *Eine Nacht.* Er musste nur eine einzige Nacht ohne sie schaffen.

Sie drehte sich auf den Rücken und schlug flatternd die

Lider auf. Ihr süßes Lächeln zurrte die Knoten in seinem Bauch fester zusammen.

»Guten Morgen«, sagte sie verschlafen. »Schätze, ich gehe heute allein unter die Dusche. Musst du früh zur Arbeit?«

»Nein. Ich gehe zum Training.« Vielleicht konnte er seinen Frust an einem schweren Boxsack loswerden.

Verführerisch klimperte sie mit den Wimpern und hakte einen Finger in den Bund seiner Jogginghose. »Mit mir kannst du ein hervorragendes Ganzkörpertraining absolvieren und dafür musst du nicht mal das Schlafzimmer verlassen.«

Mit einer Hand fuhr sie am Schritt seiner Jogginghose entlang und weckte damit das unersättliche Tier, das ihm diesen Schlamassel überhaupt erst eingebrockt hatte. Er legte eine Hand auf ihre und schob sie zu seinem Bein.

Verdammt, wie er das hier hasste. »Ich würde im Moment nichts lieber tun, als mit dir zu *trainieren*, aber ich brauche den Boxring, bevor ich den Verstand verliere.«

»Das verstehe ich.«

Das bezweifelte er.

»Soll ich abschließen, wenn ich gehe?«

»Ja, das wäre toll, aber, hm, was hast du denn heute so vor?« *Super Verzögerungstaktik, Arschloch. Reiß einfach das Pflaster ab und bring's hinter dich.*

»Da wir mit dem Streichen fast fertig sind, habe ich einen vollen Tag vor mir. Heute gehe ich meinen Terminplan für die Fashion Week durch, überprüfe, ob ich dafür ausreichend ausgestattet bin, und erstelle eine Liste für die Vorräte für das Studio, mit denen ich starten will. Dann treffe ich mich mit Bellamy und Tara für ein Fotoshooting. Die Bilder sollen die Wände des Studios schmücken und fürs Werbematerial genutzt werden. Bellamy hat sich mit einigen prominenten Influencern angefreundet. Wir entwerfen eine Einladung zu meiner Eröffnungsfeier, die sie ihnen schicken kann.«

Ihre Aufregung machte es ihm nur noch schwerer, sie wegzuschicken. Besonders, da er später wissen wollen würde, wie ihr Tag gewesen war. Der Gedanke wurde von einem klaustrophobischen Gefühl begleitet, das ihm den dringend benötigten Schubs gab.

Bevor er jedoch ein Wort sagen konnte, kam Indi ihm zuvor. »Außerdem werde ich ein paar Ideen mit Leni durchsprechen, die ich den örtlichen Unternehmen präsentieren will, inklusive deines Weinguts.«

»Was für Ideen?«

»Cross-Promotion. Mehr will ich noch nicht dazu sagen, ohne vorher die Details ausgearbeitet zu haben.« Sie streckte sich und drückte den Rücken durch, sodass die Decke herunterrutschte und ihre nackten Brüste entblößte. »Wenn alles gut läuft, erzähle ich dir heute Abend davon.«

Er biss die Zähne gegen die in ihm lodernde Hitze zusammen und stand auf, weil er Abstand zwischen sie bringen musste, bevor er seinen Trieben erlag. »Ja, tut mir leid, aber heute Abend geht's nicht. Ich spiele mit den Jungs Poker und danach werde ich mich wohl einfach ein bisschen entspannen.«

»Okay.« Sie kniff die Augen zusammen. »Warum hörst du dich so komisch an?«

»Keine Ahnung. Wir waren jeden Abend zusammen. Ich brauche einfach etwas Freiraum.« Die Worte klangen schroffer als beabsichtigt.

Schmerz und Verwirrung stiegen in ihren Augen auf. Sie warf die Decke von sich, stieg aus dem Bett und sammelte ihre Klamotten auf. »Tut mir leid, wenn ich dir Umstände bereite.«

Verdammt. Er rieb sich das Gesicht. »Indi —«

»Warum hast du mich gebeten, über Nacht zu bleiben, wenn ich dich erdrücke?« Sie zerrte an ihren Kleidern, als würde sie Krieg mit ihnen führen. »Ich habe doch gesagt, dass ich gehen würde, schon vergessen? Aber du hast großspurig getönt: *Du gehst nirgendwohin.*«

»Weil ich mir dir zusammen sein wollte«, sagte er verärgert. »Aber dann habe ich deine Zahnbürste gesehen und bin durchgedreht.«

»Tja, entschuldige bitte vielmals.« Sie stolzierte ins Badezimmer, räumte ihre Sachen zusammen und kam die Zahnbürste schwenkend zurück. »Über diese erschreckende Zahnbürste musst du dir jetzt keine Gedanken mehr machen.« Sie rammte ihre Füße in ihre Stiefel. »Zum Glück bist du fantastisch im Bett, denn du kannst ein richtiger Vollpfosten sein. Genieß deinen Freiraum. Wir sehen uns irgendwann.« Sie wirbelte auf dem Absatz herum und stürmte hinaus.

»*Fuck.*« Er schnappte sich ein Sweatshirt, seinen Schlüsselbund und sein Handy und tippte auf dem Weg zur Haustür eine Nachricht an die Jungs. *Heute Abend Poker. 19:00 Uhr bei mir.* In dem Moment, als er die Nachricht abschickte, hörte er, wie Indis Mietwagen vom Bordstein losfuhr.

Bis er beim Haus seiner Eltern ankam, kochte er vor Wut. Jocks Auto parkte draußen. Er hatte ihn noch nicht gesehen, seit er aus seinen Flitterwochen zurück war, aber Daphne war wie auf Wolke sieben über das Weingut geschwebt. Archer steuerte die Garage an. Auf der anderen Seite des Boxrings bearbeitete Jock die Boxbirne. Als sie jünger gewesen waren, hatten sich Jock und Archer regelmäßig in die Haare gekriegt. Ihr Vater, der auf dem College geboxt hatte, hatte sie dann für gewöhnlich auseinandergebracht. Eines Winters hatte er die Nase voll davon gehabt und den Boxring aufbauen lassen. Er hatte ihnen und ihren engsten Freunden Brant, Grant, Wells und Fitz das Boxen beigebracht. Auf der Highschool hatten Jock und Archer an Wettkämpfen teilgenommen und in den folgenden Jahren hatten diverse Trainingsgeräte, ein Boxsack und eine Boxbirne in die Garage Einzug gehalten. In den zehn Jahren, die Archer nicht mit Jock gesprochen hatte, war die Garage seine Rettung gewesen, und auch heute Morgen hoffte er darauf, dass das Training ihm helfen würde, die zentnerschwere Last von seinen Schultern abzuschütteln.

»Hey. Heute um sieben Poker bei mir.« Archer zog sich das Sweatshirt aus und warf es auf die Hantelbank. »Wie waren die Flitterwochen?«

Jocks Lächeln erhellte die ganze, verdammte Garage. »Hätten nicht besser sein können.« Mit einem Handtuch wischte er sich über das verschwitzte Gesicht. »Ich würde Hadley gegen nichts auf der Welt eintauschen wollen, aber Daphne ganz für mich allein zu haben, war unglaublich. Ich bin ohne Zweifel der glücklichste Mann in der Gegend.«

»Warum bist du dann beim ersten Sonnenstrahl hier drinnen, anstatt ihr zu zeigen, wie viel Glück sie hat?« Er umrundete den Ring Richtung Boxsack.

»Das weiß sie, vertrau mir. Ich bin hier, um das Festmahl, das wir uns jeden Abend haben schmecken lassen, abzutrainieren.« Jock tätschelte seinen Bauch.

»Alter, es waren deine Flitterwochen. Da zählt man keine Kalorien.«

Schmunzelnd schüttelte Jock den Kopf. »Irgendwann musste ich auftanken.« Er legte das Handtuch zur Seite und attackierte erneut die Boxbirne. »Wie lief's bei dir? Hab gehört, Indi und du seid zusammen in der Stadt gesehen worden. Was hat es damit auf sich?«

»Nichts. Ich helfe ihr beim Streichen ihres Studios.« Archer begann, auf den Boxsack einzuschlagen, und hieß den brennenden Schmerz, den das Leder an seinen schwieligen Händen hinterließ, willkommen.

»Die Handschuhe liegen im Regal.«

Archer prügelte härter auf den Boxsack ein. »Brauch ich nicht.«

Jock ließ von der Boxbirne ab. »Was ist los? Willst du drüber reden?«

»Nein.« Er schlug weiter auf den Boxsack ein, erleichtert, dass Jock das Thema fallen ließ und sich wieder seinem eigenen Workout widmete. Darüber zu reden, würde nicht helfen. Er war ein kaputter Mistkerl und Indi hatte etwas Besseres verdient. Er bekam den verletzten Klang ihrer Stimme nicht aus dem Kopf. In dem Versuch, die Schuldgefühle loszuwerden, hieb er schneller auf den Boxsack ein.

Er hatte keinen Schimmer, wie lange er den Boxsack bearbeitete, doch als Jock ihn am Rücken berührte, war er nass geschwitzt und sein Herz hämmerte wie wild, während Wut und Gewissensbisse noch immer wie eine Sirene in seinen Ohren schrillten. »*Was?*«, schnauzte er.

»Du blutest.« Jock zeigte auf Archers Hände und reichte ihm ein Handtuch.

Archer sah von seinen aufgerissenen Knöcheln zu dem Blut am Boxsack. »Scheiße. Gib mir mal das Spray und den Lappen da vom Regal.«

»Ich mach schon.« Jock griff nach dem Reinigungsspray und einer Handvoll Papiertücher und reinigte den Boxsack. »Was ist los mit dir?«

»Nichts.« Er schnappte sich noch ein sauberes Papiertuch und wischte sich damit übers Gesicht.

»Ich bin dein Zwilling. Du kannst mich nicht verarschen. Wenn etwas mit dem Weingut nicht in Ordnung wäre, hätte Daph mir davon erzählt.« Jock warf die Papiertücher in den Mülleimer und stellte das Spray weg. »Dein Boot ist für den Winter sicher verwahrt und niemand in der Familie steckt in Schwierigkeiten, also muss es um eine Frau gehen.«

Archer knirschte mit den Zähnen.

»Komm schon, Archer. Früher haben wir uns ständig über Frauen ausgetauscht. Vielleicht kann ich helfen.«

Das kannst du nicht. Niemand kann das. Dafür sind meine Probleme zu tief verwurzelt. »Wir sind keine fünfzehn mehr. Lass gut sein.«

»Nein.« Jock hielt seinen Blick fest. »Diesen Fehler habe ich einmal gemacht und er hat uns ein ganzes Jahrzehnt gekostet.«

»Das hier hat aber nichts mit uns zu tun.« Das war gelogen. Alles, was Archer tat, lag unter mehreren Schichten Schuldgefühlen begraben wegen des Kummers, den er seiner Familie bereitet hatte. Das würde er Jock jedoch nicht erzählen. »Lass das Thema bitte fallen.«

»Na schön, aber Indi ist eine großartige Frau, und wenn sie sich für deine hässliche Visage entscheidet, solltest du dich ihr vielleicht öffnen. Sieh dir an, wie glücklich Daphne und ich sind. Wenn ich ihr meinen Kummer und die Schuldgefühle, die ich wegen Kayla, dem Baby und dir hatte, nicht anvertraut hätte, hätte ich jetzt weder sie noch Hadley in meinem Leben. Scheiße, Mann. Ich hätte nicht einmal *dich* in meinem Leben.«

Archer ballte die Faust um das Papiertuch in seiner Hand. Ein Kloß steckte in seiner Kehle fest. »Warum denkst du, dass ich mich ihr nicht geöffnet habe?«

Jock bedachte ihn mit dem wissenden Blick, mit dem er ihn schon seit ihrer Kindheit ansah. »Mehrere blutige Knöchel und ein Jahrzehnt voller Schweigen.«

Bevor Archer sich weit genug unter den auf ihn einstürzenden Emotionen hervorgewühlt hatte, um zu antworten, legte Jock ihm eine Hand auf die Schulter. »Na komm. Desinfizieren wir deine Hände, bevor sie sich entzünden.«

»Soll ich dich jetzt auch Daddy Dock nennen?«, stichelte Archer auf dem Weg zum Haus.

»Nein.« Jock öffnete die Tür. »Du darfst mich *Sir* nennen.«

Archer versetzte ihm einen Schubs, woraufhin Jock herumwirbelte. Sie fingen ein spielerisches Handgemenge an und frotzelten beim Betreten der Küche herum. Abrupt hielten sie inne, als sie ihre weinende Mutter am Küchentisch sitzen sahen. Ihr Vater kniete vor ihr und umarmte sie. Archer wäre beinahe das Herz stehen geblieben. Das letzte Mal hatte er seine Mutter nach dem Unfall im Krankenhaus so weinen sehen.

Gramerfüllt blickte ihr Vater zu ihnen herüber. »Warum setzt ihr euch nicht und frühstückt was?«

Ihre Mutter wandte sich ab und wischte sich über die Augen. Der Blick ihres Vaters wanderte zu Archers blutigen Händen. »Brauchst du Hilfe?«

»Nein. Was ist passiert? Ist Jules okay?«, fragte Archer, während er und Jock näher traten.

»Ja, ihr geht's gut«, antwortete ihr Vater.

»Grandma?«, hakte Jock nach.

Ihr Vater schüttelte den Kopf. »Auch Lenore geht es gut.«

Archer zermarterte sich das Hirn nach Antworten. Ihre Mutter schaute hoch. Ihre Augen und Nase waren gerötet und ihr Anblick schnitt ihm tief ins Herz. »Was ist dann los? Und sagt nicht *nichts*.« Er ging zu ihr, wobei er seinem Vater einen drohenden Blick zuwarf. »Hast du ihr was getan?« Ihre Eltern stritten nur selten und wenn doch, dann ging sein Vater achtsam mit seinen Worten um. Er würde niemals Hand an ihre Mutter legen, aber Archer war ratlos, was hier sonst vor sich gehen könnte. Während sie einander mit einer stummen Warnung in den Augen anstarrten, fragte er sich, ob sie zwei Männer waren, die dieselbe Frau beschützten, oder ob sein Vater sich selbst schützte. Der Gedanke wurde von beißenden Schuldgefühlen begleitet.

»Nein, Liebling.« Mit einem Taschentuch wischte sich ihre Mutter die Tränen weg. »Ich ...« Ihre Stimme ging in einem Schluchzen unter.

»Bist du krank?« Archers Magen krampfte sich zusammen.

»Mom ...?« Jock trat an ihre andere Seite.

Ihre Eltern tauschten einen Blick, der von jahrelanger Liebe und Unterstützung zeugte und die Last auf Archers Schultern noch erdrückender machte. Ihr Vater würde ihr niemals wehtun. Er hätte die Frage nicht einmal stellen dürfen.

Ihr Vater legte seine Hand auf ihre. »Vielleicht solltest du es ihnen sagen.«

Sie nickte und kämpfte gegen ihre Tränen an.

Ernst schaute ihr Vater sie an. »Kein Wort davon verlässt diesen Raum. Habt ihr mich verstanden?«

Fuck. Es ist was Schlimmes. Ein Blick zu Jock verriet Archer, dass er dasselbe dachte.

Sie willigten ein und ihre Mutter umklammerte die Hand ihres Vaters. Ihre Unterlippe bebte, ihre Stimme glich einem dünnen, zitternden Faden. »Es geht um Ava.«

Ava de Messiéres war eine der besten Freundinnen ihrer Mutter. Ihr gehörte das Bistro, ein Restaurant am Sunset Beach und die Straße vom Silver House hinunter. Avas Ehemann, Olivier, war schon vor Jahren verstorben, sodass Ava die beiden Töchter allein großgezogen hatte. Deirdra war in Suttons Alter und Abby war eine von Lenis besten Freundinnen. Unglücklicherweise hatte Ava nach Oliviers Tod Trost im Alkohol gesucht, wofür ihre beiden Mädchen den Preis bezahlt hatten. Mit ihrem Restaurant war es bergab gegangen, und Archers Eltern hatten zusammen mit den Silvers und Remingtons getan, was in ihrer Macht stand, um es über Wasser zu halten, indem sie das Bistro engagiert hatten, das Catering für diverse Veranstaltungen zu übernehmen, und dabei deutlich mehr bezahlt hatten, als sie hätten müssen. Außerdem hatten sie ihre Kinder hinübergeschickt, um beim Kellnern und Tische abräumen zu helfen, ohne etwas dafür zu verlangen. Ihre Eltern hatten Abby und Deirdra unter ihre Fittiche genommen, soweit es die Mädchen zugelassen hatten. Inzwischen war Abby Köchin in New York City und Deirdra Anwältin in Boston.

»Sie …« Ihre Mutter schloss die Augen und ihr Vater drückte ihre Hand. Sie öffnete die Augen wieder und neue Tränen liefen über ihre Wangen. »Sie hat Krebs. Sie stirbt.« Wieder brach sich ein Schluchzen Bahn und ihr Vater schloss sie in eine Umarmung.

Es fühlte sich an, als hätte jemand den ganzen Sauerstoff aus dem Raum gesaugt. Archer wurde in der Zeit zurückversetzt zu dem niederschmetternden Schmerz, als er erfahren hatte, dass Jules Krebs hatte, und zu dem vernichtenden Schlag von Kaylas Verlust. Es tat ihm leid für seine Mutter und Deirdra und Abby. Er umklammerte die Rückenlehne eines Stuhls, während er versuchte, Luft in seine Lunge zu saugen.

»Kann man sie nicht behandeln?«, wollte Jock wissen.

»Dafür ist es zu spät«, sagte ihr Vater. »Sie ist schon sehr lange krank, hat jedoch nie etwas gesagt, und bei ihrem Alkoholproblem haben wir nie gemerkt, dass noch mehr dahintersteckt. Sie hat nicht mehr viel Zeit.«

Archer ballte die Hände zu Fäusten. »Wissen Dee und Abby Bescheid?«

»Nein, und du *darfst* es weder ihnen noch sonst jemandem erzählen.« Flehend sah ihre Mutter sie an.

»Sagt *sie* es ihnen?«, fragte Jock.

»Nein«, sagte sie leise.

»Was zum Teufel, Mom?« Archer schäumte vor Wut. »Sie *müssen* es erfahren. Sie ist ihre *Mutter*.«

»Diese Entscheidung obliegt nicht uns«, sagte ihr Vater bestimmt.

»Das ist mir scheißegal. Ava ist nicht bei Verstand. Dee und Abby haben ein Recht darauf, es zu erfahren.« Archer tigerte auf und ab. Er hätte alles für eine Vorwarnung vor dem Unfall gegeben, damit er sich von Kayla hätte verabschieden und all die Dinge hätte sagen können, zu denen er jetzt keine Gelegenheit mehr hatte.

Ihre Mutter kam auf die Füße und stählte sich sichtlich, trotz der Tränen, die ihr über die Wangen liefen. Für ihre Söhne setzte sie eine tapfere Miene auf. »Hör mir zu, Archer. Vielleicht würden du oder ich uns anders entscheiden, aber wir müssen Avas Wünsche respektieren. Du weißt, was die Mädchen wegen Avas Alkoholsucht durchgemacht haben. Sie hatten kein leichtes Leben.«

»Und wie ich das weiß, aber das wird es nur noch schlimmer machen.« Es spielte keine Rolle, dass die beiden Frauen eine beschissene Kindheit durchlebt hatten oder dass Deirdra es kaum ertragen konnte, hierher zurückzukommen und ihre Mutter für länger als ein paar Stunden zu sehen, und das auch nur aus einem Pflichtgefühl heraus. Sie hatten es trotzdem verdient, Bescheid zu wissen. Finster sah er über die Schulter zu Jock, dessen Blick starr auf den Boden geheftet war. »Willst du gar nichts dazu sagen?«

Jock hob das Gesicht an. Es war kalkweiß. *Fuck.* Wahrscheinlich musste er an Kayla und ihr gemeinsames Baby denken, das Jock vor seinem Tod Liam getauft hatte.

»Ich denke auch, dass sie einen Fehler macht.« Jocks Gesichtszüge nahmen einen entschuldigenden Ausdruck an. »Aber ich muss davon ausgehen, dass sie weiß, was das Beste für ihre Familie ist.«

»Willst du mich verdammt noch mal verarschen?«, brüllte Archer.

»Pass auf deine Ausdrucksweise auf«, warnte ihn sein Vater.

»Ava war den Großteil ihres Lebens betrunken, und du glaubst, dass sie schon weiß, was das Beste für sie ist?« Archer kochte vor Wut. »Ihretwegen haben Dee und Abby die Hölle durchgemacht. Sie sollte alles Menschenmögliche versuchen, um das wiedergutzumachen, bevor sie nicht mehr dazu kommt. Und wer wird überhaupt die Scherben aufsammeln, wenn sie es herausfinden? Du, Mom? Ist das etwa fair?«

»Ich glaube, wir alle wissen, dass das Leben nicht fair ist.« Ihre Mutter berührte seine Wange und hielt seinem wütenden Blick stand, ohne sich auch nur im Geringsten davon einschüchtern zu lassen. Sie war nie zurückgeschreckt, wenn er die Beherrschung verloren hatte, ganz gleich, wie sehr er sich bemüht hatte, sie dazu zu bringen. »Aber Ava ist meine Freundin, und ich liebe sie trotz ihrer Fehler, denn so machen wir das in dieser Familie. Wir unterstützen einander, und gerade du solltest wissen, dass wir nicht hinter einer Entscheidung stehen müssen, um sie auszuhalten.«

Er senkte den Blick und biss die Zähne gegen die Schuldgefühle zusammen, die ihn überschwemmten.

»Sieh mich an, mein Schatz.« Sie wartete, bis er es tat, bevor sie fortfuhr. »Ich habe versucht, Ava davon zu überzeugen, es ihren Töchtern zu erzählen, aber sie hat ihre Gründe, es nicht zu tun, genau wie du deine hattest, dich von Jock fernzuhalten. Ich möchte, dass du ihre Wünsche respektierst und dass diese Information diese vier Wände nicht verlässt. Niemand sonst darf davon erfahren.«

»Wir sollen also einfach so tun, als wäre alles normal, während die Mutter unserer Freunde stirbt? Du willst nicht mal Leni einen Hinweis geben, damit sie für Abby da sein kann?«

»Nein, werde ich nicht und du genauso wenig. Ich hätte es dir und Jock auch nicht sagen dürfen, aber mir war klar, dass ihr eher die Küche auseinandernehmen würdet, als ohne Antworten wieder zu gehen.« Sie reckte das Kinn und setzte ein gezwungenes Lächeln auf. »Wenn ich heute Morgen das Haus verlasse, werde ich meine Tränen zurücklassen. Niemand wird erfahren, dass eine meiner besten Freundinnen in den nächsten Wochen sterben und dabei einen Teil von mir mit sich nehmen wird.« Tränen schwammen in ihren Augen und schnürten Archer die Kehle zu. »Du musst mir versprechen, dass du es niemandem erzählen wirst.«

Er hatte das Gefühl, jeden Moment zu explodieren und gleichzeitig in Tränen auszubrechen. Mit einem knappen Nicken gab er ihr stumm und widerwillig dieses Versprechen, bevor er die Arme um sie legte und sie fest an sich drückte. »Es tut mir leid, dass sie krank ist.«

»Ich weiß, Schatz. Mir auch.«

»Ich hab dich lieb.«

Sie wich zurück und legte die Hände an sein Gesicht. »Ich hab dich auch lieb.«

Archer sah seine Eltern an. »Wenn ihr uns das je antut, werde ich euch das niemals verzeihen.« Er stürmte nach draußen und weiter zur Garage, schnappte sich seine Jacke und sah zu, dass er von hier wegkam.

Zehn Minuten später war Archer am Hafen und wünschte sich, sein Boot läge noch im Wasser, als er die Tür zu Roddys Büro aufstieß. Roddy war immer wie ein zweiter Vater für ihn gewesen. Er hatte ihn am Hafen herumlungern lassen, ihm alles über Boote und Rettungsaktionen beigebracht und sprach ihn auf seine ihm eigene lockere Art auf dieses oder jenes an. Zum Beispiel, als er Indi eines Morgens von seinem Boot hatte gehen sehen und Archer ein paar Stunden später bei seiner Rückkehr ertappt hatte. Man musste das Inselleben einfach lieben, wo jeder jeden kannte, mitsamt aller schmutzigen, kleinen Geheimnisse. *Biete ihr doch das nächste Mal an, zum Frühstück zu bleiben, dann muss sie sich nicht beim ersten Sonnenstrahl aus dem Staub machen.*

»Ich brauche den Schlüssel zum Rettungsboot.«

Roddy strich sich die dicken, schulterlangen, grau-braunen Haare aus dem Gesicht und kam mit besorgt gerunzelter Stirn auf die Füße. Sein sonst so gelassenes Auftreten wich einem ernsten Gesichtsausdruck. »Was ist los? Bei mir ist kein Notruf eingegangen.«

»Nichts, worüber du dir Sorgen machen müsstest.«

In derselben ausgefransten Jeans, die er schon seit gefühlten Ewigkeiten besaß, und einem abgetragenen Sweatshirt mit aufgedrucktem *Hafenmeister* umrundete Roddy den Schreibtisch. Er strich sich über den Bart und betrachtete Archer auf dieselbe Art und Weise wie schon damals, als Archer noch klein gewesen war, als würde er versuchen, zwischen den Zeilen zu lesen. »Willst du bei deiner Exkursion Gesellschaft?«

»Nein.« Es war nicht das erste Mal, dass Archer mit diesem Anliegen hier hereingeplatzt war, und obwohl er immer hoffte, dass es das letzte Mal sein würde, wusste er es besser.

Roddy hob eine Augenbraue. »Sollte es mir Sorgen machen, dass du keine Gesellschaft willst?«

»Definitiv.« Roddy hatte ein Händchen dafür, Situationen zu entschärfen, und in den letzten Jahren war es ihm gelegentlich gelungen, Archers Zündschnur auszutreten, aber diesmal würde nichts die Explosion verhindern können, die sich in ihm anbahnte.

»Also gut.« Er griff in den Schlüsselschrank, legte den Schlüssel für das Boot in Archers Hand und schloss beide Hände darum. »Wie lange?«

Das war die Bedingung, wenn er das Rettungsboot nehmen wollte. Denn eigentlich wollte Roddy mit dieser Frage wissen, nach welcher Zeitspanne er das Schlimmste annehmen – dass Archer so aufgebracht gewesen war, dass er die Kontrolle über das Boot verloren hatte – und ihn suchen musste. »Fünfundvierzig Minuten.«

Roddy nickte. »Sei vorsichtig da draußen.«

Archer ging zum Boot. Langsam steuerte er es aus dem Hafen und ließ dann den Motor aufheulen. Gequält von den Gedanken an Indi, seine Mutter, Dee und Abby und an schier jede einzelne seiner Verfehlungen, begrüßte er die eisige Gischt, die ihn durchnässte, als er die perfekte Geschwindigkeit erreichte. Er genoss das Brennen der frischen Luft, als er auf den Kämmen der rauen Wellen von der Insel wegfuhr und den Rest der Welt hinter sich ließ.

Nach zwanzig Minuten schaltete er den Motor aus, ballte die Hände zu Fäusten und öffnete das Ventil zu seiner Qual, um sie in ohrenbetäubender Lautstärke aufs Meer hinauszuschreien.

Vierzehn

Ausgelassene Stimmen hallten durch Archers Cottage, als er
beim Poker ein weiteres Mal die Karten austeilte. Er saß mit
Jock, Brant, Fitz und Wells am Esstisch. Seit sie Kinder waren,
hatten sie zusammen Karten gespielt und sich in Schwierigkei-
ten gebracht. Normalerweise gehörte Grant auch zu ihrer
Runde, und bevor sie von der Insel gezogen waren, waren auch
Brants Brüder Rowan und Jamison Teil ihrer Clique gewesen.
Je nachdem, wer in der Gegend war, war ihre Gruppe mal
größer, mal kleiner. Ihre Freundschaft war tief verwurzelt, selbst
in den schlechtesten Zeiten wie während der Jahre, in denen
Jocks Stuhl leer geblieben war, eine beständige Erinnerung an
Archers Verfehlungen und den Verlust seiner beiden besten
Freunde.

Kayla hatte Archer wegen eines Fremden verloren, aber Jock
hatte er eigenhändig von sich gestoßen. Über den Tisch hinweg
betrachtete er seinen Bruder, der deutlich besser mit der
Neuigkeit über Ava umgehen zu können schien als er. Archers
Gedanken glichen einem Tsunami aus Schuldgefühlen, Sorgen
und Frust. Alles, was er tun konnte, war, zu versuchen, sich
über Wasser zu halten, während ihn jeder weitere Gedanke
herunterzog – die Art, wie Indi aus seinem Haus gestürmt war,

der Kummer seiner Mutter, wie Ava die Angelegenheit mit ihren Töchtern regelte und die Anweisung, niemandem davon zu erzählen. Selbst das Unbehagen darüber, wie er mit Indis Eltern umgesprungen war, schlich sich ein, gefolgt von der kratzigen Stimme seines Großvaters, der die Dinge auf den Punkt gebracht hatte. *Ein Mann sollte seine Weintrauben wie seine Frau behandeln. Die Welt um sie herum hegen und pflegen, damit sie alles haben, was sie brauchen, um zu wachsen. Außerdem jede Kleinigkeit im Auge behalten, damit man sofort weiß, wohin man seine Aufmerksamkeit lenken muss, bevor das Problem zu groß wird, um es zu beheben. Denk dran, mein Junge. Wenn die Wurzeln beschädigt sind, können die Trauben nicht gedeihen.* Für seinen verkorksten Verstand war nichts tabu, inklusive der Tatsache, dass er den ganzen Tag lang den Drang bekämpft hatte, Indi anzurufen, nur um sich selbst zu beweisen, dass er ohne sie zurechtkam, und *das* brachte ihn am meisten um.

Fitz klopfte auf den Tisch neben Archers Karten. »Alles klar bei dir, Kumpel?«

»Ja.« Archer nahm die Karten auf, ohne sie wirklich zu sehen.

Verhielt er sich Indi gegenüber egoistisch? Sollte er sie ziehen lassen, damit sie jemanden finden konnte, der die richtigen Dinge zu sagen wusste und nicht unter einer Ladung von Schuldgefühlen begraben war? Zähneknirschend sah er sich am Tisch um. Die Jungs hätten sich sicher niemals aus der Ruhe bringen lassen. Fitz mit seinem Jackett über der Rückenlehne seines Stuhls war vermutlich der Typ Mann, bei dem Indis Eltern vor Freude übersprudeln würden. Er hatte sein Hemd aufgeknöpft und die Ärmel bis zu den Ellbogen hochgerollt. Die Krawatte hing lose um seinen Hals. Fitz wusste, wie man die Spielchen der Reichen und Berühmten mitspielte. Die Spielchen, für die Archer keine Geduld hatte. Scheiße, wahrscheinlich wären ihre Eltern sogar von einem adretten Restaurantbesitzer wie Wells entzückt, bis er den Mund aufmachte und irgendwas Unangemessenes von sich gab.

»Mit diesem Blatt zwinge ich euch alle in die Knie.« Brant legte eine Karte ab und bedeutete Archer, ihm noch eine zu geben.

Der Bootsbauer mit den blauen Augen, dessen Grübchen und Charme ihm Dates mit den heißesten Frauen auf der Insel eingebracht hatten, hatte ebenfalls einen fantastischen Ruf, doch Indis Eltern würden ihn wahrscheinlich allein deshalb ablehnen, weil er mit den Händen arbeitete. *Arschlöcher.*

»Sorry, Brant, aber die Einzige, für die ich auf die Knie gehe, ist meine Frau«, stichelte Jock, woraufhin sie sich eine Weile gegenseitig aufzogen.

Archer wünschte, er hätte Jocks Temperament. Warum konnte er die gewieftesten Businessdeals abschließen, während ihn sein Mundwerk bei den Menschen, die ihm am Herzen lagen, in Schwierigkeiten brachte?

Sie spielten die Runde zu Ende und Brant freute sich diebisch über seinen Sieg.

Fitz sammelte die Karten ein und beäugte Archer. »Diesmal teile ich aus. Du bist mit deinen Gedanken nicht beim Spiel.«

Erzähl mir was Neues.

»Steht nächster Samstag noch?«, fragte Brant und sah Archer erwartungsvoll an.

Archer brauchte einen Moment, bis ihm wieder einfiel, dass er ihnen geschrieben hatte, nachdem die Liefertermine für die Regale und Indis restlichen Kram festgestanden hatten. »Ja. Bis dahin sollte alles geliefert worden sein, sodass wir loslegen können.«

»Wann sollen wir da sein?«, wollte Jock wissen.

»Wann immer ihr es einrichten könnt. Ich werde schon früh da sein, so um sieben oder acht. Ich weiß eure Hilfe wirklich zu schätzen.«

»Ich wünschte, ich könnte dabei sein«, sagte Wells. »Mit einem Werkzeuggürtel sehe ich wie ein harter Kerl aus. Das könnte ich mir bei den Frauen zunutze machen.«

Schnaubend teilte Fitz die Karten aus. »Du würdest nicht mal in einem Hulk-Kostüm wie ein harter Kerl aussehen.«

Brant schmunzelte. »Apropos Kostüme, ich habe einem Freund von dem Streich erzählt, den Grant eurem Vater an den Feiertagen gespielt hat. Wie wollt ihr Steeles das toppen?«

»Wisst ihr noch, als ihr mit Levi zum Supermarkt seid und ihm erzählt habt, dass heute alle Snickers umsonst sind?« Fitz schüttelte den Kopf. Sie waren noch Kinder gewesen und Jock und Archer hatten die Flucht ergriffen, während Levi sich die Taschen vollgestopft hatte und vom Ladenbesitzer erwischt worden war. »Ihr wart grausame Jungs.«

»Waren wir nicht. Jemand musste ihn ja auf die echte Welt vorbereiten«, sagte Jock. »Außerdem hat er es uns heimgezahlt. Er hat Juckpulver in alle unsere Unterhosen gestreut. Später fanden wir heraus, dass unser Vater ihm auch noch dabei geholfen hat.«

Alle außer Archer brachen in Gelächter aus. Er liebte einen gut ausgetüftelten Streich, doch als er den Jungs bei der Ideenfindung für zukünftige Streiche lauschte, war das Einzige, woran er denken konnte, Indi. Sie spielten eine weitere Runde und Archer bemühte sich, sich auf sein Blatt zu konzentrieren. Während die Unterhaltung von Streichen zu Sport und schließlich zu Frauen wechselte, riss der dünne Faden seiner Geduld mit sich selbst, weil er hier saß, anstatt dort zu sein, wo er sein wollte.

Wells hob die Augenbrauen. »Jetzt, da Archer vom Markt ist, bleiben wieder mehr Frauen für uns übrig.«

»Halt die Klappe. Ich bin nicht vom Markt, das ist Bullshit«, warnte Archer.

»Ist das mit Indi und dir schon wieder vorbei?«, fragte Fitz.

Unter dem Tisch ballte Archer die Fäuste. Es ging niemanden etwas an, was er und Indi taten.

Lässig lehnte sich Wells auf seinem Stuhl zurück und prüfte seine Karten. »Wenn sie die Schnauze von dir Miesepeter voll hat, tröste ich sie gerne.«

»Ihr könnt mich alle mal. Ich verschwinde.« Archer stand auf und schnappte sich seine Jacke.

Wells erhob sich ebenfalls, die Hände entschuldigend ausgebreitet. »Alter, das war nur ein Scherz.«

»Was du nicht sagst«, presste Archer hervor. »Ich muss was erledigen.«

Er steuerte die Tür an, wo Jock ihn einholte. »Geht es um vorhin? Denn es tut mir leid –«

»Nein, geht es nicht.« Archer öffnete die Tür und begegnete dem besorgten Blick seines Bruders. »Es geht um mein ganzes, verdammtes Leben.«

Indi verpasste Bellamys Wangen noch etwas mehr Schattierung, während Tara sie dabei filmte. Sie befanden sich in Taras Fotostudio und hatten bereits Fotos von Bellamy für die Inneneinrichtung des Ladens aufgenommen und eine Einladung zur Eröffnungsfeier für Bellamys Influencer-Freunde erstellt. Bellamy, eine zierliche Brünette mit einem fransigen Bob und großen braunen Augen, saß mit geradem Rücken da und sprach in die Kamera. Dies war das vierte und letzte Make-up-Video für diesen Abend und das achte ihrer kleinen Reihe. Bellamy hatte die Regeln für Influencer-Videos erklärt, die sich ein wenig von denen für andere Menschen unterschieden, und die erste Faustregel lautete, es mit der Begeisterung nicht zu übertreiben. Das war heute Abend kein Problem. Indi war zwar begeistert, mit Bellamy und Tara arbeiten zu dürfen, und stolz auf ihre neue Frühlingskollektion und die fantastischen Fotos, die Tara für das Studio und die Broschüren geschossen hatte, aber sie kämpfte auch mit Gedanken an Archer.

»Für diejenigen von euch, die die vorherigen Videos dieser Serie verpasst haben: Ihr bekommt einen exklusiven Blick hinter die Kulissen von Indiras Frühlingskollektion. In den anderen Videos seht ihr …« Bellamy sprach mit der Anmut eines Filmstars und der einnehmenden Leichtigkeit des Mädchens von nebenan. »Alle Indira-Produkte sind bio und ich schwöre auf jedes Einzelne. Sie sind leicht und halten lange und haben meiner Haut nie geschadet oder Unreinheiten hervorgerufen …«

Während Bellamy die Produkte anpries, bewegte sich Tara mit der Kamera in der Hand unauffällig um sie herum. Tara war eine wunderschöne Blondine mit natürlichen Strähnchen im Haar und hinreißenden Locken, die nicht gerne im Mittelpunkt stand. Sie war ein wenig schüchtern und Indi hatte den Eindruck, dass sie sich hinter der Kamera am wohlsten fühlte.

»Bevor ich mich verabschiede, stelle ich euch noch das Genie hinter Indira vor, Indi Oliver.« Bellamy schaute Indi so gelassen an, als würden sie in ihrem Wohnzimmer plaudern.

»Indi, ich habe mich regelrecht in die neue Frühlingskollektion verliebt.«

Indi setzte ihr ungezwungenstes Lächeln auf. »Danke. Ich auch«, gab sie mit einem leisen Lachen zu.

»Kannst du uns verraten, wann die Kollektion verfügbar sein wird?«

»Ja. Die komplette Frühlingskollektion wird am ersten April bei allen Indira-Händlern und in meinem neuen Indira-Studio auf Silver Island erhältlich sein. Das Studio feiert am selben Tag große Neueröffnung. Beim Winter Walk auf Silver Island am Samstag in einer Woche werde ich außerdem ein paar Gratis- proben verteilen und eine limitierte Anzahl an Produkten im Angebot haben.«

»Das ist so aufregend.« Bellamy sah in die Kamera. »Wir bekommen nicht nur endlich ein Studio, in dem es ausschließ- lich Indira-Produkte zu kaufen gibt, sondern obendrein schon in zwei Wochen Gratisproben. Ich werde mir meine Werbege- schenke sichern und weiß jetzt schon, wo *ich* am ersten April sein werde.« Sie wandte sich wieder an Indi. »Führst du uns die Produkte bei der Eröffnung auch vor?«

Vorher hatte Indi mit Leni über ihre Ideen gesprochen, die auch die Eröffnungsfeier betrafen, doch an Vorführungen hatte keine von ihnen gedacht. In dem Fall würde sie Leute zur Unterstützung im Verkauf engagieren müssen, aber die Idee war großartig. »Ja. Ich werde über den ganzen Tag verteilt einiges präsentieren und zeigen.«

Bellamy sah zurück in die Kamera. »Ihr habt es hier zuerst gehört, meine Schönen. Streicht es euch im Kalender an und kommt zum Winter Walk und zur Eröffnung von Indis Studio, direkt hier auf der wunderschönen Silver Island, nur eine kurze Reise mit der Fähre oder dem Flugzeug von New York und

Boston entfernt. Aber denkt dran, dass hier zwei große Events anstehen, also bucht eure Fähre oder euren Flug rechtzeitig. Ich hoffe, wir sehen uns da!« Sie verabschiedete sich mit ihrem charakteristischen Winken und wartete, bis Tara die Aufnahme gestoppt hatte.

»Gott, bist du gut.« Tara holte ihre andere Kamera vom Arbeitstisch. »Ich glaube nicht, dass Silver Island auf den Menschenansturm vorbereitet ist, den diese Videos auslösen werden.«

»Hoffentlich hast du recht«, sagte Indi.

»Hat dir Leni nicht erzählt, was passiert ist, als ich einen Pullover von Swank getragen habe?« Bellamy griff nach einem Handspiegel. Swank war ein einzigartiger Klamottenladen in Provincetown auf Cape Cod.

»Nein.« Indi begann, ihre Utensilien zusammenzuräumen. »Was ist denn passiert?«

»Das Geschäft ist explodiert. Der Pullover war in weniger als drei Stunden nach meinem Post ausverkauft und in den folgenden zwei Wochen haben sie Bestellungen im Wert von einer Viertelmillion Dollar reinbekommen.«

»Machst du Witze?« Dass sie auch nur ansatzweise diesen Umsatz erreichen würde, war eher unwahrscheinlich, trotzdem hoffte Indi auf das Beste. »Leni sagte, der Gewinn wäre hoch, aber solange sie dir dafür nicht ein Vermögen bezahlt haben, ist das der pure Wahnsinn.«

»Niemand hat mich dafür bezahlt. Ich habe einfach einen Pulli getragen, den ich online bestellt hatte.« Bellamy bewunderte sich im Spiegel. »Du bist wirklich eine Zauberin, was Make-up angeht. Ich habe nicht mehr so ein Babyface, sehe aber auch nicht zu aufgetakelt aus. Ich wünschte, du könntest mich jeden Tag schminken.«

Bellamy wechselte so schnell von einem Gesprächsthema zum nächsten, als würde ihr die verpasste Einnahmequelle überhaupt nichts ausmachen. Sowohl sie als auch Tara schienen eher daran interessiert zu sein, Spaß bei der Arbeit zu haben, anstatt Geld zu verdienen. Das war eine erfrischende Abwechslung zu den Leuten, mit denen sie normalerweise zusammenarbeitete.

»Swank kann sich sehr glücklich schätzen«, sagte Indi. »Und danke für das Kompliment, aber du hast kein Babyface. Du hast ein jugendliches Gesicht und das ist etwas Gutes. Wenn du älter bist und keine einzige Falte vorzuweisen hast, wirst du dankbar dafür sein.«

»Wenn ich nur halb so gut aussehe wie meine Mutter, wenn ich in ihrem Alter bin, bin ich rundum zufrieden.« Im Spiegel streckte sich Bellamy selbst die Zunge raus und kicherte.

Bellamys Mutter, Margot Silver, war in der Tat eine Schönheit und neben Archers Großmutter wahrscheinlich die Frau mit der meisten Klasse auf der Insel. Margot umgab eine Aura der Eleganz, ähnlich wie Indis Mutter, Margot war jedoch deutlich bodenständiger. Seit sie bei ihrem ersten Treffen versucht hatte, Indi mit einem ihrer Söhne zu verkuppeln, war sie ihr gegenüber stets warmherzig und freundlich gewesen, genau wie Shelley Steele.

»Machen wir uns an die letzten Aufnahmen.« Tara nahm Bellamy den Spiegel aus der Hand. »Ich habe Joey versprochen, heute Abend mit ihr über FaceTime zu telefonieren.«

»Siehst du dabei auch Joeys heißen Daddy? Indi kann dich schminken und du kannst ihn aus den Socken hauen«, sagte Bellamy, als Tara sie für das Shooting in Position brachte.

Indi hätte Tara liebend gerne gestylt. Bei ihrer natürlichen Schönheit konnte sie locker vor der Kamera stehen anstatt dahinter.

Tara errötete. »Kein FaceTime mit Levi.« Sie hantierte an ihrer Kamera herum und sah nach unten, sodass ihr ihre blonden Haare wie ein Schutzschild ums Gesicht fielen.

»Mhm. Klar. Sie steht total auf ihn«, sagte Bellamy und erntete dafür von Tara einen verärgerten Blick. »Sie übernachtet in Levis Haus in Harborside, wenn er einen Babysitter für Joey braucht, und sie verbringt jede Menge Zeit mit ihnen, wenn sie hier sind.«

»Ich bin Joeys *Tante*, und manchmal hat Levi große Aufträge, die bis in die Abendstunden dauern. Wenn ich also Zeit oder ein Fotoshooting in Harborside habe, bleibe ich bei ihnen und passe auf Joey auf.« Tara sah zu Indi. »Joey liebt es, meine Assistentin zu spielen. Wenn Levi beschäftigt ist, kommt sie mit mir. Sie geht auch mit mir zum Winter Walk, während Levi Archer bei den Renovierungen in deinem Studio hilft.«

»Das hört sich nach einer Menge Spaß an«, sagte Indi.

»Das stimmt, aber komm schon, Tara. Du kannst zugeben, dass du auf Levi stehst. Ich meine, wer nicht? Er ist *heiß* und auf verwegene Art cool und ich liebe sein Motorrad.« Bellamy lächelte Indi schelmisch an. »Andererseits strahlt Archer ja auch solche Bad-Boy-Vibes aus, oder?«

»Mehr als du ahnst«, murmelte Indi.

»Bist du mit Archer zusammen?«, fragte Tara zurückhaltend. »Mein Bruder meinte, dass er euch beide neulich beim Abendessen im Rock Bottom gesehen hat.«

»Nein. Ich meine, irgendwie schon. Es ist kompliziert.« *Gelinde gesagt.*

»Ich halte alles im Zusammenhang mit Männern für kompliziert und verwirrend«, sagte Tara.

Bellamy wandte ihr das Gesicht zu. In ihren Augen funkelte der Schalk. »Ich finde, du solltest Levi beim nächsten Besuch einfach küssen! Das sollte jegliche Verwirrung beseitigen.«

»Bellamy! Kannst du bitte in die Kamera schauen und aufhören, über mich zu reden?« Tara umfasste ihr Kinn und drehte ihren Kopf wieder in Position.

Bellamy kicherte vor sich hin.

Indi war dankbar für den Themenwechsel und räumte weiter ihre Sachen zusammen, während die beiden Frauen die Fotos machten.

»Das Kinn etwas runter, Bell.« Tara schoss weiter Bilder, während Bellamy die Posen wechselte. »Jetzt das Gesicht etwas nach links. Gut. Sieh an meinem rechten Ohr vorbei.«

Indis Handy vibrierte, als eine Nachricht von Archer eintraf. Ihr Herz raste. Sie fühlte sich schlecht, weil sie heute Morgen einfach zur Tür hinausgestürmt war, aber sie war verletzt gewesen. Der Knackpunkt war, dass ihr durchaus bewusst war, dass sie kein Recht darauf hatte, verletzt zu sein, nur weil er etwas Raum für sich brauchte. Das war keine unverschämte Bitte gewesen, besonders nicht für einen Mann wie Archer, der ein Leben lang nur Beziehungen ohne Verpflichtungen geführt hatte. Außerdem hatte sie sich sowieso Sorgen gemacht, weil sie zu viel Zeit miteinander verbrachten. Es ging jedoch um die Art und Weise, wie er es gesagt hatte. Als hätte sie versucht, bei ihm einzuziehen oder dergleichen.

Sie las die Nachricht. *Wo bist du?* Die meisten Männer hätten wenigstens ein *Hallo* vorweggeschoben, aber sie war an Archers unverblümte Art gewöhnt. Er dachte nicht nach, bevor er den Mund aufmachte, und meistens wusste sie seine Ehrlichkeit zu schätzen, und seine Dreistigkeit störte sie nicht. Wie bei allem, was er machte, stand auch hinter seinen Worten immer eine Absicht. Der Gedanke ließ sie innehalten, als ihr wieder einfiel, wie er neulich Abend zu ihr ins Studio gekommen war, um einfach nur ihre Stimme zu hören.

Einen Augenblick lang schwelgte sie in dieser schönen Erinnerung.

Stimmt, Männer waren verwirrend, doch mit Archer wuchs die Verwirrung in ungeahnte Höhen.

Sie schrieb zurück: *Verlasse gleich Taras Studio. Warum?* Sie wartete auf seine Antwort, doch die Minuten verstrichen, ohne dass eine eintraf. Ein Schatten legte sich über ihre Gedanken. Wollte er bloß wissen, was sie trieb, während er mit den Jungs pokerte? Dem würde sie einen Riegel vorschieben. Es stand ihm nicht zu, ihr nachzuspionieren. Doch aus irgendeinem lächerlichen Grund wollte sie, dass es ihm zustand.

»Okay, wir haben fast alles, was wir brauchen«, sagte Tara. »Kann ich ein paar von dir mit Bellamy machen, Indi?«

»Natürlich.« Arm in Arm stellten sie sich auf, während Taras Kamera klickte. Indi fragte sich, ob ihr Lächeln wohl so aufgesetzt aussah, wie es sich anfühlte.

»Können wir welche mit uns allen dreien machen?«, wollte Bellamy wissen. »Ich erstelle ein Fotobuch zur Erinnerung an meinen Werdegang als Influencerin, und das Gesicht von Indira zu sein, ist das Beste, was mir je passiert ist.«

Die Freude in Bellamys Stimme riss Indi aus ihren Gedanken. Warum ließ sie sich von Archer so herunterziehen, wenn das hier doch eine aufregende Zeit im Kreis ihrer Freundinnen sein sollte? Sie schwor sich, dass Archer ihr nicht mehr in die Quere kommen würde.

»Freut mich, dass dich das Ganze so begeistert«, sagte Indi. »Denn dass du den Job übernommen hast, ist auch eins der besten Dinge, die mir je passiert sind. Wir sollten heute Abend ausgehen und das feiern.«

»Ja!«, rief Bellamy. »Dieses fantastische Make-up darf nicht umsonst gewesen sein. Im Rock Bottom spielt heute eine tolle Band. Kommst du nach, wenn du mit Joey gesprochen hast, Tara?«

»Ich weiß noch was Besseres. Ich facetime gleich mit ihr, wenn die letzten Fotos im Kasten sind, dann kann ich euch direkt begleiten. Es wird nur ein kurzer Anruf«, versprach Tara. »Sie erzählt mir gerne von ihrem Tag.«

Das war genau das Richtige, was Indi jetzt brauchte, um diesen dreisten, verwirrenden Kerl zu vergessen, den es nach Freiraum verlangte.

Fünfzehn

Indi hatte so viel Spaß mit den beiden anderen Frauen, dass sie währenddessen sogar beinahe ihre Probleme mit Archer vergessen hätte. Doch als sie anderthalb Stunden später allein mit ihren Gedanken vom Rock Bottom Bar and Grill aufbrach, stürzte alles wieder auf sie ein. Er hatte sich nicht die Mühe gemacht, auf ihre Nachricht zu reagieren, was sie nur noch wütender machte.

Sie parkte hinter dem Gebäude und angelte ihre kleine Make-up-Tasche vom Rücksitz. Als sie sich der Eingangstür näherte, die zu Jules' Wohnung hochführte, wurde ihr bewusst, dass sie seit ihrer Ankunft auf der Insel kein einziges Mal hier geschlafen hatte. Sie hatte sich so sehr daran gewöhnt, in Archers Armen einzuschlafen, dass sich die Gewissheit, dass sie heute Nacht allein bleiben würde, seltsam anfühlte. Dabei hatte sie, seit sie von zu Hause ausgezogen war, immer allein gelebt. Wie konnte sich so was so schnell ändern?

Sie zog die Tür auf und erschrak, als sich Archer von der Treppe dahinter erhob. Sie seufzte schwer. »Was machst du hier? Und warum hast du mich gefragt, wo ich bin, nur um mich dann in der Luft hängen zu lassen, als wäre ich irgendwer? Ich dachte, du wolltest etwas *Freiraum*. Du solltest dir wirklich darüber klar werden, was du willst, weil du mir mit deinem Hin und Her nämlich ein Schleudertrauma verpasst, und ich –«

»Banane«, sagte er ruhig.

Sie schüttelte den Kopf. »*Was?*«

»Banane. Das war doch unser Safeword?«

»Ja, aber …« *Oh Gott.* Er hatte recht. Ein bisschen verhielt sie sich wie vom wilden Affen gebissen.

»Keine Bange. Du kannst mich später zusammenstauchen. Nichts anderes habe ich verdient.« Er zog sie in seine Arme und drückte einen Kuss auf ihre Schläfe, dann zog er sie noch fester an sich und vergrub das Gesicht in ihrem Haar. »Ich brauche dich, Babe.«

Er war zu ernst, zu ruhig. »Was ist los? Ist was passiert?«

»Ja.« Aufgewühlt sah er zu ihr hinunter. »Mir wurden die Augen geöffnet.«

Sie konnte nicht sagen, ob das etwas Gutes oder Schlechtes war, aber er brauchte sie und das war alles, was zählte. »Gehen wir nach oben und reden.«

Sie stiegen die Stufen zu Jules' Wohnung hoch. Indi stellte ihre Tasche neben der Tür ab. Ihre Nervosität steigerte sich, sobald Archer unruhig auf und ab zu laufen begann und die Hände wrang. »Willst du was trinken?«

»Nein danke.«

»Willst du dich setzen?« Sie zeigte zur Couch, und er folgte ihr, während die Muskeln in seiner Wange immer wieder sichtbar hervortraten. »Was hast du gemeint, als –«, fragte sie zur selben Zeit, als er ansetzte: »Es tut mir leid, dass –« Sie verstummten. »Fang du an«, bot sie an.

»Es tut mir leid, dass ich heute Morgen deine Gefühle verletzt habe.«

»Ich hätte nicht überreagieren sollen. Ich verstehe es, wenn man seinen Freiraum braucht. Wir sind es beide gewohnt, allein zu leben, und haben in den letzten Tagen sehr viel Zeit miteinander verbracht. Es war einfach die Art, wie du es gesagt hast, fast wie eine Anschuldigung. Und nachdem es in der Nacht zuvor so schön mit dir war, tat das ziemlich weh.«

»Das ist es ja. Ich wollte dich dort haben, und ich wache gerne mit dir zusammen auf, aber ich bin es nicht gewohnt, jemanden ständig um mich zu haben. Und wenn ich jemand sage, meine ich damit alle, Indi. Außer Jules bist du die Einzige, die ich je auf meinem Boot oder in meinem Cottage habe übernachten lassen.« Auf seinem Gesicht zeigte sich beinahe ein Lächeln, doch seine Qual schimmerte immer noch durch. »Ich *schwöre*, dass ich dich bei mir haben wollte, aber ich habe deine Sachen im Badezimmer gesehen und bin durchgedreht.«

Er hatte nicht gesagt, dass die Sachen ihm Angst gemacht hatten. Vielleicht behauptete er schon so lange, vor nichts und niemandem Angst zu haben, dass er vergessen hatte, wie sich das überhaupt anfühlte. In seiner Stimme schwang so viel Ehrlichkeit mit und in seinen Augen standen so viele Emotionen, dass sie das Gefühl hatte, als hätte er seine Verteidigungsmauern ein Stück weit gesenkt und als wäre sie die einzige Person, der er einen Blick auf die rohen Empfindungen dahinter gestattete. Sie versuchte, die Stimmung zu heben und sein Unbehagen zu mildern. »Diese Zahnbürste war schon ziemlich furchterregend.«

»Ich hätte wegen der Zahnbürste nichts sagen sollen. Ich habe die Angewohnheit, brutal ehrlich zu sein, und ich weiß, dass ich andere damit manchmal hart treffe.«

»Ist mir aufgefallen.«

»Das weiß ich, und ich verabscheue mich dafür, dass ich etwas gesagt habe, das dich verletzt hat. Ich habe es perfektioniert, andere Menschen von mir zu stoßen, aber wie ich schon sagte: Ich habe keine Ahnung, wie ich mit dieser Sache zwischen uns umgehen soll. Mit jemandem, der mir wichtig ist.« Er hielt ihren Blick fest, während seine Worte sie miteinander verbanden. »Ich hätte einfach sagen sollen, dass ich Poker spiele und mich nicht mit dir treffen kann. Das weiß ich jetzt. Ich hätte mich mehr bemühen müssen. Ich hätte nichts überstürzen sollen, sondern mir erst Gedanken machen müssen. Ich habe so viele Jahre damit verbracht, Menschen von mir fernzuhalten, dass es mir noch nicht in Fleisch und Blut übergegangen ist, einen Moment nachzudenken.«

»Da werde ich dir nicht widersprechen. Es ist schön, dass du ehrlich bist, aber wenn du manche Dinge etwas vorsichtiger formulierst, würde es weniger wehtun. Du hättest dieselben Worte benutzen, aber sie sanfter aussprechen können.«

»Ich komme mir wie eins dieser prügelnden Arschlöcher vor, das sich hinterher nur immer wieder für die Schmerzen entschuldigt, die es verursacht.«

»Mir zu sagen, dass du etwas Raum für dich brauchst, macht dich nicht zu einem Arschloch. Nur die Art, wie du es gesagt hast, war verletzend.«

»Trotzdem. Ich will dir nicht wehtun. Das muss ich in den Griff bekommen, wenn ich mit dir zusammen sein will.«

Er rieb sich den Handrücken, sodass sie die aufgeschürften Knöchel bemerkte. »Hast du dich geprügelt, Archer?«

»Nein. Ich habe heute Morgen den Boxsack bearbeitet.«

Er musste wie wild auf den Boxsack eingedroschen haben, wenn seine Knöchel so heftig aufgeplatzt waren. »Vielleicht solltest du nächstes Mal Handschuhe tragen.«

»Damit würde ich den Zweck verfehlen.« Er presste die Hände auf seine Oberschenkel.

»Machst du das öfter?«

Er zuckte die Schultern. »Seit Jahren.«

Kein Wunder, dass seine Knöchel so schwielig waren.

»Ich will jetzt nicht über meine Hände reden. Heute ist ziemlich viel Mist passiert, und die ganze Zeit wollte ich nur mit dir zusammen sein, dein Gesicht sehen und deine Stimme hören.«

»Warum hast du mich nicht angerufen?«

Er stützte die Unterarme auf seine Knie und wrang wieder die Hände, den Blick starr auf den Boden gerichtet. »Weil ich noch nie jemanden gebraucht habe und …« Seine Stimme klang rau. Unzählige Emotionen schwangen darin mit. »Das ist hart für mich.«

Sie bewunderte den Mut, den dieses Eingeständnis so einen verschlossenen Mann, der glaubte, alle in seinem Umfeld im Alleingang retten zu können, gekostet haben musste. Sie betrachtete ihn, wie er die Hände knetete, den Mann, der ein Jahrzehnt lang mit seinem Zwillingsbruder zerstritten gewesen war, und irgendwo tief in sich drin wusste sie, dass er nicht ganz die Wahrheit gesagt hatte. Er mochte zwar nicht gewusst haben, dass er Jock gebraucht hatte, aber inzwischen musste ihm das sicher klar sein. Ihr war die Veränderung an ihm aufgefallen, seit sich die Zwillinge wieder einander annäherten.

»Das verstehe ich«, sagte sie sanft.

»Das ist der Punkt. Du *kannst* es nicht verstehen.« Er stand wieder auf und schritt erneut unruhig auf und ab. »Du hast keine Ahnung, was mir an die hundert Mal am Tag durch den Kopf geht. Ich weiß nicht mal, ob es fair ist, jetzt hier bei dir zu sein. Aber wenn ich nach heute eine Sache mit Sicherheit weiß, dann die, dass ich hier sein *will*. Ich will mit *dir* zusammen sein, Indi. Nicht mit den Jungs, nicht mit irgendjemandem sonst.

Nur mit dir.«

So sehr sie das auch in Hochstimmung versetzte, so sehr beunruhigte es sie auch. »Warum? Was ist passiert?«

»Wir haben schlechte Neuigkeiten erfahren und das hat alles andere wieder an die Oberfläche gezerrt.«

Jetzt machte sie sich nur noch mehr Sorgen. »Was für schlechte Neuigkeiten?«

Sein Kiefer spannte sich an. »Ich kann dir nichts Genaueres sagen. Das habe ich meinen Eltern versprochen. Tut mir leid.«

»Du machst mir Angst. Ist einer von ihnen krank?«

»Nein. Aber eine gute Freundin meiner Mom. Sie hat nicht mehr lange zu leben.«

»Oh, Archer.« Traurigkeit stieg in ihr auf. »Ich war gerade noch mit Bellamy und Tara zusammen. Bitte sag mir, dass es nicht jemand von ihren Eltern ist.«

»Nein. Ich glaube nicht, dass du sie kennst. Sie ist seit Ewigkeiten ein Teil unseres Lebens, auch wenn sie uns nicht so nahesteht wie die Remingtons oder Silvers. Sie ist Alkoholikerin. Sie hat zwei Töchter, die nicht auf der Insel leben. Früher haben wir bei ihr im Restaurant ausgeholfen.«

Indi sank das Herz. »Redest du von Abbys Mom Ava?«

»Scheiße. Ich habe vergessen, dass du Abby kennst.«

»Keine Sorge. Ich werde nichts sagen. Ich weiß, dass Abbys Verhältnis zu ihrer Mutter angespannt ist, aber sie ist wahrscheinlich trotzdem am Boden zerstört.«

»Sie weiß es nicht.«

»*Was?* Warum nicht?«

»Weil Ava es so will und wir dürfen es ihr nicht sagen.« Er blieb immer noch nicht stehen. »Es zerreißt mich schon den ganzen Tag. Niemand sollte davon wissen, aber Jock und ich sind zufällig reingestolpert, als meine Mutter heute Morgen in

Tränen aufgelöst war, da musste sie es uns sagen.«

»Es tut mir so leid für Abby und ihre Schwester und für deine Eltern.«

»Ja, die Situation ist einfach übel. Meine Eltern befinden sich in einer unvorstellbaren Lage. Sie müssen so tun, als wäre alles in Ordnung, während die beste Freundin meiner Mutter stirbt, nur um dann nach ihrem Tod die Scherben aufzusammeln.« Er fluchte leise vor sich hin und lief weiter einen Graben in den Boden. »Sie müssen sich immer mit dem Mist anderer Leute herumschlagen. Mit meinem haben sie sich jahrelang beschäftigt. Als sie uns von Ava erzählt haben, hat das alles rund um Kaylas Tod wieder aufgewühlt. Ich bin so sauer, dass Ava Abby und Dee nichts sagen will. Ich würde *alles* dafür geben, dass ich mich von Kayla hätte verabschieden und all die Dinge hätte verstehen können, über die wir nie gesprochen haben.«

Indi ging zu ihm, doch er blieb auf Abstand und sah mit geballten Fäusten zur Decke hoch. »Es ist beschissen und das ist alles meine Schuld.« Er ließ den Kopf hängen und seine Schultern sackten herab, als würde die Last auf ihnen bei diesem Geständnis schwerer werden.

»Diese Verantwortung kannst du dir nicht aufladen. Du bist den Wagen nicht gefahren, der sie erwischt hat.«

»Ich hätte es aber genauso gut gewesen sein können«, presste er hervor.

»Warum sagst du so was?«

»Weil es *wahr* ist.«

»Arch–«

»Hör auf, Indi. Es ist die Wahrheit.« Seine Worte klangen scharf, doch sie wusste, dass die Wut nicht gegen sie gerichtet war. »Kayla hat mir den ganzen Abend über geschrieben und mich gebeten, mich mit ihnen zu treffen. Sie sagte, dass sie mir etwas sagen müsste, aber ich war mit den Jungs zusammen und das Letzte, was ich wollte, war, in die Stadt zu fahren. Ich hasse die verdammte Stadt, schon immer.«

Trotzdem bist du hingefahren, um mich zu sehen. Hatte er jedes Mal, wenn er sie besuchte, an den Unfall denken müssen? Das Ausmaß dieser Möglichkeit traf sie hart, doch für den Moment schob sie das beiseite und konzentrierte sich auf Archer, der wieder anfing, hin und her zu laufen.

»Wenn ich da gewesen wäre, könnten sie und das Baby womöglich noch am Leben sein. Sie war meine beste Freundin, und das seit wir Kinder waren, und ich konnte es nicht einrichten, mich mit ihr zu treffen. Sie hat mir vertraut und ich habe es, verdammt noch mal, verbockt.«

Die Gewissheit, dass er so viele Schuldgefühle mit sich herumtrug – wegen Kayla, wegen Jules, wegen seiner Eltern, die sich mit dem Zerwürfnis zwischen den Zwillingen hatten auseinandersetzen müssen –, erdrückte sie. Wofür gab er sich noch die Schuld? »Ich kann nicht nachempfinden, wie es sich anfühlt, jemanden zu verlieren, der einem so viel bedeutet, aber du kannst nicht wissen, ob es einen Unterschied gemacht hätte, wenn du dich mit ihnen getroffen hättest. Womöglich wären sie trotzdem zur selben Zeit in das Auto gestiegen und an derselben roten Ampel von demselben Wagen angefahren worden.«

»Es hätte einen Unterschied machen *können*.« Kopfschüttelnd lief er weiter. »Und willst du wissen, wie selbstsüchtig ich wirklich bin? Davon habe ich weder Jock noch sonst irgendjemandem je erzählt. Nicht nach dem Unfall und auch nicht letzten Herbst, als Jock und ich uns ausgesprochen haben. Nach Kaylas Tod war ich so ein Wrack, dass ich mit der Vorstellung, sie niemals wiederzusehen, nicht umgehen konnte, und dafür habe ich *Jock* verantwortlich gemacht. Wie abgefuckt ist das? Er hatte nicht nur seine Freundin, sondern auch sein Baby verloren, und ich habe ihm an den Kopf geknallt, dass er für mich gestorben ist.« Der Blick aus seinen feuchten Augen fand ihren. »Wie konnte ich meinem eigenen Bruder so was antun? Meinem *Zwilling*? Meiner Familie?«

Tränen liefen über ihre Wangen. »Du hast getrauert.«

»Das ist keine Entschuldigung. Sie haben auch getrauert. Ich war so verloren und habe sie *so sehr* vermisst. Alles an ihr. Unsere albernen Gespräche, die Textnachrichten um drei Uhr morgens, ihr unnachahmliches, gackerndes Lachen. Ich habe es sogar vermisst, wie sie mich manchmal zurechtgewiesen hat. Ich wollte, dass sie *lebt*, aber das hätte womöglich bedeutet, dass ich stattdessen Jock verloren hätte, und das wollte ich auch nicht.« Er hob die Hände rechts und links an seinen Kopf und schüttelte sie. »All das ging mir jeden Tag, jede Sekunde durch den Kopf. Ein Jahr später konnte ich meinen eigenen Bruder immer noch nicht ansehen, zwei Jahre, fünf, *zehn Jahre* später, ohne sofort wieder unter dieser Last begraben zu werden. Und dann hat Jock noch eine Bombe platzen lassen, die mich wieder völlig umgehauen hat.«

Sie konnte sich nicht vorstellen, wie das noch möglich sein sollte.

»Letzten Herbst, als Jock und ich uns endlich versöhnt haben, hat er mir erzählt, dass Kayla in mich verliebt war. Sie hatten vor, am nächsten Tag nach Hause zu kommen und es mir zu sagen.« Seine Stimme brach. »Deshalb wollte sie mich an jenem Abend wahrscheinlich sehen, um eher mit mir zu sprechen.«

»Oh, Archer.« Jetzt flossen die Tränen in Strömen über ihre Wangen. »Warst du auch in sie verliebt?«

»Nein. Anfangs habe ich Jock auch nicht geglaubt. Kayla

und ich waren *Freunde.* Aber dann hat er mich darauf hingewiesen, dass wir *die ganze Zeit* miteinander redeten und keine Geheimnisse voreinander hatten, und je mehr ich darüber nachdachte, desto offensichtlicher wurde es für mich. Damals war ich noch nicht so ein verschlossener Dickschädel, und wir haben uns dreimal am Tag über irgendwelche Banalitäten geschrieben.«

»Du hast ihr genauso sehr vertraut wie sie dir.« Die Bedeutung dessen brach ihr das Herz. Sie hatte das Gefühl, als würde sie ihn endlich *ganz* sehen, seine Dämonen und sein inneres Trümmerfeld. Es erklärte so vieles. Wer er war und wie er auf Situationen reagierte. »Deshalb stößt du die Frauen von dir, richtig? Damit sie keine Gefühle entwickeln, die du nicht erwidern kannst?«

Archer fuhr sich mit einer Hand übers Gesicht in dem Versuch, die Verletzlichkeit wegzuwischen, die unangenehm an ihm klebte, aber er wurde sie nicht los. Er hatte es so gewollt, hatte Indi aufgesucht und fast zwei Stunden auf der Treppe gewartet, um sich bei ihr zu entschuldigen und sich ihr zu öffnen. »Zum Teil. Ich ertrinke in Schuldgefühlen, Indi. Niemand hat es verdient, mit mir in diesen Sumpf gezogen zu werden.«

Indi hielt seinen Blick fest und trat näher. »Warum bist du dann hier und erzählst mir das alles?«

»Weil ich finde, dass wir fantastisch zusammen sind, wenn ich es nicht gerade dadurch vermassle, dass ich die falschen Sachen sage. Ich hoffe, dass du jetzt, da ich all meine Probleme vor dir ausgebreitet habe, vielleicht über meine Fehler hinwegsehen und mir helfen kannst, herauszufinden, wie ich die Schuldgefühle hinter mir lassen kann. Wie ich aufhören kann, so ein verschlossenes Arschloch zu sein, das immer das Falsche sagt, und nach vorne schauen kann, anstatt dass du mich zum Teufel jagst.«

Ein kleines Lächeln erschien auf ihrem wunderschönen Gesicht und gab ihm die Hoffnung, dass sie noch nicht die Schnauze voll von ihm hatte. »Du hast sehr viel sehr lange für dich behalten. Es wird nicht leicht, all das hinter dir zu lassen.«

»Nichts in meinem Leben war je leicht.«

»Möchtest du wissen, was ich über die Dinge denke, die du mir gerade anvertraut hast?«

»Schieß los.« Er zog die Schultern zurück und wappnete sich gegen den Ansturm weiterer Schuldgefühle, die er zweifellos verdient hatte.

»Es macht mich traurig, dass du dir für alles die Schuld gibst, aber ich verstehe, warum du dir das in deinem Kopf so zurechtdrehst. Du bist der Mann, der denkt, dass er in der Lage hätte sein müssen, seine Schwester vor der Krebserkrankung zu beschützen, also ergibt es Sinn, dass du auch denkst, dass du Kayla hättest retten können, wenn du zu ihr gefahren wärst. Und nach allem, was ich gesehen und gehört habe, hat deine Familie dir bereits alles verziehen, was geschehen ist.«

»Das haben sie, auch wenn ich keine Ahnung habe, *wie* ihnen das gelungen ist, also fällt es mir schwer, dem Ganzen über den Weg zu trauen.«

»Vielleicht hast du dir deshalb selbst noch nicht verziehen.«

Seine Muskeln verspannten sich. »Das kann ich nicht.«

»Warum nicht?«

»Weil ich zu vielen Menschen zu viel Leid zugefügt habe.«

»Das mag stimmen, aber du zahlst seit Jahren den Preis

dafür und machst ihnen nicht länger Kummer, warum also weiterhin diese Last auf dich nehmen? Ich glaube, dass du dir selbst verzeihen musst, um loszulassen, und vielleicht musst du dich dazu zu den Dingen bekennen, die du denkst, getan zu haben.«

»Das habe ich gerade gemacht.«

»Nicht vor mir. Vor ihnen. Erzähl Jock von den Nachrichten.«

»Um ihm einen Grund zu geben, mich zu hassen?« *Auf gar keinen Fall.*

»Archer, er hat dich gerade erst zurückbekommen. Ich bezweifle, dass er nach einem Grund sucht, um dich wieder von sich zu stoßen.«

Er schluckte schwer und dachte darüber nach.

»Die Unterhaltung könnte schwierig werden, aber nichts ist so hart, wie heimlich so eine Last mit sich herumzuschleppen. Du fühlst dich schuldig, weil du nicht in die Stadt gefahren bist, als Kayla dich darum gebeten hat. Hast du je darüber nachgedacht, dich bei ihr zu entschuldigen? Oder ihr deine Beweggründe darzulegen?«

»Wie soll ich das anstellen? Sie ist nicht mehr da.«

»So ganz genau weiß ich das auch nicht. Aber ich glaube, dass du die Schuldgefühle nach außen kehren musst oder du wirst nie über sie hinwegkommen. Vielleicht könntest du zum Friedhof gehen und dort versuchen, darüber zu reden. Ich begleite dich, wenn du möchtest. Oder gibt es einen besonderen Ort, an den ihr beide früher zusammen gegangen seid?«

»Ja, der Weinberg. Dort haben wir uns angefreundet.«

Sie lächelte. »Na, die Geschichte würde ich gerne hören. Außer, es ist zu schwer für dich, darüber zu reden.«

»Du willst nichts über sie erfahren.«

»Du bist mir wichtig, Archer, und dir war Kayla sehr wichtig. Ich kenne dich zwar heute, aber sie kannte den kleinen Jungen, der für seine Schwester Monster verjagt hat. Sie kannte Seiten an dir, die ich gerne gekannt hätte. Ich finde es toll, was ihr für eine besondere Verbindung zueinander hattet und dass sie dich an ihrer Seite hatte, den großen Beschützer und König der Streiche. Was muss das für ein Spaß gewesen sein. Natürlich möchte ich mehr über sie erfahren.«

Seine Kehle wurde eng, als sie ihre Magie wirkte und seinen Selbsthass ein Stück weit eindämmte, indem sie ihn dazu brachte, die Dinge aus einem anderen Blickwinkel zu betrachten. »Ich würde gerne über sie sprechen. Das letzte Mal ist schon sehr lange her und ich fühle mich schrecklich deswegen.«

»Willst du dich hinsetzen?«

Er nickte und sie gingen zurück zur Couch. »Du hättest sie gemocht. Sie hat sich nichts von mir gefallen lassen und alles Gruselige geliebt. Filme, Geschichten, Streiche.«

»Wie seid ihr Freunde geworden?«

»Sie hat ein Stück die Straße runter gewohnt, also habe ich sie schon immer gekannt. Eines Abends haben meine Eltern eine Party auf dem Weingut veranstaltet und wir Kinder sind kreuz und quer durch den Weinberg gelaufen. Ich habe gesehen, wie sich Kayla hinter einem der Bäume am Rand des Weinguts versteckt hat, und als sie mich entdeckt hat, hat sie mit ganz tiefer verstellter Stimme gesprochen. *Verschwinde von hier. Ich kämpfe gerade gegen Geister.* Und dann ist sie in die Dunkelheit gesprungen und hat Karatetritte ausgeteilt.« Er lachte. »Wir waren etwa sechs Jahre alt, und ich kannte niemanden, der gegen echte Geister kämpfte. Ich wollte mir die Chance nicht entgehen lassen, da mitzumischen, also tat ich so, als würde ich gegen eine ganze Bande von Geistern antreten.

Seitdem haben wir wie Pech und Schwefel zusammengehalten.«

Er erzählte ihr, dass sie sich nachts hinausgeschlichen und sich zwischen den Weinreben versteckt hatten und dass er immer sein Taschengeld mit ihr geteilt hatte, weil sie keins bekam. Tränen stiegen ihr in die Augen, als er berichtete, wie sie mit ihren Fahrrädern die Insel erkundet hatten, um nicht nach Hause fahren zu müssen, als Jules krank gewesen war. Außerdem offenbarte er ihr, dass die Weinreben zwar ihr gemeinsamer Zufluchtsort gewesen waren, sein persönlicher während jener Zeit jedoch ihre Gesellschaft gewesen war. Sie hatten ihren Geschwistern allerlei Streiche gespielt und sich gegenseitig mitten in der Nacht Kieselsteine ans Fenster geworfen, um sich nach draußen zu stehlen und zu reden. Auch als Kayla aufs College gegangen war, hatten sie sich trotzdem ständig angerufen, über Alltägliches gesprochen und viel gelacht. »Wahrscheinlich war sie die einzige Frau, die mich, abgesehen von dir, zum Lachen bringen konnte.«

»Kein Wunder, dass du dich nach ihrem Tod so verloren gefühlt hast. Sie scheint wirklich ein besonderer Mensch gewesen zu sein. Du meintest, dass du nicht in sie verliebt warst, aber hast du je mehr für sie empfunden oder habt ihr es mal miteinander versucht?«

»Nein. Wir haben einander jeweils den ersten Kuss gestohlen, deshalb haben wir ja nie was miteinander angefangen.«

Indi beugte sich zu ihm. »War es so schlecht?«

Er lachte. »Wir waren gerade mal zwölf, also ging da nicht viel, aber es fühlte sich an, als hätte ich meine Schwester geküsst. Wir haben darüber gelacht, und ich dachte, sie hätte es genauso empfunden, weil sich danach nichts zwischen uns verändert hat. Sie hat mir von den Jungs erzählt, in die sie sich verknallt hatte, und als sie angefangen hat, mit ihnen auszugehen, habe ich mir die Jungs für gewöhnlich zur Brust genommen, um dafür zu sorgen, dass sie ihr nicht wehtun oder sonst was versuchen.«

»Das fand sie bestimmt großartig.«

»Sie hat mir dafür den Kopf abgerissen, aber das hat mich nicht abgehalten.« Bei der Erinnerung lächelte er. »Als ihr Date für den Abschlussball krank wurde, bin ich stattdessen mit ihr hingegangen.«

»Das ist so süß von dir. Wahrscheinlich siehst du umwerfend in einem Smoking aus.«

»Worauf du wetten kannst«, sagte er. »Und sie sah so herausgeputzt echt hübsch aus, obwohl wir beide unsere Turnschuhe anhatten.«

»Wirklich?« Indi lachte. »Das ist das Beste daran.«

»Jepp. Im Anschluss, als die anderen miteinander rumgemacht haben oder zu anderen Partys weitergezogen sind, haben wir uns Pizza geholt und sind damit zum Weingut gegangen. Dort haben wir uns eine alberne Höhle aus Decken gebaut und die ganze Nacht darin verbracht. Wir haben uns Geistergeschichten erzählt und darüber geredet, wie es wohl wird, wenn sie die Insel fürs College verlässt. Sie hat es hier geliebt, hatte jedoch auch große Träume. Sie wollte Modedesign studieren und in der Branche arbeiten. Wir haben uns den Sonnenaufgang zusammen angeschaut und dann mit meiner Familie gefrühstückt.«

»Das klingt nach einer wundervollen Nacht. Sie muss so glücklich gewesen sein. Du warst ihr ein wirklich guter Freund. Wie war es, als sie weggezogen ist? Hat sie dir gefehlt?«

»Und wie. Aber sie hat mir Tag und Nacht geschrieben und mir alles Mögliche über die Kerle, mit denen sie sich traf, und ihre Vorlesungen und Partys erzählt. Dinge, die ich gar nicht so genau wissen wollte. Das College hat ihr jedoch keinen Spaß gemacht, also hat sie nach zwei Jahren nur ihren Associate Degree gemacht und ist danach zurück auf die Insel gekommen. Ihre Träume hat sie allerdings nicht aufgegeben. Sie hat in Chaffee in einer edlen Boutique gearbeitet, und wir haben recherchiert, was sie für Voraussetzungen erfüllen muss, um einen Job in der Modeindustrie zu bekommen. Dann hat sie sich auf eine Million Stellenanzeigen beworben. Es hat fast zwei Jahre gedauert, aber schließlich hat sie bei einer Firma in New York einen Job für Berufsanfänger bekommen. Kurz danach ist sie mit Jock zusammengekommen.«

»Wie hast du dich da gefühlt? War es komisch?«

»Nein. Ich war ganz aus dem Häuschen. Was könnte besser sein, als dass meine beiden besten Freunde zusammenkommen? Nach unserem ersten und einzigen Kuss habe ich nie wieder auf diese Weise an sie gedacht, bis Jock mir offenbart hat, dass sie in mich verliebt war. Seitdem habe ich über jede unserer Unterhaltungen nachgedacht. Über jedes Lachen und über jedes Mal, wenn wir Händchen gehalten haben, wenn sie traurig war oder joggen gegangen ist, wenn ich sauer war. Jeder andere Mann hätte sich wahrscheinlich in sie verliebt. Keine Ahnung, was das über mich aussagt, aber ich habe ein schlechtes Gewissen deswegen. Sie hatte es verdient, aufrichtig geliebt zu werden.«

»Aber du hast sie als Freund aufrichtig geliebt, und es hört sich an, als wärst du immer für sie da gewesen. Ich glaube, dass sie glücklich war. Sie hat all diese tollen Jahre mit dir zusammen erlebt, dich im Guten wie im Schlechten und zu jeder Zeit dazwischen begleitet. Man kann nicht ändern, in wen man sich verliebt, aber ich glaube, dass du sie als Freund geliebt hast.«

»Das habe ich. Ich weiß nicht, ob das genug war, doch ich hoffe es sehr.« Er nahm ihre Hand in seine. »Jetzt gerade bin ich auch ziemlich glücklich, weil ich hier bei dir sein und über all das reden kann. Es tut gut, über sie zu sprechen, und es hilft. Mir war nicht klar, dass Reden so etwas bewirken kann.« Vielleicht lag sie nicht ganz falsch damit, dass auch ein Gespräch mit Jock helfen könnte.

»Es freut mich, dass du mir genug vertraust, um mit mir zu reden. Es bringt Licht ins Dunkel, und ich weiß, dass es dir nicht leichtgefallen ist.«

»Ich vertraue dir nicht nur, Indi.« Er zog sie auf seinen Schoß und küsste sie. »Ich habe mich inständig bemüht, keine Gefühle für dich zu entwickeln, um dich von all dem fernzuhalten, aber ich fange sie mir wie mit einem Netz ein.«

»Netze haben Löcher«, betonte sie.

»Ich auch. Aber vielleicht kannst du mir dabei helfen, sie zu flicken.«

Er neigte sich für einen Kuss zu ihr, aber sie musste erst gähnen, dann lachen. »Tut mir leid. Es waren ein paar lange, anstrengende Tage, die mich gerade einholen, glaube ich.«

»Ist das deine Art, mich vor die Tür zu setzen? Ich weiß, dass ich um etwas Raum für mich gebeten habe, aber ich wünschte wirklich, du würdest heute Abend mit mir nach Hause kommen.«

»Warum bleiben wir nicht einfach hier?«

Er sah sich in der Wohnung um und erinnerte sich daran, wie er Jules beim Einzug geholfen hatte. Noch immer sah er ihr glückliches Gesicht vor sich, während sie von Raum zu Raum geflitzt war. »Mit dir im Bett meiner kleinen Schwester zu schlafen, fühlt sich durch und durch falsch an.«

Sie lachte leise. »Wir müssen ja nichts anstellen außer schlafen.«

»Und wir wissen beide, wie gut das funktioniert. Du

schmiegst deinen sexy Körper an mich und ich gehe in Flammen auf.« Er drückte ihr einen Kuss auf den Hals. Erleichterung und etwas viel Stärkeres stiegen in ihm auf. »Komm mit mir nach Hause, Darling.«

»Darf ich meine angsteinflößende Zahnbürste mitbringen?«

Er packte ihren Oberkörper. Überrascht schrie sie auf und versuchte, von seinem Schoß zu rutschen, aber da hatte er sie schon rücklings auf die Couch gelegt und grinste mit amüsiert funkelnden Augen auf sie hinunter. »Nach allem, was ich dir gerade erzählt habe, musst du mich immer noch damit aufziehen?«

»Du magst es, wenn ich dich aufziehe.« Sie reckte den Kopf und stahl sich einen Kuss.

»Ich mag alles, was du tust.« In einem langsamen, sinnlichen Kuss senkte er seinen Mund auf ihren. Die Scherben seiner Vergangenheit fühlten sich nicht mehr ganz so scharf und gezackt an, und er genoss den Kuss, das Gefühl ihres nachsichtigen Herzens an seiner Brust. Als sie die Arme um ihn schlang, vertiefte er den Kuss und befeuerte damit die Leidenschaft, die stets zwischen ihnen entbrannte. Er wollte sie ausziehen und sich über sie beugen, um sich voller Hingabe jedem Zentimeter dieser wunderschönen Frau zu widmen und ihr Ehre zu erweisen. Doch irgendwo in seinem Hinterkopf lauerte der unangenehme Gedanke, dass sie sich auf dem Sofa seiner Schwester befanden, und er zwang sich, ihren Kuss zu beenden.

Atemlos und mit erhitzten Wangen blieb sie zurück, während er sich in ihr verlor, das Herz bis zum Bersten erfüllt. Zwischen all dem Guten verbarg sich jedoch ein Hauch von Angst. Konnte er das wirklich? Die richtigen Dinge sagen und tun? Lernen, bis zehn zu zählen, wenn es notwendig war? Die Geister, die ihn seit einer gefühlten Ewigkeit heimsuchten, hinter sich lassen und der Mann sein, den sie verdient hatte?

Er sah ihr in die Augen. Die knisternde Verbindung zwischen ihnen war so heiß wie eh und je, nun jedoch tiefer, roher und echter als alles, was er je empfunden hatte. Die Stimme seines Großvaters brummte in seinem Kopf – *Warum um den heißen Brei herumreden, wenn du dich kopfüber hineinstürzen kannst?* –, und in ihm wuchs ein Gefühl der Unzerstörbarkeit, das er auch vor dem Unfall gekannt hatte. Es gab nichts, das er nicht für Indi tun würde.

Sechzehn

Am Dienstagnachmittag fuhr Indi für ein Meeting mit Shelley und Daphne zum Weingut. Sie betrachtete das Gebäude aus Zedernholz und Ziegelsteinen, den überdachten Pavillon im hinteren Teil und die vielen Hektar voller Weinreben, die jetzt im Winter zwar kahl, aber immer noch atemberaubend waren. Im Laufe der Jahre war Indi bei vielen Geburtstagsfeiern und Veranstaltungen auf dem Weingut gewesen und kannte sich auf dem Gelände aus. Das u-förmige Gebäude wartete im Inneren mit einer warmen, einladenden Mischung aus Stein und sattem, dunklem Holz auf. Hinten gab es zwischen den beiden Längsseiten des Gebäudes einen mit Schieferplatten gepflasterten Innenhof mit eingebauter Bar und Feuerstelle. Viele gute Erinnerungen an Leni und ihre Geschwister und Freunde waren damit verbunden, ebenso wie an den Tanz mit Archer, den Jules auf der Geburtstagsparty ihrer Großmutter eingefädelt hatte. Es war seltsam, dass sie sich mit diesem Anwesen und den Besitzern mehr verbunden fühlte als mit dem Unternehmen ihrer eigenen Familie und ihren Eltern.

Sie parkte neben Archers Pick-up und Schmetterlinge stoben in ihrem Bauch auf. Auch wenn die letzten Tage eher ruhig gewesen waren, fühlte es sich zwischen ihnen nun irgendwie anders an. *Besser.* Sie merkte, dass die Last auf seinen Schultern nun leichter geworden war, da er sich ihr geöffnet hatte, und das machte sie glücklich. Gelegentlich bemerkte sie jedoch noch eine gewisse Unruhe an ihm. Dann ertappte sie ihn dabei, wie er ins Leere starrte, als würde er sich eine Strategie für den Weltfrieden überlegen. Hin und wieder sah er sie sogar auf die gleiche Weise an.

Als sie den Motor abstellte, wanderten ihre Gedanken zu Samstagabend zurück, als Archer zum Jachthafen gefahren war, um Brant und Roddy bei etwas zu helfen. Indi hatte die Gelegenheit genutzt und versucht, ihm mehr Freiraum zu geben, indem sie behauptet hatte, ohnehin eine Menge Arbeit erledigen zu müssen, und vorgeschlagen hatte, sich am nächsten Tag wiederzutreffen. Das entsprach der Wahrheit, obwohl sie die Arbeit nicht zwangsläufig abends erledigen musste. Sie hatte in Jules' Wohnung Ideen für Veranstaltungen an den Feiertagen oder Sales-Angebote ihres Studios gebrainstormt und E-Mails ihrer New Yorker Kunden beantwortet, während sie versucht hatte, *nicht* an Archer zu denken. Da hatte es an ihre Tür geklopft. Noch bevor sie die Tür geöffnet hatte, hatte sie gewusst, dass er es war, ganz der raue, verführerische Mann, mit vor Anspannung zuckendem Kiefer und einem Blick aus dunklen Augen, der sich direkt in ihren gebohrt hatte. *Hey, meine Schöne. Bist du zu beschäftigt für mich?* Ihr Herz hatte einen freudigen Salto geschlagen. Eigentlich hatte sie ihn ein wenig aufziehen wollen, wie sie es manchmal tat, doch sein innerer Kampf – dieses Hin und Her, ob er hätte herkommen sollen oder nicht – war so offensichtlich gewesen, dass sie ihn einfach vorne an der Jacke gepackt und zu einem langen, langsamen Kuss zu sich gezogen hatte.

Ein Klopfen an ihrer Fensterscheibe ließ sie zusammenzucken und sie keuchte auf. Archer öffnete die Fahrertür. »Willst du den ganzen Tag lang da sitzen, Darling?«

»Hi. Mit dir habe ich gar nicht gerechnet.« Sie stieg aus dem Wagen und er zog sie an sich.

»Denkst du wirklich, dass du herkommen kannst, ohne dass ich mir einen Kuss von dir abhole?«

Er senkte seinen Mund auf ihren und drückte sie fester an sich, als er den Kuss vertiefte. Wild und besitzergreifend eroberte seine Zunge ihren Mund und schürte die Glut zwischen ihnen, die niemals zu erlöschen schien. Anschließend blieb sie ein wenig benommen zurück. »Himmel, ich küsse dich wirklich gerne.«

»Ich küsse dich auch gerne.« Er knabberte an ihrer Unterlippe und zog sie zwischen seine Zähne. »Verwöhne dich gerne.« Hitze durchzuckte sie bis in ihr Innerstes. Er schob seine Hüften gegen sie. »Und versenke mich gerne so tief in dir, dass du mich noch am nächsten Tag spüren kannst.«

»Ja, bitte«, stieß sie in einem langen, heißen Seufzen aus.

Er lachte rau und kniff ihr in den Hintern. »Komm nach deinem Meeting zu mir.« Er schaute zu ihrem Wagen. »Wir müssen dir ein Auto besorgen. Der Mietwagen muss dich ein Vermögen kosten.«

In Gedanken verweilte sie noch bei seiner Aufforderung, nach ihrem Treffen zu ihm zu kommen, weil sie sich vorstellte, wie sie sich in sein Büro schlich, um verruchte Dinge auf seinem Schreibtisch zu tun. Sie brauchte eine Sekunde, um sich davon zu lösen. »Irgendwann suche ich mir schon ein Auto.«

Er nickte und raubte ihr mit einem zweiten Kuss erneut die Fähigkeit, zu denken, ehe er davonschlenderte, als hätte er ihr nicht gerade weiche Knie und lauter schmutzige Gedanken beschert. Sie nahm sich einen Moment, um ihre Fassung wiederzuerlangen, bevor sie ins Haus ging.

Als sie eintrat, eilte Shelley gerade mit einem strahlenden Lächeln den Flur hinunter Richtung Empfangsbereich. In der schwarzen Hose und der grauen Strickjacke sah sie wunderschön aus. Ihre kastanienbraunen Ponysträhnen tanzten über ihre Stirn. Wenn Archer Indi nicht von Avas Krankheit erzählt hätte, hätte sie nicht mal ansatzweise geahnt, dass Shelley kurz davorstand, eine Freundin zu verlieren.

»Ich wollte dir gerade entgegenkommen.« Shelley umarmte sie. »Daphne telefoniert noch, aber wir können in meinem Büro auf sie warten.«

»Okay.« Sie folgte ihr den Flur entlang. »Danke, dass du dir heute die Zeit für ein Gespräch mit mir genommen hast.«

»Oh, Liebes. Für dich finde ich immer Zeit.«

Als sie ihr Büro betraten, spürte Indi einen sehnsüchtigen Stich, weil sie sich wünschte, von ihrer eigenen Mutter derart geliebt zu werden.

Shelleys Büro war so hell und fröhlich wie sie selbst, mit einer Reihe von Familienfotos und lebendigen Bildern an den Wänden. Es gab Schwarz-weiß-Fotos ihrer Eltern vor dem Weingut und von Shelley als pummeligem kleinen Mädchen von fünf oder sechs Jahren in Latzhose und mit dem unverwechselbaren Lächeln, das Indi so liebgewonnen hatte. Die Kleine hielt zwischen den Weinreben die Hand ihres Großvaters. Außerdem sah sie Bilder von Archer und seinem Großvater sowie mehrere Gruppenfotos seiner Geschwister.

Als sie sich ihren Mantel auszog, bemerkte sie zwei weitere Fotos von Archer an der Wand neben dem Tisch, an dem Shelley und sie sich niederließen. Über die Jahre hatte sie sie schon oft gesehen, doch es kam ihr vor, als würde sie sie nun zum ersten Mal betrachten. Auf einem davon stand er mit seinem Vater und seinem Großvater im Weinkeller, umgeben von Weinfässern. Archer schien darauf siebzehn oder achtzehn Jahre alt zu sein. Er war noch nicht so muskulös wie heute, jedoch genauso groß wie die beiden anderen Männer, mit genauso breiten Schultern. Sein Gesicht war glattrasiert, und sie nahm sich einen Moment Zeit, um seinen kräftigen Kiefer zu betrachten, der dem seines Vaters glich, und sein stolzes Lächeln, das fast identisch mit dem seines Großvaters war. Sie wünschte, sie hätte ihn damals schon gekannt, ebenso wie Kayla, das Mädchen, das so ein großer Teil seines Lebens gewesen war. Das zweite Foto zeigte Archer und Jock mit vermutlich acht oder neun Jahren, die vor einem großen Baum standen. Beide hielten eine Limodose in der Hand und ihre Shirts und Shorts starrten vor Schmutz. Die Kamera hatte sie beim Lachen eingefangen, ihre Münder waren weit geöffnet, ihre Augen strahlten. Sie sahen so unbeschwert aus, dass Indi ihr Lachen beinahe hören konnte. Es tat weh, zu wissen, wie viel beide von dieser jugendlichen Unbekümmertheit verloren hatten, und sie selbst wurde auch betrübt, weil sie so etwas nie länger als für ein paar kurze Momente erlebt hatte.

Shelley beugte sich über den Tisch und senkte verschwörerisch die Stimme. »Bevor Daphne dazukommt, möchte ich nur schnell sagen, dass mein Junge in letzter Zeit zweifellos glücklicher wirkt. Normalerweise versuche ich, mich nicht in die Angelegenheiten meiner Kinder einzumischen, aber nach allem, was er durchgemacht hat, erfreut das mein Mutterherz ungemein. Danke dir. Und das soll dich nicht unter Druck setzen.«

»So fasse ich es auch nicht auf. Ich bin froh, dass du es angesprochen hast. Ich habe mich schon gefragt, ob ich die Einzige bin, die gemerkt hat, dass sich etwas für ihn verändert hat.«

»Das haben wir alle gemerkt, Liebes.«

»Tut mir leid, dass ihr warten musstet!« Daphne kam hereingefegt und durchbrach den intimen Moment. Sie hatte die blonden Haare zu einem Pferdeschwanz im Nacken zurückgebunden und trug einen königsblauen Pullover, der ihre Augenfarbe betonte. Sie setzte sich und ließ einen Ordner auf den Tisch fallen. »Shelley, das am Telefon war jemand, der auf Empfehlung deines Neffen Reggie kam.«

»Tatsächlich?« Shelley zog die Augenbrauen hoch. »Ich muss Reg anrufen und mich bei ihm bedanken.«

Indi war den Cousins und Cousinen der Steeles aus Trusty, Colorado, schon ein paar Mal begegnet. Reggie war der Älteste von sechs Geschwistern und Leni arbeitete in dem PR-Unternehmen von Reggies jüngster Schwester Shea.

»Wenn daraus was wird, solltest du dich mit einem großen Geschenk bei ihm bedanken.« Daphne klang aufgeregt. »Es geht um zwei Schwestern, die nach einem Veranstaltungsort für ihre Doppelhochzeit diesen Herbst suchen. Im Gespräch habe ich alle Register gezogen, und da Indi meinte, dass ich sie für Events im Hinterkopf behalten soll, habe ich auch gesagt, dass wir mit der *führenden* Haar- und Make-up-Stylistin der Insel zusammenarbeiten.« Sie warf Indi einen hoffnungsvollen Blick zu. »Möglicherweise habe ich erwähnt, dass du aus New York City stammst, dafür bekannt bist, mit Topmodels zusammenzuarbeiten, und hinter den Kulissen der Fashion Week mitmischst. Hoffentlich war das okay.«

»Absolut, denn das stimmt ja alles«, sagte Indi. »Du bist ein echtes Verkaufstalent, Daph. Hoffentlich zahlt es sich aus.«

»Das hoffe ich auch«, sagte Daphne. »Ich weiß, dass wir viel zu besprechen haben, aber bevor wir anfangen, muss ich einfach fragen. Wie aufgeregt bist du wegen deines Umzugs? Ich meine, ich bin erst vor ein paar Monaten hergezogen, und ich weiß noch, wie ängstlich und aufgeregt ich war. Ich kann dir jedoch mit einhundertprozentiger Sicherheit sagen, dass es die richtige Entscheidung war.«

»Du musst mich nicht überzeugen«, sagte Indi. »Ich bin nervös, habe aber nicht wirklich Angst vor diesem Schritt, weil ich mich schon eine Weile damit auseinandersetze. Ich hatte nie das Gefühl, dass New York *die* Stadt für mich ist, aber als ich zum ersten Mal mit Leni nach Hause gefahren bin, habe ich hier eine Art Frieden empfunden, als könnte ich zum ersten Mal richtig atmen. Seitdem ist dieses Gefühl nur noch stärker geworden.« Sie holte tief Luft und stieß sie langsam wieder aus. »Meine Eltern reden immer noch nicht mit mir, aber wir hatten schon immer ein schwieriges Verhältnis.«

»Oh, Schätzchen.« Shelley tätschelte ihre Hand. »Tut mir leid, das zu hören.«

»Schon okay. Ich passe schon lange nicht mehr in das Bild, das sie sich von ihrer Tochter gemacht haben, und ich habe mich damit abgefunden, dass sie sich wahrscheinlich auch kein anderes von mir machen wollen.«

»Ich kann mir nicht vorstellen, wie schwer das sein muss«, sagte Daphne.

»Bei jedem weiteren Zwischenfall stumpfe ich ein bisschen mehr ab und diesmal werde ich nicht zu ihnen zurückkriechen und um ihre Anerkennung betteln.«

Mit ernstem Gesichtsausdruck lehnte sich Shelley zurück. »Mein Vater war ein harter Hund. Ähnlich wie Archer, ruppig und direkt. Doch ich wusste immer, dass er mich um meiner selbst willen liebt. Wenn ich eins gelernt habe, dann, dass es schwer ist, Eltern zu sein, aber genauso schwer ist es, eine Tochter zu sein.«

»Das kannst du laut sagen«, stimmte Daphne zu. »Ich weiß nie, ob ich bei Hadley alles richtig mache.«

»Du bist eine tolle Mutter, Liebes«, versicherte Shelley ihr. »Der Punkt ist, dass wir versuchen, selbstbewusste Kinder großzuziehen, und dazu gehört, sie in ihrer eigenen Meinung zu bestärken. Das bedeutet nicht, dass wir einverstanden sind oder es uns gar gefällt, wenn sie ihren eigenen Weg einschlagen. Die meisten meiner Kinder haben die Insel verlassen, und mir ist jedes Mal das Herz gebrochen, wenn eins von ihnen weggezogen ist. Ich habe sie jedoch nie zurückgehalten, weil ich möchte, dass sie dem Leben unerschrocken gegenübertreten und glücklich sind. Außerdem glaube ich daran, dass die Kinder ihren Weg zurückfinden werden, wenn man sie genug liebt. Sie ziehen zwar nicht wieder zu Hause ein, aber sie kommen oft genug vorbei, um den Schmerz ihres Weggangs zu lindern.«

»Deshalb besuchen Jock und ich meine Familie so oft. Ich vermisse sie, aber ich liebe die Insel.«

»Ich glaube nicht, dass mich meine Eltern je vermissen«, gab Indi zu.

»Urteile nicht vorschnell«, warnte Shelley sanft. »Jede Familie zeigt ihre Liebe auf andere Art. Sieh dir die Silvers an. Margot und Alexander leben in getrennten Häusern. Für einen Außenstehenden könnte es so aussehen, als wären sie Welten voneinander entfernt, doch ihre Liebe füreinander und für ihre Kinder ist grenzenlos. Ich bin sicher, dass wir wie die perfekte Familie wirken. Aber ihr beide wisst, wie schwer es für uns war, mit der Kluft zwischen Jock und Archer umzugehen. In den seltenen Fällen, in denen beide auf der Insel waren, sind wir alle wie auf rohen Eiern gegangen.«

Indi hatte das Gefühl, Archer in Schutz nehmen zu müssen, fühlte jedoch ebenfalls mit der ganzen Familie mit. »Alle müssen so wütend auf Archer gewesen sein.«

Shelley runzelte die Stirn. »Ich kann nur für mich selbst sprechen, aber ich war nicht wütend auf ihn. Wie hätte ich das sein können? Mit Kayla hat er einen großen Teil von sich selbst verloren und er konnte noch nie gut mit seinen Gefühlen umgehen. Archer ist ein Kämpfer wie mein Vater und Kämpfer handeln vorschnell und verzeihen nur sehr langsam. Das Problem ist, dass sich Kämpfer selbst viel schlimmer fertig machen, als sie es bei anderen tun würden. Und manchmal dauert es lange, um so was hinter sich zu lassen.«

»Darf ich fragen, wie das all die Jahre für euch war?«, wollte Indi wissen.

»Es war traurig«, sagte Shelley. »Die Jungs, die zusammen in meinem Bauch herangewachsen sind, waren zerstritten. Es brach mir das Herz. Aber sie sind meine Jungs, also tat ich das Einzige, was das Herz einer Mutter zulässt. Ich habe beide geliebt und ihnen die Zeit gegeben, die sie gebraucht haben, um damit fertig zu werden, und war dabei die ganze Zeit an ihrer Seite. Ich hätte nie erwartet, dass das Ganze ein Jahrzehnt andauern und schließlich in einem Faustkampf enden würde, aber hey, was auch immer nötig ist, stimmt's?«

Von ihrer eigenen Mutter bekam Indi keine Liebe, und das musste Shelley gespürt haben, denn sie fuhr fort: »Ich weiß nicht, was in den Köpfen deiner Eltern vor sich geht, doch ich muss davon ausgehen, dass sie ebenfalls leiden. Die Liebe der Eltern ist mit nichts zu vergleichen. Sie hört nicht einfach auf. Manchmal verdrängen Menschen diese Gefühle, aber wenn du mich fragst, sind sie trotzdem vorhanden. Vielleicht sind sie auch Kämpfer und brauchen einfach mehr Zeit, um die Dinge für sich zu sortieren.«

»Vielleicht.« Indi bezweifelte es, wollte jedoch nicht weiter darüber nachdenken und sich den restlichen Tag ruinieren.

Shelleys Tonfall wurde sanfter. »Wie dem auch sei, ich bin hier, wenn du reden möchtest, eine Umarmung brauchst oder ich dir ein Sieben-Gänge-Menü nur aus Nachspeisen zaubern soll, damit du deinen Kummer in Zucker ertränken kannst.«

»Danke, Shelley. Das bedeutet mir sehr viel. Vielleicht komme ich auf die Zuckerüberdosis zurück«, fügte sie hinzu, um die Stimmung zu heben.

»Beim Essen helfe ich dir gerne«, sagte Daphne und brachte sie damit alle zum Lachen.

»Okay«, sagte Indi nun etwas gelöster. »Genug von mir und meinen Problemen mit meinen Eltern. Ich freue mich sehr auf meinen Umzug und darauf, bei Events mit euch zusammenzuarbeiten, also reden wir übers Geschäft.«

»Wir freuen uns auch sehr darüber«, sagte Shelley. »Und bevor ich es vergesse: Leni hat erwähnt, dass du beim Winter Walk dabei bist. Eine kluge Entscheidung. Das ist eine tolle Gelegenheit, um dich zu präsentieren.«

»Ich bin schon ganz gespannt. Meine Schwester kommt her, um mir an dem Tag zu helfen. Ich hoffe, ihr schaut beide vorbei und lernt sie kennen.«

»Natürlich! Ich kann's nicht erwarten«, sagte Shelley.

»Hadley und ich werden an dem Tag die meiste Zeit im Park sein, da Jock Archer in deinem Studio hilft. Trotzdem schauen wir definitiv vorbei«, sagte Daphne.

»Außerdem meinte Leni, dass du eventuell zwei Teilzeit-Kräfte engagieren willst. Stimmt das?«, hakte Shelley nach.

»Ich habe noch nicht mit der Suche begonnen, aber ja. Ich denke, das sollte für den Anfang genügen, bis ich weiß, wie viel Hilfe ich während des Sommers brauche. Ich hätte gerne Leute, die Erfahrung mit Make-up oder Hautpflege haben, was vermutlich schwer werden wird. Leni hat vorgeschlagen, eine Anzeige auf der Silver-Island-Webseite zu schalten.«

»Das ist eine großartige Idee«, sagte Shelley. »Vielleicht sprichst du auch mal mit Jules, wenn sie zurück ist. Bei ihr im Laden hilft jemand aus, der eventuell Interesse haben könnte. Noelle ist ein echtes Energiebündel, kein Mauerblümchen, und phänomenal im Umgang mit Kunden. Ich weiß, dass sie auch als Sprecherin für erotische Liebesromane arbeitet. Ich weiß nicht, ob sie Erfahrungen mit Hautpflege oder Make-up hat, aber ihr eigenes Make-up ist immer sehr dezent und perfekt aufgetragen, abgesehen von ihrem herausstechenden roten Lippenstift. Der ist ihr Markenzeichen.«

»Hört sich an, als könnte sie genau die Richtige für mich sein. Ich werde Jules fragen, was sie darüber denkt.«

»Du wirst Noelle lieben«, warf Daphne ein. »Ich habe eine Freundin in meiner Müttergruppe, die auf Jobsuche ist. Sie heißt Macie Walsh und arbeitet Teilzeit im Whit's Pub in Seaport, aber ich weiß, dass sie ein paar Jahre in der Make-up-Abteilung im Cotton's Department Store gearbeitet hat. Sie ist sehr nett und kann gut mit Menschen umgehen.«

»Das klingt auch super. Frag sie doch mal, ob sie Interesse hat, und falls ja, gib ihr meine Nummer. Ihr beide habt mir womöglich gerade eine langwierige Suche erspart – danke.«

»Ich lerne immer noch, dass Mundpropaganda hier in der Gegend für alles Mögliche funktioniert«, sagte Daphne. »Und jetzt widmen wir uns dem Geschäftlichen. Wie sieht dein Zeitplan aus, Indi? Ich weiß, dass du das Studio am ersten April eröffnen willst. Ab wann willst du auch Aufträge für Veranstaltungen annehmen?«

»Ich denke, ich werde mir selbst einen Monat geben, um das Studio zum Laufen zu bringen, bevor ich mit Aufträgen anfange. Buchen können wir sie aber schon. Ist das in Ordnung für euch?«

»Alles, womit du dich wohlfühlst, ist in Ordnung für uns«, antwortete Shelley.

Die nächste Stunde verbrachten sie damit, über die Möglichkeiten zu sprechen, wie sie zusammenarbeiten und ihre Unternehmen gegenseitig bewerben konnten. Während des Brainstormings machte sich Indi Notizen, und es schien, als würde jede Idee zu einer weiteren führen. Sie erwog, die Videoserie zu erwähnen, an der sie arbeitete, hielt sich jedoch zurück, bis sie ein besseres Gefühl für den Zeitplan hatte, und konzentrierte sich stattdessen auf die Dinge, mit denen sie sicher loslegen konnte. »Ich kann euch einen Vorrat an Proben dalassen, die ihr an eure Kunden zum Testen weitergeben könnt. Außerdem werde ich jedem, der mich innerhalb von zwei Wochen nach der Buchung eines Events auf dem Weingut beauftragt, einen Rabatt auf meine Dienstleistung anbieten. Dadurch haben sie Zeit, sich das Ganze zu überlegen, aber es gibt auch eine Frist.«

»Das ist eine fantastische Idee«, sagte Shelley.

Daphne notierte sich etwas. »Heutzutage laufen viele Gespräche per Videotelefonie ab, weil alle immer so beschäftigt sind. Wärst du auch bei dem einen oder anderen Telefonat dabei, wenn deine Dienstleistungen zu dem Event passen?«

»Natürlich. Sehr gerne. Je mehr persönliche Gespräche mit potenziellen Kunden, desto besser, zumindest, soweit es mich betrifft.«

»Der Meinung sind wir auch«, sagte Shelley. »Wie wäre es mit einem Rabatt, wenn jemand auf Empfehlung von Freunden kommt und beide Unternehmen beauftragt?«

»Ja, definitiv«, stimmte Indi zu.

»Tolle Idee.« Daphne ergänzte den Punkt auf ihrer Liste.

»Nun denn, Ladys, ich denke, wir haben uns ein paar großartige Sachen einfallen lassen«, meinte Shelley. »Ich freue mich unglaublich, dass wir das zusammen machen.«

»Ich auch«, sagten Daphne und Indi gleichzeitig.

Sie unterhielten sich noch einen Moment, und nachdem sie einander gedankt und sich gegenseitig das Versprechen abgenommen hatten, sich wieder zu melden, verließ Indi hocherfreut Shelleys Büro. Sie holte ihr Handy hervor und schrieb Archer auf dem Weg den Flur hinunter eine Nachricht, begierig darauf, ihre Neuigkeiten mit ihm zu teilen, und in der Hoffnung auf noch ein paar leidenschaftliche Küsse von ihm.

Archer konnte keine Sekunde länger stillsitzen und Papierkram erledigen. Im Winter, wenn seine Weinreben nicht so oft Zuwendung brauchten und er drinnen eingesperrt war, wurde er unruhig. Dabei half es nicht gerade, dass er permanent an Indi denken musste, was es noch schwieriger machte, sich zu konzentrieren. Er sah aus dem Fenster seines Büros und erhob sich, weil er den Drang, draußen einen klaren Kopf zu bekommen, nicht länger unterdrücken konnte. Er zog sich seine Bomberjacke über und nahm sein vibrierendes Handy vom Schreibtisch. Die Nachricht von Indi las er auf dem Weg nach draußen. *Bin gerade fertig geworden. Hast du schon frei?*

Sein erster Gedanke war, dass sein Tag gerade erheblich besser geworden war, doch dahinter folgte die dunkle Seite der Realität. Er war nicht einmal annähernd in einem Zustand, den man als *frei* bezeichnen könnte. Mit ihm zusammen zu sein, hatte einen Preis, den sie beide nur zu gut kannten. Jetzt, da er seine Karten auf den Tisch gelegt hatte, mochte es leichter zwischen ihnen sein, dennoch balancierte er auf einem Drahtseil und Indis Herz stand auf dem Spiel. Die unterschwellige Gefahr, zurück in den Abgrund aus Schuldgefühlen gerissen zu werden und sie anzuschnauzen oder etwas Dummes zu sagen, wenn er eigentlich bis zehn zählen sollte, würde bestehen, bis er sich davon befreit hatte. Er hatte über ihre Worte nachgedacht, dass er sich selbst vergeben musste, doch allein der Gedanke brachte weitere Gewissensbisse mit sich. Er hatte keine Lösung, aber er musste eine finden, denn Indi zu verlieren, stand nicht zur Option.

Er steckte sein Handy weg und sah seiner wunderschönen Frau entgegen, die den Flur hinunterlief und atemberaubend aussah. Sie trug eine waldgrüne Jacke, eine schwarze Jeans, die er ihr in der Sekunde, in der sie sie heute Morgen angezogen hatte, sofort wieder vom Leib hatte reißen wollen, und sexy pelzgefütterte Stiefel, die ihr etwas Verruchtes verliehen. Hoffentlich bedeutete ihr beschwingtes Lächeln, dass das Meeting gut verlaufen war, gleichzeitig hoffte er jedoch, dass sein Anblick der Grund dafür war.

Er marschierte auf sie zu, und in ihm stiegen Glück, Erregung und etwas anderes, das er sich nicht zu benennen bemühte, auf wie Rauch von einem Feuer. »Hey, Darling.«

Stirnrunzelnd legte sie eine Hand auf seine Brust. »Du gehst schon?«

»Ich drehe nur eine Runde, um den Kopf freizubekommen.«

»Mist.« Sie zog die Brauen zusammen. »Das heißt dann wohl kein Sex auf deinem Schreibtisch.«

»Hab's mir anders überlegt.« Er umfasste ihren Arm und ging wieder Richtung seines Büros.

»Stopp! Das war ein Witz.« Sie lachte, bevor sie die Stimme senkte. »Deine Mutter ist gleich den Flur runter.«

»Und?«

»Und ich werde das sicher nicht machen, wenn sie im selben Gebäude ist.«

»Na schön. Aber eines Abends kommen wir nach Feierabend her, weil ich jetzt nämlich nur noch an dich auf meinem Schreibtisch denken kann.«

Sie stellte sich auf die Zehenspitzen, um ihm etwas ins Ohr zu flüstern. »Gibt es in deinem Büro auch ein Sofa?«

»Du bringst mich um.« Er nahm ihren Arm und eilte auf die Hintertür zu.

Sie lachte leise, während sie große Schritte machte, um mit ihm mitzuhalten. »Wo gehen wir hin?«

»In die Weinberge. Ich brauche etwas Bewegung und frische Luft.«

Draußen zog er sie sogleich in seine Arme. Ihre Augen funkelten, was seltsame Dinge mit seinen Eingeweiden anstellte. In dem Versuch, die Gefühle zu vertreiben, die ihm mit jedem ihrer Treffen vertrauter wurden, küsste er sie hart. Allerdings liebte er es, sie zu küssen, was diese Gefühle nur noch verstärkte und den Wunsch in ihm weckte, darauf zuzulaufen, anstatt davor weg. Das Problem war, dass er so viel mehr mit ihr machen wollte, als sie nur zu küssen.

Gewaltsam löste er sich von ihr. »Gehen wir spazieren, bevor ich mich vergesse und uns beide in Schwierigkeiten bringe. Wie lief dein Meeting?«

»Gib mir eine Sekunde, um wieder zu Atem zu kommen. Himmel. Für deine Küsse brauchst du einen Waffenschein. Oder es muss ein Eisbad bereitstehen. Vielleicht auch beides.« Ihre Wangen waren gerötet, und sie hielt sich an seinem Arm fest, als sie auf die Weinreben zugingen.

Das konnte er der Liste der Dinge, die er an ihr mochte, noch hinzufügen.

»Das Meeting war klasse. Daphne und deine Mutter sind sehr kreativ. Der Start verlief reibungslos und wir hatten ein paar fantastische Ideen. Viel wichtiger jedoch: Ich glaube, dass wir super zusammenarbeiten werden. Ich freue mich so sehr, dass deine Mutter mir genug vertraut, um mir eure Kunden zu vermitteln.«

»Selbstverständlich vertraut sie dir.« Er führte sie vom Gebäude weg und eine Reihe von Weinreben entlang.

»Bei dir klingt das so selbstverständlich, aber hierbei geht es um etwas Großes. Wir reden von eurem Familiengeschäft. Eurem Ruf. Alles, was hier passiert, spiegelt jeden Einzelnen von euch wider, und ich fühle mich geehrt, die Chance zu bekommen, Teil davon zu werden.«

Verdammt. Das rührte ihn so sehr, dass es beinahe schmerzhaft war.

»Warum musstest du rausgehen, um einen klaren Kopf zu bekommen?«

Er sah an den Weinreben vorbei. An klaren Tagen wie heute konnte er bis zur anderen Seite der Insel sehen. Nachts schien in der Ferne das Licht des Leuchtturms. »Ich kann draußen einfach besser nachdenken.«

»Der Anblick wird niemals langweilig, hm?«

»Ich genieße diese Aussicht schon, seit ich denken kann. Damals bin ich noch mit meinem Vater und Großvater über das Weingut spaziert. Sie haben mir beigebracht, das Land und die Trauben zu hegen und zu pflegen, bevor ich überhaupt wusste, was genau sie machen. Auch jetzt ist es noch der Ort, der am lautesten nach mir ruft.«

»So hat also alles angefangen? Deine Liebe zum Weingut? Mit dir, deinem Vater und deinem Grandpa?«

»Dieses Land gehört schon seit Generationen der Familie meiner Mutter. Es liegt mir im Blut.« Sie gingen zum Ende einer Reihe Weinstöcke, und Archer legte einen Arm um sie und drehte sich mit ihr, sodass sie das Weingut überblickten. »Der Anblick der Insel ist toll, aber das hier ist spektakulär. Wir ernten wortwörtlich, was wir säen. Das Land, die Trauben, der Wein. Zu ihnen habe ich eine Verbindung wie zu nichts sonst.« *Bis du gekommen bist.* »Ich wollte nie irgendwo anders arbeiten. Wahrscheinlich ist das der Grund, aus dem das Weingut auch die Leidenschaft meines Großvaters war.«

»Ich weiß nicht viel über ihn, aber ich habe mitbekommen, wie deine Großmutter Witze darüber macht, wie ähnlich ihr euch seid.«

»Ja, er war auch ein störrischer Scheißkerl.«

»Du bist kein Scheißkerl.«

Er zog eine Augenbraue hoch. »Du hast mir mehr als einmal gesagt, was für ein Arsch ich sein kann, und damit hast du absolut recht.«

»Ja, aber das ist was anderes. Für mich ist ein Arsch ein Vollpfosten, jemand, der ärgerliche Dinge sagt oder seine Worte nicht mit Bedacht wählt, wenn er es tun sollte. Ein Scheißkerl ist jemand, der anderen absichtlich wehtut.«

Er biss die Zähne zusammen und drückte sie fester an sich, in der inständigen Hoffnung, dass sie nicht die Flucht ergreifen würde, wenn er ihr die Wahrheit darlegte. »Dann war mein Großvater ein störrischer Arsch, aber ich befürchte, dass ich beides bin, Darling. Ich bin ziemlich sicher, dass ich nach dem Unfall manche Sachen zu Jock gesagt habe, um ihn zu verletzen. Ein Teil von mir wollte, dass er genauso leidet wie ich, und ich war zu kaputt, um zu erkennen, dass er das ohnehin schon tat.«

Sie betrachtete ihn mit einer Mischung aus Traurigkeit und Mitgefühl. »Okay, vielleicht warst du mal beides. Aber du warst nicht bei klarem Verstand, und ich glaube nicht, dass du jetzt irgendjemandem derartige Dinge an den Kopf knallen würdest. Oder?«

»Das will ich doch, verdammt noch mal, hoffen. Ich stelle mir gerne vor, dass ich diese Version von mir hinter mir gelassen habe, als Jock und ich die Angelegenheit zwischen uns geklärt haben.«

»Ich werde diesen Tag niemals vergessen, hauptsächlich deshalb, weil ich Männer noch nie so habe kämpfen sehen, und außerdem, weil wir in der Nacht zuvor zum ersten Mal Sex hatten.«

»Der Tag war beschissen, hat mein Leben jedoch zum Besseren gewendet, genau wie jene Nacht mit dir. Du hast deine Magie gewirkt und bist mir unter die Haut gegangen. Darüber reden wir jetzt allerdings nicht, oder du landest wieder rücklings zwischen den Weinreben, ohne dass uns diesmal die Dunkelheit vor neugierigen Blicken schützt.« Er neigte sich zu ihr hinunter und küsste sie. »Aber im Ernst. Ich würde gerne glauben, dass ich diesen Scheißkerl hinter mir gelassen habe.«

Ihr Gesichtsausdruck wurde nachdenklich. »Was ist mit den Dingen, die du zu meinem Vater gesagt hast? Hast du das gemacht, um ihn zu verletzen?«

»Nein. Ich habe ihm die Wahrheit gesagt, weil er sie hören musste. Ich dachte, es würde ihm die Augen öffnen, was er dir antut. Er ist dein *Vater*. Er sollte dich um jeden Preis beschützen. Jedes Kind sollte darauf vertrauen können, dass sein Vater ihm nicht nur den Rücken freihält, sondern ihm auch drei Schritte voraus ist, um sämtliche Probleme abzublocken, bevor sie überhaupt aufkommen. Das lehrt die Kinder, vorausschauend zu denken, damit sie sich als Erwachsene selbst schützen können. Doch dir den Rücken freizuhalten, sollte immer ihre Aufgabe sein, ganz egal, wie alt man ist. Und *dein* Vater sollte so verdammt stolz auf dich sein, dass er sich kaum zusammenreißen kann, weil du verflucht noch mal unglaublich bist.«

»Danke, dass du an mich glaubst.« Sie schlang die Arme um seine Mitte und umarmte ihn. »Hat dir das dein Vater beigebracht? Hat er dir gesagt, wie man seine Kinder liebt?«

»Nein. Das hat mir mein Vater durch sein Verhalten *gezeigt*. Mein Großvater hingegen hat es mir mit Worten eingetrichtert. Schon als ich ein kleiner Junge war, sind wir zusammen durch die Weinberge gelaufen. In einem Moment hat er über die Trauben geredet, im nächsten über das Leben oder darüber, was es heißt, ein anständiger Mann zu sein. Selbst als ich noch zu klein war, um alles zu verstehen, wollte ich es unbedingt begreifen, weil er so leidenschaftlich davon gesprochen hat. Er war kein großer Redner, also habe ich jedes seiner Worte in mich aufgesaugt, wenn er doch mal etwas gesagt hat. Wenn wir hier draußen waren, war es fast so, als würde er mit sich selbst reden, weil er so direkt war.«

»Daher hast du das also.«

»Wahrscheinlich. Ich weiß noch, dass ich fast jeden Abend meinen Vater wegen dem, was mein Großvater gesagt hat, gelöchert habe.«

»Hat er dir alles erklärt?«

»Manchmal, aber normalerweise hat er mich wieder zu meinem Großvater geschickt, wenn ich eine Antwort haben wollte. Als ich älter wurde, meinte er, dass er mir deshalb nicht alles erklärt hat, weil er die Lektionen nicht fehldeuten wollte, die mir mein Großvater beizubringen versucht hat. Ich habe meinen Großvater jedoch nie gefragt, was genau er gemeint hat, weil er immer sauer wurde, wenn wir zu viele Fragen gestellt haben. Dann hat er nur gesagt, wir sollen unseren Kopf benutzen und selbst draufkommen. Also habe ich ihm noch aufmerksamer zugehört, bis ich mir einen Reim darauf machen konnte.«

»Trotzdem war es rücksichtsvoll von deinem Vater, zuerst an deinen Großvater zu denken.«

Er stieß einen Laut aus, der halb Schnauben, halb Lachen war. »Vielleicht. Oder vielleicht hat er befürchtet, dass ihm mein Großvater den Kopf abreißen würde, wenn er irgendwas falsch erklärt. Man weiß ja nie. Mein Großvater konnte schließlich ein ziemlicher Mistkerl sein. Aber du hast recht. Ganz egal, aus welchem Grund er es getan hat, es war rücksichtsvoll von ihm.«

»Hoffentlich weißt du, wie besonders dein Vater ist und wie glücklich du dich schätzen kannst, ihn zu haben. Ich würde alles für einen Vater wie ihn geben.«

»Ich weiß, Baby.« Er gab ihr einen Kuss auf die Schläfe. »Er ist ein großartiger Mann. Er hat uns immer bedingungslos geliebt und uns zu guten Menschen erzogen. Die meisten Kinder vergöttern ihre Väter, aber für mich war mein Großvater mein Held. Als kleiner Junge hat er überlebensgroß auf mich gewirkt. Er war der stärkste, klügste Mann, den ich kannte, und hat meine Großmutter, meine Mutter und jeden von uns *und* sein Land so leidenschaftlich geliebt, dass er uns alle unter seinen Lieben zusammengefasst hat.«

»Kein Wunder, dass du so eine starke Verbindung zu diesem Ort hast. Es klingt, als hättest du als Kind deine gesamte Freizeit hier verbracht. Sind Kayla und dein Großvater miteinander klargekommen?«

»Kayla hat ihn geliebt. Sie hat ihn mit ihren Millionen Fragen schier in den Wahnsinn getrieben, ist auf seinen Schoß geklettert und solche Sachen.« Er lachte. So lange hatte er sich nicht gestattet, die guten Erinnerungen zuzulassen, doch jetzt fühlte es sich großartig an. »Üblicherweise hat er sie dann aufgezogen und Sachen gesagt wie: *Musst du nicht irgendwo anders sein?* Darauf hat sie meistens geantwortet: *Nur hier bei dir.* Dann hat er die Augen verdreht und *Na komm, Kleine* gesagt und gegrummelt, wenn sie seine Hand genommen hat.«

»Das ist süß. Es ist nett von dir, dass du ihn so mit ihr geteilt hast.«

»Wahrscheinlich. Sie fehlen mir beide. Ich würde alles dafür geben, sie noch einmal zu sehen.« *Ich habe mich für einiges zu entschuldigen.*

»Wie alt warst du, als dein Großvater gestorben ist?«

»Achtzehn.« Er ließ seinen Arm um Indi liegen, als schmerzhafte Erinnerungen auf ihn einstürmten. Er setzte sich wieder in Bewegung, diesmal am Rand des Weinguts entlang. »Die letzten Worte meines Großvaters werde ich nie vergessen. Wir waren hier draußen und haben die Weinstöcke beschnitten.«

»Du warst bei ihm?«

Seine Kehle wurde eng, aber er wollte, dass sie alles von ihm wusste, also zwang er die Worte heraus. »Ja. Er hat mich gefragt, ob ich sicher nicht aufs College gehen will wie Jock.«

»Er wollte, dass du studierst?«

»Ich glaube nicht. Ich denke, er wollte mir nicht das Gefühl vermitteln, auf dem Weingut bleiben zu müssen. Aber ich habe ihm ganz klar gesagt, dass es genau das ist, was ich will, und dass ich ihn stolz machen werde. Er meinte, dass ich ihn an jedem Tag meines Lebens stolz mache.« Archers Stimme stockte.

»Etwas an der Art, wie er das sagte, war komisch. So endgültig, verstehst du? Ich schaute zu ihm rüber, wo er neben einem Weinstock hockte, wie ich es schon eine Million Mal gesehen habe. Ich sagte: *Danke, Gramps*, und er fasste sich an die Brust, versuchte, aufzustehen, stolperte jedoch und fiel auf den Rücken. Ich rannte zu ihm, rief um Hilfe und den Notarzt. Er bekam nur schwer Luft, packte aber mein Shirt, zog mich zu sich runter und sagte: *Kümmere dich um meine Lieben.* Normalerweise hatte er eine tiefe, kräftige Stimme. Jetzt klang sie so schwach, als würde es ihn seine ganze Energie kosten, die Worte herauszubringen. So gar nicht nach ihm. Und das war's dann. Sein Licht erlosch. Ich habe versucht, ihn wiederzubeleben, konnte ihn jedoch nicht zurückholen.«

»Oh, Archer.« Sie umarmte ihn. »Es tut mir so leid.«

»Er hat mich um eine einzige Sache gebeten und ich hab's vermasselt.«

»Bitte tu dir das nicht an. Er würde nicht wollen, dass du so denkst.«

Er kämpfte gegen den Drang an, von hier zu verschwinden. *Lauf nicht davon, verdammt*, hämmerte es in seinem Kopf wie ein Mantra. Er schlang die Arme um sie und hielt sich an Ort und Stelle fest. »Es ist alles so verfahren, Indi. Ich kann nicht glauben, welchen Schaden ich angerichtet habe, was für verletzende Sachen ich gesagt habe. Er würde sich für mich schämen.«

»Nein, das würde er nicht. Du hast gesagt, dass er genau wie du war. Wenn irgendjemand versteht, was du damals durchgemacht hast, dann er. Sieh dich um.« Mit einer Handbewegung schloss sie das Weingut ein. »Du hast dich um *diese* Lieben gekümmert und du hast dich wieder mit deiner Familie versöhnt. Es hat Zeit gebraucht, und vielleicht hast du das

Gefühl, als hättest du noch nicht alles in Ordnung gebracht, doch du machst alles, worum er dich gebeten hat.«

Er klammerte sich an ihre Worte, weil er sie glauben wollte. »Aber ist das nicht zu wenig und kommt viel zu spät?«

»Deine Familie wieder zusammenzubringen, war keine Kleinigkeit. Es war ein komplizierter Kraftakt, und es ist nie zu spät, eine positive Veränderung herbeizuführen.«

Er blickte zu ihr hinunter. Zu viele Emotionen tobten in ihm, als dass er sie auseinanderhalten könnte. »Was habe ich getan, um dich an meiner Seite verdient zu haben?«

»Das frage ich mich auch die ganze Zeit«, zog sie ihn auf, und er war dankbar für die Leichtigkeit. »Ich habe das Gefühl, wenn du in den Spiegel schaust, fällt es dir schwer, über die Jahre voller Wut und Schmerz und über die Distanz, die du zu anderen aufgebaut hast, hinwegzusehen. Aber ich sehe einen Mann, der unerträglichen Schmerz überwunden hat, um seine Fehler wiedergutzumachen, und der sein Herzblut in dieses Weingut steckt. Ich sehe einen Bruder, der nach New York City gefahren ist – eine Stadt, die er hasst –, um dafür zu sorgen, dass sich seine Schwester nicht nur dort auskennt, sondern auch das Gefühl hat, als würde ihr die unheimliche Großstadt gehören. Ein Bruder, der seine Nichte und seinen jüngeren Bruder so sehr liebt, dass er sein geliebtes Boot zurücklässt, um die Kleine spätabends zu füttern und Tag und Nacht herumzutragen, wenn sie Koliken hat, denn sobald er sie ablegt, tut ihr der Bauch weh und sie weint. Und von Jules und ihrem Make-up will ich gar nicht erst anfangen.«

Gott, diese Frau. »Woher weißt du das von Leni und Joey?«

»Nachdem ich dir zum ersten Mal begegnet bin, habe ich zu Leni gesagt, dass du zwar heiß, aber auch irgendwie ein Mistkerl bist, woraufhin sie mir von all den Dingen berichtet hat, die du für andere getan hast. Ich könnte ewig so weitermachen. Zum Beispiel, als du nach Port Hudson gefahren bist, um mit Sutton über den Campus zu stolzieren, damit alle wissen, dass sie einen großen Bruder hat, der auf sie aufpasst. Oder als Jock aufs College gegangen ist und dich vermisst hat, und du einfach damit weitergemacht hast, ihm Streiche zu spielen. Du hast ihm zum Beispiel ein Carepaket mit Gummipuppen geschickt, die aus dem Karton gesprungen sind, und als du ihn besucht hast, seid ihr auf eine Party gegangen und du hast ihn vor allen anderen gefragt, ob er inzwischen aufgehört hat, ins Bett zu nässen.«

Er lachte. Das hatte er ganz vergessen. »Das war ziemlich lustig.«

»Das warst du, der sichergehen wollte, dass sein Zwilling wusste, dass er nicht allein ist.« Sie legte die Arme um ihn. »Siehst du das denn nicht, Archer? Es gibt einen Grund, warum deine Familie und Freunde zu dir gehalten haben, als du verletzt warst. Du bist so viel mehr als ein Mann, der gehässige Sachen gesagt und sich von seiner Familie distanziert hat, und dein Großvater hat viele Gründe, stolz auf dich zu sein. Ich hoffe, dass du das eines Tages selbst so sehen kannst.«

Seine Brust schnürte sich zusammen und Gedanken und Gefühle prügelten mit halsbrecherischer Geschwindigkeit auf ihn ein. Nichts davon konnte er lange genug festhalten, um es in Worte zu fassen. Stattdessen legte er die Hände an ihr wunderschönes Gesicht. »Alles, was ich momentan sehe, bist du.« Dann senkte er die Lippen auf ihre und in seinem Kuss schwangen all seine unausgesprochenen Versprechen mit.

Siebzehn

Am Samstagmorgen herrschte in Silver Haven reges Treiben in Vorbereitung auf den Winter Walk. In Indis Studio ging es genauso geschäftig zu, als Archer, Jock, Levi und Brant Seite an Seite mit ihren Vätern Aufgaben verteilten und sich an die Arbeit machten. Sie hatten bereits einen Tisch und Stühle nach draußen gestellt, und schon bald würde Indi damit beginnen, alles für den Straßenverkauf aufzubauen. Archer und Levi demontierten einen alten Friseurstuhl, während Jock und sein Vater die neuen Stühle bei den Waschbecken installierten. Brant und Roddy stellten die Regale auf. Indi hatte nicht mit Steve und Roddy gerechnet. *Das macht man in einer Familie so, Liebes*, hatte Steve erwidert, als sie eine entsprechende Bemerkung gemacht hatte. Wie ein einzelner Satz sie an den Rand der Tränen bringen konnte, war ihr schleierhaft. Bei allem, was zwischen ihr und Archer vor sich ging, und der Gewissheit, dass ihre Schwester heute herkommen würde, war sie jedoch ohnehin übertrieben emotional.

Archer zwinkerte ihr zu, als er mit Levi den alten Stuhl Richtung Hintertür trug. Seit er nach seinem Pokerabend bei Jules' Wohnung aufgetaucht war, waren erst anderthalb Wochen vergangen, doch sie waren sich so viel nähergekommen, dass es sich wie ein ganzer Monat anfühlte. Man konnte nicht sagen, dass er sich jetzt von einem ruppigen Kerl in einen zuckersüßen Mann verwandelt hatte, der ihr regelmäßig sein Herz ausschüttete. Er war immer noch der sexy Verführer, der ihr mit anrüchigen Nachrichten einheizte und sie in so einen Sinnestaumel versetzte, dass sie kaum atmen konnte. Außerdem starrte er weiterhin jeden Mann in Grund und Boden, der sie abcheckte, wie etwa gestern Abend, als sie mit Jock, Daphne und Hadley Pizza essen gewesen waren. Als er die anderen Männer mit Blicken durchbohrt hatte, hatte sie schlicht eine Hand auf seine gelegt und ihre Stimme zu einem Flüstern gesenkt. *Wenn du andere Männer weiterhin so ansiehst, mache ich mir noch Sorgen, dass du ans andere Ufer wechselst.* Damit hatte sie seine Aufmerksamkeit wieder dorthin zurückgeholt, wo sie hingehörte. Ein paar Mal war ihr aufgefallen, wie er mit den Zähnen knirschte und zur Decke hochschaute, wenn sie eine hitzige Diskussion geführt hatten und er sich davon hatte abhalten wollen, etwas Bissiges zu sagen. Einmal war ihm eine schroffe Bemerkung herausgerutscht, er hatte sie jedoch schnell wieder zurückgenommen. Sie hatte nicht damit gerechnet, dass er seine Vorsätze so schnell umsetzen würde. Andererseits wusste sie es eigentlich besser, als den Mann zu unterschätzen, der sich einst dazu fähig geglaubt hatte, das Schicksal anderer zu ändern.

Er brauchte diese Fähigkeit nicht. Er brauchte nur genug Entschlossenheit, um sein eigenes Schicksal zu ändern und sich hoffentlich eines Tages die Schuld zu verzeihen, die er mit sich herumtrug.

Ihr Handy vibrierte und riss sie aus ihren Gedanken. Sie war überrascht, James' Namen auf dem Display zu lesen. Seit sie sich vor ein paar Wochen auf einen Kaffee getroffen hatten, hatte sie nichts mehr von ihm gehört. Auf dem Weg zum vorderen Bereich des Geschäfts nahm sie den Anruf an. »Hi, James. Wie geht's dir?«

»Ganz gut, danke. Ich habe Meredith neulich im Büro mit Bruce gesehen, und sie hat erwähnt, dass sie sich dein neues Studio ansehen will. Du ziehst das also wirklich durch, hm? Du eröffnest dein eigenes Geschäft?«

»Kommt das überraschend? Als wir Kaffee trinken waren, habe ich dir erzählt, dass ich den Mietvertrag unterschrieben habe.«

»Keine Ahnung. Ein Teil von mir hat wohl immer noch gedacht, dass du Griechenland in Erwägung ziehen könntest.«

Sie konnte nicht sagen, ob das ein Scherz sein sollte, bekam jedoch ein schlechtes Gewissen, falls er noch immer an ihr hängen sollte. »James, Griechenland stand für mich nie zur Option. Das hat nur im Kopf meiner Mutter stattgefunden.«

»Man kann einem Mann kein Wunschdenken vorwerfen. Ich hoffe, das Studio erfüllt alles, was du dir je erträumt hast.«

Sie drehte sich um. Archer kam gerade wieder durch die Hintertür herein und ging auf sie zu. »Das hoffe ich auch.«

»Vielleicht können wir zusammen was trinken gehen und uns gegenseitig auf den neuesten Stand bringen, wenn du wieder in der Stadt bist.«

»Ja, vielleicht«, sagte sie abwesend, wie hypnotisiert von dem hungrigen Ausdruck in Archers Augen.

»Darauf freue ich mich schon. Viel Glück mit deinem Studio.«

»Danke, pass auf dich auf.« Sie legte auf und Archer beugte sich für einen Kuss zu ihr hinunter. Bisher hatte er das noch nie vor anderen gemacht. Jetzt schickte es ein Kribbeln durch ihren Körper.

»Alles okay?«

»Ja, das war James. Er hat nur angerufen, um mir viel Glück mit dem Studio zu wünschen.«

Seine Gesichtszüge spannten sich an und er wandte sich zum Gehen.

»Archer ...?«

Mit düsterem Blick sah er über die Schulter zurück. »Vertrau mir, wegzugehen ist besser als alles, was ich dazu sagen könnte.«

»Er wollte nur nett sein«, rief sie ihm hinterher.

Im Weggehen zeigte er ihr den nach oben gereckten Daumen, hörte ihn jedoch brummen: »Nett, meine Fresse.«

So sieht es also aus, wenn er Fortschritte macht. Schmunzelnd holte sie ihren Mantel aus dem Büro, um draußen alles für den Straßenverkauf aufzubauen. Als sie das Büro wieder verließ, spazierten ihre Schwester und ihre Nichte durch die Eingangstür. Überschäumende Freude durchflutete sie.

»Tante Indi!« Chantal rannte auf sie zu und umarmte sie.

»Hi! Was für eine schöne Überraschung. Ich wusste nicht, dass du deine Mama begleitest.« Auf der Suche nach einer Erklärung sah Indi Meredith an. Chantal antwortete, bevor sie mehr tun konnte, als zu lächeln.

»Mom meinte, dass ich dir beim Winter Walk helfen könnte«, sagte Chantal. »Terrence wollte auch mit, aber Daddy hat gesagt, dass er zu wild ist, und ihm versprochen, ein anderes Mal mit ihm herzukommen.«

»Das war wahrscheinlich ziemlich schlau von deinem Vater. Aber ich freue mich sehr, dass du hier bist. Ich brauche jede Hilfe, die ich bekommen kann.« Sie ging zu Meredith, um sie zu umarmen. »Danke«, sagte sie just in der Sekunde, als Simon durch die Tür trat. Indi hatte kaum Zeit, ihre Verblüffung zu registrieren, als Archer auch schon auf sie zu marschierte, den Blick auf Simon gerichtet wie ein Löwe, der seine Löwin beschützte. Levi stieß Jock mit dem Ellbogen an, und beide hefteten sich an seine Fersen, als müssten sie entweder den Löwen bändigen oder sich mit ihm in den Kampf stürzen. Sie konnte nicht sagen, was von beidem zutraf. Steve, Brant und Roddy befanden sich kurz dahinter, obwohl sie lächelten wie ein Willkommenskomitee.

»Hi, Sis.« Simon zog sie in eine Umarmung.

Sie drückte ihn fest an sich, wobei sie Archers Blick über seiner Schulter einfing. Sie lächelte, um ihn wissen zu lassen, dass alles in Ordnung war. »Ich kann nicht glauben, dass du hier bist. Nach unserem Telefonat wusste ich nicht, wie du zu all dem stehst.« Archer stellte sich neben sie und legte ihr eine Hand auf den Rücken. Sie wusste seine stumme Unterstützung zu schätzen, obwohl er Simon immer noch im Visier hatte.

»Ich wollte dir keinen Dämpfer verpassen«, erklärte Simon. »Ich wollte nur sichergehen, dass du alles bedacht hast. Später hat mich jemand darauf hingewiesen, dass ich mich manchmal wie Dad aufführe.«

Erleichterung durchströmte Indi, und sie spürte, dass die Anspannung auch aus Archer wich. »Schon okay. Du bist jetzt hier, und das ist alles, was zählt.«

»Schön, dich wiederzusehen, Simon.« Archer schüttelte seine Hand. »Meredith, Chantal, freut mich, dass ihr hier seid. Darf ich euch meine Brüder Jock und Levi vorstellen?« Er zeigte nacheinander auf die beiden. »Das ist mein Vater, Steve, mein Kumpel Brant und sein Vater, Roddy.«

Während sich alle miteinander bekannt machten, zog Archer Indi näher an sich. »Ich bin froh, dass dein Bruder endlich den Stock aus dem Arsch gezogen hat«, flüsterte er.

»Das ist nicht unbedingt die freundlichste Art, es auszudrücken.«

Er grinste. »Doch, ist es.«

Sie schüttelte den Kopf und konzentrierte sich auf die Unterhaltung der anderen.

»Wie alt bist du, Chantal? Zehn? Zwölf?«, fragte Jock.

Chantal kicherte. »Sieben.«

»Meine Tochter Joey ist acht«, sagte Levi. »Sie kommt später mit ihrer Tante Tara vorbei. Sie wird sich bestimmt über eine Freundin zum Spielen freuen.«

»Hast du das gehört, Mom?«, wollte Chantal wissen.

Indi schnappte einen Brocken des Gesprächs zwischen Simon und Steve auf. »Sechs Kinder und darunter zwei Zwillingspaare? Wie war das, als sie klein waren?«

»Als würde man einen Sack Flöhe hüten, die sich alle gegenseitig gedeckt haben.« Steve lachte. »Ich wusste nie, wen ich bestrafen sollte.«

Sie lachten, und Indi fragte sich, wie oft Archer wohl die Schuld für seine Geschwister auf sich genommen hatte.

»Sind das echte Tattoos?«, fragte Chantal Levi. »Ich liebe Tattoos, aber Grandma sagt, dass sich brave Mädchen von tätowierten Jungs fernhalten sollen, weil das alles Gangster sind. Bist du ein Gangster?«

Die Männer mussten ein Lachen unterdrücken, und Indi murmelte: »Natürlich hat sie das gesagt.«

»*Chantal*«, ermahnte Meredith sie.

»Ich weiß, du hast gesagt, wir sollen nicht auf alles hören, was Grandma sagt, aber das hat sie beim Brunch gesagt, nachdem Tante Indi und Archer gegangen sind«, erläuterte Chantal unschuldig. »Weißt du noch?«

»Ja, leider weiß ich das noch. Es tut mir leid, Archer«, sagte

Meredith. »Meine Mutter hat das Tattoo an deinem Hals gesehen. Sie stammt aus einer anderen Generation.«

»Schon okay.« Archer zwinkerte Chantal zu. »Ich wurde schon als Schlimmeres bezeichnet.«

Levi beugte sich hinunter, sodass er auf Augenhöhe mit Chantal war. »Tattoos sind bloß eine andere Form der Selbstdarstellung, wie auch sich die Nägel zu lackieren oder Ohrringe zu tragen.«

»Ich weiß«, sagte Chantal. »Das hat Mom mir beigebracht. Ich will auch eins, wenn ich älter bin.«

Jetzt musste Indi schmunzeln und Meredith verdrehte die Augen.

»In diesem Sinne«, sagte Steve lässig, »sollten wir uns wahrscheinlich wieder an die Arbeit machen.«

»Wie kann ich helfen?«, wollte Simon wissen und zog seine Jacke aus.

Roddy klopfte Simon auf die Schulter. »Können Stadtkinder elektrische Werkzeuge bedienen?«

»Nein, wir sind zu beschäftigt damit, unsere Schuhe auf Hochglanz zu polieren.« Simon grinste. »Aber ich habe ein paar YouTube-Videos gesehen.«

Die Männer lachten und Meredith rückte neben Indi. »Bei der Tattoosache war ich mir nicht ganz sicher, aber ich glaube, es ist okay.« Sie zeigte auf Chantal, die die Männer dabei beobachtete, wie sie sich gegenseitig aufzogen und die Werkzeuge zusammensuchten. »Da ist jemand ganz fasziniert.«

»Sie sind ja auch ein faszinierender Haufen.« Indi warf Archer einen Blick zu, als er sich aus der Gruppe löste, kurz zu ihr schaute und dann auf ihre Nichte zuging. »Danke, dass du mit Simon geredet hast.«

»Das habe ich in der Tat, aber dass er sich wie Dad aufführt, habe ich nie gesagt. Ich habe keine Ahnung, wer das war, auch wenn es definitiv stimmt.« Sie folgte Indis Blick zu Chantal und Archer, die ein paar Meter entfernt standen. Archer hatte die Arme verschränkt und das Kinn gesenkt. »Was es wohl mit dieser Besprechung da auf sich hat?«

Chantal nickte energisch, und ihr ganzes Gesicht erhellte sich, als sie Archers Hand nahm. Archer blickte zu Meredith und Indi herüber. »Ihr habt doch nichts dagegen, wenn ich die neugierige Maus hier an etwas harte Arbeit heranführe, oder?«

»*Bitte*, Mom?«, flehte Chantal. »Ich mache mich auch nicht schmutzig, versprochen.«

»Doch, daran führt kein Weg vorbei. Aber etwas Schmutz hat noch niemandem geschadet.«

»In Ordnung.« Meredith lächelte.

»Juhu!«, jubelte Chantal und strahlte zu Archer hoch. »Ich weiß schon, wie man elektrische Geräte benutzt. Bei Mommy darf ich den elektrischen Mixer bedienen, wenn wir was backen.«

Archer lachte leise. »Dann kannst du mir ja vielleicht noch ein, zwei Dinge beibringen.«

Hand in Hand gingen sie davon und Indis Herz sprudelte beim Anblick von Archers weicher Seite schier über.

»Er ist ein harter Kerl *und* kann gut mit Kindern? Du hattest recht. Er ist viel besser als Johnny Castle. Kribbeln deine Eierstöcke schon?«

»Nein, aber andere Körperteile definitiv.« Indi zwang sich, den Blick von Archer abzuwenden. »Na los, bauen wir draußen alles für den Winter Walk auf.«

Sie trugen Kisten nach draußen zum Gehweg, wo die Händler entlang der Main Street Tische aufbauten und bestückten. Ein buntes Banner mit dem Namen der Veranstaltung hing über der Straße und die altmodischen Straßenlaternen waren von den Feiertagen noch in festlichem Rot, Grün und Gold dekoriert. Kleine Flaggen, auf denen *Willkommen* stand, flatterten im Wind an den Ladentüren, und Vorfreude hing in der Luft. Auf der anderen Seite der Straße wurde Musikequipment aus Lastern geladen und zur Bühne im Park getragen, und die BH-Brigade war als Einheit aufgetaucht, um bei der Organisation der Spiele und Snacks für die Kinder zu helfen.

»Das ist alles so aufregend«, sagte Mrs. Smythe, der das süße Bekleidungsgeschäft nebenan gehörte, bevor sie wieder in ihren Laden eilte.

Die Straße weiter hoch trugen der Optiker und seine Frau einen Tisch nach draußen vor ihr Geschäft und direkt dahinter stellten drei Teenager mit Essen beladene Tabletts vor Trista's Café bereit. Charmaine, die mit einer anderen Frau einen Stand vor ihrem Maklerbüro aufbaute, winkte ihnen zu.

Indi winkte zurück. »Das ist Charmaine, die Immobilienmaklerin, die mir bei der Suche nach diesen Geschäftsräumen geholfen hat. Wenn wir alles fertig aufgebaut haben, stelle ich dich ihr vor.«

Meredith winkte Charmaine ebenfalls zu. »Dieses Städtchen ist entzückend. Ich muss später unbedingt bei der Buchhandlung vorbeischlendern und mir deren Angebot ansehen.«

»Indi! Was für ein wunderschöner Tag!«, rief Bellamy aus der Ecke herüber, wo sie und zwei andere junge Frauen gerade alles vor dem Happy End-Geschenkeladen aufbauten.

»Das ist Bellamy Silver, das neue Gesicht von Indira.« Indi winkte ihr zu.

Meredith tat es ihr gleich. »Hi! Ich bin Indis Schwester. Meinen Glückwunsch!«

»Danke!«, rief Bellamy zurück.

Erfreut beobachtete Indi Meredith. Normalerweise war ihre Schwester nicht so kontaktfreudig.

»Wow, sie ist wirklich hübsch.« Meredith begann, die Startersets aus dem Karton zu holen.

»Und wie. Wir haben fantastische Bilder für das Studio geschossen.« Indi arrangierte die Produktproben. »Zu schade, dass du nicht das ganze Wochenende bleibst. Dann hättest du Jules kennenlernen können. Sie und Grant kommen heute spät nach Hause.«

»Ich werde definitiv noch mal herkommen, um sie kennenzulernen. Kein Wunder, dass es dir hier so gefällt. Die Energie hier ist ganz anders als in der Stadt. Alle sind so freundlich.« Sie beugte sich näher zu ihr und senkte die Stimme. »Du hast mir nicht erzählt, dass Archers Brüder und Freunde alle so heiß sind. Selbst sein Vater ist unglaublich attraktiv.«

»Warte, bis du Steve mit Shelley zusammen siehst. Ich habe noch nie zwei Menschen gesehen, die in ihrem Alter und als Eltern noch so verliebt ineinander sind. Sie berühren und küssen sich praktisch ununterbrochen.«

»Das ist total schön. Und was ist das mit Archer? Für zwei Menschen, die nur gelegentlich miteinander ins Bett steigen, scheint er *dich* ganz schön oft zu berühren.«

»Wir entwickeln uns sozusagen gerade weiter.«

»Sozusagen?«

»Wir verbringen viel Zeit miteinander und er öffnet sich langsam. Ich habe ihn wirklich sehr gern, Meredith. Keiner von uns ist es gewohnt, so viel Zeit, so viele Nächte mit jemandem zu verbringen, was anfangs seltsam war. Und es ist immer noch spannend. Wir sortieren das alles noch für uns, weil es uns völlig überrascht hat. Ich meine, das hätte überhaupt nicht passieren sollen, und dann auch noch ausgerechnet mit ihm. Eigentlich wollte ich mich auf die Arbeit konzentrieren.«

»Du konzentrierst dich ja auf die Arbeit, und wenn wir ehrlich sind, sind alle Beziehungen irgendwie seltsam.«

Indi gruppierte die Gratisproben auf dem Tisch und legte Visitenkarten zu ihrer Webseite aus. »Das stimmt wohl.«

»Du wirkst glücklich, wenn du über ihn sprichst. Heißt das, dass du bei ihm gefunden hast, was immer dir bei James gefehlt hat?«

»Die beiden sind absolut nicht zu vergleichen. Ich muss nur an Archer denken und schon habe ich Schmetterlinge im Bauch. Oder bin stinkwütend.«

»Willkommen im Leben mit einem Mann.« Sie mussten beide lachen.

»Wenn er etwas will, steht ihm nichts und niemand im Weg, und er hat absolut keinen Filter. Manchmal sagt er Dinge …« Sie schüttelte den Kopf und erzählte Meredith von dem Zahnbürsten-Vorfall. »Aber um fair zu bleiben: Er bemüht sich, die Sache in den Griff zu bekommen.«

»Hört sich an, als wärt ihr euch sehr ähnlich. Du hältst dich auch selten zurück.«

»Ich denke schon, dass wir uns ähnlich sind, aber ich sage keine gemeinen Dinge.«

»Ach nein?« Meredith grinste. »Und als du zu Simon mal gesagt hast, dass er Dad so tief in den Arsch kriecht, dass er fast darin verschwindet?«

Indi lachte. »Das war nur die Wahrheit. Du weißt, wie er damals war.«

»Ja, schon, und was Archer zu der Zahnbürste gesagt hat, stimmte wahrscheinlich auch. Ich wette, viele Männer denken so, wenn sie zum ersten Mal die Sachen einer Frau zwischen ihren eigenen wahrnehmen. Weil das irgendwie noch nicht ganz ins Bild passt. Weißt du noch, wie merkwürdig ich mich verhalten habe, als Bruce und ich zusammengezogen sind?«

»Ich dachte, du verlierst den Verstand, weil du dich über seine Schuhe beschwert hast, die nicht in Reih und Glied im Schrank standen und zu viel Platz wegnehmen würden. Das war seltsam. Und du hast ihn als Ferkel bezeichnet. Nicht jeder ist beim Aufräumen pedantisch und er ist wirklich ein toller Mann.«

»Genau das sage ich ja. Beziehungen sind seltsam und manchmal kommt die Wahrheit nicht besonders freundlich rüber.« Meredith stellte ein Starterset auf den Tisch und sah Indi behutsam an. »Sollte ich mir Sorgen machen, dass du dich in was verrennst? Du meintest doch, Archer ist nicht der Typ, der sesshaft wird.«

»Keine Ahnung. Wahrscheinlich. Ich weiß, dass ich ihm wichtig bin, aber er hat viel aus seiner Vergangenheit aufzuarbeiten.« Sie sah durch das Fenster zu Archer, der Chantal gerade dabei half, eine Holzdiele in den Boden einzupassen. »Er ist so ein guter Mensch, Meredith. Er gibt so viel und ist durch und durch loyal.« *Das geht sogar so weit, dass er Dinge auf sich nimmt, die er gar nicht verschuldet hat.* »Das Verrückte ist, dass ich ihm jetzt schon nicht widerstehen kann, dabei hält er sich wegen dem, was er durchgemacht hat, eh schon zurück. Ich kann mir nur vorstellen, zu was für einem unglaublichen Menschen er werden wird, falls oder wenn er einen Weg findet, die Vergangenheit hinter sich zu lassen.«

»Das klingt nach einer schweren Last, die er zu schultern hat. Willst du darüber reden?«

Indi schüttelte den Kopf. »Danke, aber es ist nicht an mir, darüber zu sprechen.«

»Okay. Wenn du deine Meinung änderst, bin ich für dich da.« Meredith hob eine Augenbraue. »Wie kommst du wegen der Situation mit unseren Eltern zurecht? Ich habe neulich versucht, mit Mom zu reden, aber sie hat einfach das Thema gewechselt.«

»Natürlich hat sie das.« So war es schon Indis ganzes Leben lang gewesen. Indi verdrängte den Schmerz, von ihren Eltern so leicht aufs Abstellgleis geschoben zu werden, und zählte all die Dinge auf, für die sie dankbar war. Sie war in den Armen des Mannes aufgewacht, in den sie sich immer mehr verliebte, ohne es verhindern zu können, und sie war von Freunden und Familie umgeben, die hart arbeiteten, um ihr bei der Erfüllung ihrer Träume zu helfen. Sie hatte eine Menge vorzuweisen, wofür sie dankbar war, auch wenn ihre Eltern das anders sehen mochten. »Weißt du was? Das ist ihr Versäumnis. Du, Simon und Chantal seid mit mir auf dieser wunderschönen Insel, und ich werde nicht zulassen, dass irgendwas – schon gar nicht unsere materialistischen Eltern – meine Laune trübt.«

»Na, so habe ich mir das vorgestellt.«

Beim Klang von Lenis Stimme wirbelte Indi herum und war überrascht, sie und Sutton, ihre große, blonde ältere Schwester mit der Porzellanhaut, vor sich zu sehen. Beide trugen Reisetaschen bei sich. »Leni! Sutton! Was macht ihr denn hier? Seid ihr gekommen, um Jules heute Abend willkommen zu heißen?«

Leni sah sie an, als hätte sie nicht mehr alle Tassen im Schrank. »Nein, du Knalltüte. Wir sind deinetwegen hier.« Sie umarmte Indi.

»Das ist eine gute Möglichkeit, dem Zorn meines Chefs zu entkommen«, sagte Sutton, als Indi sie in ihre Arme schloss.

Sutton war Reporterin der Sendung *World Discovery Hour*, ein Unternehmen von LWW Enterprises. Sie hatte sich von ihrer Position als Moderedakteurin in einem anderen Unternehmenszweig von LWW hochgearbeitet und ihre mangelnde Erfahrung als Reporterin war ein ständiger Streitpunkt zwischen ihr und ihrem Boss.

»Versucht er immer noch, dich zu feuern?«, fragte Indi.

Sutton verdrehte die Augen. »Bei jeder sich bietenden Gelegenheit. Aber ich glaube, langsam wachse ich ihm ans Herz.«

»Ich wüsste da so einige Arten, wie ich dem heißen Flynn Braden gerne ans Herz wachsen würde.« Leni lachte leise und umarmte Meredith. »Ich wusste gar nicht, dass du herkommen wolltest.«

»Ich dachte, das hätte ich dir gesagt?«, meinte Indi, doch jetzt, wo sie darüber nachdachte, konnte sie sich nicht daran erinnern, es erwähnt zu haben.

»Nein, was bedeutet, dass mein Bruder dir wortwörtlich den Verstand rausvögeln muss«, stichelte Leni.

Indi verdrehte die Augen. »Simon und Chantal sind auch hier.«

Leni gab einen *Ach was*-Laut von sich. »Dann ist Simon wohl doch kein kompletter Trottel.«

»*Leni*«, schimpfte Indi.

»Können wir wieder darauf zurückkommen, dass unser Bruder Indi um den Verstand bringt?« Hoffnungsvoll lächelte Sutton Indi an. »Heißt das, dass Archer und du euch inzwischen weiterentwickelt habt, seit ihr euch von der Halloweenparty davongeschlichen habt? Ich fand nämlich schon immer, dass du die Einzige bist, die diesen Mann zähmen kann, wenn überhaupt.«

Das Seltsame daran war, dass Indi gar nicht versuchte, ihn zu zähmen. Das schaffte Archer von ganz allein.

$$\mathit{Achtzehn}$$

Die Musik aus dem Park und die vielen Gespräche trugen zu der ausgelassenen Stimmung des Winter Walks bei. Der Vormittag war dank des beständigen Stroms begeisterter Kunden, die Starterkits gekauft und Indi Dutzende Fragen über ihre Dienste als Haar- und Make-up-Stylistin gestellt hatten, wie im Flug vergangen. Viele Leute waren aus anderen Städten auf der Insel hergekommen, um sie und Meredith auf Silver Island willkommen zu heißen und ihre Begeisterung für das Studio und ihre Produkte auszudrücken. Es war erst Januar, aber drei Leute hatten sich bereits Termine für ein Haarstyling und Make-up für Veranstaltungen im Sommer bei ihr gesichert. Zwischen Gesprächen mit ihren Kunden und lockerem Geplauder mit Leni, Sutton und Meredith hatte Indi unglaublich viel Spaß. Sie hatte sich wahnsinnig gefreut, als Archer vorbeigeschaut hatte, um nach ihr zu sehen. Sutton hingegen hatte ihn damit aufgezogen, dass er Indi die ganze Zeit mit Herzchen in den Augen ansah, woraufhin Leni eingeworfen hatte: »Eher wie ein zügelloser Neandertaler, der sie in seine Höhle verschleppen will.« Lenis Einschätzung war definitiv zutreffender. Archer hatte Indi geküsst, seine Schwestern angeknurrt und war nach drinnen verschwunden, was sie alle zum Schmunzeln gebracht hatte.

Jetzt verteilten Leni und Meredith Gratisproben, Sutton füllte die Auslage auf dem Tisch wieder auf und Indi beendete gerade ein Kundengespräch. Sie legte eine Visitenkarte zu den beiden Starterkits für die Frau und ihre Tochter im Teenageralter in eine Tasche und reichte sie ihnen. »Vielen Dank noch mal für Ihren Einkauf.«

Die beiden entfernten sich vom Stand und gleich darauf bahnten sich Margot Silver und Gail Remington lächelnd einen Weg durch die Menge zu ihnen. Ob sie auch über Ava Bescheid wussten? Auf den ersten Blick hätte Indi nie gedacht, dass Shelley, Margot und Gail beste Freundinnen waren. Shelley war eher der legere Jeans-und-Sweatshirt-Typ, und Margot und Gail wirkten, als würden sie aus völlig verschiedenen Welten stammen. Auf der einen Seite Margot, die kurzen, kinnlangen, dunkelblonden Haare perfekt gestylt, mit sorgfältig aufgetragenem Make-up, den Diamantohrringen und dem teuren Designermantel, und auf der anderen Seite Gail, die mit ihren wilden braunen, hier und da bereits ergrauten Locken und ihrer Vorliebe für Erdtöne aussah, als käme sie geradewegs aus Woodstock. Doch der Schein konnte trügen. Die drei waren unglaublich warmherzig, mütterlich und gastfreundlich.

»Wenn vier so bezaubernde Frauen die Waren anpreisen, wird Indis Studio mit Sicherheit einschlagen wie eine Bombe.« Gail umarmte Indi. »Meinen Glückwunsch, Liebes. Wir sind so stolz auf dich.«

Indi sog ihre Freundlichkeit in sich auf wie ein Schwamm. »Danke.«

»Und was das für eine schöne Überraschung ist.« Margot wackelte mit einem Finger in Lenis und Suttons Richtung. »Shelley hat uns gar nicht erzählt, dass ihr auf der Insel sein würdet.«

»Mom wusste nicht, dass wir herkommen wollten.« Sutton umrundete den Tisch, um die beiden älteren Frauen zu begrüßen.

»Ihr habt meine Schwester Meredith noch nicht kennengelernt«, sagte Indi.

Meredith lächelte. »Hi. Ich freue mich so, hier zu sein.«

»Sieh an, wenn du mit deinen Locken mal nicht meine jüngere, süßere, größere, dünnere Doppelgängerin bist«, sagte Gail und brachte sie damit alle zum Lachen. »Es ist mir ein Vergnügen, dich kennenzulernen. Ich bin Gail und das ist Margot. Mein Mann und Sohn sind die beiden mit den Grübchen, die gerade bei der Renovierung des Studios helfen.« Sie breitete die Arme aus. »Wie wäre es mit einer waschechten Silver-Island-Begrüßung?«

»Ich *liebe* diese Insel.« Meredith wackelte kurz mit den Schultern, als sie Gails Einladung auf eine Umarmung annahm.

»Schade, dass meine Jungs heute nicht helfen können. Sie stecken beide bis zum Hals in Arbeit.« Margot winkte Meredith zu sich, um sie ebenfalls zu umarmen. »Bist du übrigens noch Single?«

»Lass gut sein, Margot.« Leni schüttelte den Kopf. »Sie ist so was von verheiratet.«

»Der Rest von euch aber nicht.« Margot hob die Augenbrauen.

Gail beugte sich dichter zu Margot, als sich Indi einer Kundin zuwandte. »Wir sind hier, um für die BH-Brigade Gratisproben abzustauben, nicht um jemanden zu verkuppeln. Lass sie in Ruhe oder sie werden nie wieder zu Besuch kommen.«

»Und sollte mein Bruder Wind davon bekommen, dass ihr

Indi mit einem anderen Mann zusammenbringen wollt, wird er Gott weiß was anstellen«, warnte Leni.

»Mir sind in der Tat Gerüchte über eine aufkeimende Romanze zu Ohren gekommen, über die ich unbedingt mehr erfahren muss.« Margot spähte zu Indi, als die Kundin sich verabschiedete.

Indi wollte kein Öl ins Feuer der Gerüchteküche gießen. »Ihr wolltet ein paar von den Proben, richtig?« Sie füllte die Proben in eine Tasche und reichte sie ihr. »Bitte schön. Es ist sehr nett von euch, die BH-Brigade damit zu versorgen.«

»Netter Versuch, meine Liebe.« Margot nahm die Tasche entgegen. »Aber ich will eine Portion von dem Klatsch und Tratsch über dich und Archer.«

»Die Gerüchteküche brodelt ohnehin schon«, warnte Gail. »Aber wir müssen es direkt von der Quelle hören, um sicherzugehen, dass alles stimmt. Ist es wahr? Unser Archer ist nicht mehr zu haben?«

Meredith lachte leise. »Du hast nicht gelogen. Klatsch ist hier auf der Insel eine ernsthafte Angelegenheit.«

Details mit ihren besten Freundinnen und ihrer Schwester zu besprechen, war eine Sache, doch Indi und Archer hatten noch keine Bezeichnung für das Verhältnis zwischen ihnen gefunden. Sie wusste ja nicht einmal selbst, was genau sie waren. Wie sollte sie dem Ganzen da ein Etikett verpassen? Sie schliefen mit niemandem sonst, waren jedoch nicht offiziell als Paar zusammen oder planten gar eine gemeinsame Zukunft. Es hatte sich nichts daran geändert, dass Archer weder zum festen Partner in einer Beziehung noch zum Ehemann taugte. Sie entschied sich, bei ihrer Antwort auf Nummer sicher zu gehen. »Ja, wir treffen uns regelmäßig, aber es ist kompliziert, und *nicht mehr zu haben* hört sich an, als wäre es etwas Ernstes.«

Gail und Margot tauschten ein schelmisches Grinsen. »Okay«, sagte Margot. »Dann werden wir euch einfach dabei helfen, das Ganze weniger kompliziert zu machen. Tschüss!« Zusammen mit Gail eilte sie über die Straße Richtung Park.

»Wartet! Bitte sprecht ihn nicht darauf an!«, rief Indi ihnen hinterher. Archer musste sich mit so vielen Dingen auseinandersetzen und er hatte sich endlich geöffnet. Da konnte er es nicht gebrauchen, dass die Leute über sie redeten. Sie wandte sich an Leni. »Wir müssen sie aufhalten. Ich will nicht, dass sie irgendwas zu Archer sagen, das ihn verunsichert.«

»Seit wann muss Archer beschützt werden?«, fragte Sutton.

»Gutes Argument.« Leni drehte Indi an den Schultern herum, sodass sie in ihr Studio schaute. »Aber viel wichtiger noch: Sieh dir an, was mein Bruder für dich tut.«

Leni klopfte an die Scheibe und die Männer und Chantal drehten sich zu ihr um. Chantal winkte, auf den Gesichtern der Männer spiegelte sich jedoch Verwirrung. Zielsicher fand Archers Blick Indis und brachte ihren Puls zum Rasen. Seine Mundwinkel bogen sich zu einem wölfischen Grinsen nach oben, das allerlei herrliche Empfindungen durch sie hindurchschickte.

»Ich denke nicht, dass es so kompliziert ist, wie du es darstellst.« Leni runzelte die Stirn. »Und ich kann nicht glauben, dass ich gerade gesagt habe, dass etwas an Archer nicht kompliziert ist.«

Sie lachten, dann rief Sutton: »Da kommen Daphne und Hadley.«

Leni wandte sich ab, doch Indi beobachtete weiterhin Archer, der wieder an die Arbeit gegangen war, und dachte über Suttons Bemerkung nach. *Seit wann muss Archer beschützt werden?* Seine Familie fand es wundervoll, dass er sich wieder mit Jock versöhnt hatte, und sie machten Witze darüber, wie stark und ruppig Archer war, doch keiner erwähnte je die Schuldgefühle, mit denen er zu kämpfen hatte. Hatten sie auch nur den Hauch einer Ahnung?

Meredith stellte sich neben sie. »Du musst Daphne für deine Videos verpflichten. Ihr Lächeln erhellt die ganze Straße.«

»Das habe ich gestern beim Abendessen mit ihr und Jock erwähnt. Leider ist sie etwas schüchtern und hat mir einen Korb gegeben. Aber keine Sorge, so leicht gebe ich nicht auf.« In dem Moment, als Daphne mit Hadley auf dem Arm an ihren Tisch trat, drehte sie sich um. Hadley hatte die kleinen Augenbrauen zusammengezogen und zog eine Schnute.

»Ihr kleines Mädchen sieht nicht so aus, als hätte sie einen besonders guten Tag«, flüsterte Meredith.

»Hadley wirkt immer ernst. Diesen finsteren Blick hat sie wohl von ihrem Onkel Archer.« Als Jock Daphne kennengelernt hatte, war sie eine geschiedene, alleinerziehende Mutter gewesen. Archer und Hadley waren also nicht blutsverwandt, obwohl sie sich zweifellos so verhielten.

»Das kannst du laut sagen«, meinte Daphne. »Obwohl Archer gestern beim Essen ziemlich viel gelächelt hat.« Sie sah zu Meredith. »Hi, du musst Meredith sein. Ich bin Daphne.«

»Hi. Deine kleine Tochter ist goldig.« Meredith kitzelte Hadley am Fuß.

Hadley vergrub das Gesicht an Daphnes Hals.

»Moment, ihr wart auf einem Doppeldate?« Mit großen Augen sah Leni zu Sutton.

»Das klingt ernst«, sagte Sutton. »Archer geht nicht auf Dates, erst recht nicht auf Doppeldates.«

»Es war nur ein Abendessen«, sagte Indi locker, obwohl es sich nicht nach etwas Lockerem angefühlt hatte, als sie mit Jock und Daphne in dem Restaurant gesessen hatten, Archer dicht neben ihr, der ihr anzügliche Dinge und Insiderwitze zugeflüstert hatte. Die Tatsache, dass sie überhaupt Insiderwitze hatten, hatte jetzt, da sich die Dinge zwischen ihnen verschoben, einen anderen Beigeschmack bekommen. Als sie das Restaurant verlassen hatten, hatte er einen Arm um ihre Schultern gelegt, und selbst das hatte ihr ein gutes Gefühl gegeben. Allerdings versuchte sie, das Ganze aus einem nüchternen Blickwinkel zu betrachten, da nicht nur jeder für sich viel um die Ohren hatte, sondern auch sie beide zusammen.

Eine hübsche Brünette näherte sich dem Tisch und Indi war dankbar für die Ablenkung. »Hi. Willkommen bei Indira. Hier wird bald ein Studio für Hautpflegeprodukte und Kosmetik eröffnen.«

»Hi. Sind Sie Indi?«

»Ja.«

»Oh, gut. Ich war gerade drüben bei Happy End und habe mit Bellamy gesprochen, die mir von Ihren Produkten erzählt hat. Ich habe ziemlich schlechte Erfahrungen mit Make-up gemacht, weil ich davon immer Pickel bekomme. Sie meinte, dass Ihre Produkte nur natürliche Inhaltsstoffe haben.«

Vielen Dank, Bellamy! Während Indi in ein Gespräch mit ihr vertieft war, strömten weitere Menschen in ihre Richtung, und Daphne brachte Hadley nach drinnen, um Jock Hallo zu sagen. Bei ihrer nächsten Verschnaufpause rannte Joey über den Bürgersteig auf sie zu. Ihre Haare waren zu Zöpfen geflochten und um ihren Hals hing ein Presseausweis.

Joey umarmte Leni und Sutton und plapperte ohne Punkt und Komma über die Dinge, die sie heute schon gesehen und getan hatte. Dann wandte sie sich an Indi. »Tante Tara hat *allen* von deinem neuen Studio erzählt.«

»Das ist fantastisch. Ich muss mich bei ihr bedanken. Joey, das ist meine Schwester, Meredith.«

»Hi.« Joey winkte.

Meredith lächelte. »Hi. Klingt, als hättest du heute schon viel Spaß gehabt.«

»Und wie! Ich bin Taras Assistentin. Siehst du?« Sie hielt ihren Presseausweis hoch.

»Beeindruckend«, sagte Meredith voller Begeisterung.

»Tara kommt mit Grandma Shelley und Grandma Lenore her. Sie bringen Mittagessen mit.« Joey spähte durch die Tür ins Studio. »Hadley ist hier? Wer ist das Mädchen da bei Onkel Archer?«

»Das ist meine Tochter Chantal. Soll ich euch vorstellen?«, bot Meredith an.

»Ich mach das schon.« Joey öffnete die Tür und brüllte: »Chantal, ich bin Joey!« Dann flitzte sie in den Laden.

Meredith lachte. »Sie ist hinreißend.«

»Ja. Sie haut einen um. Chantal wird sie lieben. Aber ich muss dich warnen: Sollten sie Freundinnen werden, müssen wir mit Argusaugen auf sie aufpassen, wenn sie Teenager sind. Levi ist Biker, genau wie die meisten seiner Freunde in Harborside. Damit ist Joey in ihrem Motorradclub wahrscheinlich so was wie eine Bikerprinzessin.«

»Ach, du liebe Zeit. Kannst du dir Moms und Dads Gesicht vorstellen, wenn Chantal eine Lederphase hat?«

Sie schmunzelten zwar, doch im Inneren war Indi traurig, dass ihre Nichte und ihr Neffe immer nur anhand ihrer Kleiderwahl beurteilt werden würden.

Sie schob diese Gedanken beiseite und kümmerte sich um eine Handvoll weiterer Kundinnen, bevor Shelley und Lenore in Sichtweite kamen. Sie hatten Tüten von Trista's Café und

Pappträger voller To-go-Becher dabei. Tara befand sich ein gutes Stück hinter ihnen und fotografierte. Shelley trug einen marineblauen Mantel mit Gürtel und ein breites Lächeln. Die Gewissheit, dass Shelley die Neuigkeit von Avas Krankheit belastete, brachte Indi zu der Erkenntnis, dass Shelley genauso gut darin war, ihren Kummer zu verbergen, wie Archer.

Shelley schnappte nach Luft, als sie Leni und Sutton sah. »Ich hätte es wissen müssen, dass meine Töchter herkommen würden, um Indi beim Start in ihr neues Abenteuer zu unterstützen.« Sie stellte die Tüten ab und zog jede nacheinander in eine ungewöhnlich lange Umarmung.

Da war er. Der einzige Riss in ihrer tapferen Fassade.

Als sie Indi umarmte, drückte Indi sie fester als sonst an sich. Sie mochte nicht in der Lage sein, Shelley mit Worten in ihrer Trauer beizustehen, aber so viel konnte sie tun.

»Shelley, Lenore, das ist meine Schwester Meredith.«

»Ich habe schon so viel von euch gehört«, sagte Meredith. »Es kommt mir so vor, als würde ich euch bereits kennen.«

»Mir auch, Liebes.« Shelley umarmte sie. »Willkommen auf Silver Island.«

Archer trat durch die Tür und hob das Kinn in Indis Richtung. Es wirkte, als wollte er den Arm nach ihr ausstrecken, doch zu viele Menschen standen ihm im Weg.

Meredith wandte sich an Lenore. »Ich habe das Gefühl, als müsste ich mich verbeugen, weil ich der berüchtigten Anführerin der BH-Brigade gegenüberstehe.«

»Ich mag diese Frau«, scherzte Lenore. »Jetzt, da Indi ein echtes Mitglied der Silver-Island-Gemeinde ist, müsst ihr beide uns diesen Sommer auf dem einen oder anderen Ausflug der BH-Brigade begleiten.«

Archer zog ein finsteres Gesicht. »Der einzige Ort, wo sich

Indi nur in ihrem BH aufhält, ist auf meinem Boot.«

Die Frauen schmunzelten, und Leni wiederholte, dass die Dinge wirklich nicht kompliziert waren.

Indi war verblüfft, dass er etwas so Besitzergreifendes gesagt hatte – als hätte er als ihr *Freund* das Recht dazu –, es gefiel ihr jedoch ungemein! Dennoch konnte sie es nicht lassen, ihn anzustacheln. »Entschuldige mal?« Sie hob eine Augenbraue.

»Willst du etwa in deinem BH über die Insel hüpfen?«, forderte Archer sie heraus.

Indi reckte das Kinn. »Vielleicht, ja.«

Er schnaubte.

»Ganz ruhig, Archer«, schimpfte Lenore. »Es ist ja nicht so, als würden wir sie auf der Main Street präsentieren. Meine Güte. Du bist wirklich genau wie dein Großvater.« Sie senkte ihre Stimme. »Indi, ich habe zu Hause eine Peitsche liegen. Komm mal bei mir vorbei, dann zeige ich dir, wie man sie benutzt.«

Archer schien drauf und dran, seine Großmutter anzupflaumen.

»Das ist ein fantastischer Ausdruck«, sagte Tara hinter ihrer Kamera und schoss ein Foto von Archer. »Das Bild werde ich *Mann in Flammen* nennen.«

Alle außer Indi und Archer lachten. Indi hatte nicht gewollt, dass er zur Zielscheibe der Sticheleien der anderen wurde. Sie stellte sich neben Archer, weil sie den Mann beschützen wollte, der schon seit Jahren stumm vor sich hin litt und der, ohne zu zögern, für sie eingestanden war. »Ein treffender Titel für dieses Bild, Tara. Schließlich ist Archer der heißeste Mann auf der Insel.«

»Verdammt richtig.« Archer zog sie zu einem Kuss an sich, woraufhin die Frauen in überraschten Jubel ausbrachen.

Leni verdrehte die Augen. »*Wir müssen sie aufhalten*, hat sie gesagt. *Es ist kompliziert.*«

Indi lachte leise. »Archer ist kompliziert. Das macht ihn ja gerade so besonders.«

»An einem komplizierten Mann ist nichts falsch. Ich war ewig mit einem verheiratet und es war nie langweilig.« Lenore hob den Träger mit To-go-Bechern hoch und sah Archer spitzbübisch an. »Ich würde ja fragen, wer Hunger hat, aber bei dir wissen wir das ja schon. Zu schade, dass Indi nicht auf der Mittagskarte steht.«

Archer schmunzelte, und während sich die anderen über das Mittagessen unterhielten, flüsterte er: »Sie hat keine Ahnung, dass ich mittags gerne Nachtisch esse und dass du *als Einziges* auf *dieser* Karte stehst.« Er tätschelte Indis Hintern, bevor er nach dem Pappträger griff. »Lass mich dir das abnehmen, Gram.«

Er trug die Becher ins Haus und ließ Indi mit der Sehnsucht nach etwas zurück, das sie umgeben von so vielen Menschen nicht haben konnte. *Gott*, das liebte sie an ihm.

Emsige Betriebsamkeit breitete sich aus. Indi schrieb eine Nachricht auf einen Zettel, in der sie die Kunden dazu aufforderte, sich eine Gratisprobe mitzunehmen, während Leni und Meredith die Starterkits wieder in die Kartons räumten und unter dem Tisch verstauten, um Mittagspause zu machen. Die Frauen gesellten sich zu den anderen nach drinnen, doch Indi blieb in der Tür stehen und nahm den Anblick in sich auf, während um sie herum Mittagessen ausgeteilt und geplaudert wurde. Sie traute ihren Augen kaum. Der Parkettboden war fertig und einige der Vitrinen und Schränke standen bereits an ihrem Platz. Der pfirsichfarbene Anstrich verlieh dem Raum die erhoffte Atmosphäre. Die neuen Stühle bei den Waschbecken sahen unglaublich gut aus und die Spiegel verliehen« dem Salon einen Hauch Eleganz. Ein paar der beleuchteten Regale waren ebenfalls schon aufgebaut und ein echter Blickfang, genau wie sie gehofft hatte. Ihr Studio erwachte langsam zum Leben. Archer unterhielt sich mit Jock und Roddy und warf ihr immer wieder verstohlene Blicke zu. Er hatte so viel dazu beigetragen, hatte so viele Leute zusammengebracht, nur für sie. Emotionen stiegen in ihr auf, als sie den Blick über Chantal schweifen ließ, die auf einer Plane auf dem Boden saß und mit Joey und Hadley zu Mittag aß, und über Simon, der zusammen mit Levi und Brant über irgendetwas lachte. Seit Jahren hatte sie ihren Bruder nicht mehr so entspannt erlebt. Leni plauderte mit Meredith und Daphne. Leni hatte sie vom ersten Tag ihrer Bekanntschaft an bei all ihren Träumen unterstützt und Meredith hatte immer still an ihrer Seite gestanden und behutsam zwischen ihr und ihren Eltern vermittelt. Der ganze Raum war voller Leute, die zu ihrer Unterstützung hergekommen waren, als gehörte sie zur Familie. Sie war wirklich gesegnet, daher versuchte sie, die stechende Traurigkeit zu ignorieren, weil zwei bestimmte Menschen fehlten.

Simon löste sich von den Männern und gesellte sich zu ihr. »Du siehst zufrieden aus.«

»Überwältigt trifft es eher. Es freut mich so sehr, dass du hier bist.«

»Tja, nun, ich habe den coolen Kerl, der Dad nicht so weit in den Arsch gekrochen ist, noch nicht vergessen.«

Sie lachte. »Ich kann mich nicht erinnern, dich als cool bezeichnet zu haben.«

»Vielleicht habe ich mir den Teil ausgedacht.« Er stieß sie mit der Schulter an. »Ich möchte, dass du weißt, dass ich es inzwischen verstehe. Diese Leute wecken sogar in *mir* den

Wunsch, herzuziehen. Ich freue mich für dich, Indi, und es tut mir leid wegen Mom und Dad. Wenn ich das für dich wieder geradebiegen könnte, würde ich es tun, aber das habe ich im Laufe der Jahre so oft versucht, und Dad hat mich jedes Mal abgewiesen.«

»Hast du? Für mich?« Ihre Kehle wurde eng und sie spielte an ihrem Ring herum.

»Warum, denkst du, habe ich mich früher immer mit dir aus dem Haus geschlichen? Als ich dreizehn war, habe ich erkannt, dass unsere Familie nicht das Gelbe vom Ei ist. Aber du weißt ja, wie es heißt – man kann sich seine Eltern nicht aussuchen.«

»Zum Glück habe ich einen coolen Bruder. Aber warum hast du dich entschieden, für Dad zu arbeiten, wenn du so denkst?«

»Weil ich die Arbeit liebe, und wenn ich schon Geld für ein Unternehmen verdiene, kann es genauso gut unserer Familie gehören.« Er sah auf ihre Hand hinunter. »Du trägst ihn noch.«

»Jeden Tag. Ich werde nie vergessen, was du gesagt hast, als du ihn mir zu meinem sechzehnten Geburtstag geschenkt hast.« *Es wird nicht immer so sein.*

Er grinste. »Dass du dich nicht ohne mich rausschleichen sollst, weil Dad abends den Alarmcode ändert?«

»Das auch. Aber du hast gesagt, dass ich eines Tages Großes vollbringen werde, und daran habe ich immer festgehalten. Es hat mir viel bedeutet, dass du an mich geglaubt hast.« Sie umarmte ihn. »Ich habe dich lieb, Simon.«

»Ich habe dich auch lieb, Sis.« Er nickte zu Shelley hinüber, die auf sie zukam. Sie hatte ihren Mantel ausgezogen und sah in der Jeans und dem roten Pullover hübsch aus. »Vielleicht können Shelley und Steve Mom und Dad Nachhilfe im

Elternsein geben.«

Das wäre schön …

»Ich liebe das einfach«, sagte Shelley begeistert. »Ich bin so froh, dass ich dich kennenlernen durfte, Simon. Es geht doch nichts über Familien, die zusammenkommen.«

»Es ist mir auch ein Vergnügen, deine Familie kennenzulernen«, sagte Simon.

»Das ist wundervoll, aber du solltest dir besser etwas zu essen sichern, bevor meine Jungs alles verschlingen«, warnte Shelley. »Sie haben den Appetit von Elefanten.«

Simon lachte leise. »Ich wollte mir gerade etwas holen.«

Nachdem er gegangen war, richtete Shelley ihren warmen, mütterlichen Blick auf Indi, ein Blick, mit dem ihre eigene Mutter sie noch nie angesehen hatte. »Oh, Liebes, schau dir nur dein Studio an. Es erwacht allmählich zum Leben und all das gehört dir. Du hast das vollbracht. Wir sind so stolz auf dich und freuen uns so sehr, dass du auf unserer Insel Wurzeln schlagen möchtest.«

Shelley konnte unmöglich ahnen, wie viel ihre Worte Indi bedeuteten. »Vielen Dank. Ich kann mir nicht vorstellen, irgendwo anders Wurzeln zu schlagen.« In dieser Sekunde trat Steve zu ihnen.

»Was meint ihr, Ladys?«

»Ich weiß nicht, was ich sagen soll«, gab Indi zu. »Ich bin voller Ehrfurcht. Das Studio sieht unglaublich gut aus. Wie kann ich mich je für die harte Arbeit revanchieren?«

»Das musst du gar nicht.« Er legte einen Arm um Shelley. »Oder, Liebling?«

»Stimmt.« Shelley sah zu Archer, der auf sie zukam. »Du hast unserer Familie bereits etwas gegeben, von dem keiner von uns je gedacht hätte, dass wir es bekommen würden.«

»Unser Sohn wirkt in der Tat glücklich, nicht wahr?«, stimmte Steve zu.

Archer kniff die Augen zusammen. »Warum starrt ihr mich alle an?«

»Nur so.« Shelley tätschelte seine Wange. »Das hast du gut gemacht, mein Junge.« Sie nahm Steves Hand. »Na komm, College-Boy, geben wir ihnen etwas Privatsphäre.«

Seit ihrer ersten Begegnung nannte Shelley Steve schon College-Boy. Diese Geschichte hatte Indi schon ein Dutzend Mal gehört. Steve stammte aus Trusty, Colorado, und war mit Alexander Silver und Roddy aufs College gegangen. Sie hatten sich schnell angefreundet und eines Sommers hatte Steve sie auf die Insel begleitet und auf dem Weingut gearbeitet. Shelley war fuchsteufelswild in das Büro ihres Vaters geplatzt, hatte einen Blick auf Steve geworfen und gesagt: *Entschuldige, College-Boy, aber ich muss kurz allein mit meinem Vater sprechen.*

»Ich finde es süß, dass sie ihn immer noch so nennt«, sagte Indi, als sich die beiden entfernten.

»Ja, das ist irgendwie schön.« Archer nahm ihre Hand und führte sie über den Flur. »Komm mit. Ich will dir dein Büro zeigen.«

»Das haben wir doch gestern schon eingerichtet. Heute habt ihr gar nichts mehr darin gemacht.«

Seine Augen verdunkelten sich. »Aber gleich werde ich etwas darin machen.«

»Archer«, flüsterte sie, aber der Gedanke, sich für ein paar Minuten mit ihm davonzustehlen, erregte sie dennoch. Auf dem Weg zum Büro klingelten plötzlich mehrere Handys, inklusive Archers.

»Jules«, sagten Leni und Sutton gleichzeitig. Jules war die unangefochtene Königin der Gruppenchats.

Archer erstarrte und riss sein Handy aus der Tasche, doch Leni gab bereits Entwarnung. »Sie und Grant haben einen Flug ohne Zwischenstopp bekommen und sollten um sieben zurück auf der Insel sein.«

Archer stieß ein langes Seufzen aus. Die Anspannung wich aus seinem Körper wie Luft aus einem Ballon.

»Das schreit nach einer Willkommensparty mit Abendessen«, verkündete Shelley. »Alle sind eingeladen!«

Erneut griff Archer nach Indis Hand und eilte mit ihr auf das Büro zu. »Bist du mit einem Abendessen bei meinen Eltern zu Hause einverstanden?«

»Ich weiß nicht«, stichelte sie und sah sich um, froh, dass niemand sie beobachtete. »Abendessen bei deinen Eltern bringt eine Menge Verpflichtungen mit sich.«

Verlangen stand in seinen Augen, als er die Tür zum Büro öffnete und sie mit sich hineinzog. »Jetzt bettelst du ja förmlich um ein Spanking.«

Neunzehn

Archer war so lange allein gewesen und mit Indi veränderte sich alles so schnell, dass er wahrscheinlich durchdrehen sollte, weil sie sich gemeinsam auf den Weg zu seinem Elternhaus machten. Seit Kayla hatte er sich jedoch mit keiner Frau mehr so wohlgefühlt. Indi verurteilte ihn nicht und schien ihn wirklich zu mögen, trotz seiner Fehler. Ihre Verbindung ähnelte der, die Kayla und er gehabt hatten, und war doch eine völlig andere. Sie war so intensiv, dass sie ihn dazu brachte, Dinge zu tun, zu sagen und sich zu *wünschen*, wie er es nie für möglich gehalten hätte. Er war nicht einmal überzeugt gewesen, dass er überhaupt in der Lage war, ein zuverlässiger Partner zu sein oder eine intime Beziehung aufzubauen, die über das Schlafzimmer hinausging. Doch Indi gab ihm das Gefühl, als könnte er alles schaffen. Heute Nachmittag, als er mit seinen Freunden und ihren Familien an ihrem Studio gewerkelt und erwähnt hatte, wie hart Indi an ihrem Marketingkonzept und saisonalen Angeboten und Veranstaltungen arbeitete, war er so verdammt stolz auf sie gewesen, dass er jedem davon erzählen wollte. Und als sie ihn in Anwesenheit aller als heißesten Mann auf der Insel bezeichnet und damit ihren Anspruch auf ihn geltend gemacht hatte, hatte er sich wie ein König gefühlt – *ihr* König. Das machte ihn nur noch entschlossener, einen Weg zu finden, seine Schuldgefühle zu überwinden.

»Fühlt es sich komisch an, mit mir hier aufzutauchen?«

»Ja«, gab er zu. »Aber auf gute Art komisch.«

Er neigte sich zu ihr, um sie zu küssen, und hörte, wie die Haustür aufflog. Mit einem freudigen Quietschen sprintete Jules die Stufen vor der Tür hinunter. »Ich wusste es! Mein Feenzauber hat gewirkt!«

Ihr Lächeln und die Tatsache, dass sie gesund und munter wieder zu Hause war, erfüllte ihn mit purer Freude.

Jules tanzte um sie herum und wippte singend mit dem Kopf. »Heirate mich, Indi. Wir müssen nie wieder voneinander getrennt sein. Suchen wir dir ein heißes weißes Kleid aus und gehen zusammen zum Altar ...«

Heilige Scheiße. »*Jules!*«

Indi unterdrückte ein Lachen.

Jules hörte auf zu tanzen und legte den Kopf schief. »Was? Das ist ›Love Story‹ von Taylor Swift.«

»Hör mit dem Hochzeitsscheiß auf.« Er biss die Zähne zusammen. »Sehe ich wie ein Typ aus, den man heiratet?«

Mit drohendem Blick stapfte Jules näher an ihn heran. »Ja, absolut, besonders, wenn du Indi knutschst.«

Archer verengte die Augen und Indi formte stumm mit den Lippen: *Banane.*

Er betrachtete seine Schwester, die in ihrem ganzen Leben noch nie jemandem Schaden zugefügt hatte – und die er im Stich gelassen hatte –, und zählte bis fünf, weil es bis zehn einfach zu lange dauerte. »Wie gut, dass ich dich liebhabe, denn gerade gehst du mir ziemlich auf den Zeiger.« Er umarmte sie und drückte ihr einen Kuss auf den Scheitel. »Freut mich, dass du wieder da bist.«

»Und mich freut es, dass du mit Indi zusammen bist.« Sie umarmte Indi. »Er bellt nur und beißt nicht, also halte durch.«

Indi spähte zu Archer. »Ich glaube schon, dass er manchmal beißt.«

»Solange er sich das fürs Schlafzimmer aufhebt«, sagte Jules fröhlich.

»Jules!« Er wollte nicht mal ansatzweise in Erwägung ziehen, dass seine kleine Schwester über den Einsatz von Zähnen im Schlafzimmer Bescheid wusste.

Jules und Indi lachten einvernehmlich.

Archer hatte das ungute Gefühl, dass ihm ein sehr langer Abend bevorstand.

»Kommt rein. Das Essen ist fast fertig.« Jules hakte sich bei ihnen unter und führte sie ins Haus.

Indis Geschwister und Nichte hatten nicht zum Abendessen bleiben können, und die Remingtons waren schon mit Roddys Eltern verabredet gewesen, also saß heute Abend nur Archers Familie beisammen.

Sobald sie eintraten, rannten Hadley und Joey auf sie zu, Leni im Schlepptau, die Archer mit einem Blick bedachte, als wüsste sie ein Geheimnis, in das er nicht eingeweiht war. Joey klammerte sich an sein Bein und Hadleys Ärmchen schossen in die Höhe. »Onke Atcha!«

Er hob Hadley hoch und zerstrubbelte Joeys Haare. »Wie geht's, Knirpse?«

Joey kicherte, aber Hadley starrte Indi misstrauisch an und vergrub ihr Gesicht an Archers Hals. »*Mein* Onke.«

»Wie ich sehe, kennt deine Wirkung auf das weibliche Geschlecht keine Altersgrenze.« Indi tätschelte Hadleys Rücken. »Keine Sorge, Had. Innerhalb der Familie kann ich gut teilen.«

Schmunzelnd drückte er Hadley einen Kuss auf die Wange.

»Ich werde immer dein Onkel sein, Zwerg.«

»Wie nett, dass ihr auch endlich auftaucht. Die Mädchen malen Bilder der Familie und brauchen eure Gesichter als Vorlage.« Leni grinste. »Habt ihr euch in der Dusche verlaufen?«

Indi sah sie mit einem flehenden Blick an, den Leni hoffentlich als *Hey! Verrat uns doch nicht!* entschlüsseln konnte, während Archer Leni grimmig anstarrte. »Go, Indi«, flüsterte Jules zu allem Überfluss.

»Wie kann man sich denn in der Dusche verlaufen?«, fragte Joey unschuldig.

»Tante Leni erzählt Quatsch«, sagte Archer.

»Ganz und gar nicht«, murmelte Leni, ehe sie lauter fortfuhr: »Wer will sein Bild fertig malen?«

»Ich!«, riefen die Mädchen. Hadley wand sich aus Archers Armen und rannte ins Wohnzimmer.

»Sieh mal einer an. Sie haben es genauso lange bei dir ausgehalten wie alle anderen Frauen vor Indi.« Mit einem leisen Lachen folgte Leni den Kindern.

»Oh, da ist ja mein sexy Adonis.« Jules winkte Grant zu sich, während Indi und Archer ihre Jacken aufhängten.

Grant schob sich die wirren, braunen Haare aus den Augen und kam zu ihnen herübergeschlendert. Unter seinem Bart lächelte er, was insbesondere Jules galt. Er war der älteste der Silver-Sprösslinge und ehemaliger Soldat der Special Forces. Während eines Auslandeinsatzes für Darkbird, einem privaten Militärunternehmen, hatte er sein linkes Bein unterhalb des Knies verloren. Er war als veränderter, sehr verdrießlicher Mann nach Silver Island zurückgekehrt. Archer hatte damals geglaubt, dass nichts seinen Kumpel aus der Dunkelheit herausholen konnte, die ihn fest im Griff hatte, doch dann hatte Jules es sich zur Aufgabe gemacht, Grant zu zeigen, was ihm durch sein Verhalten entging. Seitdem war er völlig verändert. Allmählich begriff Archer, dass die richtige Frau tatsächlich Wunder bewirken konnte.

»Sie sind *wirklich* zusammen«, flüsterte Jules Grant laut zu.

Grant lachte leise. »Ja, das sehe ich, Babe.« Er hielt Archer eine Hand entgegen und zog ihn in eine kurze Umarmung. »Ich brauch wohl nicht zu fragen, wie's läuft.«

»Stimmt.« Archer wusste es zu schätzen, dass er wegen Indi und ihm kein Aufsehen machte. »Gut, dass du meine Schwester in einem Stück wieder nach Hause gebracht hast.«

»Archer!« Jules schnalzte mit der Zunge.

»Er hat es nicht so gemeint«, warf Indi schnell ein.

Grant und Archer tauschten einen wissenden Blick aus. »Doch, hat er«, meinte Grant, bevor er Indi zunickte. »Schön, dich zu sehen. Glückwunsch zu deinem neuen Studio.«

»Ist Liebe nicht einfach großartig?« Jules hakte sich bei Grant unter und er legte einen Arm um sie. »Wir müssen mal zusammen ausgehen. Du hast mit deinem Studio natürlich gerade viel um die Ohren, aber wie wäre es mit Montag oder Dienstag?«

Während Jules Indi auf ein Datum festnageln wollte, lenkte Archer Grants Aufmerksamkeit auf sich. »Sicher, dass du meine penetrante Schwester heiraten willst?«

Jetzt schlang Grant beide Arme um Jules. »Mehr als ich je irgendetwas sonst in meinem Leben gewollt habe.«

»Ooh.« Jules lächelte zu ihm hoch. »Siehst du, Archer? Liebe ist etwas Gutes. Tatsächlich wird das von nun an mein Mantra in deiner Nähe sein.«

»In diesem Sinne, ich sehe mal nach, was Mom so treibt.« Archer griff nach Indis Hand, doch Jules schob sich dazwischen.

»Du siehst nach Mom, und ich entführe Indi, um mich beim Klatsch und Tratsch auf den neuesten Stand zu bringen.« Sie zog Indi zum Wohnzimmer.

Er stieß einen kaum hörbaren Fluch aus.

»Entspann dich«, sagte Grant. »Sie freut sich nur für dich. Sie hat dich sehr vermisst, während wir weg waren.«

»Ja? Ging mir genauso.«

»Dachte ich mir. Sie hat mir erzählt, wobei du ihr im Laufe der Jahre geholfen hast. Sie vergöttert dich, Mann, und sie hat Glück, dich zu haben.«

Grant ging ebenfalls Richtung Wohnzimmer und gab Archer damit den Raum, um sich zu grämen, weil er es nicht verdient hatte, vergöttert zu werden, besonders nicht von Jules. Er verdrängte die allgegenwärtigen Schuldgefühle tief in sich und machte sich auf die Suche nach seiner Mutter. Heute Morgen hatte sie Ava besucht, und da sie den ganzen Tag über von Leuten umgeben gewesen waren, hatte er noch keine Gelegenheit gefunden, in Ruhe mit ihr zu sprechen. Er fand sie in der Küche, wo sie gerade ein Blech mit Hühnchen aus dem Ofen holte. Auf der Anrichte standen Gemüsebeilagen, ein Auflauf, Brot und Nudeln aufgereiht. Seine Mutter glaubte daran, dass Essen die Seele streichelte und das Herz mit Güte erfüllte. In seiner Kindheit war es nicht unüblich gewesen, dass sie für all seine Freunde gekocht hatte. Falls es je eine Zeit gegeben hatte, in der ihr Herz etwas Trost gebrauchen konnte, dann war es jetzt.

»Hi, mein Schatz«, sagte sie, als er die Küche betrat.

Er legte die Arme um sie und atmete ihren vertrauten Geruch tief ein. So oft hatte sie ihn getröstet, obwohl er es nicht verdient gehabt hatte. Hoffentlich konnte er ihr gerade wenigstens ein Mindestmaß an Trost spenden. »Wie hältst du dich?«

»Es geht mir gut, Archer.«

Ihre Worte klangen tapfer, und jeder andere, der nicht wusste, was sie gerade durchmachte, würde auf ihren Tonfall hereinfallen. Doch Archer hatte besondere Antennen für derart stilles Leid und er drückte sie fester an sich. »Ich bin's, Mom. Ich weiß, wie es ist, wenn man eine Freundin verliert.«

Sie seufzte leise. »Ja, das weißt du.« Sie sah zu ihm hoch. Ihr Gesichtsausdruck besagte: *Ich bin traurig, aber ich werde nicht zulassen, dass du meine Last schulterst.* »Es tut mir leid, wenn das Wissen um Ava traurige Erinnerungen an Kayla an die Oberfläche bringt.«

Daher weiß ich also so gut, wie man das Thema wechselt. »Ich mache mir Sorgen um dich, Mom. Wer weiß noch davon?«

»Nur dein Vater und Jock.«

»Was ist mit Margot und Gail?«

Sie schüttelte den Kopf. »Ich kann Avas Wunsch nicht missachten. Es wird bald vorbei sein.«

Eine Flut an Emotionen ließ ihn sie wieder in seine Arme ziehen. »Was kann ich tun, um zu helfen?«

»Oh, mein Junge, du hast so ein großes Herz. Ich wünschte, ich könnte dir sagen, dass du dir keine Sorgen um mich machen sollst, aber das wirst du sowieso tun. Behalt es einfach für dich und sei dankbar für alles, das du in diesem Moment hast, denn das Leben ist zu wertvoll, um es zu verschwenden.« Sie befreite sich aus seiner Umarmung und wischte sich Tränen aus den Augen. »Und jetzt versammle alle am Tisch, bevor ich wirklich noch zu weinen anfange.«

Er wollte so vieles sagen, angefangen mit: *Es tut mir leid, was ihr meinetwegen durchgemacht habt, und um die Jahre, die ich verschwendet habe* und *Danke, dass du mich trotz meines beschissenen Verhaltens all die Jahre über geliebt hast.* Doch das

Einzige, was ihm über die Lippen kam, war: »Ich hab dich lieb.«

»Das weiß ich, Liebling.« Sie tätschelte seine Wange. »Und jetzt trommle diese hübsche Frau, die du irgendwie rumgekriegt hast, und den Rest der Bande zusammen, damit wir feiern können.«

Viel später, nachdem sie zu viel gegessen und alles über Jules' und Grants Reise sowie Jocks und Daphnes Flitterwochen gehört hatten, saß Archer neben Indi, die von ihren Plänen für ihr Studio erzählte. Er war stolz darauf, mit ihr zusammen zu sein, aber während er so in dieser Runde saß, den bestärkenden Worten seiner Familie lauschte und dabei aus jedem einzelnen die Liebe heraushörte, die seine Familie für sie empfand, wurde ihm bewusst, dass er auch stolz darauf war, Teil dieser Familie zu sein. Er würde alles dafür geben, damit sich Indis Eltern ihr gegenüber genauso verhielten.

»Ich möchte Anleitungsvideos mit Frauen jeden Alters und Hauttyps drehen.« Sie sah seine Mutter an. »Ich hatte gehofft, dass du und Lenore vielleicht Lust habt, bei dieser Serie mitzumachen, und einverstanden seid, dass ich euch vor laufender Kamera schminke.«

»Endlich bekomme ich die Anerkennung als Model, die mir zusteht«, sagte seine Großmutter theatralisch und brachte die anderen damit zum Lachen. »Es wäre mir eine Ehre, Indi. Auch wir reiferen Frauen brauchen Make-up-Tipps. Nun, nicht ich persönlich, aber andere.«

»Mom.« Seine Mutter schüttelte den Kopf. »Das klingt nach viel Spaß, Indi. Ich bin gerne dabei.«

»Wunderbar, vielen Dank!«, rief Indi aus. »Meredith bietet sich für die Serie mit schnellen Tipps für Mütter an, und ich hatte auch auf Daphne als Model gehofft, aber sie würde lieber nicht vor die Kamera treten.«

»Was ist mit Leni und mir? Sind wir Luft?«, witzelte Sutton.

Leni hob ihr Weinglas. »Ich bin gerne Luft. Mich zieht es nicht vor die Kamera.«

»Ihr seid *nicht* Luft«, betonte Indi. »Bei deinen vielen Reisen und deinem Fernsehvertrag hätte ich nicht gedacht, dass du Zeit für so was hast, und Leni hat schon immer gesagt, dass sie Events lieber koordiniert, anstatt selbst im Rampenlicht zu stehen.«

»Das war bloß ein Witz. Mein Terminkalender platzt aus allen Nähten.« Sutton sah Daphne an. »Aber du solltest dich überwinden, Daph.«

»Absolut«, stimmte Jules zu. »Spring über deinen Schatten.«

»Ich würde mich komisch dabei fühlen, mich der Welt so zu präsentieren«, sagte Daphne leise. »Ich bin kein Model. Ich bin eine Mutter, die zu gerne zu viele Kohlenhydrate isst und nicht damit aufhören kann.« Sie hielt eine Gabel voll Pasta in die Höhe.

»Du bist schöner, als es jedes Model je sein könnte.« Jock beugte sich zu ihr und küsste sie.

»Ich will auch Kuss, Daddy Dock!«, rief Hadley.

Alle lachten, als Jock seiner Tochter einen Schmatzer aufdrückte. Archer liebte es, ihn so glücklich zu sehen. Er hatte geglaubt, niemals eine Beziehung führen zu können, ganz zu schweigen davon, eine eigene Familie zu haben, doch als er jetzt nach Indis Hand griff, fragte er sich, ob sich das eines Tages ändern würde.

»Ernsthaft, Daphne«, sagte Leni. »Du bist wunderschön und so viele andere Mütter können sich mit dir identifizieren. Denk wenigstens drüber nach.«

»Wenn du es nicht für Indi und die Frauen im Allgemeinen machen willst, dann mach es für deine Tochter«, schlug seine

Großmutter vor.

»Sie ist erst drei«, erinnerte Daphne sie. »Sie wird gar nichts davon mitbekommen.«

»Stimmt, aber unsere Kinder lernen in jedem Alter von uns.« Seine Großmutter schaute sich am Tisch um. »Wenn unsere Mädchen beim Heranwachsen sehen, dass wir davor zurückscheuen, uns der Welt da draußen zu zeigen, machen sie es uns womöglich nach.« Sie warf Archer einen Blick zu. »Bei kleinen Jungs ist es dasselbe mit ihren Vätern und Großvätern.«

Archer dachte an die So-und-nicht-anders-wird's-gemacht-Einstellung seines Großvaters und an seine ruppige, knappe Art zu kommunizieren, und demgegenüber das freundliche, unkomplizierte Wesen seines Vaters. Jock und Levi hatten sich definitiv an ihrem Vater orientiert, während sich Archer alles von seinem Idol angeeignet hatte. Noch während er sich das durch den Kopf gehen ließ, willigte Daphne ein, über die Videos nachzudenken, und Jules fragte Indi, wann genau sie auf die Insel ziehen würde.

»Ich hatte noch keine Zeit, über den tatsächlichen Umzug nachzudenken. Die Fashion Week fängt am Valentinstag an und die Eröffnung meines Studios findet am ersten April statt. Ich kann hoffentlich Ende Februar oder Anfang März herziehen. Wenn es für dich in Ordnung ist, dass ich deine Wohnung so lange in Beschlag nehme.«

»Du kannst so lange bleiben, wie du willst.« Jules kuschelte sich an Grant. »Ich bin vollauf zufrieden damit, in Sünde zu leben.«

»Also wirklich«, sagte Jock.

»Genau, darüber wollen wir nichts hören«, brummte Archer.

»Levi räusperte sich. »Es sind Kinder anwesend.«

»Schon okay, Daddy. Sünde ist kein schlimmes Wort«, sagte Joey. »Onkel Jesse hat ein T-Shirt, auf dem *Sündige jetzt, bete später* steht.« Jesse Steele war einer von Archers Cousins. Er und sein Zwilling Brent lebten in Harborside und waren wie Levi Mitglieder des Dark-Knights-Motorradclubs.

Die anderen am Tisch schmunzelten.

Levi schüttelte den Kopf. »Darüber reden wir später.«

»Ich werde besser auf meine Wortwahl achten«, versprach Jules. »Aber wie ich schon sagte, du kannst gerne bleiben, Indi.«

»Danke. Ich bin so aufgeregt wegen der Eröffnung, dass ich es kaum noch erwarten kann«, sprudelte es aus Indi heraus. »Leni und ich stecken mitten in den Vorbereitungen. Nächste Woche schicke ich Einladungen an alle meine privaten und geschäftlichen Kontakte raus.«

»Wir verschicken auch eine Ankündigung über die Mailingliste des Weinguts«, ergänzte Archer.

Ungläubig sahen ihn Indi und die anderen an.

»Was denn? Das macht doch Sinn, oder nicht? Ein neues Geschäft eröffnet auf unserer Insel. Das sollten wir unterstützen, indem wir einen Rabatt anbieten, wenn jemand am Wochenende der Eröffnung herkommt.« Er warf Jules einen Blick zu. »Das solltest du auch machen. Deine Mailingliste ist ellenlang.«

»Das ist eine fantastische Idee«, stimmte seine Mutter zu. »Ich frage Margot, ob sie dasselbe für die Liste des Silver House machen kann.«

»Archer, das ist ein großer Gefallen, um den du da bittest«, sagte Indi mit einem Hauch Verlegenheit.

»Du stylst und schminkst meine Mutter und meine Schwestern schon seit Jahren und hast im Gegenzug dafür noch nie um etwas gebeten«, sagte er. »Das ist das Mindeste, was wir tun können.«

Erstaunt sah sie sich um, als seine Familie einwilligte.

»Es mag zwar nicht so wirken, Babe, aber ich bin in Gedanken immer bei dir.« Archer zog sie näher an sich und senkte die Stimme. »Und für gewöhnlich bist du dabei nackt.« Er gab ihr einen Kuss auf die errötende Wange und warf Leni einen schelmischen Blick zu. »Vielleicht solltest du dich nach einer anderen PR-Firma umsehen, da meine Schwester offensichtlich nicht in Bestform ist.«

»Sekunde mal.« Leni hob den Zeigefinger und runzelte konzentriert die Stirn, dann seufzte sie. »Ja, okay, ich habe keine Antwort. Die Idee hätte mir schon vor zwei Wochen kommen sollen.«

Alle mussten lachen.

»Du meine Güte, Archer, du bist ein Genie!«, rief Daphne aus.

Er hob eine Augenbraue. »Das fällt dir erst jetzt auf?«

»Nein, ernsthaft. Wir haben über Möglichkeiten gesprochen, wie wir das Weingut und Indis Dienstleistungen miteinander verknüpfen können, aber vielleicht denken wir dabei nicht groß genug. Vielleicht fällt uns noch mehr ein, wie wir für andere Geschäfte auf der Insel die Werbetrommel rühren können. Wir könnten zum Beispiel ein Wein- und Hochzeitswochenende für Paare anbieten, um ihnen eine Hochzeitsfeier hier auf dem Weingut schmackhaft zu machen.«

Leni sah über den Tisch zu Indi. »Vor Kurzem hat Indi mir eine sehr ähnliche Idee gepitcht. Erzähl ihnen davon, Indi.«

»Ich habe eine Art ›Verlieb dich auf Silver Island‹-Wochenende vorgeschlagen, aber Daphnes Vorschlag finde ich eingängiger. Ich dachte an Paare, die im Silver House übernachten und eine Führung über das Weingut bekommen, und die Bräute erhalten bei mir ein kostenloses Umstyling.«

»Wir könnten auch die Bäckereien und Restaurants wegen einer Verkostung ansprechen«, fügte Daphne hinzu.

»Tolle Idee«, sagte Leni.

»Ich wette, die Silvers und andere Ladengeschäfte wären sofort dabei«, meinte Archer.

»Vergiss Tara nicht«, warf Jules ein. »Sie macht sich als *die* Fotografin vor Ort gerade einen Namen …«

»Ich auch, als ihre Assistentin«, unterbrach Joey sie.

»Klar, du auch. Wir müssen Visitenkarten für dich drucken lassen«, sagte Leni, woraufhin Joey strahlte. »Was hältst du von der Idee, Mom?«

»Es ist ein großartiges Gesamtpaket, mit dem wir die Paare in die Gemeinschaft aufnehmen. Dadurch bauen sie eine Bindung zu uns auf, an die sie sich erinnern, wenn sie ihre endgültige Entscheidung treffen. Steve? Was meinst du dazu?«

»Ich glaube, Daphne und Indi haben Archer gerade den Titel als Genie abspenstig gemacht.« Gelächter brach aus, bevor sich Steve an Archer wandte. »Bist du mit der Idee einverstanden? Du bist Miteigentümer des Unternehmens. Wir brauchen deine Zustimmung.«

»Haltet einfach die Massen von meinen Weinreben fern, dann könnt ihr alles nach Herzenslust vermarkten.«

Pure Begeisterung explodierte am Tisch und alle klinkten sich in die folgende Diskussion ein. Im weiteren Verlauf des Abends bemerkte Archer, dass ihm seine Geschwister anerkennende Blicke zuwarfen, wenn sie ihn dabei ertappten, wie er verstohlene Küsse mit Indi austauschte oder ihr etwas zuflüsterte. Seine öffentlichen Zuneigungsbekundungen überraschten sogar ihn selbst. Es jagte ihm eine Scheißangst ein, doch er dachte überhaupt nicht darüber nach, was er tat. Er wollte sich nur einfach nicht zurückhalten.

»Ich muss euch auch noch etwas sagen«, meinte sein Vater und alle verstummten. »Wir haben heute Abend viel zu feiern. Indis Umzug auf die Insel, dass sie ihr eigenes Studio eröffnet und all unsere Kinder wieder unter einem Dach versammelt sind, was immer ein Grund zum Feiern ist. Aber was ihr wahrscheinlich nicht wisst, ist, dass Archer vom *Wine Aficionado*-Magazin zum Winzer des Jahres nominiert wurde.«

Die Frauen am Tisch schnappten kollektiv nach Luft.

»Gut gemacht, Archer«, sagte Levi.

»Guter Junge«, meinte seine Großmutter. »Dein Großvater wäre stolz auf dich.«

»Wow. Herzlichen Glückwunsch!«, jubelte Jules.

»Das ist eine große Leistung. Meinen Glückwunsch«, sagte Indi ehrfürchtig.

»Ich bin stolz auf dich, Bruderherz.« Das kam von Jock.

»Das ist unglaublich!«, rief Daphne aus.

»Ja, absolut phänomenal«, ergänzte Sutton.

»Großartig. Wann ist die Preisverleihung?«, fragte Leni. »Das können wir prima in die Werbung mit aufnehmen.«

»In zwei Wochen findet die Gala statt, aber Archer möchte nicht teilnehmen«, erklärte sein Vater. »Eure Mutter und ich werden hingehen und den Preis an seiner Stelle entgegennehmen, sollte er ihn gewinnen – was außer Frage steht.«

»Was zum Henker, Archer?«, wollte Jock wissen. »Warum willst du dir das entgehen lassen?«

Und los geht's. »Weil ich solche Veranstaltungen hasse.«

»Na und?«, meinte Leni. »Dabei geht's ja gar nicht um die Veranstaltung. Sondern um deine Errungenschaften.«

Archer biss die Zähne zusammen. »Nein. Es geht darum, sich wie ein Pfau im Frack auszustaffieren, damit Leute Fotos von einem machen und einem irgendwelche Sch…« Er blickte kurz zu Joey und Hadley. »... Champignons als Shiitake-Pilze vorgaukeln.«

»Das geht doch nicht«, verkündete Joey. »Daddy hatte die mal im Restaurant, die sehen ganz anders aus als Champignons.«

Unter dem Tisch legte Indi eine Hand auf Archers. »Was, wenn du keinen Frack anziehst oder vorgibst, jemand zu sein, der du nicht bist?«, fragte sie leise.

»Das wird aber *erwartet*«, gab er etwas zu scharf zurück und im Zimmer wurde es still.

»Na und?« Ihre Stimme klang honigsüß. »Ich erinnere mich da an einen Morgen vor nicht allzu langer Zeit, als du meinen Eltern die Stirn geboten und ihnen gesagt hast, dass sie um meiner selbst willen stolz auf mich sein und mich unterstützen sollten. Gebührt dir nicht derselbe Respekt? Du hast dir diese Nominierung verdient, weil du dein Herzblut in das Weingut und deine Weine steckst. Du solltest stolz auf den Preis sein. Zeig dich als Archer Steele, Ausnahmewinzer, und trag dabei Jeans und Arbeitsstiefel oder Jeans und Hemd. Worin auch immer du dich wohlfühlst. Du musst dich weder ausstaffieren noch irgendetwas vorgaukeln. Du hast mir beigebracht, dass es keine Rolle spielt, was andere von einem erwarten. Was zählt, ist, dass man sich selbst treu bleibt. Wenn du willst, begleite ich dich, denn es gibt nichts, das ich lieber sehen würde, als wie du für all deine harte Arbeit ausgezeichnet wirst.«

»Du bist ein verdammter Trottel, wenn du ihr jetzt einen Korb gibst«, warnte seine Großmutter.

Indi schaute ihn an, als würde sie alles Mögliche in ihm sehen, aber ganz bestimmt keinen Trottel. Er spürte, wie er sich noch mehr in diese unglaubliche Frau verliebte, die all seine Schwachstellen kannte und ihm ein so unbeschreiblich gutes Gefühl gab. Sie dachte, dass er an sie glaubte, aber, Mann, die

Art, wie *sie* an *ihn* glaubte, bedeutete ihm alles. Er biss die Zähne gegen die Flut an Emotionen zusammen, aber im Grunde *wollte* er sie willkommen heißen. Er ließ locker und gab damit seinem Herzen die Freiheit, sich zu öffnen und die Worte herauszulassen. »Na gut. Ich gehe hin, wenn du hingehst, aber ich werde keinen albernen Frack tragen.«

Jubelschreie brachen am Tisch aus und Indi warf die Arme um ihn. »Danke!«

»Vergiss die Peitsche«, sagte seine Großmutter. »Indi wirkt mit ihren Worten wahre Wunder.«

Du hast ja keine Ahnung, Grandma …

Archer hätte sich nicht für einen Mann gehalten, der nach etwas süchtig werden konnte, erst recht nicht nach einer Frau. Doch als sie vom Haus seiner Eltern wegfuhren, konnte er nicht leugnen, dass die Frau, die seine Aufmerksamkeit mit ihrem guten Aussehen erregt und mit ihrem verführerischen Lächeln, ihrem scharfen Sinn für Humor und ihrer Leidenschaft im Bett dafür gesorgt hatte, dass er auf der Suche nach mehr immer wieder zu ihr zurückkam, ihn in der Hand hatte.

»Okay, was ist los? Du bist viel zu still«, sagte sie neugierig. »Bereust du es, dass wir zusammen zum Abendessen mit deinen Eltern gegangen sind oder dass du der Teilnahme an der Gala zugestimmt hast?«

Er streckte den Arm über die Mittelkonsole aus und legte eine Hand auf ihren Oberschenkel. »Habe ich dich geküsst oder berührt, als würde ich es bereuen, dich mitgenommen zu haben?«

»Nein.«

Er streichelte ihr Bein. »Hat mein Verhalten gezeigt, dass ich dich nicht dabeihaben wollte?«

»Nein«, sagte sie atemlos. »Aber du bist so ruhig.«

»Ich denke nach.«

»Worüber?«

Über so vieles. Er bog in die Einfahrt zum Weingut.

»Was machen wir hier?«

»Das wirst du schon sehen.« Er parkte und kam um den Wagen herum, um ihr beim Aussteigen zu helfen und sie gleich darauf gegen die Beifahrertür zu drängen. Mit den Lippen strich er über ihren Hals und atmete tief ihren süßen, sexy Geruch ein, der seine Träume unterwanderte und sie in etwas Dunkles und Laszives verwandelte. »Ich denke über all die Dinge nach, die ich im Austausch für die Teilnahme an der Preisverleihung mit dir anstellen will.« Er leckte an ihrer Ohrmuschel und wurde dafür mit einem erregenden Seufzen belohnt. »Und wir fangen in meinem Büro an.«

In ihren Augen loderte es auf. »Ja!«

Er verschloss ihren Mund mit einem besitzergreifenden Kuss, der hämmernd in ihm nachhallte. Sie gingen hinein und auf dem Weg den Flur hinunter schälten sie sich zwischen mehreren Küssen aus ihren Jacken. In seinem Büro angekommen, sperrte er hinter sich die Tür ab und kam raubtierhaft auf sie zu. »Zieh dich aus, Darling.« Er liebte es, wie sie ihn nicht aus den Augen ließ und die Hitze zwischen ihnen zu flirren begann, als sie sich Stiefel und Klamotten auszog. Ihr Verlangen strömte ihr praktisch aus jeder Pore. »Gott, du bist so wunderschön.« Er zerrte sich sein Shirt über den Kopf, ließ die Jeans trotz seines pochenden Schafts jedoch an, weil er die Kontrolle behalten wollte.

Mit einer Hand strich sie über ihren Bauch nach oben und umfasste eine Brust, die andere ließ sie zwischen ihre Beine wandern. Ihre Augen verdunkelten sich. »Und einsam.«

»Von wegen.« Wieder eroberte er ihren Mund mit einem leidenschaftlichen Kuss und berührte ihren Hintern, ihre Taille, ihre Brüste in dem Wunsch, ihr Verlangen überall gleichzeitig zu stillen. Er riss seinen Mund von ihrem los, und sie drehte sich um und wollte nach dem Schreibtisch greifen, doch er hielt sie auf und drehte sie wieder zu sich. »Nein, Baby. Ich will dich genau hier, genau so.« Er legte ihre Hände um die Schreibtischkante und schob ihre Beine weiter auseinander. »Nicht bewegen.« Mit einem Finger zeichnete er ihre Lippen nach. »Du hast den unglaublichsten Mund. Ich liebe es, ihn zu küssen, mich darin zu versenken, dich zu reizen.« Er schob einen Finger zwischen ihre Lippen und sie saugte fest daran. Mit Blicken forderte sie ihn heraus, als sie mit ihrer Zunge seinen Finger umkreiste und damit sein ganzes Blut südwärts schickte. Er zog seinen Finger zurück und hielt ihren Blick gefangen, als er damit über ihre Brust strich und eine Brustwarze umkreiste, die sich unter der Berührung zusammenzog. Mit der ganzen Hand umfasste er ihre Brust und sie sog scharf die Luft ein.

»Meins«, knurrte er und senkte den Mund auf ihre Brust, saugte und leckte an der harten Knospe, bis sie sich seufzend unter ihm wand. »Halt still, Darling.«

»Archer«, stieß sie atemlos aus.

Er neckte sie zwischen den Beinen und wanderte mit dem Mund zu ihrer anderen Brust, was ihm weiteres Stöhnen und Seufzen einbrachte. Als er mit den Fingern in sie eindrang, packte sie seine Schultern, was er, verdammt noch mal, liebte, aber er wollte sie rasend vor Lust machen, also presste er hervor: »Hände an den Schreibtisch.«

»Oh verdammt.«

Sie umklammerte die Schreibtischkante, während er ihr mit seinen Berührungen Stück für Stück den Verstand raubte, bis sie keuchend die Hüften wiegte und sich immer wieder um seine Finger herum zusammenzog. Sie krallte sich so fest an den Schreibtisch, dass ihre Knöchel weiß hervortraten. »Archer, *bitte* –«

Mehr brauchte es nicht. Nur seinen Namen, ausgesprochen voller Verlangen. Er nahm ihren Mund wieder in Besitz, reizte eine Brustwarze mit einer Hand und stieß mit den Fingern der anderen Hand tief in sie, wobei er mit dem Daumen die Stelle rieb, an der sie es am meisten brauchte. Er löste seine Lippen von ihren, als sie laut und hemmungslos seinen Namen schrie und sich seiner Hand entgegendrängte. Ihr Körper hielt seine Finger auf perfekte Art fest in sich. Mit dem Mund wanderte er über ihre seidige Haut, wurde hier und da langsamer, um an ihr zu knabbern und zu saugen, während der Nachhall ihres Orgasmus sie immer noch beben ließ. Ihr Kinn fiel nach vorne, als er sich auf die Knie sinken ließ.

»Vielleicht hältst du dich lieber fest«, warnte er, bevor er ihre Beine auf seine Schultern hob und seinen Mund auf ihr Geschlecht legte.

»Oh Gott.«

Mit der Zunge stieß er in ihre nasse Hitze, strich an ihren Lippen entlang und umkreiste ihre Perle. Er umfasste ihren Hintern und hob sie hoch. Er wusste ganz genau, wie er sie berühren musste, wie er sie in den Wahnsinn treiben und so heftig kommen lassen konnte, dass sich ihre Oberschenkel wie ein Schraubstock um seinen Kopf schlossen. *Genau so, Baby.* Ein Strom zusammenhangloser Laute entkam ihr, und er machte weiter, labte sich an ihrer Süße, bis sie unter ihm ganz weich und nachgiebig wurde. Er nahm ihre Beine von seinen Schultern, richtete sich zu seiner vollen Größe auf und küsste sie hart und tief. Er spürte, dass sie sich wieder erholte, als sie sich an ihn schmiegte und besitzergreifend über seinen Körper strich, wobei sie ihn genauso begierig küsste wie er sie. Ihr Verlangen nach ihm war so berauschend, dass es das Tier in ihm zum Vorschein brachte. »Ich muss in dir sein«, knurrte er.

Ihre Augen wurden schmal. Ohne ein Wort öffnete sie seinen Gürtel und zog ihn daran um den Schreibtisch herum zu seinem Stuhl. »Zieh die Hose aus.«

Verdammt, ja. Sie war die einzige Frau, der er je die Kontrolle überlassen hatte, und die damit einhergehenden körperlichen Freuden waren jede Sekunde davon wert. Hastig wurde er seine Stiefel und Klamotten los und seine Vorfreude wuchs.

Mit einem teuflischen Grinsen drückte sie ihn auf den Stuhl, sank zwischen seinen Beinen auf die Knie und strich über die Innenseiten seiner Oberschenkel. Gott, sie war so sexy. Sie leckte sich die Lippen. »Du willst meinen Mund spüren?« Ihre Stimme war die reinste Verführung.

»Ich will alles von dir spüren.«

»Wenn das mal keine gute Antwort ist.« Sie nahm seine Hände und legte sie um die Armlehnen. »Nicht bewegen und wehe, du kommst.«

Fuuck. Allein die Herausforderung in ihren Worten schickte ein heftiges Zucken durch seinen Unterleib. »Wenn du mich in den Mund nimmst, komme ich sofort.«

Federleicht ließ sie ihre Finger über seine Länge tanzen. »Wie schade. Dann willst du meinen Mund wohl doch nicht so dringend spüren.«

Sie erhob sich, doch er packte ihre Handgelenke und zog sie

wieder nach unten. »Na gut«, presste er hervor.

Selbst ihr siegessicheres Lächeln heizte ihm ein. Scheiße, er gehörte ihr, nur ihr.

Sie schloss ihren Mund um seinen Schaft und nahm ihn ganz in sich auf, während sie ihn schnell und hart bearbeitete. Er krallte die Hände in ihre Haare, doch sie drückte sie zurück auf die Armlehnen und erdolchte ihn förmlich mit Blicken. Sie wusste ganz genau, wie sie ihn um den Verstand bringen konnte. Mit aller Macht bekämpfte er den Drang, zu kommen. Gleichzeitig beobachtete er, wie er immer wieder zwischen ihren vollen Lippen verschwand. Dabei stöhnte sie und streichelte ihn auf die perfekteste Art. Er umklammerte die Armlehnen fester, als sie an ihm saugte und leckte und ihn damit geradewegs an den Rand des Wahnsinns katapultierte. Jeder Zungenschlag steigerte das Bedürfnis, zu kommen, bis der Wunsch nach Erlösung in ihm pochte und sein ganzer Körper beinahe schmerzhaft pulsierte. Ihr Blick war noch immer auf ihn geheftet und sie lächelte um seinen Schaft herum.

»Indi«, warnte er zwischen zusammengebissenen Zähnen.

Sie griff nach seiner Hand und legte sie um seine Länge. »Streichle dich.«

»Mach ich, wenn du mich wieder in den Mund nimmst.«

Sie schüttelte den Kopf. »Ich will zuschauen.«

»*Gott.*« Er gab nach und rieb sich, während sie mit einem gierigen Ausdruck in den Augen zusah. »Du genießt es, mich zu quälen, oder?«

»Wer, ich?« Mit aufgerissenen Augen mimte sie das Unschuldslamm, ehe sie aufstand, zwischen ihre Beine griff und ihre Finger mit ihrer Feuchtigkeit benetzte, ohne dabei ihre Klit auszulassen. »Besser?«

»Ich will *deine* Hand spüren.«

»Da das nicht passieren wird …« Sie führte seine andere Hand zwischen ihre Beine. »Bring mich zum Orgasmus, während du dich weiter streichelst. Dann lasse ich dich kommen, versprochen.«

»Verdammt noch mal, Indi.«

Sie lachte leise. »Zu viel für dich?«

»Nichts ist zu viel für mich. Aber du wirst so heftig kommen, dass man es noch auf der anderen Seite der Welt mitbekommt. Fass deine Brüste an.« Er drang mit den Fingern in sie ein und schob mit dem Daumen ihre von dem Punkt, den er in- und auswendig kannte, um sie abermals zum Höhepunkt zu bringen. Sie liebkoste ihre Brüste, den Blick auf seinen steinharten Schaft in seiner Hand gerichtet, und verwandelte sich unter seiner Hand in ein stöhnendes, nach Erlösung flehendes Nervenbündel.

Flatternd schlossen sich ihre Lider, als sie sich seinen Fingern entgegendrängte. »Nicht aufhören. Oh Gott …«

»Öffne die Augen und sieh, wozu du mich bringst.«

Sie schlug die Augen auf und sah den Tropfen an der Spitze seiner Härte. Begierde schimmerte in ihren Augen und er erhöhte den Druck auf ihrer beider empfindlichste Stellen. Ihre Hüften zuckten vor, und sie ließ den Kopf in den Nacken fallen, als sie sich ihrer Lust ergab. Er umfasste ihre Hüften, hob sie hoch und senkte sie langsam auf seinen pochenden Schaft herab. Er hätte schwören können, dass sich die Welt dabei aus den Angeln hob. Ihr Blick fand seinen, ihre Haare fielen um ihr Gesicht wie bei einem Engel. Sie war atemberaubend schön, vertrauensvoll und fordernd zugleich. Er bewegte die Hüften schneller, spürte, wie sich ein weiterer Höhepunkt in ihr aufbaute, während sie ihn an den Rand der Erlösung ritt. Mit einer Hand hielt sie sich an seiner Schulter fest, mit der anderen griff sie hinter sich und spielte mit seinen Hoden, wodurch sie all seine Gedanken zerstreute. Er schlang die Arme um sie, drückte sie fest an sich und stieß in sie, ohne sich nennenswert aus ihr zurückzuziehen. Mit jedem Stoß schien er tiefer vorzudringen, bis sie alles war, was er spürte, alles, was er sah, alles, was er je gewollt hatte. Sie brachte ein »*Ja*« heraus, und ihre Stimme klang so lustdurchtränkt, dass es ihn über die Klippe stieß. Er vergrub das Gesicht zwischen ihren Brüsten, als Ekstase sie erfasste. Und als sie langsam von ihrem Hoch herunterschwebten, verspürte er das brennende Verlangen, den beinahe schmerzhaften Drang, ihr ins Gesicht zu sehen. Sie waren völlig verschwitzt, und ihr Blick war unfokussiert, als sie seinem begegnete, doch dann erschien ein vertrauensvolles Lächeln auf ihrem Gesicht.

»Was?«, fragte sie sanft.

Er wusste, was er sagen *wollte*, aber wie sollte er über die Lippen bringen, dass sie ihm so wichtig geworden war, dass er sich eine Zukunft ohne sie nicht mehr vorstellen konnte, wenn er immer noch keine Ahnung hatte, wie er mit den Schuldgefühlen seiner Vergangenheit umgehen sollte? Wenn sie recht hatte und er sich erst selbst vergeben musste, hatte er nicht den geringsten Schimmer, wo oder wie er damit anfangen sollte. Also schluckte er sein Geständnis hinunter und drückte ihr einen Kuss auf den Ansatz ihrer Brüste. Seine Gefühle für sie verflochten sich mit seinen ungelösten Problemen. »Alles, Darling. Einfach alles.«

Zwanzig

Am Mittwochmorgen betrat Archer sein Büro, wobei er sich Schnee von seiner Jacke klopfte, denn seit den frühen Morgenstunden schneite es. Sie hatten schon beinahe zehn Zentimeter Neuschnee und ein Ende war nicht in Sicht. Als er seine Jacke aufhängte, steckte seine Mutter den Kopf ins Zimmer.

»Hi, mein Schatz. Hast du einen Moment?«

»Natürlich.«

In ihrem gemütlich wirkenden Outfit bestehend aus einem hellbraunen Pullover und Jeans ging sie geradewegs zum Fenster. »Das ist schon was mit dem Schnee, hm?« Sie wandte sich ihm zu. »Indi ist vermutlich nicht daran gewöhnt, bei diesem Wetter Auto zu fahren.«

»Stimmt. Ich habe sie vorhin zur Arbeit gefahren.« Heute Morgen hatte sie unglaublich süß ausgesehen, wie sie neben seinem Pick-up gestanden und Schneeflocken mit der Zunge aufgefangen hatte, eingewickelt in die Mütze, den Schal, die Handschuhe und Winterstiefel, die er für sie als Überraschung gekauft hatte, als er gehört hatte, dass es schneien sollte.

»Das ist wahrscheinlich besser so, bis sie sich selbst sicher genug dafür fühlt. Apropos, wir haben euch wieder mal beim Frühstück vermisst. Du weißt, dass du Indi jederzeit mitbringen kannst.«

Und mir Indi zum Frühstück entgehen lassen? Wohl eher nicht. »Ja, das weiß ich. Irgendwann schaffen wir es schon noch.«

Sie legte ihm eine Hand auf den Arm. »Ich verstehe euch ja. Ich weiß noch, wie es war, als dein Vater und ich frisch zusammen waren. Wir wollten keine Sekunde voneinander getrennt sein. Zwischen euch wird es ernst, hm?«

»Bist du deshalb hergekommen? Um mich auszuquetschen?«

»Nur zum Teil«, gab sie zu. Dann wurde sie ernst und Traurigkeit schimmerte in ihren Augen. »Ich wollte dir sagen, dass Ava gestorben ist. Sie hat uns gestern Abend verlassen.«

»Scheiße. Tut mir leid, Mom. Geht's dir gut? Möchtest du dich setzen?«

Lächelnd schüttelte sie den Kopf. »Nein, ich bin okay. Ich war bis zum Ende bei ihr und hatte die ganze Nacht Zeit, um die Dinge ins rechte Licht zu rücken. Ich werde sie schrecklich vermissen, aber sie ist jetzt an einem besseren Ort. Sie hat so viele Jahre lang gekämpft, enttäuscht von sich selbst, weil sie getrunken hat, und wegen der Last, die sie ihren Töchtern aufgebürdet hat. Aber die Alkoholsucht war stärker als sie.«

»Ich finde immer noch, dass sie es ihnen hätte sagen müssen. Wissen sie inzwischen Bescheid?«

»Ich habe sie gestern Abend angerufen. Ich bin deiner Meinung, sie hätte es ihnen sagen müssen, aber sie war nicht stark genug. Sie konnte sich ihre Fehler nie verzeihen.«

Damit kannte er sich gut aus. »Glaubst du, es hätte etwas genützt, wenn sie sich hätte verzeihen können?«

»Oh, absolut. Vergebung ist ein mächtiges Werkzeug, vor allem, wenn sie sich in einem selbst abspielt.«

»Vielleicht wollte sie sich nicht verzeihen, weil sie geglaubt hat, keine Vergebung verdient zu haben, oder sie wusste schlicht nicht, wie sie es machen sollte.« Ob seine Mutter ahnte, dass er jetzt über sich selbst sprach?

Sie runzelte die Stirn. »Wahrscheinlich war es ein bisschen von beidem, doch das wahre Problem war, dass sie es nicht mal versucht hat. Ich glaube, dafür hatte sie zu viel Angst.«

»Warum?«

»Ich kann nur raten, aber wenn sie es versucht hätte und sich nicht hätte vergeben können, hätte sie ihrer langen Liste an Verfehlungen eine weitere hinzugefügt und damit ihre Töchter wieder enttäuscht. Doch wer weiß schon, was passiert wäre, wenn sie es nur versucht hätte.«

Sie schwieg, als wollte sie ihre Worten bewusst sacken lassen. Oder vielleicht war er selbst zu stark in die Angelegenheit involviert, um klar denken zu können. Gleichwie, die Worte seiner Mutter hallten in seinem Kopf nach. *Das wahre Problem war, dass sie es nicht mal versucht hat … Wer weiß schon, was passiert wäre, wenn sie es nur versucht hätte.*

»Alles okay?«, fragte seine Mutter. »Sie war meine Freundin, doch du hast ihr bei Bedarf immer geholfen. Sicher spürst auch du den Verlust.«

»Mir geht's gut. Es ist beschissen, dass sie nicht mehr da ist, und die Frau, die sie einmal gewesen ist, wird mir fehlen, aber ich sorge mich mehr um Dee und Abby. Weiß Leni Bescheid? Sie sollte für Abby da sein.«

»Ja. Ich habe deine Geschwister heute Morgen alle angerufen. Dir wollte ich die Nachricht persönlich überbringen, damit du dich davon überzeugen kannst, dass es mir gut geht.«

Das wusste er zu schätzen. »Wann ist die Beerdigung?«

»Samstag um zehn Uhr. Ava wollte kein großes Tamtam, nur einen kleinen Abschied am Grab. Ihre Töchter schalten keine Todesanzeige, trotzdem bin ich sicher, dass es sich rumsprechen wird.«

»Wie immer. Kann ich irgendetwas tun, um zu helfen?«

»Nicht wirklich, nein. Aber wie ich schon deinen Brüdern und Schwestern gesagt habe: Denk dran, wie wertvoll das Leben ist. Ich glaube, dass wir alle etwas von Jules lernen können. Ich weiß, dass sie manchmal etwas anstrengend sein kann, und trotzdem, sie macht es richtig. Sie sagt den Menschen, dass sie sie liebt, versucht immer, nichts Unausgesprochenes im Raum stehen zu lassen, und erfreut sich an jedem einzelnen Tag.«

Er dachte an seine penetrante, liebenswerte Schwester. »Vielleicht hat sie tatsächlich das Geheimrezept für ein glückliches Leben gefunden, aber mach dir nicht zu viele Hoffnungen. Ich bin anders gepolt als sie.«

»Wirklich?«, zog seine Mutter ihn auf. »Ist mir noch gar nicht aufgefallen.«

Er umarmte sie, während er insgeheim die innere Stärke seiner Mutter bewunderte und ihre Entschlossenheit, ein Leben voller Liebe, Hoffnung und Vergebung zu führen – alles Dinge, die er für die andere Frau in seinen Gedanken auch gerne in sein Leben integrieren würde: für seine süße, widerstandsfähige Indi. Er musste nur noch lernen, wie er das anstellen sollte.

An fast jedem Tag musste Indi sich selbst zwicken, um zu glauben, dass sie wahrhaftig ihr eigenes Studio eröffnete. Es war schon Ende Januar und sie saß in ihrem neuen Büro. Noch hatte sie es nicht fertig eingerichtet, doch sie liebte die ausgesuchten Möbel und war glücklich, nun überhaupt ein Büro zu haben, nachdem sie so viele Jahre lang ohne eins hatte auskommen müssen. Sie wartete noch auf die Bilder für die Wände und ein paar letzte Handgriffe mussten auch noch getan werden, aber die Beleuchtung war bereits fertig installiert. Die Pendelleuchten, für die sie sich entschieden hatte, verliehen dem Studio einen Hauch von Eleganz. Ab nächster Woche würde nach und nach das Inventar eintreffen und bis zum Ende der Woche hatte sie hoffentlich zwei Teilzeitkräfte eingestellt. Gestern hatte sie mit Macie gesprochen und mit Jules' Einverständnis hatte sie heute Morgen mit Noelle telefoniert. Sie mochte beide Frauen auf Anhieb, obwohl sie das komplette Gegenteil voneinander waren. Was Macie an Zurückhaltung besaß, machte Noelle durch Direktheit wett. Anfang nächster Woche würde sie beide einzeln zu einem Vorstellungsgespräch sehen, und wenn das gut lief, würde sie ein Treffen zu dritt ansetzen. Trotz der Art, wie ihre Eltern sie behandelten, hatte sie im Laufe der Jahre ein paar Dinge von ihnen gelernt, vor allem, wie man seine eigenen Kinder *nicht* behandeln sollte. Sie hatte jedoch auch ihrem Vater zugehört, wenn er Simon beim Abendessen Vorträge gehalten hatte, um ihn auf die Arbeit im Familienunternehmen vorzubereiten. Ein Ratschlag war ihr besonders im Gedächtnis geblieben und deshalb wollte sie ein gemeinsames Treffen mit Macie und Noelle. *Ein Unternehmen muss mit einem starken Team aufgebaut werden, dessen Stärken und Schwächen sich gegenseitig ergänzen. Wenn es an einer Stelle hakt, kann das den Untergang der ganzen Firma bedeuten.* Sie hatte sich immer gefragt, warum das nicht auch in ihrer Familie umgesetzt wurde, aber im Moment hatte sie zu viel zu tun, um darüber nachzugrübeln.

Für die Preisverleihung nächstes Wochenende musste sie sich etwas zum Anziehen heraussuchen, das nicht zu edel aussah, da sich Archer wohl eher nicht herausputzen würde, und die Fashion Week war schon in zwei Wochen. Sie und Leni hatten über die letzten Details ihrer Eröffnungsfeier gesprochen und ihre To-do-Liste war seitenlang. Morgen würden die ersten Ankündigungen für die Eröffnung veröffentlicht werden, also ging sie zum x-ten Mal die Liste derer durch, die eine Einladung dazu erhalten würden. Als sie die Namen ihrer Eltern und ihre E-Mail-Adressen las, krampfte sich ihr Bauch wie jedes Mal zusammen. Sollte sie sie besser nicht einladen? Das fühlte sich falsch an. Manchmal konnte sie fast so tun, als würden sie gar nicht existieren, aber dann schlug Archer vor, auf sie zuzugehen, oder sie hörte etwas, dass sie an sie erinnerte, und sie wurde geradewegs in die schmerzhafte Realität zurückgeworfen, in der sie es ihren Eltern einfach nicht recht machen konnte.

Tränen brannten in ihren Augen. Sie versuchte, sie zu unterdrücken, stand auf und lief ein paar Schritte auf und ab. Ihr ganzes Leben über hatte sie sich selbst Mut zugesprochen und genau das versuchte sie nun wieder. *Ich baue mir hier ein wundervolles Leben auf, mit mehr Unterstützung von außen, als ich mir je hätte erträumen können. Mit Archer läuft es besser, als ich je gedacht hätte, und ich bin glücklich. Das ist alles, was zählt.*

Warum konnten sich ihre Eltern nicht für sie freuen?

Diese Frage kreiste ihr unaufhörlich im Kopf herum, trieb sie in den Wahnsinn, machte sie traurig und so wütend, dass sie dieses Gefühl manchmal nur noch ganz tief in sich begraben konnte, damit es nicht aus ihr herausplatzte. Aber wie lange wollte sie so weitermachen? Sich ärgern, sich Gedanken machen und es schlichtweg verabscheuen, dass sie nicht gut genug für ihre Eltern war? Nicht viel länger, so viel stand fest. Dafür lasteten die Schuldgefühle, nicht ihren Wünschen zu entsprechen, zu schwer auf ihren Schultern, und gleichzeitig war es zu anstrengend, ständig für sich selbst einzustehen und nach dem zu streben, was *sie* brauchte.

Wie um alles in der Welt konnte Archer mit den immensen Schuldgefühlen leben, die er ihr anvertraut hatte, wenn es ihr bei dieser Kleinigkeit schon so schwerfiel?

Nur dass es eigentlich keine Kleinigkeit war. Schließlich ging es um ihre Eltern.

Ihr Magen zog sich weiter zusammen und plötzlich war es zu viel. Sie hatte die Nase voll. So konnte sie nicht weitermachen. Sie griff nach ihrem Handy und rief ihre Mutter an, weil sie diese Sache endlich klären musste. Sie musste sehen, wie ihre Eltern zu ihr standen, ein für alle Mal. Keine Grübeleien mehr, kein Warten.

»Indira, Liebling. Wie geht es dir?«

Die Stimme ihrer Mutter zerriss ihr das Herz. Ihr angeborener Instinkt war es, den Schmerz zu lindern und wie üblich nicht über den Knacks in ihrer Beziehung zu sprechen, der sich inzwischen in eine Schlucht zwischen ihnen verwandelt hatte. Doch das konnte sie nicht länger tun.

»Ich weiß nicht, wie es mir geht, Mom. Einerseits bin ich so glücklich mit meinem Leben hier auf der Insel. Mein Studio wird am ersten April eröffnen und alle freuen sich für mich. Andererseits schicke ich Einladungen zur Eröffnungsfeier raus und weiß nicht einmal, ob meine Eltern überhaupt kommen werden.«

»Oh, Indira. Sei nicht so theatralisch.«

Indi schloss die Augen und bemühte sich, ruhig zu bleiben. »Du hältst es für *theatralisch*, dass ich wissen möchte, ob meine Eltern, mit denen ich seit Wochen kein Wort gesprochen habe, zur Eröffnungsfeier meines Studios kommen, das sie für eine niedliche Belanglosigkeit halten, das mir in Wahrheit jedoch die Welt bedeutet?«

Ihre Mutter seufzte. »Ja, um ehrlich zu sein, ist das meine Meinung, und sprich bitte leiser.«

»Ich werde nicht leiser sprechen, Mom. Vielleicht solltest du dich selbst mal fragen, warum ich so theatralisch bin, dann könnte dir aufgehen, dass dieses Verhalten meine *einzige* Möglichkeit ist, von euch gesehen oder gehört zu werden. Warum könnt ihr mich nicht so akzeptieren, wie ich bin, und mich bei meinen Träumen unterstützen?« Ihre Stimme klang etwas zu schrill und sie schloss die Augen gegen die Tränen der Wut darin. »Ich bin eure Tochter, und ihr gebt mir das Gefühl, als würden meine Gefühle keine Rolle spielen. Ist es das, was ihr im Leben erreichen wollt? Denn es wirkt zweifellos so.«

Einen langen Moment schwieg ihre stets so beherrschte Mutter, und Indi glaubte schon, dass sie ihr *vielleicht* endlich die Augen geöffnet hatte, und sie die Dinge jetzt aus einem anderen Blickwinkel betrachtete.

»Wo kommt all das her, Indira? Hat dir *dieser Mann* diese Flausen in den Kopf gesetzt?«

Wutentbrannt biss Indi die Zähne zusammen. »*Dieser Mann* ist Archer Steele, einer der besten Winzer des Landes, und er unterstützt mich mehr, als du oder Dad es je getan haben. *Dieser Mann* lauscht meinen Hoffnungen, Träumen, Ängsten und meinen albernen Ideen. Er sieht mich als Ganzes, und weißt du was? Manchmal bin ich auch ihm gegenüber theatralisch, aber er weist mich deshalb nicht zurecht. Er hört mir noch aufmerksamer zu, denn das macht man, wenn man jemanden liebt.« *Großer Gott. Er hat nie gesagt, dass er mich liebt. Es fühlt sich zwar so an, aber das heißt nicht, dass es auch so ist.* Sie konnte dem jetzt nicht weiter nachgehen, nicht, während sie sich mit ihrer Mutter stritt. »Wenn du wirklich wissen willst, woher ich das habe, musst du lediglich an all die Male zurückdenken, in denen ihr mich im Laufe der Jahre zurückgewiesen habt. An jedes Mal, wenn ihr meine Karriere und meinen Erfolg kleingeredet habt, indem ihr ihn als niedlich bezeichnet oder mich gefragt habt, wann ich endlich mit diesem *Unsinn* aufhöre.«

»Wir hatten gehofft, dass du es inzwischen eingesehen hättest«, sagte ihre Mutter ärgerlich gelassen. »Wir denken doch nur praktisch, Indira. Die Geschäftswelt ist eine Männerdomäne. Sie ist unbeständig und kleine Unternehmen wie deins gibt es wie Sand am Meer. Du weißt nie, wann es damit zu Ende gehen wird, aber höchstwahrscheinlich wird es wie die meisten solcher Firmen auch irgendwann verschwinden. Dann stehst du ohne Job und ohne Ehemann da und wirst zu alt für eine eigene Familie sein. Ich verstehe einfach nicht, wieso du dir mit James nicht mehr Mühe gegeben hast, dann wäre für dich gesorgt –«

»Hör auf«, rief sie und lief weiter unruhig auf und ab. »Du musst dich von dieser lächerlichen Vorstellung von James und mir lösen. Das wird *niemals* passieren. Ich will überhaupt nicht, dass so für mich gesorgt wird. Überall gibt es Frauen, die Unternehmerinnen sind und gleichzeitig eine Familie haben. Ich habe keine Ahnung, warum du es so darstellst, als könnte ich nur das eine oder das andere haben, bloß weil es das ist, was du gewollt hast. *Sollte* mein Unternehmen scheitern, dann ist das so, und dafür werde ich die Verantwortung tragen. Aber ich werde niemals bereuen, meine Träume verfolgt zu haben, denn es ist *mein* Leben, nicht deins oder Dads, und ich werde es so leben, wie es mich glücklich macht. Ihr habt gehofft, ich hätte es eingesehen? Ha! Da gibt es nichts einzusehen.« Ein Anflug von Vernunft überkam sie und sie senkte die Stimme. »Ich hatte gehofft, dass du und Dad es inzwischen eingesehen habt, aber jetzt erkenne ich, dass das niemals passieren wird.«

»Wir lieben dich, Indira, und wollen nur das Beste für dich.«

»Nein, das wollt ihr nicht. Ihr wollt das Beste für *euch*.« Tränen liefen ihr über die Wangen. »Und das ist eine Schande, weil ich nämlich ein fantastischer Mensch bin. Eines Tages werdet ihr mich vermissen.«

»Was willst du damit sagen?«

»Ich will damit sagen, dass Archer alles richtig gemacht hat, als wir euch beim Brunch haben sitzen lassen. Ich will mein Leben nicht damit verbringen, Seitenhieben auszuweichen und meine Träume zu rechtfertigen, nur damit du und Dad mich akzeptiert. Ich habe es satt, zu versuchen, euch für mich zu gewinnen. Ich möchte euch in meinem Leben haben, Mom, aber nicht so. Ich will nicht das Gefühl haben, als wäre ich nicht gut genug für euch oder für sonst jemanden. Denn ich bin gut so, wie ich bin.« Sie hielt inne, doch ihre Mutter versuchte nicht einmal, sich selbst zu verteidigen oder gar vorzugeben, dass sie Indi sehr wohl für gut genug hielt. Das Schweigen ließ weitere Tränen fließen. »Ich liebe euch, und ihr wisst, wie ihr mich erreichen könnt, solltet ihr mich je als die sehen und lieben, die ich bin, mit all meinen Schwächen und theatralischen Ausbrüchen und was ihr sonst noch unsympathisch an mir findet. Bis dahin auf Wiedersehen, Mom.«

Ihr Herz raste und Tränen strömten über ihre Wangen, als sie auflegte und sich auf den Stuhl fallen ließ. Das Atmen fiel ihr schwer. Sie hatte das Gefühl, als wäre sie aufgeschlitzt worden, doch sie verblutete nicht. Sie befreite sich von der Last des Gefühls, nicht gut genug für ihre Eltern zu sein. Das hatte sie so lange mit sich herumgetragen, dass es beinahe einer Erleichterung glich, diese Nabelschnur zu durchtrennen. Doch mit dieser Trennung kamen neue Schuldgefühle, noch schwerwiegender als die, von denen sie sich gerade freigemacht hatte.

Sie wusste, dass sie das Richtige getan hatte, aber wie sollte sie es sich je vergeben, sich von ihren Eltern losgesagt zu haben?

Meredith hatte keine Ahnung, wie recht sie damit gehabt hatte, dass Indi und Archer sich ähnelten.

Vielleicht konnten sie gemeinsam lernen, wie man sich selbst verzieh.

Einundzwanzig

Als Archer anrief, um Bescheid zu sagen, dass er auf dem Weg war, um Indi abzuholen, hatte sie bereits mit Meredith und Leni gesprochen. Sie hatte sich bei ihnen ausgeweint, bis keine Tränen mehr übrig gewesen waren, und war so ihre schlimmste Wut und den größten Schmerz losgeworden. Sie hatte Archer von dem Telefonat mit ihrer Mutter erzählt, und er war ganz still geworden, so wie er es zu tun pflegte, wenn er sich bemühte, *nicht* auszuflippen. Als er schließlich Worte fand, sagte er nichts Schlechtes über ihre Eltern, was sie sehr zu schätzen wusste. Wahrscheinlich hatte sie in Gedanken ohnehin schon alles über sie gesagt, was ihm hätte einfallen können. Stattdessen konzentrierte er sich auf sie und sagte exakt die richtigen Dinge, genau wie Meredith und Leni es getan hatten. Meredith hatte mit ihr zusammen geweint, und Leni hatte gesagt, dass sie Indis Eltern gerne in den Hintern treten würde, wohingegen Archer nur schlicht gemeint hatte: *Wir werden eine Lösung finden.* Dadurch fühlte sie sich ein bisschen besser, bis er ihr von Avas Tod erzählte. Daraufhin wurde sie wieder traurig.

In schwarzer Winterjacke und Winterstiefeln betrat Archer zielstrebig das Studio. Er zog Indi in eine feste Umarmung und drückte ihr einen Kuss auf die Schläfe. »Tut mir leid, Darling.«

»Schon okay. Mir tut es leid wegen Ava. Wie geht's dir? Und deiner Mom?«

»Den Umständen entsprechend. Aber ich mache mir deinetwegen Sorgen.« Er sah ihr in die Augen.

»Mir geht's gut. Es tut nur weh, und nach Avas Tod bin ich nicht sicher, ob ich das Richtige getan habe. Abby und ihre Schwester hatten kein Mitspracherecht, als ihnen ihre Eltern genommen wurden, aber ich werfe meine aus meinem Leben und knalle sinnbildlich die Tür hinter ihnen zu. Macht mich das zu einem Monster?«

»Du bist kein Monster, Babe.« Er legte seine großen Hände an ihre Wangen und sah ihr tief in die Augen, als wollte er, dass sie jedes seiner Worte verinnerlichte. »Du hast sie nicht aus deinem Leben geworfen. Sie waren nie wirklich ein Teil davon. Sie haben dir aus der Ferne zugeschaut und versucht, dich an sie zu ketten. Es muss einen Mittelweg geben und den werden wir finden. Das hier musste irgendwann passieren, aber ich kann mir nicht vorstellen, dass es das Ende eurer Beziehung bedeutet. Wie ich schon sagte, wir überlegen uns gemeinsam eine Lösung.«

Sie liebte ihn dafür, dass er ihr dabei helfen wollte, doch sie wusste es besser. »Es gibt keine Lösung, außer ich kehre alles unter den Teppich. Ich denke, ich muss heute Abend einfach einen klaren Kopf bekommen und nicht mehr darüber nachgrübeln.«

»Okay, dann machen wir einen Spaziergang rüber zum Park. Etwas frische Luft und schon sieht die Welt wieder ganz anders aus.«

»Da draußen liegen mindestens fünfzehn Zentimeter Schnee und es schneit immer noch.« Den ganzen Tag über hatten die Schneepflüge alles gegeben, um mit dem anhaltenden Schneefall mitzuhalten.

»Was ist denn los, du Stadtkind?« Er hob eine Augenbraue. »Angst vor ein bisschen Schnee?«

»Wohl kaum.« Er wusste ganz genau, wie er ihre Laune heben konnte, und, Gott, das war genau das, was sie gerade brauchte.

»Gut, weil es draußen nämlich herrlich ist. Ich würde deinen sexy Hintern nur ungern für eine Frau verlassen, der Schnee nichts ausmacht.«

Sie schnaubte. »Viel Glück dabei, eine zu finden, die sich mit dir abgeben will.«

Er küsste sie. »Hol deine Sachen, Klugscheißerin.«

Archer fischte Handschuhe und eine schwarze Strickmütze aus seiner Jackentasche und zog beides an, während sie alles zusammenpackte und sich in ihre hübschen neuen Accessoires bestehend aus Mütze, Schal und Handschuhe in Kobaltblau einmummelte. Er hatte sie mit dem Geschenk nicht nur umgehauen, sondern auch gesagt, dass die Farbe *cool* zu ihren Augen aussah. Er mochte kein eloquenter Romantiker sein, aber von eloquent hatte sie ohnehin die Nase gestrichen voll. Sie würde echt und unverstellt jederzeit den Vorzug vor falsch und hochtrabend geben, und wenn diese Attribute dann auch noch auf Archer Steele zutrafen, gab es nichts Faszinierenderes für sie.

Während sie das Studio zuschloss, stellte Archer ihre Tasche in seinen Pick-up.

»Bereit?« Er griff nach ihrer Hand.

Der Schnee knirschte unter ihren Stiefeln, als sie schweigend bis zur Ecke liefen. Schnee bedeckte die Markisen der Ladengeschäfte und kleine Schneehügel balancierten unsicher auf den Ästen der Bäume wie kostbare Geschenke. Im Licht der altmodischen Straßenlaternen glitzerte die weiße Pracht und verlieh dem Abend eine romantische Atmosphäre. Sie genoss es, mit Archer so ungezwungen durch ihre neue Heimat zu spazieren, ohne sich dabei unterhalten zu müssen.

Sie überquerten die Straße und der Park auf der anderen Seite glich einem einzigen Schneehügel. Der Spielplatz und der Pavillon hoben sich kaum vom verschneiten Boden und dem weißen Himmel ab. Die eisige Luft stach Indi in die Wangen, doch es war ein angenehmer Schmerz. Sie legte den Kopf in den Nacken, das Gesicht zum Himmel erhoben, streckte die Arme seitlich aus und blinzelte gegen den unablässigen Schneefall an. »Du hattest recht. Mit etwas frischer Luft sieht wirklich alles gleich viel besser aus.« Sie nahm einen tiefen Atemzug der kalten Luft und wurde unvermittelt von einem erfrischenden Gefühl der Freiheit erfasst, das wie aus dem Nichts kam.

»Damit auch.«

Sie drehte sich zu ihm um, just in der Sekunde, als er sie mit einem Schneeball an der Brust traf. »Archer!«

Lachend nahm er wieder etwas Schnee auf und formte einen Ball daraus. Mit einem Aufschrei rannte sie im Park einen Hügel hinunter und duckte sich lachend unter dem Schneeball weg. Sie schaufelte eine Handvoll Schnee in ihre Hände, formte den Ball im Laufen und feuerte ihn in seine Richtung. Er schleuderte ihr ebenfalls einen entgegen und sie konnte sich nur gerade so noch wegdrehen. Sie wirbelte herum, sammelte wieder Schnee auf und wurde von ihm am Rücken erwischt, als ihr Schneeball gerade fertig war.

Sie drehte sich um. »Ich mach dich fertig, Steele!« Sie traf ihn an der Schulter und er rannte hinter ihr her.

Indis Schreie und ihr gemeinsames Gelächter erfüllten die Luft, während sie sich eine Schneeballschlacht lieferten und dabei um den Pavillon herumrannten und hinter dem Schaukelgerüst in Deckung gingen. Sie flitzte um die Rutsche herum, und er packte sie um die Taille, woraufhin sie beide zu Boden gingen. In Sekundenschnelle war er über ihr, klemmte sie unter seinem großen Körper fest und grinste mit geröteten Wangen auf sie hinunter. Sie konnte nicht aufhören, zu lachen.

»Wer macht jetzt wen fertig, Oliver?«

»Ich dich«, sagte sie und lachte leise. »Ich habe dich genau da, wo ich dich haben wollte.«

Er schob die Arme unter sie und drückte seinen Mund in einem himmlischen Kuss auf ihren. »Du bist gar nicht so schlecht in Schneeballschlachten.«

»Du bist gar nicht so schlecht im Küssen.« Sie reckte sich ihm entgegen und gab ihm einen Kuss auf die lächelnden Lippen. »Ich habe noch nie eine Schneeballschlacht gemacht.«

Er zog die Augenbrauen zusammen. »Echt jetzt?«

»Ja, wirklich. Ich bin in der Stadt aufgewachsen, und meine Eltern gehören nicht gerade zu der Sorte, die mit ihren Kindern in den Park geht und sie dort toben lässt. Wir sind nie Schlitten gefahren oder haben eine Schneehöhle gebaut. Simon hat sich früher mit mir rausgeschlichen, um zu toben, aber es war nie so wie gerade.«

»Das mag für Städter okay sein, aber du bist jetzt eine Frau von Silver Island.« Er kam auf die Füße, reichte ihr eine Hand, um ihr aufzuhelfen, und strich ihr den Schnee von der Kleidung. »Komm mit, Stadtkind.« Er nahm ihre Hand und stieg wieder den Hügel hinauf.

»Wohin gehen wir?« Sie beeilte sich, um mit ihm Schritt zu halten, was auch immer er sich jetzt wieder in den Kopf gesetzt hatte.

»Wir müssen zum Unterricht. Dein Kurs *Winter auf Silver Island* geht gleich los.«

Ihr gefiel, wie sich das anhörte. »Darf ich meinen Professor verführen?«

»Das hast du längst, Darling.« Er zog sie in seine Arme und küsste sie, bis sie nicht mehr klar denken konnte. So etwas wie ein Schwindelgefühl stieg flatternd in ihr auf, als er sie den Hügel hochjagte. Schon seltsam, dass sie nie Schmetterlinge im Bauch gehabt hatte oder ein verknalltes Mädchen gewesen war, bis Archer in ihr Leben getreten war und es auf den Kopf gestellt hatte.

Etwas später bog er mit dem Auto zum Haus seiner Eltern ab. »Was machen wir hier?«

»Das wirst du schon sehen.« Er kam um den Wagen herum und half ihr beim Aussteigen, indem er grinsend ihre Hand nahm. »Hier beginnt der Unterricht. Komm mit.«

Archer lief zum Hinterhof und zog sie mit sich. Sie liebte es, ihn so aufgeregt und unbeschwert zu erleben. Er öffnete den Schuppen, und als sie eingetreten waren, sah sie Erinnerungen an seine Kindheit und Jugend an den Wänden: Drachen, Baseballhandschuhe, Baseballschläger, Schneeschuhe aus Metall, Schlitten und Bobs. An einer Wand hingen zwei merkwürdige Anzüge, auf deren Ärmeln Jocks und Archers Namen mit schwarzem Filzstift geschrieben standen. Die Geschichte von ihren selbstgemachten Flügelanzügen hatte sie schon so oft gehört, dass sie sie inzwischen auswendig kannte. Die Zwillinge waren schon immer gerne Risiken eingegangen. Als Kinder hatten sie sich selbst Wingsuits gebastelt, und Fitz und Wells hatten daraus eine Mutprobe gemacht und sie dazu aufgefordert, darin vom Dach der Kirche zu springen. Dabei hatte Jock sich den Knöchel verstaucht und Archer sich das Schlüsselbein gebrochen. Weil Steve so ein unglaublich guter Vater war, hatte er sie nicht einfach bestraft und ihre Hoffnungen aufs Fallschirmspringen zerschlagen. Sobald die Jungs wieder gesund gewesen waren, hatte er es ihnen ermöglicht, die Mutprobe auf eine sichere Art durchzuführen, indem er sie zu einem richtigen Lehrer gebracht hatte, der sie im Fallschirmspringen unterrichtet hatte.

»Sind das die berüchtigten Flügelanzüge?«

»Genau. Ich dachte, wir könnten sie jetzt flicken, damit sie funktionieren.« Er begann, Kisten zu verschieben, um ihnen einen Weg bis zur Mitte des Schuppens zu bahnen.

»Bitte nicht. Du gefällst mir in einem Stück.«

»Später kannst du mir zeigen, wie sehr dir ein bestimmtes Stück gefällt.« Lachend stellte er einen Pappkarton ab. An der Vorderseite war ein großes Quadrat herausgeschnitten worden. Auf den schmalen Streifen darüber hatte jemand mit blauem Filzstift *Silver Island News* geschrieben.

»Was ist das?«

»Darin hatte Sutton ihren ersten Auftritt als Reporterin.« Er stellte noch einen Karton ab. »Das habe ich gebaut, als wir Kinder waren. Sollte einen Fernseher darstellen. Wir haben den Esszimmertisch mit einem Laken abgedeckt, den Karton obendrauf gestellt und sie hat so getan, als würde sie die Nachrichten vorlesen.«

Ihr ging das Herz auf. »Und du hast zugeschaut?«

»Musste ich ja«, sagte er, als er weitere Kisten verschob. »Hat sonst keiner gemacht.« Er bewegte sich auf ein kleines schwarzes motorisiertes Zweirad zu. »Das war Levis erstes Bike.«

»Deine Eltern haben wirklich alles aufgehoben. Ich wette, Joey würde das lieben.«

»Warum, denkst du, steht es versteckt hinter Kisten? Letzten Sommer wollte ich es rausholen, aber Levi hat einen Anfall bekommen. Früher ist er mit dem Ding durch ganz Silver

Haven gefahren, aber die Dinge ändern sich wohl, wenn es um das eigene Kind geht.«

Sie glaubte nicht, dass ihre Eltern irgendetwas aus ihrer Kindheit aufgehoben hatten. Plötzlich fragte sie sich, wie sie als Kinder gewesen waren. Sie hatten nie über ihre Kindheit gesprochen, doch in der Frage wollte sie sich jetzt nicht verlieren.

»Ah, hier ist es ja.« Er griff über die Kartons hinweg und hob etwas hoch, das wie ein selbstgebauter, aufgemotzter Schlitten aussah, mit Skiern als Kufen und einer Lenkstange, an der Seile zum Lenken befestigt waren. Er war mindestens doppelt so groß wie ein normaler Schlitten. »Den habe ich mit zwölf gebaut und im Laufe der Jahre weiter verfeinert. Dieses Baby ist verdammt schnell. Jahr für Jahr bin ich an allen auf dem Hügel vorbeigesaust.«

Indi lachte. »Du siehst wirklich in allem einen Wettstreit.«

»Hey, du bist ja nicht ohne Grund mit mir zusammen. Eine einflussreiche Unternehmerin wie du will nicht mit einem faulen Loser zusammen sein.« Auf dem Weg nach draußen hielt er den Schlitten über seinem Kopf und gab ihr im Vorbeigehen einen Kuss auf den Mund.

Noch nie hatte sie jemand eine einflussreiche Unternehmerin genannt. So bezeichnet zu werden, fühlte sich unglaublich an. »Was, wenn ich wegen deiner anderen Attribute mit dir zusammen bin?«, stichelte sie, als sie den Schlitten zum Hügel auf der anderen Seite des Gartens zogen.

»Mach dich nicht lächerlich. Das steht außer Frage.« Er legte ihr einen Arm um die Schultern. »Du bist definitiv wegen meiner Leistungen im Bett mit mir zusammengekommen, aber wer will dir das vorwerfen? Ich bin ein guter Liebhaber mit stahlharter Ausstattung, der öfter als einmal kann.«

Sie lachte. »Du bist so arrogant.«

»Hey, stimmt's oder hab ich recht?«

Sie verdrehte die Augen, konnte ein Lächeln jedoch nicht unterdrücken, weil es genau dieses selbstherrliche Selbstbewusstsein war, das sie anfangs angelockt hatte, und es gefiel ihr nach wie vor.

»Aber der Punkt ist der, dass du immer noch hier bist, und wir beide wissen, dass ich ein schwieriger Partner mit großer Klappe und vielen Macken bin. Das macht mich zu einer schwer zu schluckenden Pille. Das Wortspiel ist übrigens nicht beabsichtigt.«

Gott, sie liebte seine Ehrlichkeit. »Du bist definitiv eher ein Whiskeyfass als eine Champagnerflöte. Es kann anstrengend mit dir sein, aber das ist es so was von wert.«

Ein Mundwinkel hob sich zu einem Grinsen. »So ist es.« Er lehnte sich zu ihr und küsste sie. »Mittlerweile glaube ich allerdings, dass du nicht nur wegen meiner Leistungen im Bett mit mir zusammen bist, oder steht mir ein böses Erwachen bevor?«

»Archer«, sagte sie sanft, gerührt davon, wie verletzlich er sich ihr gegenüber zeigte. »Ich wäre nicht hier, wenn sich hinter deiner großen Klappe kein gutherziger, großzügiger, rücksichtsvoller Mann verbergen würde. Und ich habe das Gefühl, dass wir gerade erst an der Oberfläche kratzen.«

Sie neigte sich dichter zu ihm und senkte ihre Stimme. »Aber auch deine Fähigkeiten im Bett spielen eine Rolle, also lass nicht nach.« Sie gab ihm einen Klaps auf den Hintern, woraufhin er laut auflachte.

Archer konnte sich nicht erinnern, wann er zuletzt im Schnee gespielt hatte, doch wahrscheinlich hatte er dabei nie so viel Spaß gehabt wie heute. Jedes Mal, wenn sie den Hügel hinter dem Haus seiner Eltern hinunterrodelten, stieß Indi Freudenschreie aus. Danach stapfte sie tapfer den Hügel wieder hoch, plauderte und scherzte mit ihm, als wäre ihr Herz nicht erst vor ein paar Stunden zerschmettert worden. Er beobachtete sie, wie sie sich vornüberbeugte und einen Schneeball in der Größe eines Basketballs für ihre Schneefestung zusammenrollte. Es hatte aufgehört zu schneien. Ihre Wangen und Nase waren von der Kälte gerötet, sie hatte die Stirn gerunzelt und die Unterlippe zwischen die Zähne gezogen. Dieser konzentrierte Ausdruck stand ihr. Andererseits, was stand ihr nicht?

Sie sah vom Schneeball zu ihm und ein Lächeln erschien auf ihrem Gesicht. »Die Festung baut sich nicht von selbst, Steele. Komm in die Gänge.«

War ihr bewusst, dass sie ihm mit allem, was sie sagte, unter die Haut ging? Während er einen weiteren Schneeball durch den Schnee rollte, hatte er den seltsamen Gedanken, dass er in ferner Zukunft auf diesen Abend zurückblicken und ihn als einen der besten seines Lebens im Gedächtnis behalten würde. Er würde sich an jedes Detail von ihr erinnern, an die blaue Mütze, die ihre wunderschönen Haare im Zaum hielt, und wie sie sich hinkniete, um den gigantischen Schneeball zur Festung zu rollen. Gleich darauf überkam ihn ein mulmiges Gefühl. Er wusste, dass ihr das angespannte Verhältnis zu ihren Eltern irgendwann den Wind aus den Segeln nehmen würde. Dann würde er alles tun, was er konnte, um den Schlamassel, den er zweifellos angerichtet hatte, wieder in Ordnung zu bringen, und zu gegebener Zeit alles für sie sein, was immer sie brauchte – der Wind, die Sonne, ihr Anker. Verdammt, er wäre sogar das ganze verfluchte Boot und das Meer selbst, wenn das nötig war, um sie durch diese Krise zu steuern.

Indi kam auf die Füße und stemmte die Hände in die Hüften. »Ich wünschte, mir könnte hier drüben mal jemand etwas unter die Arme greifen.«

»Sei vorsichtig mit deinen Wünschen.« Er wackelte mit den Augenbrauen und erntete dafür ein umwerfendes Lächeln.

Sie bauten eine brusthohe Mauer aus aufeinandergestapelten Schneebällen und zwei kleinere, die nur bis zum Knie gingen, an den Seiten. »Das nenne ich mal eine Festung. Du zitterst. Hast du genug für heute?«

»Was? Nein. Ich will mich da reinsetzen. Man kann doch keine Festung bauen und danach einfach ins Haus gehen.«

Er war ganz vernarrt in ihre Entschlossenheit, also zog er seine Jacke aus und hielt sie ihr zum Reinschlüpfen hin.

»Die brauchst du doch, Archer. Es ist eiskalt hier draußen.«

»Mir wird heiß, wenn ich dich nur ansehe.« Er versuchte, ihr die Jacke umzulegen, aber sie schob sie weg. »Indi, zieh sie an oder wir gehen rein.«

Sie verdrehte die Augen. »Du bist so stur.«

»Das sagt die Richtige.« Er half ihr dabei, seine Jacke über ihre anzuziehen.

Mit einem absolut hinreißenden Gesichtsausdruck, der so was besagte wie: *Und jetzt, du Genie?*, streckte sie die Arme aus, um ihm zu demonstrieren, dass die Ärmel mehrere Zentimeter über ihre Hände hinausragten. Lachend schlug er die Ärmel um.

»Ich möchte ein Foto von unserer Festung machen.« Sie biss in eine Fingerspitze ihres Handschuhs, um ihn auszuziehen, doch er drückte ihre Hand nach unten.

»Ich mach schon. Sonst werden deine Hände kalt.« Er zog seine Handschuhe aus und holte sein Handy hervor. »Stell dich vor die Festung.«

»Ich möchte, dass du auch auf dem Foto bist.«

»Erst mache ich eins von dir, dann eins von uns beiden.«

Ihr Lächeln erhellte die Dunkelheit um sie herum, als er das Foto knipste. »Jetzt stell dich hinter die Mauer.«

Sie eilte auf die andere Seite, und er schoss noch ein Foto, bevor er zu ihr ging, einen Arm um ihre Schulter legte und ein Selfie von ihnen beiden aufnahm.

»Noch eins!«, rief sie.

Abermals hob er das Handy, und sie stellte sich auf die Zehenspitzen, die Lippen in Richtung seiner Wange gespitzt. Danach fotografierte er sie noch ein paar Mal dabei, wie sie sich küssten, miteinander lachten und das Peace-Zeichen in die Kamera hielten. Vielleicht verhielten sie sich kindisch, aber sie hatten unglaublich viel Spaß dabei und womöglich war dies sogar sein schönster Moment dieses Abends.

»Ich habe eine Idee. Bleib hier. Ich suche uns die passende Ausrüstung.«

Sie salutierte. »Aye, aye, Captain.«

Er rannte zum Haus und ging zur Terrassentür. Im Wohnzimmer kuschelten seine Eltern vor dem Kamin miteinander. »Entschuldigt die Störung.«

Sein Vater grinste. »Habe ich vergessen, eine Socke über den Türknauf zu ziehen?«

»*Gott.* Darüber will ich gar nichts wissen.«

Seine Mutter lachte leise. »Schon okay, Archer. Wir haben uns bereits gedacht, dass du das vorhin im Schuppen warst. Wo ist deine Jacke? In welche Schwierigkeiten bringst du dich jetzt wieder da draußen?«

»In die besten überhaupt. Ich bin mit Indi draußen. Ich habe ihr meine Jacke gegeben. Habt ihr was dagegen, wenn ich ein paar Decken mit nach draußen nehme? Und darf ich mir eine Jacke von dir leihen, Dad, und ein paar Holzscheite mitnehmen? Ich möchte draußen in unserer Festung ein Feuer machen.«

Sein Vater hob eine Augenbraue. »In eurer Festung? Soll ich euch noch deine Actionfiguren rausbringen?«

Seine Mutter schmunzelte, während Archer den Kopf schüttelte. In der Carhartt-Jacke seines Vaters und bewaffnet mit mehreren Decken und einem Armvoll Holz kehrte er zu ihrer Festung zurück.

»Wow. Du bist wirklich gut im Jagen und Sammeln. Deine Eltern haben nichts dagegen, wenn die Decken im Schnee liegen?«

»Ich bezweifle, dass sie sich im Moment über solche Dinge Gedanken machen. Sie gehen sich im Wohnzimmer gerade an die Wäsche.«

»Hast du eine Ahnung, wie glücklich du dich schätzen kannst, dass deine Eltern die Hände nicht voneinander lassen können?«

»Ja.« Für die Feuerstelle grub er ein Loch in den Schnee. »Mit ihnen habe ich bei allem Glück.« Er richtete sich wieder auf und zog sie in die Arme. »Tut mir leid, dass du diesen Mist mit deinen Eltern durchmachen musst. Wahrscheinlich hätte ich beim Brunch nicht so viel Staub aufwirbeln sollen, aber ich konnte nicht einfach dasitzen und zusehen, wie sie derart über dich hinweggehen. Du machst es dir nicht im gemachten Nest deiner Familie bequem oder ruhst dich auf dem Erfolg anderer aus. Du reißt dir den Arsch auf und baust dein eigenes Imperium auf. Ich möchte nicht respektlos deinen Eltern gegenüber sein, aber wer das nicht bewundernswert findet, muss ein paar Schrauben locker haben.«

Sie reckte sich ihm entgegen, um ihn zu küssen. »Danke«, flüsterte sie.

Er kümmerte sich um das Feuer, während sie es ihnen mit den Decken gemütlich machte. Dann legten sie sich ans Feuer, Indi auf dem Rücken, Archer auf der Seite neben ihr, einen Arm über ihren Bauch gelegt. Das Feuer knisterte, Funken stoben auf und der Schein der Flammen tanzte in ihren Augen. Sie hatte nie schöner ausgesehen.

»Der Abend war absolut fantastisch.« Mit einem behandschuhten Finger strich sie an seiner Kieferlinie entlang. »Als Kinder müsst ihr hier draußen beim Spielen sehr viel Spaß gehabt haben.«

»Riesenspaß. Du weißt alles über mich und meine Kindheit. Ich möchte etwas über deinen rebellischen Zug hören, den deine Eltern erwähnt haben.«

»Ich habe nie etwas wirklich Schlimmes angestellt, nur ein paar Grenzen ausgetestet.«

»Irgendwie bezweifle ich das. Erzähl mir davon.«

»Du wirst wahrscheinlich enttäuscht sein. In meiner Vergangenheit gibt es keine Flügelanzüge.«

»Spuck's schon aus, Oliver.«

Sie lächelte. »Okay, aber ich habe dich gewarnt. Was mir am meisten im Gedächtnis geblieben ist, ist, dass meine Mutter immer wollte, dass ich *adrett und hübsch* aussehe, wie sie es ausgedrückt hat. Damit meinte sie eigentlich, dass ich mich sauber und anständig kleiden sollte. Anfangs habe ich versucht, meine Outfits zu verändern, indem ich meine Hosen und Röcke kürzer geschnitten habe, aber nachdem ich zum hundertsten Mal Hausarrest dafür bekommen habe, habe ich mir was anderes überlegt. Manchmal habe ich auf dem Weg zur Schule meine Bluse aufgeknöpft oder meinen Rock höher gezogen, damit er nicht bis übers Knie reichte. Später wurde ich allmählich schlauer und habe angefangen, mir Klamotten von meinem Taschengeld zu kaufen und sie meinen Freunden mit nach Hause zu geben. Am nächsten Tag haben sie sie für mich mit zur Schule gebracht, damit ich mich umziehen konnte. Das hat eine Weile funktioniert, bis der Schuldirektor, ein guter Freund meiner Eltern, bei mir zu Hause angerufen und mich verpetzt hat.«

Er konnte sie als Teenagerin direkt vor sich sehen, mit diesem herausfordernden Funkeln in den Augen, das er schon unzählige Male gesehen hatte und das aus dieser perfekten Fassade ausbrechen wollte, hinter die ihre Eltern sie zwingen wollten. So sehr er sich auch wünschte, sie damals schon gekannt zu haben, so sicher wusste er, dass er sich auch dann schon so heftig zu ihr hingezogen gefühlt hätte wie jetzt, und das hätte sie nur noch weiter in Schwierigkeiten gebracht. »Dann hast du die Jungs wohl schon damals um den kleinen Finger gewickelt.«

»So würde ich es nicht ausdrücken. Ich habe meine Unschuld erst im letzten Jahr der Highschool verloren. Ich mag es nur nicht, wenn man mir sagt, wie ich mich zu verhalten oder was ich anzuziehen habe.«

»Verständlich. Was hast du noch angestellt?«

»Na ja, wir hatten viele Nannys, und einmal hatte ich es so satt, ständig unter Beobachtung zu stehen, dass ich etwas Schreckliches getan habe. Ich habe meiner Nanny Abführmittel in den Kaffee geschüttet, damit sie mich aus den Augen lassen musste.«

Er lachte. »Das ist ziemlicher clever. Wie alt warst du da?«

»Keine Ahnung. Vielleicht elf. Der Vorschlag kam von meiner Freundin. Ich wurde nicht erwischt, fühle mich aber immer noch schlecht deswegen.«

»Ich bin sicher, dass du keinen bleibenden Schaden angerichtet hast.«

»Ich weiß, aber ich hätte meinen Eltern das Zeug in den Kaffee kippen sollen, nicht ihr.«

»Nee. Dann wären sie ja bei dir zu Hause geblieben. Du meintest, dass du dich öfter mit Simon rausgeschlichen hast. Hattet ihr dabei Spaß?«

»Oh ja. Wir sind einfach zusammen die Straßen entlanggelaufen, manchmal hat er mich auch mit aufs Dach genommen. Das hat sich viel aufsässiger angefühlt, weil es gefährlich war. Dieses Gefühl habe ich geliebt.« Sie spielte an ihrem Ring herum. »Simon hat mir den zu meinem sechzehnten Geburtstag geschenkt.«

»Ich habe mich schon gefragt, woher du ihn hast. Du nimmst ihn nie ab.«

»Er ist eine Erinnerung an sein Vertrauen in mich. Als er mir den Ring geschenkt hat, hat er gesagt, dass ich eines Tages Großes vollbringen würde. Das hat mich angetrieben und mir Kraft gegeben, wenn meine Eltern mal wieder versucht haben, mich zu ändern.«

Die Gewissheit, dass sich Simon in dem Rahmen, der ihm möglich war, für sie eingesetzt hatte, erleichterte ihn. »Das ist toll, Babe.«

»Er hat mir sehr gefehlt, als er aufs College gegangen ist, aber er hat mir sozusagen Werkzeuge an die Hand gegeben, die mich durch schwierige Tage gebracht haben. Wenn mich meine Eltern tagsüber genervt haben, bin ich nachts allein aufs Dach gestiegen. Das war meine Art der Rebellion. Dort oben hatte ich das Gefühl, als wäre Simon bei mir, um mich daran zu erinnern, stark zu sein.«

Verglichen mit den meisten Kindern war ihre Rebellion harmlos, doch das sagte er nicht, weil ihr Lächeln ihm verriet, wie sehr sie diese Abenteuer geliebt hatte. »Es freut mich, dass du diesen Rückzugsort hattest, auch wenn du von Glück sagen kannst, dass dir nichts passiert ist.«

»Sagt der Typ, der vom Dach der Kirche gesprungen ist.«

Er lachte leise und küsste sie.

»Wenn ich allein dort oben saß, habe ich alle möglichen Pläne geschmiedet, um eine erstklassige Kosmetikerin zu werden. Ich wollte, dass alle Mädchen und Frauen, denen man eingeredet hat, sie würden zu langweilig aussehen, ihre Wangen wären zu rundlich oder zu eingefallen oder ihre Haare zu strohig, zu mir kommen, damit ich ihnen zeigen kann, was für Schönheiten sie von Natur aus sind.«

»Wie bist du dann dazu gekommen, mit Models und auf Modenschauen zu arbeiten?«

»In der Realität arbeitet man in der Kosmetikbranche entweder in einem Kosmetikstudio oder in einem Kaufhaus. Beides habe ich eine Zeit lang gemacht, doch es hat mich zu stark eingeengt. Ich wollte mehr tun, Größeres bewirken. Leni hat vorgeschlagen, mal testweise mit einigen ihrer Kunden bei kommerziellen Fotoshootings zusammenzuarbeiten. So hat das Ganze angefangen. Damals klang das aufregend, also habe ich es ausprobiert, weil ich dachte, es könnte mich erfüllen. Anfangs fand ich es großartig. Ich konnte mir die Termine selbst legen, und obwohl Models groß, dünn und wunderschön sind, verstecken viele ihre natürliche Schönheit wie Sommersprossen, Muttermale und Narben. Eben die Merkmale, die sie einzigartig machen. Wenn ich öfter als zwei-, dreimal mit denselben Models gearbeitet habe, konnte ich den Auftraggeber dazu bringen, manche dieser Markenzeichen nicht zu verstecken.

Dafür habe ich viel Lob bekommen und die Bezahlung war super. Doch mit der Zeit musste ich immer härter dafür kämpfen, die Natürlichkeit der Frauen zu zeigen, und habe nur wenige dieser Auseinandersetzungen gewonnen. Obendrein wollten die Models keinen Ärger machen. Und ich hatte mit mehr Diven als mit netten Frauen zu tun und das hat mich irgendwann genervt.«

Er liebte es, dass sie ihrer Leidenschaft treu geblieben war, die sich damals aus dem Umgang der Stylisten mit ihrer Schwester entwickelt hatte, anstatt den Weg einzuschlagen, der ihr das meiste Geld versprach. »Das kann ich gut verstehen. Und jetzt setzt du deine großen Pläne in die Tat um. Alles nur, weil du im Herzen eine Rebellin bist.« Seine Worte brachten sie zum Lächeln. »Wie hast du noch rebelliert?«

»Ich habe die Schule geschwänzt, zusammen mit dem Jungen mit dem schlimmsten Ruf, und ...« Sie klappte den Mund zu. »Ach, egal.«

»Das ist unfair. Was ist passiert?«

»Das willst du jetzt wahrscheinlich nicht hören, aber wir hatten *Sex*.« Das letzte Wort flüsterte sie nur. »Er war mein Erster.«

Er biss die Zähne zusammen. »Toll. Dann muss ich also zwei Männern die Beine brechen.«

»Zwei?«

»James, natürlich.«

Sie lachte. »Warte mal. Du glaubst, ich habe bloß mit zwei Männern geschlafen?« Sie lachte wieder und berührte seine Brust. »Okay, ja. Bleiben wir dabei.«

Er neigte sich über sie und senkte die Stimme. »Mir ist klar, dass du mit mehr Männern zusammen gewesen sein musst, um dir deiner Sexualität so sicher zu sein. Das bedeutet jedoch nicht, dass ich mehr darüber wissen will.« Er strich mit seinen Lippen über ihre. »Zerstör nicht meine Fantasiewelt, Babe. Die hält meine inneren Dämonen in Schach.«

Sie lachte leise. »Ist da noch Platz in deiner Fantasiewelt? Weil ich nämlich auch eine Fantasie habe. In der tue ich so, als würde ich dich jede andere Frau vor mir vergessen lassen.«

»Indi, du hast keine Ahnung, wie sehr du alles in mir auf den Kopf stellst.« *Und was du mit meinem Herzen anstellst*, lag ihm noch auf der Zunge, doch das behielt er für sich.

»Hoffentlich seid ihr da drin angezogen!«, rief sein Vater von draußen.

Archer und Indi setzten sich auf, als seine Eltern die Festung umrundeten. Sein Vater hatte einen Stapel Decken, Grillspieße und eine Tüte mit Marshmallows auf dem Arm und seine Mutter trug eine Thermoskanne und vier Becher.

»Wäre nicht das erste Mal, dass wir dich nackt im Schnee erwischen«, meinte seine Mutter.

»Was? Das ist deine Masche?«, hakte Indi nach. »Du nimmst die Frauen mit in eine Schneefestung?«

»Nein. Gott. Ich habe keine Ahnung, wovon sie spricht.«

Lachend breiteten seine Eltern die mitgebrachten Decken aus. »Da war keine Frau im Spiel. Als er und Jock klein waren, sind sie eines Morgens aufgewacht und wollten im Schnee spielen. Shelley hat ihre Kleidung aus dem Schrank geholt, aber unsere ungeduldigen Jungs haben sich einfach ausgezogen und sind nackt zur Hintertür rausgerannt.«

»Ich habe noch nie so kleine Eiszapfen gesehen«, zog Shelley ihn auf und seine Eltern und Indi lachten.

»Ernsthaft jetzt, Mom?« Archer stieß einen leisen Fluch aus.

»Oh, Liebling, du warst ein kleiner Junge, und es war sehr kalt draußen.«

»Okay, das reicht jetzt.« Archer rieb sich mit einer Hand übers Gesicht. »Seid ihr nur rausgekommen, um mich zu blamieren?«

»Nein. Das ist nur ein netter Nebeneffekt.« Sein Vater schmunzelte.

Archer zog ein finsteres Gesicht. Er hatte noch nie eins seiner Dates mit nach Hause gebracht und war daher auch noch nie das Ziel dieser besonderen Art von Folter gewesen. Fairerweise musste er jedoch sagen, dass es sich irgendwie gut anfühlte, mal auf der anderen Seite zu stehen und Indi weiter in ihren inneren Kreis zu holen.

»Wir haben gerade in Erinnerungen geschwelgt, wie schön es war, mit dir und deinen Geschwistern draußen im Schnee am Feuer zu sitzen, als ihr noch klein wart«, sagte seine Mutter. »Wir haben angenommen, dass ihr nichts dagegen habt, wenn wir uns mit heißer Schokolade und Marshmallows für eine Weile zu euch setzen. Aber wenn ihr lieber allein sein wollt …«

»Ihr dürft gerne bleiben, Mom.«

»Wunderbar.« Sie reichte jedem eine Tasse und schenkte heißen Kakao ein.

»Danke schön. Der wird definitiv gut schmecken.« Indi trank einen Schluck und lehnte sich an Archer. »Ich würde gerne noch mehr Geschichten darüber hören, wie es war, diesen fantastischen Mann großzuziehen.«

Sein Vater rieb sich die Hände. »Oh, wo sollen wir da nur anfangen?«

»Das wird sicher lustig. Also machen wir es uns besser bequem.« Archer rutschte hinter Indi, sodass sie zwischen seinen Beinen saß, den Rücken an seine Brust gelehnt, und zog eine Decke über ihre Beine. »Na gut. Feuer frei.«

»Was möchtest du zuerst hören?«, wollte sein Vater wissen.

»Geschichten über Streiche, wie zum Beispiel als Archer einen Köderfisch in Jocks Kleiderschrank festgeklebt hat, sodass er in der Schule zwei Wochen lang nach totem Fisch gerochen hat? Oder als Levi seine Boyband-Phase hatte und sich die Haare blond färben wollte, was dieser Kerl hier und sein Bruder nur zu gerne für ihn übernommen haben? Allerdings haben sie seine kompletten Haare rosa gefärbt und nur eine Stelle am Hinterkopf ausgelassen, die wie ein Penis geformt war.«

Indi lachte. »Das ist witzig, aber der arme Levi. Wie lange hat er gebraucht, bis es ihm aufgefallen ist?«

»Die Farbe hat er gleich gesehen«, sagte Archer. »Aber wir haben ihn an jenem Abend von Mom und Dad ferngehalten und unseren Schwestern damit gedroht, dass sie die nächsten wären, wenn sie uns verpetzen. Am nächsten Tag ist er zur Schule gegangen, und als seine Mitschüler angefangen haben, zu lachen und mit dem Finger auf ihn zu zeigen, ist es den Lehrern aufgefallen und sie haben ihn nach Hause geschickt. Es war so lustig.«

»Er muss sich sehr gedemütigt gefühlt haben«, sagte Indi.

»Hab nicht zu viel Mitleid mit ihm«, meinte sein Vater. »Wir haben ihm den Kopf rasiert und danach sind die Mädchen schier auf ihn geflogen. Sie haben ihn für einen harten Kerl gehalten und Levi wurde ziemlich schnell der heißeste Bad Boy der siebten Klasse.«

Archer brachte sein Gesicht neben Indis. »Siehst du? Er sollte mir dankbar sein.«

»Haben deine Geschwister dir auch Streiche gespielt?«, wollte Indi wissen.

»Verdammt, ja. Sehr viele. In einem Jahr hat Jock meiner Mathelehrerin eine ganze Woche lang Liebesbriefe geschrieben und mit meinem Namen unterzeichnet. Ich habe nicht kapiert, warum sie mir andauernd gesagt hat, dass sie mich zwar gerne als Schüler in ihrem Klassenzimmer unterrichtet, ich aber aufhören muss, mit ihr zu flirten. Ich dachte, sie meinte das Flirten mit meinen Mitschülerinnen, bis ich zum Rektor gerufen wurde und meine Eltern schon dort gewartet haben. Das war ein Spaß.«

Indi lachte. »Das ist mal ein guter Streich. Ist auch mal einer schiefgelaufen?«

»Keiner von meinen, aber von Jocks. Während unseres letzten Jahres an der Highschool hat er einer Handvoll Mädchen erzählt, dass ich sie um ein Date zum Abschlussball bitten würde, und du weißt ja, wie Klatsch und Tratsch hier die Runde machen. Die Hälfte der Mädchen in meiner Klasse war sauer auf mich. Als mir klar wurde, was er gemacht hatte, habe ich mir überlegt, wie ich es ihm heimzahlen kann. Ich habe den Mädchen von dem Streich erzählt und einfach alle gebeten, mit mir zum Abschlussball zu gehen. Auf dem Ball war ich der einzige Junge in Begleitung eines ganzen Harems.«

Sie lachten.

»Unsere Jungs versuchen immer noch, sich gegenseitig zu übertrumpfen, um sich den Titel als König der Streiche zu sichern«, erklärte seine Mutter. »Ich werde nie vergessen, als Archer einmal …«

Archer lauschte, während seine Eltern Indi mit dem größten Vergnügen jede peinliche Anekdote erzählten, an die sie sich erinnerten. Indi lachte und zog ihn mit der einen oder anderen Story auf, während sie Marshmallows rösteten und die heiße Schokolade austranken. All das zusammengenommen machte es erheblich erträglicher, diese alten Geschichten zum x-ten Mal zu hören.

Eine Weile später, als das Feuer heruntergebrannt war und

Indi sich zwischen Archers Beinen eingemummelt hatte, zitterte sie wieder vor Kälte. Er drückte sie fester an sich. »Bist du jetzt so weit, dass wir gehen können?«

»Noch nicht. Dafür habe ich zu viel Spaß.«

»Okay, aber wenn wir bei mir sind, lasse ich dir ein heißes Bad ein, und wir schlafen neben dem Feuer im Wohnzimmer.«

»Wirklich?« Sie sprang auf die Füße. »Das war ein sehr schöner Abend, aber ich muss jetzt nach Hause.«

Alle lachten, und Archer begann, die Decken einzusammeln.

»Ich mache das schon, mein Junge«, sagte sein Vater. »Geht ihr mal nach Hause.«

Du hast lange genug hinter mir aufgeräumt. Der Gedanke kam aus dem Nichts. Er konnte den verdammten Schuldgefühlen, die sich immer dann meldeten, wenn man es am wenigsten erwartete, einfach nicht entkommen. »Du trägst ja schon eure Decken. Ich bringe die eben ins Haus.«

»Danke. Sehen wir uns morgen beim Frühstück?«, fragte sein Vater.

»Sehr gerne«, antwortete Indi und schaute zu ihm hoch. »Okay?«

»Klingt gut.« Es war seltsam, wie sie es sich zur Gewohnheit gemacht hatten, bei ihm zu übernachten. Nach wie vor bot Indi ihm an, ihm etwas Freiraum zu geben, doch das war das Letzte, was er wollte. Der Wunsch, seine Schuldgefühle zu überwinden, hatte den Drang nach Freiraum niedergewalzt und sich an die Spitze seiner Prioritätenliste gesetzt – direkt neben dem Punkt, an Indis Seite zu sein, wenn sie ihre Karriere auf die nächste Stufe hob und sich ein neues Leben ohne die Unterstützung ihrer Eltern aufbaute.

»Hervorragend«, rief seine Mutter erfreut aus. »Ich werde

Archers Lieblingspancakes machen, die mit Schokoladenstückchen und Walnüssen.«

Seine Mutter sah aus, als hätte sie im Lotto gewonnen, und er musste zugeben, dass er sich auch so fühlte. Zum Abschied umarmten sie seine Eltern, dann legte er einen Arm um Indi und zog sie dicht an sich.

»Ich kann's kaum erwarten. Ich hatte heute Abend viel Spaß. Danke, dass ihr euch zu uns gesetzt habt.« Indi schlang einen Arm um Archer. »Wir sehen uns morgen früh.«

Im Weggehen hörten sie, wie sein Vater sagte: »Was hältst du von einem heißen Bad für zwei?«

Sein Vater hatte es immer noch drauf. Wenn Archer wie durch ein Wunder seine Schuldgefühle je in den Griff bekam und Indi bei ihm blieb, würde er sich ihr gegenüber sicher genauso verhalten, davon war er überzeugt.

Zweiundzwanzig

Der Samstag begrüßte sie mit grauem Himmel und gedrückter Stimmung. Der Schnee war geschmolzen und hatte den Boden in Matsch verwandelt und der Landschaft für Avas Beerdigung einen trüben Anstrich verliehen. Es war gelungen, Avas Tod und die private Trauerfeier unter Verschluss zu halten. Die Remingtons und Silvers waren mit Indi, Archer und seiner Familie gekommen, um Ava die letzte Ehre zu erweisen. Leni tröstete Abby, die aufgelöst weinte, wohingegen Deirdra keine Träne vergoss. Stattdessen umgab sie eine Aura der Verbitterung. Archers Mutter hatte angeboten, nach der Beerdigung zum Trauerkaffee einzuladen, doch Abby hatte höflich mit der Begründung abgelehnt, dass sie im Anschluss ein nervliches Wrack sein würde. Deirdra hingegen hatte gemeint, dass die Vorstellung, in Erinnerungen an ihre Mutter zu schwelgen, ungefähr genauso verlockend war, wie sich ihre Fingernägel mit einer Zange herausreißen zu lassen. Archer konnte es ihr nicht verübeln, dass sie ihrem Unmut Luft machte. Er war selbst sehr versiert darin, unerwünschte Gefühle mit Wut zu bekämpfen.

Als der Sarg in den Boden gesenkt wurde, katapultierte der Anblick Archer zu dem schrecklichen Tag zurück, an dem sie Kayla und Liam zu Grabe getragen hatten. Die Erinnerung und der Schmerz waren so lebendig, dass er kaum atmen konnte. Er blickte zu Jock hinüber. Sein Gesicht war von Trauer gezeichnet. Auf einem Arm hielt er Hadley, den anderen hatte er um Daphne gelegt, und Archer wusste, dass er genauso litt wie er selbst. Tief in sich drin war ihm klar, dass Jock sich die Schuld für Kaylas Tod gab. Jock sah zu ihm hinüber und ihre Blicke trafen sich. Ihre Verbindung als Zwillinge war nicht mehr so stark oder unerschütterlich, wie sie es mal gewesen war. Wie sollte sie das auch sein, wenn Archers Geheimnis immer noch wie Stacheldraht fest darum gewickelt war und über jedes ihrer Worte und über alles, was sie einander anvertrauten, scheuerte und das in jeder verdammten Sekunde?

Indi musste sein Unbehagen gespürt haben, denn sie verschränkte ihre Finger mit seinen. Ihre sanfte Stimme erklang in seinem Kopf. *Ich glaube, dass du dir selbst verzeihen musst, um loszulassen, und vielleicht musst du dich dazu zu den Dingen bekennen, die du denkst, getan zu haben.* Er schluckte schwer. Was, wenn ihn die Wahrheit nicht von den Schuldgefühlen befreite? Was, wenn es zu wenig war und viel zu spät kam oder dem letzten Tropfen glich, der das Fass zum Überlaufen und Jock dazu brachte, ihn ein für alle Mal aus seinem Leben zu streichen?

Er drückte Indis Hand fester, weil er es hasste, sich in seiner eigenen Familie wie ein Bösewicht zu fühlen. Genauso sehr hasste er es, dass er Hilfe brauchte, um das Ruder herumzureißen. Gleichzeitig war er jedoch auch dankbar für die Liebe seiner Familie und für Indis Unterstützung. Er biss die Zähne gegen seine widersprüchlichen Emotionen zusammen, als sich die Beerdigung dem Ende neigte.

Archer und Indi warteten, bis die anderen Deirdra und Abby ihr Beileid bekundet hatten, bevor sie selbst zu ihnen gingen. Archer umarmte die beiden Frauen nacheinander. »Wenn ich irgendetwas tun kann, sagt mir bitte Bescheid.«

»Das wissen wir zu schätzen«, sagte Deirdra. »Aber deine Familie hat schon genug getan.«

Indi umarmte Abby. »Mein herzliches Beileid. Ich kann mir nicht einmal vorstellen, wie schwer das gerade für euch sein muss.«

»Danke. Ich wünschte nur, wir hätten Bescheid gewusst.« Abby wischte sich über die Augen. »Es gibt so vieles, das wir ihr nicht mehr sagen können.«

Deirdra schaute Abby an, als wäre sie verrückt geworden. »Keine Ahnung, wieso du so überrascht bist, dass sie beim Sterben genauso egoistisch war wie im Leben.«

»Weil es so ein *großes* Geheimnis war.« Neue Tränen strömten aus Abbys Augen, als sie sich mit Deirdra über das Ausmaß der Geheimnisse ihrer Mutter stritt.

Genauso gut hätten sie über ihn reden können. Wenn er morgen sterben würde, würde Indi mit all seinen Geheimnissen zurückbleiben. Er stellte sich vor, wie Indi eine ähnliche Unterhaltung mit Jock über Kaylas Textnachrichten führte und dabei für seinen Egoismus und seine Schwäche geradestehen musste. Das hatte keiner von ihnen verdient.

Seine Schwestern gesellten sich zu ihnen, doch ihre Stimmen gingen im Rauschen seiner Gedanken unter, und etwas in ihm klappte um wie ein Schalter. *Scheiß drauf.* Er hatte die Schnauze voll davon, egoistisch zu sein, ungeachtet der Konsequenzen.

Ein paar Meter entfernt entdeckte er Jock mit Brant ins Gespräch vertieft und er drückte Indis Hand. »Ich muss schnell etwas erledigen. Kommst du kurz allein zurecht?«

»Natürlich.« Sie musterte sein Gesicht. »Alles okay?«

Er nickte und ging auf Jock zu. »Kann ich kurz mit dir reden?« Ohne auf eine Antwort zu warten, zog er ihn am Arm mit sich.

Jock riss sich los. »Was gibt's?«

»Es war meine Schuld, dass Kayla gestorben ist.« Die Worte kamen schnell und heftig.

»Das hatten wir doch schon, Archer. Es war nicht —«

»Halt die Klappe und lass mich ausreden.« Er ballte die Fäuste, als er die Wahrheit herauspresste, die ihn allmählich umbrachte. »Sie hat mir geschrieben, weil sie wollte, dass ich zu euch in die Stadt komme. Aber ich war unterwegs, hab was getrunken und … *fuck*. Ich war zu egoistisch, um meinen Hintern auf diese Fähre zu schwingen. Mehr hätte es nicht gebraucht. Dann wäre sie niemals in das Auto gestiegen. Sie und Liam könnten noch am Leben sein, wenn ich nicht so egoistisch gewesen wäre.« Tränen brannten in seinen Augen. Mit beiden Händen griff er sich an den Kopf und wandte sich in dem Versuch ab, die Schuldgefühle und Geister der Vergangenheit zum Schweigen zu bringen, als ihn die Erinnerungen an die Textnachrichten wie Messer in die Brust trafen. »Ich hasse mich dafür.«

»Archer, es war nicht deine —«

»Hör auf, mich zu besänftigen.« Er wich zurück. Ihm schwirrte der Kopf, doch er zwang sich, Jocks Blick standzuhalten. »Ich bin ein Arschloch, Jock. Ich hätte es dir sagen müssen, aber ich war zu wütend. Ich habe es gehasst, dass ich am Leben bin und sie nicht. Und letzten Herbst, als wir uns geprügelt haben und du mir gesagt hast, dass sie in mich verliebt war, habe ich das nicht mehr aus dem Kopf bekommen. Plötzlich habe ich die Textnachrichten in einem neuen Licht betrachtet, und ich hatte Angst, dir davon zu erzählen, weil ich dir nicht noch einen Grund geben wollte, mich zu hassen.« Er sah zu Indi hinüber, die in einiger Entfernung bei seinen Schwestern stand und sie beobachtete. »Die Wahrheit ist, dass ich immer noch ein egoistischer Wichser bin, denn ich erzähle dir das jetzt nur, weil ich mit Indi zusammen sein will, was ich mit all diesen Schuldgefühlen, die mir wie eine Schlinge um den Hals liegen, nicht *kann*. Ich habe sie nicht verdient, Jock, genauso wenig wie deine Vergebung, aber ich bitte dich darum, weil ich in meinem Leben noch nie etwas so sehr gewollt habe wie diese Frau an meiner Seite.«

Jock verschränkte die Arme, seine Augen wurden schmal. »Bist du jetzt fertig?«

Seine Stimme war genauso ernst wie sein Blick. Archer drückte den Rücken durch, um sich für den Zorn seines Bruders zu wappnen, und nickte knapp.

Jock trat näher, den Bizeps angespannt.

»Du kannst mir eine verpassen. Ich werde mich nicht wehren.« Archer straffte die Schultern.

»Hör mir jetzt gut zu, denn das hier geht schon viel zu lange so.«

Emotionen schnürten Archer die Kehle zu. Er reckte das Kinn.

»Ich weiß von den Nachrichten, und mir wird schlecht bei dem Gedanken, dass du dich die ganze Zeit damit gequält hast. Ich hab dich lieb, Bruderherz, und es gibt nichts zu vergeben, was nicht längst vergeben worden wäre.«

Heiße Tränen liefen über Archers Wangen und er wischte sie weg. »Sie und Liam könnten noch am Leben sein, wenn ich zu euch gekommen wäre.«

»Zunächst einmal wusste sie, wie sehr du die Stadt verabscheust, und sie wusste auch, dass du nicht kommen würdest.

Wie oft hat sie dich gebeten, mit uns auszugehen oder sie zu besuchen?«

»Hunderte Male.«

»Genau. Du *musst* loslassen. Das musste ich auch lernen. Ich musste mir verzeihen, dass wir in jener Nacht ausgegangen sind. Wenn wir zu Hause geblieben wären, hätte sie nicht in dem Auto gesessen. Du darfst dir das nicht antun. Kayla würde dir den Arsch aufreißen, wenn sie wüsste, dass du deswegen überhaupt Schuldgefühle hast, ganz zu schweigen davon, dass du dich so lange schon damit quälst.«

In all den Jahren hatte Archer sich nie Gedanken darüber gemacht, was Kayla heute wohl von ihm denken würde, aber Jock hatte recht. Sie hatte nie zugelassen, dass er Ewigkeiten über irgendwelchem Mist gebrütet hatte. Sie hatte so eine Art gehabt, ihm die Dinge aufzuzeigen, die er übersah, wenn er wütend oder traurig oder einfach nur völlig fertig war. *Genau wie Indi.* »Ja. Sie würde mir den Arsch aufreißen.«

»Sie wusste, dass du womöglich keine Gefühle für sie hast, wollte aber trotzdem, dass du glücklich bist, mit oder ohne sie. Das wünsche ich mir auch für dich. Ich habe dich lieb, Archer, und *nichts* wird daran etwas ändern.« Er zog ihn in eine Umarmung. Als sie sich wieder voneinander lösten, hielt Jock seinen Blick fest. »Ich weiß, dass es schwer ist, weil du jemandem die Schuld geben willst, und du hast immer versucht, die Schuld für alles auf dich zu nehmen. Aber ich flehe dich an, Mann. Lass diesen Scheiß endlich los, bevor dein Leben an dir vorbeizieht. Du hast Indi verdient. Vermassle es nicht. Hör auf, immer alle anderen retten zu wollen, und setz ausnahmsweise mal dich an die erste Stelle.«

Archer nickte. Der Kloß in seiner Kehle war zu groß, um zu antworten.

»Bist du okay? Darf ich jetzt meine Frau und Tochter umarmen?«

»Geht schon. Danke, Mann.« Als sich Jock zum Gehen wandte, hielt Archer ihn noch mal zurück. »Hey, Arschloch.«

Mit hochgezogenen Brauen sah Jock über die Schulter zurück.

»Du hättest mir schon letzten Herbst von den Textnachrichten erzählen können.«

Jock zuckte die Schultern. »Die waren damals nicht wichtig und sind es heute auch nicht.«

Archer spürte, wie sich die Knoten in seiner Brust lockerten, auch wenn die Schlinge immer noch um seinen Hals lag. Er hatte so eine Ahnung, dass es nur eine einzige Möglichkeit gab, sie loszuwerden. Er ging zu Indi.

Mit besorgtem Blick eilte sie ihm entgegen. »Geht's dir gut? Ihr zwei habt ausgesehen, als würdet ihr euch gleich wieder prügeln.«

»Ich habe ihm von den Textnachrichten erzählt.« Er nahm ihre Hand und erzählte ihr von dem Gespräch, während sie über den Rasen zu dem Hügel gingen, von dem aus man auf das Meer hinausschauen konnte.

»Das ist großartig. Fühlst du dich jetzt besser?«

»Ja, obwohl ich es noch nicht ganz begreifen kann.«

»Okay. Wohin gehen wir?«

»Kayla Lebwohl sagen.«

Indi war ziemlich durcheinander, als sie schweigend Reihe um Reihe von Grabsteinen passierten. Sie konnte nicht beurteilen, ob es Archer wirklich gut ging. Sein Gesicht war angespannt, die Augenbrauen zusammengezogen, sein Blick auf den Boden geheftet. Auf dem Weg einen kleinen Hügel hinauf gruben sich ihre Absätze in die feuchte Erde. Oben angekommen erblickten sie verwitterte Grabsteine, die sich vor ihnen erstreckten, soweit das Auge reichte, und über den Friedhof auf der einen und den tiefblauen Ozean auf der anderen Seite wachten. Verwelkte Blumensträuße, vom Wetter gebeuteltes Spielzeug und auch ein paar frische Blumen lagen auf den Gräbern. Wie viele Grabstellen waren inzwischen in Vergessenheit geraten, wurden nicht mehr besucht oder nicht mehr beachtet? Wie viele Stürme waren über sie hinweggefegt? Wie viele Gebete waren auf diesem Hügel gesprochen worden? In ihrer Vorstellung waren hier in jahrelangem Wehklagen, das vom Wind davongetragen worden war, literweise Tränen vergossen worden.

Archer starrte auf etwas linker Hand. »Sie liegt dort unten.«

Seinetwegen war Indi so nervös, dass sie das Gefühl hatte, als wäre sie den Hügel hochgerannt. »Soll ich dich begleiten?«

Er schüttelte den Kopf und sah ihr in die Augen. »Wäre es okay, wenn du hier wartest?«

»Natürlich.«

Ganz sanft, anders als sonst, schloss er sie in seine Arme. Er sagte kein Wort, hielt sie nur fest und drückte ihr einen Kuss auf den Scheitel, bevor er sich zu Kaylas Grab aufmachte.

Sie sah ihm nach und als er sich mit nach vorne gesackten Schultern vor Kaylas Grabstein kniete, stiegen ihr Tränen in die Augen. Sie war zu weit weg, um zu hören, wie er der ersten Frau, die einen wichtigen Platz in seinem Leben eingenommen hatte, sein Herz ausschüttete. Das musste sie jedoch auch nicht. Seine Körpersprache verriet ihr genug, um in ihr den Wunsch zu wecken, zu ihm zu laufen und sich neben ihn zu knien. Doch sie blieb, wo sie war, als sein Kinn bis auf die Brust sank und er die Hände flach auf die Oberschenkel legte.

Die Zeit verstrich und schließlich vergrub er das Gesicht in den Händen und wiegte sich leicht vor und zurück, woraufhin Indis Herz erneut brach. Sie wischte sich die Tränen weg. Nach ein paar Minuten hob Archer das Gesicht wieder an und sagte etwas, das sie nicht hören konnte. Als der kalte Wind auffrischte, sah sie zum Meer hinüber. Der Ausblick war atemberaubend. Indi wusste nicht, was mit einem Menschen passierte, nachdem er dieses Leben verlassen hatte, doch sie hoffte, dass Kayla seine Worte hören konnte.

Archers Stimme wurde kräftiger und sie schaute wieder zu ihm. Ein schier endloser Wortstrom, den sie nicht verstehen konnte, kam über seine Lippen. Jetzt waren seine Schultern nicht mehr vorgebeugt, und obwohl seine Hände weiterhin auf seinen Oberschenkeln lagen, wirkte er jetzt stärker und als hätte er die Kontrolle über die Situation zurückerlangt. Eine ganze Weile kniete er dort unten im nassen Gras vor Kaylas Grab, allein im Gespräch mit ihr. Gelegentlich hörte Indi ihn lachen, und da wusste sie, dass er wieder in Ordnung kommen würde.

Als er sich schließlich auf die Füße erhob, war seine Jeans an den Knien durchnässt und schmutzig. Er hob seine Finger an die Lippen und berührte den Grabstein, dann kehrte er zu Indi zurück.

»Tut mir leid, dass es so lange gedauert hat.« Er klang verändert, als hätte ihn der Besuch des Grabs all seine Energie gekostet.

»Kein Problem. Möchtest du noch länger bleiben? Ich kann warten.«

»Nein. Ich habe alles gesagt, was ich sagen und sie hören musste.«

Erleichterung erfasste sie, doch er schien sich noch immer etwas unwohl zu fühlen. »Geht's dir gut?«

»Ja.« Er küsste sie und legte einen Arm um ihre Schultern, bevor sie den Hügel hinunterstiegen. »Was dank dir wirklich stimmt, glaube ich. Oder zumindest wird es mir irgendwann gut gehen.«

Dreiundzwanzig

Indi sah auf ihre Hand hinunter, die mit Archers verschränkt war. Auf dem Weg zur *Wine Aficionado*-Gala fuhren sie im Taxi durch die Straßen von Boston. In letzter Zeit hatte sich ihr Blick auf sie verändert, sodass sie nun jede noch so winzige Kleinigkeit verstärkt wahrnahm. Zum Beispiel, dass ihre Finger dünn und zart waren, seine hingegen kräftig und schwielig. Ihre Haut war weich und blass, seine rau und selbst im Winter gebräunt. Selbst die Art, wie sie einander antrieben, sich kabbelten oder füreinander einstanden, war anders, doch für sie funktionierte es, als wären sie füreinander bestimmt.

Sie ließ den Blick von ihren Händen über seine Oberschenkel in der Jeans und seinen Arm hinauf wandern. Das blaue Hemd und die marineblaue Wildlederweste spannten sich über seinem Bizeps und seiner Brust. Er mochte zwar keinen Anzug mit Krawatte tragen und anstatt schicker Schuhe hatte er seine schwarzen Lederstiefel angezogen, doch er raubte ihr trotzdem den Atem. Nicht nur wegen seines anziehenden Äußeren, sondern wegen der Mühe, die er sich gab, um seine Vergangenheit hinter sich zu lassen. Es hatte sie überwältigt, dass er mit Jock gesprochen hatte und darüber hinaus sogar an Kaylas Grab niedergekniet war, um die Angelegenheit mit ihr zu klären. In der Woche danach war er ihr wie ein neuer Mensch vorgekommen, der jedoch nicht recht wusste, wie er ohne sein altes Ich existieren sollte. Ein, zwei Tage lang war er unruhig und rastlos gewesen, hatte oft die Schultern gerollt oder sich den Nacken gedehnt. Schließlich war er zur Ruhe gekommen und in den letzten paar Tagen hatte sie noch andere Veränderungen an ihm bemerkt. Nichts Auffälliges wie der Wechsel von Tag und Nacht. Die Veränderungen waren subtiler, eher wie der Wechsel vom Abend zur Nacht. Er schien leichter zu atmen, schien nicht mehr so angespannt zu sein und die Schatten in seinen Augen zogen sich nach und nach zurück. Und währenddessen waren sie sich trotz allen Unbehagens und aller Unsicherheit nähergekommen.

»Du hast diesen Ausdruck in den Augen, als würdest du dich gleich wieder ausziehen wollen.« Seine Mundwinkel bogen sich zu einem Grinsen nach oben, während sein stummes Angebot zwischen ihnen in der Luft hing.

Am Cocktailempfang vor der Gala hatte er nicht teilnehmen wollen, also hatten sie die zusätzliche Zeit sinnvoll genutzt, indem sie einander ausgiebig in seinem Wohnzimmer, seinem Schlafzimmer *und* in seiner Dusche erkundet hatten. Sie hatte das Gefühl, dass der Sex vor der Gala seine Art war, etwas von der Anspannung wegen der Preisverleihung loszuwerden, und das war für sie vollkommen in Ordnung.

»Und wenn es so wäre?«

Er begann, sein Hemd aufzuknöpfen, und der Taxifahrer warf einen Blick in den Rückspiegel.

»Hör auf«, flüsterte sie. »Was ist denn in letzter Zeit mit dir los?« Am Mittwochabend, als sie im Haus seiner Eltern mit Lenore, Jules, Grant, Daphne, Hadley und Jock zu Abend gegessen hatten, waren sie beim Rummachen erwischt worden.

Nach dem Essen hatte Archer gesagt, dass er ihr etwas in seinem alten Kinderzimmer zeigen wollte, wo er sie dann auf sein Bett geworfen hatte. Gerade als sie sich in ihren Küssen zu verlieren begonnen hatten, hatte Jock im Flur ein Signalhorn ertönen lassen. Archer war auf die Füße gesprungen und hatte ihn bis nach draußen gejagt. Dort war auf dem Rasen vor dem Haus ein Ringkampf entbrannt, dem Indi und die anderen durch die Fenster lachend zugeschaut hatten. Erleichtert hatte Indi festgestellt, dass es Shelley nach Avas Tod gut zu gehen schien. Außerdem hatte sie das Gefühl, dass die Albernheiten und das Gelächter zwischen den Zwillingen, die so lange voneinander entfremdet gewesen waren, ihrem Herzen gutgetan hatten.

»Nicht erst in letzter Zeit, Darling. Muss ich dir all die Orte ins Gedächtnis rufen, an denen wir in den vergangenen fünf Monaten rumgemacht haben?«

»Nein, musst du nicht, herzlichen Dank auch. Ich kann mich noch an alles sehr lebhaft erinnern. Übrigens habe ich dich *nicht* so angeschaut.«

Er bedachte sie mit einem ungläubigen Blick.

»Okay, gut, hab ich doch, aber außerdem ist mir durch den Kopf gegangen, wie wundervoll du bist.«

Er brachte seinen Mund dicht an ihr Ohr heran und senkte die Stimme. »Du meinst, weil ich dir heute schon vier Orgasmen beschert habe, und das erst das Vorspiel war?«

Ihr ganzer Körper kribbelte. Würde sein Dirty Talk sie je langweilen? »Nein. Ich meine wegen dem, was du geschafft hast. Du hast die Sache zwischen dir und Jock geklärt, hast dich von Kayla verabschiedet und jetzt gehst du zu dieser Gala. Das ist eine ganze Menge.«

»Tja, nun, da ist diese superheiße Frau in mein Leben gestolpert und hat mir klargemacht, dass ich meine Probleme in den Griff bekommen muss, wenn ich mit ihr zusammen sein will.«

»Wer ist sie?« Verspielt sah sich Indi um. »Ich möchte ihr danken.«

Er legte einen Arm um ihre Schultern und zog sie an sich, um sie zu küssen, als das Taxi am Bordstein vor dem Hotel hielt. Archer schlüpfte in seine Bomberjacke und ging um das Auto herum, um ihr beim Aussteigen zu helfen.

Sie blickte an dem Wolkenkratzer hoch und auf die belebte Straße hinaus. Obwohl sie diese Woche schon zweimal in New York gewesen war, um sich auf die Fashion Week vorzubereiten und Sachen aus ihrer Wohnung in Umzugskartons zu packen, fühlte es sich komisch an, wieder in der Stadt zu sein statt in der beschaulichen Kleinstadt, die jetzt ihr Zuhause war. Sie war noch nicht komplett auf die Insel gezogen, war jedoch auf dem besten Weg dorthin. Weitere Kleidungsstücke und Küchenequipment waren in ihre Wohnung auf der Insel eingezogen. Simon hatte Archer dabei geholfen, einen Kleiderschrank, die Sessel aus dem Wohnzimmer und ein paar andere Sachen aus ihrer Stadtwohnung hinunter zu seinem Pick-up zu tragen, und auf der Insel hatten ihm Grant und Jock beim Ausladen geholfen. Es machte ihr Spaß, ihre neue Wohnung einzurichten, besonders, da sie es mit Archer zusammen machte.

Archer folgte ihrem Blick zur Straße. »Fehlt dir die Stadt?«

»Nein. Mir gefällt die Insel besser.«

»Das liegt daran, dass ich dort wohne.« Er küsste sie. »Bringen wir es hinter uns.« Sein Tonfall passte zu dem angespannten Zug um seinen Mund und seine Augen und dazu, wie steif er plötzlich wirkte, ganz anders als gerade noch im Taxi.

Sie betraten das Hotel. Der Geruch von Geld lag in der Luft und Reichtum ließ sich auch in den Marmorböden, den prunkvollen Möbeln und dem formell gekleideten Personal wiederfinden. Noch etwas, das Indi nicht vermisste: die Überheblichkeit, die bestimmten Branchen und Stadtteilen anhaftete. Mit der weißen Nadelstreifenbluse, der schwarzen Skinny-Hose und den hochhackigen, schwarzen Stiefeletten hatte sie ein eher lässiges Outfit gewählt und es war unglaublich, wie befreiend es sich anfühlte, die Spielchen der Reichen nicht mitzuspielen. Sie fühlte sich nicht unwohl, weil sie sich nicht herausgeputzt hatte. Sie war zu stolz auf Archer, um sich über Klamotten Gedanken zu machen. Selbst wenn er den Award nicht gewinnen würde, war er nominiert worden, und allein das war eine phänomenale Errungenschaft.

»War es für deine Eltern okay, dass wir den Cocktailempfang versäumt haben?«, fragte sie, während sie den Schildern zur Gala Richtung Festsaal folgten.

»Ich habe ihnen nicht gesagt, dass wir später kommen werden. Solche Dinge sind ihnen nicht wichtig.«

»Aber so denken sie vielleicht, dass du dich umentschieden hast und doch nicht kommst.«

»Dann werden sie freudig überrascht sein, wenn wir gleich den Saal betreten.«

Sie war besorgt wegen seiner Eltern und blieb stehen. Dabei legte sie ihm eine Hand auf die Brust, was, wie sie gelernt hatte, eine gute Möglichkeit war, sich seine volle Aufmerksamkeit zu sichern, egal, ob beim Sex, bei geschäftlichen Belangen oder einfach nur, weil sie in sein gut aussehendes Gesicht schauen wollte. Sie sah direkt in seine Augen, die seine Anspannung widerspiegelten, und hoffte, dass er verstand, was sie zu sagen hatte. »Ich weiß, dass es anstrengend für dich ist, hier zu sein, und ich verstehe, dass du vorhin keinen Kopf für deine Eltern hattest. Ich habe auch nicht mehr an sie gedacht. Aber weißt du noch, dass der Morgen der unheimlichen Zahnbürste besser verlaufen wäre, wenn du mir einfach mit anderen Worten gesagt hättest, dass du etwas Raum für dich brauchst?«

»Ja.«

»Das hier ist ähnlich. Manchmal können die Dinge, die wir nicht laut aussprechen, ebenfalls andere Menschen belasten. Deinen Eltern mag ein Cocktailempfang nicht wichtig sein, aber du bist ihnen wichtig, und ich könnte mir vorstellen, dass sie sich Sorgen um dich machen, wenn du plötzlich beschließt, doch nicht aufzukreuzen, und dass sie sich fragen, was das zu bedeuten hat.«

»Mist. Daran habe ich überhaupt nicht gedacht.«

»Ich weiß, und vielleicht mache ich mir auch zu viele Gedanken, aber ich weiß, was deine Familie dir bedeutet, und ich wollte dich zumindest darauf hinweisen. Vielleicht können wir ihnen beim nächsten Mal, wenn wir sie versetzen, einfach Bescheid sagen.«

»Ja, absolut.« Er verspannte sich, als sie den Flur entlang auf den Empfangstisch draußen vor dem Festsaal zugingen.

»Ich wollte dich nicht zusätzlich nervös machen.«

»Das hast du nicht. Du hast recht. Was solche Dinge angeht, muss ich lernen, meinen Kopf anzuschalten.«

Sie senkte ihre Stimme. »Na ja, genau genommen hat dein Kopf zwischen meinen Beinen gesteckt, also war das vielleicht nicht so einfach …«

Sie lachten und er küsste sie. Dann traten sie an den Empfang, um sich anzumelden, und das Personal nahm ihnen ihre Jacken ab. Als sie den schwach beleuchteten Festsaal betraten, wurden sie vom Geräusch der zahlreichen Gespräche begrüßt. Hunderte von Leuten saßen in Smokings, dunklen Anzügen und ausgefallenen Kleidern an großen, runden Tischen, in deren Mitte mehrere Weinflaschen standen. Weiße Lichterketten hingen kunstvoll von der hohen Decke, sodass sie beinahe wie der Sternenhimmel wirkte. An den Seitenwänden des Raums waren große Bildschirme angebracht, die verschiedene Weingüter zeigten, darunter auch einer, der Top of the Island präsentierte. Darauf war das Weingut von der Seite zu sehen, der Innenhof und ein großer Ausschnitt der prächtig grünen Weinstöcke. Groß und breit stand Archer inmitten seiner wunderschönen Reben, blickte in die Ferne und stellte alles um sich herum in den Schatten.

Indi griff nach seiner Hand. »Wusstest du, dass die Veranstaltung derart groß aufgezogen wird?«

»Solche Veranstaltungen werden immer groß aufgezogen. Die Leute werfen sich gerne in Schale und hauen auf den Putz.« Er umschloss ihre Hand fester. »Suchen wir unsere Plätze.«

Sie folgten den Anweisungen, wie sie zu ihrem Tisch gelangten, und entdeckten dort neben seinen Eltern auch Lenore, Jock, Daphne, Levi, Sutton, Leni, Jules und Grant. Archer sah von einem Gesicht zum anderen. »Was macht ihr denn alle hier?«

»Wir sind für dich hier, du Blitzbirne.« Leni stand auf und gestikulierte zu ihrem braungrauen Blazer, der weißen Bluse und Skinny-Jeans. »Warum sollte ich mich an einem Samstagabend sonst so anziehen?«

Als sie sich wieder setzte, musterte Indi schnell die anderen. Die Männer trugen allesamt aufgeknöpfte Hemden ohne Krawatte. Levi hatte dazu noch eine braune Lederweste übergezogen. Sie neigte sich zurück, um einen Blick unter den Tisch zu werfen, und sah, dass alle Männer Jeans trugen. Indi ging das Herz auf. Sie schaute zu Shelley in dem zwanglosen Kleid mit Blumenmuster und zu Daphne, die einen schwarzen

Pullover trug. Sutton hatte sich ein schlichtes, rotes Kleid angezogen, während Jules in einer weißen Bluse mit gelben Tupfen strahlte und die Haare zu ihrer charakteristischen Springbrunnenfrisur zusammengebunden hatte. Selbst Lenore, absolut stilsicher in Modefragen, hatte sich der Kleiderwahl der anderen angepasst und trug eine grauweiße Bluse und eine farbenfrohe Kette.

»Unser Bruder wird ja nicht jeden Tag zum besten Winzer des Landes nominiert«, ergänzte Jock.

Archer drückte Indis Hand und die Muskeln in seiner Wange zuckten.

Shelley und Steve erhoben sich, um sie zu begrüßen, während Lenore Levi eine Hand entgegenstreckte. »Zeit, deine Wettschulden zu bezahlen, Biker Boy. Ich habe dir doch gesagt, dass er auftauchen wird.«

Brummelnd zückte Levi seinen Geldbeutel und reichte ihr einen Zwanzig-Dollar-Schein.

»Ich wusste, dass ich mich der Wette hätte anschließen sollen«, sagte Sutton und erntete dafür hier und da leises Lachen.

Steve legte Archer eine Hand auf die Schulter. »Wir sind alle stolz auf dich, mein Junge.«

Archers Augen wurden schmal, und er atmete etwas angestrengter, was Indi an ein in die Ecke gedrängtes Tier erinnerte. So sehr sie sich angesichts all dieser Unterstützung auch für ihn freute, eigentlich hatte er die Nominierung gar nicht feiern wollen, und jetzt war daraus eine noch viel größere Sache geworden. Gegenüber seiner Familie empfand er so viele widersprüchliche Gefühle, dass ihre Anwesenheit hier jetzt vermutlich nur noch alles verschlimmerte.

»Du siehst gut aus, Archer.« Shelley umarmte ihn. »Und du

wunderschön, Indi.«

»Danke. Das kann ich nur zurückgeben.«

Grant zog den Stuhl neben sich heraus. »Setzt euch.«

Archer war mucksmäuschenstill, als sie am Tisch Platz nahmen. Unter dem Tisch legte Indi ihre Hand auf seine in der Hoffnung, ihm dadurch etwas von seiner Anspannung zu nehmen.

»Das ist so schön«, rief Jules aus. »Ich finde es toll, dass wir alle hier sind.«

Sutton warf ihr blondes Haar über die Schulter zurück und zog eine Braue hoch. »Ich dachte immer, dass ich diejenige wäre, die als Erste als Beste von Was-auch-immer des Landes nominiert wird.«

»Zu schade, dass niemand einen Preis dafür bekommt, so zu tun, als wäre er Experte in etwas.« Leni trank einen Schluck Wein. »Hast du dein Foto da drüben gesehen, Archer?« Sie zeigte auf den Bildschirm, der Indi schon beim Eintreten aufgefallen war.

»Ja«, sagte er schroff. »Woher haben die das?«

»Letzten Sommer habe ich Tara Fotos vom Weingut machen lassen. Du warst an dem Tag zufällig draußen und hast dich perfekt eingefügt.« Seine Mutter griff nach einer der Weinflaschen in der Mitte des Tisches. »Wer möchte einen Schluck davon probieren?«

»Ich nicht.« Jock griff nach einer anderen Flasche. »Ich probiere den, den du vorhin getrunken hast.«

Als alle ihren Wein auswählten und die Gläser reihum gefüllt wurden, saß Archer stumm vor sich hin brütend da. Indi hätte nur zu gerne gewusst, was in seinem Kopf vor sich ging. Mit dem Daumen strich sie über seinen Handrücken, was ihm hoffentlich ein wenig half.

»Indi, wie mir zu Ohren gekommen ist, hast du jetzt zwei Angestellte«, sagte Steve.

»Ja. Noelle, die auch für Jules arbeitet, und Macie, eine Freundin von Daphne.« Sie hatte die beiden Frauen nicht nur angestellt, sie hatten sich auch zu dritt auf einen Kaffee getroffen und waren hervorragend miteinander klargekommen.

»Macie ist ganz aus dem Häuschen, weil sie bei dir arbeiten darf«, sagte Daphne.

»Ist Noelle nicht unglaublich?«, wollte Jules wissen. »Sie hat so einen trockenen Sinn für Humor, sie bringt mich immer zum Lachen.«

»Sie ist witzig. Ich freue mich schon darauf, mit beiden zu arbeiten. Sie kommen am Montag zu mir, um mir beim Auspacken des Inventars zu helfen, das diese Woche eingetroffen ist.«

»Außerdem sind die Fotos von Bellamy da, die Tara für das Studio gemacht hat«, warf Leni ein. »Wartet, bis ihr sie seht. Sie sehen umwerfend aus.«

»Archer und Jock haben sie schon aufgehängt«, ergänzte Indi. »Die Bilder sind riesig. Ich hatte schon Angst, wie das wohl aussieht, aber du weißt einfach, was du tust, Leni. Sie sind perfekt.«

»Ich weiß.« Leni lehnte sich zurück, pustete sich Luft auf die Fingerspitzen und strich sie sich vorne an der Bluse ab.

»Du bildest dir ganz schön was auf dich ein«, stichelte Sutton.

»Das ist nicht unbedingt etwas Schlechtes«, sagte Lenore. »Euer Großvater war so eingebildet wie nur irgend möglich und doch der beste Mann und der beste Winzer, der mir je begegnet ist.«

Jock deutete mit dem Daumen auf Archer. »Bist du schon

meinem Bruder begegnet?«

»Ich meinte in der Vergangenheit. Wer hat Archer und eurem Vater denn alles beigebracht, was sie heute wissen? Kein anderer als euer Großvater.« Liebevoll sah Lenore Archer an. »Dein Grandpa lächelt heute auf dich hinunter, mein Lieber.«

»Hört auf damit«, sagte Archer streng und alle am Tisch wurden still und schauten ihn an. Sein Kiefer spannte sich an und unter Indis Hand ballte er seine zur Faust.

Indi hielt den Atem an. Musste sie gleich wieder das Zauberwort *Banane* sagen? Hoffentlich nicht.

»Was ist los, mein Schatz?«, fragte Shelley.

»Ich möchte etwas sagen.« Er nahm die Schultern zurück und sah nacheinander allen am Tisch ins Gesicht, während er unter dem Tisch seine geballte Faust lockerte und anschließend die Finger mit Indis verschränkte. »Ich kann hier nicht sitzen und euren Lobeshymnen zuhören.«

»Oh, mein Lieber, die hast du dir ehrlich verdient«, sagte Lenore und alle stimmten zu.

»Nein, das ist es ja. Das habe ich nicht. Lange Zeit habe ich mich wie ein Arschloch verhalten, und auch wenn es zwischen mir und Jock jetzt besser läuft, habe ich mich nie bei euch entschuldigt.«

Großer Gott. Du ziehst das wirklich durch. Bitte lass es gut gehen, bitte lass es gut gehen, bitte lass es gut gehen.

»Du musst dich nicht entschuldigen«, sagte Jules, woraufhin die anderen ihr recht gaben.

»Doch, das muss ich«, presste er hervor. »Besonders bei dir, Jules. Es tut mir leid, dass ich nicht für dich da war, als du krank warst, aber ich konnte es nicht ertragen, dich leiden zu sehen.«

»Du warst doch für mich da«, sagte Jules sanft. »Weißt du

das nicht mehr? Als ich im Haus festsaß, hast du mir gesagt, dass du nach draußen gehst, um die Krebsmonster zu bekämpfen. Und du hast gruselige Bilder von außen auf meine Fenster gemalt und mir erzählt, dass kein Monster daran vorbeikommen würde. Du hast mir das Gefühl gegeben, in Sicherheit zu sein.«

Diese Zeichnungen hatte er ganz vergessen. »Ich hätte an deiner Seite sein müssen«, sagte er rau.

Jules lächelte. »Das warst du, nur in anderer Hinsicht. Ich hatte immer das Gefühl, als wärst du für mich da gewesen, ganz egal, was ich durchgemacht habe, und, noch wichtiger, ganz egal, was du durchgemacht hast. Ich durfte mich unzählige Male an deiner Schulter ausheulen. Nachdem alle die Insel verlassen hatten, gab es nur noch dich und mich. Wir sind so.« Sie hob eine Hand und überkreuzte zwei Finger. »Nichts könnte daran etwas ändern.«

Archer schluckte schwer und nickte knapp.

Indi hätte nicht stolzer auf ihn sein können, dass er sich von den jahrelangen Schuldgefühlen auf seinen Schultern befreite, oder erfreuter, dass Jules gesagt hatte, es gäbe überhaupt keinen Grund für Archer, sich schuldig zu fühlen.

Er betrachtete seine restliche Familie und drückte Indis Hand fester. »Es tut mir leid, dass ich eine Kluft in unsere Familie gerissen habe. Ich hätte Jock niemals die Schuld für den Unfall geben dürfen, ganz zu schweigen davon, das an euch allen auszulassen. Ich habe keine Ahnung, warum ihr mich nicht ausgeschlossen habt, aber ich bin dankbar dafür, dass ihr es nicht getan habt.«

»Liebling, wir lieben dich«, sagte seine Mutter. »Wir alle gehen mit Trauer anders um.«

»Du warst nicht allein für diese Kluft verantwortlich, Archer.« Jock sah ihn ernst an. »Dass ich der Insel ferngeblieben bin, habe allein ich zu verantworten, nicht du. Das war meine Entscheidung. Wenn ich mich stärker bemüht hätte, zu dir durchzudringen, oder öfter nach Hause gekommen wäre, wären die Dinge vielleicht anders gelaufen oder die Situation hätte sich viel früher gebessert.« Er griff nach Daphnes Hand. »Aber das Leben geht manchmal seltsame Wege. Wenn all das nicht passiert wäre, hätte ich Daphne und Hadley niemals kennengelernt, das ist also unser Silberstreif am Horizont.«

»Ich habe keinen von euch beiden je für den Streit verantwortlich gemacht«, sagte Sutton. »Es war eine Tragödie, die sich auf uns alle ausgewirkt hat, und wir waren alle am Boden zerstört. Jeder von uns geht anders damit um.«

Indi spürte, wie sich Archers Griff lockerte.

»Genau«, sagte Levi. »Halt dich nicht mit der Vergangenheit auf. Wir geben dir nicht die Schuld dafür. Wir wünschten nur, wir hätten dir helfen können, das alles durchzustehen.«

»Ich bin nicht sehr gut darin, Hilfe anzunehmen, aber ich versuche, mich zu bessern.« Archer sah Indi an und in seinen Augen spiegelte sich Erleichterung wider. »Dank dieser wunderschönen Frau will ich lernen, wie man kein Arschloch ist.«

»Sie kann keine Wunder bewirken«, stichelte Leni.

Alle am Tisch schossen finstere Blicke auf sie ab, nur Archer musste lachen.

Lachen!

»Doch, offensichtlich schon.« Archer zog Indi dichter an sich. »Schließlich bin ich hier, oder?«

Erleichterung durchströmte Archer wie das Blut in seinen Adern, als sie sich dem Essen und leichteren Themen zuwandten. Er konnte nicht glauben, dass er es endlich geschafft hatte, sich zu entschuldigen. Trotz seiner Erleichterung war er irgendwie auch geschockt. Er hatte so viele Schuldgefühle mit sich herumgeschleppt, dabei hatte ihm seine Familie überhaupt keine Schuld zugewiesen. Vermutlich würde es eine Weile dauern, bis er all das verarbeitet hatte, genau wie bei seinen anderen Eingeständnissen. Inzwischen musste Indi ungefähr hundertmal gesagt haben, dass sie stolz auf ihn war, und sie glühte förmlich voller Zuversicht, genau wie seine Eltern und Großmutter. Selbst seine Geschwister schienen ihn nun anders anzusehen oder zumindest fühlte es sich für ihn so an.

»Und, bist du doch froh, heute hergekommen zu sein?«, fragte Indi leise und nur für seine Ohren bestimmt.

»Ja, sehr. Danke, dass du mich dazu gedrängt hast.« Obwohl er immer noch den Impuls verspürte, von hier zu verschwinden. Wenn er sich so am Tisch umsah, war es ihm egal, ob er den Preis gewann, denn er hatte schon alles, was zählte.

Zum Glück begann nun die Preisverleihung. Als die Kategorie *Winzer des Jahres* an die Reihe kam, drückte Indi seine Hand. Seine Mutter hatte die Finger vor dem Kinn verschränkt, als würde sie beten, und Jules hatte die Augen geschlossen und flüsterte: *»Bitte, bitte, bitte.«* Jock formte mit den Lippen stumm: *Du schaffst das.* Als Archer sich am Tisch umsah und in die hoffnungsvollen Gesichter seiner Familie blickte, änderte er seine Meinung. Er wollte diesen Preis für sie gewinnen.

»Und der Winzer des Jahres ist …« Der Moderator legte eine dramatische Pause ein. »… Archer Steele vom Weingut Top of the Island«, donnerte es durch den Saal, und Applaus brandete auf.

Indi warf die Arme um ihn, Jules brach in Freudengeschrei aus und seine ganze Familie schloss sich jubelnd und pfeifend an, als er aufstand, um den Preis entgegenzunehmen.

»Gut gemacht, Archer!«, rief Jock.

Er hasste dieses Theater, aber seine Familie liebte es zweifellos, und er freute sich, dass er sie stolz machen konnte. Er schüttelte den Funktionären auf der Bühne die Hände, dann winkten sie ihn auf das Podium, um eine Dankesrede zu halten.

Die Menge verstummte, als er den Blick hob, wie magisch angezogen von Indi und seiner Familie, die allesamt grinsten, als wäre sein Sieg ein Geschenk an sie alle. Er spürte dieses Zupfen in seiner Brust, das er neuerdings öfter bemerkte. »Ich mache keinen Wein, um Preise zu gewinnen, und ich halte nicht gerne Reden«, sagte er und erntete dafür Gelächter. »Außerdem wollte ich heute Abend gar nicht herkommen, weil ich nicht dafür gelobt werden muss, dass ich tue, was ich liebe. Aber dieser Preis und dieser Abend waren meiner Familie wichtig und ohne sie würde ich heute hier nicht stehen. Also danke für diese Ehre.« Er hielt den Award hoch. »Der hier ist für dich, Gramps.«

Applaus ertönte, als er von der Bühne stieg. Seine Familie stand klatschend auf und alle in ihrer Umgebung taten es ihnen gleich.

Als der Moderator die Preisverleihung für beendet erklärte und die Menschen herumzulaufen begannen und sich dem gemütlichen Teil des Abends zuwandten, reichte Archer seinem Vater den Preis. »Also gut, hauen wir ab.«

»Können wir das einfach so machen?«, wollte Indi wissen.

»Auf jeden Fall«, sagte seine Großmutter. »Ich komme mit. Genug von diesem Affenspektakel.«

»Ihr könnt nicht einfach gehen«, bat Jules. »Heute ist ein besonderer Abend.«

Es war sogar ein sehr besonderer Abend, aber nicht wegen des gewonnenen Preises. Das änderte jedoch nichts an der Tatsache, dass Archer genug davon hatte, unter lauter Fremden zu sein.

»Sobald wir gehen, werden Leni und Sutton wieder nach New York abhauen und Levi wird nach Hause fahren«, beschwerte sich Jules. »Ich möchte mehr Zeit mit euch verbringen.«

»Ich werde nicht ohne meine Tochter fahren, Jules«, sagte Levi. »Joey übernachtet heute bei Tara, schon vergessen? Ich bleibe auf der Insel.«

»Wahrscheinlich will der ein oder andere Archer gratulieren«, bemerkte Leni.

»Genau deshalb will ich ja verschwinden.« Archer nahm Indis Hand, hatte Jules gegenüber jedoch ein schlechtes Gewissen. Er wollte sie nicht hängen lassen. »Wie wär's, wenn wir uns eine Eisdiele oder einen Feinkostladen mit leckeren Desserts suchen und noch etwas zusammensitzen?«

»Au ja!« Jules wackelte mit den Schultern und nahm Grants Hand.

»Dir kommen immer die besten Einfälle, Archer. Außerdem haben wir für Hadley auch eine Übernachtungsmöglichkeit organisiert«, sagte Daphne.

»Ryan passt auf sie und Ritchie auf und schmeißt eine Übernachtungsparty«, erklärte Jock.

»Nichts kommt gegen einen hübschen Polizisten als Babysitter an«, sagte Lenore.

»Ich bin beim Nachtisch dabei«, sagte Sutton. »Obwohl ich irgendwie wünschte, heute Abend bei Daph und Jock zu übernachten, damit ich morgen als gute Tante bei dem sexy Polizisten zum Frühstück mit meiner Nichte aufschlagen kann.«

Archer schüttelte den Kopf.

»Na komm, Zwillingsschwester. Ich spendiere dir ein Eis.« Levi zog Leni auf die Füße.

Sein Vater nahm die Hand seiner Mutter. »Gehen wir, meine Schöne. Sieht aus, als würden wir die Party sausen lassen.«

Archer rieb seine Nase an Indis Hals. »Dafür feiern wir später noch zu zweit weiter«, flüsterte er.

Nervös sah Indi sich um, grinste jedoch, als sie den anderen aus dem Festsaal folgten. »Wirklich? Nach diesem Abend denkst du ausgerechnet *daran*?«

»Hast du mal in den Spiegel geschaut, Darling? Wenn du an meiner Stelle wärst, würdest du auch daran denken, dir die Kleider vom Leib zu reißen.«

»Du hast echt nur das Eine im Kopf.«

Er küsste sie. »Und anders würdest du mich auch nicht haben wollen.«

Sie holten ihre Jacken und Mäntel, und als sie das Hotel mit seiner Familie verließen, die fröhlich um ihn herum plapperte, wusste Archer, dass er diesen Abend nie vergessen würde, und das hatte er einzig und allein der wunderschönen Frau an seiner Seite zu verdanken.

Vierundzwanzig

Am Mittwochmorgen lag Indi in Archers Armen, den Rücken an seine Brust geschmiegt, die Beine mit seinen verschlungen. Heute wurde die Fashion Week eröffnet und sie befanden sich in ihrem Apartment in New York City. In weniger als zwei Stunden war Archer zurück auf Silver Island und sie umgeben von den bekanntesten Designern der Welt, zahllosen Stylisten und Dutzenden anderer Leute, die dabei halfen, die schönsten Menschen der Welt für den Laufsteg flottzumachen. An den nächsten drei Abenden war sie jeweils bis halb zehn gebucht, daher würde sie Archer erst am Samstagabend wiedersehen. Dann würde sie nur bis sieben arbeiten und Archer wieder herkommen. Wegen der Fashion Week war sie zwar aufgeregt, doch das war nichts im Vergleich zu dem, wie sie sich gerade fühlte.

Das hier würde sie am meisten vermissen. Dieses Gefühl, so von ihm umschlungen zu sein. Die Art, wie ihre Körper perfekt zusammenpassten. Der sanfte Druck seiner Brust gegen ihren Rücken, wenn er einatmete, und wie seine Arme um ihren Bauch lagen, eine Hand zwischen ihrer Hüfte und der Matratze eingeklemmt, als hätte er Angst, sie könnte mitten in der Nacht von ihm wegrollen. Es fühlte sich komisch an, ihre Zeit getrennt voneinander zu betrauern, wenn er gerade direkt neben ihr lag. Nie zuvor hatte sie einen der Männer, mit denen sie zusammen gewesen war, vermisst. Nicht einmal James. Gestern hatte sie das Meredith gegenüber erwähnt, als sie sich auf Termine für die Make-up-Videos geeinigt hatten, und ihre Schwester hatte gesagt: *So funktioniert Liebe.*

Liebe.

Archer und sie waren nicht zusammengekommen, weil sie auf der Suche nach einer Beziehung gewesen waren, doch hier lag sie nun und verliebte sich nur zu gern Hals über Kopf in ihn. Noch ein Gefühl, von dem sie nicht wusste, was sie damit anfangen sollte. Nur eines war absolut sicher: Sie durfte Archer nichts davon erzählen. Ihre Zahnbürste hatte ihm ja schon eine Heidenangst eingejagt, auch wenn sie das jetzt mit etwas Abstand zum Lächeln brachte. Seitdem hatte sich einiges verändert und sie schlugen sich großartig. Sogar noch besser, nachdem Archer endlich alles mit Jock geklärt und sich bei seiner Familie entschuldigt hatte. In manchen Dingen rasten sie mit Vollgas voraus, in anderen ließen sie sich Zeit. Miteinander über ihre Gefühle zu sprechen, fiel in die letzte Kategorie, doch sie hatten jede Nacht zusammen in seinem Cottage verbracht, was wundervoll war. Sie hatten weder darüber gesprochen, noch hatte er ihr eine Schublade freigeräumt oder Platz in seinem Kleiderschrank gemacht. Sie waren einfach jeden Abend nackt in den Armen des anderen eingeschlafen. Indi lebte aus ihrem Kulturbeutel und holte alle paar Tage ein paar frische Klamotten aus ihrer Wohnung. Das war nicht ideal, ergab für sie aber Sinn. Nicht, dass sie sich beschweren wollte. Es gab keinen Ort auf der Welt, an dem sie lieber wäre. Besonders liebte sie es, wenn sie manchmal einfach nur stundenlang eng aneinandergeschmiegt dalagen und sich unterhielten. Na ja, wobei sie deutlich mehr redete als er. Archer teilte seine Gedanken in homöopathischen Dosen mit, was nichtsdestotrotz ein wichtiger Schritt war.

Er war definitiv eher ein Mann der Tat als einer, der viele Worte verschwendete. *Oh, und wie ich es liebe, wenn er zur Tat schreitet.*

Sie kuschelte sich tiefer in seine Arme und wünschte, sie könnte die Zeit anhalten und diesen Morgen in die Länge ziehen. Immerhin war Valentinstag. Eine Stunde hatte sie damit zugebracht, die perfekte Karte für ihn zu finden. Vorne waren fünf goldene Sterne abgebildet und darunter stand: *Ausgezeichnet. Würde ich wieder nehmen.* Im Inneren war ein rotes Herz abgedruckt und die Worte: *Das Bewertungssystem wurde umgestellt. Willst du dir zehn Sterne verdienen? Fröhlichen Valentinstag!* Archer hatte den Tag jedoch mit keiner Silbe erwähnt, und sie war unsicher, ob sie ihm die Karte überhaupt geben sollte. Sie waren so beschäftigt gewesen, vielleicht war es ihm einfach entfallen. Gestern Abend hätte sie es beinahe angesprochen, es sich dann aber anders überlegt. Er war nicht romantisch veranlagt, und sie wollte ihm kein schlechtes Gewissen machen, falls er nicht an den Valentinstag gedacht hatte.

Mit seinem ganzen Körper umschlag er sie von hinten. Sein Bart kitzelte sie, als er einen Kuss auf ihre Schulter drückte. »Morgen, Darling.«

Seine raue Stimme am Morgen würde sie ebenfalls vermissen.

Er rollte sie auf den Rücken und schob sich über sie. Sein sexy Lächeln spiegelte sich in seinen Augen wider. »Bist du nervös wegen heute?«

Sein Körper war warm, hart und fühlte sich herrlich schwer

auf ihr an, sodass sie sich nach mehr von ihm sehnte. Es dauerte eine Sekunde, bis sie ihr Verlangen wieder unter Kontrolle hatte und antworten konnte. »Ich habe bereits oft genug bei der Fashion Week gearbeitet. Wird schon schief gehen. Auch wenn ich wie jedes Mal ein bisschen angespannt bin.«

Er küsste ihren Hals. »Du wirst alle umhauen«, flüsterte er rau.

Sie grub ihre Finger in seinen Rücken, weil ihr seine bedingungslose Unterstützung das Herz aufgehen ließ. »Das wird mir fehlen.«

»Ach ja?« Sanft bewegte er die Hüften. »Mir wird das hier auch fehlen.«

Sie lächelte. Durch und durch eine Archer-Antwort. »Du weißt, was ich meine.«

Er umfasste ihr Gesicht mit beiden Händen. »Dich werde ich auch vermissen.« Er streifte ihre Lippen mit seinen. »Aber ich werde dir ein so gutes Gefühl geben, dass du mich noch tagelang spüren wirst.«

»Das hört sich gut an.« Sex mit Archer war schon immer atemberaubend gewesen, doch ihre stärker werdenden Gefühle hatten ihn sogar noch besser, noch intensiver gemacht. Sie schloss die Augen, als er sich über ihre Wange und ihr Kinn küsste und langsam an ihrem Körper hinunterwanderte. Jede Berührung seiner Lippen entzündete Funken unter ihrer Haut. Er nahm sich Zeit, während er Küsse auf ihrem Körper verteilte, darüber leckte und erregende Worte an ihrer Haut murmelte. Er knabberte an ihr, streichelte sie und berührte jeden Zentimeter von ihr, womit er sie an den Rand des Wahnsinns trieb.

»Archer«, bat sie mit vor Lust bebender Stimme.

Er hielt ihren Blick gefangen, als er das Gesicht zwischen ihren Beinen vergrub. Schon beim ersten Zungenschlag zuckte sie ihm mit den Hüften entgegen, doch er hielt sie fest, um sie zunächst langsam zu lecken. Dann erhöhte er das Tempo und brachte sie bis kurz vor ihren Höhepunkt, nur um sich daraufhin wieder Zeit zu lassen. Der Rhythmus war so himmlisch, dass das Verlangen förmlich in ihr vibrierte. Sie ballte die Hände im Laken zu Fäusten und grub die Fersen in die Matratze, als Hitze ihren Körper in Brand steckte. Als er seine Finger ins Spiel brachte, konnte sie nicht mehr klar denken, nicht mehr klar sehen, und ergab sich seinen meisterhaften Fertigkeiten, während sie seinen Namen stöhnte. Ihr Orgasmus schien eine Ewigkeit anzudauern, und als sie endlich unter ihm zusammenbrach und versuchte, wieder zu Atem zu kommen, schob er sich an ihrem Körper nach oben, eroberte ihren Mund in einem gnadenlosen Kuss und vergrub sich gleichzeitig bis zum Anschlag in ihr. Lust durchzuckte sie. Sie krallte sich in seinen Rücken, wölbte sich ihm entgegen und umschlang ihn mit ihren Beinen, während sie das Vergnügen auskostete, das er ihr verschaffte – das sie sich gegenseitig verschafften. Er vertiefte den Kuss und bewegte sich nun ruhiger in ihr, sodass sie jeden Zentimeter von ihm in diesem quälend langsamen Rhythmus spüren konnte, der jede Empfindung auf ein beinahe schmerzlich süßes Niveau hob. Er löste den Kuss und streifte mit den Lippen ihre Wange. »Oh ja, Baby. Ich will für immer in dir sein.«

Die Emotionen in seiner Stimme schickten pulsierende Lust durch ihren Körper. Mit beiden Händen packte sie seinen Hintern und erntete dafür ein erregendes Knurren und dass er sich schneller in ihr bewegte.

»Härter«, verlangte sie.

»Fuck, Baby.« Er vergrub das Gesicht in ihrem Haar und grub die Zähne in ihren Hals, sodass sie eine Mischung aus Lust und Schmerz durchzuckte.

»Komm mit mir zusammen«, flehte sie, weil sie sich ihm noch verbundener fühlen wollte.

Er legte die Hände in ihre Kniekehlen und drückte ihre Beine enger an ihren Körper, um schneller und härter in sie zu stoßen, bis sie atemlos seinen Namen ausstieß und ihm damit den Rest seiner Selbstkontrolle nahm. Mit ihrem Namen auf seinen Lippen katapultierte er sie in eine Welt, in der nur sie beide existierten und die sie niemals wieder verlassen wollte.

Der Morgen verging wie im Flug, und als Archer schließlich seine Bomberjacke überzog und Indi in seine Arme schloss, fragte sie sich, warum alles Gute irgendwann enden musste. Sie wünschte, sie könnten in einer dieser Zeitschleifen aus Film und Fernsehen verschwinden, in denen die Figuren dieselbe Szene immer und immer wieder durchlebten.

»Ich verabschiede mich nur ungern, Baby, aber die Fähre wartet nicht auf mich.« Er drückte ihr einen Kuss auf die Stirn. »Sicher, dass ich dich nirgendwo absetzen soll?«

»Ja. Ich wünschte, es wäre anders, aber Josh und Riley Braden, ein Designerpaar, für das ich heute unter anderem arbeite, schicken einen Wagen, um mich abzuholen.«

»Braden? Sind die mit Suttons Boss Flynn verwandt?«

»Ja, sie sind Cousins. Morgen arbeite ich für eine ihrer anderen Cousinen, Jillian Braden. Oh mein Gott. Weißt du, was mir gerade klar geworden ist? Jillians Partner für die Modelinie ›Leder und Spitze‹, die sie morgen in Zusammenarbeit mit Silver-Stone Cycles rausbringt, ist Jace Stone, und Jace ist der ältere Bruder von Joshs Assistentin Mia.«

Archer blinzelte mehrmals. »Keine Ahnung, wie du dir das alles merken kannst. Ich bleibe beim Weinanbau.« Er drückte seine Lippen auf ihre. »Ich bin stolz auf dich.«

»Danke. Das bedeutet mir viel.«

»Du wirst heute wahrscheinlich keine freie Minute haben, also werde ich nicht anrufen. Ist es okay, wenn ich dir schreibe?«

»Ja, das wäre toll, aber bis ich mal eine Pause mache, werde ich nicht antworten können.«

»Klar. Das ist okay.« Abermals senkte er seine Lippen auf ihre. Dieser innige, tiefe Kuss ging so lange, dass sie sich am liebsten wieder in ihm verloren hätte, doch schließlich hob er ihr Kinn an und sah ihr in die Augen. »Sehen wir uns Samstag?«

Sie nickte.

Sanft strich er mit den Lippen über ihre, dann umarmte er sie, drückte sie fest an sich und schmiegte für einen langen Moment seine Wange an ihren Kopf, als würde er sich das Gefühl von ihr in seinen Armen ins Gedächtnis einprägen. Je länger er sie festhielt, desto emotionaler wurde sie. Als er die Umarmung schließlich lockerte und die Arme senkte, empfand sie es als widerwillig, und tatsächlich sah er genauso innerlich zerrissen aus wie sie sich fühlte. Er griff in seine Tasche, und das arrogante Grinsen, das sie so an ihm liebte, erschien wieder auf seinem Gesicht. »Schönen Valentinstag, Darling.«

Er reichte ihr eine Karte und eine kleine Schachtel mit Sweethearts, herzförmigen Süßigkeiten, die mit Liebesbotschaften bedruckt waren und die Kinder am Valentinstag gerne in der Schule verteilten. Freude durchströmte sie. »Du hast dran gedacht?«

»Ich habe dir doch gesagt, dass es zwar nicht den Anschein haben mag, als würde ich ständig an dich denken, aber du hast dich wie wilder Wein in meinem Kopf festgesetzt.«

Sie hatte falsch gelegen mit der Annahme, dass Archer kein Romantiker war. Das war gerade das Romantischste gewesen, was je jemand zu ihr gesagt hatte. »Das ist wunderschön. Ich habe dir auch eine Karte besorgt.« Sie eilte los, um sie zu holen, und übergab ihm den Umschlag. »Tut mir leid, dass ich dir kein Geschenk gekauft habe.«

»Du bist das einzige Geschenk, das ich brauche. Ich werde die auf der Fähre lesen. Ich muss jetzt los, bevor ich sie verpasse.« Wieder küsste er sie. »Ich schreibe dir später.« Er öffnete die Tür, beugte sich aber noch mal für einen Kuss zu ihr und dann für einen weiteren. Er stöhnte und küsste sie noch mal. »Mist. Ich muss los.«

Sie lachte. Nachdem sie die Tür hinter ihm geschlossen hatte, lehnte sie sich dagegen, drückte sich die Karte und die Schachtel mit den Sweethearts an ihre Brust und grinste wie ein verliebter Trottel vor sich hin. Wer hätte gedacht, dass eine Karte und ein paar Süßigkeiten ihr so viel bedeuten würden?

Sie zog die Karte aus dem Umschlag. Auf der Vorderseite stand gekritzelt: *Solange ich ein Gesicht habe, wirst du einen Platz zum Sitzen haben.* Darunter zwei rote Herzen und ein PS: *Hübscher Hintern.* Lachend schüttelte Indi den Kopf und klappte die Karte auf. Darin stand kein Spruch, aber Archer hatte handschriftlich etwas hinzugefügt und mit seinem Namen unterzeichnet: *Es gibt niemanden, den ich am Valentinstag lieber an meiner Seite hätte.* Ihr Herz schlug zu einem neuen, glücklicheren Takt, und sie las die Nachricht noch mal. Er hatte eine unordentliche, nach rechts geneigte Schrift. Seine Unterschrift zeichnete sich durch ein großes A aus, der Rest war nahezu unlesbar. Ihr gefiel seine Handschrift – sie verkörperte Archer perfekt – und sie liebte seine geschriebenen Worte, die ganz und gar nicht seine Art waren, was sie nur umso wertvoller machten. Sie betrachtete die Süßigkeitenschachtel und las, was auf den Herzen stand, die außen aufgedruckt waren. *Beug dich vor. Versohl mir den Hintern. Blas mir einen. Spreiz die Beine.*

Lachend holte sie ihr Handy hervor und schrieb ihm eine Nachricht. *Ich freue mich schon darauf, Samstagabend mit den Sweethearts zu spielen. Xox*

Nur ein paar Minuten später traf vibrierend eine Antwort ein – ein Teufel-Emoji.

Samstagabend konnte gar nicht schnell genug kommen.

Fünfundzwanzig

Hinter den Kulissen der Fashion Week zu arbeiten, glich dem Versuch, eine Schar von Schwänen zu bändigen, während man gleichzeitig Landminen auswich und von Tigern durch einen Schneesturm gejagt wurde. Heerscharen von Menschen arbeiteten unter zermürbendem Druck so schnell wie möglich und mussten dabei immer zehn Schritte vorausdenken. Es war nach sieben Uhr abends, und Indi hatte die letzten zwölf Stunden damit verbracht, in halsbrecherischer Geschwindigkeit an den zahllosen Models auf ihrem Stylingstuhl zu arbeiten. Oft kamen sie dabei erst in letzter Minute angerannt, waren am ganzen Körper mit Glitzer besprenkelt und trugen noch das Make-up und die Frisur von einer vorherigen Show, was Indis Job immens erschwerte. Währenddessen legten um sie herum Designer und Stylisten letzte Hand an, und Fotografen, Manager und Journalisten liefen herum, während glückliche Fans, die Backstage-Pässe ergattert hatten, um Selfies mit der Elite der Modewelt wetteiferten. Die Energie im Raum suchte ihresgleichen, denn trotz des ganzen Chaos hatten die Leute Spaß. Models und PR-Vertreter verbreiteten über Social Media ebenso viele professionelle Fotos wie lustige Selfies. Leni befand sich mitten unter ihnen, pries ihre Designerkunden an und machte Fotos von Indi bei der Arbeit. Der Teil von Lenis Gehirn, der für das Marketing zuständig war, schlief nie.

Das Event war unvergleichlich, aber so sehr Indi es auch liebte, den anhaltenden Druck oder die anstrengenden Tage würde sie nicht vermissen. Als sie vor fünf Jahren zum ersten Mal hier hatte arbeiten dürfen – *danke, Leni* –, hatte sie das Gefühl gehabt, es geschafft zu haben, und gedacht, ihre Eltern würden ihre harte Arbeit nun endlich anerkennen. Sie hätte es besser wissen müssen. Während sie das Model Dusty Kincaid schminkte, merkte sie, dass sie nicht mehr den schmerzhaften Stich der Enttäuschung oder des Ärgers spürte, der diese Gedanken für gewöhnlich begleitet hatte. So traurig es auch war, es war eine große Erleichterung, dass sie aufhören konnte, sich etwas von ihren Eltern zu wünschen, zu dem sie nicht fähig waren.

»Alles okay?« Dusty beobachtete sie neugierig, eins seiner blauen Augen war bereits stark geschminkt, das andere auf dem besten Weg dorthin. »Du siehst aus, als wärst du mit den Gedanken woanders, was bei all dem Chaos um uns herum eine echte Leistung ist.«

»Entschuldige. Mir ging nur gerade etwas durch den Kopf.« Im Stillen schalt sie sich für ihre geistige Abwesenheit und konzentrierte sich wieder auf sein Make-up.

»Dein Freund?« Er grinste. »Denn wenn er für diesen Gesichtsausdruck verantwortlich ist, ist er vielleicht nicht der Richtige für dich.«

»Was weißt du schon über den Richtigen?«, zog sie ihn auf. Im Laufe der Jahre hatte sie mit Dusty bei mehreren Veranstaltungen zusammengearbeitet. Er war Anfang zwanzig und flirtete, ähnlich wie Wells Silver, alles an, was nicht bei drei auf den Bäumen war. »Ich habe bloß über die Arbeit nachgedacht.«

»Indi!« Das Model Penelope Price hastete mit einer Assistentin auf den Fersen auf sie zu und deutete dabei hektisch auf ihre Haare. Eine Seite der Hochsteckfrisur, die Indi gemacht hatte, hatte sich aufgelöst. »Tut mir leid. Das ist beim Umziehen passiert.«

»Schon okay.« Hastig begann Indi, die Frisur neu zu machen.

»Das muss blitzschnell gehen«, warnte die Assistentin. »Sie muss in vier Minuten raus.«

»Kein Problem. Fast fertig.« Indi befestigte die letzte verirrte Strähne. »Los.«

Als sie davoneilten, wandte sich Indi wieder Dusty zu. »Sorry.«

»Du kannst es wiedergutmachen, indem du nach der Show mit mir was trinken gehst.«

»Darfst du überhaupt schon Alkohol trinken?«, stichelte sie. »Ich bin aktuell mit jemandem zusammen, aber hier drinnen gibt es unzählige, wunderschöne Frauen, die dir wahrscheinlich liebend gerne Gesellschaft leisten würden.«

Er senkte die Stimme. »Ich habe die Nase voll von gekünstelten Frauen, die sich nur von Grünkohl und Smoothies ernähren und erwarten, dass man sie zum Essen einlädt.«

Das würde Indi definitiv nicht vermissen, genauso wenig wie die überheblichen Persönlichkeiten, denen sie schon den ganzen Tag aus dem Weg ging. »Das gehört in der Branche nun mal irgendwie dazu.«

»Deshalb vermisse ich die Frauen zu Hause in Oak Falls, Virginia. Die falten einen zusammen, wenn man zu hochnäsig ist, und halten eine Scheunenfete für das größte Ereignis auf diesem Planeten.«

»Eine Scheunenfete? Klingt lustig.«

»Ja, die Partys machen Spaß. Wohin lädt dich dein Freund heute am Valentinstag ein?«

Sie musste an Archers anzügliche Textnachrichten von vorhin denken, in denen er ihr alle möglichen himmlischen Aktivitäten für Samstagabend versprochen hatte. »Tatsächlich muss ich lange arbeiten und er ist nicht in der Stadt. Nach vierzehn Stunden auf den Beinen will ich nur noch ein heißes Bad nehmen.«

»Klingt perfekt für mich. Wo und wann?«

Sie schüttelte den Kopf, als Mia Stone, die Assistentin von Josh und Riley Braden, auf sie zulief. Mia war eine zierliche Brünette, die sich auf ihren High Heels bewegte, als wären es Sneaker. Indi hatte keine Ahnung, wie sie das anstellte. Sie selbst hatte ihre bequemsten Stiefeletten ohne Absatz angezogen und ihre Füße schmerzten trotzdem seit zwei Stunden.

»Bei den letzten beiden Models gibt es eine Änderung. Sie sollen einen Mittelscheitel und offene, voluminöse Haare haben, anstatt nach hinten geglättet und hinter die Ohren gesteckt. Ich warne dich schon mal vor: Eins der Models hat platte, schnurgerade Haare.« Wie immer ließ sich Mia durch nichts aus der Ruhe bringen.

Indi hatte das Gefühl, dass Mia selbst dann noch ruhig, cool und gefasst bleiben würde, wenn das Dach einstürzte, und alle Models und Gäste zum Parkplatz dirigieren und versuchen würde, dort mit der Show weiterzumachen. »Ich liebe Herausforderungen.« Indi wurde mit Dustys Make-up fertig, dankbar, dass sie es für heute fast geschafft hatte. »Fertig, Casanova. Bring die Frauen zum Sabbern.«

»Worauf du dich verlassen kannst. Aber zunächst ...« Er erhob sich vom Stuhl zu seiner vollen Größe von über eins fünfundachtzig und legte einen Arm um Mia. »Hey, meine

Schöne. Lust, mit dem heißesten Mann in New York City auf den Valentinstag anzustoßen?«

»Zeig ihn mir erst, dann entscheide ich mich.« Mia kam unter Dustys Arm hervor.

»Dusty, du bist dran!«, rief ein Assistent herüber und Dusty eilte davon.

Mia verschränkte die Arme und trommelte mit den Fingern auf ihre Oberarme. »Wenn ich ein Jahrzehnt jünger wäre und nicht von einem gewissen Privatdetektiv besessen, der nicht sehen kann, was sich direkt vor seiner Nase befindet, würde ich mich von ihm auf einen Drink einladen lassen.« Sie stand seit Ewigkeiten auf Archers Cousin Reggie.

»Ich wollte gerade fragen, ob es in dieser Hinsicht schon etwas Neues gibt.« Nebenbei sortierte Indi ihr Equipment.

»Nein, nicht seit unserem ersten und einzigen Date, als er mich mit seinem Kuss von den Füßen gefegt hat, nur um mir dann zu sagen, dass wir besser Freunde bleiben sollten.« Mia verdrehte die Augen. »Vielleicht sollte dein Kerl mal mit seinem Cousin darüber reden, wie toll Freunde mit gewissen Extras sein können, aus denen sich dann mehr entwickelt.«

»Ich bin nicht überzeugt davon, dass es für eine von uns von Vorteil ist, wenn wir einen Mann, der unserer Beziehung kein Etikett verpassen will und nicht über seine Gefühle für mich spricht, mit einem Mann zusammenbringen, der Lügner und Betrüger aufspürt.«

»Du hast recht. Halt Archer von Reggie fern. Ich überlege mir etwas anderes.«

Ein anderer Assistent trat mit einem männlichen Model im Schlepptau an sie heran und bat Indi, ihm Smokey Eyes mit neonblauem Lidschatten zu schminken. Indi begab sich zügig ans Werk und stieß die Luft aus, als die beiden wieder abzogen.

»Ist es schon halb zehn?«

»Nicht mal annähernd, Cinderella.«

»Indi! Mia!«, rief Leni ein paar Meter entfernt, wo sie mit einer Fotografin stand. »Ich möchte ein Foto von euch beiden, das genauso aussieht wie das, das wir bei eurer ersten Zusammenarbeit auf der Fashion Week geschossen haben. Arm in Arm, breites Lächeln.«

Sie posierten für das Foto, dann zogen Leni und die Fotografin weiter. »Diese Frau erstaunt mich«, sagte Mia. »Genau wie du. Sicher, dass du keine Großstadtevents mehr machen willst? Ich werde die Zusammenarbeit mit dir vermissen. Mit wem soll ich denn über mein nicht-existentes Liebesleben sprechen?«

»Wir können noch die ganze Woche über miteinander reden und danach besuchst du mich einfach auf Silver Island. Schon klar, du bist im Herzen ein Großstadtmädchen, aber du wirst die bodenständige Gemeinschaft und die süßen Städtchen lieben.«

»Es wäre eine schöne Auszeit von all dem hier. Habe ich dir erzählt, dass Jace Jennifer eine Überfahrt zur Insel geschenkt hat?« Jennifer war Mias Schwester.

»Nein. Wie fand sie die Insel?«

»Sie war noch nicht dort. Vielleicht konfisziere ich ihren Gutschein und suche mir jemanden, mit dem ich die Liebesbrezel ausprobieren kann. Jen meinte, dass das die beste Sexstellung ist, die sie je ausprobiert hat.«

»Ich habe keine Ahnung, wie die aussieht, aber den Gutschein zu konfiszieren, klingt nach einem guten Plan.« Um Archer am Samstag womöglich mit etwas Neuem zu überraschen, machte sie sich die gedankliche Notiz, die Liebesbrezel nachzuschlagen. Sie spähte über Mias Schulter in Richtung eines weiteren Models, das schnurstracks auf sie zukam. »Die Pause ist vorbei.«

»Vergiss nicht, Mittelscheitel und volle Haare«, sagte Mia im Weggehen.

»Alles klar!«, erwiderte Indi, als sich das langbeinige Model auf dem Stuhl niederließ. Das Model fasste ihr kurz zusammen, was für ein Styling sie brauchte, und Indi glich das mit ihrer Liste von den Designern ab. Sie hatte andere Anweisungen erhalten, also rief sie schnell die Handynummer der Assistentin des Designers auf der Liste an.

Zwei Stunden später verstaute sie ihr Equipment in dem ihr zugewiesenen Bereich und begab sich nach draußen zu dem Wagen, der am Bordstein auf sie wartete. Ihr tat alles weh, von ihren Händen und Armen bis zu ihren Beinen und Füßen. Außerdem war sie am Verhungern und ihr Puls raste noch immer von der Hektik des Tages. Aber sie konnte sich noch nicht entspannen, denn sobald sie sich das gestattete, würde sie wie ein Felsbrocken von einer Klippe stürzen. Zuerst musste sie ihre Nachrichten überprüfen und Archer schreiben. Zusätzlich zu Archers Nachrichten waren heute Morgen noch mehrere eingegangen. Meredith hatte ihr viel Glück gewünscht und Jules hatte *Hals- und Beinbruch (aber nicht wortwörtlich)* in den Gruppenchat mit Indi und ihrer Familie geschrieben. Außerdem war Indi positiv überrascht gewesen, als Simon ihr geschrieben hatte, dass er an sie dachte und hoffte, dass sie einen tollen Tag hatte. Sie tauschte nur selten Nachrichten mit ihrem Bruder aus, doch er hatte ihr am Tag nach seinem Besuch auf der Insel geschrieben, woraus sich eine schöne Unterhaltung entwickelt hatte.

Sie holte tief Luft und stieß sie langsam wieder aus, als sie ihr Handy hervorzog. Sie hatte eine Nachricht von Archer erhalten, eine von Simon und in dem Gruppenchat waren mehrere Antworten eingegangen.

Archers Nachricht öffnete sie zuerst. *Haust du immer noch alle um?* Sie tippte zurück: *Jetzt auf dem Heimweg. Bin total erledigt. Was machst du heute Abend?*

Während sie auf seine Antwort wartete, las sie Simons Nachricht. *Wie war's?* Sie antwortete: *Super. Ich bin erschöpft. Danke der Nachfrage. Hab dich lieb.* Nur Sekunden später traf seine Antwort ein. *Hab dich auch lieb. Bin stolz auf dich.*

Archer hatte zurückgeschrieben. *Bin mit Brant unterwegs. Er ist nicht so heiß wie du. Ist es schon Samstag?* Dem folgte ein Teufel-Emoji. Lächelnd antwortete sie: *Fast. Du fehlst mir.* Seine Erwiderung kam gleich darauf. *Du fehlst mir auch. Erhol dich etwas. Du wirst an diesem Wochenende deine ganze Energie brauchen.* Am Samstag wäre sie sicher noch erschöpfter als heute Abend, doch zusammen mit ihm bekam sie jedes Mal zuverlässig neuen Aufschwung. Sie schickte ihm ein Herz-Emoji und wünschte, sie könnte heute und an jedem folgenden Abend in seinen Armen einschlafen.

Im Gruppenchat las sie die Nachrichten von Archers Eltern und all seinen Geschwistern, inklusive Lenis. Beim Durchscrollen wanderten ihre Gedanken zu ihren Eltern zurück, aber da sie sich nicht herunterziehen lassen wollte, legte sie mit geschlossenen Augen den Kopf zurück und zwang sich, wieder an Archer zu denken.

Nachdem der Fahrer sie vor ihrem Gebäude abgesetzt hatte, stapfte sie die Stufen zu ihrem Apartment hoch, froh, endlich zu Hause zu sein. Sie schloss auf und trat ein. Für den Bruchteil einer Sekunde wollte ihr müder Verstand ihr vorgaukeln, dass sie in der falschen Wohnung gelandet war. Überall standen flackernde Kerzen und Lichterketten waren über die Fotos an der Wand und entlang der Fenster und Regale drapiert. Rote Rosen standen auf der Küchenanrichte und dem Couchtisch, auf dem sich zusätzlich noch Teller, eine Tüte von ihrem bevorzugten Taco-Laden die Straße hinunter und zwei Champagnergläser mit Mojitos, komplettiert mit einer Limettenscheibe und einem Minzzweig, befanden. Ihr Lieblingsgetränk würde sie überall wiedererkennen. Im Schlafzimmer entdeckte sie weitere Rosensträuße und als ihr großer, aufmerksamer Mann von der Couch aufstand und in den Händen eine riesige, herzförmige Schachtel mit Süßigkeiten und einen niedlichen Stoffbären hielt, glaubte sie, dass ihr das Herz gleich aus der Brust springen würde.

»Frohen Valentinstag, Darling.«

Sie ließ ihre Tasche fallen und warf sich in seine Arme, während ihr Tränen in die Augen stiegen. »Ich kann nicht glauben, dass du hier bist! Gerade habe ich mir noch gewünscht, dich jetzt sehen zu können. Das ist unglaublich.« Sie stellte sich auf die Zehenspitzen und küsste ihn. »Du hättest das alles nicht machen müssen.«

»Hast du wirklich gedacht, ich würde dich am Abend des Valentinstags allein lassen?«

»Keine Ahnung. Schätze schon, weil wir beide so beschäftigt sind und du wieder zur Insel gefahren bist. Das ist eine lange Fahrt.«

Ich würde tausend Meilen zurücklegen, um dich zu sehen. »Habe ich dir nicht gesagt, dass du mich nicht unterschätzen sollst?«

Seit einer Woche plante er diesen Abend schon. Vor ihm

mochte sie heruntergespielt haben, wie zermürbend die Fashion Week war, aber er hatte zugehört, als sie beim Abendessen im Haus seiner Eltern mit seinen Schwestern darüber gesprochen hatte. *Zermürbend* schien nicht einmal ansatzweise die Anstrengungen zu beschreiben, die ihr in dieser Woche bevorstanden.

Er küsste sie noch mal, und ihr Magen knurrte laut, was sie beide zum Lachen brachte. »Ich hatte so eine Ahnung, dass du noch nichts gegessen hast. Warum ziehst du dir nicht was Bequemeres an und ich kümmere mich in der Zwischenzeit ums Abendessen?«

Dankbar seufzte sie auf. »Du bist der Beste.« Auf dem Weg ins Schlafzimmer fiel ihr noch etwas ein. »Wie bist du eigentlich in mein Apartment gekommen?«

»Ein Gentleman verrät seine Tricks nicht.« Er verteilte das Essen auf die Teller und legte eine Serviette dazu.

»Hast du dir Merediths Schlüssel ausgeliehen?«

»Nein.«

»Sonst hat niemand einen Schlüssel«, rief sie beim Umziehen.

Ihm war klar, dass sie so lange nachbohren würde, bis sie eine Antwort bekommen hatte. »Wenn ich daran gedacht hätte, mir den Schlüssel von deiner Schwester zu borgen, wäre ich mir weniger wie ein Stalker vorgekommen. Ich habe mir neulich morgens deinen ausgeliehen und ihn nachmachen lassen, während du gearbeitet hast. Abends habe ich das Original wieder an deinem Schlüsselring befestigt. Der nachgemachte Schlüssel liegt auf deinem Nachtschrank.«

»Raffiniert.« Sie kehrte ins Wohnzimmer zurück. In der rosafarbenen Jogginghose und einem seiner T-Shirts, dessen Ärmel ihr bis über die Ellbogen reichten und das sie an der Taille zusammengebunden hatte, sah sie hinreißend aus.

Es war ihm ein Rätsel, wie ein Kleidungsstück dafür sorgen konnte, dass er sich noch heftiger in sie verliebte, aber dasselbe war ihm auch schon aufgefallen, als sie die Schneefestung gebaut hatten und sie seine Jacke angezogen hatte. »Du siehst verdammt süß aus. Wann hast du dir das geklaut?«

Schulterzuckend setzte sie sich auf die Couch und zog die Beine neben sich auf die Sitzfläche hoch. Sie sah so müde aus, dass er sie in seine Arme schließen und festhalten wollte, bis sie eingeschlafen war, doch er wusste, dass sie Hunger hatte. Außerdem freute er sich schon seit Tagen darauf, sie von vorne bis hinten zu verwöhnen. Er reichte ihr einen Teller mit drei Tacos und ließ sich am anderen Ende des Sofas nieder. »Leg deine Füße zu mir.«

Sie neigte den Kopf, schob ihre Beine aber in seine Richtung. »Ist das eine neue Variante des Vorspiels?«

»Heute geht es nicht um Sex.« Er drückte seine Daumen in ihre Fußsohle und massierte ihren Fuß.

Genüsslich stöhnte sie auf. »Das fühlt sich so gut an.«

Das freute ihn sehr. »Erzähl mir von deinem Tag.«

»Hast du keinen Hunger?«, hakte sie nach.

»Mach dir um mich keine Sorgen.« *Das Einzige, wonach ich hungere, ist dieses Lächeln.* »Du hast dich den ganzen Tag lang um andere gekümmert. Jetzt bist du an der Reihe. Das hier ist erst der Anfang. Danach massiere ich deine Beine, die sicher schmerzen, und deine Hände und Handgelenke, die überanstrengt sein müssen, und danach legst du dich auf den Bauch, damit ich dir die beste Rücken- und Nackenmassage geben kann, die du je bekommen hast.«

Ihr Blick wurde weich. Neben Wertschätzung stand noch so viel mehr in ihren Augen. »Wann bist du so fürsorglich geworden?«

Als ich mich in eine Frau verliebt habe, die in mir den Wunsch geweckt hat, mehr zu geben als zu nehmen, mich um sie zu kümmern und sie an erste Stelle zu setzen. Er ignorierte die Frage. »Genieß dein Abendessen und erzähl mir alles von deinem Tag voller Diven.«

Während seiner Massage beschrieb sie einen nervenaufreibenden Arbeitstag voller Hektik, der sich für ihn wie die reinste Hölle anhörte. Die Leidenschaft in ihrer Stimme war jedoch nicht zu leugnen. Nebenbei verputzte sie den ersten Taco und gab zwischen den einzelnen Anekdoten genüssliche Laute von sich.

»Du weißt, wie sehr ich diese Tacos liebe.« Sie leckte sich die Finger ab. »Heute Abend schmecken sie allerdings noch besser, was zweifellos daran liegt, dass du mir währenddessen die beste Fußmassage der Welt gibst.«

»Ach ja? Werden dir oft die Füße massiert?«

»Nur ab und zu, wenn ich zur Pediküre gehe, aber das ist nichts im Vergleich zu deiner Massage. Deine Hände sind göttlich. Alles an dir ist göttlich.« Sie griff nach dem zweiten Taco und biss glücklich hinein.

Er hatte noch nie jemanden verwöhnt, doch von nun an würde er das öfter bei ihr machen. Nicht nur sie genoss es, auch ihm bereitete es immenses Vergnügen. Langsam arbeitete er sich ihr Bein hoch und knetete ihre Wade.

Sie schloss die Augen. »Lieber Gott … Das fühlt sich unglaublich an.« Sie nahm noch einen Bissen und stellte den Teller auf den Tisch. Den Mund noch voller Taco deutete sie auf die Schachtel mit Pralinen. Er reichte sie ihr und wollte den Arm nach ihrem Glas ausstrecken.

»Nein danke.« Sie gestikulierte zu ihren Beinen. »Mach weiter, bitte.«

Schmunzelnd machte er sich wieder daran, die Verspannungen aus ihren Muskeln zu kneten, während sie sich durch die Pralinen probierte. Manche legte sie wieder zurück in die Schachtel, bei anderen rief sie: »Oh mein Gott! Die musst du probieren«, bevor sie ihn mit der anderen Hälfte fütterte. »Ist die nicht lecker?«, fragte sie nach jeder einzelnen, wartete seine Antwort jedoch nicht ab, sondern hielt ihm gleich die nächste Hälfte vor den Mund.

»Ist das der Ausschuss?«, wollte er wissen, als sie erneut eine halbe Praline in die Schachtel zurücklegte.

»Nicht alle davon. Manche gehören zu meinen Lieblingspralinen, die ich mir für später aufhebe.«

»Ah, dann bekomme ich also nur die, die nicht ganz so gut schmecken?«, zog er sie auf.

Ihre Augen weiteten sich. »Oh. Du hast recht. Hier.« Sie reichte ihm die Schachtel.

Lachend schob er sie wieder zurück. »Babe, ich will gar nichts davon. Das war ein Witz. Ich freue mich, wenn sie dir schmecken, also iss sie ruhig auf.«

»Okay. Tut mir leid.« Sie biss in die nächste Praline. »Mmh. So gut. Die wirst du lieben.«

Sie hatte Schokolade an der Wange, den Lippen und Fingern und beugte sich vor, um ihn mit einem strahlenden Lächeln, das sich auch in ihren Augen widerspiegelte, mit der anderen Hälfte der Praline zu füttern. Sie hatte nie glücklicher oder schöner ausgesehen, und als sie ihm die halbe Praline an den Mund hielt, wurde ihm plötzlich klar, dass er nicht nur dabei war, sich in sie zu verlieben. Er stürzte diesen steinigen Hügel mit Lichtgeschwindigkeit hinunter und hatte nicht das geringste Interesse daran, die Reißleine zu ziehen. Hatte er das in den Augen seines Großvaters gesehen, wenn er in der Nähe seiner Großmutter gewesen war? Und in den Augen seines Vaters, wenn er mit seiner Mutter zusammen war oder über sie sprach? War es das, was Jock für Daphne empfand und was ihn schließlich zurück auf die Insel gebracht und ihm den Mut gegeben hatte, die Konfrontation mit Archer zu suchen? Was Kayla empfunden hatte, als sie ihm an jenem verhängnisvollen Abend geschrieben hatte? Denn, verdammt, dieses Gefühl war unvergleichlich, wenn auch nervenaufreibend. War das zu viel zu schnell? Was, wenn Indi nicht dasselbe für ihn empfand? Diese drei gewichtigen Worte, die ihm auf der Zunge lagen, waren viel zu mächtig. Sie würden alles verändern. Waren sie bereit dafür? War *er* es?

»Was meinst du?«, fragte sie aufgeregt. »Liebst du sie auch?«

Indis Stimme holte ihn zurück in die Realität, die gerade nach Kokosnuss und Schokolade schmeckte. Er schluckte und hoffte, damit nicht nur die Süßigkeit, sondern auch seine tosenden Gefühle hinunterzuschlucken, doch sie weigerten sich. Er umschloss ihr schönes Gesicht mit beiden Händen. »Ja. Ich liebe sie«, presste er hervor und drückte seine Lippen auf ihre, bevor er ihr sein Herz ganz öffnen konnte.

Sechsundzwanzig

»Wir haben alles. Der Fahrer sammelt uns am Coffeeshop ein, aber wir müssen uns jetzt beeilen.« Noch während sie und Archer am Donnerstagmorgen aus ihrem Apartment eilten, setzte sie sich ihre Sonnenbrille auf. Nachdem sie gestern Abend die Pralinen aufgegessen und die Mojitos geleert hatten, hatte er sie ausgezogen und ihr die versprochene Ganzkörpermassage gegeben, bei der er sie in einen Zustand so tiefer Entspannung versetzt hatte, dass sie tief eingeschlafen war. Heute Morgen hatte Archer sie geweckt, indem er eine Spur aus Küssen über ihren Bauch gezogen hatte, eine ganz und gar himmlische Art, aufzuwachen. Sie hatten sich treiben lassen und die Zeit aus den Augen verloren. Das war es definitiv wert gewesen, auch wenn sie sich jetzt beeilen mussten, aber sie konnte es sich nicht leisten, zu spät zu kommen. Heute arbeitete sie für Jillian Braden, und der Wagen, den sie ihr schickte, nahm auch noch zwei andere Mitglieder ihres Teams mit. Es war schon kaum akzeptabel, wenn Models zu spät dran waren, weil sie von einem anderen Event kamen, und es war definitiv völlig daneben, wenn das ganze Team zu spät erschien.

»Ich würde ja sagen, dass es mir leidtut, aber das wäre gelogen. Ich habe jede einzelne Sekunde von unserem Frühstück im

Bett genossen und die Liebesbrezel war unglaublich. Du musst Mias Schwester nach weiteren Empfehlungen fragen.«

»Das meinst du wahrscheinlich sogar ernst.« Während sie gestern ihre Mojitos getrunken hatten, hatte sie die Sexstellung nachgeschlagen und dann nur halb im Scherz vorgeschlagen, dass sie sie mal ausprobieren könnten. Aber, Mann, war sie froh, dass sie es versucht hatten. Es klang viel komplizierter, als es tatsächlich war. Indi hatte auf ihrer rechten Seite gelegen, Archer rittlings auf ihrem rechten Bein gesessen und hatte sich ihr linkes Bein um seine linke Seite gelegt. Dank dieser Stellung konnte er so hart und tief in sie stoßen, wie wenn er sie von hinten nahm, sie hatten jedoch Augenkontakt, was den Sex intimer machte, während der Winkel alle Empfindungen intensivierte.

Sie bogen um die Ecke, und die grüne Markise des Coffeeshops, der sie seit ihrem Einzug in das Apartment jeden Morgen mit Koffein versorgt hatte, stach wie ein Leuchtfeuer in der Mitte des Blocks heraus.

»Danke noch mal, dass du hergekommen bist, um mich zu überraschen. Ich bin immer noch ganz baff.«

»Das ist bloß ein Orgasmus-Kater.«

Er öffnete die Tür, und sie stellte erleichtert fest, dass drinnen keine lange Schlange auf sie wartete. Die Barista musterte Archer von oben bis unten, während sie ihre Kaffees zubereitete, doch Archer würdigte sie keines Blickes und küsste stattdessen Indi.

Er schaute aus dem Fenster, als die Barista ihre Kaffeebecher auf der Anrichte bereitstellte. »Dein Wagen wartet draußen. Ich zahle. Du gehst schon mal vor, damit du nicht zu spät kommst.« Wieder zog er sie für einen schnellen Kuss an sich. »Ich schreibe dir später.«

Sie rannte nach draußen und stieß dabei mit jemandem zusammen. »Entschuldigung.« Sie sah auf und geradewegs in James' Gesicht.

»Indi?«

»James. Hi. Sorry. Ich bin in Eile und habe dich nicht gesehen.« Sie trat zur Seite, um ein Paar an sich vorbei eintreten zu lassen.

»Schon gut. Es ist schön, dich zu sehen.« Er umarmte sie, als Archer mit fragendem Blick zur Tür hinauskam. »Du hast mir gefehlt. Du siehst umwerfend aus, wie immer. Das Inselleben bekommt dir offensichtlich.«

»In der Tat. Ich bin glücklich dort.« Archer trat an ihre Seite, während der Fahrer aus dem Auto stieg und die hintere Tür öffnete, was sie nur noch nervöser machte. Sie zeigte auf Archer. »Weißt du noch, wie ich dir von Lenis Bruder Archer erzählt habe? Archer hilft mir dabei, mein Studio für die Eröffnung einzurichten. Archer, das ist James.«

»Nett, dich kennenzulernen.« James streckte ihm eine Hand entgegen.

Mit angespanntem Kiefer ignorierte Archer die Geste und hob stattdessen lediglich grüßend das Kinn.

James ließ die Hand sinken und sah Indi irritiert an. »Ich rufe dich an. Dann können wir uns mal wieder unterhalten.«

»Okay, klar. War schön, dich zu sehen.« Nachdem James in den Coffeeshop verschwunden war, sah Archer aus, als würde er gleich explodieren.

»Lenis Bruder? Dein Ernst?«, sagte Archer barsch. »Ist das alles, was ich für dich bin? Nur ein Typ, der dir dabei hilft, dein Geschäft zu renovieren?«

Angesichts seines gekränkten Tonfalls sank ihr das Herz. »Nein, natürlich nicht. Er hat mich unvorbereitet erwischt. Ich bin in ihn reingerannt und nervös geworden. Seit dem Winter Walk habe ich nicht mehr mit ihm gesprochen. Ich wollte ihm unsere Beziehung nicht unter die Nase reiben.«

»Solche Sorgen machst du dir um ihn? Wie würdest du dich fühlen, wenn ich dich einer Frau, mit der ich jahrelang zusammen war, als Lenis Freundin vorstelle?«

Mist. Das habe ich richtig vermasselt. »Ich wäre sehr aufgebracht. Es tut mir leid.« Der Fahrer räusperte sich, als wäre sie nicht schon gehetzt genug. »Ich muss jetzt wirklich los. Können wir heute Abend darüber reden?«

»Ja, von mir aus. Geh schon.« Ein Sturm widerstreitender Gefühle braute sich in seinen Augen zusammen, als er sich abwandte und davonging.

Sie stieg ins Auto und sah ihm nach, als er um die nächste Ecke verschwand, und plötzlich wusste sie, wie es sich anfühlte, in Archers Haut zu stecken und irgendwelchen Mist von sich zu geben, den sie nicht zurücknehmen konnte.

Die Hektik der Fashion Week legte sich nicht, nur weil Indi ins Fettnäpfchen getreten war und den Mann verletzt hatte, für den sie so viel empfand. Doch selbst das Chaos um sie herum war nichts im Vergleich zu der Sorge, die in ihr tobte. Sie hatte Archer drei Nachrichten geschrieben, doch er hatte nicht reagiert. Sie war ein nervöses Wrack, und es half auch nicht, dass sie sich wie ein gewaltiges Arschloch fühlte. Lenis Bruder? Was hatte sie sich nur dabei gedacht?

Das Model, das sie gerade gestylt hatte, stand von ihrem Stuhl auf, und es kostete Indi sämtliche Selbstbeherrschung, um nicht einfach *Zum Teufel damit!* zu sagen, die Show zu verlassen, zur Insel zu fahren und Archer zu suchen. Als stünde es überhaupt zur Option, die Show zu verlassen. Abgesehen davon, dass sie nicht der Typ war, der die Designer hängen ließ, kam Leni mit Dixie Whiskey-Stone, Jace Stones Frau und das Gesicht der *Leder und Spitze*-Kollektion, auf sie zu. In der Sekunde, in der Indi den Raum betreten hatte, hatte Leni gewusst, dass etwas nicht in Ordnung war, und Indi hatte ihr erzählt, wie gedankenlos sie sich Archer gegenüber verhalten hatte. Jetzt schaute Leni sie besorgt an.

»Hi, Indi.« Dixie umarmte sie kurz. »Schön, dich mal wiederzusehen.«

»Das kann ich nur zurückgeben.« Sie hatten schon öfter zusammengearbeitet und Indi mochte sie sehr. Sie war eine toughe und doch feminine Bikerin mit umwerfenden, natürlich gewellten kastanienroten Haaren und einer starken Persönlichkeit.

Während sich Dixie auf dem Stuhl niederließ, fasste Leni Indi am Arm und kehrte Dixie den Rücken zu. »Alles okay?«

»Nicht wirklich.« Sie drehte sich um, um sich Dixies Frisur zu widmen, die nahezu perfekt saß. »Er beantwortet meine Nachrichten nicht.«

Leni seufzte. »Was hat es nur mit den Männern auf sich, dass sie nicht zur Kommunikation fähig sind?«

»Mein Mann hat praktisch gar nicht kommuniziert, als wir zusammengekommen sind.« Dixie war noch nie davor zurückgeschreckt, sich in eine Unterhaltung einzumischen. »Aber das Problem habe ich aus der Welt geschafft.«

»Dieses Mal kann ich es ihm nicht verübeln.« Indi verpasste Dixies Frisur den letzten Schliff. »Ich bin sozusagen kopfüber ins Fettnäpfchen gestürzt und habe etwas Verletzendes gesagt.

Trotzdem, jetzt bin ich neugierig, Dixie. Wie hast du das mit der Kommunikation hinbekommen? Vielleicht kann ich das auch mal versuchen.«

»Na ja, mein Mann hat tagelang den Kontakt zu mir abgebrochen. Ich habe versucht, meine Sorgen in Eiscreme und Whiskey zu ertränken«, antwortete Dixie, als Indi anfing, sie zu schminken. »Und als das nicht geholfen hat, habe ich ihm ins Gesicht geschlagen.«

Leni lachte. »Mädel, du bist der Knaller.«

»Du hast ihn geschlagen?« In ihrem ganzen Leben hatte Indi noch niemanden geschlagen und wollte auch nicht damit anfangen.

»Allerdings und es hat funktioniert. Jetzt kann er erheblich besser kommunizieren.« Dixie sah zur anderen Seite des Raumes, wo Jace und Jillian fotografiert wurden. Jace ragte über Jillian auf, seine dunklen Haare berührten den Kragen seiner Lederjacke, und mit seinem ernsten Gesichtsausdruck und den tiefliegenden Augen sah er so düster aus wie Jillian mit ihren hellbraunen Haaren und den hellen Augen fröhlich. »Ich kann immer noch nicht glauben, dass dieser unglaubliche Mann allein mir gehört.«

Vor der Tür brach ein Tumult aus. »Klingt, als würde da jemand Ärger machen.«

»Ich sehe besser mal nach«, sagte Leni. »Das Letzte, was ich gebrauchen kann, ist, dass einer meiner Kunden schlechte Publicity bekommt.«

Sie wandte sich gerade zum Gehen, da wurden draußen Stimmen laut und auf einmal erschien Archer, der seinen Arm von einem Sicherheitsbeamten losriss. Indi bekam keine Luft mehr, als sie sah, wie er sich einen Weg durch die Menge bahnte, die Arme vom Körper abgewinkelt, den Blick auf sie geheftet.

»Heilige Scheiße«, murmelte Dixie, während Leni rief: »Er gehört zu mir! Alles okay!«

Leni eilte zu Archer, der weiter auf Indi zuhielt. »Was zum Teufel machst du hier?«, fragte Leni mit zusammengepressten Zähnen.

In Archers Augen blitzte es auf. »Ich stelle etwas klar.«

Alle beobachteten sie. Jillians Assistentin starrte Indi missmutig an und tippte auf ihre Armbanduhr, um sie daran zu erinnern, dass Dixie fertig werden musste. *Mistmistmist.* Hektisch machte sich Indi wieder an Dixies Make-up. Ihr Herz hämmerte gegen ihre Rippen, als Archer neben sie trat, dem aus jeder Pore Emotionen wie Funken zu sprühen schienen.

»Ich arbeite gerade«, sagte sie lahm, obwohl sie so viel mehr sagen wollte, jedoch Angst hatte, alles nur noch schlimmer zu machen.

»Ach was. Ich muss nur kurz etwas klarstellen, dann verschwinde ich wieder.« Wut schwang in seiner Stimme mit, die er jedoch gesenkt hielt, was ihr verriet, wie sehr er sich bemühte, ebenfalls keine noch größere Szene zu machen. »Was da vorhin passiert ist, war beschissen. Ich weiß, dass du nervös warst und den Kerl nicht verletzen wolltest, aber es hat trotzdem gesessen. Und vielleicht ist das meine Schuld …«

»Nein. Es ist meine Schuld. Es war falsch von mir, das zu sagen.« Sie kämpfte gegen die Tränen an. »Ich wollte keinem von euch wehtun.«

»Das weiß ich, auch wenn mir das in der Situation nicht geholfen hat. Ich bin nicht besonders gut darin, dir von meinen Gefühlen zu erzählen. Aber ich bin hier, um etwas klarzustellen, damit du beim nächsten Mal ganz genau weißt, was du sagen kannst. Keine Ahnung, wie wir so weit gekommen sind, aber das spielt auch keine Rolle, denn es gibt kein Zurück.«

Tränen stiegen ihr in die Augen. »Warte …«

»Ich kann nicht mehr warten. Ich muss es dir sagen.« Er warf die Hände in die Luft. »Verdammt, ich *liebe* dich, Indi. Ich kann nichts dagegen tun und ich will es auch nicht langsamer angehen lassen. Ich habe mich in dich verliebt, ich liebe alles an dir, angefangen bei deinen Berührungen bis hin zu deinem schamlosen Mund. Den mag ich ganz besonders, aber das hier ist Liebe, Baby, nicht nur Sex. Damit mag es angefangen haben, obwohl ich das gar nicht mehr so genau sagen kann, weil du ein so großer Teil von mir geworden bist und ich nicht in der Zeit zurückgehen will, um es nachzuprüfen.« Er sprach immer schneller und entschlossener. »Ich war viel zu lange an die Vergangenheit gekettet. Ich möchte mit dir nach vorne schauen. Du bist der wundervollste Mensch, den ich kenne, mit deinem Selbstvertrauen und deiner Furchtlosigkeit. Ich liebe es, dass du wie ich ein Rebell bist und alles voller Leidenschaft anpackst. Und weißt du, was ich noch an dir liebe? Dass du so verdammt dickköpfig bist und nie zögerst, mich zusammenzustauchen, und wie du mit unseren Freunden und Familien umgehst.« Er ballte eine Faust über seinem Herzen. »Du triffst mich genau hier, Baby.«

Ungläubig klappte ihr die Kinnlade herunter. Ihr Herz trommelte. »Du … du liebst mich?«

»Ja. Ich *liebe* dich.« Sein Tonfall wurde sanfter, als sich Tränen aus ihren Augen lösten. »Ich weiß nicht, wie es mit deinen Eltern weitergehen wird, aber ich liebe es, dass du deine Träume nicht ihretwegen aufgeben willst. Ich will dich vor ihnen abschirmen und versuchen, euer Verhältnis wieder zu kitten, aber mir ist klar, dass du mich das bestenfalls mit dir zusammen machen lässt, und ich will dabei an deiner Seite sein, Indi, immer. Mehr als alles andere auf der Welt will ich der

Mann an deiner Seite sein. Ich weiß, dass ich ein Arschloch sein kann und Dinge sage, die ich nicht sagen sollte, aber daran arbeite ich. Ich werde dein Herz mit allem, was ich habe, beschützen. Ich habe verstanden, dass du bei James nervös geworden bist, weil du es hasst, andere zu verletzen, also werde ich das von nun an für dich übernehmen. Wenn wir das nächste Mal einem Ex von dir über den Weg laufen, musst du nur noch sagen: ›Das ist Archer‹, dann werde ich ihnen schon beibringen, dass ich der Mann bin, der dir Orgasmus-Kater und Ganzkörpermassagen beschert und dich leidenschaftlich liebt.«

Als sich um sie herum leises Gelächter erhob, lachte auch sie trotz ihrer Tränen. Ihre Kehle war jedoch so zugeschnürt, dass es eher nach einem Bellen klang.

»Oder ich sage einfach, dass ich mit dir zusammen bin. Da überlegen wir uns noch was.« Er nahm ihre zitternde Hand und sah ihr tief in die Augen. »Ich bitte dich nicht, meine Gefühle zu erwidern. Gott weiß, dass es nicht leicht ist, mich zu lieben –
«

»Banane, Archer Steele.« Ihre Stimme brach. »Mir mag zwar nicht immer gefallen, was du sagst, doch das ist okay, weil dir auch nicht alles gefällt, was ich sage. Aber es ist leicht, dich zu lieben, und ich bin ziemlich sicher, dass ich schon die ganze Zeit über in dich verliebt bin.«

Er schloss sie in seine Arme und küsste sie, und um sie herum brach Jubel und Applaus aus. Salzige Tränen liefen über ihre Lippen.

»Na, das ist mal eine Liebe, die ich nachvollziehen kann«, meinte Dixie und löste damit Gelächter aus.

»Es tut mir so leid, was ich gesagt habe«, flüsterte Indi.

Jillian schob sich durch die Menge und stemmte eine Hand in die Hüfte. »Fantastisch. Noch ein verliebtes Pärchen, von dem ich kein Teil bin. Immer dasselbe.« Sie seufzte, lächelte jedoch. »Indi, ich freue mich so sehr für dich. Und solltest du« – sie zeigte auf Archer – »einen heißen Bruder haben, der Single ist, schick ihn zu mir, aber jetzt muss Dixie ihren Hintern auf den Laufsteg schwingen. Können wir bitte mit der Show weitermachen?«

»Ja, sorry.« Die überwältigenden Gefühle schnürten ihr noch immer die Kehle zu, trotzdem widmete sich Indi wieder Dixies Gesicht.

Archer wandte sich der Menge zu und hob die Hände. »Entschuldigt, Leute, aber ein Mann wird nicht jeden Tag von der Liebe erobert. Tut mir leid für die Unterbrechung, aber jetzt gibt's hier nichts mehr zu sehen.«

Nachdem sich die Menge murmelnd zerstreut hatte, brach erneut geschäftige Betriebsamkeit aus. Leni stellte sich neben Archer. »Ich habe keine Ahnung, wer du gerade bist, aber ich finde dich toll! Ihr habt wahrscheinlich ungefähr zehn Sekunden, bevor das viral geht, also wappnet euch schon mal. Und solltest du Indi wehtun, bekommst du es mit mir zu tun.«

Sie stolzierte davon, und Archer berührte Indi am Rücken, während sie letzte Hand an Dixies Make-up legte. »Hoffentlich habe ich dich nicht in Schwierigkeiten gebracht.«

»Falls doch, ist es mir egal. Du liebst mich und ich liebe dich. Das ist alles, was zählt.«

»Wir reden später. Jetzt steht dir erst mal dein fähiger und williger Assistent zu Diensten.« Die Verheißung in seiner Stimme war nicht zu überhören.

Dixie grinste. »Behaltet nur lange genug eure Klamotten an, um mit meinem Make-up fertig zu werden.«

Indi und Archer lachten, dann kam Indi mit dem Make-up zum Ende und trat einen Schritt zurück. »Fertig, Dix. Los.« Als

Dixie davoneilte, wandte Indi ihre Aufmerksamkeit dem Mann zu, von dem sie wusste, dass er nie aufhören würde, sie zu überraschen. »Und wir, Archer Steele, fangen gerade erst an.« Sie packte ihn vorne an der Jacke und zog ihn für einen langen, sinnlichen Kuss an sich.

Siebenundzwanzig

Archers Pick-up rumpelte über die Rampe der Fähre nach Silver Island. Indi sah über die Schulter zu ihren Möbeln und Umzugskartons auf der Ladefläche. Hinter ihnen befand sich Levi in seinem Pick-up, der ebenfalls mit ihren Habseligkeiten beladen war, und folgte ihnen auf dem Weg zu ihrer neuen Wohnung. Es war ein seltsamer Gedanke, dass ihr ganzes Leben in zwei Autos passte. Wenn sie jedoch noch heute wieder von der Insel wegziehen würde, wäre das Leben, das sie sich hier bereits aufgebaut hatte, zu groß, um in irgendein Fahrzeug zu passen, ganz egal, was für ein Fuhrpark ihr zur Verfügung stehen würde, denn das Ausmaß des Glücks, das sie empfand, konnte nicht in einem Karton verstaut und weggeräumt werden.

Zwei Wochen waren vergangen, seit Archer den Backstage-bereich der Fashion Week gestürmt und ihr seine Liebe gestanden hatte. Leni hatte recht damit behalten, dass sein Auftritt viral gegangen war. Es waren nicht nur mehrere Videos mit Millionen von Views im Umlauf, Page Six, TMZ und eine Handvoll anderer Medien hatten die Geschichte ebenfalls aufgegriffen. Von ihren Eltern hatte sie keinen Mucks gehört, Meredith und Simon hingegen genossen es, Archer damit aufzuziehen, auch wenn sie sich sehr für sie freuten. Natürlich war Archer alles andere als glücklich über seine neu gewonnene Berühmtheit. Indi hatte gedacht, er würde explodieren, als sie ihm einige der vielen Memes und GIFs gezeigt hatte, die die Leute von ihm gemacht hatten. Wie er die Hände in die Luft warf und ihr zum ersten Mal sagte, dass er sie liebte, darüber die Überschrift: *So und nicht anders!*

Indi mochte zwar ihr altes Leben hinter sich lassen, aber dieser Tag würde für die Ewigkeit erhalten bleiben, genauso wie ihre Liebe.

Archer legte eine Hand auf ihre. »Schau nicht zurück, Darling. Deine Zukunft befindet sich vor uns.«

»Ja, in der Tat.« Ihr Handy vibrierte, als eine Nachricht eintraf. »James schreibt.«

»Was will er?« Archer zwinkerte ihr zu.

Sie liebte dieses Augenzwinkern und alles, wofür es stand. Gleich am nächsten Morgen, nachdem sie mit ihm zusammengestoßen war, hatte sie James angerufen, ihm alles über Archer erzählt und sich für die merkwürdige Begegnung entschuldigt. Er war so nett und freundlich wie immer gewesen, und als Gentleman hatte er Archer und sie zum Essen eingeladen, um ihn kennenzulernen. Am folgenden Wochenende waren sie darauf zurückgekommen. James hatte erklärt, dass er ihre Liebesbeziehung gar nicht von sich aus wieder hatte aufleben lassen wollen. Von Anfang an hatte ihre Mutter dahintergesteckt, die James vorgegaukelt hatte, dass Indi noch Interesse an ihm hätte. Indi war versucht gewesen, ihre Mutter deswegen zur Rede zu stellen, doch sie und Archer hatten gemeinsam beschlossen, dass es ihre Energie nicht wert war. Ein Gutes hatte diese Einladung zum Abendessen jedoch gehabt. Zwischen Archer und James hatte sich eine unerwartete Freundschaft entwickelt. Sie waren so gut miteinander ausgekommen, dass Archer vorgeschlagen hatte, sich ein paar Tage später wieder zum Abendessen zu treffen, und da hatte James sogar ein Date mitgebracht. Eden Jalespy war nett, wunderschön und offensichtlich sehr von James eingenommen. Letztes Wochenende hatten sie zusammen die Insel besucht und Indi und Archer hatten die beiden herumgeführt. Sie hatten sehr viel Spaß zusammen gehabt und den Samstagabend zusammen mit ihren Freunden im Rock Bottom verbracht. James hatte sich problemlos in die Gruppe bestehend aus Jules und Grant, Jock und Daphne, Wells, Fitz und den anderen eingefügt. Er war witzig, charmant und Eden gegenüber sehr aufmerksam gewesen, was Indi in Erinnerung gerufen hatte, warum sie überhaupt Freunde waren.

Als sie James' Nachricht öffnete, wurde ihr klar, dass sie doch nicht ihr ganzes Leben hinter sich ließ. Wahrscheinlich würde James immer ein Teil ihres Lebens bleiben und darüber war sie froh. Sie las die Nachricht laut vor. »Ohne dich verliert die Stadt gleich etwas von ihrem Glanz. Viel Glück bei deinem Umzug. Wir sehen uns bei deiner Eröffnungsfeier, wenn nicht gar vorher.«

Archer drückte ihre Hand, als sie am Stoppschild an der Ecke Main Street und Bayview Avenue anhielten. »Er ist ein guter Kerl. Ich bin froh, dass ich ihm nicht die Beine brechen muss.«

Indi lachte. »Das ist er sicher auch.« Sie blickte zu Jules' Geschäft mit den rotgerahmten Schaufenstern und den eisernen Giraffen, die heute rote Schleifen um den Hals und weiße Strickmützen trugen. Ihre neue Wohnung befand sich ein paar Häuser weiter. Sie fragte sich, ob Archer gelegentlich bei ihr übernachten würde oder ob sie sich weiterhin in seinem Cottage treffen würden. Was ihr gar nicht in den Sinn kam, war, sich in getrennten Häusern aufzuhalten. Davon hatte sie während der Fashion Week schon genug gehabt.

Archer fuhr über die Kreuzung, anstatt in die Main Street abzubiegen.

»Wo willst du hin?«

»Ich muss erst noch mal ins Cottage.«

»Okay.« Sie schaute nach hinten. »Sollen wir Levi schreiben? Er folgt uns noch immer.«

»Ich hab's ihm schon gesagt.«

Sie ließ sich wieder in ihren Sitz sinken und genoss den Anblick des Parks und der hübschen Cottages rechts und links, während sie durch die ruhigen Straßen zu Archers Cottage fuhren. Sie ließ ihr Fenster herunter, als sie sich dem Hafen näherten, und atmete tief die frische Luft mit dem Duft nach Winter und Meer ein. Die Gerüche ihres neuen Zuhauses.

»Was lächelst du so?«, fragte er, als er nach Seaview abbog, die Siedlung, in der er wohnte.

»Ich habe nur gerade daran gedacht, dass ich jetzt zu Hause bin. Silver Island fühlt sich wie mein Zuhause an und ich liebe alles daran.«

Er grinste. »Sogar den ruppigen Winzer?«

»Besonders den ruppigen Winzer.«

»Freut mich zu hören.«

Als sie sich seinem Cottage näherten, entdeckte sie in der Einfahrt ein silbernes Auto, das sie nicht wiedererkannte. »Wem gehört der Wagen?«

»Der Frau, die einzieht.« Er parkte den Pick-up, und sie beobachtete verwirrt, wie er um das Auto herumging, um ihr beim Aussteigen zu helfen.

Sie nahm seine Hand. »Ich verstehe nicht. Du hast dein

Cottage vermietet?«

»Nein.«

»Okay. Dann hast du nur ein Zimmer vermietet?«

»Nein.« Er wollte nach ihrer Hand greifen, doch sie verschränkte die Arme.

»Aber das Auto gehört einer Frau und sie zieht in dein Cottage ein?« Ihre Augen wurden schmal. »Was zum Teufel, Archer? Wo wird sie denn schlafen?«

Levi stieg aus seinem Pick-up und kam auf sie zu.

»In meinem Bett, Babe. Was hast du denn gedacht?«

In dem Versuch, nicht auszuflippen, biss sie die Zähne zusammen. »Wovon zum Henker sprichst du?«

Levi hob die Hände und wich zurück. »Ich gehe mal den Garten des Nachbarn vermessen.«

Abermals wollte Archer nach ihrer Hand greifen, doch sie trat einen Schritt zurück. »Was ist hier los, Archer?« Sie sah zwischen dem Auto und ihm hin und her. Sein spitzbübisches Grinsen ließ es schelmisch in seinen Augen aufblitzen und allmählich dämmerte es ihr. »Du veräppelst mich, oder?«

»Vielleicht.« Er lachte.

»Archer! Du warst so kurz davor, dir eine Ohrfeige einzufangen, du Holzkopf. Ich wusste, dass du mich nie betrügen würdest, aber du hast mich trotzdem verwirrt. Wer ist wirklich in deinem Haus?«

Er legte ihr die Arme um die Taille und lächelte von einem Ohr zum anderen. »Das ist dein Auto, Babe, und ich hoffe, dass du bei mir einziehen willst.«

Beinahe wären ihr die Augen aus dem Kopf gefallen. »Du hast mir nicht wirklich ein Auto gekauft.«

»Doch, hab ich. Einen Nissan Rogue. Das perfekte Auto für meine rebellische Frau, findest du nicht? Es hat Allradantrieb, und wenn es das nächste Mal schneit, zeige ich dir, wie du damit nicht ausbrichst.«

»Archer, du kannst mir kein Auto kaufen. Ich zahle es dir zurück.«

»Nein, das wirst du nicht.«

»Doch, werde ich. Du kannst mir nicht einfach ein Auto schenken.« Ihre Stimme wurde höher und lauter, hin- und hergerissen zwischen der unglaublich netten Geste und der reflexartigen Reaktion, nachdem sie jahrelang für ihre Unabhängigkeit gekämpft hatte. »Ich habe Geld. Ich kann mir selbst ein Auto kaufen. Derartige Geschenke brauche ich nicht.«

»Der Kauf ist schon abgewickelt, Indi. Außerdem ist es bloß ein verdammtes Auto«, sagte er verärgert und lief auf dem Rasen auf und ab. »Ist es ein Verbrechen, dass ich dich in Sicherheit wissen will und nicht möchte, dass du ein Vermögen für Mietwagen ausgibst? Gott, Indi. Es ist ja nicht so, als würde ich dich bitten, aufzuhören zu arbeiten und meine Babys auszutragen.«

»*Gut*, denn das wird nicht passieren.« Sie konnte sich selbst nicht leiden, weil sie jetzt mit ihm stritt, konnte aber auch nicht damit aufhören.

»*Super.*« Seine Nasenflügel bebten. »Das ist doch völlig Banane.«

Sie betrachtete ihn und plötzlich ging ihr die Lächerlichkeit ihrer Auseinandersetzung auf. Sie lachte. »Banane. Du hast recht. Entschuldige.«

Archer blieb stehen und schüttelte lachend den Kopf. Er zog sie in seine Arme und jetzt lachten sie gemeinsam.

»Ihr seid beide verrückt.« Levi zeigte auf Archer. »Du hättest auf Leni hören sollen, als sie gesagt hat, dass Indi dir an den Kopf werfen wird, wo du dir dieses Auto hinstecken —«

Archer brachte ihn mit einem finsteren Blick zum Schweigen.

»Okay, okay.« Levi schnappte sich einen Umzugskarton vom Pick-up und ging damit den Bürgersteig entlang. »Ich bringe nur schnell die Sachen rein. Ich nehme an, dass sie einzieht, denn ihr beide seid wie füreinander geschaffen.«

Sobald Levi im Cottage verschwunden war, verzog Indi das Gesicht. »Oh, oh. Den Punkt, an dem du mich gefragt hast, ob ich bei dir einziehen will, habe ich glatt übersprungen. Willst du das immer noch?«

»Nur, wenn du das Auto nimmst.« Arrogant grinste er sie an.

Oh, wie sehr sie ihn liebte! »Nur, wenn ich es dir zurückzahlen darf.«

Er verstärkte den Griff um sie und sah sie mit glühendem Blick an. »Du darfst es mir zurückzahlen, nur nicht mit Geld.«

»Archer.« Sie lachte leise. »Wie soll ich dagegen ankommen?«

»Gar nicht, aber ich bin sicher, dass dir schon etwas einfallen wird.« Er versiegelte ihren Mund mit seinem. »Tu mir einen Gefallen, Babe. Zweifle niemals an meiner Liebe zu dir. Die ist bedingungslos. Du kannst so viel streiten, wie du willst, das wird nichts daran ändern, wie ich für dich empfinde.«

Unerwartete Gefühle überschwemmten sie und sie drückte ihm einen Kuss mitten auf die Brust. »Danke. Ich werde dich beim Wort nehmen. Trotzdem. Ich brauche keine großen Geschenke. Ich brauche nur deine Liebe.«

»Es tut mir leid, dass ich dich wegen des Autos vorher nicht gefragt habe, aber ich habe es aus Liebe gekauft.« Er warf dem Wagen einen Seitenblick zu. »Ich muss zugeben, dass sich das Ganze in meinem Kopf ganz anders abgespielt hat. Mit mehr

Lob in Form von: *Oh, Archer! Ein Auto? Du bist mein Held!* Gefolgt von ziemlich vielen Küssen und anderen Dankesbekundungen der heißen Art.«

Sie lachte. »Du bist so ein Strohkopf. Dir muss doch klar sein, dass du mein Held bist. Du hast mich davor bewahrt, vergeblich zu versuchen, meine Eltern für mich zu gewinnen, und das sogar besser als Johnny Castle.«

»Wer zum Teufel ist Johnny Castle?«

»*Dirty Dancing? Mein Baby gehört zu mir?* Egal. Du bist mein Held. Du liebst mich genug, um zu lernen, wie du dir selbst für uns vergeben kannst, und da ich weiß, wie schwer dir das gefallen sein muss, muss deine Liebe für mich größer als für alles andere auf der Welt sein.« Sie senkte die Stimme und strich mit einem Finger über seine Brust. »Wer sonst kann mir schon einen Orgasmus-Kater bescheren? Und was diese anderen Dankesbekundungen angeht: Die bekommst du heute Abend von mir.«

»Darauf freue ich mich schon.« Er lehnte seine Stirn an ihre und drückte sie an sich. »Du hast keine Ahnung, wie viel du mir bedeutest. Mir war nicht klar, dass ich jemanden so sehr lieben kann, wie ich dich liebe, und ich werde alles in meiner Macht Stehende tun, um deine Erwartungen an einen Helden zu erfüllen.« Er küsste sie.

»Alles ist ein Wettkampf für dich«, stichelte sie.

»Verdammt richtig. Na komm. Schauen wir uns mal dein Auto an.«

Die Begeisterung überkam sie erst, als sie sich dem Wagen näherten. »Ich kann nicht glauben, dass du mir ein Auto gekauft hast. Du bist wirklich verrückt, weißt du das?«

»Verrückt nach dir, Babe.« Er reichte ihr den Schlüssel, hielt ihre Hand jedoch weiterhin fest. »Ich würde nie versuchen, dein

Leben zu kontrollieren oder dich in Ketten zu legen.«

»Wie schade.« Sie stellte sich auf die Zehenspitzen, um ihm etwas zuzuflüstern. »Vielleicht gefällt es mir ja, wenn du mich fesselst.«

Knurrend presste er seinen Mund wieder auf ihren.

»Ach, kommt schon«, rief Levi, der wieder aus dem Cottage kam. »Spart euch das fürs Schlafzimmer auf.«

Sie brachen in Gelächter aus, bevor er sie erneut küsste.

»Sehen wir zu, dass wir die Möbel ins Haus bekommen, Bruderherz«, rief Levi ihm zu.

»Alles klar. Komme schon.« Abermals gab Archer Indi einen schnellen Kuss. »Lass dir Zeit, Babe.«

Während er zum Pick-up ging, stieg sie ins Auto, stellte den Sitz ein und verschaffte sich einen Überblick über die Ausstattung, überwältigt von seiner Großzügigkeit. Der Wagen war wirklich perfekt. Es gab genug Platz für ihre Kosmetikkoffer und ihr anderes Equipment und der Name – *Rogue* – passte ebenfalls hervorragend.

Sie stieg wieder aus, um ihm genau das zu sagen, als die beiden Männer gerade ihre Kommode vom Pick-up hoben und auf dem Rasen abstellten. Sie schlenderte hinüber und konnte nicht widerstehen. »Sicher, dass du die in deinem Cottage haben willst? Du warst mit meiner Zahnbürste ja schon überfordert. Die Kommode kann ich nicht einfach einstecken und damit verschwinden.«

Mit zusammengekniffenen Augen ging Archer auf sie zu. »Du hältst dich für witzig, oder?«

Lachend stolperte sie rückwärts. »Ich meine ja nur.«

Er schoss auf sie zu. Noch im Weglaufen stieß Indi einen Schrei aus, aber er packte sie und warf sie sich über die Schulter. »Ich glaube, es ist Zeit, dass wir das mit dem Fesseln ausprobieren.«

»Levi, Hilfe!« Sie lachte sich halb kaputt.

Levi lachte und hob ergeben die Hände in die Luft, während Archer mit Indi über seiner Schulter durch den Garten rannte.

»Jetzt kann dir niemand mehr helfen, Baby.« Archer steuerte das Haus an. »Du gehörst *mir*.«

»Archer Steele, du wirst mich nicht fesseln, während dein Bruder noch hier ist.«

Er blieb stehen und fluchte leise vor sich hin, bevor er sie wieder absetzte. »Tut mir ja auch leid!«, rief Levi zu ihnen hinüber.

»Du kannst von Glück sagen, dass er hier ist.« Lächelnd flüsterte er ihr ins Ohr: »Wir werden später da weitermachen, wo wir gerade aufgehört haben.«

»Das will ich doch hoffen.« Sie streckte sich ihm für einen süßen Kuss entgegen.

»Machen wir uns an die Arbeit, Babe. Je früher du eingezogen bist, desto früher können wir uns um uns kümmern.« Er gab ihr einen Klaps auf den Hintern, dann kehrten sie zum Pick-up zurück.

Sie lachten und scherzten miteinander, während sie ihre Möbel und sämtliche Umzugskartons ins Cottage brachten, wo sie ihre ganze Kleidung auf Archers – *ihr gemeinsames* – Bett auftürmten. Das fühlte sich so was von gut an! Möglicherweise sollte es sie nervös machen, dass sie einem Einzug so schnell zugestimmt hatte, doch sie liebte Archer mit all seinen Ecken und Kanten, und nach allem, was sie durchgemacht hatten, wusste sie, dass es nichts gab, mit dem sie nicht fertig werden würden.

Als alle ihre Sachen im Haus waren, bestellten sie Pizza und aßen im Wohnzimmer. Indi saß neben Archer auf der Couch und betrachtete die unzähligen Kartons und diversen anderen Dinge, die überall im Wohn- und Esszimmer verstreut lagen. »Mir war gar nicht bewusst, dass ich so viel Zeug habe. Ich werde die ganze Nacht lang Kisten auspacken.«

»Ich helfe dir, Babe.« Archer nahm sich noch ein Stück Pizza.

»Keine Ahnung, wie du all das auf deinem Boot unterbekommen willst, wenn du das Cottage vermietest«, warf Levi ein.

»Oh Gott. Daran habe ich noch überhaupt nicht gedacht.« Indi sah Archer an. »Gibt es so was wie einen Kleiderschrank auf deinem Boot? Falls nicht, kann ich meine Sachen in meiner Wohnung lagern. So viel brauche ich an einem Tag nicht.«

Archer legte eine Hand auf ihr Bein. »Es ist eine Jacht, Babe. Es gibt genug Platz für Klamotten. Außerdem hast du vielleicht andere Pläne für deine Wohnung, oder?«

»Darüber habe ich auch noch nicht nachgedacht, aber wahrscheinlich. Ich könnte sie untervermieten oder fürs Studio nutzen, wenn sich die Dinge gut entwickeln. Oder vielleicht stelle ich jemanden für kosmetische Behandlungen und dergleichen ein und mache einen Mini-Spa-Bereich daraus. Wie cool wäre das?« Allein beim Gedanken daran wurde sie ein bisschen aufgeregt. »Das Ganze hat so viel Potenzial.«

Levi sah Archer an. »Klingt, als würden uns noch mehr Renovierungsarbeiten bevorstehen.«

»Was auch immer sich Indi wünscht.« Archer küsste sie und Wärme durchströmte sie.

»Wenigstens hast du ein paar Bilder mitgebracht«, sagte Levi. »Vielleicht kannst du dem Cottage etwas Persönlichkeit verleihen, damit es sich hier nicht mehr wie in einem Motel anfühlt.«

»Alter«, beschwerte sich Archer. »Es ist ein Mietobjekt.«

Levi schüttelte den Kopf. »Nicht mehr, nein. Das hier ist Indis und dein *Zuhause*, zumindest, bis es draußen wärmer wird.«

»Denkst du, das weiß ich nicht?« Archer erhob sich und ging in eins der Gästezimmer.

»Du hast es doch selbst gerade als Mietobjekt bezeichnet«, rief Levi ihm nach.

Vielleicht hatte ihm das Wort *Zuhause* etwas Angst eingejagt. Nach all den lieben Sachen, die er gesagt und getan hatte, glaubte Indi das zwar nicht, aber es war nichtsdestotrotz ein sehr großer Schritt.

»Weil es jedes Jahr für sechs Monate ein Mietobjekt war«, sagte Archer, als er mit einer Kiste mit mehreren gerahmten Fotos darin aus dem Gästezimmer zurückkehrte und sie auf den Couchtisch neben der Pizzaschachtel abstellte. »Aber jetzt ist es unser Zuhause.«

»Was soll das heißen?«, fragte Indi geschockt. »Ich liebe dein Boot. Dort sind wir zum ersten Mal zusammengekommen. Ich möchte dort mit dir leben.«

»Und das werden wir auch, aber wenn wir uns ein Zuhause aufbauen wollen, brauchen wir nicht um den heißen Brei herumzureden, sondern können es gleich angehen.«

Indi war völlig überrascht. Der Mann, von dem sie gedacht hätte, dass er niemals sesshaft werden würde, wollte nicht nur ein Zuhause für sie erschaffen, sondern gleich zwei. Gott, sie liebte seinen Sinn für Romantik.

Er nahm eins der Fotos und legte es Indi auf den Schoß. Es steckte in einem hellblauen Rahmen, der künstlich gealtert wirkte, und zeigte Archer und sie lächelnd und mit geröteten Nasen neben ihrer Schneefestung. Indi ging das Herz über. »Du hast es ausgedruckt. Ich liebe es!«

»Ich auch.« Er reichte ihr noch ein Foto in einem meergrünen Rahmen, auf dem sie sich küssten, und eins in einem marineblauen Rahmen, auf dem sie Hasenohren machten. Dann gab er ihr eins in einem aquamarinblauen Rahmen, das Indi im Gespräch mit Simon und Meredith am Tag ihres Besuchs auf der Insel in ihrem Studio zeigte.

Die Fotos rührten Indi so sehr, dass sie das Gefühl hatte, jede Sekunde in Tränen auszubrechen. »Wer hat das aufgenommen?«

»Ich«, sagte Archer.

»Warum hast du nichts gesagt?«

»Was wäre das für eine Überraschung gewesen?« Archer zwinkerte ihr zu.

»Verflucht, Bruderherz«, sagte Levi. »Du weißt tatsächlich, wie man ein Haus zu einem Zuhause macht.«

»Was du nicht sagst. Wir richten uns das Cottage und das Boot her, und bleiben, wo immer Indi möchte.« Er nahm noch ein Foto in einem weinroten Rahmen aus der Kiste. Es war nach der Gala der Preisverleihung in der Eisdiele aufgenommen worden und zeigte seine ganze Familie mit Indi und Grant. Archer saß neben Indi und Jock, die Arme um beide gelegt. Alle lächelten in die Kamera und vor ihnen auf dem Tisch standen halb aufgegessene Eisbecher.

»Archer ...« Sie strich mit einem Finger über das Bild. »Das ist ein ganz besonderes Foto.«

»Davon will ich einen Abzug«, sagte Levi. »Was hast du denn noch so da drin?«

»Nur noch ein oder zwei weitere.« Grinsend gab Archer Indi das Foto, das Tara von ihm gemacht und *Mann in Flammen* genannt hatte. Es steckte in einem schweren schwarzen Rahmen, der über und über mit rosafarbenen Herzen übersät war. »Ich dachte, das würdest du vielleicht gerne in dein Büro stellen.«

Ihr Herz fühlte sich an, als würde es gleich zerspringen. Sie drückte sich das Foto an die Brust. »Nichts würde ich lieber tun. Danke.«

Augenzwinkernd nahm er das nächste Bild in einem rosafarbenen Holzrahmen aus der Kiste, und als er es zu ihnen umdrehte, erkannte sie Archer, der ein winziges Baby in seinen muskulösen Armen hielt. Er war jung, glattrasiert und unglaublich attraktiv. Er lächelte, auch wenn seine Augen müde wirkten. Indi hätte nicht gedacht, dass irgendetwas Archers harte Kanten glätten konnte, doch dieses Baby hatte es zweifellos geschafft. Zwar wollte sie ihre Karriere nicht aufgeben, aber sie wollte definitiv immer noch irgendwann eine Familie gründen, und im Moment schaute sie den Mann, mit dem sie sich das wünschte, direkt an.

»Das ist Joey«, sagte Levi und nahm ihm das Bild ab. »Auf dem Foto ist sie gerade mal zwei Wochen alt. Ich weiß noch, wie Mom es aufgenommen hat. Du warst stundenlang wach und bist mit Joey im Arm auf und ab gelaufen. Sie war ein unglaublich süßes Baby, oder?«

»Das war sie«, bestätigte Archer. »Und das nervigste.«

Levi lachte. »Du hast mich davor bewahrt, den Verstand zu verlieren, Mann.«

Ein Muskel in Archers Wange zuckte, dann nahm er ein rotgerahmtes Bild von ihm und Hadley neben einem Weihnachtsbaum aus der Kiste. Ihre winzigen Ärmchen lagen um seinen Hals, ihr Kopf ruhte auf seiner Schulter. Sie hatte die Augenbrauen zusammengezogen und die Lippen geschürzt. Noch nie hatte Indi zwei Menschen gesehen, die sich in ihrem ernsten Gesichtsausdruck so sehr ähnelten.

»Das könnte mein Lieblingsbild werden.« Indi lachte. »Ihr beide seid euch sehr ähnlich.«

Lächelnd betrachtete Archer das Foto. »Unsere Familie ist durch die Hölle gegangen, aber Jock hatte recht damit, als er gesagt hat, dass er andernfalls Daphne und Hadley nie begegnet wäre. Ich möchte mir kein Leben ohne sie vorstellen.«

Er legte das Foto zurück in die Kiste und nahm das letzte heraus. Mit angespanntem Kiefer musterte er es, bevor er ihnen das Bild in dem grauen Holzrahmen zeigte. Darauf waren Archer und sein Großvater zwischen den Weinstöcken in voller Blüte zu sehen. Zwischen grünen Blättern lugten pralle Trauben hervor. Wo sie gerade über Ähnlichkeiten gesprochen hatten – sowohl Archer als auch sein Großvater trugen Jeans, deren Knie schmutzverkrustet waren, blaue T-Shirts, die ebenfalls Schmutz-flecken zierten, und ähnliche Arbeitsstiefel. In einer Hand hielt Archer eine Rebschere, die andere verschwand in der großen Hand seines Großvaters. Sein Großvater sah auf ihn hinunter und nicht in die Kamera, ebenso wie Archer, der nach oben ins Gesicht des Mannes schaute, der im Vergleich zu seinem Enkel wie ein Riese wirkte. Die Liebe, die in ihren Augen stand, war beinahe greifbar.

»Ich vermisse Gramps«, sagte Levi. »Wie alt warst du auf dem Foto, sechs?«

»Ja.« Archer nickte.

Indi legte sich eine Hand auf die Brust. »Ich habe mich geirrt. Das ist mein Lieblingsbild. Es sind so schöne Fotos, Archer. Die machen dieses Haus tatsächlich zu einem Zuhause. Danke, dass du dir die Mühe gemacht hast.«

»Alle sind meine Lieblingsbilder.« Archer legte die anderen Fotografien zurück in die Kiste. Als er sie auf den Boden stellte, beäugte er Levi. »Fällt dir kein blöder Spruch mehr ein?«

Levi erhob sich. »Nö. Du hast meinen Kopf sozusagen leergefegt. Ich helfe dir beim Aufhängen.« Er griff in einen von Indis Kartons und holte eins ihrer Fotos heraus. »Die hängen wir auch auf, oder?«

»Ja«, sagte Archer zur selben Zeit, als Indi »Nein« sagte.

»Was meinst du mit Nein?«, fragte Archer angespannt.

»Wir müssen keine Fotos von meiner Arbeit aufhängen.«

»Und wie wir das müssen«, beharrte Archer.

»Archer, ich brauche die Bestätigung nicht länger. Du gibst mir mehr, als es diese Fotos je könnten.«

»Du hast dir den Arsch dafür aufgerissen und wir werden sie aufhängen.«

»Sei nicht albern. Wir haben so viele Familienfotos. Das reicht.«

»Nein, das reicht nicht. Wir hängen sie auf. Du kannst welche davon mit in dein Büro nehmen, wenn du willst, aber ich möchte in *unser* Cottage und auf *unser* Boot nach Hause kommen und sehen, wie du bei deiner ersten Fashion Week oder deinem ersten Cosmo-Cover in die verdammte Kamera strahlst.«

»Meine Fresse, ihr zwei.« Levi schüttelte den Kopf. »Dad hatte recht, als er meinte, dass sich leidenschaftliche Menschen bei der kleinsten Kleinigkeit die Köpfe heiß reden. Euch ist klar, dass das von nun an ewig so weitergehen wird, oder?«

Heiße Funken stoben wild zwischen Archer und Indi hin und her, doch beim nächsten Atemzug mussten sie lachen. Archer zog sie in seine Arme. »Genau so soll es auch sein«, sagten sie synchron.

Achtundzwanzig

Praktisch die ganze Insel erschien zur Eröffnungsfeier von Indis Studio. Niemand hätte die Menschenmassen vorhersehen können, die vom Festland gekommen waren. Nach dem Telefonat mit ihrer Mutter hatte Indi nichts mehr von ihren Eltern gehört, hatte sich jedoch damit abgefunden. Sie würde sich diesen unglaublichen Tag nicht durch ihre Abwesenheit ruinieren lassen. Dank ihrer persönlich verschickten Einladungen, Lenis Marketingoffensive, Bellamys Videos und Verbindungen zu anderen Influencern und der guten, alten Mundpropaganda platzte das Studio aus allen Nähten. Unablässig strömten Leute zur Eingangstür hinein und hinaus, kauften Produkte, schauten bei Indis Make-up- und Hautpflegedemonstrationen zu und stellten ihr so viele Fragen, dass Indi damit rechnete, abends keine Stimme mehr zu haben. Bellamy, Meredith, Shelley und sogar Simons Frau Anika hatten sich freiwillig als Model für die kosmetischen Vorführungen gemeldet, und Noelle und Macie machten ihren Job fantastisch. Sie verhielten sich professionell und erklärten jeden Schritt und die Kundschaft liebte sie. Allerdings hatte Indi stark unterschätzt, wie beschäftigt sie sein würden. Ohne die Hilfe von Sutton, Daphne, Jules, Lenore, Margot und Gail, die abwechselnd Kunden bedienten oder die Vorräte wieder auffüllten, hätte sie der Menge nicht Herr werden können.

Gerade verlieh Indi Shelleys Make-up für ihre aktuelle Vorführung den letzten Schliff und erläuterte den Zuschauerinnen dabei jeden Handgriff. Sie konnte nicht glauben, dass all diese interessierten Frauen wegen *ihrer* Produkte hergekommen waren. Abgesehen von ihrer Liebe zu Archer, die das beste Gefühl der Welt war, gab es für sie kein größeres Vergnügen, als von den von ihr entwickelten Produkten umgeben zu sein, in dem von ihr entworfenen Studio und in der Gewissheit, dass sie es durch harte Arbeit und die Hilfe ihrer Freunde hierhergeschafft hatte.

»Und so machen Sie aus Ihrem Tages-Make-up ein Abend-Make-up. Ich hoffe, Ihnen hat diese Präsentation gefallen«, sagte Indi zu ihrem Publikum. »Die nächste Vorführung beginnt in einer Stunde. Dann zeige ich Ihnen, wie Sie sich morgens in fünfzehn Minuten fertig machen. Alle Produkte, die ich gerade bei Shelley benutzt habe, finden Sie in der Auslage zu meiner Rechten. Sprechen Sie uns gerne an, sollten Sie Fragen haben.«

Als die Menge nach vorne drängte, eilten Noelle und Margot zu dem Tisch hinüber, um als Ansprechpartnerinnen für die Kundinnen da zu sein. Währenddessen trat Macie zu Indi. »Ich kann die Fragen beantworten. Leni sucht dich. Irgendwas wegen eines Interviews.«

»Okay. Ich gehe zu ihr.«

»Macie«, sagte Shelley, »ich würde gerne alle Produkte kaufen, die Indi gerade bei mir angewandt hat, muss vorher aber schnell zur Toilette. Könntest du sie mir bitte zur Seite legen?«

»Wird erledigt.« Dann ging Macie, um anderen Kunden weiterzuhelfen.

»Du kaufst gar nichts, Shelley«, sagte Indi nachdrücklich. »Ich schenke dir die Produkte. Steve und du habt schon so viel für mich getan. Ich könnte niemals Geld von euch annehmen.«

»Das würde mein Sugar Daddy niemals zulassen, Liebes.« Shelley lachte leise vor sich hin.

»Dein Sugar Daddy ist nicht hier, also wird er es nie erfahren.« Steve zeigte Merediths Mann Bruce und den Kindern die Insel.

»Aber *ich* weiß es.« Shelley tätschelte Indis Arm und eilte Richtung Toilette davon.

Indi machte sich auf die Suche nach Leni und bewunderte im Vorbeigehen die goldenen und silbernen Ballons, die über den Auslagen tanzten und dem Studio einen festlichen Touch fröhlicher, dezenter Insel-Eleganz verliehen. Zusammen mit Archer hatte sie außerdem Ballons in denselben Farben draußen an der Markise befestigt, die hervorragend zu ihrem goldenen Schild passten. Archer hatte sie mit einem riesigen Pflanzkübel überrascht, der vor üppigem Grün und bunten Blumen schier überquoll. Auf der Vorderseite prangte ihr Firmenlogo in Gold. Sie hatten ihn neben dem Eingang platziert, was das Studio noch einladender machte.

Auf dem Weg durch die Menge blieb sie hier und da stehen, um Fragen zu beantworten. Tara hatte sich unter die Leute gemischt und machte wie schon den ganzen Tag über Fotos. Joey, ihre treue Assistentin, zückte regelmäßig ihren Presseausweis und verteilte Taras Visitenkarten. Die beiden waren wirklich ein tolles Team. Indi warf Archer, der neben dem Eingang stand, einen kurzen Blick zu und ihr Herz schlug ein wenig schneller. Er hatte darauf bestanden, zusammen mit seinen Brüdern Ausschau nach Ladendieben zu halten, obwohl ihr alle versichert hatten, dass es auf der Insel nahezu keine

Kriminalität gab. Indi hatte ihn darauf hingewiesen, dass jedes Produkt diebstahlgesichert war, woraufhin er nur erwidert hatte: *Vorsicht ist besser als Nachsicht.* Sie fand es bezaubernd, wie sehr er sich kümmerte, und er und seine Brüder nahmen ihre Aufgabe wirklich sehr ernst. Levi und Jock hatten sich je auf einer Seite des Verkaufsraums postiert, während Archer nahe der Tür stand, die Füße hüftbreit auseinandergestellt, die Arme verschränkt und das Kinn gesenkt, während er mit Argusaugen die Leute im Blick behielt und sich gleichzeitig mit Simon unterhielt.

Ihre Blicke begegneten sich und Funken steckten die Luft zwischen ihnen in Brand. Schmetterlinge flatterten in ihrem Bauch auf, als ein Lächeln seine Mundwinkel umspielte. Einen Monat lebten sie nun schon zusammen und die Zeit war genauso wundervoll wie geschäftig gewesen. Indi hatte ihre Angestellten eingearbeitet, die Shop-Software installiert und gelernt, wie man sie benutzte, und sich außerdem gefühlt einer Million anderer Dinge für die Eröffnungsfeier gewidmet. Archer hatte ebenfalls zunehmend zu tun gehabt, da sie sich auf dem Weingut auf die neue Saison vorbereiteten und Weinreben beschnitten oder neue pflanzten. Gelegentlich hatten beide zwar das Bedürfnis verspürt, stumm bis zehn zu zählen, inzwischen hatten sie sich jedoch etwas Besseres einfallen lassen. Wann immer einer von ihnen die Stimme erhob, küsste ihn der andere. Das funktionierte so gut, dass sie am Ende entweder gemeinsam lachten oder sich mehr aus dem Kuss entwickelte. Sie wünschte, das wäre ihnen schon vor Monaten eingefallen.

»Hör auf, meinen Bruder anzuschmachten. Ich brauche dich für ein kurzes Interview mit einem Reporter der *Cape Cod Times*«, sagte Leni und zog Indi zu einem hochgewachsenen, blonden Mann hinüber.

Das kurze Interview dauerte schließlich eine halbe Stunde, doch Indi hatte Spaß daran, über ihre Produkte zu sprechen, und Leni schien zufrieden zu sein.

»Babe.« Archer winkte sie zu sich. In seinen Armen hielt er einen gigantischen Strauß roter Rosen.

Sie lief auf ihn zu. »Wo kommen die denn her?«

»Ein Bote hat sie gerade für dich abgegeben. Da ist eine Karte dabei.«

Sie griff gerade nach der Karte, als Meredith zu ihnen trat. »Na, das nenne ich mal einen hübschen Strauß. Von wem sind die?«

Indi zog die Karte aus dem Umschlag und las sie. *Viel Glück bei deinem neuen Unterfangen, Indira. In Liebe, Mom und Dad.* Vor Nervosität ging ihr Puls in die Höhe und ihre Kehle wurde eng. »Sie sind von Mom und Dad.« Archer legte eine Hand auf ihren Rücken und sie war dankbar für seine Unterstützung. Sie las die Karte noch mal, unfähig, an die Geste zu glauben, und unsicher, was sie davon halten sollte. »Ich verstehe es nicht. Seit Wochen habe ich nichts von ihnen gehört. Glaubst du, sie meinen es ernst, oder ist das bloß ihre Art, einen Punkt von ihrer To-do-Liste zu streichen?«

»Babe, sie sind auf dich zugekommen und wünschen dir Glück«, sagte Archer. »Das klingt nach einem Schritt in die richtige Richtung.«

»Das will ich ja auch glauben, aber ich habe Angst, mir Hoffnungen zu machen.«

»Ich glaube, dass sie es bereuen, wie sie dich behandelt haben«, meinte Meredith. »In den letzten Wochen haben sie oft nach dir gefragt.«

»Wirklich?« Das kleine Mädchen in ihr klammerte sich daran wie an einen Strohhalm, doch die erwachsene Frau unterdrückte diesen Eifer.

»Menschen können sich ändern«, sagte Archer.

Sie betrachtete den Mann, der sich in so vieler Hinsicht geändert hatte und ihr unwissentlich dabei geholfen hatte, sich ebenfalls weiterzuentwickeln. Sie war stärker geworden, aber auch weicher. Nach dem, wie sie auf Archer reagiert hatte, als er ihr das Auto geschenkt hatte, war ihr klargeworden, dass sie einen Komplex hatte, wenn es darum ging, dass jemand anderes für sie sorgte. Daraufhin hatte sie gelernt, in manchen Dingen zugänglicher zu werden.

»Du hast recht. Menschen können sich ändern.« Abermals betrachtete sie die Karte. »Ich fasse das hier als das auf, was es zu sein scheint. Keine Entschuldigung, aber vielleicht ein Friedens-angebot. Womöglich wird sich unser Verhältnis bessern. Aber selbst wenn nicht, wird mich das nicht aus dem Konzept bringen. Diese Macht haben sie nicht mehr über mich. Doch wie dem auch sei, es ist nett von ihnen, dass sie die Blumen geschickt haben.«

»Stimmt«, sagte Meredith. »Und apropos Veränderungen, ich wollte vor deinem großen Tag nichts sagen.«

»Du bist schwanger?«, rief Indi aus.

»Gott, nein.« Meredith lachte. »Ich liebe meine Kinder, aber im Moment brauche ich nicht noch eins. Ich habe mich dazu entschieden, wieder zu studieren, Jura.«

»Was? Das ist großartig!« Sie umarmte sie. »Was ist mit Bruce und den Kindern?«

»Bruce unterstützt mich zu einhundert Prozent. Er hat mich nie darum gebeten, nicht arbeiten zu gehen, und die Kinder freuen sich für mich. Mom und Dad sind nicht gerade glücklich darüber, aber damit komme ich klar. Ich hätte nie den Mut für diese Entscheidung gefunden, wenn du deinen Plänen nicht treu geblieben wärst.« Meredith sah zu Archer. »Wie du dich hinter Indi gestellt hast, ist alles, was sich eine Frau nur wünschen kann. Dich mit ihr zusammen zu sehen, hat mein Leben verändert und meine Ehe stärker gemacht. Danke, dass du meine Schwester so liebst, wie sie es verdient hat.«

»Oh mein Gott. Mir kommen gleich die Tränen.« Indi fächelte sich mit einer Hand Luft zu.

Archer zog Indi an sich, immer noch den Strauß in einem Arm, und gab ihr einen Kuss auf die Schläfe. »Deine Schwester hat meine ganze Welt auf den Kopf gestellt, Meredith. Sie hat mich zu einem stärkeren, besseren Mann gemacht. Ihr steht ein Dankeschön zu, weil sie sich mit mir störrischem Esel rumschlägt.«

»Zufällig liebe ich diesen störrischen Esel«, warf Indi ein.

»Ihr seid so süß zusammen.« Meredith nahm ihm die Blumen ab. »Wie wär's, wenn ich den Strauß versorge und ihr euch eine dunkle Ecke sucht, in der ihr ein bisschen für euch sein könnt?«

»Ein guter Plan, den ich absolut befürworte.« Archer grinste und zog Indi in Richtung ihres Büros.

Sie schafften es nicht bis in eine dunkle Ecke. Nach ein paar verstohlenen Küssen wurde Indi wieder bei ihren Kundinnen gebraucht. Voller Bewunderung verfolgte Archer, wie sie den ganzen Nachmittag lang bis in den frühen Abend hinein mit den Menschenmassen interagierte. Bei der nächsten Präsentation verschiedener Hautpflege- und Make-up-Routinen fesselte sie die verzückte Menge mit ihrem freundlichen Lächeln und ihrem professionellen Verhalten, ganz anders als die Sexgöttin, die er nachts liebte, und die anschmiegsame Frau, mit der er jeden Morgen kuschelte.

Als der Abend weiter fortschritt und sich das Studio allmählich leerte, schlenderte Archers Vater zu ihm hinüber.

»Hey, Dad.«

»Was für ein Tag, hm? Ich denke, wir können sicher davon ausgehen, dass Indis Studio ein Erfolg wird.«

»Ich bin verdammt stolz auf sie.«

»Das sind wir alle.« Sein Vater nickte zu Meredith und Bruce hinüber, die sich mit James und Eden unterhielten. »Das sind gute Menschen.«

»Ja. Kommt dir etwas an James und Eden komisch vor?« Ihm war aufgefallen, dass James nicht mehr so in sie vernarrt wirkte wie noch bei ihrem letzten Treffen.

»Dir ist es auch aufgefallen, was? Sie wirken angespannt. Meinst du, ich muss ihnen die Zehn-Sekunden-Regel beibringen?«

Sie schmunzelten.

»Kann ich ein Foto von euch beiden machen?«, fragte Tara.

»Warum nicht?« Steve legte einen Arm um Archers Schultern und Tara fotografierte sie.

Joey kam angerannt, mit Levi dicht auf den Fersen. »Dürfen wir auch mit aufs Bild?«

»Klar«, sagte Tara. Levi stellte sich neben Archer und Joey zwängte sich zwischen Archer und seinen Vater. Alle strahlten, als Tara auf den Auslöser drückte. »Ist im Kasten.«

»Danke!«, rief Joey. »Kannst du in den Frühlingsferien bei uns zu Hause auf mich aufpassen, Tante Tara? Dad hat da einen großen Auftrag reinbekommen und ich will mein Training beim Skateboarden und das Turnier nicht verpassen.«

Teils schüchtern, teils sehnsüchtig schaute Tara Levi an. »Wann genau ist das?«

»In ein paar Wochen«, antwortete Levi. »Wenn du beschäftigt bist, kein Problem. Dann überlegen wir uns was.«

Tara lächelte dieses besondere Lächeln, mit dem sie Archers Beobachtung nach ausschließlich seinen Bruder bedachte. »Schon okay. Ich kann aufpassen.«

»Juhu!« Joey umarmte sie. »Na los. Die letzten Kunden sind gerade gegangen, und du hast versprochen, dass ich dann ein Foto mit Indi machen darf.«

Als sie außer Hörweite waren, stieß Archer seinen Bruder an. »Wann willst du endlich einen Schritt auf sie zugehen?«

»Wovon redest du?« Levi sah ihn an, als hätte er den Verstand verloren. »Das ist *Tara.*«

»Ja, eine bezaubernde Blondine, die total auf dich steht. Oder, Dad?«

Ihr Vater lachte leise und wich zurück. »Ich glaube, eure Mutter ruft nach mir.«

»Alter, Tara gehört zur Familie und sie ist Amelias *Schwester.*« Levi sagte das so, als wäre das die Antwort auf alles. »In dieses Wespennest steche ich ganz sicher nicht.«

»Wie du meinst. Nur fürs Protokoll: Ich glaube, dass du damit einen großen Fehler machst.« Archers Handy vibrierte und er las die eingegangene Nachricht. »Komm mit. Wells ist da.«

Sie waren gerade auf dem Weg nach draußen, als die Tür aufflog. Wells trat ein und hielt dem Rest seiner Familie die Tür auf, gleich darauf folgten die Remingtons mit Tabletts voller Essen, Krügen mit Getränken und Klapptischen. »Baut die Sachen einfach da auf, wo Platz ist!«

Indi eilte herbei. »Was ist hier los?«

Keira hob ein Tablett mit Indis bevorzugtem Gebäck und Lieblingsdesserts hoch. »Archer hat zweifellos den Bogen raus.« Hinter ihr stellten die anderen gegrillte Rippchen, Tacos und Hühnchen, diverse Salate und Schüsseln mit Gemüse sowie Platten mit frischem Obst bereit.

Indi klappte die Kinnlade herunter, als Archer einen Arm um ihre Taille schlang. »Überraschung, Darling. Ich wollte deinen großen Tag mit einem besonderen Abend ehren.«

»Archer? Das ist viel zu viel. Das –«

Mit einem harten Kuss brachte er sie zum Verstummen und alle lachten.

»Danke«, flüsterte sie, ehe sie sich an die anderen wandte. »Vielen Dank euch allen. Ich liebe diese Insel und das Leben, das wir uns hier aufbauen. Es fühlt sich an, als wäre es schon immer vorherbestimmt, dass ich irgendwann hier leben werde.«

»Ich kann das nicht mehr!« James stapfte zu ihnen. »Ich kann nicht dabei zusehen, ohne einzuschreiten. Ich habe eine Lüge gelebt, Indi.«

»James, nicht!«, schrie Eden.

»Es tut mir leid, Eden.« Er sah Indi an, die Stirn gequält in Falten gelegt. »Es ist nicht vorherbestimmt, dass du hier auf der Insel lebst, Indi. Du solltest mit *mir* zusammen sein. Tut mir leid, Archer, aber ich *liebe* sie!« James ließ sich auf ein Knie sinken.

»Was machst du denn, James? Steh auf«, sagte Indi verzweifelt.

Wut tobte in Archer. »Alter, was zum Teufel?«

Theatralisch warf James die Hände in die Luft. »Heirate mich, Indi! Werde meine Frau, bekomm meine Babys! Wir verkaufen diesen Laden und bereisen die Welt!«

»Was zum Teufel?« Archer packte ihn hinten am Hemd.

Adrenalin rauschte durch seine Adern, als er James auf die Füße zog und zur Seite schubste. »Halt dich, verdammt noch mal, von ihr fern. Wenn sie irgendein Arschloch heiratet, dann mich!«

»Archer! Tu ihm nicht weh!«, rief Indi.

Mit erhobenen Händen stolperte James rückwärts. »Okay, Mann, ganz ruhig, du bist ja total Banane.«

Archer sah rot, ballte die Fäuste und trat auf ihn zu. »Was hast du –«

»Whoa! Stopp!« Levi und Grant packten Archers Arme und zogen ihn von James weg.

»Was zum –« Archer riss sich los und wirbelte herum, bereit, jemandem den Kopf abzureißen, aber alle im Raum außer Indi bissen in eine Banane und lachten. *Was zum …?*

Hadley hielt ihre Banane hoch. »Nana, Onke Atcha!«

»Wollt ihr mich verarschen?« Archer schimpfte leise. »*Veräppeln*. Wollt ihr mich veräppeln?«

Jock stieß die Fäuste in die Luft. »Wir sind die amtierenden Könige der Streiche!« Er klatschte sich mit Levi ab. Die anderen Männer, selbst Roddy und Steve, schlossen sich an.

Archer schaute zu James. »Ich kann nicht glauben, dass du bei diesem Mist mitgemacht hast.«

»Tut mir leid, Mann«, sagte James. »Sie haben mir erzählt, dass das so was wie ein Initiationsritus ist.«

Archer fluchte lautlos vor sich hin und sah seinen Vater an. »Sie wirken *angespannt*, hm?«

Sein Vater lachte.

»Entschuldige, Indi. Sie haben uns dazu überredet«, sagte Eden und stellte sich neben James. »Ich würde ihn niemals so einfach gehen lassen.«

»Ich liebe diese Leute!«, rief Meredith und brachte damit

alle zum Lachen.

»Ihr seid solche Nervensägen«, sagte Archer, lachte jedoch, als er zu Indi ging. »Aber wer zuletzt lacht …« Er fischte den Ring aus der Tasche, den er ihr später am Abend hatte geben wollen, und während ihm das Herz gegen die Rippen hämmerte, ließ er sich auf ein Knie sinken.

Es gab ein kollektives Luftschnappen, ergänzt durch einige Ausrufe wie *Oh mein Gott* und *Heilige Scheiße*.

Indis Augen weiteten sich. »Was machst du da?«

»Dich hoffentlich zu meiner Verlobten.« Er nahm ihre Hand und schaute zur wunderschönsten Frau der Welt empor. Das Gemurmel der anderen verblasste im Hintergrund, als er sich ganz auf seine Worte konzentrierte. »Eigentlich hatte ich mir das für später heute Abend aufgehoben, wenn wir beide allein sind. Aber nach diesem Fiasko will ich keine Sekunde länger warten. Ich liebe dich, Darling, und ich liebe das Leben, das wir uns gemeinsam aufgebaut haben. Flipp jetzt nicht aus, aber eines Tages möchte ich dich mit unseren Babys im Bauch sehen. Ich möchte unsere dickköpfigen kleinen Jungs großziehen, die Dummheiten anstellen und uns in den Wahnsinn treiben werden, und unsere rebellischen kleinen Mädchen, die uns wahrscheinlich noch viel verrückter machen werden.«

Sie lachte, während ihr Tränen über die Wangen liefen und die anderen Frauen aufseufzten.

»Ich möchte mit unseren Kindern und Enkelkindern durch die Weinberge laufen und ihnen alles über das Leben und die Liebe beibringen, und ich möchte miterleben, wie dein Unternehmen nach deinen Vorstellungen weiterwächst. Aber vor allem möchte ich den Rest meines Lebens an deiner Seite verbringen. Ich möchte jeden Morgen in dein wunderschönes Gesicht sehen und dich nachts in meinen Armen halten. Und wenn du mich zusammenfaltest, weil ich Fehler gemacht habe – die ich zweifellos machen werde, das wissen wir beide –, will ich dich mit einem Kuss zum Schweigen bringen und dich an all die Gründe erinnern, warum du dich überhaupt erst in mich verliebt hast. Vielleicht sollten wir jetzt schon mal eine Liste schreiben, damit ich darauf zurückgreifen kann, wenn ich alt und vergesslich werde, aber immer noch dumme Sachen mache.«

Trotz ihrer Tränen lachte Indi.

Er hielt den zweikarätigen Halo-Verlobungsring hoch, den er selbst entworfen hatte und von Sterling, dem Cousin von Alexander Silver, hatte anfertigen lassen. In einem floralen Muster rahmten kleine Diamanten den großen, in Roségold gefassten gelben Diamanten in der Mitte ein. Weitere winzige Diamanten bestückten den weißgoldenen Ring. Ihr fiel die Kinnlade herunter und neue Tränen liefen ihr über die Wangen.

»Indi, Baby, willst du mich heiraten, damit ich dich für den Rest unseres Lebens lieben und in den Bananen-Wahnsinn treiben kann?«

»Ja!« Heftig nickte sie. Er kam auf die Füße und sie warf sich in seine Arme. Jubel und Applaus erklangen, als sie sich zwischen ihren Küssen *Ich liebe dich* zuflüsterten.

Archer steckte ihr den Ring an den zitternden Finger und dann umringten die anderen sie. Eine liebevolle Umarmung folgte der nächsten, begleitet von Glückwünschen und weiteren Jubelrufen.

Als Indi schließlich wieder in seinen Armen landete und die begeisterten Stimmen der anderen in den Hintergrund rückten, glühte sie förmlich. »Ich liebe dich, Babe. Ich hoffe, dass du heute alles bekommen hast, was du dir je erträumt hast.«

Als sie zu ihm aufsah, stand so viel Liebe in ihrem Blick, dass er sich darin hätte verlieren können. »*Du* bist alles, was ich mir je hätte erträumen können, Archer, und noch so viel mehr.«

Du willst mehr von den Steeles?

Verlieb dich mit Levi und Tara und hol dir ihr Buch gleich hier. Wenn du die Geschichte von Dixie und Jace lesen möchtest, bestelle *Taming My Whiskey – Im Herzen wild.*

Manchmal kann man sich dem Schicksal nicht verweigern …

Der schönen Tante seiner Tochter bei der Suche nach einem Haus auf Silver Island zu helfen, vertieft die Verbindung zwischen ihm und Tara und macht es dem alleinstehenden Vater Levi Steele nur noch schwerer, der einen Frau zu widerstehen, die er und seine Tochter auf keinen Fall verlieren dürfen.

Immer mit dir ist bei deinem Online-Buchhändler erhältlich!

Lerne die Cousins der Whiskeys kennen: die Wickeds!

Bei den Wickeds an den Sandstränden von Cape Cod spielen leidenschaftliche Helden voller Beschützerinstinkt, starke Heldinnen und unverwüstliche Familienbande die Hauptrolle. Was haben ein frecher Biker und eine Geschäftsfrau, die Bad Boys abgeschworen hat, gemeinsam? Laut Chloe Mallery nicht viel, doch da hätte sie sich kaum mehr irren können …

Ein kleines bisschen Wicked ist bei deinem Online-Buchhändler erhältlich!

Kennst du die Bradens in Ridgeport schon?

Für die Wissenschaftlerin Pepper Montgomery dreht sich alles um die Arbeit, für Spiele hat sie nichts übrig. Quarterback Clay »Mr. Perfect« Braden verdient seinen Lebensunterhalt mit Spielen. Die Funken sprühen, als Clay nach einem Zwischenfall ausgerechnet Peppers Hilfe braucht, um wieder ins Spiel zu finden. Während er ihr zeigen will, wie vorteilhaft es auch in der Forschung sein kann, Hand anzulegen, landet ein Treffer direkt in ihrem Herzen, und sie fragt sich, ob er den Mr. Perfect die ganze Zeit nur spielt.

Gut gespielt, Mr. Perfect ist bei deinem Online-Buchhändler erhältlich!

Neu bei »Love in Bloom – Herzen im Aufbruch«?

Ich hoffe, du hattest genauso viel Spaß mit den Steeles wie ich! Falls dieser Band dein erstes Buch aus der Reihe »Love in Bloom – Herzen im Aufbruch« ist, warten noch jede Menge Geschichten über unsere sexy, selbstbewussten und loyalen Heldinnen und Helden auf dich.

Die Steeles auf Silver Island ist nur eine der Serien aus meiner großen Sammlung von Liebesromanen mit Tiefgang, Humor und Happy-End-Garantie. In allen Büchern findest du eine abgeschlossene Geschichte, die auch für sich allein gelesen werden kann. Figuren aus den einzelnen Serien und Büchern der weitverzweigten »Love in Bloom – Herzen im Aufbruch«-Familien tauchen immer wieder auch in den anderen Bänden auf. So verpasst du nie eine Verlobung, eine Hochzeit oder eine Geburt. Wenn du magst, lerne doch auch die anderen Serien der Reihe kennen! Eine vollständige Liste aller auf Deutsch erschienenen und geplanten Bücher gibt es am Ende des Buches und unter dem folgenden Link findest du weitere Informationen:

MelissaFoster.com/Herzen-im-Aufbruch

Danksagung

Ich hoffe, ihr mochtet Indis und Archers Geschichte, und ich freue mich schon sehr darauf, euch weitere Liebesgeschichten von den Steeles auf Silver Island zu erzählen. Wie in all meinen Serien tauchen immer mal wieder bereits bekannte oder noch unbekannte Figuren in Gastauftritten auf. Wenn ihr gerne mehr über Silver Island lesen wollt, empfehle ich euch *Der Liebe auf der Spur*, einen Roman aus der Reihe *Die Bradens & Montgomerys*, in dem es um den Schatzsucher Zev Braden geht. Ein Großteil von Zevs Geschichte spielt auf und in der Umgebung der Insel, genau wie *Versuchung in Bayside*, ein Roman der Reihe *Bayside Summers*, in dem ihr den Milliardär Jett Masters kennenlernt.

Wenn dieses Buch deine erste Begegnung mit meiner Welt war, warten noch viele weitere Happy Ends auf dich. Wer ganz am Anfang beginnen möchte, startet mit *Schwestern im Aufbruch (Die Snow-Schwestern)*. Wer lieber am Cape Cod bleiben möchte, greift zu *Träume in Seaside*. Die Serie *Seaside Summers* führt zur Reihe *Bayside Summers*, die wiederum am Schluss zu den *Steeles auf Silver Island* führt.

Ich habe das Glück, von vielen Freunden und Familienmitgliedern unterstützt zu werden, und obwohl ich niemals alle aufzählen könnte, geht ein besonderer Dank an Sharon Martin, Lisa Posillico-Filipe und Missy und Shelby DeHaven, die dafür sorgen, dass ich bei Verstand bleibe. Außerdem bedanke ich mich bei John Kondratowicz, auch bekannt als Agador Spartacus und/oder Batman, Captain Vice Commander der US-Küstenwache im Ruhestand, für die geduldige Beantwortung meiner Seemannsfragen und dafür, dass er mich und den Rest unserer geliebten Strandfamilie freigiebig mit Weisheiten versorgt. Danke auch an Will Sullivan, den Hafenmeister von Wellfleet, der sich ebenfalls die Zeit genommen hat, meine vielen Fragen zu Jachthäfen im Winter zu beantworten.

Nichts macht mir mehr Freude, als von meinen Fans zu hören. Wer meinem Fanclub noch nicht beigetreten ist, findet ihn auf Facebook. Wir haben dort jede Menge Spaß miteinander, unterhalten uns über Bücher und die Mitglieder bekommen Einblicke in anstehende Veröffentlichungen. Facebook.com/groups/MelissaFosterFans

Einen riesengroßen Dank an mein Redaktionsteam. Danke Kristen Weber, Penina Lopez, Elaini Caruso, Juliette Hill, Lynn Mullan, Justinn Harrison sowie auf deutscher Seite Kristie Schneider, Stephanie Schottenhamel und Judith Zimmer für alles, was ihr für mich und unsere Leserinnen leistet. Und natürlich ein unendlich großes Dankeschön an meine vier großartigen Söhne und meine Mutter für ihre grenzenlose Unterstützung.

Love in Bloom – Herzen im Aufbruch

Für noch mehr Vergnügen lies die Bücher der Reihe nach. Du wirst in jedem Band bekannte Figuren wiederfinden!

Die Snow-Schwestern

Schwestern im Aufbruch

Schwestern im Glück

Schwestern in Weiß

Die Bradens (Weston, Colorado)

Im Herzen eins – neu erzählt

Für die Liebe bestimmt

Freundschaft in Flammen

Wogen der Liebe

Liebe voller Abenteuer

Verspielte Herzen

Ein Fest für die Liebe (Hochzeits-Geschichte)

Nachwuchs für die Liebe (Savannahs & Jacks Baby)

Happy End für die Liebe (Hochzeits-Geschichte)

Weihnachten mit den Bradens (Kurzgeschichte)

Liebe ungebremst (Kurzroman)

Die Bradens (Trusty, Colorado)

Bei Heimkehr Liebe

Bei Ankunft Liebe

Im Zweifel Liebe

Bei Rückkehr Liebe

Trotz allem Liebe

Bei Aufprall Liebe

Die Bradens (Peaceful Harbor)

Geheilte Herzen
Voller Einsatz für die Liebe
Liebe gegen den Strom
Vereinte Herzen
Melodie der Liebe
Sieg für die Liebe
Endlich Liebe – ein Braden-Flirt

Die Bradens & Montgomerys (Pleasant Hill – Oak Falls)

Von der Liebe umarmt
Alles für die Liebe
Pfade der Liebe
Wilde Herzen
Schenk mir dein Herz
Der Liebe auf der Spur
Verrückt nach Liebe
Liebe süß und sündig
Und dann kam die Liebe
Eine unerwartete Liebe
Verliebt in Mr. Bad

Die Bradens (Ridgeport)

Gut gespielt, Mr. Perfect
Hochachtungsvoll, Mr. Braden

Die Remingtons

Spiel der Herzen
Im Dschungel der Liebe
Herzen in Flammen
Herzen im Schnee
Liebe zwischen den Zeilen
Von der Liebe berührt

Die Ryders

Von der Liebe bestimmt
Von der Liebe erobert
Von der Liebe verführt
Von der Liebe gerettet
Von der Liebe gefunden

Seaside Summers

Träume in Seaside
Herzen in Seaside
Hoffnung in Seaside
Geheimnisse in Seaside
Nächte in Seaside
Herzklopfen in Seaside
Sehnsucht in Seaside
Geflüster in Seaside
Sternenhimmel über Seaside

Bayside Summers

Sommernächte in Bayside
Verführung in Bayside

Sommerhitze in Bayside
Neuanfang in Bayside
Mondschein in Bayside
Versuchung in Bayside

Die Steeles auf Silver Island

Herzen in Versuchung
Meine wahre Liebe
Erobert von der Liebe
Immer mit dir

Die Whiskeys: Dark Knights aus Peaceful Harbor

Tru Blue – Im Herzen stark
Truly, Madly, Whiskey – Für immer und ganz
Driving Whiskey Wild – Herz über Kopf
Wicked Whiskey Love – Ganz und gar Liebe
Mad About Moon – Verrückt nach dir
Taming My Whiskey – Im Herzen wild
The Gritty Truth – Kein Blick zurück
In For A Penny – Süßes Glück
Running on Diesel – Harte Zeiten für die Liebe

Die Wickeds: Dark Knights von Bayside

Ein kleines bisschen Wicked
Das Wicked-Nachspiel
Verrückte Wicked-Liebe
Die Wicked-Wahrheit

Die Whiskeys: Dark Knights von der Redemption Ranch

Immer Ärger mit Whiskey

Sullys Befreiung

Um Whiskeys willen

Der Geschmack von Whiskey

Liebe, Lügen und Whiskey

Meine Whiskey-Erlösung

…

Entdecken Sie Melissa Fosters Bücher auch auf:

MelissaFoster.com/Herzen-im-Aufbruch